趣说中国古典名著人物丛书

趣说
红楼人物

王意如◎著

尤三姐

林黛玉

元春

薛宝钗

史湘云

贾母

贾宝玉

警幻仙子

上海人民出版社

让名著放下"身段"（代序）

我是喜欢《红楼梦》的。大学本科毕业论文写的就是《林黛玉性格论》。我的论文指导老师是治《红楼梦》研究史的郭豫适先生。郭师已驾鹤西去，但他在研究方法、生活态度，甚至家庭模式上对我都颇有影响。我还清楚地记得他兴奋地和我说起他构思《拟曹雪芹"答客问"》的情形。先生的意思是他找到了一个把理论问题说生动、而这种生动又更能把道理说清楚的方法。此文后来做了《论红学索隐派的研究方法》一书的代自序，"拟曹雪芹'答客问'"也做了这本书的主标题。现在我的这本小书得以再版，也算是对郭师的一种追念吧。

大学毕业后我从事中国古代文学教学，开过一些和《红楼梦》相关的课程，也写过一些相关的书和文章，后来转向关注语文教育。巧合的是，2019年后投入使用的部编版高中语文必修教材把《红楼梦》规定为整本书阅读的书目，这下，我浅涉的两个领域就都和《红楼梦》发生了关联。这两个领域的关系有点微妙。做学术研究的未必瞧得上语文教育（好多年前，我写了一本《中国古代文学与语文教育》，出版前送出去外审，因为内容"脚踏两条船"，有关方面请了一位研究古代文学的专家来审读，答曰："看不懂"——个中意思却是

1

你懂我也懂的），做语文教育的又嫌学术研究不接地气，经常摆出一副请君入庖厨的样子说："你来上堂课试试！"不过，总的来说是前者比后者强势，中学老师有时会不由自主地向所谓"有深度"的内容靠拢。一些优秀的老师自然能够深入浅出，如果学生也够优秀，效果一定是好的。但有时也会陷入一种尴尬：貌似深刻的探讨，得出的却是浅浮，甚至错误的结论。每每在这种时候，我就会觉得不如我们都把身段放低一些吧。学术研究的成果固然不应该和基础教育脱钩，但融入是需要认真研判的。有一句话，我一直奉为教育的金科玉律，那就是：我们教的东西，一定是对的；而对的东西，并不一定都教。原因很简单，这个世界上，"对"（也就是正确，至少目前大多数人认为正确）的东西太多了，绝对不是人人都可以精通的。教育就是在合适的时间把合适的东西教给我们的学生。比如《红楼梦》，这是中国古典小说中最好的作品（原谅我不用"伟大"，这种词一上来就让人发怵），几百年来仅是靠它吃饭的人都成千上了万，作为普通读者（相对专业研究者而言），能尝其一脔就不错了。不是工作需要，不是兴趣使然，是大可不必深究的。所以，当出版社约我为《红楼梦》写些轻松的东西的时候，我是很乐意的。这当然也和本人学养不深、写不出大部头学术著作有关——但话不能说过头，说过头就矫情了——我对中国古典小说、对《红楼梦》还是下过一点功夫的，此书中的文字虽然轻松，却并不是信笔涂鸦的结果，而是经过了认真思考的。比如，大而言之，曹雪芹作为破落的"富二代"，他对自己的家族、对自己所处的时代和社会到底是什么样的感情？他的作品究竟想表现什么？是理性的政治批判，还是五味杂陈的感慨？《红楼梦》显然是在反思传统小说戏曲创作的基础上写的，那么在哪些地方它确实超拔了，而哪些地方不过是承继而已？中而言之，《红楼梦》中的那一个

2

个人物，可以像"金陵十二钗"正册、副册、又副册这样分门别类吗？贾宝玉、林黛玉这样的人物，是作者理想人格的表现，抑或只是借助他们表现对人生困境的思考？小而言之，曹雪芹对"世事洞明""人情练达"是欣赏的吗？"开谈不说《红楼梦》，读尽诗书是枉然"是对《红楼梦》的褒扬吗？诸如此类，似乎是问题越小，答案越确定，而大的问题就只能见仁见智了。因此，这本书里所表现的，只是我个人的看法，想通过这种闲聊式的文字和爱好《红楼梦》的读者有个交流。虽然语涉调侃，态度却是认真的。

考虑到受众的最大化，我们采用的是漫话式的写法。既紧扣作品，不作索隐，但也东拉西扯，旁及左右；既忠于原著，不玩戏说，但也引类譬喻，伤时讽世。我们不指望人人都来搞文学研究，但我们希望大家都来用心去感受名著——这段文字是在原序中的，现在仍然适用。只是我更想到了一点：那就是用"趣说"的方式来写书，其实也是对名著的一种解构。我们有种不好的思维习惯，就是喜欢把研究对象变成崇拜对象，对此，叶圣陶先生早就有过批评，他说："人的癖性往往会因为亲近了某种东西，生出特别的爱好心情来，以为天下之道尽在于此。这样，就离开研究二字不止十里八里了。"[①] 好多年前，我曾参加过一次关于《三国演义》的研讨会，与会者中有人对关羽的形象提出了批评，结果有人拍案而起，怒斥"奈何诬我关羽"！情虽真，意虽切，然恰如叶圣陶先生所言，"离开研究二字不止十里八里了"。这种现象不仅出现在研究领域，在语文教学中也是如此。只要涉及经典，所有的作家和作品都贴上了"伟大"的标签。这样说未必就全错，但局限性很大。若说作者伟大，那是因为他为人类贡献

---

① 叶圣陶：《昆曲》，《太白》1934 年 10 月。

让名著放下"身段"（代序）

了优秀的作品，而并非一定人格伟大，甚至品行上还可能有瑕疵。作品同样如此，任何作品都不可能无懈可击，包括《红楼梦》。至少，任何作品都应保留给人质疑、批评的权利，否则，不仅不能很好地理解作品，而且是对学生思维品质的戕害。一个缺少批判性思维的人，很难成为真正对人类有贡献的人。把作品、哪怕是经典作品供在神坛之上，把它神圣化，并不是研究的正确态度，也不是教学的正确途径。网载，《红楼梦》名列"死活读不下去的书"榜单之首，从某种程度上说，和我们的神圣化不无关联。经典是岁月淘洗的产物，时间在证明它有价值的同时，也拉开了它和我们的距离。有人说："即使我们把《尚书》与《孟子》的语言差距拿来和桐城派古文与五四白话文的差距作对比，并以为这两次革新在历史上的价值相等，看起来并不算过分。"[1] 也就是说，《尚书》与《孟子》虽同为古代汉语，桐城派古文与五四白话文，虽一为文言、一为白话，但彼此间的语言差别几乎一样大。顺着这个思路，我们还可以发现，白话文和白话文之间的语言差距也可以同样巨大。现代的鲁迅、当代的莫言，还有大量的网络写手，包括我们在这里使用的和学生们使用的白话文，语言差距都是显而易见的。这种语言差距当然也体现在今天的读者和《红楼梦》之间。不仅语言不熟悉、不习惯，叙事模式、故事背景，对读者来说都是陌生的，这些都会成为读不下去的原因。我们用这样一种"趣说"的方式来解构《红楼梦》，或许可以去掉一些神圣光环太过刺眼的地方，给它松个绑，让它放下身段，走下祭坛，让它更为平易近人。

很多学者在讨论阅读目的的时候，会把它分为几类，比如为乐趣

---

[1] 徐北文：《先秦文学史》，齐鲁书社 1981 年版。

的阅读、为信息的阅读和为学习的阅读^①。阅读目的不同，阅读的方法当然也不同，包括对读物的选择也不同。虽然拿小说当研究的大有人在，拿工具书当消遣的也不乏其人，但毕竟大部分读物指向的阅读目的是清晰的。从这个角度出发，本书追求的是"文不甚深，意不甚浅"，主要用于有乐趣的消遣性阅读，但也能从中获取有用的信息，如果能对启发读者思考、提升阅读能力或其他素养有一点作用，那就更是喜出望外了。

是为序。

作者
2021 年 5 月春光明媚时

---

① 谢锡金、林伟业编著：《提升儿童阅读能力到世界前列》，北京师范大学出版社 2013 年版。

目　录

I

金陵十二钗

林黛玉：千古知音唯一人

《红楼梦曲》开始即唱："开辟鸿蒙，谁为情种?"[①] 若真要排起队来，男子里的情种自然是"古今天下第一淫人"贾宝玉。而女性里面，则非林黛玉莫属。

袭人是贾宝玉初试云雨情的对象，她自己对宝玉说："咱们两个的好，是不用说了。"但好归好，袭人对贾宝玉的不满是溢于言表的。她曾经用"赎身之论"来威胁他，试图"先用骗词以探其情，以压其气，然后好下箴规"；她也曾故意冷落他，要惩戒他"无明无夜和姐妹们鬼混"的行为；她甚至不惜到王夫人那儿打小报告，要在贾宝玉身上防微杜渐。她还理直气壮地反问过贾宝玉："难道下流人我也跟着罢?"很明显，她觉得贾宝玉身上有"下流"的毛病，希望他改邪归正，以便自己"跟着"的时候放心、遂意。

薛宝钗也是如此。她虽然最后成了贾宝玉的妻子，但她只不过是按照妇道的要求嫁给他罢了。定亲前，薛姨妈曾经征求过她的意见，她正色道："妈妈这话说错了，女孩儿家的事情是父母作主的，如今我父亲没了，妈妈应该作主的，再不然问哥哥，怎么问我来?"就她

[①] 本书中《红楼梦》引文均出自人民文学出版社 1964 年 2 月第 3 版《红楼梦》(全四册)，下不注。

内心的想法而言，这个丈夫恐怕不是她的理想中人。宝玉挨打后，宝钗去看望，羞答答地说了半句话："早听人一句话，也不至有今日。别说老太太、太太心疼，就是我们看着，心里也……"说明她虽然心疼宝玉，但对他的行为也是不满意的，并且早就不止一次地劝说过他。

大观园中，其他爱慕贾宝玉的女孩还有很多，但没有一个像林黛玉那样，对贾宝玉的心头之想和行为举止如此心领神会，把整个生命都维系在他身上，并连他的缺点一起爱的。

贾宝玉出身贵族，"看其外貌最是极好"。他酷酷的外表，加上"门第儿""根基儿家私儿"，足够令人有仰攀之心的了。那通判傅试与贾家亲密，就"自有一段心事"。还有那倚老卖老要做大媒的张道士。而林黛玉却不在意这些。她第一次见到贾宝玉，虽然给他的外貌打了满分，但心里想的却是：难知其底细。什么是底细？就是紫鹃丫头说的："公子王孙虽多，那一个不是三房五妾，今儿朝东，明儿朝西。娶一个天仙来，也不过三夜五夜也就撂在脖子后头了。甚至于怜新弃旧、反目成仇的，多着呢"。为了摸清贾宝玉的这个"底细"，黛玉可是没少费心。

很多读者不理解林黛玉，觉得她量小心窄。尤其是现代读者，觉得她怎么有本事把个简单的"拍拖"搞得那么复杂：心里爱宝玉，嘴上又不说出来；既不说出来，又要宝玉知道；既要宝玉知道，又不许他讲出来。同样，她要宝玉爱她，也不许他说出来；既不许他说出来，又要让她感觉得到；既要让她感觉得到，又不能表示知道她感觉到了……总而言之，大有不"作"死你不罢休的意思。然而，这却不是黛玉的问题。要知道，如果林黛玉也能像今天的少男少女们一样，把门一敲，直言不讳地说："铃格铃叮咚，我想和你谈恋爱！"她又

5

何苦如此！在那个时代，处那个地位，受那个教育，林黛玉的爱本来就是沉重的，而且她还只能放在心里。即使在最亲密的小姐妹紫鹃面前，她也不敢并不肯露一点口风。但无论怎样爱在心里口难开，她总得和贾宝玉有所交流。现代人可以写情书、献玫瑰、买钻戒，而他们就只能吵架啦。很多人认为吵架都是因为林黛玉小心眼儿造成的。其实不然。贾宝玉和林黛玉的恋爱史，就是一部吵架史。两人间不断发生的口角，就是他们爱情发展的坐标。沿着这些坐标，我们很容易找到他们爱情发展的线索，发现他们的干架就是一部独特的爱情交响曲。

序曲　你是我的唯一

宝黛原本是不吵架的。林黛玉进贾府不久，二人的亲密友爱，就"较别人不同，日则同行同坐，夜则同止同息，真是言和意顺，似漆如胶"。不想忽然来了一个薛宝钗，年纪虽大不多，然品格端方，容貌美丽，人人都说黛玉不及。这不，"风乍起，吹皱一池春水"，黛玉敏感的心弦被拨动了。

她是个自尊心极强的聪明女孩，因为父母双亡而寄居于有钱的外祖母家。在这个人事关系复杂的大家庭里，她时时感觉得到自己"又不是正经主子"的尴尬地位。她连兄弟姐妹都没有，正如紫鹃所说："有老太太一日好些，一日没了老太太，也只是凭人去欺负罢了。所以说，拿主意要紧。"这个基本情况，使林黛玉确实要比别的女孩更在意自己的将来。她不像薛宝钗，终身大事有母亲做主，再不然问哥哥，不用她自己操心。而黛玉，她不操心谁操心？而且实际情况更是她想操心也操心不了。贾宝玉的出现，是她生活中的一线光明，是上天赐予她的唯一希望。对此，她理所当然地倾注了全部的热情。她像一头灵敏的小猎犬一样死死守护着她的唯一，对外来的一切都睁着警觉的眼睛虎视眈眈。薛宝钗一出现，她自然而然就把她当作了自己的竞争对手——后面的故事证明她的这份警觉并不是多余的。

这时的贾宝玉却还在童蒙之中，一片愚拙偏僻，视姊妹兄弟皆如一体，并无亲疏远近之别。如今与黛玉同处贾母房中，故略比别的妹妹熟惯些。既熟惯便更觉亲密，既亲密便不免有些不虞之隙、求全之毁。这就拉开了他们吵架史的序幕。因为黛玉要的，恰恰就是"亲疏远近之别"；只"略比别的妹妹熟惯些"，是她大大不满意的。深谙小说之道的作者，在宝黛吵架大幕拉开之前，先来了一段小序曲："这日不知为何，二人言语有些不和起来。"序曲就是序曲，作者并不详写，但主旋律是定下来的：宝玉"自悔言语冒撞，前去俯就，那黛玉方渐渐的回转过来"。从此，"争吵—俯就—和好"的旋律便一再出现，成为主调。

第一乐章　你到底爱不爱我

林黛玉既然将宝玉定为自己的唯一，当然要求证贾宝玉的心里是不是"有我"。她曾给贾宝玉做过一个荷包，而且还正在为他做一个"十分精巧"的香袋儿。林黛玉因为身体弱，是不大拈针动线的，用袭人的话来说："旧年好一年的工夫，做了个香袋儿；今年半年，还没见拿针线呢。"给宝玉做这些个东西，丝丝缕缕都是情的体现。那天，大观园完工验收，贾宝玉被贾政叫去"试才题对额"。他"杂学旁收"的功夫在这个场合下发挥得淋漓尽致，贾政内心里对他的"歪才"也不得不有几分叹服。下来小厮们便都要讨赏，一个个上来解荷包，解扇袋，不容分说，将宝玉所佩之物，尽行解去。袭人第一发现

7

宝玉所佩之物都给"那起没脸的东西们解了去"。黛玉心中一动：不知道自己给宝玉的荷包还在不在？"走过来一瞧，果然一件没有"，就生起气来，把没做完的香袋儿，拿起剪子来铰。事实上，贾宝玉对她的赠物非常珍重，因为怕别人拿去，所以特地系在里面衣襟上。贾宝玉的这个举动，恰恰证明林黛玉对他的要求并不过分。假如他真的随便就把荷包送了人，黛玉有权生气（换了我们的现代恋人恐怕也要生气），因为贾宝玉太不理解她送他那些东西的用心了。这时候，林黛玉所关心的，是贾宝玉究竟有没有把她的赠物——也就是把她这个人——放在与众不同的位置上。她必须从与贾宝玉有接触的所有人中脱颖而出——此时林黛玉的目标，是除她自己在外的任何人。看到宝玉珍藏着自己送的荷包，黛玉立即"自悔莽撞"。贾宝玉再"俯就"一番，这场风波很快就平息了。而林黛玉的收获，是通过查证她所送的荷包的下落，证明自己在贾宝玉心中确实有超乎众人之上的特殊地位。这一闹，她找到了他们爱情的第一个坐标：有我。

第二乐章　你究竟有几个好妹妹

林黛玉既已知道自己在贾宝玉心中占据了一席之地，进而关心的便是贾宝玉的心里是否还有别人。史湘云进贾府，贾宝玉到贾母这边看她，正值林黛玉在旁，见他与宝钗一起进来，便问："打那里来？"贾宝玉回答："打宝姐姐那里来。"林黛玉心中便有些气，冷笑道："我说呢！亏了绊住，不然，早就飞了来了。"这里，林黛玉的所指已由众人而发展为薛、史二人："绊住"，是讥讽贾宝玉对薛宝钗情有所系；"早就飞了来了"，则是说贾宝玉对史湘云情有所钟。偏偏贾宝玉不经意地说："只许和你玩，替你解闷儿；不过偶然到他那，就说这些闲话。"贾宝玉的话又将林黛玉和薛宝钗"视如一体","并无亲疏远近之别"了,这就让林黛玉感到"好没意思"。可怜的女孩,她也知道自己无权要求贾宝玉对她情有独钟,就只能愤愤然地说:"还许你从此不理我呢!"说完,赌气回房去了。等宝玉再来赔礼,她嘴里说的全是绝情话:"我死我的,与你何干?""我这会子就死!你怕死,你长命百岁的活着!好不好?"偏在这时,薛宝钗走来,说:"史大妹妹等你呢。"说着,便拉宝玉走了。黛玉为此"越发气闷,只向窗前流泪"。

等宝玉再来,林黛玉的所指已集中在薛宝钗一个人身上。这和两个因素有关:一是贾宝玉当时说的"他"就是薛宝钗,而没有牵涉到史湘云,这似乎显示贾宝玉更看重薛宝钗;二是薛宝钗在她向贾宝玉求证爱情的关键时刻把他拉了走,更要命的是贾宝玉竟然跟着走了。所以,黛玉很明确地对贾宝玉说:"你又来作什么?死活凭我去罢了!横竖如今有人和你玩:比我又会念,又会作,又会写,又会说会笑,——又怕你生气,拉了你去哄着你。你又来作什么呢?"这些话再清楚不过了:"有人"和"我",到底谁重要?善解人意的贾宝玉上前说了一番悄悄话:"你这么个明白人,难道连'亲不隔疏,后不僭先'也不知道?我虽糊涂,却明白这两句话。头一件,咱们是姑舅姐妹,宝姐姐是两姨姐妹,论亲戚也比你远。第二件,你先来,咱们两个一桌吃,一床睡,从小儿一处长大的,他是才来的,岂有个为他远你的呢?"一番话,把自己与林黛玉及薛宝钗的亲疏关系辨析得清清楚楚。林黛玉的一腔怨愤顿时化为乌有,心里话脱口而出:"我难道叫你远他?我成了什么人了呢?——我为的是我的心!"宝玉随声应和:"我也为的是我的心。你难道就知道你的心,不知道我的心不成?"说到这,刚刚有点谈恋爱的味道,黛玉却来了个一百八十度的主题大转换:"你只怨人行动嗔怪你,你再不知道你怄得人难受。就

林黛玉:千古知音唯一人

拿今日天气比，分明冷些，怎么你倒脱了青肷披风呢?"——怎么说跑题就跑题了呢? 因为这是雷区啊，外围走走已经心惊胆战的了，怎么敢单刀直入呢? 不过，也不能说彻底跑题，黛玉话里那份体贴入微的爱，宝玉应该是体会到了。

仿佛是因为上一次的口角起初所指的是薛史二人，而结果只求证了自己在薛宝钗之上，所以林黛玉时隔不久就旧题重拾，向史湘云发起挑战。事情的起因是贾宝玉对史湘云使眼色，希望她不要把林黛玉像戏子这句话说出来，以免得罪黛玉。就贾宝玉而言，他倒是一片好心: 既有为史湘云之意，更有为林黛玉之心。但对林黛玉来说，这两层用意孰轻孰重尚未分明，所以，她竭力要向贾宝玉讨一个说法。在她愤愤然提出的一长串问题中，焦点无非是两个字:"我"和"他"。她责问宝玉:"我恼他与你何干?""他得罪了我又与你何干呢?"这一次，非常特殊的是，贾宝玉"也不分辩，自己转身"回房。林黛玉在他的身后连连说激将的话，他也不理。似"此番果断而去"，在宝玉尚属首次。而林黛玉竟轻轻易易地原谅了他。要说原因也很简单，因为史湘云毕竟不像薛宝钗，尤其是在金麒麟尚未出现之前，她在林黛玉心中并不构成严重威胁。

宝钗、湘云的威胁既除，黛玉求证到了他们爱情的第二个坐标: 唯我。这是吵这两场架的收获。

第三乐章 问你爱我有多深

既知宝玉心里"有我"，也满意地发现宝玉心里"唯我"，现在林黛玉面临的问题是宝玉你如何"待我"。第四、五次口角都是关于"如何待我"的拷问。此前，林黛玉总在担心，贾宝玉是否对她情有独钟，终于，贾宝玉在她面前有了一次表白。他对正在读《西厢记》的林黛玉说："我就是个'多愁多病的身'，你就是那'倾国倾城的貌'。"如果是在今天，用这种类比的方法说自己是张生对方是崔莺莺，倒也不失为一种较为委婉的示爱方式。但在当时不行。《西厢记》是"淫词艳曲"，偷读已经是犯了大忌，再要以其中的人物自居，这未免走得太远。何况其时贾宝玉和林黛玉的关系，用私相结合的张生与莺莺来类比，也有点不伦不类。尤其是在紫鹃面前，贾宝玉说"好丫头！'若共你多情小姐同鸳帐，怎舍得叫你叠被铺床？'"言行之间更显得轻浮。林黛玉视同生命的爱情，由于贾宝玉的轻薄之言，变成了富家子弟的调笑戏谑，这当然是林黛玉不能接受的。林黛玉以前生贾宝玉的气，都有不便说出来的原因，而这次贾宝玉所犯的错误，是可以堂而皇之地到舅舅舅妈面前去告状的，然而林黛玉却并没有这么做。她之所以生气，是怕贾宝玉不尊重她，用外面学来的"村话"拿她"取笑儿"。至于其中关于两人关系的暗示，她其实是欢迎的。至少，比起贾宝玉移情别恋来，不知要好多少倍。所以，这一天的晚上，她就自己走到了怡红院来。

在怡红院门口，她吃了个闭门羹，而且晴雯明确告诉她说："凭你是谁，二爷吩咐的，一概不许放进人来呢！"这引起了她和宝玉的第六次口角。但贾宝玉稍作解释，林黛玉的心中的疑团立刻冰释。若是林黛玉要疑心，贾宝玉这次的嫌疑不可谓不大。就在晴雯说过"一概不许放进人来"之后，林黛玉亲耳听见宝玉、宝钗二人的"一阵笑语之声"；随后，又亲眼看见宝钗出来，"宝玉袭人一群人都送出来"。但此时，林黛玉却没有对他俩的关系有任何猜疑，她只是感叹贾宝玉对自己还不够了解："毕竟是宝玉恼我告他的原故。——但只我何尝告你去了！"说明此时林黛玉对自己在贾宝玉心中的"唯我"地位已

11

有一定程度的自信，现在她所关心的问题是贾宝玉如何"待我"。如果说，从希望"有我"到追求"唯我"，是宝黛爱情建立的过程；那么，讲究如何"待我"，则已经是对这种爱情的精雕细琢了。它说明，宝黛爱情又发展到了一个新的坐标。

第四乐章　让我最后一次想你

宝黛的第七次口角包括两件事：一件事是黛玉听见宝钗让宝玉去看她，宝玉却说："理他呢，过一会子就好了。"第二件事是元妃赐出东西来，独宝玉和宝钗的一样。这两件事放在一处，前者就显得微不足道了。这是外在力量第一次显示出干预宝黛爱情的信号，标志着宝黛爱情将走出两人世界而接受生活的考验。为此，贾宝玉在林黛玉面前发狠誓说："除了别人说什么'金'什么'玉'。我心里要有这个想头，天诛地灭，万世不得人生！"此言一出，林黛玉立刻鸣金收兵，忙又笑道："好没意思，白白的起什么誓呢？谁管你什么'金'什么'玉'的！"

遗憾的是，随着年龄的增长，贾宝玉的婚姻大事终于被正式提了出来，从而引起了宝黛的第八次口角。这是宝黛吵架吵得最厉害的一次，闹到了贾宝玉砸玉，林黛玉大哭大吐，又剪穗子的地步，连着惊动了老太太、太太。这一对青年男女第一次遇到了他们最怕遇到，但又不可能不遇到的事情——张道士给宝玉提亲。这实质性的一步的出现，使宝黛二人的畸恋以最强烈的形式表现了出来。消除这场口角的，是贾宝玉的一句关键性的话："我知道你不恼我，但只是我不来，叫旁人看见，倒像是咱们又拌了嘴似的。要等他们来劝咱们，那时候儿，岂不咱们倒觉生分了？"这句话让林黛玉体味到了"比别人原亲近"的意思，于是，天大的风波也就烟消云散了。

这以后，贾宝玉和林黛玉的爱情又上了一个新的台阶。先是黛玉听到贾宝玉在湘云、袭人跟前夸奖"林妹妹不说这些混账话"，见宝玉"在人前一片私心称扬于我，其亲热厚密，竟不避嫌疑"，心中感动万分，认定"你我为知己"。当宝玉"如轰雷掣电，细细思之，竟比自己肺腑中掏出来的还觉恳切"地诉说了心里话后，他们之间的爱情已完全成熟。就如黛玉所表示的："有什么可说的？你的话我都知道了。"如果没有外力的干扰，这场艰难的爱情马拉松，算是接近终点了。在这之后，我们几乎就不再看到宝黛吵架了。

纵观宝黛吵架的历史，没有一次是由于彼此对世道人生的看法不同而引起的。吵架的主题始终只有一个，那就是对爱情的探讨。"爱情"这个字眼，在今天可能觉得神圣，在当时却不是什么好东西，沉溺其中的贾宝玉，被认为"自幼生成来的有一种下流痴病"，"那黛玉偏生也是个有些痴病的"。两个"痴人"在茫茫人海中相逢，"变尽法子暗中试探"，由相识到相知，由相知到相爱，终于成了比"万两黄金"还难得的"知己"。

除了林黛玉，再没有人像这样全身心地投入一件被禁止的事情。贾宝玉在薛宝钗、史湘云和袭人等女孩眼中的毛病，在黛玉那儿都是不存在的。她和贾宝玉一样生活在一个诗意的世界里，对尘世的一切置若罔闻，她"自幼儿不曾劝他立身扬名"，对他"性格异常，其淘气憨顽出于众小儿之外，更有几件千奇百怪口不能言的毛病儿"也一概宽容。贾宝玉是她爱的全部，爱又是她生命的全部。当贾宝玉最后终于成了别人的丈夫的时候，林黛玉只能在"最后一次想你"后与世长辞。

晋代文人嵇康受迫害而死，临刑前他"顾视日影，索琴而弹之"，奏毕，叹曰："《广陵散》从此绝矣。"黛玉既死，宝玉也该为之一叹："知己从此绝矣！"

13

薛宝钗：品学兼优的三好生

贾府里的少男少女，算起来大约也可以成为一个小小班级。里面当然也有不长进的，诸如贾环之类，但好孩子总是多数，就像我们现在的班级一样。若要在里头评一个"三好生"出来，竞争必然激烈，不过有一个人是一定会当选的，那就是荣国府二老爷贾政的外甥女、薛姨妈的女儿、薛蟠的胞妹薛宝钗。

这是个几乎没有缺点的孩子，不仅老祖宗贾母喜欢，"就是小丫头们亦多和宝钗亲近"。贾宝玉对"好好的一个清净洁白女子，也学的钓名沽誉，入了国贼禄鬼之流"讨厌之极，但对这位宝姐姐却总有一份摆脱不开的情愫。湘云、袭人等对宝钗的感戴就不用说了。就是林黛玉，最后也不得不承认"谁知他竟真是个好人，我素日只当他藏奸"。

我们把薛宝钗的事迹整理一下，发现她果真是个品学兼优的三好生。

先说身体好。

薛宝钗容貌美丽。从贾宝玉的眼中看出来，她"脸若银盆，眼同水杏，唇不点而含丹，眉不画而横翠，比黛玉另具一种妩媚风流"。古人论美，有"环肥燕瘦"之说，薛宝钗"肌肤丰泽"，当属"环肥"

14

15

薛宝钗：品学兼优的三好生

一类，加上她线条柔和的圆脸，给人以温柔敦厚、好亲近的感觉，也属于那种"看其外貌最是极好"的。

她身体素质也不错，虽然有"从胎里带来的一股热毒"，但因为"先天壮还不相干"——当然，她后天也"壮"，对付这毛病要用"海上仙方儿"：要春天开的白牡丹花蕊十二两，夏天开的白荷花蕊十二两，秋天开的白芙蓉蕊十二两，冬天开的白梅花蕊十二两。将这四样花蕊于次年春分这一天晒干，和在末药一处，一齐研好，又要雨水这日的天落水十二钱，还要白露这日的露水十二钱，霜降这日的霜十二钱，小雪这日的雪十二钱。把这四样水调匀了，丸了龙眼大的丸子，盛在旧磁坛里，埋在花根底下。若发了病的时候儿，拿出来吃一丸，用一钱二分黄柏煎汤送下。这样琐碎的药方儿，若是换了一般贫苦人家也就犯难了。好在薛家的力量非同一般，一二年间，可巧都得了，配成一料。这病本来也不严重，发起来"不过只喘嗽些，吃一丸也就罢了"。有一回，她看见面前一双玉色蝴蝶，大如团扇，一上一下，迎风翩翩，十分有趣。想扑了来玩要，遂向袖中取出扇子来，向草地下来扑。只见那一双蝴蝶忽起忽落，来来往往，将欲过河去了。引的宝钗蹑手蹑脚的，一直跟到池边滴翠亭上。这一跟，少说也有几十米，可以算是一场短跑，跑得宝钗"香汗淋漓，娇喘细细"。经过这一番剧烈运动，也没见她有什么不舒服，因此她基本上可算身体健康。

再说学习好。

若论诗才，迎春、探春、惜春三人中，要算探春出于姊妹之上，然自忖似难与薛、林争衡。元春也评价说："终是薛、林二妹之作与众不同，非愚姊妹所及"。而她与林黛玉难分伯仲的同时，似乎又略胜出些。咏海棠的时候，是蘅芜君第一，潇湘妃子第二。咏菊花林潇湘夺了魁，螃蟹咏宝钗又更精彩些。偶填柳絮词的时候，她的一首【临江仙】，让众人拍案叫绝，都说："自然这首为尊"。总起来说，四战三胜。贾宝玉对她的才学是很敬佩的，把她叫做"一字师"，称赞她"无书不知"，"通今博古，色色都知道"。据她自己说，她是连《西厢》《琵琶》以及《元人百种》都读过的。

当然，作诗写字等事不是女孩子分内之事，针黹女红倒是重要的。宝钗在这方面的能力也不差。在家里看到她，不是"伏在几上和丫环莺儿正在那里描花样子"，就是"坐在炕上作针线"。袭人为了哄宝玉戴上兜肚，"特特的做的好了，叫他看见，由不得不带"，这兜肚白绫红里，上面扎着鸳鸯戏莲的花样，红莲绿叶，五色鸳鸯，十分鲜亮。宝钗见那个活计实在可爱，不由地拿起针来，就替他作。可见她的针线活绝对拿得出手。

第三，也是最重要的，是品行好。

就是贾母讲的："提起姐妹，不是我当着姨太太的面奉承，千真万真，从我们家里四个女孩儿算起，都不如宝丫头。"

宝丫头品行好的表现之一是生活简朴。

她出身于"珍珠如土金如铁"的薛家，家中有百万之富。哥哥是皇商，寡母王氏是现任京营节度使王子腾的妹妹，姨夫即是荣国府的贾政。但她的吃穿用度却很一般，日常她的穿着"一色儿半新不旧的，看去不见奢华，惟觉雅淡"。而且"从来不爱这些花儿粉儿的"，衣服也从不熏香，说"好好儿的衣裳，为什么熏它？"她住的屋子"雪洞一般，一色的玩器全无。案上止有一个土定瓶，瓶中供着数枝菊，并两部书，茶奁、茶杯而已。床上只吊着青纱帐幔，衾褥也十分朴素"。开始，贾母还以为她没带了来，后来才知道"他在家里也不大弄这些东西"，王夫人和凤姐送给她陈设的古董玩器，她也都退回去了。一个典型的"富二代"，在炊金馔玉的家庭里长大，能做到这样，实属不容易。公子哥儿、贵族小姐有几个能这样?

品行好的表现之二是行为豁达。

薛宝钗对人对事都比较宽容。比如对贾宝玉的所作所为，她其实是很不赞成的。但她也只是逮着机会说一两句罢了，基本态度是"说不说由我，听不听由你"。有次她说了，贾宝玉十分反感，啐了一声，"拿起脚来就走了"。她连话也没说完，见他走了，登时羞得脸通红，说不是，不说又不是，只得自己过了一会子去了。过后还是照旧一样。让目睹此事的袭人感动得了不得，称赞她"真真是有涵养、心地宽大的"。

在滴翠亭外，她无意中听见了小红与坠儿的谈话。若是个好事的，兴风作浪起来，又不知要弄出多少曲折——男女私相传递是贾府的大忌，正因为如此，小红才非要坠儿赌咒发誓不告诉人。但她却使了个"金蝉脱壳"的法子，来避免"生事"和"没趣"。有人因此而指责宝钗陷害黛玉，其实有点冤枉。事出突然，宝钗纵然再有心机，也来不及想那么多，她变退为进，虚晃一枪，以求息事宁人，已经算是急中生智了。

品行好的表现之三是善解人意。

在大观园里，史湘云是最佩服与感念宝钗的。她极有把握地对林黛玉说:"我指出个人来，你敢挑他，我就服你。"她"指出"的这个挑不出短处来的人，就是薛宝钗。从薛宝钗为史湘云所做的两件事情上，可以看出，这种感念不是没有道理的。

史湘云来大观园玩，袭人经常会烦她做些针线活，比如打十根蝴蝶儿结子啦，做双鞋啦，因为贾府虽然有专门做针线的人，但贾宝玉的活计"一概不要家里这些活计上的人做"，都由他亲近的姐姐妹妹亲自动手。史湘云从小没了父母,靠婶娘过活,在家里一点儿做不得主。他们家嫌费用大,竟不用那些针线上的人,差不多儿的东西都是他们娘儿们动手。家里做活做到三更天,要是替别人做一点半点儿,那些奶奶太太们还不受用。袭人求她,她不好推辞,只能在家里三更半夜地做。薛宝钗从"云姑娘的神情儿",从"风里言风里语"中觉察到了问题。她悄悄地把自己的发现告诉袭人,说:"看他的形景儿,自然是苦的。"她还主动把做鞋的活揽过来,既为史湘云减轻了负担,也为袭人解决了问题。

组织诗社那回,史湘云一时兴起,要做东请客。至晚,宝钗将湘云邀往蘅芜院去安歇,先帮她分析:"你家里你又做不得主,一个月统共那几吊钱,你还不够使。这会子又干这没要紧的事,你婶娘听见了越发抱怨你了。况且你就都拿出来,做这个东也不够,难道为这个家去要不成?还是和这里要呢?"一席话提醒了湘云,倒踌躇起来,她便拿出了自己的建设性意见:"我们当铺里有个伙计,他们地里出的好螃蟹,前儿送了几个来。现在这里的人,从老太太起,连上屋里的人,有多一半都是爱吃螃蟹的,前日姨娘还说要请老太太在园里赏桂花、吃螃蟹,因为有事,还没有请。你如今且把诗社别提起,只普通一请,等他们散了,咱们有多少诗做不得的?我和我哥哥说,要他几篓极肥极大的螃蟹来,再往铺子里取上几坛好酒来,再备四五桌果碟子,岂不又省事,又大家热闹呢?"出了这么个"又要自己便宜,又要不得罪了人"的好主意,她还小心地陪上话说:"我是一片真心为你的话,你可别多心,想着我小看了你,咱们两个就白好了。"难怪史湘云"天天在家里想着,这些姐姐们,再没一个比宝姐姐好的。可惜我们不是一个娘养的。我但凡有这么个亲姐姐,就是没了父母,也没妨碍的!"

19

品行好的表现之四是孝顺长辈。

薛宝钗的善解人意也表现在对长辈的态度上。贾母为她做生日，问她爱听何戏，爱吃何物。宝钗深知贾母年老之人，喜热闹戏文，爱吃甜烂之物，便总依贾母素喜者说了一遍。贾母更加喜欢。她还当着贾母的面说："我来了这么几年，留神看起来，二嫂子凭他怎么巧，再巧不过老太太。"有人说，哎呀，这不是拍马屁吗？不错，不无拍马之嫌。但面对年迈之人，做小辈的说两句奉承话，恐怕也无可厚非吧？

在金钏儿的问题上也是如此。她对王夫人说："据我看来，他并不是赌气投井，多半他下去住着，或是在井旁边儿玩，失了脚掉下去的。他在上头拘束惯了，这一出去自然要到各处去玩玩逛逛儿，岂有这样大气的理？纵然有这样大气，也不过是个糊涂人，也不为可惜。""不为可惜"四个字放在金钏儿身上，的确让人不寒而栗。但若从安慰王夫人的角度去看，就不一样了。金钏儿已死，王夫人"在房内坐着垂泪"，作为外甥女，她除了想方设法替她排解，还能做什么呢？她主动提出用自己的新衣裳给金钏儿做装裹，既是为王夫人排忧解难，也包含着对金钏儿的一份情意。

品行好的表现之五是品格端方。

在大观园中，薛宝钗是把道德要求、行为规范记得最牢的一个。她虽然也作诗，却不像林黛玉，老想着"大展奇才，将众人压倒"，而是时刻提醒自己"作诗写字等事，这也不是你我分内之事"，甚至觉得"咱们女孩儿家不认字的倒好"。

她虽然对她那个清俊灵秀的宝兄弟不无感觉，但却不像林黛玉，"不管是亲是友，想起他的终身大事来"，相反，因往日母亲对王夫人曾提过"金锁是个和尚给的，等日后有玉的方可结为婚姻"等语，所以总远着宝玉。甚至在母亲问起的时候还正色道："妈妈这话说错了，女孩儿家的事情是父母作主的，如今我父亲没了，妈妈应该作主的，再不然问哥哥，怎么问我来？"

品行好的表现之六是团结同学，共同进步。

她虽然"罕言寡语，人谓装愚；安分随时，自云守拙"，但在原则问题上，她也没少做别人的思想工作。林黛玉在酒令中用了几句《西厢记》《牡丹亭》里面的话，她特地找她谈了一次话，教导她说："至于你我，只该做些针线纺绩的事才是。偏又认得几个字，既认得了字，不过拣那正经书看也罢了，最怕见些杂书，移了性情，就不可救了。"由于她态度诚恳，方法得当（用的是现身说法），所以效果很好，让林黛玉"心下暗服"，从此相信她是个好人。

她对史湘云那么关照，但也批评她"一个女孩儿家，只管拿着诗做正经事讲起来，叫有学问的人听了反笑话，说不守本分"。还教导她说："这也算不得什么，还是纺绩针黹是你我的本等。一时闲了，倒是把那于身心有益的书看几章，却还是正经。"

尽管贾宝玉有时对她的劝诫很不给面子，她还是抓住一切机会说她的"混账话"。宝玉对香菱学诗夸奖了几句，她立刻顺水推舟，说："你能够像他这苦心就好了，学什么有个不成的吗？"真可以说是锲而不舍了。

当然，薛宝钗偶尔也会情绪失控。小失控的一次，是她去探望挨打的宝玉，说："早听人一句话，也不至有今日。别说老太太、太太心疼，就是我们看着，心里也……"刚说了半句，又忙咽住，不觉眼圈微红，双腮带赤，低头不语了。这话说得如此亲切，大有深意，忽又咽住不往下说，红了脸低下头含着泪只管弄衣带，那一种软怯娇羞、轻怜痛惜之情，竟难以言语形容，使得她的宝兄弟神魂飘荡。不过她马上又恢复了理性，替贾宝玉考虑起"你既这样用心，何不在外头大事上做工夫，老爷也欢喜了，也不能吃这样亏"的问题来。

比较大的一次失控，是宝玉把她比作杨妃。她借靓儿问她要扇子的机会发作了一番，又见黛玉面上有得意之态，一定是听了宝玉方才奚落之言，遂了她的心愿，就借机嘲讽宝玉向黛玉"负荆请罪"。这是宝钗第一次，也是唯一一次显现出她的"厉害"。随后她再欲说话，见宝玉十分羞愧，形景改变，也就不好再说，只得一笑收住——到底还是控制住了。

当然，投薛宝钗反对票的人还是有的。有人和林黛玉有一样的想法，认为她有心藏奸。证据就是滴翠亭的"金蝉脱壳"。也有人认为她缺乏爱心，证据是对金钏儿的死那么冷漠。不过，随着小说情节的推进，林黛玉后来改投了赞成票，她很诚恳地对薛宝钗说："你素日待人，固然是极好的，然我最是个多心的人，只当你有心藏奸。从前日你说看杂书不好，又劝我那些好话，竟大感激你。往日竟是我错了，实在误到如今。细细算来，我母亲去世的时候，又无姐妹兄弟，我长了今年十五岁，竟没一个人像你前日的话教导我。怪不得云丫头说你好。我往日见他赞你，我还不受用；昨儿我亲自经过，才知道了。比如你说了那个，我再不轻放过你的，你竟不介意，反劝我那些话，可知我竟自误了。"连她的反对派和主要竞争对手尚且这么说，薛宝钗当选"三好生"自成定局。

至于薛宝钗这个"三好生"是不是我们所喜欢的人，是不是作者所想肯定的人，那就是另外一个问题了。

史湘云：别样风流女中男

　　《红楼梦》里描写了诸多的女儿家，这些女儿们各有各的秉性，各有各的风姿，而湘云在其中尤其别样。她虽为女儿身，却爱扮男装，把丫头也扮成小子。性格中也有着豪爽之气，阳刚之美。现代读者中喜欢史湘云的不在少数，甚至有男士号称："娶妻当娶史湘云。"那么湘云的魅力何在呢？仔细想来，却是因为湘云兼具了男人、女人和孩子的特点，才散发出一种独特的魅力，让现代人对她钟爱有加。

　　有人说"宝玉须眉而巾帼，湘云巾帼而须眉"。也就是说湘云虽身为女儿家却有着男子的气概。这种气概首先表现在她的"女扮男装"上。第31回和第49回中，经宝钗、黛玉之口三次说到她的女扮男装。先是由薛宝钗介绍道："可记得旧年三四月里，他在这里住着，把宝兄弟的袍子穿上，靴子也穿上，额子也勒上，猛一瞧倒像是宝兄弟，就是多两个坠子。他站在那椅子后边，哄的老太太只是叫'宝玉，你过来，仔细那上头挂的灯穗子招下灰来迷了眼。'他只是笑，也不过去。后来大家撑不住笑了，老太太才笑了，说'倒扮上男人好看了'"。黛玉也道："这算什么。唯有前年正月里接了他来，住了没两日就下起雪来，老太太和舅母那日想是才拜了影回来，老太太的一个新新的大红猩猩毡斗篷放在那里，谁知眼错不见他就披了，又

24

大又长，他就拿了个汗巾子缆腰系上，和丫头们在后院子扑雪人儿，一跤栽到沟跟前，弄了一身泥水。"到了第49回在芦雪庭赏雪时，她也是一身男装。

女扮男装古已有之。春秋时齐灵公喜欢让身边的妇女作男子装扮，于是媵妾侍婢穿男人服装，戴男人佩饰。国中妇女也纷纷效法。代父从军的花木兰更是为人们所熟知。但齐灵公身边的妇女男装是为了取悦男子，与个人喜好无关。木兰着男装是不得已而为之，也不是心之所愿，她打完仗回到家就迫不及待地要"脱我战时袍，着我旧时裳"了。所以她们的女扮男装与史湘云的故意着男装是不同的。史湘云故意着男装，既是出自天然的一段心性，活泼调皮，一扫贵族小姐的自矜与扭捏之态，也显出她内心喜好男子豪气的一面来。

中国历史记载中最早好穿男服的女子是夏桀的宠妃末喜。《晋书·五行志》说："末喜冠男子之冠。"明确说末喜戴男人的官帽。《汉书·外戚传》师古注说末喜"美于色，薄于德，女儿行，丈夫心。桀常置末喜于膝上，听用其言，昏乱失道。于是汤伐之，遂放桀，与末喜死于南巢"。从师古的话可知，末喜像男子一样，愿意过问政治。她不安心于后宫生活，既要从事政治活动，就要像男人一样装束。应该说她是女子男装的先行者，并且她的男装与她内心希望像男子一样行动的意愿是相协调的。唐朝前期是盛行妇女着男装的时代。一次唐高宗和武则天举行家宴，他们的爱女太平公主一身男性装束，身穿紫衫，腰围玉带，头戴皂罗折上巾，身上佩戴着边官和五品以上武官的七件饰物，有纷（拭器之巾）、帨（拭手之巾）、砺石（磨石）、佩刀、刀子、火石等，以赳赳男子的仪态歌舞到高宗面前。太平公主着男装，就其个人来讲也不是偶然的，她是一个"多权略"的女子，是唐初在武后、韦后之下的第三个有权干预政治的女人。太平公主的男装，一是她的性格像男人，故喜着男服；一是她干预政治，不愿脂粉气太重，以男装具其威仪，助其施展政治才能。唐武宗时也有女子身着男装。武宗妃子王氏，善于歌舞，又曾帮助武宗获得帝位，是以深得君王宠爱。当武宗畋猎时，她穿着男子的袍服陪同，并骑而行，她与武宗的身段形象差不多，人们竟分不出来哪个是皇帝，哪个是妃子。封建时代男女服制的不同，是男尊女卑的表现，不许女子着男装是压制女性的一种手段。男女装混穿，在正统观念里是严重的政治问题，不是生活小事，更不是个人兴趣问题。女子着男装，从某种程度上说，就是一种叛逆行为。所以上面列举的那几个着男装的女性，在历史上的声名都不咋的。史湘云也就在大观园内戏着男装玩玩而已，但却是作者所赋予的独特的精神气质。正是这种"英豪阔大"的性格，让史湘云从别的女孩之中脱颖而出，成为独特的"这一个"。

史湘云的男子气概还表现在她的"侠义之气"上。第57回里写到邢岫烟家境贫寒，迎春又关照不够，她听说邢岫烟受了委屈，她便要为邢岫烟打抱不平，要去"问二姐姐"，"骂那起老婆子丫头一顿"。黛玉就说她："你要是个男人，出去打一个抱不平儿，你又充什么荆轲聂政，真真好笑。"虽是讥笑之语，但"荆轲聂政"之喻，又显出了湘云的豪气。

湘云的男子气概最主要的还是表现在她的"名士风度"上，就像她自诩的那样："是真名士自风流"。第49回湘云听贾母说有鹿肉，留着晚上给他们吃，就和宝玉悄悄商议，趁新鲜弄一块来自己弄了吃。大家以为他俩要吃生鹿肉，其实是烧烤。湘云一面吃，一面说道："我吃这个方爱吃酒，吃了酒才有诗。若不是这鹿肉，今日断不能作诗。"见宝琴站着观看，她笑道："傻子，过来尝尝。"宝琴开头还嫌"怪脏的"，由于湘云带头大吃大嚼，宝琴等先后加入啖鹿肉行列。林黛玉笑说:"那里找这一群花子去! 罢了,罢了,今日芦雪庵遭劫,生生被云丫头作践了。我为芦雪庵一大哭!"湘云立即猛烈反击:"你知道什么!'是真名士自风流',你们都是假清高,最可厌的。我们这会子腥膻大吃大嚼,回来却是锦心绣口。"而在宝玉生日上,作为女儿家的湘云也是捋袖挥拳,毫无顾忌。一股豪气跃然纸上。她的不拘礼法,不拘小节,一切言谈举止都自然随性,旷达不羁,流露着名士风度。

不过,倘若一个女子身上全是男子的气概,终究也是很难让人喜爱的。现代人常用现代的一些词汇来形容湘云,说她是"假小子",往往忽略了她作为女儿家的美。事实上,无论是"女扮男装""侠义之气"抑或是"名士风度",湘云的豪气中总自然而然地延带着浑然天成的风流的韵味。

她的美貌自不必说。曹公是用海棠花来比喻湘云的,海棠花素有"睡美人"之誉,书中也两次描写到湘云的睡姿,而这两次对她睡姿的描写尽显了她作为女子的风情。这种风情已不再局限于一般闺中女儿的端庄雅正的气质,当然也不是市井女子的放荡俗陋,而是既透着女子的妩媚,又含着少女娇憨的别样风流。第一次描写湘云的睡姿是在第 21 回,是和黛玉的睡姿对比着写的:"那黛玉严严密密裹着一幅杏子红绫被,安稳合目而睡。""湘云却一把青丝,拖于枕畔,一幅桃红绸被只齐胸盖着,衬着那一弯雪白的膀子,撂在被外,上面明显着两个金镯子。"第二次描写湘云的睡姿是在第 62 回,回目中就已点出"憨湘云醉眠芍药茵",一个"醉"字就把湘云睡姿的风情勾勒了出来。"果见湘云卧于山石僻处一个石磴子上,业经香梦沈酣。四面芍药花飞了一身,满头脸衣襟上皆是红香散乱。手中的扇子在地下,也半被落花埋了,一群蜜蜂蝴蝶闹嚷嚷的围着。又用鲛帕包了一包芍药花瓣枕着。""湘云口内犹作睡语说酒令,嘟嘟囔囔说:'泉香酒冽,……醉扶归,宜会亲友。'"《红楼梦》中,宝钗扑蝶、黛玉葬花、湘云醉眠是三个历代为评家激赏的片断。这三段也恰是这三人风神韵致的最佳传神写照。湘云醉眠,实属"醉者无心,稚子无心,无心故理无所托,而自然之韵出焉"。

中国历史上,多有被记载于文字的形形色色的醉态。唐代书法家张旭,号称草圣,嗜好饮酒,常在大醉后手舞足蹈,提笔落墨,一挥而就。杜甫为之作诗曰:"张旭三杯草圣传,脱帽露顶王孙前,挥毫落纸如云烟,焦遂五斗方卓然,高谈雄辩惊四筵。"李白的斗酒诗百篇,更是为大家所熟知。郑板桥亦作诗自嘲:"看月不妨人去尽,对月只恨酒来迟。笑他缣素求书辈,又要先生烂醉时。"最是醉态可掬的是西晋的刘伶,大醉后裸体坐在屋中,有人批评他,他回答说:"我以天地为屋宇,以屋宇为衣服,你跑到我裤裆里来干什么?"这是文人的醉态,或雅致高格,或狂放不羁。梁山泊里的好汉们,大碗喝酒,大块吃肉,宣泄着一种孔武有力的原始能量,喝得痛快淋漓,醉得欢畅无比。于是有了武松打虎和快活林醉打蒋门神。这是武人的醉态,何等的豪气贯云!《红楼梦》中,也写了各类人的各种醉态:焦大醉骂,醉金刚轻财尚义侠,刘姥姥醉卧怡红院,凤姐醉后泼醋,寿怡红的夜宴上群芳醉唱……所以这些中,"湘云醉眠"堪称绝美,也许历史上只"贵妃醉酒"可与之媲美。不过"贵妃醉酒"美在"动",而"湘云醉眠"美在"静"。而且湘云的女儿娇态,其干净纯洁也是杨玉环所无法比拟的。

就如同史湘云讲的,"真名士自风流",像她这样的漂亮女孩,越是男装,却越是出色。第49回"琉璃世界白雪红梅"里,一时史湘云来了,穿着贾母给她的一件貂鼠脑袋面子、大毛黑灰鼠里子、里外发烧大褂子，头上戴着一顶挖云鹅黄片金里大红猩猩毡昭君套，又围着大貂鼠风领。黛玉先笑道："你们瞧瞧，孙行者来了。他一般的也拿着雪褂子，故意装出个小骚达子来。"湘云笑道："你们瞧我里头打扮的。"一面说，一面脱了褂子，只见她里头穿着一件半新的靠色三镶领袖秋香色盘金五色绣龙窄裉小袖掩衿银鼠短袄，里面短短的一件水红装缎狐肷褶子，腰里紧紧束着一条蝴蝶结子长穗五色宫绦，脚下也穿着鹿皮小靴，越显的蜂腰猿背，鹤势螂形。"蜂腰猿背，鹤势螂形"，就是个子高挑，四肢修长，宽肩细腰，你别说，还正是今日时装模特儿之标准身段。配上那一身别致亮丽的行头，立于雪地之中，湘云之娇俏，可称第一。古时女子的服饰把女性的体态美掩盖了，而着男子装倒能显示出女子的体态美来。看来湘云对此是知道的，所以林黛玉讲她是"故意装出"。众人也说"只爱打扮成个小子样儿，原比打扮女儿更俏丽了些"。好在史湘云毫不忸怩，大大方方展示给人看，所以即使是故意的也不显得惹厌了。

湘云是"金陵十二钗"里重要的一个，然而她的出场比较晚，也比较平淡。那时宝玉正在宝钗处闲话，有丫头来报说，史大姑娘来了。就这样把湘云这个人物引了出来。之前没有该人物任何的背景交代。她初次出现在小说中，作者只用了"大说大笑"来介绍这一人物。"只见史湘云大说大笑的，见了他两个，忙站起来问好。"之后"大说大笑"几乎成了湘云的特征。这便是她孩子气的一面，天真烂漫，一派天籁。她会笑得"一口饭都喷了出来"，更能笑得连人带椅一起歪倒。即便"睡在那里还是咭咭呱呱，笑一阵说一阵，也不知那里来的那些话"。孩童般的天性压抑不住地流露出来，红楼女儿中没有第二人。芦雪庵联诗，她一人力战众芳。和她叫阵的，先有宝钗、宝琴、黛玉，最后只留宝琴、黛玉与她对抢。那情景"不是作诗，竟

史湘云：别样风流女中男

是抢命呢",史湘云却一边抢,一边"笑弯了腰","伏着已笑软"。表现出她既争强好胜又毫无炫才之意,只是尽情宣泄其天成的才情以博一快而已。

湘云说话心直口快,口无遮拦,这也是她孩子气的一面。如第22回宝钗过生日,众人在贾母处看戏,贾母深爱那做小旦的,凤姐笑道:"这个孩子扮上活像一个人,你们再瞧不出来。"宝钗心内也知道,却点头不说;宝玉也点了点头儿不敢说。湘云却接口道:"我知道,是像林姐姐的模样儿。"真人真语,不懂避讳。虽说触犯了黛玉,但她何尝有心!只是"小孩儿口没遮拦",眼里看到什么嘴里就说出来了。宝琴初来,她就对宝琴说:"你除了在老太太跟前,就在园里,来这两处只管顽笑吃喝。到了太太屋里,若太太在屋里,只管和太太说笑,多坐一会儿无妨;若太太不在屋里,你别进去,那屋里人多心坏,都是要害咱们的。"说得宝钗、宝琴、香菱、莺儿都笑了。以至宝钗笑她道:"说你没心却有心,虽然有心,到底嘴太直了。"

现代人用现代词汇描述着他们心中所钟爱的湘云,说她"最具健康美";说她是"蛋白质女孩"——性情开朗,娇憨聪颖,调皮任性,有话直说,想做就做,热情大方,广结朋友,心无城府;说她是"野蛮女友"——稚气豪爽,情窦未开,还有几分的侠义性格;说她新颖、时尚、洒脱、帅气、热情、奔放……也许他们说的都对,但我们却不可忘记,大观园那些女孩里,史湘云是不多几个对宝玉说过"混账话"的女孩。宝玉毫不客气地给她碰了个硬钉子:"姑娘请别的屋里坐坐罢,我这里仔细腌臜了你这样知经济的人!"也惟有她,在人前人后明示过对林黛玉的不满。作者为什么要这样写?

贾宝玉在怒斥"宝钗辈"女孩时曾经说过:"好好的一个清静洁白的女子,也学的钓名沽誉,入了国贼禄鬼之流!这总是前人无故生事，立意造言，原为引导后世的须眉浊物，不想我生不幸，亦且闺阁中亦染此风，真真有负天地钟灵毓秀之德了。"看来，史湘云这个"女中男"，是把"须眉浊物"的这一面也一并吸收进去了。或许，正因为她天真，才理所当然地接受了传统的价值观。所以，她的个性即便再可爱，也终究不能让宝玉（其实也是让作者）像"深敬黛玉"一样来崇敬她。然而作者又还是浓彩重墨地写好了这个"英豪阔大宽宏量"的女孩，这也正是《红楼梦》这部巨著在人物塑造方面让很多别的小说难以望其项背的原因之一。

史湘云：别样风流女中男

王熙凤：姜太公在此，百无禁忌

林黛玉初进贾府，就有一个大大疑惑："这些人个个皆敛声屏气如此，这来者是谁，这样放诞无礼？"黛玉所谓的"放诞无礼"，就是老祖宗在场，这人居然不打任何招呼，就在后院笑语："我来迟了，没得迎接远客！"要知道，像这样未出场先来一声叫板的，多半得是个"角儿"。而现在，她外祖母、大舅母、二舅母、先前珠大哥的媳妇珠大嫂子并三位姑娘都见过了，究竟还有谁呢？她，就是贾赦之子贾琏的妻子、王夫人的内侄女王熙凤。

王熙凤在贾府是个特殊人物，论辈分，她不算高，除了贾母，"文"字辈的夫人有好几位在，"玉"字辈的也还有李纨、尤氏，但她就有这个本领，在贾府弄得个"百无禁忌"。

在贾府，老祖宗是绝对权威，从贾赦开始，没有不怕的。就是她，敢把玩笑开到了老太太头上。说到吃的，她说："我们老祖宗只是嫌人肉酸，要不嫌人肉酸，早已把我还吃了呢！"玩牌的时候，她指着贾母素日放钱的一个木箱子笑道："那个里头不知玩了我多少去了。这一吊钱玩不了半个时辰，那里头的钱就招手儿叫他了。"正巧平儿送钱来，凤姐儿道："不用放在我跟前，也放在老太太的那一处去罢。一齐叫进去倒省事，不用做两次，叫箱子里的钱费事。"她甚

33

王熙凤：姜太公在此，百无禁忌

至指着老太太"鬓角上那指头顶儿大的一个坑儿"开涮，说："老祖宗从小儿福寿就不小，神差鬼使，碰出那个坑儿来好盛福寿啊。寿星老儿头上原是个坑儿，因为万福万寿盛满了，所以倒凸出些来了。"

在贾府，吃斋念佛的人不少，惟有她公然宣称"从来不信什么阴司地狱报应的"。在清虚观，张道士拿了个茶盘，搭着大红蟒缎经袱子，托出巧姐儿的寄名符来。凤姐就开他的玩笑："你只顾拿出盘子，倒唬了我一跳。我不说你是为送符，倒像和我们化布施来了。"众人听说哄然一笑，连贾珍也撑不住笑了。贾母回头道："猴儿，猴儿！你不怕下割舌地狱？"她确实不怕。在插手金哥的婚事之前，她就明确对铁槛寺老尼静虚说："你是素日知道我的，从来不信什么阴司地狱报应的，凭是什么事，我说要行就行。"这次她要做的事，是逼迫原任长安守备的公子接受金哥家退还的定礼，因为长安府太爷的小舅子李少爷看上了金哥。她在索贿三千两后，让旺儿找着主文的相公，假托贾琏所嘱，修书一封，连夜往长安县来，找那守备的上级领导长安节度使。那节度使名唤云光，和贾府有交情，自然答应下来，逼得那守备无可奈何，忍气吞声受了前聘之物。这件事本来不算太大，但后果极其严重：刚烈的金哥听说退了前夫，另许李门，便一条汗巾悄悄地寻了自尽。那守备之子谁知也是个情种，闻知金哥自缢，也投河而死。王熙凤嘴里说"我一个钱也不要。就是三万两我此刻还拿的出来"，实际上却为三千两银子断送了两条年轻的生命。事后，她非但不后悔，反而自此"胆识愈壮，以后所作所为，诸如此类，不可胜数"。想来她受贿的数额一定惊人，造下的罪孽也一定不少。

贾府是个"诗礼簪缨之族"，上上下下，说话行事，都有严格的规矩，偏是她的嘴中时常爆出粗话，打人也是家常便饭。在宁府，她要见秦钟，贾蓉道："他生的腼腆，没见过大阵仗儿，婶子见了，没的生气。"她啐道:"呸,扯臊!他是哪吒我也要见见。别放你娘的屁了,再不带来,打你顿好嘴巴子。"大家子妇女,嘴中竟出现这样的粗口,真是匪夷所思,而此时,贾蓉的娘尤氏就在边上。更有甚者,清虚观的小道士撞在她怀里,她"一扬手照脸打了个嘴巴,把那小孩子打了一个斤斗"。打起小丫头来,不是"扬手一下,打的那丫头一个趔趄",就是两边两下,"登时小丫头两腮紫涨起来"。这琏二奶奶的手劲儿还着实不小。

对于男女之大防,也只有她百无禁忌。宁府办丧事的时候,邢夫人、王夫人、凤姐并合族中的内眷陪坐。闻人报:"大爷进来了。"唬的众婆娘"嗡"的一声,往后藏之不迭。独凤姐款款站了起来。元宵开夜宴的时候,她不管"外头有人",照样叽叽喳喳,说得众人俱已笑倒。贾琏在平儿面前诉说:"他不论小叔子、侄儿、大的、小的,说说笑笑,就都使得了。"其实,岂止是说笑!她竟然把贾瑞调戏她这样的事告诉她的侄儿贾蓉和贾蔷,并让他们安排了一场极其下流的恶搞。这样的勾当,岂是大人家的"奶奶"应该做的!

王熙凤不怕老公,倒是老公怕她。偶尔在老太太面前,她也会装出一副怕老公的样子,爬在贾母怀里说:"老祖宗救我,琏二爷要杀我呢!"还装小可怜儿,口口声声"唬的我不敢进去""又不敢和他吵"。这一招果然奏效,贾母万分心疼,说:"凤丫头成日家说嘴,霸王似的一个人,昨儿唬的可怜。"其实她怕什么?幕后操纵贾琏的时候,她是不带求的。为了让贾芹管"小和尚、小道士们的事",她吩咐贾琏"好歹你依我这么着",还"如此这般,教了一套话"。贾琏明明已经应允了贾芸,却无法违拗。稍一迟疑,凤姐就"把头一梗,把筷子一放,腮上带笑不笑的瞅着贾琏道:'你是真话,还是玩话儿?'"就这么一威胁,贾琏立马偃旗息鼓,照章办事。就是下面的

王熙凤:姜太公在此,百无禁忌

小厮，用旺儿的话来说："有几个知奶奶的心腹，有几个知爷的心腹。奶奶的心腹，我们不敢惹；爷的心腹，奶奶敢惹。"

俗话说：姜太公在此，百无禁忌。姜太公有降妖伏魔的手段，才能无所顾忌。那么，王熙凤百无禁忌的背后是什么呢？我们且从她协理宁国府来看。

贾珍请她协理宁国府的时候，王夫人其实是不赞成的，为的是凤姐未经过丧事，怕她料理不起，被人见笑。因此拒绝说："他一个小孩子，何曾经过这些事，倘或料理不清，反叫人笑话，倒是再烦别人好。"但"素日最喜揽事，好卖弄能干"的凤姐"心中早已允了"。当天，她就走马上任，成了宁国府秦可卿治丧委员会的秘书长（主任恐怕得由贾珍挂名）。

这位秘书长上任伊始，便决定"先理出一个头绪来"。凭借平时的观察和此时的用心，她总结出了五大问题：头一件是人口混杂，遗失东西；二件，事无专管，临期推委；三件，需用过费，滥支冒领；四件，任无大小，苦乐不均；五件，家人豪纵，有脸者不能服铃束，无脸者不能上进。为此，她采取了几条措施：第一，明确岗位，各司其职。她让彩明念花名册，按名一个一个叫进来看视，根据各人的情况安排不同的岗位。凡是职责范围内的事情，分工的人都得负责，包括领取物件等，损坏要赔偿。"不管别的事"。第二，实行监督检查制度。赖升家的每日揽总查看，或有偷懒的，赌钱吃酒、打架拌嘴的，立刻拿了来汇报。若要徇情，一旦查出，严惩不贷。第三，严格规定作息时间。上班点名在卯正二刻（大约早上6点30分）；巳正（大约11点钟）吃早饭——就是今天的午饭；秘书长的接待时间只在午初二刻（大约12点30分）；戌初（大约晚上7点）烧过黄昏纸，秘书长亲到各处查一遍，回来上夜的交明钥匙。这工作时间实在有点

36

长，将近十二个小时，所以王熙凤说："说不得咱们大家辛苦这几日罢，事完了你们大爷自然赏你们。"第四，以身作则，严格执法。凤姐自己"不畏勤劳，天天按时刻过来，点卯理事"，忙的时候，甚至"寅正（大约5点钟）便起来梳洗"。手下的员工迟到一次，王熙凤给的惩罚竟是打二十板子并扣除当月全部工资！

王熙凤的管理卓有成效。众人"都有了投奔，不似先时只拣便宜的做，剩下苦差没个招揽。各房中也不能趁乱迷失东西。便是人来客住，也都安静了，不比先前紊乱无头绪，一切偷安窃取等弊，一概都蠲了"。宁府中人都知"凤姐利害，彼此俱各兢兢业业，不敢偷安"。整个丧事"筹划的十分整齐，于是合族中上下无不称叹"。

协理宁国府的成功，当然仰仗王熙凤的全身心投入，她"素性好胜，惟恐落人褒贬，故费尽精神"，但还有一点也至关重要，那就是管理人员本身对"业务"的熟悉。家人媳妇来领东西，凤姐听了数目相合，便命彩明登记，取荣国府对牌发下。若有错的，她马上指出："这个开销错了，再算清了来领。"若没有这样的头脑，要想管好这么个大场面，是不可能的。

相比之下，合族中虽有许多妯娌，也有言语钝拙的，也有举止轻浮的，也有羞口羞脚不惯见人的，也有惧贵怯官的，越显得凤姐洒爽风流，典则俊雅，真是"万绿丛中一点红"了，那里还把众人放在眼里？挥霍指示，任其所为。就这一点来看，出众的才干，倒是她所倚仗的"姜太公"。

王熙凤非但有管理才能，还有经济头脑。她动用月例银子放债，"这几年，只拿着这一项银子翻出有几百来了。他的公费月例又使不着，十两八两零碎攒了，又放出去，单他这体己利钱，一年不到，上千的银子呢"。这虽然不合法，属于"重利盘剥"，并成为贾府被抄检时的罪名。但大家都知道，贾府若没有失去政治上的靠山，这些事情又算得了什么呢？即使放在今天，放高利贷固然违法，投资理财的理念却没有错的。

王熙凤还有个不怕，就是不怕打官司。她对律法颇知一二，鲍二媳妇吊死了，她娘家的亲戚要告，凤姐儿冷笑道："这倒好了，我正想要打官司呢！"又说："只管叫他告！他告不成，我还问他个'以尸诈讹'呢！"不仅她不怕，连她手下的人都不怕。周瑞家的女婿冷子兴，因卖古董和人打官司，叫女儿来讨情。周瑞家的满不在乎地说："这算什么大事，忙的这么着！"嘲笑女儿"小人儿家没经过什么事，就急的这么个样儿"。仗着主子的势，把这些事也不放在心上，晚上只求求凤姐便完了。

为了报复贾琏等人，王熙凤还一手策划了一起诉讼。她封了二十两银子给旺儿，悄悄命他将张华勾来养活，"着他写一张状子，只要往有司衙门里告去，就告琏二爷国孝家孝的里头，背旨瞒亲，仗财依势，强逼退亲，停妻再娶"。张华深知利害，不敢造次。凤姐还生气，骂他"癞狗扶不上墙"，要旺儿说给他："就告我们家谋反也没要紧！"直调唆到张华到都察院处喊了冤。

她之所以不怕打官司，是因为她自信有玩弄察院于股掌之上的能耐。不要说她，就是旺儿也胸有成竹。见了来抓他的青衣，反迎上去，笑道："起动众位弟兄，必是兄弟的事犯了。说不得，快来套上。"众青衣反倒不敢，只说："好哥哥你去罢，别闹了。"察院按照她的要求"虚张声势，惊唬而已"。凤姐则乘此机会大闹宁国府，把尤氏、贾蓉一干人弄得焦头烂额，而她自己则又得便宜又卖乖。凭什么？就凭"都察院素与王子腾相好"。原来她那位在官场上飞黄腾达的亲叔伯，就是她所倚仗的"姜太公"！

娘家的显赫背景和雄厚的经济实力，也是贾琏畏惧她的原因。王熙凤对付贾琏的杀手锏，就是抬出"我们王家"来。当贾琏"穷"得向鸳鸯借当的时候，她手里却三五千也拿得出。再说，虽然她性道德不算太高尚，性心理也不算太健康（这从"毒设相思局"可以看得出来），但毕竟没有偷鸡摸狗的事，对照一下自己的"行动就是坏心"，贾琏如何不怵她三分？

　　在贾府，还有一位王熙凤足可以倚靠的"姜太公"，那就是老祖宗贾母。王熙凤"放诞无礼"地上场后，贾母这样向黛玉介绍她："你不认得他，他是我们这里有名的一个泼辣货，南京所谓'辣子'，你只叫他'凤辣子'就是了。"弄得黛玉不知以何称呼。这一唱一和，充分表现出她们彼此的熟悉和亲热，也表明了贾母对她的放诞行为的接纳。贾母当着众人的面说："凤儿嘴乖，怎么怨得人疼他。"不止一个人对王熙凤的放肆表示过不满，每次，差不多都是老祖宗来救她的驾。她拿老祖宗取笑儿的时候，贾母虽然惊呼："这猴儿惯的了不得了，拿着我也取起笑儿来了，恨的我撕你那油嘴。"但一面又说："明日叫你黑家白日跟着我，我倒常笑笑儿，也不许你回屋里去。"王夫人说："老太太因为喜欢他，才惯的这么样，还这么说，他明儿越发没理。"贾母却说："我倒喜欢他这么着。"元宵节的晚上，她在那里大说大笑，薛姨妈提醒她："你少兴头些，外头有人，比不得往常。"贾母却说："可是这两日我竟没有痛痛的笑一场，倒是亏他才一路说，笑的我这里痛快了些。我再吃盅酒。"怨不得贾琏说"都是老太太惯的他，他才敢这么着"。

　　贾母虽然年迈，却极其明察，怎么偏惯着凤姐？因为老太太深知她"又不是那真不知高低的孩子"。凤姐哪一次说笑，不说是为了老太太？或者是"回来吃螃蟹，怕存住冷在心里，怄老祖宗笑笑儿，

39

就是高兴多吃两个也无妨了"。或者是学"那二十四孝上'斑衣戏彩'……引的老祖宗笑一笑，多吃了一点东西"。或者是通过说笑让"老祖宗气也平了"。"横竖大礼儿不错"，也是王熙凤百无禁忌的关键。她是贾府中最懂得说话艺术的人。在鸳鸯事件中，她先是劝，劝不进就"躲"。嘴上自我检讨："我能活了多大，知道什么轻重？""我竟是个傻子"，心里想的却是如何躲开，又要避免邢氏生疑。老太太光火的时候，她一声不吭，一直等到探春说话之后，气氛有所缓和，火候差不多的时候，她的调侃又开始了："谁叫老太太会调理人？调理的水葱儿似的，怎么怨得人要？我幸亏是孙子媳妇，我若是孙子，我早要了，还等到这会子呢。"——明明是句奉承的话，却以批评老太太的形式出现，说："我倒不派老太太的不是，老太太倒寻上我了。"何等自然，何等巧妙，何等别出心裁！王熙凤的放诞大率如此。

俗话说，没有金刚钻，别揽瓷器活。王熙凤如若没有娘家的政治背景和手中的经济实力，没有"模样又极标致，言谈又爽利，心机又极深细，竟是个男人万不及一的"本钱，像她这样放肆，早就无法在贾府立脚了。而现在，她却以放肆为特色，既讨得了老太太的欢心，也钤压了众人。

在一片喧闹之中，静是特色；在一片静寂之中，动是特色；在"个个皆敛声屏气"的环境中，"放诞无礼"是特色。王熙凤深谙此道。《红楼梦》的作者更是深谙此道。

元春："衣以文绣"的牺牛

　　贾元春其实是个普通的女孩，冷子兴说她"生在大年初一就奇了"，实在没有道理。一年三百六十五天，哪天不有人出生？贾元春生在大年初一，只能说是"巧"而已，谈不上"奇"。冷子兴说她"奇"，也不过是为后面一个"说来更奇"的家伙作铺垫罢了。

　　贾元春的长相，人人都知道"自然是好的了"，但怎么个"好"法，却有些囫囵。若说才情，她绝对一般。省亲的时候她说："我素乏捷才，且不长于吟咏，姐妹辈素所深知，今夜聊以塞责，不负斯景而已。异日少暇，必补撰《大观园记》并《省亲颂》等文，以记今日之事。"这话看来不是谦虚。我们且看她的题大观园绝句：

　　　　衔山抱水建来精，多少工夫筑始成！
　　　　天上人间诸景备，芳园应锡"大观"名。

　　虽然薛宝钗说是"睿藻仙才瞻仰处，自惭何敢再为辞？"但说老实话，除了语言还算平实朴素之外，实在看不出有什么好处。就算这首是"聊以塞责"的，她所承诺的《大观园记》并《省亲颂》等作品，也到底没有让我们见到。元宵节的时候，元春差人送出一个灯谜

来，是一首七言绝句，也"并无新奇"。

创作不行，鉴赏的本事元春倒还有一点。她在众姐妹的诗中发觉"终是薛、林二妹之作与众不同，非愚姊妹所及"。如果说，这还可能是出于礼貌（因为薛林二位毕竟不是"愚姊妹"，而是表亲），但她在贾宝玉奉命而作的四首中"指'杏帘'一首为四首之冠"就体现出水平来了。我们来看一下贾宝玉的大作《杏帘在望》（实际上是黛玉捉刀）：

> 杏帘招客饮，在望有山庄。
> 菱荇鹅儿水，桑榆燕子梁。
> 一畦春韭熟，十里稻花香。
> 盛世无饥馁，何须耕织忙。

这首诗在点题之后用两联描摹景色，一动一静，将安宁丰足的景象画得如在目前。曲终奏雅，突出颂圣的主题，写景抒情浑然一体。贾元春将这首诗评为第一，表现出她懂得思想性和艺术性相结合的双重标准。说她有鉴赏水平，大概不会太错。

元春似乎无所出，但却很有母性。贾宝玉出生后，她考虑到母亲已将年迈，好不容易才得了这么个弟弟，"是以独爱怜之"。和他同侍贾母，刻不相离。那宝玉未入学之先，三四岁时，元春已口传教授了几本书，识了数千字在腹中。虽为姊弟，有如母子。她对贾宝玉的这种态度，既是对弟弟的爱，也是对父母的孝，说明她是个知书达理的好孩子。

综上所述，元春虽然不是非常出色，但贤淑圆润，恰恰是那个时代的道德审美标准所要求的。这个女孩后来成了皇妃，成了贾家政治地位最高的人。她给自己以及自己的家庭带来了什么呢？

　　在旁人眼里，她带给贾家的，是无尽的财富。街上的老百姓说得有鼻子有眼："姑娘做了王妃，自然皇上家的东西分的了一半子给娘家。前儿贵妃省亲回来，我们还亲见他带了几车金银回来，所以家里收拾摆设的水晶宫似的。那日在庙里还愿，花了几万银子，只算是牛身上拔了一根毛罢咧。""他门前的狮子，只怕还是玉石的呢。园子里还有金麒麟，叫人偷了一个去，如今剩下一个了。"这当然是外头的"糊涂人"才这么说，正如贾蓉所说："你们山坳海沿子上的人，那里知道这道理？娘娘难道把皇上的库给我们不成？他心里纵有这心，他不能作主。"不过，不能说老百姓说的一点道理也没有。晋武帝的时候，他的外甥王恺老是想着要和当时的大款石崇比富，晋武帝就经常赞助他。对贾府来说，元春的确是荣宁二府政治上的靠山，也的确为贾府带来了荣华富贵。不过这只是一个方面，另一方面，我们也看到她还给贾府带来了一些别的东西。

　　我们先看看省亲这笔账。贾蓉曾对前来缴租的庄头乌进孝说："头一年省亲连盖花园子，你算算那一注花了多少，就知道了。再二年，再省一回亲，只怕就精穷了！"乌进孝的回答是："那府里如今虽添了事，有去有来。娘娘和万岁爷岂不赏呢？"省亲时，元春的确按例行了赏，给贾母的，是金玉如意各一柄，沉香拐杖一根，伽楠念珠一串，"富贵长春"宫缎四匹，"福寿长春"宫绸四匹，紫金"笔锭如意"锞十锭，"吉庆有余"银锞十锭。邢夫人等二分，只减了如意、拐、珠四样。贾敬、贾赦、贾政等每分御制新书二部，宝墨二匣，金银盏各二只，表礼按前。宝钗、黛玉诸妹妹等，每人新书一部，宝砚一方，新样格式金银锞二对。宝玉和贾兰是金银项圈二个，金银锞二对。尤氏、李纨、凤姐等皆金银锞四锭，表礼四端。另有表礼二十四端，清钱五百串，是赏与贾母、王夫人及各姊妹房中奶娘众丫环的。贾珍、贾琏、贾环、贾蓉等皆是表礼一端，金银锞一对。其余彩缎百匹，白银千两，御酒数瓶，是赐东西两府及园中管理工程、陈设、答应及司戏、掌灯诸人的。外又有清钱三百串，是赐厨役、优伶、百戏、杂行人等的。其中，一千两白银、一百匹彩缎还可以派派用处，其余则都是玩意儿，都只有收藏价值，没有实用价值的。所以贾蓉说："岂有不赏之理，按时按节，不过是些彩缎、古董、玩意儿。就是赏，也不过一百两金子，才值一千多两银子，够什么？"与贾府花在省亲上的银子相比，绝对是入不敷出。这也就是只算政治账，不算经济账了。

为了省亲，王夫人日日忙乱，直到十月里才全备了。贾政题本后，奉旨于明年正月十五日上元之日贵妃省亲，贾府一发日夜不闲，连年也不能好生过了。十四日这一夜，上下通不曾睡。十五日五鼓，也就是黎明时分，自贾母等有爵者，俱各按品大妆。而贵妃未初（大约下午1点）用晚膳，未正（大约下午2点）还到宝灵宫拜佛，酉初（大约下午5点）进大明宫领宴看灯方请旨。戌初（大约晚上7点）才起身，贾府众人差不多等了一整天。

元春省亲共有四道程序：第一道程序是献茶。其时，元春由舆而舟，又去舟上舆，进了行宫。茶三献，贾妃降座，乐止，退入侧室更衣，然后坐上省亲专用的车驾出了大观园。第二道程序是亲人团聚。地点在贾母正室，就是刘老老说"配上大箱、大柜、大桌子、大床，果然威武"的那屋子。元春见了贾母、王夫人、邢夫人、李纨、王熙凤、迎春、探春、惜春、薛姨妈、宝钗、黛玉和她的胞弟贾宝玉。父亲贾政只能在"帘外问安行参"，说些不痛不痒的官场话。第三道程序是宴请。地点在大观园的正殿，筵席上大家作诗，然后看戏。第四道程序是游园，将未到之处复又游玩。最后是按例行赏。丑正三刻（大约次日凌晨2点多钟），请驾回銮。整个省亲活动也就是一个晚上，大约八九个小时。这个活动弄得荣、宁二府中连日用尽心力，真是人人力倦，各各神疲。而真正"母女姊妹，不免叙些久别的情景及家务私情"的时间，至多只有一小时左右，其余都是场面而已。花费这么大的精力，换一个小时的叙谈，这也是务虚不务实罢了。

与成百上千禁锢在深宫中的女性相比，元春还算是非常幸运的。用贾母的话说："家中已托着娘娘的福多了"。在唐代诗人白居易的笔下，那个年仅十六岁就被入选宫中的女孩，一直到六十岁，还不知道君王长什么模样。可怜的她还精心地打扮自己，穿着"小头鞋履窄衣裳"，眉毛画得又细又长，诗人满腹辛酸地感叹，这副"出土文物"的样子也就是在深宫罢了，若是被外面的人看见，恐怕连牙都要笑掉了。元春比这些女孩当然要幸运，但骨肉亲情上的牺牲也不小。元春把自己身在的深宫叫做"不得见人的去处"，又对贾政说："田舍之家，齑盐布帛，得遂天伦之乐；今虽富贵，骨肉分离，终无意趣"。后来她生病，贾母等进去看视，她也对"父女弟兄，反不如小家子得以常常亲近"表示遗憾。

由于元春的关系，贾府和内里的太监有了比较密切的关系。这些不能得罪的主，竟成了荣府的一起"外祟"。用贾琏的话来说："一年他们也搬够了"。那夏太监上两回还有一千二百两银子没送来，倒又差人来借二百两银子。明的暗的，用王熙凤的话说"要都这么记清了还我们，不知要还多少了"。周太监也是如此，一来张口一千两，略应慢了些，他就不自在。当你大把银子送人的时候，当然一切都好，若拿不出手，"将来得罪人的地方儿多着呢"。这种切肤之痛，不到那一个份上，是无论如何体会不出来的。

自打元春进宫之后，风吹草动都是紧张的。风闻宫里头传了一个太医院御医，两个吏目去看病，贾赦就叫贾琏"去问问二老爷和你珍大哥；不然，还该叫人去到太医院里打听打听才是"。明明死的是周贵妃，贾府却也"惊疑的了不得，赶着进去"。即使是贾元春"才选凤藻宫"这样的好事，在作者的笔下，也还是充满了恐惧：

> 一日正是贾政的生辰，宁荣二处人丁，都齐集庆贺，热闹非常。忽有门吏报道："有六宫都太监夏老爷特来降旨。"吓的贾赦、贾政一干人不知何事，忙止了戏文、撤去酒席，摆香案，启中门跪接……
>
> 贾母等合家人心俱惶惶不定，不住的使人飞马来往探信……那时贾母心神不定，在大堂廊下伫候，邢、王二夫人、尤氏、李纨、凤姐、迎春姊妹以及薛姨妈等，皆聚在一处打听信息。

如果不是谜底在最后揭晓，这哪有什么高兴可言？贾府的这种惊恐决不仅仅是对元春身体的担忧，那是宫廷内部变幻莫测的风云所留下的阴影，元春的地位使贾府更能沐浴皇上的阳光雨露，也同样使贾府更能感受风云变幻带来的寒冷暑热。

生活在公元两千两百多年前的智者庄周早就发现，高官厚禄就好比将要去庙堂做祭品的牺牛，养是养得肥了，而且因为"衣以文绣"，外面看看也是漂亮的，但却失去了最根本的东西：建筑在自由意义上的生存。同样，对于贾府来说，出了个皇妃，得与失究竟孰多，恐怕也永远是一笔算不清的账了。

迎春：谁谋杀了沉默的羔羊

迎春是贾府的二小姐，是荣国府大老爷贾赦庶出的女儿，贾琏的妹妹（邢氏光火的时候说："倒是我无儿女的一生干净，也不能惹人笑话！"可见贾琏也不是她所生，倒有可能是迎春的同胞哥哥）。在贾府的兄弟姐妹中，迎春被称作"二木头"。她的木讷不仅是由于性格造成的，也是她的地位造成的。她的名义上的母亲邢夫人曾经教训她说："你是大老爷跟前的人养的，这里探丫头是二老爷跟前的人养的，出身一样，你娘比赵姨娘强十分，你也该比探丫头强才是。怎么你反不及他一点？"这话其实并没有完全说对。迎春的父亲贾赦虽然是荣府的大老爷，但却不是贾母最喜欢的儿子，在荣府，大老爷的地位不比二老爷高，这是上上下下都知道的事实。而且，邢夫人只顾对迎春说"你娘比赵姨娘强十分"，却忘了王夫人比她也要强十分。她拿什么和有强大娘家背景的王夫人比？再说，迎春的母亲早已辞世，赵姨娘却不管怎么还在那儿闹腾。另外，探春的"文彩精华"也是迎春难以望其项背的，叫她如何能与探丫头比肩呢？于是，她很自然地往后退缩，成了一头沉默的羔羊。

这头小羔羊外表看起来非常温顺："肌肤微丰，身材合中，腮凝新荔，鼻腻鹅脂，温柔沉默，观之可亲"。我们从没见她和别人争过

迎春：谁谋杀了沉默的羔羊

什么高下。在大观园一次次的赛诗活动中,她明知自己无法和薛、林等比肩,却总是"奉命羞题",老老实实做她的垫脚石。猜灯谜那次,太监将颁赐之物送与猜着之人,每人一个宫制诗筒,一柄茶筅,独迎春、贾环二人未得。贾环便觉得没趣,迎春却自以为玩笑小事,并不介意。我们更没见她"拿出姑娘的身份来"作践过谁,相反,她甚至宽容到连乳母拿了她的首饰都不加追问的地步。我们时常看到的,就是她两耳不闻窗外事,一心专读《太上感应篇》的样子。

然而,若就此认为迎春是没主意的人,那却错了。《史记·项羽本纪》里记载,卿子冠军宋义曾经针对项羽发布过一道命令,说:"猛如虎,狠如羊,贪如狼,强不可使者,皆斩之。"这里的"狠如羊",就是说羊性是非常执拗的。羔羊虽然沉默,但不等于心底没有主张。迎春也是如此,只不过表面的木讷,掩盖了她内心的一份执拗罢了。

大观园内有人聚赌,查出来的三个大头家中就有迎春的乳母。为此,迎春受了邢氏的好一顿埋怨,说:"如今别人都好好的,偏咱们的人做出这事来,什么意思?"在贾府这个人际关系错综复杂的大家庭里,各门各户矛盾重重,哪怕是一个下人,有把柄落到了人家的手里,主子脸上也不光彩。因此,在一般情况下,主子要么对下人严加责罚,以示公正,借此来堵住别人的嘴,要不就是想方设法偏袒回护。迎春却偏不。当她乳母的儿媳妇玉柱儿家的前来求她去讨情的时候,她说:"好嫂子,你趁早打了这妄想。要等我去说情儿,等到明年,也是不中用的。方才连宝姐姐、林妹妹,大伙儿说情,老太太还不依,何况是我一个人?我自己臊还臊不过来,还去讨臊去?"听听这口气,哪里是没主意的人说的?简直就是斩钉截铁。

决不出头讨情,这是迎春打定的主意,因为她觉得自己不具备那种资格。不管是对乳母还是对别的人，一概如此。司棋是她房里的大丫头，从闹厨房这一回来看，这丫头的地位还真不低，是被叫做"二层主子"的那种。大凡这种丫头和主子的关系都特别密切，比如袭人和宝玉，紫鹃和黛玉，平儿和王熙凤。司棋和迎春应该也是如此。司棋因为和表哥潘又安谈恋爱，要被赶出去，迎春听了，含泪似有不舍之意。司棋出去的时候，她还让绣橘送了个绢包儿，说是"主仆一场，如今一旦分离，这个给你做个念心儿罢"。尽管如此，她却执意不发一言以相援救。不像贾宝玉，见到司棋被撵，不分青红皂白，也不管自己有没有那样的能耐，就要出手相救，对着周瑞家的等人说："姐姐们且站一站，我有道理。"其实他哪有什么"道理"？他连晴雯都保不住，何况司棋！迎春却不是如此。她手里拿着一本书，只管扭着身子呆呆地坐着。直到司棋跪着哭道："姑娘好狠心！哄了我这两日，如今怎么连一句话也没有？"她才发话道："你瞧入画也是几年的，怎么说去就去了？自然不止你两个，想这园里凡大的都要去呢。依我说，将来总有一散，不如各人去罢。"迎春表现得如此无情，不为别的，就为"因前夜之事，丫头们悄悄说了原故，虽数年之情难舍，但事关风化，亦无可如何了"。所以周瑞家的才夸奖她说："到底是姑娘明白。"迎春的确心里头明白，有的罪错在贾府是无可饶恕的，以她的身份和地位既不便，也不该替她说什么话。

迎春很清楚自己的处境：从小儿死了母亲，邢夫人从未把她放在心上，王夫人虽说待她不错，但终究只是婶娘，所以她抱定宗旨，尽一切可能息事宁人。她的乳母为了赌博，拿她的首饰攒珠累金凤去当了银子。这事她竟然也不闻不问。她心中明白那是"他拿了去摘了肩儿了"，但却不打算捅破这层窗户纸。指望她"悄悄的拿了出去，不过一时半晌，仍旧悄悄的放在里头"，最后甚至表示"我也不要那凤

51

了"。从日夜捧读的《太上感应篇》中，她读到"救人急难，最是阴骘事"的教导，自忖"我虽不能救人，何苦来白白去和人结怨结仇，作那样无益有损的事呢？"所以，当玉柱儿家的借累金凤"发邢夫人之私意"的时候，忙止道："罢，罢！不能拿了金凤来，你不必拉三扯四的乱嚷。我也不要那凤了。就是太太问时，我只说丢了，也妨碍不着你什么，你出去歇歇儿去罢。何苦呢？"从中不难看出，迎春对邢氏在经济上的软肋非常清楚，尽可能绕开这个可怕的泥潭。

贾府下人手脚不干净，并不罕见，如果不是投鼠忌器，"若论此事，本好处的"。考虑到她是迎春的乳母，所以平儿等先征求她的意见，问："姑娘怎么样呢？"迎春回答了一篇看似最没主意的话："问我，我也没什么法子。他们的不是，自非自受，我也不能讨情，我也不去加责，就是了。至于私自拿去的东西，送来我收下，不送来我也不要了。太太们要来问我，可以隐瞒遮饰的过去，是他的造化；要瞒不住我也没法儿，没有个为他们反欺枉太太们的理，少不得直说。你们要说我好性儿，没个决断；有好主意可以八面周全，不叫太太们生气，任凭你们处治，我也不管。"众人听了，都好笑起来。笑什么？笑她居然这样坚定地"不作为"。为了坚持这个原则，什么人情她都不放在心上，更不用说身外之物了。她所求的只有一点，就是"不叫太太们生气"，因为就在一会儿之前，大太太邢氏还因为生气，恨恨地责怪了她。她就像一头受惊的羔羊，除了自保，什么都不管了。

然而，正所谓"树欲静而风不止"，迎春那儿的事还偏特别多。聚赌的事情被查处后，她乳母被打了四十大板，撵出去，总不许再入。接着，又是司棋被赶走。最后，灾难终于降临到了她自己头上。

她的婚事，是由父亲作主定下来的。从表面上看，"人品家当都相称合"。这孙家乃是大同府人氏，祖上系军官出身，乃当日宁、荣府中之门生，算来亦系至交。如今孙家只有一人在京，现袭指挥之职。此人名唤孙绍祖，生得相貌魁梧，体格健壮，弓马娴熟，应酬权变，年纪未满三十，且又家资饶富，现在兵部候缺题升，未曾娶妻。奇怪的是，除了贾赦，别人都对这门亲事持保留态度。贾母"心中却不大愿意"，只是因为与贾赦有隔膜，连带对迎春也不那么热心，想"儿女之事，自有天意，况且他亲父主张，何必出头多事？"贾政则是"深恶孙家"。如果仅仅因为孙绍祖"非诗礼名族之裔，他祖父当日是希慕宁荣之势，有不能了结之事挽拜在门下的"，恐怕还不至于让贾政"深恶"。其中一定还别有原因。更奇怪的是，贾赦却又执意要把迎春嫁给孙绍祖。他把婚事告诉贾母的时候，老太太虽然没有明确表示反对，但只说"知道了"三字，余不多及，不难看出她对这桩婚姻是不满意的。贾政更是劝谏过两次，无奈贾赦不听。孙绍祖打骂迎春的时候说，贾赦曾收着五千银子，不该使了他的，如今他来要了两三次不得，所以他认为这桩婚事根本就是"你老子使了我五千银子，把你准折卖给我的"。在贾府经济全面滑坡的时候，贾赦出此下策的可能性完全存在。如果这样，那么迎春的婚姻从一开始就是不平等的，她本来就是一头作牺牲的羔羊。

对迎春的婚姻悲剧，邢夫人像没有这事，王夫人虽说"甚实伤感"，却也不过"在房中自己叹息了一回"而已。真正感到痛彻心扉的，只有一个人，那就是贾宝玉。为了迎春的事，他"这两夜只是睡不着"，苦思冥想得出了一个主意："咱们索性回明了老太太，把二姐姐接回来，还叫他紫菱洲住着，仍旧我们姐妹弟兄们一块儿吃，一块儿玩，省得受孙家那混账行子的气。等他来接，咱们硬不叫他去。由他接一百回，咱们留　百回。只说是老太太的主意。这个岂不好呢？"这个孩子气十足的主意被母亲否定后，他无精打采地出来了。憋着一肚子闷气，无处可泄，走到园中，一径往潇湘馆来。刚进了门，便放声大哭起来，觉得"咱们大家越早些死的越好，活着真真没有趣儿"。除了宝玉，有谁这样牵心牵肺地关心过迎春呢？这也就无怪迎春在家时的畏缩和沉默了。

迎春嫁到孙家，真可谓羊落虎口。孙绍祖行为不端，一味好色，好赌，酗酒，家中所有的媳妇丫头，将及淫遍。迎春略劝过两三次，从此夫妻反目。这里又有让人感到奇怪的地方：抱定宗旨唯求自保的迎春，怎么会劝谏起孙绍祖来？难道她的《太上感应篇》忘了带到孙家去？事实当然不是这样。女孩子啊，谁不把所嫁的男人当作自己的终身所靠？孙绍祖这么不堪，迎春自然是着急的。没想到，孙绍祖就此残酷地折磨起迎春来。打骂之外，有时连饭也不给吃。天冷的时候，她还穿着几件旧衣裳。开始还让迎春回家住了几天，后来干脆也不放她回来。就是贾府送了东西去，她也摸不着。反而还会挨上一顿打，说是她向娘家告了状了。迎春被挫磨得连见娘家人的勇气都没有了，贾家派人去，她藏在耳房里不肯出来。可怜一位如花似玉之女，结缡年余，就被孙家揉搓得病倒，直至一命呜呼。作者用极其冷静的口吻叙述这个悲惨的故事，说："其时又值贾母病笃，众人不便离开，竟容孙家草草完结"——贾府的衰败，人情的冷暖，又一次在迎春身上演绎得触目惊心，羔羊就这样被冷漠的众人屠杀了。

凄凉的人情，在贾宝玉一腔热血的映衬下更显得彻骨寒冷，它也成了贾宝玉撒手红尘的重要推力之一。

探春：基因变异的玫瑰花

探春在贾府的女孩儿中排行第三，她是贾政的女儿、宝玉同父异母的妹妹。她还有个同胞兄弟贾环，以及他们共同的母亲赵姨娘。赵姨娘是《红楼梦》中为数不多的几个惹人厌憎的女人之一，愚蠢，狭隘，"着三不着两"。她的基因很完整地遗传给了儿子贾环，使他也成了贾府中不受欢迎的人。但在贾探春身上，却发生了基因变异，这个女孩子不仅不叫人讨厌，而且非常挺拔地从众姊妹中秀出，成了她们中间的佼佼者。

林黛玉进贾府的时候，看到的探春"削肩细腰，长挑身材，鸭蛋脸儿，俊眼修眉，顾盼神飞，文彩精华，见之忘俗"。与迎春的"肌肤微丰，身材合中，腮凝新荔，鼻腻鹅脂，温柔沉默，观之可亲"、惜春的"身量未足，形容尚小"相比，她无疑是最出色的。贾元春外貌如何，没有直接的描写，但她能选入宫中，"封为凤藻宫尚书，加封贤德妃"，应该也是长得好的，但她在诗词歌赋的才能上，显然比不上探春。元春自己说："我素乏捷才，且不长于吟咏。"从她作的诗以及出的谜语来看，这些话倒也不是谦虚。而探春的才情却是"出于姊妹之上的"。从性格上来说，她不像林黛玉那么缠绵悱恻，也不像薛宝钗"装愚""守拙"，虽然"言语安静、性情和顺"，"素日也最平

趣说红楼人物

和恬淡"，但关键时刻头脑清楚，刚毅果断，敢作敢为。为贾赦要鸳鸯的事，老祖宗发了火，"连王夫人怪上"。这时候，王夫人虽有委屈，如何敢辩？薛姨妈现是亲妹妹，自然也不好辩。宝钗也不便为姨母辩，李纨、凤姐、宝玉一发不敢辩。这正是用得着女孩儿的时候，但迎春老实，惜春小，只有探春挺身而出，窗外听了一听，便走进来，赔笑向贾母道："这事与太太什么相干？老太太想一想，也有大伯子的事，小婶子如何知道？"一句话，既替王夫人洗清了冤屈，也缓和了现场的紧张气氛。这种"该出手时就出手"的举动，既表现出她是个好人，更表现出她是个聪明人。因为该不该出手不仅是个道义问题，还有个时机问题。该出手时不出手自然是孬种，但如果只考虑前者，那也至多是个莽汉。

探春心中有两大遗憾。第一大遗憾，就是自己生而为女子。她说："我但凡是个男人，可以出得去，我早走了，立出一番事业来，那时自有一番道理，偏我是女孩儿家，一句多话也没我乱说的。"尽管如此，她还是不信什么"作诗写字等事，这也不是你我分内之事"的鬼话，写信给贾宝玉说："孰谓雄才莲社，独许须眉，不教雅会东山，让余脂粉耶？"怀着这样一腔豪情，她的住所便以"阔朗"为特点：这三间屋子并不曾隔断，当地放着一张花梨大理石大案，案上堆着各种名人法帖，并数十方宝砚，各色笔筒，笔海内插的笔如树林一般。那一边设着斗大的一个汝窑花囊，插着满满的一囊水晶球的白菊。西墙上当中挂着一大幅米襄阳《烟雨图》。左右挂着一副对联，乃是颜鲁公墨迹。其联云：烟霞闲骨格，泉石野生涯。案上设着大鼎，左边紫檀架上放着一个大官窑的大盘，盘内盛着数十个娇黄玲珑大佛手。右边洋漆架上悬着一个白玉比目磬，旁边挂着小槌。东边便设着卧榻拔步床，上悬着葱绿双绣花卉草虫的纱帐。所有陈设，一派大气，说是文人雅士之室全然没有问题。但几个"娇黄玲珑大佛手"，一副小巧的磬槌以及她的床帐又恰到好处地透出几分女性的气息，非一般"假小子"可比。

她对家族有一份贾宝玉从来也没有过的热心，所以宝玉说："谁都像三妹妹多心多事？我常劝你总别听那些俗语、想那些俗事，只管安富尊荣才是。"但她却做不到。家里的种种弊端，大家都心知肚明不当回事，就她"心里不自在"。到赖大家去喝酒看戏，她注意观察、细心了解，发现那花园没有大观园一半大，但"除他们带的花儿，吃的笋菜鱼虾，一年还有人包了去，年终足有二百两银子剩"。她无限感慨地说："从那日我才知道，一个破荷叶，一根枯草根子，都是值钱的。"受赖大家管理方法的启发，她决定在大观园内也实行承包责任制。不过她并不照搬赖大家的模式，而是弄出一套有贾府特色的方案来。正因为她对家族有这样一份热心，所以抄检大观园时，她悲凉地说："你们今日早起不是议论甄家，自己盼着好好的抄家，果然今日真抄了！咱们也渐渐的来了！可知这样大族人家，若从外头杀来，一时是杀不死的。这可是古人说的，'百足之虫，死而不僵'，必须先从家里自杀自灭起来，才能一败涂地呢！"说着，不觉流下泪来。

若论经济头脑和管理能力，探春是不输给凤姐的。她和李纨、宝钗三个人理事的时候，便觉比凤姐儿当权时倒更谨慎了些。里外下人都暗中抱怨，说越发连夜里偷着吃酒玩的工夫都没了。但王熙凤管账放债，图的是中饱私囊，探春兴利除弊却无一点私心。赵国基死的时候，她正好当家，"说一是一，说二是二"。李纨稀里糊涂地答应赏四十两，若是个有私心的，赵国基是她生母的哥哥，多给点自然是好的，何况又是李纨说的。但探春机警地拦住了。她查了旧账，知道按常例只得二十两，便决定给他二十两银子。尽管赵姨娘哭闹，王熙凤也放出口风，说"如今请姑娘裁度着，再添些也使得"，她还是坚决地说："又好好的添什么？谁又是二十四个月养的？不然，也是出兵放马、背着主子逃出命来过的人不成？"并当着众人面对平儿说："你主子真个倒巧，叫我开了例，他做好人，拿着太太不心疼的钱，乐得做人情！你告诉他，我不敢添减混出主意。他添他施恩，等他好了出来，爱怎么添怎么添！"这公平、公正、铁面无私的一招，让那些等着看笑话的人彻底冷了心。若放在今天，可不是个清正廉洁的好干部？

探春的才干连贾府第一能人王熙凤也非常佩服，说："他虽是姑娘家，心里却事事明白，不过是言语谨慎。他又比我知书识字，更利害一层了。"但探春却有一处致命的软肋，也即西方人所谓的"阿喀琉斯的脚踵"。阿喀琉斯是希腊神话中的英雄，他出生的时候，他的母亲海洋女神忒提斯抓住他的脚踵把他倒浸在冥河中。他浸过水的身体任何武器都不能伤害——只除了他的脚后跟。庶出，便是贾探春经不起攻击的"脚后跟"，也是她心中抹不去的第二大遗憾。

在多妻制的情况下，子女有所谓正庶之分。夫人生的孩子为正出，姨娘生的孩子为庶出。从理论上说，"正出庶出是一样"，都是老爷和太太的孩子，所以探春可以说"谁是我舅舅？我舅舅早升了九省的检点了！"也就是说，王夫人的兄弟王子腾才是她的舅舅，而不是赵姨娘的兄弟赵国基。但事实上，夫人和姨娘的地位毕竟不同。夫人是正儿八经的主子，而且一般娘家背景比较好，等闲的人家不肯让女儿"做小"，姨娘则在主子与奴才之间，尤其是赵姨娘，她的兄弟现在贾府当差，是奴才身份，看见贾环得站起来，跟着他上学，不能"拿出舅舅的款来"。姨娘所生的孩子，难免也会受到影响。做亲时，有人先要打听姑娘是正出是庶出，多有为庶出不要的。所以俗语

探春：基因变异的玫瑰花

骂人有所谓"小娘养的",就是小老婆养的,也就是庶出。抱怨受到不公平待遇的人,也会愤愤然说:"难道我是小老婆养的?"而我们的探春就是小老婆养的,而且还是贾政特别"拎不清"的小老婆赵姨娘所生。

赵姨娘生过两个孩子,一个是探春,另一个就是贾环。贾环和探春无法相比,"真真一个娘肚子里跑出这样天悬地隔的两个人来",赵姨娘又"原有些颠倒","必要过两三个月寻出由头来,彻底来翻腾一阵,怕人不知道,故意表白表白",因此,这个"老鸹窝"的出身是贾探春心中永远的痛。

正因为如此,她表现得比任何人都更有尊严。这种尊严当然不是现代意义上的作为"人"的尊严,而是当时作为一个主子的尊严。我们且看一下探春洗脸的架势:三四个小丫环捧了脸盆、巾帕、靶镜等物来。此时探春因盘膝坐在矮板榻上,那捧盆丫环走至跟前,便双膝跪下,高捧脸盆,那两个小丫环也都在旁屈膝捧着巾帕并靶镜脂粉之饰。平儿见侍书不在这里,便忙上来与探春挽袖卸镯,又接过一条大手巾来,将探春面前衣襟掩了,探春方伸手向脸盆中盥沐。这一套程式,搞得比李纨、尤氏还庄严。道理很简单:形式是为内容服务的,讲究排场,正用于身份显示,向旁人亮出自己 VIP 的地位。

赵姨娘抱怨她不给贾环做鞋,她分辩说:"怎么,我是该做鞋的人么?环儿难道没有分例的?衣裳是衣裳,鞋袜是鞋袜,丫头老婆一屋子,怎么抱怨这些话?给谁听呢!我不过闲着没事作一双半双,爱给那个哥哥兄弟,随我的心,谁敢管我不成!"她这里强调的,就是自己的主子身份,不是"该做鞋的"的奴才。贾宝玉没有体会出她话里的意思,还在劝解,探春听说,一发动了气,将头一扭,说道:"连你也糊涂了!他那想头,自然是有的。不过是那阴微下贱的见识。

他只管这么想。我只管认得老爷太太两个人，别人我一概不管。就是姐妹弟兄跟前，谁和我好，我就和谁好，什么偏的庶的，我也不知道。"有人像赵姨娘一样，觉得探春"没有长翅毛儿就忘了根本，只'拣高枝儿飞'去了"，其实她嫌弃的不是赵姨娘的地位，而是她的为人。她也这样开导赵姨娘："那些小丫头子们原是玩意儿，喜欢呢，和他玩玩笑笑；不喜欢，可以不理他就是了。他不好了，如同猫儿狗儿抓咬了一下子，可恕就恕；不恕时，也只该叫管家媳妇们，说给他去责罚。何苦自不尊重，大呕小喝，也失了体统。"——要自尊，要成体统，这才是她所追求的。

抄检大观园时，迎春木讷，惜春怕事，惟有她胸有成竹，"命众丫环秉烛开门而待"，说："我们的丫头自然都是些贼，我就是头一个窝主。既如此，先来搜我的箱柜，他们所偷了来的，都交给我藏着呢。"说着，便命丫头们把箱一齐打开，将镜妆、妆盒、衾袱、衣包若大若小之物，一齐打开，请凤姐去抄阅。凤姐只得赔笑，命丫环们"给姑娘关上"。她又道："我的东西倒许你们搜阅，要想搜我的丫头这可不能。我原比众人歹毒，凡丫头所有的东西，我都知道，都在我这里间收着：一针一线，他们也没得收藏。要搜，所以只来搜我。你们不依，只管去回太太，只说我违背了太太，该怎么处治，我去自领。"好一个探春！试想一下，如果司棋的主子不是懦弱的迎春而是刚强的探春，绣春囊的秘密恐怕就永远石沉大海了——当然，探春的本来目的倒不在于回护丫环，而在于维护她的自尊。

尤其精彩的是，王善保家的仗着自己是邢夫人的陪房，不知轻重，越众向前，拉起探春的衣襟，故意一掀，嘻嘻的笑道："连姑娘身上我都翻了，果然没有什么。"一语未了，只听"啪"的一声，王家的脸上早着了探春一巴掌。探春趁机翻脸，指着王家的大骂，还要

探春：基因变异的玫瑰花

亲自解纽子，拉着凤姐儿细细地翻，说是"省得叫你们奴才来翻我！"

这一巴掌，岂止是打在王善保家的脸上？而是向所有试图藐视她的人狠狠一击，打出了她凛然不可侵犯的威风。所以连小厮兴儿也知道，探春是玫瑰花儿，"又红又香，无人不爱，只是有刺扎手"。也就是说，谁要想因为探春是个女孩子，尤其因为她是个庶出的女孩而小视她，甚至欺负她，是绝对办不到的。探春讲自己"原比众人歹毒"，其实她是"原比众人敏感"。为了护住"阿喀琉斯的脚后跟"，免得因此而受伤害，她就像玫瑰一样，对任何想要采摘的人张开了刺儿。

探春最后远嫁，离开了贾府这个让她爱过、恨过的地方。高鹗给她安排的结局还不错，夫妻和睦，回娘家的时候"出挑得比先前更好了，服采鲜明"。这大概也是想到她一生自强自尊的缘故吧。而曹雪芹，之所以要让"一个娘肚子里跑出这样天悬地隔的两个人来"，则分明是对传统的嫡庶观念的反拨。

惜春：我是一只小小鸟

　　惜春是贾府四个女孩中第一孤僻之人，自小就和佛门有些因缘。周瑞家的替薛姨妈送宫花给姑娘们，迎春和探春一起，正在窗下围棋；黛玉和宝玉一起，大家解九连环作戏，偏她和水月庵的小姑子智能儿两个一处玩耍，见周瑞家的进来，便问她何事。周瑞家的将花匣打开，说明原故，惜春笑道："我这里正和智能儿说，我明儿也要剃了头跟他作姑子去呢。可巧又送了花来，要剃了头，可把花儿戴在那里呢？"——惜春的后事，此时便注定了，所谓一语成谶。

　　秦汉以来，谶纬之说盛行，人们相信某些文字图录能够预示吉凶得失，也相信有人能够破解这些文字图录。《后汉书》中记载，渤海有个叫郭凤的人，精于此道，他连自己的死期都知道得清清楚楚，预先叫弟子为他准备了棺材。而有些无意中说出的话，也被认为预言着未来事象。《红楼梦》中有不少情节表现了这个内容。第22回，标题就叫"制灯谜贾政悲谶语"。贾政看到宝钗出的谜面上有"梧桐叶落分离别，恩爱夫妻不到冬"的话语，就觉得"小小年纪，作此等言语，更觉不祥。看来皆非福寿之辈"。宝钗后来果然与宝玉夫妻分离。只是惜春说话时没有敏感的人在场，大家只当取笑罢了。然对作者而言，却是一处大大的伏笔。正如脂砚斋所说："闲闲一笔，却将后半

63

趣说红楼人物

部线索提动。"

惜春是宁府大老爷贾敬的女儿，贾珍的胞妹，据说是"因史老夫人极爱孙女，都跟在祖母这边，一处读书"。而在惜春看来，却是由于"父母早死，嫂子嫌我"，老太太虽说"到底疼我些"，从根儿上说却是"孤苦伶仃"的。这个身份让她既畏畏葸葸，又十分敏感；既胆小怕事，又非常执拗。就四姐妹而言，她排在末后。刚出场的时候，"身量未足，形容尚小"，还是个孩子。她像一只受惊的小鸟，警惕地观察着周围的一切，随时打算扑棱着翅膀逃逸。正因为如此，她才把前车之鉴看得清清楚楚，最终"将那三春勘破"。

大姐姐元春"因贤孝才德，选入宫作女史去了"，后来又"才选凤藻宫"当了贵妃，好也算好到了极点，然"喜荣华正好，恨无常又到"，生命的短促，使一切荣耀皆化为过眼烟云。中国古代有很多故事都是从这个角度来唤起人们的觉悟的。唐代沈既济的小说《枕中记》，写少年卢生，家境贫寒，一心想着要建功立业，出将入相。后来在邯郸客店中遇见道士吕翁，给他一个青瓷枕。当时店主人正在蒸黄粱米饭。卢生的头一碰到瓷枕即进入梦中。梦见自己娶崔氏女为妻，中进士，官做到节度使，大破戎虏，为相十年，子孙满堂，寿八十而终。醒来一看，主人蒸的黄粱米饭还没熟呢——元春的故事也是这么一个黄粱梦。排在末后的惜春经历过"烈火烹油、鲜花着锦之盛"，更目睹元春四十三岁薨逝，于是想明白"桃红柳绿待如何？""说什么天上夭桃盛，云中杏蕊多，到头来谁见把秋捱过？则看那白杨村里人呜咽，青枫林下鬼吟哦，更兼着连天衰草遮坟墓。这的是昨贫今富人劳碌，春荣秋谢花折磨。似这般生关死劫谁能躲？闻说道西方宝树唤婆娑，上结着长生果"——惟有皈依佛教，才是跳出轮回的唯一方法。

惜春：我是一只小小鸟

更何况，相对而言，元春还是幸运的，更多的人连过眼而逝的荣华也无福享受。惜春亲眼看到，二姐姐懦弱，被孙绍祖折磨至死；三姐姐刚强，烦恼却也同样无边无尽。"独有妙玉如闲云野鹤，无拘无束"。所以惜春觉得，"我若能学他，就造化不小了"。必须"把这韶华打灭"，才能"觅那清淡天和"。

然而惜春却做不得"闲云野鹤"。她是一只小小鸟，她的窝就在往东不远的宁国府。她有一个"只在都中城外和那些道士们胡羼"的父亲，有"一味高乐不了，把那宁国府竟翻过来了"的亲哥哥贾珍，还有一个被王熙凤骂作"又没才干，又没口齿，锯了嘴子的葫芦，就只会一味瞎小心，应贤良的名儿"的嫂子尤氏。惜春对佛教的浓厚兴趣，反衬出对她对道教的冷淡，可以想象父亲那一套没给她留下什么好印象。哥哥贾珍，弄得东府给人留下了"只有那两个石头狮子干净罢了"的名声，嫂子尤氏又与她不睦。身在荣府，使她更加对宁府的情况洞若观火，于是她像避瘟疫一样躲避着来自哥嫂那里的一切。

抄检大观园的时候，从惜春的丫头入画箱中寻出一大包银锞子来，约共三四十个。又有一副玉带版子，并一包男人的靴袜等物。入画跪下哭诉真情，说："这是珍大爷赏我哥哥的。因我们老子娘都在南方，如今只跟着叔叔过日子；我叔叔婶子只要喝酒赌钱，我哥怕交给他们又花了，所以每常得了，悄悄的烦老妈妈带进来，叫我收着的。"这理由连王熙凤听着也觉得情有可原，说："若果真呢，也倒可恕。"惜春却说："我竟不知道，这还了得。二嫂子要打他，好歹带出他去打罢，我听不惯的。"当凤姐笑中对入画说"你且说是谁接的，我就饶你"的时候，她竟说："嫂子别饶他，这里人多，要不管了他，那些大的听见了又不知怎么样呢。嫂子要依他，我也不依。"倒是凤姐说情，道："素日我看他还使得，谁没一个错？只这一次，二次再犯，两罪俱罚。"

说来有趣，抄检大观园时，三个姊妹对自己丫头的态度截然不同。探春是挺身而出，像母鸡护雏一样护住自己的丫头，不许凤姐一干人搜她的丫头。迎春是不闻不问，自顾自读她的《太上感应篇》。惜春却是火上浇油，无论如何要撵入画出门。那么，惜春为什么对入画如此无情呢？我们只要看她后手的一个举动就明白了。

第二天，尤氏过来，惜春派人把她请到房中，将昨夜之事细细告诉了，又命人将入画的东西一概要来与尤氏过目。尤氏还只当是请她来对质的意思，说："实是你哥哥赏他哥哥的。只不该私自传送，如今官盐反成了私盐了。"然而惜春关心的，却不是这件事情的真相如何，她让尤氏过来，是要她快快带了入画走路，"或打或杀或卖，我一概不管"。她觉得"这些姊妹，独我的丫头没脸，我如何去见人！"其实迎春的丫头司棋，比入画"没脸"多了，但她看不到。这只小鸟儿惊慌过度，一点儿不干净也容不得。她指着尤氏说："你们管教不严。"彼时对惜春来说，入画已不是一个人，而是一个符号，她代表的是宁府。

宁府最近的一件大事是大老爷贾敬也就是惜春的父亲殁天，而这场丧事引出的，却是关于贾珍、贾蓉父子聚麀的丑闻，以及连带着的贾琏偷娶尤二姐和尤三姐抹脖子自杀。贾蓉和尤二姐打情骂俏的时候，一个丫头说："短命鬼，你一般有老婆丫头，只和我们闹。知道的说是玩。不知道的人，再遇见那样脏心烂肺的、爱多管闲事嚼舌头的人，吵嚷到那府里，背地嚼舌，说咱们这边混账。"——很显然，惜春这边的"那府里""背地嚼舌"的人不少，对宁府的"混账"，她早已耳闻。所以惜春断然说："不但不要入画，如今我也人了，连我也不便往你们那边去了。况且近日闻得多少议论，我若再去，连我

67

也编派。"她坚决要送走入画，也就是划清界限的意思，"以后你们有事好歹别累我"。她甚至打算连嫂子尤氏也不再招架，说："你这一去了，若果然不来倒也省了口舌是非，大家倒还干净。"

惜春的行为，尤氏说是"心冷嘴冷"。惜春的对答是："怎么我不冷！我清清白白一个人，为什么叫你们带累坏了？"为了保持自己的清白，她不能不"冷"，而"冷"正是遁入空门的前提。那才貌双全的柳湘莲，便是"冷郎君一冷入空门"的。东府的窳败，让惜春更看清了世事的肮脏，也更坚定了她远离红尘的心愿，以至于她的境界竟比妙玉更上了一个层次。妙玉走火入魔的消息传来后，她心想："妙玉虽然洁净，毕竟尘缘未断"。与她相比，惜春觉得自己尘缘了断得更其清楚："我若出了家时，那有邪魔缠扰？一念不生，万缘俱寂。"她还口占一偈云："大造本无方，云何是应住？既从空中来，应向空中去。"

偈是佛教的颂词，时常用以表现对佛理的阐述或理解。宝玉在生闷气的时候也做过一首偈："你证我证，心证意证。是无有证，斯可云证。无可云证，是立足境。"被黛玉批评说："你道'无可云证，是立足境'，固然好了，只是据我看来，还未尽善。我还续两句云：'无立足境，方是干净'。"宝钗也念出当时神秀和惠能所作的两首偈来，神秀的是："身是菩提树，心如明镜台。时时勤拂拭，莫使有尘埃。"惠能的是："菩提本非树，明镜亦非台。本来无一物，何处染尘埃？"可见当时这些有文化的少男少女对佛教都有所涉猎，但就如宝玉当时所说："谁又参禅，不过是一时的玩话儿罢了。"只是惜春却由于自己的身世遭遇而特别认真起来了。

惜春最后决意遁入空门的契机，是家中出了"狗彘奴欺天招伙盗"的事。老太太寿终归地府，合家出去送殡，尤氏与惜春不合，所以撺掇着不叫她去，让她和病中的王熙凤留下看家。周瑞家的干儿子何三勾结一伙人进来偷盗，将老太太上房的东西都偷去了。偏偏那天妙玉进来看她，她留妙玉住下，"下棋说话儿"，被看园子的包勇一口咬定，"是那姑子引进来的贼"。后来妙玉被劫，又被包勇合理解释为："你们师父引了贼来偷我们，已经偷到手了，他跟了贼去受用去了。"蹚在这浑水之中，惜春"心里从此死定个出家的念头"。

　　惜春这只惊恐的小小鸟，想要飞却飞也飞不高，她寻寻觅觅的，竟不是温暖的怀抱，而是安宁的港湾，这样的要求实在很低微。但她仍遇到不小的拦阻。对贾府这样的"绣户侯门"，出了一个姑子，恐怕不是光彩的事。当年妙玉自幼多病，因她"祖上也是读书仕宦之家"，就不肯轻易剃度，首先是买了许多替身，皆不中用，不得已才带发修行。惜春也知道自己"生在这种人家，不便出家"。听到惜春要出家，贾政的反应是"叹气跺脚"，哀叹"东府里不知干了什么，闹到如此地位！"他还让贾蓉去和他母亲说："认真劝解劝解。若是必要这样，就不是我们家的姑娘了。"王夫人也说："你想咱们家什么样的人家？好好的姑娘出家，还了得。"然而惜春却异常坚定。高飞也好，温暖也好，对她来说都是不可企及的，她只求躲进佛门，避开红尘中的一切是非烦扰。最后她终于如愿以偿，"缁衣顿改昔年妆"，住进栊翠庵带发修行，"独卧青灯古佛旁"，圆了她的夙愿，也完成了作者交给她的任务——由她来"勘破三春景不长"。

妙玉：二"玉"相逢竟何如

　　贾府是禁止谈情说爱的地方，贾母说过："只见了一个清俊男人，不管是亲是友，想起他的终身大事来，父母也忘了，书也忘了，鬼不成鬼，贼不成贼，那一点儿像个佳人！就是满腹文章，做出这样事来，也算不得是佳人了。"对"佳人"是如此，对男人则稍微宽松一点，"馋嘴猫儿似的"，做几件偷鸡摸狗的事不要紧，但若真有了"下流痴病""将来难免不才之事"，也是"令人可惊可畏"的"丑祸"。总而言之，如今触目皆是的"拍拖"，在那时是绝对的禁区，婚姻大事一定要凭"父母之命，媒妁之言"，好孩子最好想都别想。不过，好孩子虽然有，比如薛宝钗，不好的、或者不太好的孩子也大有人在，他们中有的"不用他老娘操一点心儿，鸦雀不闻，就给他们弄了个好女婿来了"；也有人公然声称"不是我女孩儿家没羞耻，必得我拣个素日可心如意的人，才跟他。要凭你们选择，虽是有钱有势的，我心里进不去，白过了这一世了"。更多的人则心里明明有了这份感觉，却又觉得不该有这份感觉，或找不到合适的方法来表达这份感觉，于是，这份感觉就沉甸甸地压在心头，"弄了一身的病了"。贾府中害相思病的有好几个，宝玉和黛玉是不用说了，小红也是一个，见了贾芸后，她做了个相思梦，以后就"懒吃懒喝的"地病起来。还

妙玉：二"玉"相逢竟何如

有一个，就是妙玉。

妙玉是贾府中的女尼。《红楼梦》中出现的女尼不少，有铁槛寺的老尼静虚，小尼智善、智能，还有水月庵的沁香。元妃省亲的时候，采访聘买得十二个小尼姑、小道姑。外又有一个带发修行的，这就是妙玉。妙玉父母俱已亡故，身边只有两个老嬷嬷、一个小丫头伏侍。因听说长安都中有观音遗迹并贝叶遗文，去年随了师父上来，现在西门外牟尼院住着。她师父精演先天神数，于去冬圆寂了。遗言说她："不宜回乡，在此静候，自有结果。"所以未曾扶灵回去。王夫人听说妙玉"文墨也极通，经典也极熟，模样又极好"，就想接了她来，林之孝家的回道："若请他，他说：'侯门公府，必以贵势压人，我再不去的。'"王夫人道："他既是宦家小姐，自然要性傲些。就下个请帖请他何妨。"林之孝家的答应着出去，叫书启相公写个请帖去请妙玉。这个女尼就这样来到贾府，在大观园的栊翠庵定居下来。

妙玉的非同一般从她的出场已经可以看出来：她不是"采访聘买"的，甚至也不是接来的，而是下帖子请来的。

她的出家也有些特别。大凡出家，不外乎两种情况：或者是看破红尘遁入空门的，像甄士隐、柳湘莲、贾宝玉一类；或者是家境贫寒，生活无着，把佛门当作一个饭碗的，那个把寺庙称作"牢坑"的智能儿，大概属于这一类。而妙玉却是因为"自幼多病"才入了空门的，而且她事先"买了许多替身，皆不中用，到底这姑娘入了空门，方才好了，所以带发修行"。说明出家实在不是她的本愿——这使她不同于第一类人；而她祖上又是"读书仕宦之家"，这又让她与第二类人也不相同。

她的名字也非同小可。王熙凤在大观园内遇见小红的时候，问她叫什么名字，小红回答说："原叫'红玉'，因为重了宝二爷，如今只叫小红了。"凤姐听了就皱眉头,说:"讨人嫌的很!得了'玉'的便宜似的,你也'玉'我也'玉'。"不仅贾府规矩,丫环不许以"玉"字为名,作者其实也吝惜得很,整部《红楼梦》,除了"真"(甄)"假"(贾)两个宝玉外,只有两个半"玉"。那半个,就是方才讲的"红玉",她半道上改名叫了小红,所以只算半个。之外,就是黛玉和妙玉。黛玉是"女一号",名中有"玉"理所应当,妙玉也用了这个字,就别有一番深意了。

妙玉是"槛外人",所以难与贾府的姐妹们相比,倘若比起来,她却是名列前茅的。论生活的精致,连林黛玉也被她叫做"大俗人"。她请黛玉她们喝茶的水是五年前在玄墓蟠香寺住着,收的梅花上的雪,统共得了那一鬼脸青的花瓮一瓮,总舍不得吃,埋在地下,今年夏天才开了。她奇怪林黛玉"怎么尝不出来",竟以为是"隔年蠲的雨水"。她拿出来的茶具也都是极其珍贵的古玩,叫人想着都怕弄坏了。给宝钗的那个叫"瓟斝",后有一行小真字,是"王恺珍玩",又有"宋元丰五年四月眉山苏轼见于秘府"一行小字。王恺是晋武帝司马昭的舅舅,是出了名的富豪。这杯子是王恺珍藏,那就至少是1000多年前的文物,再加上又被宋代大文豪苏轼收藏过,可不是价值连城?给黛玉的那个"点犀䀉"虽然没说来历,但也是"古玩奇珍",便是给宝玉的"前番自己常日吃茶的那只绿玉斗",也是连贾府都未必找得出来的宝贝。她还有什么"九曲十环一百二十节蟠虬整雕竹根的"大盏,就是她打算扔掉的"成窑五彩小盖钟",其实也是好东西,是明代成化窑出产的名贵瓷器。

若论诗情,大观园两大才女林黛玉和史湘云对她都是佩服的,说:"可见咱们天天是舍近求远。现有这样诗人在此,却天天去纸上谈兵。"还有音乐、棋艺,她都是精通的。

73

妙玉所做的最莫名其妙的事情，就是居然给贾宝玉送了一张生日贺卡。那是一张粉红笺纸，上面写着："槛外人妙玉恭肃遥叩芳辰。"这天共有四个人生日，除了贾宝玉，还有宝琴、平儿，甚至还有和她做过十年邻居，"又是贫贱之交，又有半师之分"的邢岫烟，她是送出了四张贺卡，还是三张、两张，甚至就这一张，我们无从得知。但就这一张拜帖而言，就很有些古怪。邢岫烟说："从来没见拜帖上下别号的。""槛外人"的别号典出宋代文人范成大的诗《重九日行营寿藏之地》。妙玉认为，"古人中自汉、晋、五代、唐、宋以来"只有两句好诗，就是其中的"纵有千年铁门槛，终须一个土馒头"。她自称"槛外人"，就是以超脱红尘相标榜，所以邢岫烟建议贾宝玉用"槛内人"回复，以示自谦。古怪的还不只是在拜帖上下了别号，更因为这个自称"槛外人"的人，在一个男孩生日时送了贺卡，这样的事，可是非常"槛内"的。

也许，在妙玉眼中，你们说做不得的事我偏做，也是蹾出铁槛之外的表现，但在世人眼中，她就"僧不僧，俗不俗，女不女，男不男"，不成个"理数"了。比如，她明明亲口对林黛玉说：隔年蠲的雨水"如何吃得"？却奉给贾母喝了，而让贾宝玉他们三个另享"体己茶"。她明明亲口说："幸而那杯子（刘老老碰过的成窑五彩小盖钟）是我没吃过的；若是我吃过的，我就砸碎了也不能给他。"却偏偏拿自己吃过的绿玉斗给宝玉喝。贾宝玉固然不像刘老老那么"腌臜"，可毕竟是个男人。林黛玉连北静王所赠的苓香串珍也"掷还不取"，说"什么臭男人拿过的，我不要这东西"。她怎么就能容忍贾宝玉这个"臭男人"喝她的茶杯呢？

答案很明显，她的感觉就像林黛玉一样，贾宝玉虽然是个男人，但不属于"臭"的一类。好多细节都说明，妙玉对贾宝玉是有"感觉"的。芦雪庭争联即景诗的时候，宝玉被罚去栊翠庵要梅花，李纨命人好好跟着，细心的黛玉忙拦说："不必，有了反不得了。"这可就有深意了：若是在人前呢，妙玉是断断不肯让宝玉折梅的；而贾宝玉独自前往，竟然马到功成，拿了一枝"二尺来高，旁有一枝纵横而出，约有二三尺长，其间小枝分歧，或如蟠螭，或如僵蚓，或孤削如笔，或密聚如林，真乃花吐胭脂，香欺兰蕙"的好梅花来。据宝玉自己说，"也不知费了我多少精神"才弄来的。以宝玉平时的做派，他所费的"精神"，应该不外乎以情动人吧。后来不知怎么，贾宝玉又到了栊翠庵，妙玉竟答应每人送一枝梅花——也许是为了掩饰对贾宝玉的特别"大方"吧。

妙玉对宝玉有"感觉"，说起来也很正常，一个是"气质美如兰，才华馥比仙"的漂亮妹妹，一个是"面若中秋之月，色如春晓之花，鬓若刀裁，眉如墨画，鼻如悬胆，睛若秋波"的小帅哥，更重要的是，贾宝玉还"是个些微有知识的"。他的"知识"首先表现在他对妙玉的理解。当邢岫烟批评妙玉"他这脾气竟不能改，竟是生成这等放诞诡僻了"的时候，他解释说："姐姐不知道，他原不在这些人中里，他原是世人意外之人。"这一份理解，把邢岫烟也感动了。她"只管用眼上下细细打量了半日"，方笑着说出了三个"怪不得"：第一，是怪不得俗语说"闻名不如见面"。想来邢岫烟是久闻宝玉之名了。什么名，这里没说，别的地方倒是说了的。"喜出望外平儿理妆"的时候，平儿素昔只闻人说，宝玉专能和女孩们接交。后来自己亲身感受了一番，心中暗暗地想："果然话不虚传，色色想的周到。"专能体贴谅解女孩子——这就是贾宝玉的"名"。从宝玉对妙玉的态度中，她知道了贾宝玉的名不虚传。第二，是怪不得"妙玉竟下这帖子给你"。第三，是怪不得"上年竟给你那些梅花"。也就是说，妙玉早

75

就看出，贾宝玉看人，用的不是世俗的眼光，对于世人所谓"为人孤癖，不合时宜"的人，他有一种难能可贵的理解，所以她才对他青眼相加，有了送贺卡、赠梅花的举动。

贾宝玉的"知识"还表现在他比任何别的人都更尊重妙玉。当发现妙玉送来的生日贺卡时，他的反应是"直跳了起来"，忙问："是谁接了来的？也不告诉！"这个强烈的反应让袭人和晴雯都以为应该是那个要紧的人来的帖子，得知是妙玉，她们都轻松地说："我当是谁，大惊小怪，这也不值的。"只有宝玉认为妙玉值得他当回事。正因为如此，他连回个什么字样都不敢轻易落笔。从这个角度来说，贾宝玉也真是妙玉的"知己"。

妙玉对贾宝玉的这种"感觉"很正常，也很可怕。且不说他们彼此理解的内容很不符合传统道德的要求，就是一个普通的女孩子，对男孩有"感觉"也是不允许的，更何况妙玉身上有比别人更多一层枷锁——她是出家人！这就给妙玉的这份情愫注定了悲剧性的结局。在"金陵十二钗正册"中，妙玉是一块落在泥污之中的美玉，其断语云："欲洁何曾洁？云空未必空。可怜金玉质，终陷淖泥中。"在"红楼梦曲"中，妙玉的曲子叫《世难容》，说妙玉"天生成孤癖人皆罕。你道是啖肉食腥膻，视绮罗俗厌。却不知好高人愈妒，过洁世同嫌。可叹这青灯古殿人将老，孤负了红粉朱楼春色阑，到头来依旧是风尘肮脏违心愿。分一似无瑕白玉遭泥陷，又何须王孙公子叹无缘？"高鹗的续书，根据这些提示，写了妙玉走火入魔的故事和妙玉遭劫的结局。

走火入魔的故事基本上就是一场相思病。妙玉在蓼风轩碰到宝玉，两人言语暧昧，不知怎么就都红了脸——这也是少男少女"来电"的普遍现象：不是话说不完，就是话说不出。之后，妙玉委婉地邀请宝玉与她同行，在潇湘馆外听到了黛玉的爱情歌唱，也觉察到了她"不能持久"的命运。就在当天晚上打坐的时候，妙玉走火入魔起来。

"走火入魔"也叫"走魔入火"，是一种精神疾病。在僧道的修行方式中，有所谓"打坐"，它是一种意念运动，要求理智强行命令大脑进入潜意识状态。打坐到了一定程度，就会使人体大脑皮层处于一种特殊的时相状态，也即所谓的"入静"。古人把入静时的感觉总结为"十六触景象"，会出现恐怖、惊惧等情景。在身心俱疲、思绪繁乱的情况下入静，就容易失去控制，也就是走火入魔了。

妙玉在打坐时"听得房上一片响声，恐有贼来，下了禅床，出到前轩"，说明她此时并未"入静"，头脑里俗念多得很。此刻，她看到的是"云影横空，月华如水"，听到的是"房上两个猫儿一递一声厮叫"，想到的是"日间宝玉之言"，感到的是"一阵心跳耳热"——作者想要暗示什么，再清楚不过了。在这样心旌摇曳的情况下再去打坐，相思病就以走火入魔的形式表现出来。连外面那些游头浪子也知道把它解释为："这么年纪，那里忍得住？况且又是很风流的人品，很乖觉的性灵，以后不知飞在谁手里，便宜谁去呢。"惜春也认为："妙玉虽然洁净，毕竟尘缘未断。"

妙玉最后的结局是被贼人劫走，高鹗以此来对应"可怜金玉质，终陷淖泥中"和"到头来依旧是风尘肮脏违心愿。好一似无瑕白玉遭泥陷"。可不知为什么，总觉得这个结局与前面作者描写妙玉的种种缺乏内在联系，妙玉对宝玉的那一份感情，不是一般的小尼姑思凡，用一场走火入魔的相思病来阐释未免简单而俗露。她师傅所谓的"自有结果"，好像也不该是这个样子的。作者以"玉"字命名，究竟有何深意，只恨不能起曹公于地下而问之！

妙玉：二"玉"相逢竟何如

李纨：处乎材与不材之间

两千多年前，有一位智者行走在山间。他看见一棵大树，长得枝繁叶茂，但伐木的人却对它没兴趣。一问，原来这棵树的木料做不了什么。智者说："啊，它因为无用而保全了自己。"智者走出山间，来到一个朋友家。朋友让孩子杀鹅来招待他。孩子问："家里有两只鹅，一只会叫，一只不会叫，杀哪只？"朋友回答说："杀不会叫的。"第二天，智者的学生向他请教说："那大树因为没用而保全了自己，而那只鹅却因为没用而害了自己，究竟该怎么做呢？"智者笑了："我就在有用和没用之间吧（处乎材与不材之间）。"这位名叫庄周的智者，如果踱进大观园去走走，没准会发现那里真有一个"处乎材与不材之间"的人，她就是李纨。

粗一看，李纨肯定属于"不材"之人。和王熙凤先声夺人、辉煌灿烂的出场相反，她第一次露面的时候连个名姓都没有，叫做"先前珠大哥的媳妇珠大嫂子"。"珠大嫂子"已经是"菟丝附女萝"似的依赖于人了，何况"珠大哥"还是"先前"的，如今早已不在人世。"皮之不存，毛将焉附"？这"珠大嫂子"的身份就不怎么样了。就李纨本人来说，虽然出身于诗礼之家，父亲李守中曾做过国子祭酒，是一个有学问的人，但并不曾叫她十分认真读书，只不过将些《女四

79

李纨：处乎材与不材之间

书》《列女传》读读，认得几个字，记得前朝这几个贤女便了。作诗什么的她都不怎么在行。元春省亲的时候，她"勉强作成一绝"，稚拙得让人实在不敢恭维。后来虽说也做过几首诗，但总不见出色。虽然自小"以纺绩女红为要"，在贾府生活的主要内容也就是"侍亲养子，闲时陪伴小姑等针黹诵读"，却也不见她在针线女红上有什么特长。像林黛玉做的"十分精巧"的香袋儿，探春做的一下子吸引了贾政和赵姨娘眼球的鞋子，还有袭人和宝钗做的"好鲜亮活计"，都没见她拿出手过，更不用说有晴雯补孔雀裘、莺儿打络子那样的绝活巧技了。

就像一个学习成绩平平的学生，受表扬之类的事好像总轮不到李纨。老太太进大观园游玩的那天，她灵机一动预备下了船。后来，老太太问："谁又预备下船了？"她忙回说："才开楼拿的。我恐怕老太太高兴，就预备下了。"对于李纨的主动细致，贾母一点儿表示也没有。这样的事，如果是王熙凤办的，贾母必要夸奖她想得周到。就在此前不久，贾母见了藕香榭中栏杆外另放着两张竹案，一个上面设着杯箸酒具，一个上头设着茶筅茶具各色盏碟。那边有两三个丫头煽风炉煮茶，这边另有几个丫头也煽风炉烫酒，就说："这茶想的很好，且是地方东西都干净。"湘云笑道："这是宝姐姐帮着我预备的。"贾母立马表扬宝钗："我说那孩子细致，凡事想的妥当。"但对李纨的苦心，贾母却视若无睹，只在后来说："他们既备下船，咱们就坐一回。"可怜李纨忙乎了半天，连个名姓都没被提到，就变成"他们"了。直到坐完李纨让准备的船，贾母还是一句褒扬的话都没有。这也就是李纨给人的印象总是"不材"的缘故吧。

然而，不要看李纨默默无闻，大观园内的许多活动缺了她倒也不行。比如贾母给史湘云还席的那回，贾宝玉出的主意是："每人跟前摆一张高几，各人爱吃的东西一两样，再一个十锦攒心盒子，自斟壶，岂不别致？"创意当然是好的，可筹备起来挺复杂。首先"每人跟前摆一张高几儿"就得多少张？外头平时用的肯定是不够的，得把大观园内的储藏室缀锦阁打开，把收藏在那里的拿下来使一天。这些事王熙凤只动了动嘴，实际操作全是李纨的事。她清晨起来，便看着老婆子丫头们扫那些落叶，并擦抹桌椅，预备茶酒器皿。又命素云接了钥匙，让婆子出去，把二门上小厮叫几个来。自己站在大观楼下往上看着，命人上去开了缀锦阁，一张一张地往下抬。小厮、老婆子、丫头一齐动手，抬了二十多张下来。又"恐怕老太太高兴，越发把船上划子、篙、桨、遮阳幔子，都搬下来预备着"。命小厮传驾娘们，到船坞里撑两只船来。一面还掐了各色折枝菊花，盛在一个大荷叶式的翡翠盘子里准备给贾母送去。李纨所做的这些事，也就是边上的刘老老看到了，说："大奶奶倒忙得很。"别人都没怎么在意，然而这却是后来大观园高潮迭起的宴会娱乐活动的基础。没有李纨亲自挂帅的筹备工作组，怎么搞活动？

在贾府，"教姑娘们看书写字，针线道理，这是他的事情"。这份工作有点类似今天的辅导员、班主任之类，弄不好就成了猫和老鼠的关系。李纨却和小姑们相处得极是融洽。贾宝玉生日那天晚上，怡红院的女孩们偷偷为他举办了一个生日派对。要不要请李纨呢？她们犹豫了一下。论理，这样的"地下"活动是一定不能让辅导员知道的，可是这辅导员和她们一向亲近，不请她分明是信不过的意思，以后"倘或被他知道了倒不好"，所以最后还是请了她。那天林黛玉的表现特别好玩，因为偶然参与了一件小小的"坏事"，她很有些不安和愧疚，"离桌远远的靠着靠背"，说："你们日日说人家夜饮聚赌，今日我们自己也如此。以后怎么说人？"仿佛"离桌远远的"就能躲过这场可能被人抓住把柄的聚会。李纨却大气地说:"有何妨碍? 一年之中不过生日节间如此,并没夜夜如此,这倒也不怕。"话语当中既有宽容,也有节制,分寸把握得极好,很值得现代当老师、做家长的学习。

作为大观园少男少女的领头人物,李纨为自己争取了一个头衔:海棠诗社社长。结诗社的主意是探春出的,若是李纨不支持,也在情理之中。因为谁都知道,"一个女孩儿家,只管拿着诗做正经事讲起来,叫有学问的人听了反笑话,说不守本分"。就是宝玉,该下工夫的地方,也不在作诗。王熙凤就说过李纨:"亏了你是个大嫂子呢!姑娘们原是叫你带着念书,学规矩,学针线哪。这会子起诗社!"在一次姐妹们的哄堂大笑后,林黛玉也指着李纨说:"这是叫你带着我们做针线、教道理呢,你反招了我们来大玩大笑的!"但李纨却始终表现得兴致勃勃。第一次聚会,李纨一进门便笑道:"雅的很哪! 要起诗社,我自举我掌坛。前儿春天,我原有这个意思的,我想了一想,我又不会作诗,瞎闹什么,因而也忘了,就没有说。既是三妹妹高兴,我就帮着你作兴起来。"她这副样子,和她在贾母等人面前的处事风格有很大的差异。因为正如李纨所说,在场的人中,"序齿我大",她的行为将直接影响到众人的情绪,所以她不仅热情邀请大伙儿在她那里作社,说:"我虽不能作诗,这些诗人竟不厌俗,容我做个东道主人,我自然也清雅起来了。"还自告奋勇当了社长——这不就与自己的工作对象零距离接触了嘛。

身为社长,李纨履行了三大职能:第一是筹措资金。诗社运作要钱,她约齐了姐妹们去向王熙凤要钱。这时候她表现得特勇敢,毫不惧怕凤辣子,当着姑娘们的面,她说:"你们听听,我说了一句,他就说了两车无赖的话! 真真泥腿光棍,专会打细算盘、分金辩两的",

硬逼着王熙凤"放下五十两银子",把活动经费搞定了。第二是"封官许愿"。她上任伊始,便给迎春和惜春一人一个副社长的头衔,让她们一位出题限韵,一位誊录监场。遇到难题可以不做,若遇见容易些的题目韵脚,也可以随便做一首。这一份特权,进退自如,对于"本性懒于诗词"的迎春和惜春来说,当然"深合己意",所以二人都说:"是极。"从中可以看出,李纨决不是庸俗无能之辈,她不仅有亲和力,也有很好的组织能力,能知人善任,扬长避短,发挥各人的积极性。第三是评判诗歌。海棠社中的高手,无非钗黛二人。二人之中,又是宝钗占先的为多。不管贾宝玉如何起哄,李纨总是很坚定地将"含蓄浑厚"作为第一审美标准,其次才是林黛玉的"风流别致"。连贾宝玉也信服地说:"稻香老农虽不善作,却最善看,又最公道"。所谓"善看",应该不仅是指她看得出诗的特点,而且懂得传统诗歌欣赏的审美标准,所以她当仁不让地自命为"社长"。所有的读者都不难看出,凡是作诗的时候,便是大观园最阳光灿烂的日子,便是贾宝玉和姐妹们最神采飞扬的时候,而创造这份光明的,就有李纨。

李纨不仅在诗社中出了个让迎春和惜春正中下怀的主意,连刘老老也让她挠到了一回痒处。在缀锦阁搬东西的时候,她回头向刘老老笑道:"老老也上去瞧瞧。"刘老老听说,巴不得一声儿,拉了板儿登梯上去。说明她虽然不显山露水,但心中清明,善解人意。

在她的稻香村里,简朴的生活淡化了严格的起坐规矩,丫环素云敢公然拿出自己的脂粉来,请尤氏"能着用些";小丫头敢不下跪,只弯腰捧着脸盆让尤氏洗脸。虽然碍着尤氏的面子,李纨训斥了她们,但不难看出她平时的"厚道多恩无罚"。难怪兴儿称她是"第一个善德人"。这样良好的群众基础,哪里是容易得来的?

在贾府,"玉"字辈的媳妇儿有三个:宁府的长房长孙媳妇尤氏,荣府长房长孙媳妇王熙凤和二房长孙媳妇李纨。从林黛玉进贾府的所见所闻开始，一直到最后，李纨总是把光辉灿烂让给王熙凤，而把默默无闻留给了自己。贾府内部最重要的经济活动——管家，是由王熙凤把持的。说起来这还有点不太顺，她是贾赦的媳妇，"自家的事不管，倒替人家去瞎张罗"。而对李纨来说，贾政的家政应该是她"自家的事"。但她却"从不管事"。即使王熙凤病了，王夫人"将家中琐碎之事，一应都暂令李纨协理"，她也"总是按着老例儿行"，决不"多事逞才的"。她似乎压根儿没想过，借机显摆一下自己的实力，或许趁此炒了王熙凤的鱿鱼也不一定呢。

对王熙凤的很多作为，李纨并不赞成。王熙凤和鸳鸯商议着要拿刘老老"取个笑儿"的时候，她就反对说："你们一点儿好事不做！又不是小孩儿，还这么淘气。仔细老太太说。"王熙凤打骂平儿，她恨恨地说："亏你伸的出手来。那黄汤难道灌丧了狗肚子里去了？气的我只要替平儿打抱不平儿……给平儿拾鞋还不要呢！你们两个，很该换一个过儿才是。"她还半开玩笑地骂过王熙凤："你这个东西，亏了还托生在诗书仕宦人家做小姐，又是这么出了嫁，还是这么着。要生在贫寒小门小户人家，做了小子丫头，还不知怎么下作呢？天下都叫你算计了去！"谁说这里面没有李纨的真实感受？但是，她却在重大问题上和王熙凤保持一致。比如说，她也有才，但决不抢王熙凤的风头，始终甘居二线。俗话说，一山容不得二虎。要在王熙凤的卧榻之侧酣睡，必须得消除她的所有担心和疑心，让她彻底放心。所以李纨对自己所担任的辅导员一职表现得特别爱岗敬业，连小厮都知道"只教姑娘们看书写字，针线道理，这是他的事情"。这就明确表示她对其他岗位——比如管家——是毫无兴趣的。也因此，王熙凤对她特别客气。闲取乐偶攒金庆寿的时候，上上下下都凑份子给王熙凤过生日，王熙凤连赵姨娘和周姨娘这两个"苦瓠子"都不肯放过，却单单放过了她。其实王熙凤也知道李纨并不缺钱。她一个月有二十两银子的月钱，还有园子里的地可以收租，年终分年例，她又是上上分儿。她娘儿们主子奴才共总没有十个人，吃的穿的仍旧是大官中的，通共算起来，也有四五百银子。王熙凤这么做，不过是表示友好罢了。

由于李纨懂得"处乎材与不材之间"，不仅王熙凤放过了她，续作者也因此而放过了她，在贾府"忽喇喇似大厦倾"的时候，单单为她留下了一线"兰桂齐芳"的希望。

巧姐：逃出樊笼的小鸟

　　巧姐可以说是《红楼梦》中的"神秘人物"了，她位处堂堂"金陵十二钗"之"正册"，按理说应该是相当有戏的。可实际上她似乎是十二钗中最苍白的一个。也许是因为年龄太小，她无法进入表现的主屏幕？可是后四十回她该长大了，怎么读到最后她的面目还是云里雾里呢？是续作者高鹗忽略了曹公原先的意图，还是另有别的什么原因？斯人已逝，我们无法起九泉而问之，只能就《红楼梦》中的已有，看看这位巧姐的"巧方儿"。

　　巧姐的形象实在模糊，稍能得见的就是第92回中，宝玉说："我瞧大姐姐这个小模样儿，又有这个聪明儿，只怕将来比凤姐姐还强呢，又比他认的字。"大抵巧姐是个漂亮乖巧的小女孩儿。她受教育的情况倒很清楚：首先是学女红针黹。教师就是府里的嬷嬷们。巧姐的手工老师是刘妈妈，学习内容有"扎花儿"，就是刺绣，用彩线在布料上扎出各种各样的图案。还有"拉锁子"，也是刺绣技术中的一种，在刺绣过程中逐步把线穿套成锁链式的结子，再用它组成图案。针黹是贵族小姐的必修课。贾母说："咱们这样人家，固然不仗着自己做，但只到底知道些，日后才不受人家的拿捏。"《牡丹亭》里，南安太守杜宝的女儿杜丽娘说自己是"炷尽沉烟，抛残绣线"，可见她

巧姐：逃出樊笼的小鸟

做针黹都做得不耐烦了。《红楼梦》里，林黛玉、薛宝钗、史湘云、贾探春等都是做针线的一把好手，各人都有关于做针线活的描写。巧姐儿"虽弄不好，却也学着会做几针儿"。另外就是认字，学文化。教师也是嬷嬷们。担任巧姐文化课老师的是李妈。巧姐儿跟着她"认了三千多字"。按照现在的教学目标，就认字而言，这差不多是小学毕业初中生的水平了。她所使用的教材是《女孝经》和《烈女传》，性别特征非常明显。不像杜丽娘，和贾宝玉一样，学《诗经》。《女孝经》是唐代一个有着很怪的姓氏的人侯莫陈邈（"侯莫陈"为他的姓）的妻子郑氏所撰，共为十八章，向女子阐述行孝的道理以及如何行孝。专门编写女性读物大概是《汉书》作者班固的妹妹班昭带的头，她先搞了一本女性读物《女诫》，后来唐代的宋若莘弄了本《女论语》，他妹妹若昭（这名字像是也隐含着向班昭学习的意思）作了注释。这事到明代更搞大了，明成祖朱棣的皇后徐氏来凑热闹，弄了本《内训》。清代王相的母亲刘氏又搞了本《女范捷录》。王相看看挺成气候的，便把这四本书放在一起，辑为"女四书"。《女孝经》虽然没有入选"女四书"，却有幸成了巧姐儿的教材。巧姐的另一本教材《烈女传》，是西汉刘向所编，记载了上古至西汉约一百位左右具有通才卓识，奇节异行的女子。不难看出，这些教材兼有认字、思想教育和行为规范等多种作用。

巧姐儿看来很想做个好女孩，比做才女更想。宝玉说什么贤能的、有才的她都不大在意，却主动问道："那贤德的呢？"宝玉回答说："孟光的荆钗布裙，鲍宣妻的提瓮出汲，陶侃母的截发留宾，这些不厌贫的，就是贤德了。"巧姐欣然点头。宝玉道："还有苦的，像那乐昌破镜，苏蕙回文；那孝的，木兰代父从军，曹娥投水寻尸等类，也难尽说。"巧姐听到这些，却默默如有所思。宝玉又讲那曹氏

88

的引刀割鼻及那些守节的，巧姐听着更觉肃敬起来。

"曹氏引刀割鼻"的故事讲的是三国时代曹文叔的妻子曹氏。曹文叔死后，这位曹氏为了拒绝再嫁，先剪去了头发，又割去了自己的两耳和鼻子，以表示一辈子守贞节的决心。可以理解为巧姐十分重视女子的节操，但亦可理解为巧姐是对曹氏的刚烈表示崇敬。而当宝玉滔滔不绝讲起"艳的"来的时候，巧姐显然就心有旁骛了。这些描写，除了表现巧姐的性格外，更重要的，恐怕是对巧姐将来命运的暗示：思想上的"不厌贫"和命运的"苦"融合在一起，为巧姐这个贵族千金后来下嫁农家作了充分的铺垫。

巧姐生在农历七月初七，对古人来说，这并不是一个好日子。七夕是天上牛郎织女相会的日子，喜鹊都去帮牛郎织女搭鹊桥了，人间便阴气重了，这天出生的婴孩命运多舛，所以凤姐说她"养的日子不好"。巧姐在书中的主要活动几乎就是生病。一会儿是出水痘，一会儿是着凉发热，一会儿又是惊风。好容易大了，又经丧母之痛。父亲出门在外，亲舅舅王仁居然和贾环、贾芸等串通一气，差点把她卖给蕃邦做"使唤的女人"。最后虽然躲过了这一劫，毕竟在"荒村野店"了其一生，命运可谓多舛。有意思的是，巧姐儿的一切，却与"千里之外，芥豆之微"的刘老老扯上了关系，可谓巧矣。

刘老老一进荣国府时就到过"贾琏的女儿睡觉之所"，二进荣国府在大观园游玩时，"奶子抱了大姐儿来"。王夫人递了一块糕给她，谁知风地里吃了，就发起热来。听说巧姐"时常肯病"，刘老老给王熙凤分析了两条原因：一条是"富贵人家养的孩子都娇嫩，自然禁不得一些儿委屈"，"比不得我们的孩子，一会走，那个坟圈子里不跑去？"针对这个病因她给出的处方是："以后姑奶奶倒少疼他些就好了"。第二条原因则有点玄，说是巧姐儿"身上十净，眼睛又净，

89

或是遇见什么神了"。给出的处方是："给他瞧瞧祟书本子，仔细撞客着"。不管刘老老是真信还是假信这一套，反正这话听着顺耳，操作性又强，凤姐儿马上叫平儿拿出《玉匣记》来，叫彩明来念。所谓"祟书"，也就是择吉书。以前，我国民间，尤其是农村，广泛流行一种择吉习俗，即无论干什么，诸如祀神祭祖、婚丧嫁娶、播种收割、修造营建、开市立券、出门远行、上官赴任，甚至裁衣缝裳、剃头洗澡、剪甲修足等等，都要选择一个"黄道吉日"。与此相应，社会上也流行一种叫做"通书"或"择吉黄历"的择吉书，以应大众百事之需。《玉匣记》即是其中的一种。彩明翻了一会子，念道："八月二十五日病者，东南方得之，有缢死家亲女鬼作祟，又遇花神。用五色纸钱四十张，向东南方四十步送之大吉。"凤姐儿笑道："果然不错，园子里头可不是花神！只怕老太太也是遇见了。"一面命人请两份纸钱来，着两个人来，一个与贾母送祟，一个与大姐儿送祟。这一招还居然见效，果见大姐儿安稳睡了。

这事儿颇显出刘老老"有年纪的经历的多"的优势，让凤姐比较佩服，于是临时决定把给妞妞起名的大事交给刘老老。她的意图有二：一则是借刘老老的寿，二则是让贫苦人起个名字来压一下。古人认为高龄的人有福，用他们经手过的东西可以沾染福分，叫"借寿"，也叫"讨寿"。荣国府元宵开夜宴的时候，王熙凤喝贾母的剩酒，就说"我讨老祖宗的寿罢"。另外，家境比较好的人家也时常因为孩子难养而给起个"阿狗阿猫"的名字，意思是孩子像猫狗一样贱，便不难养了。贾宝玉小时候，"恐怕难养活，巴巴的写了他的小名儿各处贴着，叫万人叫去，为的是好养活，连挑水挑粪花子都叫得"。王熙凤说的"压"，也是这个意思。于是这个贾府当家二奶奶的千金小姐终于有了个土得掉渣的名字——巧姐。不过，刘老老自有一番精彩的解说："这个叫做'以毒攻毒,以火攻火'的法子。姑奶奶定依我这名字,必然长命百岁。日后大了,各人成家立业,或一时有不遂心的事,必然遇难成祥,逢凶化吉,都从这'巧'字儿来。"

这次偶然的取名决定了巧姐一生与刘老老的缘分。

巧姐由奶子抱着在大观园游玩的时候,看到了刘老老的孙子板儿。这个小男孩手里有一个从探春房里拿来的佛手。巧姐本来是抱着大柚子玩的,见了板儿的佛手,大姐儿便要。于是众人将板儿的佛手哄过来给她。那板儿因玩了半日佛手,此刻又两手抓着些果子吃,又见这个柚子又香又圆,更觉好玩,且当球踢着玩去,也就不要佛手了。与板儿换佛手的情节,脂砚斋的批语说:"小儿常情,遂成千里伏线。"这位老先生还神神道道地说什么"柚子即今香团之属也,应与缘通;佛手者,正指迷津也"。其实没有这么复杂,这一交换就是将来巧姐身份变化的伏笔。有不少《红楼梦》研究者认为,按照曹雪芹的原意,巧姐后来可能是嫁给板儿的。他们认为,这一情节不仅透露了"交换"的信息,还与两个交换者直接有关,说明巧姐和板儿是有缘分的。但续写后四十回的高鹗可能觉得让巧姐嫁给板儿太屈,所以挑了刘老老庄上一家"极富的人家",家中"家财巨万,良田千顷,只有一子,生得文雅清秀,年纪十四岁。他父母延师读书,新近科试,中了秀才",巧姐最后"给周家为媳"。当然,大媒仍是帮她度过劫难的恩人刘老老。

巧姐命运最关键,也最为难的时刻,是贾环、贾芸和王仁联手作案,想把她卖给蕃王府里。其时,凤姐已死,贾琏不在,王仁是巧姐的亲舅舅,又串通了邢夫人的兄弟邢大舅,邢夫人既糊涂又偏执,王夫人和平儿都一筹莫展,关键时候,刘老老出现了。她就像《三国演义》中那个嘲笑"满朝公卿,夜哭到明,明哭到夜,还能哭死董

巧姐:逃出樊笼的小鸟

卓否"的曹操一样，笑道："你这样一个伶俐姑娘，没听见过鼓儿词么？这上头的法儿多着呢，这有什么难的？"果然，依着她的方法，也是在她的大力帮助下，巧姐躲过了致命的一劫。为了强调刘老老与巧姐命运中的巧合，作者不仅写刘老老是偶然造访，还写王夫人差点将她拒之门外。还是平儿抬出"她是姐儿的干妈"这一身份，才让她进了贾府。而刘老老成为巧姐的干妈，也纯粹出于巧合。

听到贾母过世的消息，刘老老进城来探望，其时正逢凤姐病得不轻，平儿想"凤姐病里必是懒怠见人"，差一点要打发她走人，恰好凤姐自己听见了，请进来说话。想到自己一死，女儿无依无靠，最后不知道会落到哪里，王熙凤随口对刘老老说："你带了他去罢。"刘老老笑道："姑娘这样千金贵体，绫罗裹大了的，吃的是好东西，到了我们那里，我拿什么哄他玩，拿什么给他吃呢？这倒不是坑杀我了么？"说着，自己还笑。因说："那么着，我给姑娘做个媒罢。我们那里虽说是屯乡里，也有大财主人家，几千顷地，几百牲口，银子钱亦不少，只是不像这里有金的，有玉的。姑奶奶自然瞧不起这样人家。我们庄家人瞧着这样财主，也算是天上的人了。"此时凤姐慨然应允："你说去，我愿意就给。"这些看似信口说出的话，全是日后巧姐命运的谶语。最后，凤姐不仅把自己生的希望交给了刘老老，让她去替自己求神祷告，也把"千灾百病的"的巧姐一并托付给了这个乡下老妪。她这才成了平儿嘴里说的"姐儿的干妈"。

巧姐与刘老老的关系，表面上看来全是天缘凑合。实际上却是因果的必然。正如巧姐判词所写："势败休云贵，家亡莫论亲。偶因济村妇，巧得遇恩人。"权势衰败，家业凋零，这时候即使至亲（如亲舅舅王仁）也同虎狼无异，根本不顾血缘亲情。但因为王熙凤偶然接济了贾府的穷亲戚刘老老，巧姐最终却得刘老老相助，逃出生天。王熙凤一生做了很多损阴德的事。尽管她自称"从来不信什么阴司地狱报应的",但恶因还是无情地报应到她身上,让她先是"力诎失人心",最后又早早地"历幻返金陵"。她生前种过的不多的善因总算给女儿巧姐带来了好运。

作者让故事终结于巧姐嫁入周家这个庄户人家想来颇有深意:在经过家道的跌宕起伏后,巧姐这样的归宿比起黛玉的香消玉殒,宝钗和湘云的年轻守寡,探春的远嫁外藩,迎春的遇人不淑,惜春的遁入空门,似乎更有一种逃出樊笼、回归自然的意味。十二钗各得其所,一个关于贾府的繁华故事逐渐湮没于荒烟蔓草间归于平淡,落得白茫茫大地一片真干净。这片废墟上又会有怎样的种子在萌芽,在生长呢?也许是像板儿、青儿一样懵懂质朴而又健康茁壮的吧?

巧姐:逃出樊笼的小鸟

秦可卿：昙花开过之后

　　《红楼梦》是美丽女子的大观园，就跟我们现在书报亭陈列着的杂志封面一样。美女之多，连作者也忍不住借宝玉之口赞叹："老天，老天，你有多少精华灵秀，生出这些人上之人来？"其中最美丽的女子其实是秦可卿。她的相貌是在贾宝玉的梦中描述出来的："其鲜艳妩媚大似宝钗，袅娜风流又如黛玉"。"兼"有这两个大观园顶级美女之"美"，她的相貌显然是众多漂亮姐妹中拔头筹的。她在小说的第5回出现，第13回便撒手人寰，余事到第15回也就彻底归结，前后总共不过十回，所占篇幅连全书十分之一都不到，但却像昙花一现，虽然短暂，却绚丽夺目，而且给人留下无限遐想，乃至有人想啊想，都想出几部书来了。

　　秦可卿生前人缘极好。在贾母眼里，她"是极妥当的人，因他生得袅娜纤巧，行事又温柔和平，乃重孙媳中第一个得意之人"。在尤夫人眼里，她"这么个模样儿，这么个性格儿，只怕打着灯笼儿也没处找去呢！他这为人行事儿，那个亲戚长辈儿不喜欢他？"秦可卿自己也对王熙凤说："公公婆婆当自家的女孩儿似的待。婶娘你侄儿虽说年轻，却是他敬我，我敬他，从来没有红过脸儿。就是一家子的长辈同辈之中，除了婶子不用说了，别人也从无不疼我的，也从无不和

95

秦可卿：昙花开过之后

我好的。"她死的时候，"那长一辈的想他素日孝顺，平辈的想他素日和睦亲密，下一辈的想他素日慈爱，以及家中仆从老小想他素日怜贫惜贱、爱老慈幼之恩，莫不悲号痛哭"。

只是有两个人，似乎对秦可卿好过了头。头一个是贾宝玉。他不肯在专门为他"收拾下的屋子"里睡午觉，却愿意睡在"侄儿媳妇"秦可卿的房里。梦中也是"秦氏在前，悠悠荡荡，跟着秦氏到了一处"。警幻仙子许配给他的仙姬，"乳名兼美表字可卿"，前者是秦氏的官名，后者是秦氏的小名，分明这位梦中情人就是秦氏。凤姐要去探病的时候，王夫人、邢夫人都说着客气话回避了，只有他跟着去。在秦氏的病榻前，听着她说话，他"如万箭攒心，那眼泪不觉流下来了"。从梦中听见说秦氏死了，他连忙翻身爬起来，只觉心中似戳了一刀的，不觉的"哇"的一声，直喷出一口血来，不顾贾母的反对，当即赶到灵前痛哭。

贾宝玉的这一好，朦朦胧胧地让秦可卿有了一份可疑：所谓"情天情海幻情深，情既相逢必主淫。漫言不肖皆荣出，造衅开端实在宁"，莫不是指她扮演了贾宝玉性启蒙者的角色？你看她的卧室何等香艳：刚至房中，便有一股细细的甜香。宝玉此时便觉眼饧骨软，连说："好香！"从此，贾宝玉对女人身上的香味就特别敏感。与宝钗挨肩坐着，只闻一阵阵的香气，不知何味，遂问："姐姐熏的是什么香？我竟没闻过这味儿。"在黛玉那里，只闻见一股幽香，却是从黛玉袖中发出，闻之令人醉魂酥骨，他便一把将黛玉的衣袖拉住，要瞧瞧笼着何物。

秦可卿房中壁上的画不是励志的《燃藜图》，而是唐伯虎的《海棠春睡图》。苏轼咏海棠诗说："只恐夜深花睡去，故烧高烛照红妆。"海棠就是红妆的美人。有人干脆说这就是唐寅的一幅春宫。对联也

96

不是似雅而俗的"世事洞明皆学问，人情练达即文章"，而是那个高唱"两情若是久长时，又岂在朝朝暮暮"的爱情歌曲的秦观写的"嫩寒锁梦因春冷，芳气袭人是酒香"。镜子是广蓄面首的则天女皇用过的，金盘是汉成帝的婕后、体态轻盈得能作掌中舞的赵飞燕站着舞过的，盘内的木瓜是当年安禄山掷过伤了杨玉环乳房的那个，床榻是寿昌公主于含章殿内睡的，帐子是同昌公主制的连珠帐。被子是西施浣过的纱衾，枕头是红娘抱过的鸳枕。有人说，这些有来头的摆设用于暗示秦氏出身高贵，就像妙玉请宝玉他们几个喝茶时搬出的什么"瓟斝""点犀䀉"一样。其实不然。秦可卿这里的物件都和性别与性有关。寿昌公主即寿阳公主，是南朝宋武帝的女儿。据说她正月初七人日那天睡在含章殿檐下，一片梅花落在她额上，五个花瓣清清楚楚的，拂也拂不掉。皇后说，就让它去吧，看它能留多久。三天后洗脸的时候才洗掉了。宫女们觉得很奇怪，都争相效仿，在额上弄一朵五瓣的梅花，后来就成了时髦的梅花妆。同昌公主是唐懿宗李漼的女儿，是个非常美丽的女孩，可惜婚后四年就一病归天。她们和武则天、赵飞燕、杨玉环、西施、崔莺莺等在一起，构成了作者准备赋予秦可卿的全部要素：聪明，美丽，多情而不幸……

作者写贾宝玉在这样一个性信号非常强烈的环境里，在美丽温柔的秦可卿的面前，有了他的第一次性冲动，他的青春期正式到来了。从这个角度说，把秦可卿视为贾宝玉客观上的性启蒙者不会有错。也正是由于这个原因，贾宝玉对秦可卿的生病乃至死亡有着旁人难以理解的揪心之痛。

另一个对秦可卿好过了头的是贾珍。贾珍对秦可卿的死，用"如丧考妣"来形容决不过分。从"哭的泪人一般"，到"尽我所有"料理，直至"恣意奢华"，敛以"非常人可享"的棺木，为了丧礼上风光些，花一千两银子为贾蓉现买个五品职衔……贾珍的这一好，好出了一个更大的疑案：莫非所谓"画梁春尽落香生。擅风情，秉月貌，便是败家的根本。箕裘颓堕皆从敬，家声消亡首罪宁。宿孽总因情"，是暗示秦可卿与贾珍有些什么瓜葛不成？

这团疑云由于两个人的多嘴多舌而变得越发浓重起来。第一个多嘴的，是宁府的下人焦大。他在喝了酒后骂人，最后"益发连贾珍都说出来"，乱嚷乱叫，说："要往祠堂里哭太爷去，那里承望到如今生下这些畜生来！每日偷狗戏鸡，爬灰的爬灰，养小叔子的养小叔子，我什么不知道？咱们'胳膊折了往袖子里藏'！"似乎惟恐别人不注意，作者还让贾宝玉向王熙凤请教一回："姐姐，你听他说'爬灰的爬灰'，这是什么话？"只要读者比这时候的贾宝玉稍微懂点人事，"这是什么话"已经不用解释了。

第二个多嘴的是个叫做"脂砚斋"的人。他不是小说中人，但却总是以"脂砚斋"或"脂研""脂砚"的名字出现在小说上，对小说中的种种发表他的看法。关于秦可卿，他说了这样的话："'秦可卿淫丧天香楼'作者用史笔也。老朽因有魂托凤姐贾家后事二件，岂是安富尊荣坐享人能想得到者？其事虽未行，其言其意，令人悲切感服，姑赦之，因命芹溪删去'遗簪''更衣'诸文，是以此回只十页，删去天香楼一节，少去四五页也。"

这老朽也真是的，要饶过秦可卿，就别露一点蛛丝马迹，连那些话也未必说。既要删，又要告诉人说"我删了"，岂不更弄得疑云密布？何况还点出"淫丧天香楼"的标题和"遗簪""更衣"的情节，岂不更惹人想入非非？事实上，经他这么一说，细心的读者就在字里行间找起没删除清楚的痕迹来。就好比没告诉你某人得过小儿麻痹症也罢了，若是告诉你了，你还不是得偷偷多打量几回，看他的两只脚果真有点粗细长短没有。这一找，果然找出了几处。

一处是秦可卿死讯传来时的描写："彼时合家皆知，无不纳闷，都有些伤心。"秦可卿是八月下旬开始生病的，中间找过不少大夫，吃过不少药，那病时好时坏，并不瞒人，直到第二年的年底才去世。这么长的一个生病过程，应该说大家都是知道的，对她的死感到"纳闷"就有些奇怪，好像她是暴亡似的。有的版本"伤心"作"疑心"，这个问题就更明显了，有人据此推断秦可卿应为非正常死亡。

另外就是尤氏的表现。这位婆婆对秦可卿一直赞不绝口，可是在她死后却表现得特别消极，"犯了胃气疼的旧症，睡在床上"，始终不露一面，哪怕"亲朋满座，尤氏犹卧于内室，一切张罗款待，都是凤姐一人周全承应"，与贾珍的过于热情形成巨大的反差。

再有就是秦氏两个丫头的表现。一个名叫瑞珠的丫头，见秦氏死了，也触柱而亡。此事更为可罕，合族都称叹。贾珍遂以孙女之礼殡殓之，一并停灵于会芳园之登仙阁。又有小丫环名宝珠的，因秦氏无出，乃愿为义女，请任摔丧驾灵之任。贾府中殉主的丫头只有一个鸳鸯，而鸳鸯为什么自杀，前因后果清清楚楚。瑞珠的死则有些莫名其妙，因而也成为了疑点。

所有这些，加上太虚幻境孽海情天薄命司"金凌十二钗"正册中画有"一座高楼，上有一美人悬梁自尽"，以及《红楼梦曲·好事终》里的唱词"画梁春尽落香生"，人们想出了一个秦可卿之死的大概：她在天香楼上与公公贾珍私通，被丫头瑞珠和宝珠无意中撞破，这不伦之恋让她没有脸面再活下去，就在楼上悬梁自尽。尤氏羞愤难言，遂推病杜门不出。瑞珠害怕贾珍报复，触柱自杀。宝珠不想自杀，为了避祸，自告奋勇做死者的义女，"摔丧驾灵，十分哀苦"。

秦可卿的故事构成了阅读上的一个奇特现象：在一个文本中，竟然出现了两个不同的秦可卿。一个是孝顺长辈、和睦平辈、慈爱下辈、怜贫惜贱、最后因病而亡的好女子。她虽然让贾宝玉睡到了她房里，但原因是宝玉断断不肯在给他预备下的屋子里睡觉，考虑到这位二叔的实际年龄只和自己的弟弟一般大，秦可卿才不忌讳地让他进了自己的房间。当时跟着的有"一簇人"，众奶妈伏侍宝玉卧好了，才款款散去，还留下袭人、晴雯、麝月、秋纹四个丫环为伴。宝玉在梦中失声喊叫"可卿救我"的时候，秦可卿正在房外嘱咐小丫头们好生看着猫儿狗儿打架，忽闻宝玉在梦中唤她的小名儿，她还纳闷："我的小名儿这里从无人知道，他如何得知，在梦中叫出来？"因"不好细问"，只得把这纳闷藏在心里。而这边宝玉一叫，袭人辈众丫环忙上来搂住，叫："宝玉不怕，我们在这里呢！"如此说来，她对贾宝玉的安置确实是"妥当"的。至于宝玉梦见些什么，不仅她管不着，就是宝玉自己，也是做不了主的。

她从八月下旬开始生病，首先是月经不调，有两个多月没有来，同时伴随精神委顿，"那两日到下半日就懒怠动了，话也懒怠说，神也发涅"。渐渐的又添了胁下痛胀，心中发热，头目眩晕，不思饮食，四肢酸软，失眠，盗汗，消瘦等症状。请了众多大夫，一日轮流着，倒有四五遍来看脉，总不见效。这样拖了一年多——中间有"王熙凤毒设相思局"一段插曲。王熙凤是在探视完秦氏后在宁府花园中遇见贾瑞的，贾瑞受其捉弄，"不觉就得了一病"，"腊尽春回"之时，他的病更加沉重，最后终于一命呜呼。这年的"冬底"，秦可卿终于撒手西归。因为她的好人缘（贾珍如丧考妣的哀痛，瑞珠的自杀以及宝珠的认作义女，都可以说是缘于这一点），也因为这病拖得有点久，导致人们对死神的突然降临仍感到震惊和不能接受。而尤氏召之即来的胃病，则主要是为了替凤姐创造"协理宁国府"的舞台。

这个美好的秦可卿是实实在在的，是作者用文字明确表述的。

另一个秦可卿，则是我们上面所说的风情女子。她不仅是年轻的二叔贾宝玉的性启蒙者，是让他成为"天下第一淫人"的"造衅开端"者，而且与公公贾珍有乱伦关系，是荣宁二府的"败家根本"。不过，这个秦可卿是虚幻的，是闪烁在字里行间的，是读者根据脂砚斋的提示在自己的阅读空间里创造出来的。

两个秦可卿孰真孰假，或皆真，或皆假，或皆亦真亦假，是作者留给我们的谜团。这朵美丽昙花开过之后的无限波澜，或许也正是她的魅力所在。

秦可卿生于寒儒薄宦之家，父亲秦邦业，现任营缮司郎中，年近七旬，夫人早亡，因年至五旬时尚无儿女，便向养生堂抱了一个儿子和一个女儿。谁知儿子又死了，只剩下个女儿，就是秦可卿。秦邦业在五十三岁的时候生下一个儿子，就是秦钟，也在秦可卿过世后不久病逝。从养生堂抱来的这个有点奇怪的出身，也引起了人们的联翩遐想，从而创造出了第三个秦可卿。她成了一个具有特殊身份的神秘人物。不过，这个秦可卿和上面所说的两个秦可卿并不在一个层面上。就好比读《水浒》，你可能读出潘金莲的可恶，也可能读出潘金莲的可怜，但若是读出了一部《金瓶梅》来，那就完全是另一回事了。

101

贾府主人

贾宝玉：水晶透明玻璃人

如果要问贾宝玉是好人还是坏人，一定显得很愚蠢。因为文学形象，尤其是经典作品中的文学形象，是决不可以用"好人""坏人"来简单划分的。如果把问题设计得具体一点，情况或许就好一些。比如我们问家长：您是否愿意您的孩子是贾宝玉那样的？或者问老师：您是否希望您的学生是贾宝玉这样的？那么，基本上可以肯定，答案都是"否"。哪个家长愿意孩子像贾宝玉一样不求上进？哪个老师会希望自己的学生像贾宝玉那样不认真读书？就是作者曹雪芹，也没少说他的坏话。贾宝玉第一次露面，作者就给了他两首［西江月］作为上场诗：

> 无故寻愁觅恨，有时似傻如狂；纵然生得好皮囊，腹内原来草莽。潦倒不通世务，愚顽怕读文章；行为偏僻性乖张，那管世人诽谤！
>
> 富贵不知乐业，贫穷难耐凄凉；可怜辜负好时光，于国于家无望。天下无能第一，古今不肖无双；寄言纨绔与膏粱，莫效此儿形状！

瞧瞧，这里头的贬义词可真不少，还颇有点苦口婆心、奉劝各位以之为戒的意思。这样，问题就来了：曹雪芹为什么要塑造贾宝玉这样一个人物形象呢？难道他真的想给读者提供一个反面教员？情况恐怕不是这样。

我们先来看一下，贾宝玉的"傻"和"狂"以及他的"无能""不肖"，究竟表现在什么地方。

首先，表现在"愚顽怕读文章"。贾宝玉原来有个专职老师教着，学习情况却不怎么样。主要问题是贪玩。用贾政的话来说："你要再提'上学'两个字，连我也羞死了。依我的话，你竟玩你的去是正经。"而贾政身边那些知情识趣的清客们，则客气地称之为"作小儿之态"。后来业师回去了，他也就荒废着。再后来遇见秦钟，就约好一起去家塾。这一趟去，"醉翁之意不在酒"。本来就动机不纯，后来弄出闹书房的事也在情理之中。不爱学习的结果，当然是"腹内原来草莽"。贾宝玉自己盘算过："肚子里现可背诵的，不过只有《学》《庸》二论还背得出来。至上本《孟子》，就有一半是夹生的，若凭空提一句，断不能背；至下《孟子》，就有大半生的……至于古文，这是那几年读过的几篇《左传》《国策》《公羊》《谷梁》，这几年未曾读得，不过一时之兴，随看随忘，未曾下过苦功，如何记得？"至于时文八股，更是他所不喜欢的。如此这般，贾宝玉一定不是个好学生。

但宝玉"愚顽"却不愚蠢，在大观园内，他是杂学旁收的专家。第一次见林黛玉，他便根据她的长相，送她一个表字："颦颦"。据称是从《古今人物通考》上来的。他对课外阅读饶有兴趣，闲暇无事，他会携一套《会真记》，走到沁芳闸桥那边桃花底下一块石上坐着，从头细看。他的课外读物还有"古今小说，并那飞燕、合德、则天、

107

玉环的'外传',与那传奇角本"等。而且他的课外阅读能力也不差,能分清什么是"文理雅道"的,什么是"粗俗过露"的,读了《西厢记》,就知道这"真是好文章"。对于诗词,他更是兴趣十足。大观园试才题对额时,他提到的古诗文就有唐代常建的《题破山寺后禅院》(曲径通幽),宋代欧阳修的《醉翁亭记》(泻玉),《尚书·益稷》(有凤来仪),明代唐寅的《题杏林春燕》(杏帘在望),唐代许浑的《晚自朝台津至韦隐居郊园》(稻香村),陶渊明《桃花源记》(秦人旧舍)等多种。蘅芜院中的许多异草,非但贾政"不大认识",清客们也说不清楚,他却一说一大通:"这众草中也有藤萝薜荔。那香的是杜若蘅芜,那一种大约是兰,这一种大约是金葛,那一种是金草,这一种是玉藤,红的自然是紫芸,绿的定是青芷。想来那《离骚》《文选》所有的那些异草:有叫作什么霍纳姜汇的,也有叫作什么纶组紫绦的。还有什么石帆、清松、抚留等样的,见于左太冲《吴都赋》。又有叫作什么绿荑的,还有什么丹椒、蘑芜、风莲,见于《蜀都赋》。如今年深岁改,人不能识,故皆象形夺名,渐渐的唤差了,也是有的。"如果不是被贾政喝断,他大约还可以讲上许多。就是《五经》,他也"因近来作诗,常把《五经》集些,虽不甚熟,还可塞责"。可见他不是"不喜读书",而是不喜欢读指定用来应试的书。

贾政恰恰是应试教育的积极倡导者,他不仅反对贾宝玉杂学旁收,连《诗经》之类的作品,他也认为是"虚应故事",对李贵说:"那怕再念三十本《诗经》,也是'掩耳盗铃',哄人而已。你去请学里太爷的安,就说我说的:什么《诗经》、古文,一概不用虚应故事,只是先把《四书》一齐讲明背熟是最要紧的。""要紧"在什么地方呢?要紧在《四书》是要考试的。自元代起,科举就以"四书"作为命题的依据,从中选取文题测试士子,因此用于科举考试的八股文,也叫"四书文"。"四书"如此重要，贾宝玉是否知道呢？答案是肯定的。他对探春讲过："除了《四书》，杜撰的也太多呢"；他也在袭人面前说过："除了什么'明明德'外就没书了，都是前人自己混编纂出来的。""明明德"语出《大学》，正在《四书》之中。说明贾宝玉对《四书》还是尊重的，可以说是心存敬畏。他明知故犯，不肯好好读这些书，不仅是因为对这些书的内容不感兴趣，更是因为对考试的厌憎。这就是贾宝玉的第二大毛病——"潦倒不通世务"。

我们前面说了，贾宝玉愚顽但不愚蠢，贾政也听说，他"虽不喜读书，却有些歪才"。他能活学活用地把陆游的"花气袭人知昼暖"的诗句移到丫头蕊珠身上，顺着她的姓，把她叫做"花袭人"。他的诗词功夫，和林黛玉等才女相比，自然差了一截，但也并不怯于此道。不仅元春省亲时的"命题作文"做得不错，闲来无事还会有点创作冲动。比如，他写的《四时即景》，"虽不算好，却是真情真景"。十二三岁的男孩，能有这点本领，也不算"无能"了。所以外面"抄录出来，各处称颂"，"也写在扇头壁上，不时吟哦赏赞"。甚至"有人来寻诗觅字，倩画求题"。这里面虽说不无趋炎附势、溜须拍马的成分在，但贾宝玉在这方面还过得去则是肯定的。后来他还写过贾政的话题作文《姽婳词》，自发创作过《芙蓉女儿诔》，都还是很不错的。"自幼于花鸟山水题咏上就平平的"贾政不无醋意地批评他"专在这些浓词艳诗上做工夫"。如果他愿意把"工夫"做在应试上，"雏凤清于老凤声"应该说是没问题的。然而他就是不肯在这方面下工夫。

如若说读书苦，不愿下这工夫，那倒还不要紧，还有另一条路可走。贾赦说过："想来咱们这样的人家，原不必寒窗萤火，只要读些书，比人略明白些，可以做得官时，就跑不了一个官儿的。"事实上，贾府中除了贾敬是进士，其他还没有谁是科甲出身的。贾珍、贾赦的官都是世袭的，贾政原要"从科甲出身，不料代善临终遗本一上，皇上怜念先臣，即叫长子袭了官。又问还有几个儿子，立刻引见，又将这政老爷赐了个额外主事职衔，叫他入部习学，如今现已升了员外郎"。贾府中人其实都知道这条路，贾政在山穷水尽时也说过"你在家不读书也罢了"这样无奈的话，袭人规劝他的时候也说："你真爱念书也罢，假爱也罢，只在老爷跟前，或在别人跟前，你别只管嘴里混批，只作出个爱念书的样儿来，也叫老爷少生点儿气，在人跟前也好说嘴。"所以贾宝玉读书中举的压力远不如现今那些家长们所施加给子女的那么大。但即便如此，也须"世事洞明""人情练达"，就如史湘云所说："如今大了，你就不愿意去考举人进士的，也该常会会这些为官作宦的，谈讲谈讲那些仕途经济，也好将来应酬事务，日后也有个正经朋友。"这也就是所谓的"通世务"。贾琏走的就是这条路。他"也是不喜正务的"，书没读好，身上的"同知"是捐来的。但他"于世路上好机变，言谈去得"，这就行了。贾宝玉不是不懂这个道理，而是对这些个东西绝对反感。他到宁府去的时候，有专门给"宝二叔收拾下的屋子"。一幅画挂在上面，人物固好，其故事是鼓励苦读的"燃藜图"，宝玉心中便有些不快。又有一副对联，写的是："世事洞明皆学问，人情练达即文章。"及看了这两句，纵然室宇精美，铺陈华丽，宝玉亦断断不肯在这里了，忙说："快出去，快出去！"

贾宝玉为什么极端憎恶这些？因为这里的读书、做学问、写文章，或者可以与之画上等号的世事洞明、人情练达，它们的指向完全一致，那就是：为官作宦。说到底，就是用某些委屈自己的手段（或者读书，或者应酬）去换取功名利禄。热衷于此道的人或平庸而至于迂阔（如贾政），或有才而至于贪酷（如贾雨村），贾宝玉对此深恶痛绝。他从不把这看作是生命意义之所在，能有一群姐姐妹妹为他流泪，他就觉得"一生事业纵然尽付东流，也无足叹惜了"。他当然更鄙视那些一心钻营仕途经济的"禄蠹"。从他对贾雨村的态度中，可以看得很明白。他非但在背后抱怨，说"有老爷和他坐着就罢了，回回定要见我！"明确表示"并不愿和这些人来往"；就是见了，也"全无一点慷慨挥洒的谈吐，仍是委委琐琐的"。"道不同，不相为谋"。贾宝玉对仕途经济的厌恶可见一斑。

细细想来，天下其实就是"禄蠹"的世界。谁人不想平步青云？哪个不想加官晋爵？只不过情况不同，高下有别罢了——其汲汲遑遑的心态都是一样的。唯有一种人，是在这禄蠹世界之外的，那就是"女儿"。所以贾宝玉一生的最爱就是"女儿"。也正因为如此，不肯在挂着"燃藜图"的屋子里睡觉的贾宝玉，到了秦可卿香艳的卧房里就含笑道"这里好，这里好！"

此时的贾宝玉已经表现出他的第三个毛病："天下古今第一淫人"。其实还在更早的时候，这一点已经有所表现。"那周岁时，政老爷试他将来的志向，便将世上所有的东西摆了无数叫他抓。谁知他一概不取，伸手只把些脂粉钗环抓来玩弄"。我们不妨替一个周岁的孩子想想，笔墨纸砚与鲜艳芬芳的脂粉、珠光宝气的钗环究竟哪个更有吸引力？这是一个天然的选择，是出自本性的选择，因而也是最人道的选择。从那一刻起，贾宝玉就把这份选择凝固了。

我们回头来看秦可卿的卧房。刚至房中，便有一股细细的甜香。宝玉此时便觉眼饧骨软，连说："好香！"入房向壁上看时，有唐伯虎画的《海棠春睡图》(不是《燃藜图》!）两边有宋学士秦太虚写的一副对联云：嫩寒锁梦因春冷，芳气袭人是酒香（不是"世事洞明皆学问，人情练达即文章"！）两相对照，前者是慵懒的、惬意的、艺术的、美的，后者是辛劳的、刻苦的、功利的、俗的。前者是自然人性的表现，后者是人的社会性的表现。自然人性只表现在婴孩身上，一旦长大成人，进入社会，他就必然要有社会性。用今天的话来说，就是必须承担起作为一个社会人的责任。可是，贾宝玉却拒绝长大。大观园就是他的伊甸园，他躲在里面，试图永远生活在烂漫的童真之中。这样的人，当然就"于国于家无望"了。

然而，贾宝玉拒绝长大，不等于他没有长大。对于自己所选择的生活，他是有理性思考的。他时常"背前面后混批评"。凡读书上进的人，就起个外号儿，叫人家"禄蠹"，而没有读书上进欲望的女孩儿就成了他的最爱。我们不妨继续来看秦可卿那间让宝玉叫好的卧房：案上设着武则天当日镜室中设的宝镜，一边摆着赵飞燕立着舞的金盘，盘内盛着安禄山掷过伤了太真乳的木瓜。上面设着寿昌公主于含章殿下卧的宝榻，悬的是同昌公主制的连珠帐。这里所有的陈设都充满性暗示（从这里的描写来说，简直就不是暗示而是"明示"了），意味着随着年龄的长大，贾宝玉所喜欢的脂粉钗环，要加进新内容了。而所有这一切又始终和他的不愿意"留意于孔孟之间，委身于经济之道"联系在一起。

说贾宝玉好色不假，凡是聪明清俊的女孩儿，他没有不留情的。林黛玉固然是他的最爱，宝姐姐"雪白的胳膊"，也曾引动他的"羡慕之心"。想起"金玉"一事来，再看看宝钗形容，只见"脸若银盆，眼同水杏，唇不点而含丹，眉不画而横翠，比黛玉另具一种妩媚风流"，他也会"不觉又呆了"。他和袭人"两个的好，是不必说了"；晴雯也是他心中"第一等的人"，还有莺儿的"语笑如痴"，鸳鸯的白腻的脖项，都曾让他不胜其情。然正如警幻所说："淫虽一理，意则

趣说红楼人物

有别。如世之好淫者，不过悦容貌，喜歌舞，调笑无厌，云雨无时，恨不能天下之美女供我片时之趣兴。此皆皮肤滥淫之蠢物耳。如尔则天分中生成一段痴情，吾辈推之为'意淫'。惟'意淫'二字，可心会而不可口传，可神通而不能语达。汝今独得此二字，在闺阁中虽可为良友，却于世道中未免迂阔怪诡，百口嘲谤，万目睚眦。"也就是说，如果像贾琏或者像贾迎春的丈夫孙绍祖一样，"一味好色"，虽然不是什么好事，但却是世人所能够理解的。就像贾母说的："什么要紧的事，小孩子们年轻，馋嘴猫儿似的，那里保的住呢？从小儿人人都打这么过"。而贾宝玉的"意淫"，却不是人人都有的，这使得他成了"古今不肖无双"的角色。

贾宝玉在这个问题上的"奇"，第一是奇谈怪论。比如他的"水""泥"理论："女儿是水做的骨肉，男子是泥做的骨肉，我见了女儿便清爽，见了男子便觉浊臭逼人。"在男尊女卑的封建社会里，这不是平等，而是颠倒，是矫枉过正的一种破坏。

第二是奇怪的行为。第 44 回，凤姐泼醋打了平儿，宝玉忙把平儿让到怡红院，劝道："好姐姐，别伤心，我替他两个赔个不是罢。"平儿笑道："与你什么相干？"宝玉笑道："我们弟兄姐妹都一样。他们得罪了人，我替他赔个不是，也是应该的。"又道："可惜这新衣裳也沾了。这里有你花妹妹的衣裳，何不换下来，拿些个烧酒喷了熨一熨，把头也另梳一梳。"一面说，一面吩咐了小丫头子们："舀洗脸水，烧熨斗来。"袭人特特地开了箱子，拿出两件不大穿的衣裳。看平儿洗了脸，宝玉又劝她擦上些脂粉。还走至妆台前，将一个宣窑磁盒揭开，亲自将里面盛着的一排十根的轻白红香四样俱美的玉簪花棒儿，拈了一根递与平儿。又给她一个盛胭脂的小白玉盒子，笑道："铺子里卖的胭脂不干净，颜色也薄，这是上好的胭脂拧出汁子来淘

113

贾宝玉：水晶透明玻璃人

澄净了，配了花露蒸成的。只要细簪子挑一点儿，抹在唇上足够了，用一点水化开，抹在手心里，就够拍脸的了。"简直就是一个美容顾问。平儿依言妆饰，果见鲜艳异常，且又甜香满颊。宝玉又将盆内开的一支并蒂秋蕙用竹剪刀铰下来，替她簪在鬓上。平儿走后，见衣服上喷的酒已干，便拿熨斗熨了叠好，见她的绢子忘了去，上面犹有泪痕，又搁在盆中洗了晾上——天哪，看看宝玉做的事：伺候平儿更衣、洗脸、上粉、抹胭脂、插花、熨衣服、洗手绢，究竟谁是主人，谁是丫环？可他却把在平儿前稍尽片心，算作今生意中不想之乐，因歪在床上，心内怡然自得。喜欢女孩子，却不以淫乐悦己，反而甘心为丫头们充役，还自称是"作养脂粉"，这在世人眼里如何不是"似傻如狂"？傅试家派来的两个老婆子只见了宝玉一回，就议论说："怪道有人说他们家的宝玉是相貌好里头糊涂，中看不中吃，果然竟有些呆气。他自己烫了手，倒问别人疼不疼，这可不是呆了吗！"那个又笑道："我前一回来，还听见他家里许多人说，千真万真有些呆气。大雨淋的水鸡儿似的，他反告诉别人，'下雨了，快避雨去罢。'你说可笑不可笑？"

第三是奇怪的感情。正如警幻仙子所说，贾宝玉在"天分中生成一段痴情"。看见龄官画"蔷"，他就想："这女孩子一定有什么说不出的心事，才这么个样儿。外面他既是这个样儿，心里还不知怎么熬煎呢？看他的模样儿这么单薄，心里那里还搁的住熬煎呢？可恨我不能替你分些过来。"下雨的时候，他看那女孩子头上往下滴水，把衣裳登时湿了，便想"他这个身子，如何禁得骤雨一激"，却不知道自己早已淋得浑身冰凉。一面跑回怡红院，心里却还记挂着那女孩子没处避雨。香菱的裙子脏了，他建议她换上袭人的，香菱一答应，他就"喜欢非常"。一面忙忙地回来，一面壁低头心下暗想："可惜这么一个人，没父母，连自己本姓都忘了，被人拐出来，偏又卖给这个霸王！"因又想起："往日平儿也是意外，想不到的。今儿更是意外之意外的事了。"就为平儿这一件事，他既"喜出望外"，又思平儿并无父母兄弟姊妹，独自一人，供应贾琏夫妇二人，贾琏之俗，凤姐之威，他竟能周全妥帖，今儿还遭荼毒，也就薄命的很了。想到此间，便又伤感起来。复又起身，又喜又悲，闷了一回。在贾府简直算不得人的丫头们身上，竟然注入了这样丰富的感情活动，为她们的命运而牵肠挂肚，这不是"无故寻愁觅恨"，又是什么？

有人说，平儿等皆是"极聪明、极清俊的上等女孩儿，比不得那起俗拙蠢物"，贾宝玉所以才肯如此用心。没错，贾宝玉"作养脂粉"，女性的外貌美是第一条件。因为在他眼里，这种美是内外统一的，清纯的外貌应该与洁净的心灵同在。他爱她们，就是爱她们的天真自然，没有烟火酸馅之气。所以，当史湘云劝他会会为官作宦的，谈谈仕途经济的时候，他一下子就愤怒了，说："姑娘请别的屋里坐坐罢，我这里仔细腌臜了你这样知经济的人！"袭人连忙解说道："姑娘快别说他。上回也是宝姑娘说过一回，他也不管人脸上过不去，啐了一声，拿起脚来就走了。"这时候的贾宝玉，哪里有一点怜香惜玉之情？他说："好好的一个清静洁白的女子，也学的钓名沽誉，入了国贼禄鬼之流。"可见他爱女子，就是爱她们的"清净洁白"。他分析："这总是前人无故生事，立意造言，原为引导后世的须眉浊物，不想我生不幸，亦且闺阁中亦染此风，真真有负天地钟灵毓秀之德了。"

贾宝玉还有一根标尺，就是"凡女儿个个是好的，女人个个是坏的"。女儿是水做的"无价宝珠"，女人则是混迹其中的"鱼眼睛"。他嫌老婆子"腌臜"，连碰一下都不高兴，而是"用拄杖隔开那婆子的手"。"女儿"和"女人"的区别为什么这么大呢？关键是有没有嫁人，有没有接近"须眉浊物"。一旦"嫁了汉子，染了男人的气味"，那就不是偶尔说说"混账话"的问题了，她们可能"就这样混账起来，比男人更可杀了"。

可见，年龄，甚至性别，都只是表面的符号，归根结底，有没有沽名钓誉之心，入没入国贼禄鬼之流，是贾宝玉判别是非、敌友的根本标准。他之所以"深敬黛玉"，就是因为"独有黛玉自幼儿不曾劝他去立身扬名"。他曾在袭人和史湘云面前，不避嫌疑，一片私心称扬黛玉，说："林姑娘从来说过这些混账话吗？要是他也说过这些混账话，我早和他生分了。"这时候，袭人和湘云都点头笑道："这原是混账话么？"是啊，劝人立身扬名，原本是正经话，却被他说成是"混账话"，这不是"行为偏僻性乖张"，又是什么？

我们回过头来想一想：爱一切美好的东西，过一种自然的生活，不去读我们不想读的书，不去见我们不想见的人，不去做我们不想做的事，不去寻隙觅缝，不去蝇营狗苟，就在我们所爱的人身边活着，或者趁着心爱的人都在眼前，就死了，再能够心爱人的眼泪，流成大河，把尸首漂起来，送到那鸦雀不到的幽僻去处，随风化了，从此再不托生为人——这是多么诗意的生活，多么理想的生活。现实中，不要说我们做不到，我们又哪里肯去做？扪心自问：我们能把功名利禄都丢开吗？我们能到处捧着一颗真心给人吗？我们能向一切不乐意的事情说"不"吗？我们不能。正因为不能，作者才塑造了贾宝玉这个形象。

贾宝玉不是凡尘中人。他到这"昌明隆盛之邦、诗礼簪缨之族、花柳繁华地、温柔富贵乡"来，只是"经历经历"而已。因此他身在红尘之中，却始终将尘世的一切看做虚妄。他不要功名利禄，不懂人情世故，他拒绝一切不自然的、因而也是不美的东西。他只按照自己心的呼唤而活着，他就是个水晶透明玻璃人！在尘世生活中，贾宝玉这样的玻璃人最终会被现实的硬石头碰得粉碎，但在太虚幻境，在人类的美的精神家园里，他将会永存。

面对贾宝玉，我们只有自惭不如。他是我们永远不可企及的一个诗的境界。所以，当有人自以为是地指责贾宝玉为"多余人"时，当有人把"世事洞明皆学问，人情练达即文章"作为曹雪芹的语录教导后生时，我们除了惭愧，还是惭愧！

贾母：老祖宗的十大优点

贾府里头，"人"字这一辈的人，就剩下一个贾母了。她从进了贾府这门做重孙媳妇起，到自己也有了重孙子媳妇，连头带尾五六十年，是当之无愧的老祖宗。老祖宗的好处，在于她不是倚老卖老，而是的的确确有水平。总结一下，老祖宗至少有十大优点，评一个优秀家长绝对没问题。

第一是惜老怜贫。

贾母原是金陵世家史侯的小姐，嫁给荣国公的长子贾代善为妻，"四大家族"她和两家沾边。这样显赫的身份，想要不作威作福也难。比如到清虚观打醮，要"头几天先打发人去，把那些道士都赶出去，把楼上打扫了，挂起帘子来，一个闲人不许放进庙去"。那天不巧清场没清干净，落下一个十二三岁的小道士儿，拿着个剪筒照管各处剪蜡花儿，正欲得便且藏出去，不想一头撞在凤姐儿怀里。凤姐便一扬手照脸打了个嘴巴，把那小孩子打了一个斤斗，骂道："小野杂种！往那里跑？"那小道士也不顾拾烛剪，爬起来往外还要跑。正值宝钗等下车，众婆娘媳妇正围随得风雨不透，但见一个小道士滚了出来，都喝声叫："拿，拿！打，打！"这时候，贾母有两种选择：要么以最高行政长官的身份下令惩罚这男孩，给他点厉害瞧瞧；要么只作不看

趣说红楼人物

见，扬长而去——反正安全保卫之类的事自有人负责，不用她管。但是，贾母没有这么做。她问明情况后吩咐"快带了那孩子来"，并特地关照"别唬着他"。她解释说："小门小户的孩子，都是娇生惯养惯了的，那里见过这个势派？"这话说得对极了。贾府出门去拈香，那些小门小户的妇女，是当作过会一般来看的。"只见前头的全副执事摆开，一位青年公子骑着银鞍白马，彩嫠朱缨，在那八人轿前领着，那些车轿人马，浩浩荡荡，一片锦绣香烟，遮天压地而来，却是鸦雀无闻，只有车轮马蹄之声"。这样的势派，怎么不吓人？贾母觉得"倘或唬着他，倒怪可怜见儿的。他老子娘岂不疼呢"。这一片体恤之意，已足够叫人感动了。更何况贾母对着那男孩说话，那不知好歹的孩子却总说不出话来，只会跪在地下乱颤。贾母那份由优越感而产生的好心一点"落场势"都没有，这不是给脸不要脸吗？换一般人也就恼了。可贾母却还是说："可怜见儿的！"又向贾珍道："珍哥带他去罢。给他几个钱买果子吃，别叫人难为了他。"这孩子既没挨打，又得了钱，他若是懂事，真该向老祖宗磕头谢恩才是。

贾母时常在一些小处，对一些并不重要，或并不很重要的人表现出令人感动的体贴之心。过年的时候，她得知袭人和鸳鸯都在守孝，不能参加热闹的家宴，便说："如今他两处全礼，何不叫他二人一处作伴去？"又命婆子拿些果子菜馔点心之类与他二人吃去。看戏的时候也是她提出将戏暂歇，说："小孩子们可怜见的，也给他们些滚汤热菜的吃了再唱。"又命将各样果子元宵等物拿些给他们吃。

对刘老老的态度也是如此。贾母把刘老老叫做"老亲家"，自称"老废物"，还关照"凤丫头别拿他取笑儿，他是屯里人，老实，那里搁的住你打趣？"对板儿这么个不起眼的乡下小客人，她也安抚有加。先命人抓果子给板儿吃。板儿见人多了，不敢吃。贾母就又命拿些钱

119

给他，叫小么儿们带他外头玩去。也许有人会说，刘老老不过是她解闷的工具，她对刘老老再好也还是在展现贵族的优越感，但请不要忘记，贾府老祖宗贾母与村民刘老老的地位有天壤之别，即使在现代社会，身份差异这么大的人能这样相处，也就很不容易了。平儿在让刘老老去见贾母的时候说："我们老太太最是惜老怜贫的，比不得那个狂三诈四的那些人。"看来并非胡言。

第二是和蔼可亲。

贾母是贾府中的权威人物，不论贾赦还是贾政，对母亲都唯命是从。贾赦那样发狠地想要鸳鸯，贾母不肯，他便"无法，又且含愧，自此便告了病，且不敢见贾母"。贾政听说贾宝玉"在外游荡优伶，表赠私物，在家荒疏学业，逼淫母婢"，原本下定决心，要不顾一切，把宝玉"堵起嘴来，着实打死"，但贾母一来，却只能"直挺挺跪着，叩头谢罪"，说："都是儿子一时性急，从此以后，再不打他了"。至于其他人，更没有不把贾母奉若圣明的。然而，贾母威信虽高，却并不令人生畏。和子孙辈们在一起，她就是个笑呵呵、慈眉善目的老人家。有好几次，王熙凤把玩笑开到了老祖宗头上，她嘴里说："这猴儿惯的了不得了"，"恨的我撕你那油嘴"，实际上却默许了王熙凤这种"拿着我也取起笑儿来了"的举动。王夫人不无责怪地说："老太太因为喜欢他，才惯的这么样"，她宽容地说："家常没人，娘儿们原该说说笑笑，横竖大礼不错就罢了。没的倒叫他们神鬼似的做什么！"

第三是言辞敏捷。

贾府中有好几张利嘴，像王熙凤、林黛玉，包括小厮兴儿等都是。贾母在这方面也毫不逊色，嘴里经常妙语连珠，让人忍俊不禁。过年的时候，贾母等到宁府祭祖，完了后尤氏留饭，贾母笑道："你这是供着祖宗，忙得什么儿似的，那里还搁的住我闹？况且我每年不吃，你们也要送去的。不如还送了来，我吃不了，留着明儿再吃，岂不多吃些?"说得众人都笑了。原本是令人生厌的虚客套，被贾母这么一说，就变得有趣了。刘老老第一次见贾母的时候，恭维她有福。贾母自嘲说："什么福，不过是老废物罢咧!"说的大家都笑了。这一笑，把刘老老的紧张局促都给笑没了。她在元宵晚会上说的吃猴儿尿的笑话，是非常有水平的。表面上，她在"编排"王熙凤，实际上却夸奖了她的"聪明伶俐、心巧嘴乖"，既嘲讽了那不服气的另九房媳妇，但又说她们"心里孝顺，只是不像那小蹄子儿嘴巧"。难怪这个笑话的现场效果特别好。

即使是批评人，贾母的话也相当精彩。贾政痛打宝玉的时候，她赶来救援，说："我一生没养个好儿子"，贾政急了，说："老太太这话，儿子如何当的起?"她立刻接口道："我说了一句话，你就禁不起! 你那样下死手的板子，难道宝玉儿就禁的起了?"语锋之犀利，让贾政无话可说。有时，她也使用调侃的语言。贾琏来找王熙凤，她对贾琏说："你媳妇和我玩牌呢，还有半日的空儿，你家去再和那赵二家的商量治你媳妇去罢!"既羞了贾琏，也乐了大家。

第四是宽容大度。

尽管贾母的地位至高无上，我们却时常看见她纠正自己的错误。"变生不测凤姐泼醋"那回，王熙凤向贾母告状说："我才家去换衣裳，不防琏二爷在家和人说话。我只当是有客来了，唬的我不敢进去，在窗户外头听了一听，原来是鲍二家的媳妇，商议说我利害，要拿毒药给我吃了，治死我，把平儿扶了正。我原生了气，又不敢和他吵，打了平儿两下子，问他为什么害我。他臊了，就要杀我。"贾母听了，都信以为真，骂了贾琏又骂平儿，说："平儿那蹄子，素日我倒看他好，怎么背地里这么坏!"尤氏等笑道："平儿没个不是，是凤

121

丫头拿着人家出气。两口子生气，都拿着平儿煞性子，平儿委屈的什么儿似的，老太太还骂人家。"贾母立刻纠正，让琥珀去向平儿传达她的安抚之意。贾赦要鸳鸯那回，她情急之中骂了王夫人，探春提醒说："这事与太太什么相干？老太太想一想，也有大伯子的事，小婶子如何知道？"她马上自责："可是我老糊涂了"，并让宝玉代她向王夫人赔不是。

第五是乐观开朗。

贾母是个快乐的老太太，人人都知道"老祖宗是爱热闹的"。我们看到她始终高高兴兴的，在大家庭中掀起一个又一个幸福生活的高潮。清虚观打醮，王熙凤约着宝钗、宝玉、黛玉等去看戏。宝钗不愿去，说："罢！罢！怪热的，什么没看过的戏！我不去！"。她却主动提出要去，并对宝钗说："你也去，连你母亲也去，长天老日的，在家里也是睡觉。"在她的带领下，李纨、凤姐、薛姨妈、宝钗、黛玉、迎春、探春、惜春、香菱，还有贾母的丫头鸳鸯、鹦鹉、琥珀、珍珠，黛玉的丫头紫鹃、雪雁、鹦哥，宝钗的丫头莺儿、文杏，迎春的丫头司棋、绣橘，探春的丫头侍书、翠墨，惜春的丫头入画、彩屏，薛姨妈的丫头同喜、同贵，香菱的丫头臻儿，李氏的丫头素云、碧月，凤姐儿的丫头平儿、丰儿、小红，并王夫人的两个丫头金钏、彩云，以及奶子抱着大姐儿，还有几个粗使的丫头，连上各房的老嬷嬷奶妈子，并跟着出门的媳妇子们，"黑压压的站了一街的车"，搞成了轰轰烈烈的清虚观一日游。

贾府大大小小的活动，都会得到老太太的大力支持和热情参与。贾敬生日，宁府里摆寿宴，贾母"原是个老祖宗"，贾敬又是侄儿，"这样年纪，这个日子，原不敢请他老人家来"，但贾母却还是打算前往，后来因为吃桃子坏了肚子才作罢。她还让王熙凤捎信"有好吃的要几样，还要很烂的呢"。湘云在大观园里做小东道，请贾母等赏桂花，贾母欣然前往，说："倒是他有兴头，须要扰他这雅兴。"带了王夫人、凤姐兼请薛姨妈等进园来。给史湘云还席时，李纨"只当还没梳头呢，才掐了菊花要送去"，贾母已带了一群人进来了。冬天，姑娘们到芦雪庭拥炉作诗，李纨以为"咱们小玩意儿"，"老太太想来未必高兴"。不料贾母围了大斗篷，带着灰鼠暖兜，坐着小竹轿，打着青绸油伞，鸳鸯、琥珀等五六个丫环，每人都是打着伞，拥轿而来。众人都笑道："怎么这等高兴！"

贾母不仅爱玩，也会玩。给王熙凤做生日的时候，她和王夫人商量："我想往年不拘谁做生日，都是各自送各自的礼，这个也俗了，也觉太生分。今儿我出个新法子，又不生分，又可以取乐儿。"她的办法是"学那小家子，大家凑个份子，多少尽着这钱去办"。征得王夫人的同意后，她就遣人去请薛姨妈邢夫人等，又叫请姑娘们并宝玉，和那府里的尤氏和赖大家的，及有些头脸管事的媳妇也都叫了来。众丫头婆子见贾母十分高兴，也都高兴，忙忙的各自分头去请的请，传的传。没顿饭工夫，老的少的，上的下的，乌压压挤了一屋子。热热闹闹地开了一个"王熙凤生日派对筹备会"。贾母带头，为本次活动赞助白银二十两。在她的带动下，共筹集到活动资金一百五十两。不仅"一天戏酒用不了"，"两三天的用度也够了"。

第六是善解人意。

贾母是贾府第一聪明人。贾府里的"人尖儿"王熙凤，与贾母一比，总是相形见绌。薛宝钗说："我来了这几年，留神看起来，二嫂子凭他怎么巧，也巧不过老太太。"薛姨妈说："凭他（王熙凤）怎么经过见过，怎么敢比老太太呢？"王熙凤自己也甘拜下风，承认老祖宗的聪明伶俐"过我十倍"。贾母的聪明是一种人际关系处理上的智慧，而不是一般的鉴貌辨色。

我们且看贾府中的几次大活动，贾母总在基本程式结束之后就"疏散人口"。元春省亲后赐出灯谜来，贾母见元春这般有兴，自己一发喜乐，便命速作一架小巧精致围屏灯来，设于堂屋，命她姊妹们各自暗暗地做了，写出来粘在屏上；然后预备下香茶细果以及各色玩物，为猜着之贺。贾政朝罢，见贾母高兴，况在节间，晚上也来承欢取乐。但他一来，却把灯谜会搞得意兴阑珊。宝玉、湘云等话多的也不多了，黛玉、宝钗等更是无语。贾母等酒过三巡，便撵贾政去歇息，以便让大家"乐一乐"。果然，他一去，宝玉便"如同开了锁的猴儿一般"。

元宵节的时候，贾赦领了贾母的赏，就要告辞。贾母知他在此不便，也随他去了。贾赦到家中，和众门客赏灯吃酒，笙歌聒耳，锦绣盈眸，其取乐与这里不同。再晚一点，贾母让贾珍、贾琏兄弟等也回去，"二人自是欢喜，便命人将贾琮、贾璜各自送回家去，便约了贾琏去追欢买笑"。这后面的事情，贾母恐怕不是不知道，而恰恰是因为知道才放了他们的。

第七是有学术水平。

看戏听故事，很多人容易被牵着鼻子走。老是在作者或编剧的摆弄下等待着结局。相比之下，贾母在这方面的水平就比较高了。她听说书先要那女先儿"说个大概，若好再说"。而一个"大概"没讲完，她已经猜出了情节和结局。因为她知道"这些书就是一套子"。接着她向家里的女眷们口述了一篇论文，题目可以叫做《论才子佳人作品的特点、缺点和创作动因》。

贾母替这些"套子"总结了两条规律：首先，人物"左不过是些佳人才子"，"这小姐必是通文知礼，无所不晓，竟是'绝代佳人'"。

其次，人物的家庭背景一定是"乡绅门第，父亲不是尚书，就是宰相"。贾母还指出了这些"套子"的两大破绽：一是人物形象上的破绽，小姐"只见了一个清俊男人，不管是亲是友，想起他的终身大事来。父母也忘了，书也忘了，鬼不成鬼，贼不成贼，那一点儿像个佳人！就是满腹文章，做出这样事来，也算不得是佳人了。比如一个男人家，满腹的文章，去做贼，难道那王法看他是个才子就不入贼情一案了不成？可知那编书的是自己堵自己的嘴"。二是情节结构上的破绽。"既说是世宦书香大家子的小姐，又知礼读书，连夫人都知书识礼的，就是告老还家，自然奶妈子丫头伏侍小姐的人也不少，怎么这些书上，凡有这样的事，就只小姐和紧跟的一个丫头知道？你们想想，那些人都是管做什么的？可是前言不答后语了不是？"贾母还分析了两大创作动机："编这样书的人，有一等妒人家富贵的，或者有求不遂心，所以编出来遭塌人家。再有一等人，他自己看了这些书，看邪了，想着得一个佳人才好，所以编出来取乐儿。"

我们暂且不去评价这里面所涉及的道德判断，仅就贾母在这里所表现出来的归纳、分析、推理能力，怎么着也够一个中级以上的职称吧？

第八是不急功近利。

有人说，贾母有个最大的缺点，那就是对贾宝玉的溺爱。其实，对于贾宝玉，真正全盘接受的只有两个人：一个是他的千古知己林黛玉，另一个就是贾母。贾政不需说，对贾宝玉的不成材痛心疾首，王夫人对他也不赞赏，不然，她不会叫着贾珠哭道："若有你活着，便死一百个我也不管了！"宝钗、湘云、袭人，包括古董商冷子兴、小厮兴儿等等，没有一个认为贾宝玉真是块"宝玉"，只有"他祖母爱如珍宝"。即使他不读书，也仍然"是老太太的宝贝"。老太太对贾宝

贾母：老祖宗的十大优点

玉的爱，是本体性的爱，并没有要他升官发财、光宗耀祖的功利目的。对宝玉的毛病，她一概宽容。秦可卿咽气的时候，正是半夜。贾母原来觉得"才咽气的人，那里不干净。二则夜里风大，等明早再去不迟"。宝玉哪里肯依。贾母也就命人备车，多派跟从人役，拥护前来。秦钟死的时候，也是贾母答应"到那里尽一尽同窗之情就回来"。在贾政面前，她永远是宝玉最可靠的保护伞。如果说贾母溺爱宝玉，倒也不算错怪这位老太太，只是比起那些一定要孩子按照自己的心愿来成长的家长，比起那些把孩子读书当作自己虚荣心的一个组成部分的家长，老太太倒像是更可爱一些，何况，她心里还有一道底线：只要"不是那真不知高低的孩子"，能宽松的地方就一概宽松啦。

第九是管理得法。

贾母是贾府的最高权威，大小事情都会从她那儿过。老太太极其明智地采取了放手式管理。看着年轻人轰轰烈烈，乐得都不管，说说笑笑，养身子罢了。平时的生活"不过嚼的动的吃两口，睡一觉，闷了时和这些孙子孙女儿玩笑会子就完了"。但却不要以为此老惛懂。她冷眼旁观，肚里一本账清清楚楚，原则问题决不让步。她在薛姨妈面前说："提起姐妹，不是我当着姨太太的面奉承：千真万真，从我们家里四个女孩儿算起，都不如宝丫头。"她甚至能精细地分别出林黛玉和薛宝钗在个性上的优劣。这样的结论，没有多年的仔细观察，是得不出来的。这个认识，在后来为贾宝玉择偶时，起到了决定性的作用。尽管我们同情宝黛的爱情，希望有情人终成眷属，但我们不得不承认，在当时情况下，作为一个对孙子充满爱心的祖母，贾母的抉择不能不说是明智的。鸳鸯事件发生时，她的严厉态度更让人看到，想要"摆弄"她是不可能的。

贾琏和鲍二家的事闹出来以后，她轻轻松松地说："什么要紧的事，小孩子们年轻，馋嘴猫儿似的，那里保的住呢？从小儿人人都打这么过。这都是我的不是，叫你多喝了两口酒，又吃起醋来了！"结果是说得众人都笑了。在凤姐跟前是这么说，在贾琏面前，老太太又掉转了枪口："凤丫头和平儿还不是个美人胎子？你还不足，成日家偷鸡摸狗，腥的臭的，都拉了你屋里去！为这起娼妇打老婆，又打屋里的人，你还亏是大家子的公子出身，活打了嘴了。你若眼睛里有我，你起来，我饶了你，乖乖的替你媳妇赔个不是儿，拉了他家去，我就喜欢了。要不然，你只管出去，我也不敢受你的头。"一场闹到拔剑杀人的夫妻口角，就这么稀松平常地给消解了。

第十是胸有经纬。

贾母八旬大寿那天，贾芝母亲带来了女儿喜鸾，贾琼母亲带来了女儿四姐儿，贾母见她们"生得又好，说话行事与众不同，心中欢喜，便叫他两个也坐在榻前"，并留下她们玩两日再去。第二天想起来，贾母特地关照："要和家里的姑娘一样照应。倘有人小看了他们，我听见可不饶。"尤氏知道后说："老太太也太想的到。实在我们年轻力壮的人，捆上十个也赶不上。"李纨也感慨说："凤丫头仗着鬼聪明，还离脚踪儿不远，咱们是不能的了。"的确如此，若说起来，贾府上上下下，包括王熙凤，的确没有人跟得上老太太的脚踪。

贾母或许有性喜热闹的特点，但更多时候，她的亲自出场其实只为带个头，造造气氛。吃螃蟹那次，王夫人对贾母说："这里风大，才又吃了螃蟹，老太太还是回屋里去歇歇罢。若高兴，明日再来逛逛。"贾母听了，笑道："止是呢。我怕你们高兴，我走了，又怕扫了你们的兴，既这么说，咱们就都去罢。"可见老太太很在意大家伙儿的兴致。到芦雪庭赏雪那回，贾母说："我瞒着你太太和凤丫头来了。大雪地下，我坐着这个无妨，没的叫他娘儿们踩雪吗？"说明对

127

上了点年纪的人而言，冒雪出来本不是什么好玩的事，也不过是为"凑个趣儿"而已。所以她来至室中，见了宝玉从栊翠庵妙玉那里要来的好梅花，先笑道："好俊梅花！你们也会乐，我也不饶你们！"随后就吩咐："你们仍旧坐下说笑，我听着才喜欢。"又命李纨："你也只管坐下，就如同我没来的一样才好，不然我就走了。"要他们"只管照旧玩笑吃喝"。贾母深深知道自己在这个大家庭中举足轻重的身份，她也知道各种各样的活动是这个大家庭活力的展现和增强凝聚力的机会，所以她对这一切永远是充满热情。正是由于她的努力，这个"外面的架子虽没很倒，内囊却也尽上来了"的钟鸣鼎食之家，总算还保持了一点"葱蔚洇润之气"。至于高鹗在续书中说贾母在家产被抄没之后，叫邢、王二夫人同着鸳鸯等开箱倒笼，将做媳妇到如今积攒的东西都拿出来，又叫贾赦、贾政、贾珍等一一的分派，反倒是小道了。

贾赦：一等将军的隐秘生活

　　贾赦是荣府里的大老爷，名赦，字恩侯，是荣国公贾源的孙子，贾代善的长子。代善临终遗本一上，皇上怜念先臣，即叫长子袭了官，有了个世袭的一等将军的职衔。这么一个高官，若要出场，一定是冠冕堂皇的。但《红楼梦》几乎没有写过贾赦的官场生涯，它让我们看到的是这个一等将军的隐秘生活。

　　说也可怜，这个大老爷在家中的地位并不怎么样。好像从皇帝老子开始就有一点和他过不去似的。本来，长子袭官天经地义，其他儿子，有本事的科举，考个官做；没本事的花钱，捐个官做，偏偏他的胞弟贾政不是如此。皇帝一高兴，赐了个额外主事职衔，叫他入部习学，后来就成了工部员外郎。非但不费吹灰之力地弄了个官来，还落得个"原要他从科甲出身"的美名。读者诸君可不要小看了这一句话，没这一句，撑死不过是个膏粱子弟；有这一句，那可就是个文化人了。林黛玉的父亲巡盐御史林如海便是科第出身，成绩还很优秀，是个探花——顺便说一下，这也是曹雪芹的好处，不像一般的戏曲小说，主人公要么不去科考，一去就是个状元，全国第一啊，哪有这么容易？所以作者褒扬说："虽系世禄之家，却是书香之族"。就像现在，再怎么高的官位，总要想办法弄一纸文凭，心里才踏实。

129

从舆论上看，对贾赦好像也不怎么有利。这弟兄两个尚未出场，便有人"演说"他们，不难看出其中的褒贬轩轾。冷子兴对贾雨村是这么介绍的："（贾赦）为人却也中平，也不管理家事，惟有次子贾政，自幼酷喜读书，为人端方正直。"冷子兴是贾府下人周瑞的女婿，周瑞是贾政的妻子王夫人的陪房，这样瓜葛起来，说他讲话有些偏向也还说得过去。还有个人，没有这样的瓜葛，但他嘴里的评价也基本相同："若论舍亲，与尊兄犹系一家，乃荣公之孙。内兄现袭一等将军之职，名赦，字恩侯。二内兄名政，字存周，现任工部员外郎，其为人谦恭厚道，大有祖父遗风，非膏粱轻薄之流。"这是林如海对贾雨村所说的话。林如海是贾赦和贾政的妹妹贾敏的丈夫，赦、政二人都是他的内兄，然而他对贾政的评价显然是在贾赦之上的。

再有就是荣府中奇怪的安排。荣府中贾母尚在，但与她同住的却不是长子贾赦，而是次子贾政。贾赦虽然也住在荣府中，但他住的地方是用花园隔断的，须得先出了西角门往东，过荣府正门，才从一黑漆大门进入。里面的正房、厢房、游廊，且院中随处之树木山石皆好，但"悉皆小巧别致，不似那边的轩峻壮丽"。假如贾政与他调换一下，是不是更合常理呢？更奇怪的是他的儿子、媳妇和女儿，也一股脑住在老太太那边，弄得贾赦很有些孤家寡人的味道。

就这三点，搁在谁身上，都难免有点不乐意。所以一等将军贾赦有时是要有点牢骚的。贾府中秋节的联欢晚会上，贾赦说了一个笑话："一家子，一个儿子最孝顺，偏生母亲病了。各处求医不得，便请了一个针灸的婆子来。这婆子原不知道脉理，只说是心火，一针就好了。这儿子慌了，便问：'心见铁就死，如何针得？'婆子道：'不用针心，只针肋条就是了。'儿子道：'肋条离心远着呢，怎么就好了呢？'婆子道：'不妨事。你不知天下作父母的，偏心的多着呢！'"

笑话的质量不错，比起贾政先头讲的为婆娘舔脚的恶俗玩意儿不知要好多少倍。可是不要忘了，薛姨妈早就讲过："笑话儿在对景就发笑。"贾赦的笑话说完，众人都笑了，不过它"对"的"景"却有些不妙。贾母也只得吃半杯酒，半日笑道："我也得这婆子针一针就好了。"贾赦自知出言冒撞，贾母疑心，忙起身笑与贾母把盏，以别言解释。天下笑话千千万，贾赦为什么就偏生记着这个？想必他当初听这笑话时，"于吾心有戚戚焉"的感觉一定是非常强烈的。

要说偏心，恐怕还不仅是贾母的问题。贾赦袭了父亲的官职，这是正常的。贾政额外赏赐的官职与贾代善临终遗本中的内容有没有关系，就很难说了。至少冷子兴是明确说过"祖父钟爱"的，林如海也说贾政"大有祖父遗风"。因为感觉父母偏心，贾赦对他的得宠的弟弟贾政自然没什么好感，甚至故意和他唱对台戏。贾府的中秋联欢会上，贾政看了贾环的诗，批评说："可见是弟兄了：发言吐意，总属邪派。古人中有'二难'，你两个也可以称'二难'了。就只不是那一个'难'字，却是做'难以教训''难'字讲才好。哥哥是公然温飞卿自居，如今兄弟又自为曹唐再世了。"说得众人都笑了。温飞卿和曹唐都是才子诗人，同时也都是屡试不第的。贾政用来嘲讽宝玉和贾环弟兄两个的不读书，这也是贾政的一贯作风。贾赦却偏偏硬出头说："拿诗来我瞧。"一看"便连声赞好"，道："这诗据我看，甚是有气骨。想来咱们这样人家，原不必寒窗萤火，只要读些书，比人略明白些，可以做得官时，就跑不了一个官儿的。何必多费了工夫，反弄出书呆子来？所以我爱他这诗，竟不失咱们侯门的气概。"这不是故意和贾政唱反调吗？何况其中的"书呆子"一说，很难说没有讥讽贾政的意思在内。更有甚者，先头宝玉作诗做好了，老太太叫赏，贾政便吩咐"把我海南带来的扇子取来给两把与宝玉"，这回老太太还没开口，贾赦却"回头吩咐人去取自己的许多玩物来赏赐"贾环。这就是公然和贾政过不去了。更莫名其妙的是，他拍着贾环的脑袋笑道："以后就这样做去，这世袭的前程就跑不了你袭了。"现有兄长贾宝玉在，这"世袭的前程"为什么竟是"跑不了"是贾环袭呢？有人据此推测，说贾赦必定也是庶出，这是借以表示：别看我是庶出，咱照样袭了官做！且不说作品中从没说过贾赦是庶出（作品对人物是正出还是庶出，一般都会介绍），至少，贾赦袭官不是因为他庶出，而是因为是长子，这是可以肯定的。这里弄出个次子也可以袭官，多半倒不是褒扬自己，而是讥刺贾政。好在贾政在这方面够迟钝的，还当是好话，忙劝说："不过他胡诌如此，那里就论到后事了？"贾环是贾府里的"多头"，一个可怜虫似的角色，贾宝玉放在那儿，他怎么看也是畏畏葸葸的。贾赦独独对他大为褒奖，怜爱有加，一方面是出出心头之气，另一方面也是"惺惺相惜"吧。

一等将军精神上苦闷，生活上就不太检点了，有点"倩何人，唤取红巾翠袖，揾'长子'泪"的意思。他的妻子邢夫人禀性愚弱，只知奉承贾赦以自保，次则婪取财货为自得，家下一应大小事务俱由贾赦摆布。所以，他虽然上了年纪，仍"左一个右一个的放在屋里"。"放着身子不保养，官儿也不好生做，成日和小老婆喝酒"。不仅是屋里人，"略平头正脸的，他就不能放手了"。连袭人都说他"真真太下作了"。元宵节那天，贾赦领了贾母之赏，就急忙告辞而去。贾母也知道他在此不便，就随他去了。"贾赦到家中，和众门客赏灯吃酒，笙歌聒耳，锦绣盈眸，其取乐与这里不同"。那天晚上，贾母这边的活动有喝酒、看戏、放炮仗、听女先儿说书、击鼓传花讲笑话等，也够热闹的了，贾赦的"不同"会是什么样子，大概可以想象。

贾赦洋相出得最大的一次，是试图要把老太太身边的丫环鸳鸯弄去做小老婆。他派出的大媒是他的老婆邢夫人。邢夫人先找凤姐商量。王熙凤是个明白人，立刻说出了三条行不得的理由：第一是"老太太离了鸳鸯，饭也吃不下去，那里就舍得了？"第二，老太太闲时批评过贾赦的沉溺酒色。第三，贾赦如今上了年纪，比不得年轻，做这些事无碍，如今兄弟、侄儿、儿子、孙子一大群，还这么闹起来，怎么见人呢？可惜邢夫人"贤惠过头"，反驳说："大家子三房四妾的也多，偏咱们就使不得？我劝了也未必依。就是老太太心爱的丫头，这么胡子苍白了，又做了官的一个大儿子，要了做屋里人，也未必好驳回的。"

邢夫人和王熙凤在考虑问题的时候都围着老太太打转，她们都没想到的是，贾赦碰到的一个最硬的钉子却是鸳鸯自己！这个刚强的女孩子斩钉截铁地打好了主意："别说大老爷要我做小老婆，就是太太这会子死了，他三媒六证的娶我去做大老婆，我也不能去！"鸳鸯的话里，对这位大老爷的鄙薄是再清楚不过的。这时候，贾赦的表现就非常差了。他先是让贾琏立刻把在南京看房子的鸳鸯的父亲金彩叫来。其时贾琏还不知道，他父亲这样急吼吼地要找金彩，是为了谋取他的女儿，便实话实说："上次南京信来，金彩已经得了痰迷心窍，那边连棺材银子都赏了，不知如今是死是活。即便活着，人事不知，叫来无用。他老婆子又是个聋子。"贾赦恼羞成怒，骂了贾琏一顿，又把鸳鸯的哥哥金文翔叫来，蛮横无理地说："我说给你，叫你女人和他说去。就说我的话：'自古嫦娥爱少年'，他必定嫌我老了。大约他恋着少爷们，多半是看上了宝玉，只怕也有贾琏。若有此心，叫他早早歇了。我要他不来，以后谁敢收他？这是一件。第二件，想着老太太疼他，将来外边聘个正头夫妻去。叫他细想，凭他嫁到了谁家，也难出我的手心！除非他死了，或是终身不嫁男人，我就服了他！

要不然时叫他趁早回心转意，有多少好处。"这哪里像朝廷命官说的话？前半段蠢得让人发笑，做父辈的人，想着与宝玉、贾琏拈酸吃醋；后半段则恶得令人气愤，那副凶狠的面孔，简直就是流氓恶霸！他还威胁金文翔说："明儿我还打发你太太过去问鸳鸯。你们说了，他不依，便没你们的不是，若问他，他再依了，仔细你们的脑袋！"

在这样无耻的威逼下，鸳鸯告到了老太太跟前。她的反应是极其强烈的，不仅发誓一辈子不嫁人，断言"一刀子抹死了，也不能从命！"而且袖内带了一把剪子，一面说着，一面回手打开头发就铰。就这样，她依靠贾母的支持，杜绝了贾赦的非分之想。这场风波，丢尽了大老爷的脸面，使得"贾赦无法，又且含愧，自此便告了病，且不敢见贾母，只打发邢夫人及贾琏每日过去请安"。一等将军至少在家里是威风扫地了。

然而，这还不是最后的结局。作者说，贾赦"只得又各处遣人购求寻觅，终久费了五百两银子买了一个十七岁女孩子来，名唤嫣红，收在屋里"。一个"胡子苍白"的老头，娶一个可以做他女儿，甚至可能是孙女的女孩，这件事情本身的荒唐是不用说了，妙就妙在作者使用的"只得"二字。贾赦究竟为什么非要弄个女孩子来？难道是他欲火中烧，不可遏止？那也不至于此，何况他本来"左一个右一个的放在屋里"。除此之外，不得不做这件事的原因，就是他要摆脱"鸳鸯事件"给他带来的尴尬。

"鸳鸯事件"其实有两个层面。第一层面比较明显，那就是这位大老爷的好色、"下作"；第二个层面则比较隐晦，但还是被贾母敏锐地感觉到了。老太太一针见血地说："你们原来都是哄我的！外头孝顺，暗地里盘算我！有好东西也来要，有好人也来要。剩了这个毛丫头，见我待他好了，你们自然气不过，弄开了他，好摆弄我！"没错，老太太手里有那些东西，为子孙的哪个不在盘算？鸳鸯在调控贾母情绪，甚至在贾母的经济活动中都有举足轻重的作用。贾琏就曾经要鸳鸯"暂且把老太太查不着的金银家伙，偷着运出一箱子来，暂押千数两银子，支腾过去"。他还明确说："不是我撒谎：若论除了姐姐，也还有人手里管得起千数两银子；只是他们为人都不如你明白有胆量，我和他们一说，反吓住了他们。所以我'宁撞金钟一下，不打铙钹三千'。"贾赦夫妇对这件事知道得很清楚，邢夫人曾以此为要挟，问贾琏要钱，说："你没有钱就有地方挪移，我白和你商量，你就搪塞我！你就没地方儿！前儿一千银子的当是那里的？连老太太的东西你都有神通弄出来，这会二百两银子你就这样难。亏我没和别人说去！"贾赦如果把鸳鸯弄到手，不说经济上直接的好处吧，至少对于改善他在贾府，尤其在老太太心中的地位，无疑是大有好处的。当鸳鸯变成"金姨娘"的时候，不成人样的赵姨娘肯定是打下去了，没准还连带着贾政。若不是因为这个，贾府那么多女孩，贾赦也未必就会对金鸳鸯特别有兴趣。但这一层面比好色重大得多，是绝对不能透漏消息的。贾赦被贾母点穿把戏，其尴尬是远远超出于他的好色的。换句话说，他宁可承认自己好色，也不能承认自己有利用鸳鸯的野心。因为生活问题毕竟小事一桩，尤其是贵族，本来"做这些事无碍"，至于人际关系方面的问题，那可就比较复杂了。所以，他才在谋取鸳鸯失败后，不得不另找一个女孩，以此来证明，他要的只是女色而已。

我们没见到一等将军在战场上的神威，倒看见他在家里如此狼狈。反过来说，一个在家里吃败仗的一等将军，到外面去厮杀（不论是战场还是官场），行吗？

贾政：缺少幽默细胞的泥塑木雕

《红楼梦》中，凡是介绍贾政的地方，用的全都是褒扬性的语言。比如冷子兴演说荣国府，就说他"自幼酷喜读书，为人端方正直"。但一到具体事情上，这贾政就不大讨人喜欢了——就像我们生活中的某个"好人"，论品行绝对没问题，但要与之交往却难免令人皱眉。究其所以，一个很重要的原因，就是缺少幽默细胞。

贾政为人古板，有点不近人情。不仅儿子"见了他老子就像个避猫鼠儿一样"，别人也很难与他融洽相处。贾政对自己的毛病大概也心中有数，有时也想尽力挽回。无奈他"天分中缺此一种"，所以往往事与愿违。就像东施效颦一样，他越努力，效果就越差。比如，元春省亲后，在元宵节赐出灯谜来。贾母是第一喜好热闹的，见元春开了头，干脆搞搞大，举行一个元宵猜谜晚会。像这样的活动，贾政是最不擅长的，但他见贾母高兴，况且又是过节，便也来凑热闹。结果，他一人在此，却弄得大家都拘束，把个联欢会弄得冷清清的。贾母只得等酒过三巡，就撵他去歇息。贾政明明知道贾母的意思，是要赶走他，好让他姊妹兄弟们取乐，却偏又赖着不走，想借此改变一下自己的公众形象。开始他做得还算成功。贾母给他猜一个谜，他已知谜底，故意乱猜，罚了许多东西，然后方猜着了，讨了贾母的赏。接着也念一个灯谜与贾母猜，却悄悄地把谜底告诉宝玉。宝玉会意，又悄悄告诉了贾母。贾母想了一想，果然不差，便说出了来。贾政赶快恭维："到底是老太太，一猜就是。"回头让人大盘小盒，一齐捧上，作为贺礼。果然让贾母"心中甚喜"。可是贾政毕竟不善此道，不一会儿就旧病复发，对着谜面上的内容认起真来。弄得"甚觉烦闷，大有悲戚之状，只是垂头沉思"。这样的神情与过节的气氛如何融合得来？贾母只得再次发布命令，让他回去睡觉。他回至房中，还只是思索，翻来覆去，甚觉凄婉。而那边，贾宝玉早已乐得"如同开了锁的猴儿一般"了。

　　除了元宵灯会，荣府中秋也搞联欢，其中有一个节目是击鼓传花。鼓声戛然而止，花在谁手里，谁就得说个笑话。轮到贾政的时候，众妹妹弟兄都你悄悄地扯我一下，我暗暗地又捏你一把，都含笑心里想着，倒要听是何笑话儿。说到讲笑话，有两个人引起的反响最强烈，一个是贾政，另一个便是王熙凤。也是击鼓传花的时候，小丫头子们只要听凤姐儿的笑话，便悄悄地和女先儿说明，以咳嗽为记。须臾传至两遍，刚到了凤姐儿手里，小丫头子们故意咳嗽，女先儿便住了。众人齐笑道："这可拿住他了！快吃了酒，说一个好的去，别太逗人笑的肠子疼！"这个强烈反应是因为人人都知道王熙凤会说笑话，而听到贾政要讲笑话，众人也兴奋，恰恰是因为他不会搞笑。这样迂执古板的人也要讲笑话，本身就成了笑话。贾政"因为贾母欢喜，只得承欢"，说了一个怕老婆的故事。这个笑话的内容，可真不怎么样，不仅与他的身份地位不相符合，与他平时的为人风格也大相径庭。非但比不上以前贾母讲的吃猴儿尿的笑话，就连后面贾赦讲的母亲偏心的笑话也比不上。很显然，这位政老爷绝对缺少幽默细胞，他既没有创作笑话的能力，也没有鉴赏笑话的水平，而且他心底里是

贾政：缺少幽默细胞的泥塑木雕

鄙视笑话的，觉得笑话就是低俗的东西。殊不知精彩的笑话不仅可以发笑，还可以发人深省，比他看得重而又重的"四书"并不差到哪里去。可以断定，他自己是创作不出笑话的，一定是不知在什么地方听到过这么个不堪的笑话，就胡乱拿出来了。这样无聊的笑话，简直就是对他"端方正直"的形象的颠覆，使他成了一个"俗中又俗的一个俗人"。

那天也曾轮到宝玉讲笑话，宝玉心想："说笑话，倘或说不好了，又说没口才；说好了，又说正经的不会，只惯贫嘴，更有不是。不如不说。"这也就是贾政和贾宝玉父子平时相处的基本情况。他时常让贾宝玉处在一种横也不好竖也不好的境地，弄得他灰心丧气，以躲开他为最大乐事。"大观园试才题对额"那回，贾宝玉其实有不少出色的表现，但贾政却只有批评，没有表扬。最高褒扬也就是"点头微笑"而已，倒是听见他满嘴的贬词：什么"不好""更不好""胡说"，实在说不出不好，也牛着性子说"偏不用"，还不断地骂他"轻薄东西""畜生""无知的蠢物"，甚至要"打嘴巴"。贾政其实并不是看不到宝玉的长处，一来，这些长处并不是他所欣赏的；二来，也是更主要的，他觉得对小辈一定要严厉，只能批评，不能表扬。比如，元宵猜灯谜的时候，他看到这么个谜语："南面而坐，北面而朝，象忧亦忧，象喜亦喜。（打一用物）"脱口称赞说："好，好！如猜镜子，妙极！"宝玉笑着回答："是。"贾政追问："这一个却无名字，是谁做的？"贾母道："这个大约是宝玉做的？"刚才宝玉的回答和此时宝玉的默认似乎证实了这一点，贾政就不言语——没准他心里还在后悔刚才的称赞呢。不知道是宝玉所做的便说好，知道了反而闭起嘴来，贾政究竟为什么那么吝惜给宝玉好话呢？说起来，又和这位老先生缺点幽默细胞有关。

幽默其实不仅是一种语言风格，也是一种人生态度。胸怀坦荡、乐观豁达、对生活有热情的人才能有幽默感。贾政则不然。他迂执古板，功利心重，对自己的名声非常看重。忠顺王府里的长官来告状时，他脱口而出的，就是"如今祸及于我"。仔细想想，这话岂不奇怪？难道贾宝玉的所作所为不牵连到他，他就不管不成？无独有偶，宝玉挨打时，老祖宗出来救命，他也把注意力集中在自己身上，一会儿说："老太太这话，儿子如何当的起？"一会儿又说："母亲如此说，儿子无立足之地了。"

贾政苦苦要保住的自我形象，第一是忠。他要打死贾宝玉，最冠冕的理由就是避免"明日酿到他弑父弑君"。也就是说，假如贾宝玉要不利于皇帝，他是准备大义灭亲的。这不是忠臣又是什么？第二是孝。说起来，贾政对贾母很有点腹诽的味道。他要打宝玉，第一句话就是"今日再有人来劝我，我把这冠带家私，一应就交与他和宝玉过去！"正式开打之前，他下达的第一道命令就是："把门都关上！有人传信到里头去，立刻打死！"这个生活在"里头"的、经常在他管教宝玉时出来劝解的人是谁？不言而喻。甚至王夫人抬出老太太来劝阻他，他也冷笑道："倒休提这话！我养了这不肖的孽障，我已不孝；平昔教训他一番，又有众人护持。不如趁今日结果了他的狗命，以绝将来之患！"说着，便要绳来勒死。说明他在这个问题上对贾母很有意见。然而，等到贾母来了，他却叶公好龙起来，并不敢真的"把这冠带家私，一应就交与他和宝玉过去"，而是"直挺挺跪着，叩头谢罪"，一边自我检讨，一边下保证说："老太太也不必伤感，都是儿子一时性急，从此以后再不打他了。"为什么？因为他必须得是个孝子。"父要子死，子不得不死"，何况是母亲要回护孙子？

对上要孝，对下自然就要严。贾政很乐意在儿子和众人面前扮演

139

一个"严父"的形象。为此，他抓住一切机会训斥贾宝玉。贾宝玉要进私塾读书，明明是件好事（他背后与秦钟的勾当贾政并不知道），他心里赞成得不得了，嘴上却竭尽冷嘲热讽之能事，说："你要再提'上学'两个字，连我也羞死了。依我的话，你竟玩你的去是正经。看仔细站腌臜了我这个地，靠腌臜了我这个门！"给宝玉兜头一盆冷水。

贾政对贾宝玉的态度那么严厉，根源在于他急切地盼望贾宝玉能为他"光宗耀祖"。北静王在贾政面前夸奖贾宝玉说："令郎真乃龙驹凤雏，非小王在世翁前唐突，将来'雏凤清于老凤声'，未可量也。"贾政赔笑道："犬子岂敢谬承金奖。赖藩郡余恩，果如所言，亦荫生辈之幸矣。"这话恐怕不仅是客套，贾政心中，的确是盼着宝玉能够读书做官、光耀门楣的。为此，他坚决反对素质教育，认为"那怕再念三十本《诗经》，也是'掩耳盗铃'，哄人而已"。他希望对贾宝玉全面实施应试教育。贾宝玉进私塾前，他特地关照跟班的李贵："你去请学里太爷的安，就说我说的：什么《诗经》、古文，一概不用虚应故事，只是先把《四书》一齐讲明背熟是最要紧的。"不考不学，考什么学什么，这心态与现在那些望子成龙的家长完全一样。功利心如此之重，哪还来什么幽默细胞？

我们且不说贾政教育贾宝玉的思想对不对，只就他采用的教育方法和想要达到的教育目的而言，就可以说是糟糕透了。在他的严厉打击下，两个儿子见了他都像见了鬼似的，"吓得骨软筋酥"，掉转身却又无所不为。

除了忠孝，贾政还希望自己是个喜好读书、不慕荣利的人。在游览大观园的时候，见到"不落富丽俗套"的地方，他便"自是喜欢"。潇湘馆清幽，他便说："这一处倒还好，若能月夜至此窗下读书，也不枉虚生一世。"见了稻香村，他便说"入目动心，未免勾引起我归农之意"，并教育宝玉说："你只知朱楼画栋、恶赖富丽为佳，那里知道这清幽气象呢！终是不读书之过。"而实际上，他对这些东西的理解又十分皮相。陆游的《村居书喜》他肯定没读过，听到"花气袭人知昼暖"一句，就妄称"淫词艳曲"，其实这诗八句："红桥梅市晓山横，白塔樊江春水生。花气袭人知骤暖，鹊声穿树喜新晴。坊场酒贱贫犹醉，原野泥深老亦耕。最喜先期官赋足，经年无吏叩柴荆"，写的正是归农之乐，和"淫词艳曲"半点沾不上边。贾宝玉的鉴赏眼光绝对比他高明，说："此处置一田庄，分明是人力造作成的。远无邻村，近不负郭，背山无脉，临水无源，高无隐寺之塔，下无通市之桥，峭然孤出，似非大观，那及前数处有自然之理、自然之趣呢？虽种竹引泉，亦不伤穿凿。古人云'天然图画'四字，正恐非其地而强为其地，非其山而强为其山，即百般精巧，终不相宜……"对于贾宝玉这样有力的辩驳，贾政毫无回手招架之力，只能使用强权，不等宝玉说完，便喝命："出去！"才出去，又喝命："回来！"命："再题一联，若不通，一并打嘴巴！"把个宝玉吓得战战兢兢。

我们再来看看贾政的情感生活。贾政的正妻王氏出身名门，带过来的嫁妆非常可观。她为贾政生育了二子一女。贾母讲她是"极孝顺"的。从平时的生活情况来看，她和贾政可以称得上相敬如宾。贾政痛打宝玉时，王夫人赶来解救，贾政并没有顶撞她的话。王夫人更是非常客气，开口必将"老爷"顶在头上，说："宝玉虽然该打，老爷也要保重"；"老爷虽然应当管教儿子，也要看夫妻分上"。在人命关天的紧急时刻还这样文绉绉说话，可见他们平时的相处。贾政的妾有两个，一个是只在别人嘴中出现的、影影绰绰的周姨娘，另一个则是生了探春和贾环的赵姨娘。这两个姨娘在贾府中是"苦瓠子"。周姨娘还好，用探春的话来说，是"没人欺他，他也不寻人去"。赵姨

贾政：缺少幽默细胞的泥塑木雕

娘就不同了，她是个惹人厌憎的角色。心胸狭窄，见识全无，时常弄出些不尴不尬的闹剧来。"端方正直"的老爷配了个"有些颠倒"的小老婆，本也有些喜剧效果。读者对此多有议论，总不明白贾政怎么弄了这么个小老婆，猜测不是贾政趣味低俗，就是赵姨娘另有一功。其实这倒也怪不得贾政。彼时娶妾也是凭媒妁之言，就像别人推销来的货色，一旦买下，就是发现问题，也不能包退包换了。赵姨娘显然有点惧怕贾政。她心里想要把彩霞给贾环，瞅空求贾政。贾政说道："且忙什么。等他们再念一二年书，再放人不迟。我已经看中了两个丫头，一个给宝玉，一个给环儿。只是年纪还小，又怕他们误了念书，再等一二年再提。"赵姨娘还要说话，只听外面一声响，不知何物，大家吃了一惊。忙问时，原来是外间窗屉不曾扣好，滑了屉戌掉下来。赵姨娘骂了丫头几句，自己带领丫环上好，然后进来打发贾政安歇，彩霞的事竟不敢再提。而赵姨娘平时那些"着三不着两"的事，贾政也好像从来没有关心过。看来，无论是妻还是妾，对贾政而言，都只是人伦而已，并没有倾注他的什么感情。不仅是妻妾，即使对宝玉，他也理智得很。"魇魔法叔嫂逢五鬼"的时候，大家都"百般忙乱"，最冷静的人就是他。他甚至劝阻贾赦说："儿女之数总由天命，非人力可强。他二人之病百般医治不效，想是天意该如此，也只好由他去。"父子天性，他竟能冷静到这种程度，这个人要讨人喜欢，是绝对不可能了。

像贾政这样的泥塑木雕，本不应该蹚官场这趟浑水，偏偏皇帝老子要额外赐恩，给他个官做，这就难免一塌糊涂了。后四十回中，高鹗让他为手下人所制，把个清官做成了贪官，倒也是情理中的事。

贾敬：神仙不是好做的

　　贾家宁、荣二府里面，老一辈的人就只留下了个老太太。贾母之下，最年长的男丁就要算宁府的贾敬了。贾敬是宁国公以下，贾代化的次子，原本是要袭官的，又是进士出身，在宁府里管着事儿。谁曾想，"如今一味好道，只爱烧丹炼汞，余者一概不在心上"。这实在也是他贾家富贵，合着老人家又有些长生久世的念头，独自住到城外玄真观，花花钱，烧炼个丹丸出来，也算是消遣他这般神仙性情。他是一走了事，把宁府留给玉字辈的贾珍打理。贾珍自然是不要做神仙的了，他在宁府，大门一关，独门独院的，没人管着，"哪里肯读书，只一味高乐不了"，比他求神仙的老爹不知要逍遥多少。

　　古语说，"积善之家必有余庆，积不善之家必有余殃"。贾珍管着的宁府不见有什么善行，大不善的恶行倒也似乎还未曾有。所以这宁府也不知是福是祸，是庆是殃，先是孙媳妇秦可卿不堪沉疴重症之苦，于小说第 13 回就在作者的安排下香消玉殒了，而宁府长辈人贾敬为着早日升遐登仙，忙忙乎乎地烧丹炼药，明明白白地把条老命儿搭在了小说的第 63 回。如果把秦可卿看作警幻仙子的妹妹"可卿"的话，她的死不过是再返仙界，回她的太虚幻境去了而已。而贾敬，说他服金丹而死也好，说他是尸解升仙也罢，也总不过在一个"仙"

字上面打转。

　　贾敬的求仙倒是蛮有点别样的风味。他本是进士出身，典型的业儒之人，又是御封五品的官爵（死后），功名禄位双全，在两府里面大概也就只有他一人而已了。闹腾到后来的"一味好道"，说他厌倦利禄，看破红尘，思量着自个儿清静，修道参玄，总还不过是古典文人士大夫的一点小小情怀。弄到离了本籍，住在城外玄真观"和道士们胡孱"的田地，还真有点动真格了。明清时代，烧炼丹药早已经不大流行了，职业人士如全真道士更是全然不讲这一套。富贵人家，闲来无事，长生的念头总是会有的，不说贾敬，前代大明朝的帝王们每每丧命于此。大清国的皇帝们虽然比较排斥道教，却也有雍正那样的特例，传闻他便是因丹药而死的。有人说贾敬本就是影射前朝嘉靖皇帝和本朝雍正皇帝的。且不论他同这两朝世宗有何相像之处，他的一味好道，且对丹药方剂深信不疑，在一般学道之人乃至职业道士里面大概也不多见了。他不像王一贴那样要凭着丹药膏贴混日子，他是真的相信有金丹大药，而且也真的有银两供他开销。他也不像张道士是代人出家，他是打心眼儿里巴望着成仙得道。王一贴的丹药自然是假的，不然他自己便吃了做神仙。贾敬的丹药虽不是假的，但是大概分寸有失，火候稍欠，以至于"伤了性命"。倒是他死后"肚中坚硬似铁"，如果说有些当年抱朴子"炼人身体"的意思在里面，大概也是可以的。事发之后，玄真观的道士们在尤氏面前诚惶诚恐，说出"功行未到，且服不得"这样的话来。历代炼丹服丹的人，即便是史书明载的也已经无可胜计了，验与不验全都在这"功行"二字。此处的"功行未到"似乎是会有些讲究在里边的，只是让人费心琢磨，不知指的是丹，还是人。

　　这金丹由来甚古，称之为金丹，自然和黄金有关。烧炼出来的东西便也有称药金的，能够以假乱真，所以炼丹术又称黄白术。丹分九转，九转功成便是大还金丹，服了便可冲升玄界，位列仙班。一般说来就是拿些天然矿石来烧炼，后来因为石方毒性太猛烈，也有以植物改良的草方。贾敬暴亡，"如今虽死，肚中坚硬似铁"，分明是体内重金属沉积的结果，而"面皮嘴唇烧的紫绛皴裂"，当然便是热毒所致，他所炼制的丹药自然是传统的石方丹剂了。大夫们就说他"系玄教中吞金服砂，烧胀而殁"。金就是黄金，而砂即是含汞矿物一类的东西，按照今天的化学观念来说，他服的大概会是硫化汞一类的结晶物，这本来就是有毒的玩意儿，使用时还需要配些解毒的药剂同时服下。贾敬的死大概是把这茬儿全然忘却了，或者就是他长期服用，积毒所致。据那帮慌了神的道士说来，贾敬是在守庚申的时候偷服的丹，匆忙之间或许也顾不了这许多了。倒是旁人说他的"伤了性命"，玄教中也能叫做"尸解"的，虽然品级与"白日飞升"的神仙要差许多。然而道士们终究说"功行未到"，就这丹本身而言，有贾敬和众位道士们的精心料理，精诚所至，怎么也得是火候具足了的呀，这样说来所谓的"功行"关键还应当是在于他自身的修习吧。

《红楼梦》里像柳湘莲、甄士隐、以至于后来的宝玉这样的人（当然他本是灵石），本来就有神仙之分，名在仙籍的，虽然本无心于此，却自有真仙（疯和尚、瘸道人）来点化。贾敬是两府乃至《红楼梦》里存心做神仙的唯一的一个人，可惜的是他既无神仙之分，又无神仙之缘，没有什么和尚、道士来搭理他，即便有也全是些讨生活的假神仙。而金丹炼制的秘诀本在口耳秘传，他与之整日胡羼的道士们显然是不会有什么师承秘诀能够传授给他的。那么，贾敬的炼丹，虽然诚心诚意，认认真真，到头来原是白费了那许多的功夫。这样说来，虽然不过是塞责之辞，那帮堕落了的职业道士们好歹也算有点见

145

识。贾敬倒确实是极可爱的一个人，殚精竭虑，守护着自己的小天地，满心以为丹药可成，神仙不远。当然他也不是成天只在丹炉跟前转悠，跟道士们混在一起，自然还有些旁的事情可以做，再加上他又是进士出身，科班做事便是有板有眼、有模有样。

小说第 10 回，这边秦可卿病着，那边贾珍要给老子做寿诞，想"请太爷来家受一受一家子的礼"，贾敬回答说："你莫如把我从前注的《阴骘文》给我好好的叫人写出来刻了，比叫我无故受众人的头还强百倍呢"。这《阴骘文》的特色在于"劝善"，是道教的三大劝善文之一，大约产生于宋元时期，在明清时代的世俗道教里算是相当流行的东西，说来还是归在文昌帝君名下的。文昌帝君是文曲星和梓潼神融合的产物，不用多说，是主管天下文运的。过去的读书人，希图科场顺利，金榜题名，除了自己用功之外就是膜拜偶像，这其中一个是要拜至圣先师大成文宣王，也就是孔老夫子，另一个就是要拜文昌帝君。所以地方上的庙宇，孔庙和文昌阁总是少不了的。进士出身的贾敬为《阴骘文》作注，表面上不过是注释了一部道书（也因此有人认为这是在影射雍正皇帝），而私底下总或还是会有些别的想法萦绕在心的。正日子那天，贾珍先将上等可吃的东西，稀奇的果品，装了十六大捧盒，着贾蓉带领家人送与贾敬去，贾敬的回答依然是："那《阴骘文》叫他们急急刻出来，印一万张散人。"连时间和数量都作了规定，可见贾敬对这件事的认真。实际上这不过是作者暗地里设下的玄机，要不然，怎么这一门心思修道参玄的贾敬，反不如那无心升仙成佛的，而且还要弄到"功行未到""伤了性命"的田地呢？

贾敬同贾珍说："我是清净惯了的，我不愿意往你们那是非场中去。"这贾府的是非场，他确乎是不在其中了，可是到底也没"清净"得了。虽然是"从前注的《阴骘文》"，到如今却还是牵挂于心，说明他真正挂念的还是贾家两府的命运。《阴骘文》所倡导的"忠主孝亲，敬兄信友，和睦夫妇，教训子孙，毋慢师长，毋侮圣言"，对贾府这样的"诗礼簪缨之族"来说，本是题中应有之义，非要贾珍印了出来，便是教训，便是心思在两府。当然，"印造经文"本身已经是一大功德了，只是这功德贾家子孙却是消受不了的。到底还是贾府唯一的进士，高级知识分子，虽然躲在城外玄真观里找"清净"，却在小说的第 10 回就早早地拿出一部自注《阴骘文》来告诫全家人"近报则在自己，远报则在儿孙"。可惜贾家子孙终究没能够"广行阴骘"，宁、荣二府还是一日一日地衰败了下去。且不说"状元之选""宰相之荣""依本分而致谦恭，守规矩而遵法度"这样的话，要是传到宝玉的耳朵里，定然是要大骂"混账"的，就是为贾敬庆寿诞的当天，子孙们的行为也真不怎么样。先是贾琏、贾蔷来看了各处的座位，就问："有什么玩意儿没有？"家人回答说，本来是打算请贾敬回来的，所以就没准备"玩意儿"，现在贾敬不来了，"玩意儿"便都准备好了。而且那些"爷们"还特地把"玩意儿"带到凝曦轩去吃酒，惹得凤姐说："在这里不便宜，背地里又不知干什么去了！"尤氏笑道："那里都像你这么正经人呢！"可知"爷们"的作为很不"正经"，与贾敬的希望差好大一竿子呢。

贾敬这样一个老儒，心思绵密得很，自己躲了是非，还想帮子孙免是非，自然做不到甄士隐、柳湘莲那样当下便出离尘寰，渺渺茫茫无形迹的了。岂不知，既还牵挂着子孙，便不是真正"清净"。《好了歌》早就说了："世人都晓神仙好，只有儿孙忘不了！痴心父母古来多，孝顺子孙谁见了？"甄士隐"飘飘而去"的时候，家中也有一个封氏在，"闻知此信"，还为他"哭个死去活来"，可他何曾有半点眷念？贾敬其实是"清净"不下来，要不然也就不用怕贾珍"又跟许多

147

人来闹"了。既然自己定不下心来，怕家人来打扰，那就该躲远一点吧，"小隐隐于山野，大隐隐于朝市"嘛，却又偏偏要就住在城外，这实在也不过是要守着贾府，也怪不得道士们如此精明，可以推说"功行未到"了。

小说第 13 回秦可卿撒手尘寰、仙逝而去，这贾敬"只凭贾珍料理"，看上去倒是对家中事务可以全然不顾，可要是仔细一琢磨，便不能不为作者的巧构所叹服。说他"并不在意"，其实他在意得很呢。你看他在城外，闻得消息，若是修炼到了一定程度的话，便当无所用心，而他却偏要搬出"早晚就要飞升"的幌子来给自己开脱，因为怕"回染了红尘，将前功尽弃"，"故此并不在意"。用这种明明白白的逻辑推理来对自己实行精神强迫，离超凡入圣的境界还远着哪。如果换作甄士隐的话，便会是将"褡裢抢过来背上，竟不回家""飘飘而去"了。他甚至在许多地方还比不上贾宝玉的了悟：贾元春才选凤藻宫，"宁荣两处上下内外人等，莫不欢天喜地，独有宝玉置若罔闻"。宁府演戏、放花灯的时候，"弟兄子侄，互为献酬，姊妹婢妾，共相笑语。独有宝玉见那繁华热闹到如此不堪的田地，只略坐了一坐，便走往各处闲耍"。这种天性根基上的差距，恐怕是贾敬再努力也赶不上的。

不过，话又说回来，作为一族之长的贾敬，虽然最终没有做成神仙，却也总算能够真正把包袱丢给贾珍，丢给两府儿孙，好好轻松一下了。道士们说他"恐是虔心得道，已出苦海，脱去皮囊，自了去也"。这话倒是说对了的。只是为了处理他的臭皮囊，尤氏让尤老娘来看家，带来了二姐儿和三姐儿两个尤物，最终竟成为贾家破败的一枚定时炸弹，贾敬如若有灵，真不知会有什么感想。

王夫人：失败的优秀家长

在贾府，有一对夫妇堪称模范夫妻，那就是贾政和王夫人。比较起来，贾赦好色，闹过"鸳鸯女誓绝鸳鸯偶"的笑话，邢夫人帮他起哄，"贤惠太过"，肯定是不行的。贾珍无耻，有"聚麀之诮"，尤夫人也难辞其咎。贾琏是"下流种子"，配上王熙凤这个"醋缸"，人命关天的事也弄出来了，自然更是不行。那就贾蓉夫妇吧，偏偏秦可卿又早死，而且死得怪怪的，他后来的妻子又没见她显山露水——总而言之，除了贾政夫妇，还真挑不出第二对来。贾政的"端方正直"是不用说了，我们再来看看模范妻子王夫人。

从婆媳关系来看，王夫人是个孝顺的媳妇。贾母在薛姨妈跟前这样评论她的两个儿媳："你这个姐姐，他极孝顺，不像我们那大太太，一味怕老爷，婆婆跟前不过应景儿。"王夫人究竟怎么个"孝顺"，我们倒也没大见，但确实看到她有委屈也不敢说。为贾赦要鸳鸯的事，贾母冲着她发了一通火，她明明是冤枉的，却"忙站起来，不敢回一言"。后来亏得探春提醒："也有大伯子的事，小婶子如何知道？"贾母改口，让宝玉替她向王夫人赔不是。王夫人忙笑着拉起宝玉来，说："快起来，断乎使不得，难道替老太太给我赔不是不成？"很明显，她懂得尊卑的道理，而且做得很自觉。贾母曾在邢夫人面前说：

149

"你兄弟媳妇，本来老实，又生的多病多痛，上上下下，哪不是他操心?"她的缺点是"不大说话，和木头似的，公婆跟前就不献好儿"。但贾母既然肯当她的面说这话，说明她们的关系还是相当可以的。孝敬长辈，此为王夫人之第一好。

从夫妻关系看，王夫人是个贤惠的妻子。她出身"东海缺少白玉床，龙王请来金陵王"的王家，亲哥哥王子腾现做着大官。嫁过来时，她那一份嫁妆很是可观。王熙凤在贾琏面前嚷过："把我王家的缝子扫一扫，就够你们一辈子过的了。说出来的话也不害臊! 现有对证，把太太和我的嫁妆细看看，比一比，我们那一样是配不上你们的?"而在王夫人嘴里却从没有一字半句这样的话。还有，他们不存在子嗣问题，王夫人的肚子着实争气，先生了个品学皆优的贾珠，贾珠不幸早夭后又生了"衔玉而诞"的贾宝玉，可"端方正直"的贾政却有周姨娘、赵姨娘两个名正言顺的小老婆，想来总是王夫人大度的缘故。她和赵姨娘关系虽然不好，争风吃醋的事是没有的，贾政也时常到赵姨娘那里歇宿。她又不像邢夫人"贤惠太过"，和贾政对着干的时候也是有的。宝玉挨打的时候，王夫人哭道："宝玉虽然该打，老爷也要保重。且炎暑天气，老太太身上又不大好，打死宝玉事小，倘或老太太一时不自在了，岂不事大?"话虽然婉转，要贾政手下留情的意思还是很清楚的。贾政不听，要拿绳子来勒死贾宝玉。她又劝道："老爷虽然应当管教儿子，也要看夫妻分上。我如今已五十岁的人，只有这个孽障，必定苦苦的以他为法，我也不敢深劝。今日越发要弄死他，岂不是有意绝我呢! 既要勒死他，索性先勒死我，再勒死他! 我们娘儿们不如一同死了，在阴司里也得个倚靠。"这就不是一般的劝解，而是软中带硬的要挟了。事关重大，必须坚持原则——这也是好妻子的标准之一吧，要不然岂不是邢夫人第二? 和睦夫妻，此为王夫人之第二好。

从妯娌关系来看，她这个弟媳也当得不错。大小事情，她都顾着大太太的脸面，有时甚至不惜伤及自己的内侄女王熙凤。老太太生日那回，两个奴才得罪了东府里大奶奶尤氏，凤姐把她们绑起来让尤氏发落，按照贾府的规矩，本没有什么错，邢夫人却"当着人给二奶奶没脸"，这分明是"嫌隙人有心生嫌隙"，王夫人竟也附和，弄得凤姐"赌气回房哭泣"。对邢夫人之得力心腹人，她也向来看视"原无二意"。邢夫人差王善保家的来送绣春囊，她便干脆让她"去回了太太，也进园来照管照管，比别人强些"。连王善保家的也知道，因为自己是邢夫人的陪房，王夫人对她是"另眼相待"的。在处理巧姐的问题上，她也是小心翼翼地把握着分寸，决不越过邢夫人的权去。实在到了危急时刻，才半遮半掩地放走了巧姐。团结妯娌，此为王夫人之第三好。

再从母子关系看，王夫人更是个优秀家长。她对贾宝玉这个"衔玉而诞"的漂亮儿子当然很喜欢，我们能看到贾宝玉"一头滚在王夫人怀里。王夫人便用手摩挲抚弄他，宝玉也扳着王夫人的脖子说长说短的"的亲热场景。但她对贾宝玉并不算太溺爱，她心里的是非标准明确得很。宝玉挨打时，她一再提到贾珠。她在袭人面前讲过，她对贾珠是管得很严厉的，想必贾珠也比较争气，所以她说："你替珠儿早死了，留着珠儿，也免你父亲生气，我也不白操这半世的心了！"并把他叫做"不争气的儿"。她还自我检讨说："其实，我何曾不知道宝玉该管？比如先时你珠大爷在，我是怎么样管他，难道我如今倒不知管儿子了？只是有个原故，如今我想我已经五十岁的人了，通共剩了他一个，他又长的单弱，况且老太太宝贝似的，要管紧了他，倘或再有个好歹儿，或是老太太气着，那时上下不安，倒不好，所以就纵坏了他了。我时常掰着嘴儿说一阵，劝一阵，哭一阵。彼时也好，过后来还是不相干，到底吃了亏才罢。"可见她前面说的宝玉"该打"，宝玉"应当管教"，不是一句空话，而是由衷发出的。正因为如此，对可能引诱宝玉走上歧途的因素，王夫人一概严厉打击，毫不手软。为了让宝玉有个健康成长的环境，她甚至连卧底的都用上了。

王夫人时常吃斋念佛，是个"慈善人"，可是在金钏儿事件里，她却表现得泼辣和无情。她先是翻身起来，照金钏儿脸上就打了个嘴巴，打得金钏儿半边脸火热，又指着骂道："下作小娼妇儿！好好儿的爷们，都叫你们教坏了！"任凭金钏儿苦苦哀求，她还是把贾府最重的惩罚——撵出去，给了这个跟了她十来年的女孩，到底叫了金钏儿的母亲白老媳妇儿领出去了。为什么"从来不曾打过丫头们一下子"的王夫人会表现得如此反常？因为金钏儿触到了她"平生最恨的"雷区——性。

王夫人对性是非常反感的，视此为"无耻之事"。她坚守"万恶淫为首"的信条，自己先成了一个性冷淡者。她在完成为贾政生儿育女的任务后，便退出了性爱的舞台，宁可为丈夫娶上两个妾，让她们来履行她所不屑的职责。同时，她却是一个性敏感者。为了不让儿子落入"淫"的泥窟，她必须时刻保持着高度警惕。对她自己来说，是因为反感，所以冷淡；而对贾宝玉来说，是因为反感，所以敏感。

我们看到，王夫人拿到绣春囊后，"气色更变"。来找王熙凤时，"只带一个贴己丫头"，连平儿都喝命"出去！"搞得比出了命案还森严吓人。末后，她"含着泪，从袖里扔出一个香袋来"。王熙凤问起香袋的来历，她越发泪如雨下，连说话的声音都颤抖了。她说："幸而园内上下人还不解事，尚未拣得，倘或丫头们拣着，你妹妹看见，这还了得？"甚至认为"有那小丫头们拣着出去，说是园内拣的，外人知道，这性命脸面要也不要？"——她说这话的前提，是认定绣春囊为"那琏儿不长进下流种子那里弄来的",是他和王熙凤的"儿女闺房私意",若知道这是丫头司棋与情人潘又安在大观园内幽会的遗留物,这位纯洁的王夫人没准会晕过去。就为此,她在大观园内开始了一场清查运动。

头一个倒霉的是晴雯。王夫人其实没有抓住晴雯的任何把柄,晴雯的所有罪过就在于:一是"长得好","模样儿比别人标致些";二是"长了一张巧嘴","举止言语,他原轻薄些";三是"花红柳绿的妆扮","天天打扮的像个西施样子"。好看、活泼、爱美,这就是晴雯的全部罪状。为什么?因为这样的女孩子最可能"勾引坏了"她的宝玉。事实上,我们倒没看见晴雯"勾引"宝玉,倒看见"好好的宝玉""勾引"过一回晴雯——邀请她洗"鸳鸯浴",晴雯拒绝了。但也说明晴雯对宝玉确实有吸引力,确实是他心头"第一等的人"。于是,给她的惩罚与金钏儿一样——撵出去。

清查中牵连到的还有司棋、四儿、芳官等人。司棋是真有私情,所以"并无畏惧惭愧之意"。其他几个女孩子,有的是因为外貌比较性感——说起来,在贾府做丫环的,一般都不会长得难看,像袭人和麝月、秋纹,王夫人称为"笨笨的",袭人也自称"粗粗笨笨的",大概就是那种比较缺少性吸引力的长相吧;还有的是因为言谈中涉及了性的禁区,比如四儿,同宝玉一日生日,背地里说了"同日生日就是夫妻"的话,也都得到了相同的处分。

当宝玉屋里的大丫环袭人在王夫人面前表示了和她"心里想的一样"的想法后,她竟感动得热泪盈眶,对王熙凤等人说:"你们哪里知道袭人那孩子的好处?比我的宝玉还强十倍呢!宝玉果然有造化,能够得他长长远远的伏侍一辈子,也就罢了。"为此,她决定立刻让袭人享受"姨娘级"待遇:月例由原来的一两银子,加到二两银子一吊钱，还规定"以后凡事有赵姨娘、周姨娘的，也有袭人的"。若不是因为"一则年轻；二则老爷也不许；三则宝玉见袭人是他的丫头，纵有放纵的事，倒能听他的劝，如今做了跟前人，那袭人该劝的也不敢十分劝了"，王夫人是铁定要让袭人登上姨娘的宝座的。其实袭人含含糊糊所讲的，也就是男女之大防罢了。她听了几句宝玉说给黛玉的私情话，就觉得"令人可惊可畏"，生怕"将来难免不才之事"，她和王夫人一样，觉得贾宝玉如果犯了生活错误（不包括和她"偷试云雨情"），"我们不用说，粉身碎骨还是平常，后来二爷一生的声名品行，岂不完了呢?"因此建议"怎么变个法儿，以后竟还叫二爷搬出园外来住就好了"。就因为袭人"竟有这个心胸"，王夫人当即决定把宝玉"交给"袭人，嘱咐她"好歹留点心儿，别叫他遭塌了身子才好"，并许诺"自然不辜负你"。不用说，从此以后，袭人就是王夫人安排在怡红院里的卧底，以至王夫人可以自豪地说："我身子虽不大来，我的心耳神意时时都在这里。难道我统共一个宝玉，就白放心凭你们勾引坏了不成?"

然而，王夫人就是在这一点上彻底失败了，贾宝玉并没有成为她所盼望的人。他其实并不需要"勾引"，而是在"天分中生成一段痴情"。女孩子在他面前有点"软怯娇羞、轻怜痛惜"的意思，他立刻想到："我便一时死了，得他们如此，一生事业纵然尽付东流，也无足叹惜了。"他的一生所求，就是有女孩子和他厮守着，直到"有一日化成了飞灰；飞灰还不好，灰还有形有迹，还有知识的。等我化成一股轻烟，风一吹就散了的时候儿"为止。如此这般，与王夫人所期望的实在是大相径庭。不过，这也怪不得王夫人——既然是天性，人为的力量又有什么用呢?尽管王夫人恪尽孝道、夫妻和睦、妯娌和顺，以身作则，是个好家长，对儿子的管教也刚柔兼济，可最终还是失败得很惨。

154

邢夫人：尴尬人的尴尬生活

　　邢夫人是贾府中的尴尬人。生活中，谁要是处尴尬了，多半主客观上都有点原因。邢夫人也是如此。她在客观上先有些难。在贾府里，她既是贾母的媳妇，又是凤姐的婆婆，从古到今，婆媳关系永远是本难念的经，无论是做媳妇还是做婆婆，往往都有一肚子的委屈。就说贾府中的那几对婆媳吧，东府里贾珍的妻子尤氏和贾蓉的媳妇秦可卿算是好的了，在璜大奶奶跟前，尤氏这样评价她的儿媳妇："倘或他有个好歹，你再要娶这么一个媳妇儿，这么个模样儿，这么个性格儿，只怕打着灯笼儿也没处找去呢！他这为人行事儿，那个亲戚长辈儿不喜欢他？"但秦可卿死的时候，她却一直推病，不出来料理丧事。就算她的病是真的吧，也可见婆媳关系究竟一般，若真正贴心，扶病也是要出来的。你看公公贾珍，尽管"也有些病症在身"，却挂着个拐杖照样出来。至于邢夫人和她婆婆贾母的关系，那就更不妙了。

　　说起来，邢夫人嫁的是荣国府的长房，应该挺有地位的。但由于贾赦显然不及贾政得父母亲的欢心，所以他这个长房竟有些不及次子的味道。比如，和老太太住一起的，就是贾政而不是他。就连他的儿子贾琏、媳妇王熙凤也都住在老太太那里，帮着管家。用邢夫人的话来说，是"雀儿拣着旺处飞"。贾赦是长房，却不在"旺处"，大有一些受冷落的味道。做丈夫的如此，做夫人的，也就有些艰难了。邢夫人替丈夫贾赦争着要鸳鸯的时候，忿忿然地说过一句话："大家子三房四妾的也多，偏咱们就使不得？"别以为邢夫人就是为老公争小老婆，人家争的是一口气！为什么"咱们"就要比别人差一点？这是邢夫人心中解不开的疙瘩，所以她"素日没好气"，只是"不敢发作"罢了。有这个疙瘩在，要想与婆婆贾母有良好的关系，就绝对不可能了。贾母在薛姨妈跟前说过："我们那大太太，一味怕老爷，婆婆跟前不过应景儿。"当着邢夫人的面，贾母的言辞也很不客气："我听见你替你老爷说媒来了。你倒也'三从四德'的，只是这贤惠也太过了！"

媳妇的角色扮不好，做婆婆如何呢？看情形是更糟。兴儿在尤二姐面前说王熙凤："如今连他正经婆婆都嫌他"。邢夫人嫌憎王熙凤的原因，是她"'黑母鸡——一窝儿'，自家的事不管，倒替人家去瞎张罗"。声称"要不是老太太在头里，早叫过他去了"。邢夫人曾经打过两次大战役，一胜一败。胜的一回，是她"当着人给二奶奶没脸"，让凤姐"越想越气越愧，不觉的一阵心灰，落下泪来"。事情发生在老太太八十寿诞的时候，东府大奶奶尤氏发现晚上园中正门和各处角门仍未关好，犹吊着各色彩灯，因回头命小丫头叫人来关门熄灯。婆子听见是"东府里大奶奶"吩咐，便不大放在心上，那丫环就和两个婆子斗起嘴来，婆子说："各门各户的，你有本事排揎你们那边的人去！我们这边，你离着还远些呢。"凤姐知道后，吩咐把两个婆子"捆了送到那府里，凭大奶奶开发"。第二天晚间散时，邢夫人当着众人，赔笑和凤姐求情说："我昨日晚上听见二奶奶生气，打发周管家的奶奶儿捆了两个老婆，可也不知犯了什么罪？论理我不该讨情，我想老太太好日子，发狠的还要舍钱舍米，周贫济老，咱们先倒挫磨起老奴才来了？就不看我的脸，权且看老太太，暂且竟放了他们罢。"说毕，上车去了。

这番话听着客气，其实却让凤姐非常狼狈。邢夫人是她的"正经婆婆"，婆婆这样赔小心说话，明摆着是说媳妇厉害，没把她个婆婆放在眼里。所以王熙凤"又羞又气，一时找寻不着头脑，憋的脸紫胀"。邢夫人是故意"拿着这个作法"，发泄一下郁积在心中的窝囊气。偏偏王夫人也跟着帮腔，说："你太太说的是。就是你珍大嫂子也不是外人，也不用这些虚礼。老太太的千秋要紧，放了他们为是。"说着，回头便命人去放了那两个婆子。王夫人是王熙凤的姑妈，这么做的意思是免得别人说"胳膊肘儿往里弯"，但却弄得王熙凤连下场的台阶也没有了。尽管后来老太太知道后还是表扬了凤姐，说"这才是凤丫头知礼处。难道为我的生日，由着奴才们把一族中的主子都得罪了，也不管罢？"但那只是她和鸳鸯在私处说说而已，凤丫头在众人面前的脸已经丢了，而她们婆媳间的矛盾也公开化了。

不仅婆媳关系有些糟糕，邢夫人和丈夫贾赦的夫妻关系也不太妙。刚才说了，邢夫人有一胜一败两大战役，胜的一次是邢夫人"挫磨"了凤姐，而败的一次则是她亲自出马要鸳鸯的事。说起来，邢夫人之所以要发动后来那场矛头直指凤姐的战斗，颇有些为前面那场败仗报仇雪恨的意思。这是一般现代人，尤其是现代女性都想不明白的问题：一个女人，为什么要这么起劲地帮丈夫找小老婆？这个问题，是与当时的社会状况、婚姻制度以及与之相适应的道德要求联系在一起的。人类的婚姻，有从群婚到对偶婚的发展过程。对偶婚里面，又有从多妻制到一夫一妻制的发展过程。从历史发展的角度来说，任何一种婚姻形式的出现都有与之相适应的社会基础，不能使用简单的道德判断。孟子讲过一个"齐人有一妻一妾"的寓言故事。那齐人穷得只能用坟场上别人祭祀留下的酒肉果腹，家里却还有一妻一妾。他的妻妾在失望之时感慨说："丈夫，是指望倚靠一辈子的人啊，现在却这么个样子！"如果从社会生产力的状况（而不是从道德）而言，指望一辈子倚靠男人的女人数量超出男人很多，这便是多妻制产生的社会基础。在多妻制的情况下，便会产生与之相适应的道德观念。古代休弃妇女的"七出"之条中，有一条就是妒忌。也就是说，不能容忍多妻的老婆就不是好老婆。所以你看，即使贾琏"国孝一层罪，家孝一层罪，背着父母私娶一层罪，停妻再娶一层罪"，四层罪背在身上弄来的尤二姐，王熙凤也不敢明着把她怎么着。她还得"弄小巧用借剑杀人"。而在她善待尤二姐的假象面前，合家之人都暗暗地纳罕，说："看他如何这等贤惠起来了？"把个"第三者"弄到家里来养着，这叫做"贤惠"！《水浒传》里，西门庆让王婆为他做媒时，也说："我家大娘子最好性格。"邢夫人也对鸳鸯自称："我的性子又好，又不是那不容人的人"。从这个角度出发，邢夫人跃马横枪地为丈夫弄小老婆就比较好理解了。至于邢夫人争取鸳鸯也有加强家庭实力的意思，那是另外一回事。

尽管邢夫人如此"贤惠"，他们的夫妻关系却不怎么样。王熙凤知道，邢夫人"禀性愚弱，只知奉承贾赦以自保"。处于妻子的地位，还要顾及"自保"，想来贾赦可能用休弃之类的话语吓唬过她。贾赦敢如此，首先和邢夫人的家庭背景有关。贾府的几房媳妇中，有几个是碰不得的。比如，现有个兄弟"升了九省统制"的王夫人以及她的内侄女王熙凤。王熙凤对贾琏说过："我们看着你家什么石崇、邓通？把我王家的缝子扫一扫，就够你们一辈子过的了。说出来的话也不害臊！现有对证，把太太和我的嫁妆细看看，比一比，我们那一样

158

是配不上你们的?"娘家的权势,先给做媳妇的撑直了腰杆。王熙凤大闹宁国府的时候,口口声声说:"连官场中都知道我利害,吃醋。如今指名提我,要休我。"她越是把"休"字提在嘴上,越说明她不怕这个。邢夫人的娘家恐怕就没这么显赫了。邢家老太太去世时,儿子还小,世事不知。姐妹三个人,邢夫人居长。她出阁时,大概是怕嫁入豪门般配不上让人小瞧吧,把家私都带过来了。后来二姨儿出门,就没嫁到什么好人家,"家里也很艰窘"。三姨儿尚在家里。兄弟邢德全只知吃酒赌钱、眠花宿柳为乐,手中滥漫使钱,待人无心,因此都叫他"傻大舅"。这傻大舅时不时还要到邢夫人那里要钱,和她怄气。如此这般,邢夫人在贾赦面前先就矮了半截。

再说做人,邢夫人最爱的是金钱。凡出入银钱一经她的手,便克扣异常,以贾赦浪费为名,"须得我就中俭省,方可偿补"。惹得她胞弟也在人前埋怨,更不用说其他人了。既以敛钱为第一目标,有没有小老婆之类的事,就不是她所在意的了。何况金鸳鸯没准还能在金钱上给她带来点好处。为此,邢夫人对贾赦一贯忍让,对外则宣称怕贾赦"使性子"。就像她在王熙凤面前说的:"你还是不知老爷那性子的!劝不成,先和我闹起来。"贾赦本来好色,又兼邢夫人是这样的德行,所以总对她没好气。这个事实早已成了"历史问题"。贾母说:"你们如今也是孙子、儿子满眼了,你还怕他使性子。我听见你还由着你老爷的那性子闹。"从两个"还"字中可见贾赦的任意胡为和邢夫人的一味忍让都有年头了。

除了贪财和懦弱,邢夫人还有一大特点,就是王熙凤所谓的"左性子",也即愚钝偏执的意思。贾赦想要鸳鸯做小老婆,王熙凤一听就知道会碰钉子,一来"老太太离了鸳鸯,饭也吃不下去,那里就舍得了?"二来"平日说起闲话来",贾母对这个儿子颇有微词;三来"鸳鸯素昔是个极有心胸气性的丫头",未必就愿意做大老爷的小老婆。平儿也揣摩着鸳鸯的心思,觉得"未必妥当"。偏她兴兴头头,毫无知觉。凤姐原本是劝她别干的,看她"又弄左性子,劝也不中用了",立刻来了个一百八十度大转弯,说:"太太这话说的极是。我能活了多大,知道什么轻重?想来父母跟前,别说一个丫头,就是那么大的一个活宝贝,不给老爷给谁?背地里的话,那里信的,我竟是个傻子。拿着二爷说起,或有日得了不是,老爷太太恨的那样,恨不得立刻拿来一下子打死,及至见了面也罢了,依旧拿着老爷太太心爱的东西赏他。如今老太太待老爷,自然也是这么着。依我说,老太太今儿喜欢,要讨,今儿就过去。我先过去哄着老太太,等太太过去了,我搭讪着走开,把屋子里的人我也带开,太太好和老太太说,给了更好,不给也没妨碍,众人也不能知道。"这样明摆着的敷衍话,她听了居然"便又喜欢起来",实在愚钝得可以。

我们再来看看她与鸳鸯的对话——严格地说,不能叫作"对话",因为鸳鸯始终一言不发,只有邢夫人一人自说自话:她一厢情愿地把"封你作姨娘"看作是"又体面,又尊贵"的事;把"竟叫老爷看中了",当作意外之喜,说是"我特来给你道喜来的";认为做贾赦的小老婆既可以遂了鸳鸯"素日心高智大的愿",又可以"堵一堵那些嫌你的人的嘴";把这件"剃头挑子——一头热"的尴尬事,当作了"金子还是金子换"的等价交易。

邢夫人在这里所犯的最大的错误,便是她根本不了解鸳鸯,尤其不知道他们夫妻两人在鸳鸯心目中的形象。她虽说也看到了鸳鸯"是个尖儿,模样儿,行事做人,温柔可靠,一概是齐全的",也知道她"心高智大",却以己度人,以为给贾赦做个小老婆就是鸳鸯所期盼的最高境界。殊不知在鸳鸯心里,"别说大老爷要我做小老婆,就是太

160

太这会子死了，他三媒六证的娶我去做大老婆，我也不能去！"邢夫人对此毫无知觉，还大言不惭地把"过一年半载生个一男半女，你就和我并肩了"作为利诱之词，指责鸳鸯"放着主子奶奶不做，倒愿意做丫头。三年两年不过配上个小子，还是奴才"，"可真是个傻丫头了"。邢夫人的鄙陋和自以为是，不由得令人想起《列子·杨朱篇》里那个懵懂的乡下老儿。他在春天的阳光下晒背，觉得是件无比快乐的事，于是和妻子商量说："有这样的好事，我要把它告诉君王。君王高兴了，一定会重赏我。"邻居们知道了，说："你算了吧！以前有个人，吃着水芹，觉得是无上美味，就跑去告诉富豪。富豪一吃，简直就难以下咽。最后还不是被人耻笑而已？"在鸳鸯面前，邢夫人不就是那个没见识的乡下老儿吗？《庄子·秋水》中有一个寓言，也说的是这种情况：鸱鸮特别喜好腐烂发臭的东西，鹓雏则非梧桐不止，非练实不食，非醴泉不饮。鸱鸮哪里懂得鹓雏的高洁？鹓雏飞过的时候。它护着死鼠，高声喝叫，生怕鹓雏来和它抢夺。邢夫人身为贾府这个"诗礼簪缨之族"的长房儿媳，就鸱鸮那点见识，怎么能不处于尴尬的境地？

贾珍：扑朔迷离说"爬灰"

　　说起贾珍在贾府的地位，那可着实不低。当日宁国公是一母同胞弟兄两个，宁公居长，生了两个儿子。宁公死后，长子贾代化袭了官，也养了两个儿子：长子名贾敷，八九岁上死了，只剩了一个次子贾敬，袭了官。贾珍就是贾敬的儿子。因他父亲想做神仙，"只在都中城外和那些道士们胡羼"，把官倒让他袭了。贾珍的正式官衔是世袭三品爵威烈将军。因为贾敬不在家里，因此宁国府中，他就成了当家的。又因为宁府是长房，他是宁府长孙，又现袭职，所以他便是房长，凡族中事都是他掌管，贾赦、贾政都未必及得上他。岁末祭祖就必须在长房宁府举行，贾敬主祭，贾赦陪祭，贾珍捧爵。左昭右穆地排起来，"文"字头的贾敬为首，"玉"字头就是贾珍为首。

　　正因为贾珍地位高，所以当他"那里干正事，只一味高乐不了，把那宁国府竟翻过来了"的时候，"也没有敢来管他的人"。冷子兴演说荣国府的时候说："如今人口日多，事务日盛，主仆上下都是安富尊荣，运筹谋画的竟无一个。"贾珍身为房长，从不曾见他为家族"运筹谋画"，而是和贾琏、贾蓉等一样，属于"安富尊荣"的那一拨。他的生活以奢靡为特征。除了夫人尤氏，他还有佩凤、偕鸾等小妾，外加追欢买笑、赌钱、喝酒、玩娈童。逢年过节时，便是贾宝玉也嫌宁府"繁华热闹到如此不堪的田地"。

若要说本事，贾珍文的肯定不行，武也不怎么样。贾政说过他："文既误了，武也当习，况在武荫之属。"贾珍却以习射为由，请了几位世家弟兄及诸富贵亲友来较射。先是嫌空射没意思，要"赌个利物"；再过几日，便渐次以歇肩养力为由，晚间或抹骨牌，赌个酒东儿，至后渐次至钱。三四个月以后，竟一日一日赌胜于射了，公然斗叶掷骰，放头开局，大赌起来。作者借尤夫人的眼睛，把他们的丑态暴露无遗。后来锦衣军查抄宁国府，罪状里就有"引诱世家子弟赌博"这一款。

贾珍最不堪的，是有乱伦行为，即所谓"爬灰"和"聚麀"。

"爬灰"是宁府下人焦大嘴里骂出来的。俗语将公公与儿媳妇有不正当关系称作"爬灰"。据说北方从炕洞里把灰扫出来的活要跪着干，膝盖会弄脏，"爬灰"即是"污膝（媳）"的意思。宁府里头，做了公公、够得上"爬灰""资格"的，只有贾珍了。

贾珍背上"爬灰"的恶名主要有三大原因：第一大原因是脂砚斋的评语，第二大原因是文本中隐隐约约的描写，第三大原因是某些人的推波助澜。

甲戌本在第13回"秦可卿死封龙禁尉 王熙凤协理宁国府"中，有脂砚斋的一条批语，说："'秦可卿淫丧天香楼'，作者用史笔也。老朽因有魂托凤姐贾家后事二件，说的是安富尊荣坐享人不能想得到处。其事虽未行，其言其意则令人悲切感服，姑赦之，因命芹溪删之。"脂砚斋是何人，到现在尚无定论。但《红楼梦》问世之初便有脂砚斋的评语在上面，是研究《红楼梦》的重要资料，这一点毫无疑问。从脂砚斋的批语中我们知道，原先应该有"秦可卿淫丧天香楼"的情节，那么和秦可卿淫乱的对象是谁？从上上下下的描写来看，自

贾珍：扑朔迷离说"爬灰"

然就是她的公公贾珍了。

秦可卿死得早，对她的描写只在《红楼梦》前13回的四五个章节中。首先是秦可卿的判词。第5回，贾宝玉在太虚幻境中见到了"金陵十二钗又副册"。上面画有一座高楼，上有一美人悬梁自尽。其判词曰："情天情海幻情深，情既相逢必主淫。漫言不肖皆荣出，造衅开端实在宁。"同一回中，有一首 [好事终]，也唱道："画梁春尽落香生。擅风情，秉月貌，便是败家的根本。箕裘颓堕皆从敬，家声消亡首罪宁。宿孽总因情！"这些似乎都在暗示秦可卿是因"情"而"淫"，因"淫"而自缢身亡。后来高鹗写鸳鸯自尽时，"刚跨进门，只见灯光惨淡，隐隐有个女人拿着汗巾子，好似要上吊的样子"。鸳鸯细细一想，想起"是东府里的小蓉大奶奶"。小蓉大奶奶也明确告诉她，自己是"悬梁自尽"的。秦可卿为什么好好的要自杀？这便与"爬灰"的丑事有关。

其次是一些让人费解的描写。第13回，秦可卿的死讯传来，"彼时合家皆知，无不纳闷，有些伤心"。有的版本是"有些疑心"。照现在我们所看到的描写，秦可卿是因病不治身亡。病死，合家为什么要"纳闷""疑心"？秦可卿生病也不是一天两天的事，尤氏曾和金荣的姑妈璜大奶奶谈论过，王熙凤和贾宝玉还去探过病。王夫人等也没有不知道的。只有突如其来的死亡，才会让人"纳闷""疑心"。

接下来是两个家长的不同表现：婆婆尤氏始终不出来料理丧事。刚报丧时，"尤氏正犯了胃气疼的旧症，睡在床上"；七七四十九天里，"尤氏又犯了旧疾，不能料理事务"。公公贾珍却一力承担，且悲伤过人，"哭的泪人一般"。以至到后来"也有些病症在身，二则过于悲痛"，走路都要"拄个拐"，向邢夫人等"蹲身跪下请安道乏"也要"挣扎着"。纵使秦可卿真如贾珍所说："合家大小，远近亲友，谁不知我这媳妇比儿子还强十倍。如今伸腿去了，可见这长房内绝灭无人了！"做公公的，这样表现总有些过分。还有贾蓉，这个秦可卿的丈夫，此时竟像销声匿迹了一样。所以有人怀疑，秦可卿应该是与贾珍有瓜葛，而尤氏是气不过才称病躺倒不管的。

贾珍为了秦可卿的丧事，"恣意奢华"不说，还真正是尽心竭力。一副棺木，也横挑竖拣。几副杉木板皆不中意。结果还是薛蟠介绍了一副板，说是铁网山上出的，作了棺材，万年不坏。那棺木帮底皆厚八寸，纹若槟榔，味若檀麝，以手扣之，声如玉石。贾珍也曾问过价钱，薛蟠笑道："拿着一千两银子只怕没处买，什么价不价，赏他们几两银子作工钱就是了。"这副棺木原来是忠义亲王老千岁要的，他坏了事不用，就一直放在店里，没有人买得起。秦可卿一个五品龙禁尉（还是后来现买的）的妻子，用上了千岁亲王的棺木，这也太过分了。难怪贾政要劝他，说："此物恐非常人可享。殓以上等杉木也罢了。"贾珍却"如何肯听"。

有了好板，贾珍又觉得"贾蓉不过是黉门监生，灵幡上写时不好看，便是执事也不多"，因此心下甚不自在。于是他又通过大明宫掌宫内监戴权，化一千二百两银子为贾蓉买了个"防护内廷紫禁道御前侍卫龙禁尉"的职衔。灵前供用执事等物俱按五品职例，灵碑疏上皆写"诰授贾门秦氏宜人之灵位"。

发引日近，贾珍亲自坐车，带了阴阳司吏，往铁槛寺来踏看寄灵之所。又一一嘱咐住持色空，好生预备新鲜陈设，多请名僧，以备接灵使用。次日早，赶忙的进城来料理出殡之事，一面又派人先往铁槛寺，连夜另外修饰停灵之处，并厨茶等项接灵人口。送殡那天，王孙公子，不可枚数。堂客也共有十来顶大轿，三四十顶小轿，连家下大小轿子车辆，不下百十余乘。前面面各色执事陈设，接连一带摆了

165

有三四里远。"一时只见宁府大殡，浩浩荡荡，压地银山一般从北而至"。丧事搞得如此铺张，固然有暴露贾府办事奢华的一面，但另一面，是否也同时在表现贾珍与秦可卿异乎寻常的关系呢？

还有一件疑云密布的事，就是秦可卿的两个丫环的举动。一个名叫瑞珠的丫环，见秦氏死了，也触柱而亡。"此事更为可罕，合族都称叹"。老太太死了，鸳鸯跟着死，那是有"誓绝鸳鸯偶"为前提的，那么，瑞珠触柱而亡的前提又是什么呢？读者当然也生疑团。还有个小丫环名叫宝珠的，因秦氏无出，乃愿为义女，请任摔丧驾灵之任。按照某些人的推断，这些都是尚未删除清楚的笔墨。

如果把上面这些蛛丝马迹通通拼凑起来，被删除的情节大概是这样的：贾珍和秦可卿在天香楼上私通（按照脂砚斋的说法，有"遗簪""更衣"等大约四五页的内容），被丫环瑞珠和宝珠无意中撞见，秦可卿羞愧万分，自缢身亡。瑞珠遇此大变，自知也难存活，于是也自杀了。宝珠则自愿做了秦可卿的义女，以此来保证自己不会做出伤害秦氏的举动。

然而，所有这一切，都建筑在我们确信贾珍和秦可卿有不正当关系的基础上。如果拿着这些证据上法庭，那十有八九是要败诉的。贾珍的辩护律师可以理直气壮地说：凭什么相信脂砚斋的话一定是真的？你说作者暗示秦可卿是上吊自杀的，我还说作者明明写了她病死呢！为什么不相信明明白白写的，却非要相信暗示的？对媳妇的过世特别哀伤，为什么就一定是有私情？公公对孝顺媳妇有很深的感情难道就不可以吗？事实上，如果我们不唯脂砚斋是信的话，那么，作者到底是否有所删除？如果删了，又删了些什么？作者让焦大骂出来的"爬灰"，究竟是不是指贾珍和秦可卿？这公公和媳妇之间，究竟是否发生过不齿之事？那些不太顺溜的描写，究竟是不是删除未尽的笔墨？……这些问题，除非我们能起曹雪芹于九泉而问之，否则就永远只能是抓住一点蛛丝马迹妄加猜测而已。

有人还对这种猜测特别有兴趣，猜测得兴起，节外生枝起来，并让枝桠长得比正干还要大。不过，那已属于另外的小说创作，就像《金瓶梅》之与《水浒传》一样。《金瓶梅》是利用了《水浒传》中的某些章节，但它与《水浒传》已经没有什么关系了。

如果说，贾珍的"爬灰"行为在书中尚属扑朔迷离的话，他的另一件不伦行为——"聚麀"，倒是铁证如山的。"麀"是牝鹿。不知道鹿的什么习性使人产生了不好的联想，人们把父子两人与同一个女人有不正当性关系称为"聚麀"。

贾珍确实很无耻，他和儿子贾蓉"聚麀"的对象，是他妻子尤氏的妹妹（尽管不同父不同母，没有血缘关系）。对贾珍而言，那是他小姨子；对贾蓉而言，则是他的姨娘。而且，这一切都是在贾敬殡天的背景下展开的。尤夫人"独艳理亲丧"（此时没有犯胃气疼），不能回家，便将她继母接来，在宁府看家。这继母将两个未出嫁的女儿带了来。贾蓉见到尤二姐的时候说："二姨娘，你又来了？我父亲正想你呢。"从这话不难看出，贾珍父子俩和二姐早就熟识，打成一片了。

贾珍和贾蓉在半道上听见两个姨娘来了，就"喜的笑容满面"。贾珍忙说了几声"妥当"，加鞭便走。店也不投，连夜换马飞驰。父丧期间，贾珍、贾蓉为礼法所拘，不免在灵旁藉草枕块，恨苦居丧。人散后，仍乘空在内亲女眷中厮混。有的版本就直指是和两小姨搅和在一起。直到贾琏娶了尤二姐后，贾珍仍不肯死了这条心。这日在铁槛寺做完佛事，晚间回家时，打听得贾琏不在，就一直走到宁荣街后二里远近小花枝巷内贾琏的私宅中来。贾琏知道后，不仅不生气，还无耻地想出了"吃个杂会汤"的主意。这主意对贾珍来说，应该是正中下怀。因为他"向来和二姐儿无所不至，渐渐的俗了，却一心注定在三姐儿身上"。贾琏看上二姐儿，他"乐得让给贾琏，自己却和三姐儿捏合"。他没想到的是，尤三姐"就是块肥羊肉，无奈烫的慌！玫瑰花儿可爱，刺多扎手"。贾琏刚露一点声口，就被尤三姐骂了个狗血喷头。此后，贾珍何曾随意了一日，反花了许多昧心钱。就是到了这地步，贾珍还只是舍不得把尤三姐聘出去。贾琏无可奈何地承认"咱们未必降的住"，主张"正经拣个人聘了罢"。贾珍却"只意意思思的就撂过手了"，始终放不下他心里那点肮脏的念头。直到又搭上了新相知，同时又恼她姐妹们无情，才把这事丢过了。

由于他这根上梁很不端正，下梁自然也就是歪的。儿子贾蓉，早成了个"混账孩子"，连带整个东府的名声都坏了，连小丫头都知道，人家在"背地嚼舌，说咱们这边混账"。在柳湘莲的心里，"东府里，除了那两个石头狮子干净罢了"。安富尊荣（实则是奢靡无耻）的结果，是贾珍最后被革去世职，派往海疆效力赎罪——他终究安不成富，也尊不成荣了。

贾琏：贾府第一“妻管严”

贾赦的独子贾琏，论官职，"身上现捐了个同知"，大约相当于地方上厅一级的长官；论身份，他是荣国府的长房长子，"目今现在乃叔政老爷家住，帮着料理家务"。他"于世路上好机变，言谈去得"，大小也算个人物，只是却患有男人的常见病——"妻（气）管严（炎）"，当时叫做惧内。

他的夫人"亲上做亲，娶的是政老爷夫人王氏内侄女"，也就是大名鼎鼎的王熙凤。这个女人的家庭背景就先了不得。她的娘家，就是民谚所谓"东海少了白玉床，龙王来请金陵王"的王家。王熙凤自豪地讲过："我爷爷专管各国进贡朝贺的事，凡有外国人来，都是我们家养活。粤、闽、滇、浙所有的洋船货物都是我们家的。"祖辈富贵，父辈也荣耀。叔叔王子腾现是九省的点检，高级军事长官。姑妈嫁入豪门，成了荣国府二老爷贾政的夫人。王家地位显赫，经济实力雄厚。王熙凤以及王夫人当年的那份嫁妆，沉甸甸的，让做丈夫的很有压力。再加上王熙凤"模样又极标致，言谈又爽利，心机又极深细，竟是个男人万不及一的"。这就奠定了贾琏惧内的基础。

就像世上所有患"妻管严"的男人一样，贾琏第一被管住的是钱。

轮到他和王熙凤管家的时候，"这荣、宁两府，也都萧索了，不比先时的光景"。为老太太做一次生日，用了几千两银子，竟然就"接不上"。又要送南安府里的礼，又要预备娘娘的重阳节，还有几家红白大礼，贾琏就只能求鸳鸯"暂且把老太太查不着的金银家伙，偷着运出一箱子来，暂押千数两银子，支腾过去"，等九月收了几处房租、地租再赎了交还。在这种"外面的架子虽没很倒，内囊却也尽上来了"的情况下，再要从公款中扣克，中饱私囊，已是万难。为了弄"体己"，王熙凤利用给各房发放月例银子的权利，打时间差，把银子放出去赚取利钱。贾琏非但不具备这样的经济头脑，他连有这个事都不知道。旺儿家的送利钱来的时候，正好贾琏在，平儿立刻支吾过去。过后，她对王熙凤说："咱们二爷那脾气，油锅里的还要捞出来花呢，知道奶奶有了体己，他还不大着胆子花么？"这妻妾两个联手，把进项瞒起来，贾琏那边能花出去的，也就有限了。

鲍二家的自杀，王熙凤故意说："不许给他钱！"她明知道贾琏一定会给钱，所谓"不许给他钱"，也就是说"我不给他钱"罢了。后来贾琏付给鲍二的赔偿金，还得"命林之孝将那二百银子入在流水账上，分别添补，开消过去"，也就是把这笔开销打到了公账里。尤二姐死的时候就更惨了。贾琏曾"将自己积年所有的体己，一并搬来给二姐儿收着"。及至开了尤氏箱笼，却一点无存，只些折簪烂花，并几件半新不旧的绸绢衣裳。问凤姐要殡葬银子，她说："家里近日艰难，你还不知道？咱们的月例一月赶不上一月。昨儿我把两个金项圈当三百银，使剩了还有二十几两，你要就拿去。"这哪里是办丧事？简直就是打发乞丐！事实上，当年刘老老一进荣国府打抽丰时，拿到的就是二十两银子。其时，贾琏恨得无话可说，若不是平儿出手相助，尤二姐恐怕真得"乱葬埋上埋了完事"。而王熙凤就阔多了，她自己声称"就是三万两我此刻还拿的出来"。有了这样的经济实力，谁还怕老公不成？

除了钱，贾琏被管住的还有权。

贾琏是荣国府的长房长孙，且又年轻，贾府大大小小的事多半要他去办。这样，贾琏手中就难免有些用人派活之类的权力。对于贾琏手中的权力，只要有可能，王熙凤一定要施加影响，左右他的意志。比如修建大观园，贾府上上下下的人，都盯着这个大项目。表面上人事权在贾琏手里，实际操纵的却是王熙凤。贾琏的乳母赵嬷嬷就发现："我们这爷，只是嘴里说的好，到了跟前就忘了我们。幸亏我从小儿奶了你这么大。我也老了，有的是那两个儿子，你就另眼照看他们些，别人也不敢龇牙儿的。我还再三的求了你几遍，你答应的倒好，如今还是落空……所以倒是来和奶奶说是正经。靠着我们爷，只怕我还饿死了呢！"其实，拜托贾琏之所以落空，并不是因为他"脸软心慈，搁不住人求两句"，而是因为他没有王熙凤弄权的心机。那赵嬷嬷这么一说，凤姐立刻答应："妈妈，你的两个奶哥哥都交给我。"跟着贾蔷来说要下姑苏请聘教习，采买女孩子，置办乐器行头等事，王熙凤马上推荐了两个"妥当人"，就是赵嬷嬷的儿子赵天梁、赵天栋。乐得赵嬷嬷念佛，说"屋子里跑出青天来了"。

贾芸也是如此。开始他不知底细，去向贾琏要项目。贾琏说："前儿倒有一件事情出来，偏偏你婶娘再三求了我，给了芹儿了。"也就是说，贾芹"坐着好体面车，又带着四五辆车，有四五十小和尚道士儿，往家庙里去了"的好差使，也是王熙凤钦定的。聪明的贾芸立马掉转枪头去找王熙凤，说："求叔叔的事，婶娘别提，我这里正后悔呢。早知这样，我一起头儿就求婶娘，这会子早完了，谁承望叔叔竟不能的。"王熙凤也直言不讳："你们要拣远道儿走么！早告诉我一声儿，多大点子事，还值得耽误到这会子。那园子里还要种树种花儿，我正想个人呢，早说不早完了?"王熙凤之所以花力气把人事权揽到手中，除了喜出头、好奉承外，背后当然还是钱。贾芹用了什么手段，我们不知道。贾芸争取这个项目的过程是清楚的，从醉金刚倪二那儿借来的十五两三钱银子，就是他活动经费，他用它买了冰片、麝香，孝敬了婶娘王熙凤。

妻子们管钱管权是有道理的。因为权就是钱，而经济实力又和忠诚程度直接相关，所谓"男人有钱就变坏"，正是这个意思。贾琏是个花花公子，是警幻仙子所说的那种"悦容貌，喜歌舞，调笑无厌，云雨无时，恨不能天下之美女供我片时之趣兴"的"皮肤滥淫之蠢物"。为了防范他的登徒子之好，王熙凤采取了极为严厉的措施。贾琏在平儿面前抱怨说，"他防我像防贼的似的，只许他和男人说话，不许我和女人说话。我和女人说话，略近些，他就疑惑"。不仅疑惑，用兴儿的话说，"凡丫头们跟前，二爷多看一眼，他有本事当着爷打个烂羊头似的。"连跟出去的小厮，王熙凤都要特别关照："别勾引他认得混账女人。我知道了，回来打折了你的腿!"但即便如此，也没能阻止贾琏寻花问柳的行为。相反，他寻找一切可能的机会，去满足他那好色之心。花街柳巷，他恐怕是常客。元宵节晚上，从贾母处出来，他就与贾珍同去追欢买笑——其时凤姐正在贾母跟前承欢，管不到他。女儿巧姐儿"见喜"，也即出天花，这是一种人畜共患的传染性疾病，一般为良性过程，所以称"见喜"，但弄得不好，也会引起脓毒败血症死亡，所以按习俗要供奉"痘疹娘娘"，夫妻要隔房，可他却乘这个机会勾搭上了多姑娘儿。而且贾琏的趣味实在不高，这个女人是荣府里极不成材破烂酒头厨子多官儿的老婆，"生性轻薄，最喜拈花惹草"，"宁、荣二府之人都得入手"，他竟然把她奉若"娘娘"，"盟山誓海，难舍难分"，成为"相契"。难怪贾母说他"成日家偷鸡摸狗。腥的臭的，都拉了你屋里去"！贾母那儿为凤姐过生日，他又觉得逮着机会了，就开箱子，拿了两块银子，还有两支簪子、两匹缎子，叫小丫头悄悄地送与鲍二的老婆去，叫她进来。就这样还不够，他又冒着天大的危险，在"国孝家孝两层在身"的时候，顶风作案，金屋藏娇，偷娶了尤二姐。一个坏男人在婚姻之外能做的坏事：宿妓嫖娼，养小蜜，包二奶，他都全了。这就怪不得平儿说："你行动就是坏心，连我也不放心，别说他呀。"

贾琏在背后对王熙凤颇有微词，把她叫"夜叉星""夜叉婆"。夜叉是梵文 YaKsa 的音译，也作"药叉""夜乞叉"，意译为"能啖鬼""捷疾鬼"等，是佛经中一种吃人的恶鬼。但也是拥护佛经的天龙八部中的一种。贾琏把王熙凤叫做夜叉，当然是说她凶恶的意思。鲍二家的敢公然对着贾琏说："多早晚你那阎王老婆死了就好了。"可以想见贾琏前面说了王熙凤多少坏话。他在平儿面前也说过："你不用怕他，等我性子上来，把这醋罐子打个稀烂，他才认的我呢！"但实际上，他对凤姐还是非常惧怕的。从外书房搬回来的时候，平儿从枕套中抖出多姑娘儿的一缕青丝，他正在央求平儿，凤姐进来，让平儿看看有没有多出来的东西，说："这十几天，难保干净，或者有相好的丢下什么戒指儿、汗巾儿，也未可定。"一席话，说得贾琏脸都黄了，在凤姐身背后，只望着平儿，杀鸡儿抹脖子地使眼色儿，求她遮盖。王熙凤走后，他央告平儿"好生收着"，尤其关照"千万可别叫他知道"。最终还是不放心，趁平儿不备，一把就抢过来，笑道："你拿着到底不好，不如我烧了就完了事了。"一面说，一面掖在靴掖子内。

在王熙凤面前，他时常陪着小心。他问鸳鸯借当那回，求凤姐给说句好话。凤姐和平儿就商议着要"一二百银子"的好处。贾琏笑道:"你们太也狠了。你们这会子别说一千两的当头,就是现银子,要三五千,只怕也难不倒。我不和你们借就罢了!这会子烦你说一句话,还要个利钱,难为你们和我……"凤姐不等说完,翻身起来劈头盖脸地数说道:"我三千五千,不是赚的你的!如今里外上下,背着嚼说我的不少了,就短了你来说我了!可知'没家亲引不出外鬼来'。"说着就抖搂起娘家的家底来,贾琏忙赔笑道:"说句玩话儿就急了。这有什么的呢。你要使一二百两银子值什么?多的没有,这还能够。先拿进来,你使了再说去,如何?"凤姐的话依然十分难听:"又不等着'衔口垫背',忙什么呢。"贾琏则继续软语安慰:"何苦来?犯不着这么肝火盛。"直到最后答应"若明日得了这个,你随便使多少就是了"。

贾琏也有真"性子上来"的时候,拔出剑来要杀凤姐。但那只是仗着酒胆而已,"次日醒了,想昨日之事,大没意思,后悔不来"。最终还是给凤姐作揖赔罪才算了事。在薄命司凤姐的判词上有"一从二令三人木"的隐语,有人分析,"一从二令"是说贾琏对王熙凤先是服从后来却指令她了,而"三人木"是说贾琏最终要休了王熙凤(人木者,休也),所以她"哭向金陵事更哀"。但究竟如何,却不得而知。从现存的作品来看,即使到了最后,贾琏对王熙凤也只是厌憎而已,别的是没有的。

大凡有"妻管严"的人,第一原因固然是老婆厉害,第二原因却往往是自己不争气。

王熙凤的厉害是不必说了,用小厮兴儿的话来说,是"嘴甜心苦,两面三刀","上头笑着,脚底下就使绊子","明是一盆火,暗是一把刀"。很多在她把握中的事情,她故意留退步给贾琏。旺儿家的要彩霞做媳妇，这本是她搞得定的事，她见贾琏在，且不做一声，只看贾琏的光景。只待贾琏一松口，立刻示意旺儿家的爬下给贾琏磕头谢恩。贾琏一说"你只管给你们姑奶奶磕头。我虽说了，到底也得你们姑奶奶打发人叫他女人上来"，凤姐立刻顺着竿子爬上来："连你还这么开恩操心呢，我反倒袖手旁观不成？"原本就是她揽的事，一下子倒成了她配合贾琏了。为薛宝钗做生日的事情也是这样。她察言观色，发现薛林二人中，老祖宗更偏向宝钗，便想着要在给宝钗做生日的时候添一些钱，却并不就做，而是假模假样地找贾琏商量。贾琏不知其中奥妙，还想着"往年怎么给林妹妹做的，如今也照样给薛妹妹做就是了"。经过一番循循善诱，贾琏终于说出了王熙凤所想的"比林妹妹的多增些"，她便说："我也这么想着，所以讨你的口气儿。我私自添了，你又怪我不回明白了你了。"贾琏这回头脑十分清楚，笑道："罢！罢！这空头情我不领。你不盘察我就够了，我还怪你？"这种"少说也有一万个心眼子"的老婆，老公能不怕吗？

贾琏的不争气也是事实。古董商冷子兴向贾雨村介绍的时候说："自娶了这位奶奶之后，倒上下无人不称颂他的夫人，琏爷倒退了一舍之地。"贾琏的才能比不上王熙凤，且又有寡人之疾，就如平儿所说，"这是一辈子的把柄儿，好便罢，不好咱们就抖出来"。所以，他理所当然地成了贾府中第一怕老婆的"妻管严"。

贾环：世袭的前程究竟谁得

　　贾环是贾政的第三个儿子，是贾宝玉同父异母的兄弟。与他一母所生的，是被称为"玫瑰花儿"的贾探春。贾环与贾宝玉是不能相比了，这哥哥是贾政正室王夫人所生，而且还是"衔玉而诞"，大有来历的。他是庶出，又没有什么"新闻"，连冷子兴也道不出个子丑寅卯，说"倒不知其好歹"。如果要比，只好和同胞姐姐探春论个高下。但他与探春的差距似乎也很大。

　　首先是探春漂亮，他丑。林黛玉进贾府时，眼睛里的探春是"削肩细腰，长挑身材，鸭蛋脸儿，俊眼修眉，顾盼神飞，文彩精华，见之忘俗"。贾环呢，连他父亲都觉得他"人物委琐，举止粗糙"。无论在什么时候，外表这张皮总是重要的。中国古代历史上，以貌取人的事情就不在少数。比如三国时候，有个叫王粲的人，和贾环一样，也是贵族出身。他的曾祖王龚、祖父王畅在汉代都位至三公，也即负责军政的最高长官。父亲王谦也做到过长史。他本人的肚才也很好。但是，当他躲避董卓之难，到荆州依附刘表的时候，却因为其貌不扬而得不到重用。他一气之下跑到当阳县的城楼上发了一大通牢骚，这就是后来很有名的《登楼赋》。贾环先天不足，长了一张不讨人喜欢的脸，也算是他的不幸。美国总统林肯说，人过了四十岁，就应该对自

177

贾环：世袭的前程究竟谁得

己的容貌负责。贾环还小，所以外貌上的问题只能说是"天灾"，还不是"人祸"。

贾环还有一样比不上他同胞姐姐的，就是探春聪明，他笨。探春文墨俱通，"精细处不让凤姐"。贾环却有些愚钝。元春赐出个灯谜来，其实"并无新奇"，对宝钗等人来说，不啻是小菜一碟，"一见早猜着了"。他和迎春竟然猜错。他自己做的谜语也"不通"，让众人看了"大发一笑"，元春也因为没法猜而退了回来。王熙凤曾说："真真一个娘肚子里跑出这样天悬地隔的两个人来，我想到那里就不服！"但这样的事却古已有之。坐怀不乱的正人君子柳下惠，其弟弟柳下跖却是出名的大盗。王熙凤也好，探春也好，贾环也好，"不服"是不行的。

说到愚钝，贾环倒可以和他的堂姐迎春打个平手。可是迎春的脾气性格胸怀却与他不同。比如那次猜谜，猜着的人，每人一个宫制诗筒，一柄茶筅。诗筒是一种小容器，用玉石、香木或布料等都可以做，带在身边，随手写点什么都可以放在里面，以后再归到书房里去。顾炎武的皇皇巨著《日知录》，就是由每天所写的东西一点点积累起来的，只不知他是否用过类似诗筒这样的东西。茶筅用竹子做成，类似小扫帚，用来清洁茶具。这都是比较雅的小玩意儿，用来做奖品，不过表示个意思而已。贾环和迎春没猜中，自然没有。迎春自以为玩笑小事，并不介意；贾环便觉得没趣。一个人若是像这样心胸狭窄，这就不是"天灾"而是"人祸"了。

贾环身上属于"人祸"的还有几大宗。

一宗是在下人跟前的无赖。

正月里，贾环和莺儿等斗牌。头一回，自己赢了，心中十分喜欢。谁知后来接连输了几盘，就有些着急。明明掷了个三点，偏说是六点，抢着要拿钱。虽说赌博本身就不是一件好事，但毕竟还有个遵守游戏规则的问题，所谓"赌品"即人品。梁山上第一粗鲁人李逵，江湖上就有"闲常最赌的直"的好名声。便是贾宝玉，"赌品"也很不错。和莺儿她们玩，他输了那些也没着急，下剩的钱还是几个小丫头子们一抢，他一笑就罢了。贾环"一个做爷的"，连丫头的钱也要赖，绝对属于没品。幸亏宝钗有涵养，逼着莺儿把钱给了他。但这也就难怪莺儿说"连我也瞧不起"了。

另一宗是对彩霞的无情。

正所谓"各人头上一爿天"，贾环这样的小无赖，竟然也有人爱，而且还是个不错的女孩子，王夫人房里的大丫头彩霞（又叫彩云）。彩霞深知贾环的毛病，也知道他在众人心目中的位置，却仍对他一往情深，可他却是个"没良心的"。因为他，彩霞对宝玉"淡淡的不大答理"，他却说"我也知道，你别哄我。如今你和宝玉好了，不理我，我也看出来了"。也是因为他，彩霞偷了王夫人屋里许多东西，事情闹出来后，好容易宝玉给应了下来，从此无事，他却又起了疑心，将彩霞私下送给他的东西都拿出来，照着她脸上摔了来，说："你这两面三刀的东西，我不稀罕！你不和宝玉好，他怎么肯替你应？你既有担当给了我，原该不叫一个人知道，如今你既然告诉了他，我再要这个也没趣儿！"还更恶毒地说："不看你素日，我索性去告诉二嫂子，就说你偷来给我，我不敢要。你细想去罢！"他唯一想到彩霞的事，是问芳官要了一包蔷薇硝（其实是茉莉粉）送她，其余就基本上是"恩将仇报"而已。如果说，前面那些事情，多少还有点影子——因为有贾宝玉这个人见人爱的帅哥，他带点儿醋意还情有可原的话，后来他对彩霞的态度就极为可恶了。

随着年龄的增长，王夫人要打发彩霞出去了，由她老子随便择女婿。贾环若是个有情意的，听到这个消息，就应该积极去争取才对。可他并没有。倒是来旺夫妇看上了彩霞，要她给自己家的儿子做媳妇。彩霞到晚间，悄悄命她妹子小霞进二门来找赵姨娘，问个端底。赵姨娘也催贾环去要。他竟然"不在意"，认为"不过是个丫头，他去了将来自然还有好的，遂迁延住不肯说去，意思便丢开了手"。男性贵族在性问题上的劣根性在他身上表现得再充分也没有了。

还有一宗，便是对贾宝玉的无义。

宝玉对贾环虽然说不上特别好，但欺负他的事是绝对没有的。他的想法是"兄弟们一并都有父母教训，何必我多事，反生疏了。况且我是正出，他是庶出，饶这样看待，还有人背后谈论，还禁得辖治了他？"何况宝玉认定"天地间灵淑之气只钟于女子，男儿们不过是些渣滓浊沫而已"，根本没在心上。所以贾环赖莺儿钱的时候，宝钗还生怕宝玉教训他，而宝玉却完全没有这个意思。即使是贾环把灯油泼到了他脸上，他也愿意扛起来，说是自己不小心烫着的。可是，贾环就没有这么好心了。他故作失手，将那一盏油汪汪的蜡烛，向宝玉脸上只一推，烫得宝玉"左边脸上起了一溜燎泡"。放到如今，这就是证据确凿的故意伤害罪，贾环要负刑事责任的。

在贾政面前，他捕风捉影说："宝玉哥哥前口在太太屋里，拉着太太的丫头金钏儿，强奸不遂，打了一顿，金钏儿便赌气投井死了。"贾政很生气，后果很严重——贾宝玉饱受一顿皮肉之苦。若要认真追查，这又是一件诬陷罪。

贾环还有一个毛病，那就是出口成"谎"，颠倒事实成了他说话的习惯。在宝玉房里赌钱，闹得不欢而散，赵姨娘问："是那里垫了蹦窝来了？"贾环便说："同宝姐姐玩来着。莺儿欺负我，赖我的钱；宝玉哥哥撵了我来了。"明明是他赖莺儿的钱，变成了"莺儿欺负我，赖我的钱"。他对丫环们说："我拿什么比宝玉？你们怕他，都和他好，都欺负我不是太太养的！"这也不符合事实，因为谁都知道"那宝玉是不要人怕他的"，不要说贾环，连丫头、小子们在内，都"没人怕他"。

　　然而，别看贾环无情无义兼无赖，贾府中欣赏他的还大有人在，除了彩霞，还有他的大伯、荣国府长子、一等将军贾赦。贾赦对他的诗作欣赏有加，甚至夸张到说什么"不失咱们侯门的气概"，回头吩咐人去取自己的许多玩物来赏赐与他，还拍着贾环的脑袋笑道："以后就这样做去，这世袭的前程就跑不了你袭了。"贾环究竟做了什么好诗，我们不知道，作者也没有像往常一样写出来给我们看，只是说贾政看了"亦觉罕异"，大概比起以前"大哥有角只八个"的玩意儿来要进步许多。不过"词句中终带着不乐读书之意"，所以贾政还是不满意，把他和宝玉称作"两难"。其实，贾环和贾宝玉是走不到一块儿去的。贾宝玉能作诗，是因为他"天分中生成一段痴情"，对事对物对人，有一种特别的敏感，而且他所喜欢和接近的姐姐妹妹，大多都是"诗林高手"，所谓"蓬生麻中，不扶而直"。贾环作诗有长进，却是由于他"近日读书稍进，亦好外务"的缘故。贾环所好的"外务"，正是贾宝玉最讨厌的"仕途经济"。他"读书稍进"的原因，并不真正是他喜欢读书，而是冲着"书中自有"什么什么，所以贾政看出他"词句中终带着不乐读书之意"。也许正因为贾环对"外务"有了爱好，他的诗里才有了让贾赦欣赏的东西，一种让贾赦感到可以将"世袭的前程"继承下来的东西。如果说，在此之前，贾环还只是个不太讨人喜欢的小孩子的话，那么这时候，他已经开始步入他亲哥贾宝玉所厌恶的"国贼禄鬼"之流了。

　　现在，我们要说到世袭的问题了。荣府祖宗传下来的官位，按

181

理应该由宝玉来袭。他虽然不是长子，但贾珠早夭，接下来就是他了。比如宁国府里，宁公的长子贾敷八九岁上死了，只剩了一个次子贾敬，这官就让贾敬袭了。如果不出例外，"世袭的前程"是轮不到贾环的。不过，例外总是有的。贾代善的次子、贾宝玉的父亲贾政就赐了个额外主事职衔，叫他入部习学，后就做了员外郎。这个例外，对别人犹可，对长子贾赦来说可是记得再牢不过的。他现在这样说贾环，自是有他的道理。再退一步，就是不发生那样的例外，按照人物性格发展的逻辑，贾宝玉是不会对"世袭的前程"发生兴趣的，而"好外务"的贾环，随着年龄的长大，对此越来越感兴趣是完全可能的。若要说学问人品，现在袭了官的贾赦、贾珍辈，又好得到哪儿去呢？所以，不要看贾环"毛脚鸡"似的，搞不好，还真像马道婆说的，"熬的环哥大了，得个一官半职"。不过，贾府"世袭的前程"要是真让贾环袭了，哪才更叫"一代不如一代"呢！

贾蓉：聪明伶俐的混账孩子

贾府草头辈的孩子里，贾蓉是比较有戏的。和贾府中的大多数公子哥儿一样，他算得上是个帅哥。刘老老眼里，他是"十七八岁的少年，面目清秀，身段苗条，美服华冠，轻裘宝带"。贵族中外貌靓丽的比较多，这并不是作者的笔墨势利。贵族长期处于优势地位，联姻时的可选择性较大，比较容易找到容貌娇好的配偶。累世积代下来，外貌方面的遗传因子就比较优秀（当然，不排除基因排序时出现变异），再加上贵族衣饰的讲究，心理上的优越感，容易给人以器宇轩昂的感觉。

贾蓉长得不错，人也聪明。两府中大大小小的事情，他没少出力。就说贾敬生日那天，贾珍先将上等可吃的东西、稀奇的果品，装了十六大捧盒，着贾蓉带领家下人送去。吩咐贾蓉说："你留神看太爷喜欢不喜欢，你就行了礼起来，说：'父亲遵太爷的话，不敢前来，在家里率领合家都朝上行了礼了。'"贾蓉很好地完成了任务，让贾敬"听了很喜欢"。回来又将贾敬《阴骘文》叫他们急急刻出来，印一万张散人"的话回了父亲贾珍。然后到里面，给前来祝寿的邢夫人、王夫人、凤姐儿都请了安，向母亲尤氏汇报了自己执行任务的情况，"还得快出去打发太爷们并合家爷们吃饭"。饭后也是他来招呼，说："南安郡王、东平郡王、西宁郡王、北静郡王四家王爷，并镇国公牛府等六家、忠靖侯史府等人家，都差人持名帖送寿礼来，俱回了我父亲，收在账房里。礼单都上了档子了，领谢名帖都交给各家的来人了，来人也各照例赏过，都让吃了饭去了。母亲该请二位太太、老娘、婶子都过园子里去坐着罢。"看得出，他头脑清楚，办事机灵，是贾珍的左臂右膀。

然而，这蓉哥儿干的几件大事，却让人齿冷。

他所做的第一件大事，是为婶娘王熙凤"捉奸"。他受凤姐之命，晚间到荣府夹道中屋子里来捉贾瑞。大概是为了捉贼捉赃、捉奸捉"双"吧，当贾瑞把他当作凤姐，"如饿虎扑食，猫儿捕鼠的一般抱住"，做出种种丑态的时候，他却"只不作声"，直到贾蔷举个烛台走进来，照道："谁在这屋里呢？"他才开口说话，把贾瑞"羞的无地可入"。

从这件事上，他得到的直接的好处，是敲诈了贾瑞五十两银子。间接的好处，是这件事后来成了他吹牛的资本。他在二姐儿及丫头面前大言不惭地说："谁家没风流事？别叫我说出来。连那边大老爷这么利害，琏二叔还和那小姨娘不干净呢。凤婶子那样刚强，瑞大叔还想他的账，那一件瞒了我？"

令人费解的是，"捉奸"这个活儿，事关下流，怎么会派给贾蓉和贾蔷这两个少年？而且点兵派将的还是他们的婶娘。如果要在这方面留意的话，就会发现，这蓉哥儿和他婶娘的关系还真有点暧昧。

贾蓉首次正式亮相，是去荣府问凤姐借玻璃炕屏。玻璃在元代还是十分稀罕的东西。武汉臣的杂剧《包待制智赚生金阁》里，庞衙内向人吹嘘他的富有说："我那库里的好玩器，有妆花八宝瓶，赤色珊瑚树，东海虾须帘，荆山无暇玉，瞻天照星斗，没价夜明珠，光

184

灿灿玻璃盏,明丢丢水晶盘……便是纯金盖一间大房子也有哩。"你看,我们日常使用的玻璃杯,在那时候却是和"东海虾须帘"并列的奇珍异宝。明清两代,这玩意儿可能多起来了,但做成炕屏仍是"好东西"(放到今天恐怕也是)。所以,宁府有"要紧的客",才派贾蓉来问王熙凤借。当着客人(刘老老)的面,王熙凤就嘲谑起来,说:"你来迟了,昨儿已经给了人了。"妙的是贾蓉全不当真,他"笑嘻嘻的在炕沿上下个半跪",道:"婶子要不借,我父亲又说我不会说话了,又要挨一顿好打。好婶子,只当可怜我罢!"凤姐便笑道:"也没见我们王家的东西都是好的?你们那里放着那些好东西,只别看见我的东西才罢,一见了就想拿了去。"得意之情溢于言表。贾蓉又求道:"只求婶娘开恩罢!"凤姐道:"碰坏一点儿,你可仔细你的皮!"于是因命平儿拿了楼门上钥匙,叫几个妥当人来抬去。

这一段描写,用戚蓼生的话来说,真叫"绛树两歌","黄华二牍"。绛树是古代美女,她的绝技是能同时用两个声音唱歌,"一声在喉,一声在鼻";黄华的绝技则是双管齐下,左手写楷体,右手写草体。作者在刘老老艰难告贷的时候,突然插进一个贾蓉,看似闲笔,却将两个人物、两种借求放到了同一时间、同一地点和同一人物身上,从而形成了鲜明的对比。恰如周瑞家的后来对刘老老说的:"我的娘!你怎么见了他倒不会说话了呢?开口就是'你侄儿'。我说句不怕你恼的话:就是亲侄儿也要说的和软些儿。那蓉大爷才是他的侄儿呢。他怎么又跑出这么个侄儿来了呢!"真侄儿和假侄儿,富侄儿和穷侄儿,孰远孰亲,这不都显露出来了吗?

这还只是一面,另一方面,就是将贾蓉与王熙凤不同寻常的关系影影绰绰地透出来。因为王熙凤说了别碰坏,所以贾蓉亲自带人去拿。他一走,这凤姐忽然想起一件事来,便向窗外叫:"蓉儿回来!"

贾蓉:聪明伶俐的混账孩子

贾蓉回来了，那凤姐却又"只管慢慢吃茶，出了半日神，忽然把脸一红，笑道：'罢了，你先去罢。晚饭后你来再说罢。这会子有人，我也没精神了。'贾蓉答应个是，抿着嘴儿一笑，方慢慢退去"。如果说，前面关于借炕屏的对话已经表现出他们的亲昵的话，这看似莫名其妙的一出，就更显出他们的缱绻。

贾宝玉在宁府会秦钟那次，他俩的情形也有点怪怪的。王熙凤要见秦钟，贾蓉道："他生的腼腆，没见过大阵仗儿，婶子见了，没的生气。"这话听上去挺普通的，凤姐却啐道："呸，扯臊！他是哪吒我也要见见。别放你娘的屁了，再不带来，打你顿好嘴巴子。"一个大家闺秀，没来由地蹦出一连串粗话，实在有点莫名其妙。从心理学的角度来说，这叫反应过度。说明贾蓉在她心目中地位特殊，她希望在贾蓉面前表现得与众不同。这时，贾蓉的反应则是"溜湫着眼儿"笑道："何苦婶子又使利害！我们带了来就是了。"这就是王熙凤过度反应所制造的效果——她"利害"，她和贾蓉"又没才干，又没口齿，锯了嘴子的葫芦"的继母尤氏截然不同。

不要忘记，王熙凤和贾蓉虽说是婶娘和侄儿，实际上也就相差那么三四岁，贾蓉在王熙凤的眼里又是"那样清秀"，彼此有点说不出的情愫也在情理之中。正是由于这样的特殊关系，贾蓉"受任于调戏之际，奉命于夹道之中"，承包了捉弄"瑞大叔"的秘密项目。

贾蓉与他婶娘这样亲密无间，是否真是一对儿知己呢？否。贾蓉接下来做的第二件大事，替他二叔娶小，就是直接对婶娘的大大的伤害。

贾蓉在这方面可说是精灵古怪。叔侄闲话的时候，贾琏故意夸说尤二姐，他居然就能"揣知其意"，主动提出："叔叔既这么爱他，我给叔叔作媒，说了做二房何如？"贾琏心里一百个愿意，也老老实实

186

说有三怕：一怕凤姐不依，二怕老娘不愿，三怕尤二姐已有了人家。贾蓉倒比他叔叔资格还要老，大言道："这都无妨。"他先给贾琏细细分析二姐儿和三姐儿的情况，尤其是二姐儿曾许了人家的情况，说："我二姨儿三姨儿，都不是我老爷养的，原是我老娘带了来的。听见说，我老娘在那一家时，就把我二姨儿许给皇粮庄头张家，指腹为婚。后来张家遭了官司败落了，我老娘又自那家嫁了出来。如今这十数年两家音信不通，我老娘时常报怨，要给他家退婚。我父亲也要将姨儿转聘，只等有了好人家，不过令人找着张家，给他十几两银子，写上一张退婚的字儿。想张家穷极了的人，见了银子，有什么不依的？再他也知道咱们这样的人家，也不怕他不依。"经他这么一分析，三怕当中倒有两怕是不存在了，所以他断言："又是叔叔这样人说了做二房，我管保我老娘和我父亲都愿意"。

至于最后一怕，其实他心里也有底，只是不立刻说出来，留点余地在那里，故意说："倒只是婶子那里却难。"事实上，去掉了前面两怕，贾琏的心花就给吹开了，胆子就给壮大了，欲火也给煽旺了，哪里还怕什么"婶子"？贾蓉见贾琏"只是一味呆笑而已"，知道火候已经成熟，又装模作样想了一想，笑道："叔叔要有胆量，依我的主意，管保无妨，不过多花几个钱。"此时的贾琏就像咬了钩的鱼儿，由着贾蓉摆布，说："好孩子，你有什么主意，只管说给我听听。"贾蓉便搬出了整套的方案，道："叔叔回家，一点声色也别露。等我回明了我父亲，向我老娘说妥，然后在咱们府后方近左右，买上一所房子及应用家伙，再拨两拨子家人过去服侍，择了日子，人不知鬼不觉娶了过去。嘱咐家人不许走漏风声，婶子在里面住着，深宅大院，那里就得知道了？叔叔两下里住着，过个一年半载，即或闹出来，不过挨上老爷一顿骂。叔叔只说婶子总不生育，原是为子嗣起见，所以私自在

贾蓉：聪明伶俐的混账孩子

外面作成此事。就是婶子，见生米做成熟饭，也只得罢了。再求一求老太太，没有不完的事。"

好个蓉儿，真是聪明人！第一步欲擒故纵，先不露一点声色，肃清外围，确保没有后顾之忧；第二步金屋藏娇，将生米煮成熟饭；第三步强词夺理，柿子挑软的捏，话拣好听的说，不孝有三无后为大，你自己的肚子不争气，怪得到谁呢？第四步便是以势压人了，一来他这个"婶子"，惟有老太太还压得下，二来老太太对这类"馋嘴猫儿"的事向来是宽容的，何况还有子嗣这么重大的意义。

这样的"万全之计"，贾琏如何不听？于是一场"贾二舍偷娶尤二姨"的闹剧就这么上演了。

请不要以为贾蓉的计策真的万全。其时贾琏正国孝、家孝两重热孝在身，国孝一层罪，家孝一层罪，背着父母私娶一层罪，停妻再娶一层罪。后来王熙凤为了把事情闹大，故意挑唆张华告状，这些罪状都在里头。更重要的是，贾琏现有夫人在，况"亲上做亲，娶的是政老爷夫人王氏内侄女"，也即出自"东海缺少白玉床，龙王来请金陵王"的王家，岂是能随便糊弄的？更何况凤辣子的厉害，玩你个蓉小子那真叫易如反掌。后面的结局很清楚地展示了这一点。但贾蓉想得不周全，并不是脑子不够。而是因为他尽力撺掇这件事本来就居心不良。

贾蓉对他的两个姨娘向来轻薄。他同二姐儿抢砂仁吃，那二姐儿嚼了一嘴渣子，吐了他一脸，他竟然用舌头都舔着吃了。连众丫头都看不过。就这样，他还嫌"只因贾珍在内，不能畅意，如今要是贾琏娶了，少不得在外居住，趁贾琏不在时好去鬼混之意"。为了自己无耻的目的，他不惜出卖了最亲近的姨娘。王熙凤在知道这件事后，愤怒与失望交织，她骂贾蓉是"天打雷劈、五鬼分尸的没良心的东西！"

指着贾蓉说："今日我才知道你了。"说着，把脸却一红，眼圈儿也红了，似有多少委屈的光景。是啊，她怎么能不委屈呢，就像贾蓉自己说的："婶娘是怎么样待你？你这么没天理没良心的！"看起来，凤姐的手段的确在贾蓉之上，但若论无情，恐怕她还得对蓉哥儿甘拜下风。

王熙凤痛骂贾蓉的时候说："出去请你父亲来，我对面问他！问亲大爷的孝才五七，侄儿娶亲，这个礼，我竟不知道，我问问也好学着，日后教导你们！"这话算是骂到了点子上。贾珍对贾蓉的"教导"确实可怕。他似乎没怎么让贾蓉接受正面教育。贾蓉先是"黉门监生"，后来又捐了个"防护内廷紫禁道御前侍卫龙禁尉"。后者是贾珍花一千二百两银子买的，前者虽然没有明说，差不多也是这条路上来的。总之是没见他怎么读书。反过来，贾珍聚赌，自己"不好出名，便命贾蓉做局家"；不论是"爬灰"还是"聚麀"，这些丑事都有贾蓉掺和在里面。这一切，致使这个聪明英俊的少年成了尤二姐所说的"混账孩子"。他以他的胡作非为在这个大家庭倾覆的时候大大地添了一把力。

贾蓉：聪明伶俐的混账孩子

尤氏：锯嘴葫芦的苦恼

唐代诗人崔郊的《赠婢》诗中说："一入侯门深似海，从此萧郎是路人。"说的是女孩子一旦进了那金璧银山的显赫望族，往日的情人就形同陌路了。其实嫁入侯门的苦楚还不止于此。到了那样的境地，若是有饭吃饭有衣穿衣，不用理事者，撇开情感来谈，也能享得一世饱暖太平。苦就苦的是那些个没依没靠的外来者，纵有通天本事，花容月貌，做了那管事儿的，怎么也架不住人多嘴杂，隔三岔五有出戏唱。就是一碗水端平了，也还有诸多事端，更兼若是王府、大族又有那说不清说不得的微妙处。这时，你若手段没了点儿狠，少了点儿毒，真正的人前欢笑人后哭，钢铸的面具纸糊的心，欲求无过也难，冷暖只有自知了。

这番道理，初读《红楼梦》难以体会。着眼处无非钗黛宝玉间情感种种，对于诸如尤氏之类不起眼者不过走马观花，无甚印象。直到细细琢磨，除钗黛等人依然令人唏嘘，尤氏等人物的命运竟也教人感叹不已。于无奈处，不禁为其摇头叹息；于尴尬处，易位而想，甚感做人难，做女人更难，做贾府中的女人难上加难。更何况荣宁二府后院两位当家——凤姐和尤氏，作了女人中的丈夫，料理起这两大家人，着实不易。而尤氏似乎更难。若论其"难"的原因，似乎有很多……

　　若单说能力，纵观全书，尤氏不为后人，堪当总理宁国府之任。尤可见者，是在第 63 回，当贾珍父子并贾琏等皆因国丧不在家中的时候，忽然传来贾敬的死讯，这时的尤氏不得不"独艳理亲丧"。我们看到，她所做的第一件事是"卸了妆饰，命人先到玄真观将所有的道士都锁了起来，等大爷来家审问"，一面又请大夫看视，到底系何病症。贾敬暴毙，属非正常死亡，尤氏的第一个动作就做得很有道理，那就是保护现场、保护证人。尽管大夫说是"系道教中吞金服砂，烧胀而殁"，道士们也一起附和，她却"也不便听，只命锁着，等贾珍来发放"，同时命人飞马报信。还有一个细节也不容忽视，那就是尤氏先"卸了妆饰"。家中有了丧事，就该除去颜色衣服并脂粉首饰等，这个道理自然是无人不知，但猛然得到凶信，还能顾及于此，尤氏的镇定可见一斑。

　　如果说这第一步即可见尤氏遇事不慌的话，后面她所做的，就更有决断了。她"看观里面窄狭，不能停放，横竖也不能进城的，忙装裹好了，用软轿抬至铁槛寺来停放"。这铁槛寺是宁、荣二公当日修造的，现今还有香火地亩，本来就是备京中老了人口，在此停灵的。其中阴阳两宅俱预备妥帖的，把贾敬送到那儿自然很妥当。而且贾敬早年备下的寿木也就寄在此庙。随后，尤氏又掐指算来，至早也得半月的工夫贾珍方能来到，目今天气炎热，实不能相待，遂自行主持，命天文生择了日期入殓。三日后，便破孝开吊，一面且做起道场来。她将外头事务，暂托了几个家里二等管事的。贾珩、贾璎、贾菖、贾菱等各有执事。里头则请了她继母来，在宁府看家。

　　你看，从锁道士、请医问病，到主持入殓、破孝开吊、做道场，里外托人，一气呵成。甚至连贾珍、贾蓉离开后老太太路上无人照顾

191

的细节都想到了，派贾瑞、贾珖二人，领家丁飞骑而来，护送老太太。连贾珍听了，也赞声不绝。打听完家中如何料理后，更是忙说了几声"妥当"。当初王熙凤"协理宁国府"，操办秦可卿丧事，正值贾府如日中天、繁花似锦之日，贾珍"只求别存心替我省钱，要好看为上"，要钱有钱，要人有人，况且外面大事贾珍都"料理清了"，天时地利人和，顺风顺水，自然办得风光无限。尤氏操办贾敬丧事，贾府已露颓势，而"贾珍父子并贾琏等皆不在家，一时竟没个着己的男人来"，"那边府里凤姐儿出不来，李纨又照顾姐妹，宝玉不识事体"，万般无奈下，尤氏一人挑担，竟也能办得妥妥帖帖，不慌张，不露怯，也就算难得了。

再者，尤氏也会些机变。为秦钟宝玉和金荣打架之事，璜大奶奶气势汹汹找上门来评理。尤氏不等她开口，便来个先发制人，先大大夸奖了一番秦可卿，说："这么一个媳妇儿，这么个模样儿，这么个性格儿，只怕打着灯笼儿也没处找去呢！他这为人行事儿，那个亲戚长辈儿不喜欢他？"（这样的好话，我们在别处可没怎么听到过，和她后来在丧事期间的表现也不大协调），接着话锋一转，说起闹书房的事来。据她说是秦钟早上来，把"昨日学房里打架"的事告诉了他姐姐。秦钟不傻，秦可卿又心细，哪有说了事情，却不问闹事的主儿是谁的？就是打架的时候，宝玉也没忘记问"这金荣是那一房的亲戚？"而现在尤氏却说"不知是那里附学的学生"。而且，虽说不知道是谁干的事，事情的性质却定下来了，是那些"狐朋狗友，搬弄是非，调三窝四"，"欺负"秦钟。秦可卿为这事气恼，她尤氏则为秦可卿的气恼而心焦，转而问金氏，"你们知道有什么好大夫没有？"这样刀枪不入的阵势，金氏还有什么作为？"把方才在他嫂子家的那一团要向秦氏理论的盛气，早吓的丢在爪洼国去了"。这比等金氏开了口再分辨谁是谁非要高明多少？

尤氏与贾府中人的关系，表面看来也处得左右逢源。当她受命为凤姐操办寿筵的时候，颇有"一朝权在手，便把令来行"的意思。先是当着凤姐的面将平儿的一分拿出来，还给了她。又走到鸳鸯房中，和鸳鸯商议，只听鸳鸯的主意行事，何以讨贾母喜欢。二人计议妥当。尤氏临走时，也把鸳鸯的二两银子还她。说着，一径出来，又至王夫人跟前说了一回话，因王夫人进了佛堂，把彩云的一分也还了她。凤姐儿不在跟前，一时把周赵二人的也还了。她两个还不敢收，尤氏道："你们可怜见的，那里有这些闲钱？凤丫头便知道了，有我应着呢。"二人听说，千恩万谢地收了。

总起来，她还了五个人的份子钱。其中的平儿、鸳鸯、彩云，分别是王熙凤、贾母和王夫人身边的头面人物，这是给主子面子，也是给自己留方便之门。另外两个，周姨娘和赵姨娘，则多半是出于恻隐之心，她把她们叫做"苦瓠子"。做完这些小动作，她照样把凤姐的寿筵"办得十分热闹，不但有戏，连耍百戏并说书的女先儿全有"。

然而，贾府是什么地方？"贾不假，白玉为堂金做马"。这样的人家最讲出身地位。即便丫环，也都是跟着主子长脸。这时候，现任宁国府管家奶奶这双镶金嵌银的水晶鞋就有些不合顶多算个小家碧玉的尤氏的脚了。论出身，尤氏矮人三分。贾府中婚配的情况有二：一是身份尊贵、地位非常的。如贾代善之妻史太君，出身"阿房宫三百里，住不下金陵一个史"的史家，是"保龄侯尚书令史公之后"。又如贾政之妻王夫人，乃"东海缺少白玉床，龙王来请金陵王"的王家，"都太尉统制县伯王公之后"。贾琏之妻王熙凤系王夫人的内侄女，也出自金陵王家。而贾珠之妻李纨，其父李守中任国子监祭酒。国子监是封建时代的最高学府，国子监祭酒，即最高学府的主管官，自然也极有身份。这便是门当户对。夫妻吵起架来，这些女人后面站的是满满的金银、官爵，男子再嚣张也得先自掂量掂量。另一种，则出身平平或不甚其详。尤氏便属后者。作为贾珍的夫人，尤氏的出身有点扑朔迷离。整部书中无一人同她有血缘关系，尤老娘也只是她的后母而已，二姐与三姐名义上是她的妹妹，实际上既不同父，也不同母。她能做贾珍的续弦，家世应该还算清白。但与王熙凤、李纨之辈相比，虽然均是贾府的孙媳妇儿，却不可同日而语了。

同为后院当家，凤姐为何在荣府招展活络，或笑或怒间诸事俱妥，所到之处风生水起，除其手段高明、能力非常外，自有一种与生俱来的优越感垫在脚下，无端就能比人高出一截。而珍大奶奶尤氏自然就相形见绌了。凤姐和尤氏妯娌二人，表面上你嘲我谑，其乐融融。暗地里凤姐何曾瞧得起尤氏过？趁着为尤二姐的事泼醋的劲头，王熙凤把心窝子里的话都发泄出来。她搬着尤氏的脸痛骂，开始说的还与尤二姐的事有关，渐渐地就是对尤氏的人身攻击了："你又没才干，又没口齿，锯了嘴子的葫芦，就只会一味瞎小心，应贤良的名儿。"说着，啐了几口。所谓的"才干""口齿"，正是王熙凤的得意之处，她早就在这些地方鄙视尤氏了，只不过这会儿才说出来罢了。

王熙凤打心底里瞧不起这个妯娌，惜春也不怎么把这个嫂子当回事。抄检大观园后，她特地遣人把尤氏请到蓼风轩，说的话着实难听。主子如此，丫环老妈子们更不是省油的灯。贾母庆寿诞的时候，尤氏也算负责任，见园中正门和各处角门仍未关好，犹吊着各色彩灯，因回头命小丫头叫该班的女人。但那两个婆子听见是东府里的奶奶，便不大在心上，推三阻四，最后竟然对尤氏派去的丫头说："各门各户的，你有本事排揎你们那边的人去！我们这边，你离着还远些呢。"两府间本来关系微妙，何况这个"东府里的奶奶"还是填房。

贾府规矩，姨娘最多也只是半个主子，还比不上有头脸的丫环，填房比姨娘好许多，但比起原配夫人来就又差着一截子了。在李纨那里，尤氏洗脸，丫头只弯腰捧着脸盆，被李纨骂了"没规矩"，那丫头才赶着跪下。因为李纨守寡，不用脂粉，素云便拿了自己的给尤氏用。正如李纨所说："我虽没有，你就该往姑娘们那里取去，怎么公然拿出你的来？"如若不是尤氏，李纨即使再随和，她的丫环也不敢如此。在贾母那儿吃饭时的情景，更能见出尤氏的尴尬地位。贾母吃的是红稻米粥，给凤姐吃的也是这个。而轮到尤氏吃的，却仍是白米饭，贾母问：

> "怎么不盛我的饭？"丫头们回道："老太太的饭完了。今日添了一位姑娘，所以短了些。"鸳鸯道："如今都是'可着头做帽子'了，要一点儿富余也不能的。"王夫人忙回道："这一二年旱涝不定，庄上的米都不能按数交的。这几样细米更艰难，所以都是可着吃的做。"贾母笑道："正是：'巧媳妇做不出没米儿粥来。'"众人都笑起来。鸳鸯一面回头向门外伺候媳妇们道："既这样，你们就去把三姑娘的饭拿来添上，也是一样。"尤氏笑道："我这个就够了，也不用去取。"鸳鸯道："你够了，我不会吃的？"媳妇们听说，方忙着取去了。

你看，主子息事宁人，丫环倒颐指气使，鸳鸯比尤氏神气多了。尤氏肯将就好说话，可不是脾性好，而是有自知之明。不说凤姐那样身家，尤氏如果能有李纨的出身，再加上她的这点能力，也够施展了。就算是如今这出身，能有凤姐那样的狠辣手段，大概也能过得稍滋润些。但与凤姐相比，她就是缺少"杀伐决断"。贾琏偷娶尤二姐，

尤氏：锯嘴葫芦的苦恼

尤氏虽然"当初就说使不得"，但她哪有什么力量去阻止？可以想见，贾琏她是不便劝的，没有嫂子和小叔子谈婚娶的，而且还不是亲弟兄；贾珍跟前她是不怎么敢劝的，连焦大骂出"爬灰的爬灰"，她也只当没听见，何况其他？以她的身份，也就是在贾蓉面前表示反对罢了，这能有多大效用呢？凤姐却不同了。她有本事一步步设下圈套，哄骗尤二姐，大闹宁国府，摆弄张华，支使官府，然后借刀杀人，自己还落个"贤惠"的名，可谓一箭多雕。对付无法无天的焦大，凤姐也比她有决断。其实尤氏也未必不知道"远远的打发他到庄子上去就完了"，只是想到他"从小儿跟着太爷出过三四回兵，从死人堆里把太爷背出来了，才得了命；自己挨着饿，却偷了东西给主子吃；两日没水，得了半碗水，给主子喝，他自己喝马溺。不过仗着这些功劳情分，有祖宗时，都另眼相待"，所以也不想难为他，准备"以后不用派他差使，只当他是个死的就完了"。尤氏的这种软弱退让，实在也有她的苦衷。

凤姐痛骂尤氏的时候说："表壮不如里壮"。可怜的尤氏，是表里皆不壮。就"表"而言，尤氏面上的人，除了丈夫和儿子，就是尤老娘和两个妹妹。而这几个人，同她的关系几乎都有点不伦不类。除了贾珍的确是她的丈夫（尽管以前也曾经是别人的），其他都莫名其妙：贾蓉说是儿子，却不是她亲生；二姐儿和三姐儿说是妹妹，却连半点血缘关系都没有，就连尤老娘也不过是她的继母。而这些人几乎都在往她脸上抹黑。当贾珍不顾脸面大肆铺张秦可卿丧事的时候，她只能托病躲避，不闻不问。当"聚麀之诮"在暗中流布的时候，她不可能无所察觉，却仍然无所作为。她甚至对贾珍的恶行到了全然麻木的地步，竟然还有胃口去偷看他们如何赌钱喝酒玩娈童。

"表"是不行了，"里"也不争气——尤氏竟然无所出。想凤姐何等人物，只因生了个丫头片子（巧姐）有时已觉底气不足。贾琏若是打着要生儿子的旗号纳妾，她还不能不让。而尤氏无根无底，既是填房，又且无出，让她如何硬得起来？

如果说，开始的时候尤氏还勉强支撑得过的话，二姐和三姐的事情一出，她这个宁府后院当家的，就更落入了不上不下、不尴不尬的境地。小姑子惜春干脆来个"避嫌隙杜绝宁国府"，毫不客气地与她划清界限，说："我清清白白一个人，为什么叫你们带累坏了？"尤氏未必不想做个长嘴的葫芦，但"打铁要靠自身硬"，表里一团糟的她，也就只能"一味瞎小心，应贤良的名"了。

197

丫头姬妾

香菱：书里书外"万人迷"

　　《红楼梦》中有个女孩，上上下下没有一个人说过她的坏话，从古到今也很少有人指责她半句。有为她大唱颂歌者，说她容貌不输钗黛，贤淑不让袭平；有叹她苦命者，惋惜她"一朵鲜花插在牛粪上"。这样的待遇，即使黛玉、宝钗也没有享受到，她究竟是谁？为何竟有如此大的魔力，足以让书里书外、古往今来的男女老少都喜欢她？我们不妨借助红楼里各个人物的眼睛去打量她一番。

　　在《红楼梦》里，没有多少对香菱相貌的正面描写，但零零碎碎地，倒也不难拼凑出她大概的样子。在第一回中，作者写道："士隐见女儿越发生得粉装玉琢，乖觉可喜，便伸手接来抱在怀中，斗他玩耍一回。"这甄士隐的女儿英莲，也就是孩提时代的香菱。何谓"粉装玉琢"呢？指的应该是皮肤白。俗话说"一白遮百丑"，皮肤白皙到现在为止还是衡量美女的标准之一，在古代就更是如此了。三国时的玄学家何晏，说起来也是个学问家了，可是因为他"美姿容"，尤其是肤色白皙，人们便去关心他到底是天生白呢，还是涂了什么美容品弄出来的白。可见那时连男子都以肤色白皙为美。小小的香菱既然生得粉妆玉琢，乖觉可喜，那便是个标准的美人胚了。

　　再看香菱在贾府的第一次出场："只见香菱笑嘻嘻的走来，周瑞家的便拉了他的手细细的看了一回，因向金钏儿笑道：'这个模样儿，竟有些像咱们东府里的小蓉奶奶的品格儿。'"这里的小蓉奶奶指的是秦可卿，秦可卿的模样《红楼梦》里写得比较明确：她生得袅娜纤巧，其鲜艳妩媚大似宝钗，袅娜风流又如黛玉。香菱既然像她，那么容貌总在钗黛之间，其出色自不待言。

如果说评判女人要男人才更在行的话，那么我们不妨再转换个角度，看看红楼里三个男性见到香菱时是什么反应，更可看出她的容貌不凡。与香菱的生活产生纠葛的第一个男人是冯渊。此人原本酷爱男风，不好女色。可巧遇见她，他便一眼看上了，立意买来作妾，设誓不近男色，也不再娶第二个了。刹那之间，一个人的性取向竟然起了这么大的变化，实在令人惊讶，所以贾雨村只能解释为两人是前世冤孽。从现代性心理学的角度来说，这简直是不可能的，但作者偏要这样写，让同性恋患者冯渊在见到香菱后不治自愈，则香菱的美貌可想而知。

第二个出现的男人是薛蟠。此人是惯常于四处留情的，花花草草的也没少见。虽然自己有点粗蠢，对女孩子的容貌还是知道好歹的。他只见了香菱一面，便"立意买了作妾"——而不是当丫环，这就见出了香菱在他心中的分量了。这呆霸王看女人，从来只看外貌而不看内心，从他娶的妻子夏金桂和勾搭上的丫头宝蟾，不难看出这一点。香菱能如此吸引他，当然也是容貌起的作用。至于后来闹出人命，那倒不一定与香菱长得好看有必然联系。按照薛蟠以及一切有霸道脾气的人的性格，他要了的东西，哪怕不怎么样，再要给别人就是不行，甚至他本来可以不要的东西，就因为别人要，他还就非要不可了。

第三个特别注意她的男人是贾琏。这个色中饿鬼更是直奔她的容貌而去：

趣说红楼人物

贾琏笑道:"正是呢。我才见姨妈去,和一个年轻的小媳妇子刚走了个对脸儿,长得好齐整模样儿。我想咱们家没这个人哪,说话时问姨妈,才知道是打官司的那小丫头子,叫什么香菱,竟给薛大傻子作了屋里人。开了脸,越发出挑的标致了。那薛大傻子真玷辱了他!"

这番话说得酸溜溜的,但绝不是为了给香菱抱不平,按凤姐的话说就是纯属吃着碗里瞧着锅里的行为。他正对着香菱垂涎三尺呢。

把这些或直接或间接的外貌描写拼凑在一起,一个活生生的美女香菱就在我们的心中出现了。而不管在什么年代,长得美丽的人总是占便宜的。在我们对着书里的她心生爱怜的同时,她也因为出色的外表而获得了红楼众人,尤其是男性同胞的初步认可。

女子的长相固然是很重要的条件,但光有漂亮的外貌也未见得就能人见人爱。性情和顺也是那个时代必不可少的。要是每个女人都像夏金桂和王熙凤那样强硬,男人的好日子岂不过到头了?于是知道这一点的男性纷纷把"德"字挂在嘴边。即使在事实上,正如孔夫子所说:"吾未见好德如好色者也",但和顺、从夫、不妒,一直是他们强调的女性必须遵守的道德规范。

而我们的香菱也确实做到了这一点,并首先凭着这一点获得了未来婆婆薛姨妈的认可。在文中,作者借助凤姐之口说了这么一段话:"姑妈看着香菱的模样儿好还是小事,因他做人行事,又比别的女孩子不同,温柔安静,差不多儿的主子姑娘还跟不上他,才摆酒请客的费事,明堂正道给他做了屋里人。"薛姨妈给香菱的这番待遇可算难得了。我们不难想象一个母亲的心理:儿子为她都闹出了人命官司,虽说没有为此付出法律代价，可是也够惊险的了。这种姑娘能要吗？哪才真叫尤物、祸水呢！就算搁到现代，一般的家长也未必能接受。但薛姨妈却接受了，而且还给了她比较优厚的待遇。为什么？香菱那温柔安静和顺的性格就是她最好的护身符。那是当时全社会女性最高的行为法则。

除了在长辈面前讨巧之外，香菱和平辈的人同样相处甚欢。在"憨湘云醉眠芍药茵　呆香菱情解石榴裙"一回中，她就和小螺、芳官、蕊官、藕官、豆官等四五个人，在园里斗草，玩得不亦乐乎。斗草又称斗百草，是一种古老的游戏，分武斗和文斗两种。武斗就是用采集的植物和对方的拉扯，比草的韧性，谁的茎叶断了，就算输了。香菱她们玩的，似是文斗。就是要拿出和上家相匹配的植物，说出相匹配的话语。一般在端午时玩。南北朝的时候就有关于斗草的记载，唐代诗人白居易的《观儿戏》说："髫龀七八岁，绮纨三四儿。弄尘复斗草，尽日乐嬉嬉。堂上长年客，鬓间新有丝。一看竹马戏，每忆童骏时。童骏饶戏乐，老大多忧悲。"可见，斗草和骑竹马一样，是儿童常玩的游戏。贯休的《春野作》中也有"牛儿小，牛女少，抛牛沙上斗百草"的诗句。斗草一般在端午时玩。香菱斗草是在贾宝玉生日那天，大约在农历四月份底，快到端午。如前所说，斗草可以比草的多寡、韧性等，也可以对花草的名字。香菱她们玩的是后一种，比较有文化气息的。几个女孩玩得忘情，其乐也融融。同时作者还借和她身份相近的袭人说出了这么一句话："香菱之为人，无人不怜爱的。"可见香菱的人缘之好。

然而，袭人的人缘也同样很好，为什么在我们看来，似乎香菱更加可爱呢？原因在于香菱性格中的"呆"气。在曹雪芹的笔下，香菱就是一枝出淤泥而不染的纯净的菱花，一个有着纯洁内心的圣女，她对任何人都是发自内心的和善，没有心计，不加修饰，甚至对自己的处境也没有个清楚的认识，因此有时就会显得有点傻乎乎的。薛蟠要娶正妻夏金桂之前，她的表现实在让人大跌眼镜。敏感如袭人，一发现黛玉有可能成为二奶奶，就特意去试探林黛玉的度量，对妻妾"不是东风压倒西风，就是西风压倒东风"的问题深感忧虑。贾琏的一妻一妾则干脆生生把尤二姐给逼了个死。就连不大了解世事的旁观者贾宝玉也知道这一份潜在的危险，替她"担心虑后"，说："只怕再有个人来，薛大哥就不肯疼你了。"而香菱呢，却全然把这份好心当成了驴肝肺，还涨红了脸，想着从此要远着宝玉才好。在她看来，宝玉的话分明是不正经的，纵然不含调戏之意，也难以避开挑唆之嫌。在她想来，才貌俱全的佳人，一定是个好的。因此她心里盼过门的日子竟比薛蟠还急十倍，好容易盼得一日娶过来，她便十分殷勤小心伏侍。明明来了一个与她分享丈夫的人，她竟然只当来了个诗友，真可谓呆到了极点。

值得注意的是，《红楼梦》中，作者对所谓的呆傻之人，一概笔下超生，即使粗恶如薛蟠，蠢笨如傻大姐，也因其呆而平添几分可爱，更不用说"似傻如狂"的贾宝玉了。香菱的这份呆气也给她赚得了很多印象分。她的和善已经不是如袭人一般停留在道德层面上，而是她生命最本真的体现。这种美好善良不仅为她带来了大量的朋友和好评，也使得《红楼梦》外的读者对她报以会心的微笑。

假如说"自古红颜多薄命"，那么香菱可以说是大观园的众多红颜里最薄命的一个。早在她三岁的那次出场，便被预知未来的和尚送了一句悲惨的谶语："有命无运，累及爹娘。"果然，她这一生颠沛流离，厄运不断。先是被拐子抱走，从一个乡宦人家的小姐刹那间变成了拐子手中的摇钱树。在挨了好几年的磨难后，好不容易遇上一见钟情的冯渊，眼看可以进门当准奶奶（因为冯渊虽以她为妾，却是发誓不再另娶的），却被大草包薛蟠横插一杠。一场"王老虎抢亲"的戏码就此上演，可是却无英雄来救美，不仅未婚夫被打死，自己还成了"王老虎"的小妾。就如贾宝玉感叹的："可惜这么一个人，没父母，连自己本姓都忘了，被人拐出来，偏又卖给这个霸王！"在嫁给薛蟠以后，她稍微过了几年安生日子，谁料还是逃脱不了厄运的纠缠。薛蟠的正妻夏金桂，秉着"一山难容二虎"，"卧榻之上岂容他人酣睡"的原则，对她起了"宋太祖灭南唐"之意，不仅百般凌虐，害得她酿成干血之症，日渐羸瘦，甚至还动了谋杀之念。危急时刻，也许是佛祖保佑了一回，夏金桂偷鸡不成蚀把米，谋杀未遂，反受其害，自己把自己给治死了。而此时被判流刑的薛蟠也回来了，立下血淋淋的誓言要痛改前非。婆婆薛姨妈又一次做主，让她成了薛家正儿八经的奶奶，而且"无人不服"。到了这里，香菱本该就此过上童话中王子与公主的幸福生活。可是高鹗毕竟不敢忘怀薄命司中金陵十二钗副册中的判词，最后让香菱在经历那么多苦难之后被难产夺去了性命。这么悲剧性的经历，无怪乎香菱的原名要叫"甄英莲"。"甄英莲"者，"真应怜"也。

按照常理，苦命的香菱应该整天以泪洗面，哭得比黛玉还惨。和她相比，黛玉有什么好哭的呢？虽然寄人篱下，可有老太太心肝肉似的疼着；虽然常和宝玉拌嘴，也总是能由他来赔小心。和香菱的遭遇比起来，简直相差了十万八千里。然而香菱却是个乐天派，她在大观园里时几乎全是笑着的。也许是受早年被拐卖的经历影响，在她看来，和平稳定的生活就是她最大的期盼。在未碰上薛蟠之前，公子冯渊要娶她，她就曾自叹说："我今日罪孽可满了！"从这句话中可以看出，香菱是多么的认命，她把所有的苦难都看作是自己造成的，尽管她善良的到了"呆"的地步，她还是相信自己在前世有"罪孽"。也正因为如此，她乖乖地忍受命运的安排，从不逾规越矩。即使嫁给薛蟠那种大草包作妾，她也仍旧心甘情愿地细心服侍。薛蟠既然抢了她来，她就把薛家当成了自己的家，也把薛蟠当成了自己的终身依靠。即使他不成人，没本事，吃喝嫖赌样样都来，也从来不加抱怨，甚至在薛蟠被柳湘莲殴打后，她还流下了悲伤的眼泪。在香菱的世界里，只有她对人的善，而从没有人对她的恶。

香菱是一张白纸，从没有被那些世俗的肮脏欲望染上颜色。她不求金钱富贵，也不求权利地位，甚至在薛蟠赦罪归来后，薛姨妈指明要将她扶正，她还急得脸涨得通红，说是："伏侍大爷一样的，何必如此？"她唯一所求的就是学作诗。也正是由于这一要求，她获得了宝玉、黛玉等人的共同青睐，同时也将自己的精神地位提升到了和他们同样的高度。在诗的王国里，他们的身份变得毫无差别。

香菱学作诗的愿望热烈得令人吃惊。从要搬进大观园住的前一晚开始，她就央求宝钗："好姑娘！趁着这个功夫，你教给我作诗罢！"等到第二天进了园子，见到黛玉，她又说道："我这一进来了，也得空儿，好歹教给我作诗，就是我的造化了。"从王摩诘到老杜，她一首首地细细品读，连睡觉也顾不上，等到自己作诗时，更是把全副精神放在了里面，其入迷程度可以与号称"诗鬼"的李贺相媲美，连宝钗都说她已经变成诗魔了。

而对于作诗的这种急切渴求，香菱自己并说不出个所以然来，她只是心里羡慕。羡慕什么？为什么羡慕？她也并不一定清楚。对于这点，反倒是宝玉看得比较通透。在香菱疯狂学诗的时候，宝玉笑道："这正是'地灵人杰'，老天生人，再不虚赋情性的。我们成日叹说：可惜他这么个人，竟俗了。谁知到底有今日！可见天地至公。"香菱为什么"竟俗了"？看此回的回目便不难明白。这一回的标题是"慕雅女雅集苦吟诗"，作者连用两个"雅"字，把香菱从"俗"的泥淖中拔了出来，而从"俗"到"雅"的桥梁，就是诗！

学诗的"雅"在于这是一种纯粹的精神活动。香菱说："我不过是心里羡慕，才学这个玩罢了。"和蝇营狗苟的世人相比，不存在任何功利目的的诗歌创作，纯粹就是一场审美体验，因形而上而显得高雅。本来，一个丫头似的人物，居然要学诗，这可不是什么好事，在宗法制的社会里，等级是维护社会秩序的重要保障。什么样地位的人，该做什么样的事，是明文或不明文地规定的。越界即为僭越。贾府之所以有那么多的起坐规矩，也就是为了保证这样的秩序。香菱学诗可以说也是一种小小的"僭越"，是一种不守本分的行为。贾府没有哪个奴才会做这样的事，即使是最高等级的奴才，如鸳鸯、平儿，也从未动一动这样的脑筋。王夫人眼里的好丫头袭人就说："像我们这样粗粗笨笨的倒好。"作者深谙此中之理，所以，当香菱对宝钗说"好姑娘！趁着这个功夫，你教给我作诗罢"的时候，让宝钗以"缓一缓"为借口拒绝了她，而请出对这些"混账"规矩不太在意的林黛玉做了她热心的老师。即便是现代人，也未必认可香菱学诗的行为，批评说："至于香菱，她茶饭无心地读杜工部温飞卿的时候，她唯一目的是自己也做个诗人。使她着了'迷'的，不是杜工部他们的作品，而是她自己想作诗人这一念的'虚荣'。故就'入迷'而论，香菱，便是最下乘！"[1] 然而在《红楼梦》中，这个故事被讲述得温馨而富有诗意。林黛玉的诲人不倦、香菱的好学聪慧，尤其是边上贾宝玉的衷心赞叹，让这个故事充满了一种人性美，对于高雅的精神生活

---

[1] 茅盾：《论"入迷"》，载《鉴赏文存》，人民文学出版社 1984 年版。

的追求，抹平了人与人之间的等级差别。这样一种不符合当时伦理的讲述，使小说具有了非同一般的价值。

"香菱学诗"这个情节首先是丰满了香菱的形象，使她在所有的奴才中脱颖而出，成为截然不同的"这一个"。香菱这个人物的命运因为"学诗"而显得更加悲剧。她的高雅气质和精神追求与其坎坷身世、悲惨命运形成尖锐的对比，和作者开卷所云的"千红一窟（哭）""万艳同杯（悲）"遥相呼应，表现出《红楼梦》浓厚的悲剧意识。同时，也借此表现了大观园内的诗意生活。作者还有意把这种没有功利目的的学习和他所憎恶的为功名利禄的学习形成一种对比。当香菱"苦吟诗"的时候，宝钗趁机敲打宝玉："你能够像他这苦心就好了；学什么有个不成的吗？"宝玉不答。贾宝玉的沉默，是对"道不同不相为谋"者的抗议。几句话，看似闲笔，其实却是千钧之力。再一次展现了贾宝玉的价值取向，可谓一石数鸟。

在宝玉（或者毋宁说在作者）看来，做一个女子，外貌漂亮，性情平和，的确非常重要，但毕竟尚在尘俗之中，只有在个人的精神层面上有所追求，并以此为满足，才是生命的更高境界。这个性灵的王国原本只对贵族小姐开放，而且有些贵族小姐（如王熙凤）也未能进入，现在却由于香菱而叩开了大门。香菱成了性灵王国中人，以雪为肌骨，以玉为精神，以情做食粮。这个在梦中也想着作诗的女孩子，就像她咏的月亮一样："精华掩掩料应难，影自娟娟魄自寒。"尽管被乌云遮蔽了很久，只要时候一到，便自然能够幽幽地放出醉人心魄的光彩来，成了书里书外的"万人迷"。

香菱：书里书外"万人迷"

晴雯：大观园里窦娥冤

每次看关汉卿的杂剧《窦娥冤》，心里总有一份说不出的紧张：冤假错案的受害者窦娥，临刑前发下三桩誓愿，为了证明自己的清白，她死后血溅白练，六月下雪，当地亢旱三年。我们都懂一点现代科学，都知道地心引力、气象知识，因而也就可以断定：任凭你蒙冤受屈，血溅白练、六月下雪这样的事都是绝对不会发生的，也不存在你想要它干旱就干旱的可能性。如果窦娥和她周围的人都真的相信天人感应一定会产生异象，那惨了，等待她的只能是更加洗不清的冤屈。所以，这样的情节只能在舞台上表演，而事实上，受了委屈而无法洗清的人多着哪！大观园里的晴雯就是一个。

和窦娥一样，晴雯在生命无望的时候，也为自己鸣冤叫屈，她说："只是一件，我死也不甘心，我虽生得比别人好些，并没有私情勾引你，怎么一口死咬定了我是个'狐狸精'！"说也奇怪，在中国文化中，好像只有雌狐这种动物最能变化成女人，而且一旦变幻出来，就有一种摄人心魄的美。唐传奇中郑六遇到的狐狸精任氏就是这样："其妍姿美质，歌笑态度，举措皆艳，殆非人世所有"。虽然传说中也不乏美而良善的狐狸精（比如上面说的任氏），但一般来说，狐狸精所代表的，就是用"私情勾引"的方法加害于人的女人。

晴雯：大观园里窦娥冤

说到这件事，对晴雯来说的确是天大的冤枉。她非但"没有私情勾引"贾宝玉，连贾宝玉的"私情勾引"也是拒绝的。贾宝玉在一次与她斗嘴和好以后，要和她一起洗澡，说："我才喝了好些酒，还得洗洗。你既没洗，拿水来，咱们两个洗。"晴雯立刻拒绝了这个邀请，她摇手笑道："罢，罢！我不敢惹爷。还记得碧痕打发你洗澡啊，足有两三个时辰，也不知道做什么呢，我们也不好进去。后来洗完了，进去瞧瞧，地下的水，淹着床腿子，连席子上都汪着水，也不知是怎么洗的，笑了几天。"虽然晴雯说得轻松，也不猥亵，但这场"鸳鸯浴"意味着什么，是再清楚不过的。为了让这个痴心公子彻底绝了念头，她干脆来了个釜底抽薪，说："今儿也凉快，我也不洗了，我倒是舀一盆水来，你洗洗脸，篦篦头。才鸳鸯送了好些果子来，都湃在那水晶缸里呢。叫他们打发你吃不好吗？"

晴雯为什么拒绝贾宝玉呢？是感情没到这份上？不是。怡红院所有的丫环中，她和宝玉是最好的，是贾宝玉心中"第一等的人"，连袭人也知道"他心里别的犹可，独有晴雯是第一件大事"。我们看到宝玉只为两个丫头留过吃的东西，一个是领班袭人，另一个就是晴雯。是不是晴雯尚在懵懂，不懂人事呢？也不是。她明明对袭人和宝玉说过："你们鬼鬼祟祟干的那些事，也瞒不过我去。"那么，是纪律不允许？也不尽然。花大姐姐不是已经带头"初试"了吗？晴雯又不是不知道。况且袭人敢这样做，想的是"贾母曾将他给了宝玉，也无可推托的"，那晴雯"还是老太太打发来的呢"，自然"也无可推托的"。晴雯之所以拒绝贾宝玉，理由就是一条：那就是她不做"鬼鬼祟祟"的事。她曾当面说过袭人："别叫我替你们害臊了！"世界上哪有羞耻感这么强的"狐狸精"！这样洁身自好的女孩子，还要说她是"狐狸精"，可不委屈死了她！

王夫人讨厌晴雯，还因为曾经看见她"正在那里骂小丫头"，"心里很看不上那狂样子"。这可又是一件冤案。晴雯的确爱冒火骂人，用鸳鸯的话来说："那蹄子是块爆炭。"但是她为什么冒火呢？我们来看看她开骂的那几回：

一次，赵姨娘房内的丫头小鹊匆匆跑来报信，说赵姨娘咕咕唧唧的，不知在贾政前说了些什么，提醒宝玉"仔细明儿老爷和你说话罢"。贾宝玉一听，吓得连夜用起功来，"累着一房丫环们都不能睡"。那些小的都困倦起来，前仰后合，晴雯便开骂了："什么小蹄子们！一个个黑家白日挺尸挺不够，偶然一次睡迟了些，就装出这个腔调儿来了。再这么着，我拿针扎你们两下子！"话是不好听，又是"小蹄子"，又是"挺尸"，但她骂人的原因，是急宝玉之所急；她骂人的基础，是她自己的精神抖擞。

晴雯也骂过麝月。那是在袭人回家探视母亲的时候，至三更以后，宝玉睡梦之中，便叫袭人。叫了两声，无人答应。晴雯便骂道："连我都醒了，他守在旁边还不知道，真是挺死尸呢！"她骂得不是没有道理。宝玉临睡前说一个人害怕，晴雯便让麝月在暖阁外边陪宝玉，她自己睡在熏笼上。宝玉叫人，她倒醒了，麝月却还没听见，怎么不惹得她骂呢？事实上，她的确要比麝月警醒得多。天未明，她便叫醒麝月道："你也该醒了，只是睡不够。你出去叫人给他预备茶水，我叫醒他就是了。"

最厉害的一次是她病中打骂小丫头坠儿："你瞧瞧这小蹄子，不问他还不来呢。这里又放月钱了，又散果子了，你该跑在头里了。你往前些！我是老虎，吃了你？"坠儿只得往前凑了几步。晴雯便冷不防欠身，一把将她的手抓住，向枕边拿起一丈青来，向她手上乱戳，又骂道："要这爪子做什么？拈不动针，拿不动线，只会偷嘴吃！眼

213

皮子又浅，爪子又轻，打嘴现世的，不如戳烂了！"坠儿疼得乱喊。末了还让宋嬷嬷把她妈叫来，把她领了出去。晴雯的这一番爆发简直有点像凤姐的手段，但凤姐的发作是"泼醋"，晴雯的怒火却是因为坠儿偷了平儿的虾须镯。

按理，坠儿偷盗，和她并没有直接的联系，但晴雯疾恶如仇，在她眼里，坠儿的行为是怡红院的丑闻，也是全体丫头的耻辱。她为这事"气的蛾眉倒蹙，凤眼圆睁"。"打嘴现世"四个字，就是她这种愤怒心情的表露。晴雯虽然"身为下贱"，却"心比天高"，"抓尖要强"。她嘲笑秋纹是"好没见世面的小蹄子"，因为王夫人把袭人挑剩的衣裳赏给了她，她居然"还充有脸"。按晴雯的想法："要是我，我就不要。若是给别人剩的给我，也罢了；一样这屋里的人，难道谁又比谁高贵些？把好的给他，剩的给我，我宁可不要，冲撞了太太，我也不受这口气！"为了争这口气，她不仅要求自己在各方面做得比别人更出色，也希望怡红院的丫头团体让人无可挑剔。因为这个，她果断地拒绝了来自宝玉的青春期诱惑，在追求终极目标和享受现实欢乐面前，她毅然决然选择了前者。也因为这个，她对坠儿的行为深恶痛绝，若不是宝玉拦着，她是一听到消息就要打发坠儿的。后来，到底还是咽不下这口气，不等袭人回来，病中就发作起来。

毫无疑问，晴雯是个尽职的丫头，对宝玉可说是全心全意。宝玉不小心，把老太太给的"金翠辉煌，碧彩闪灼"的"俄罗斯国拿孔雀毛拈了线织的"雀金呢大氅弄坏了。其时她正在病中，"头重身轻，满眼金星乱迸，实实掌不住"，却花了整整一个晚上的时间，为他织补，弄得自己"力尽神危"。在作者天才健笔之下，"勇补孔雀裘"简直有一种悲壮的气氛。当她以同样的标准来要求别人时，难免就会发现不能尽如人意，于是，她便发起急来。王善保家的所谓"一句话不

214

趣说红楼人物

投机，他就立起两只眼睛来骂人"，大致是发生在这样的情况下。

所以，除了"爆炭"的性格，无论从哪个角度说，晴雯实在是个好奴才。然而，她的这番苦心却一点没有得到主子的赏识。相反，由于她长得漂亮，王夫人居然把她当作"狐狸精"，这也算是一种另类的以貌取人吧。

如果说，晴雯有什么缺点的话，那就是她没有袭人一样的"心胸"。她对小主人贾宝玉的照顾竭尽全力，但却没有引导他往上进的路上走。相反，不少时候，她还是贾宝玉的"帮凶"。

宝玉挨打后，想要和黛玉互通情愫。怕袭人拦阻，便设法先使袭人往宝钗那里去借书。袭人去了，宝玉便命晴雯来。可见晴雯从不做"拦阻"这类事。她果然替宝玉承担了这项"私相传递"的任务，把宝玉的两条旧绢子传给了林黛玉，让这位潇湘妃子"神痴心醉"，写下了缠绵不已的"题帕三绝"。

幸好，晴雯没有像窦娥那样，因为冤屈而发下"无头愿"，却是因为冤屈而向贾宝玉作了"临终忏悔"："我今儿既担了虚名，况且没了远限，不是我说一句后悔的话，早知如此，我当日……"说到这里，气往上咽，便说不出来，两手已经冰凉。这是晴雯第一次说出属于"狐狸精"该说的话，可怜的她，激动得几乎昏厥。

正如歌德在他的名著《少年维特之烦恼》中所说："英俊少年哪个不钟情，妙龄少女哪个不怀春？"晴雯这个女孩子，她心中何尝不喜欢宝玉！她只是不愿意"鬼鬼祟祟"，而想"明公正道"地"挣"上一个什么位置，但是事与愿违，她的自尊、自强，非但没有得到理解和尊重，反而被误读，被中伤。面对无情的事实，她方后悔没大胆尝一尝爱情的禁果。作为补偿，她把自己两根葱管一般的指甲齐根咬下，拉了宝玉的手，将指甲搁在他手里。又回手挣扎着，连揪带脱，在被窝内将贴身穿着的一件旧红绫小袄儿脱下，递给宝玉。宝玉见她这般，已经会意，连忙解开外衣，将自己的袄儿褪下来，盖在她身上。却把这件穿上，不及扣钮子，只用外头衣裳掩了。晴雯伸手把宝玉的袄儿往自己身上拉。宝玉连忙给她披上，拖着胳膊，伸上袖子，轻轻放倒，然后将她的指甲装在荷包里。这是一个庄严的仪式，晴雯将自己的指甲和贴身小袄作为灵和肉的象征赠给了宝玉，心领神会的宝玉接受了她生命的献礼，也把自己的一份心意回报了她。就这么个简单的仪式，却使晴雯获得了莫大的满足，说："今日这一来，我就死了，也不枉担了虚名！"

冤啊，晴雯！你以为做了这些事你就真是狐狸精了，就不枉担虚名了？你不就是在"没了远限"的情况下才说了句后悔的话、才给了两件信物吗？要是还有挣扎起来的可能，你可能连这也不会说、不会做。人家真试了"云雨情"的还等着"姨娘"的宝座向她招手呢，你算什么狐狸精！

与窦娥呼天抢地的无头愿相比，晴雯是理智的。她知道不会有什么天理昭彰。她的临终忏悔，就是对现实的彻底绝望。如果生命能从新开始，也许她这块"爆炭"，就不会只"爆"在别人身上，也许，她会爆出绚烂的爱情火花。如果这样，晴雯，那时你才不冤呢！

袭人：朝着姨娘的方向，前进！

　　袭人是个积极要求上进的女孩子，也就是薛姨妈说的"刚硬要强"。她长得一般，"粗粗笨笨的"。娘家背景也一般，当日原是没饭吃，就剩了一个女儿还值几两银子，就把她卖到了贾府，而且是卖倒的死契。这就和典当东西一样，如果揣摩着还有力量，过些日子能把东西赎回来，就当"活"的，东西替你留着，不会给人，钱当然就少一点了。要是估摸着不会有赎得起日子，或是打定主意不要这东西了，或是急着要多点钱，那就当"死"的。"死""活"之间其实也相通：如果当的是"活"的，到了规定的期限没力量赎，东西照样没收。假如当的是"死"的，有了钱去赎，那东西凑巧还在，也就能拿回来。袭人家把她卖成了死契，想是穷得极了。就是后来"整理的家成业就，复了元气"，也还是贫寒人家，"茅檐草舍，又窄又不干净"，贾宝玉蓦地跑去，"房中三五个女孩儿，见他进来，都低了头，羞的脸上通红"，却连个回避的地方都没有。

　　对于自己的将来，袭人是做过认真考虑的。她不是"家生子"，贾府"没有长远留下人的理"，马马虎虎混日子，到了一定的年龄，"拉出去配一个小子"，这是一种活法。兢兢业业工作，感动了老太太、太太，不肯放出去，最终在贾府得一席之地，也是一种活法。当

217

然后一种活法要难得多，必须"果然是难得的"。光靠把主子伏侍好恐怕还不行，"那伏侍的好，是分内应当的，不是什么奇功"。建立"奇功"才是永留贾府的入门线，这个要求有点高了。袭人决定知难而上，朝最好的方向努力。

袭人原来是贾母之婢，本名蕊珠，后来给了宝玉。宝玉见她姓花，想起古人诗中有"花气袭人知昼暖"一句，遂回明贾母，即把蕊珠更名袭人。若不知出典，这个名字是有些怪怪的，所以贾政不喜欢。其实，这首诗倒绝对不是"淫词艳曲"，陆游这首题为《村居书喜》的诗，很朴素的，就像袭人的为人。

袭人的特点是"有些痴处"：伏侍贾母时，心中只有贾母；如今跟了宝玉，心中又只有宝玉了。有的女人有这种"痴处"，不仅让曹雪芹发现了，也让远在俄罗斯的作家契诃夫发现了。他为此专门写了一部名叫《宝贝儿》的短篇小说，里面的主人公奥连卡老得爱一个人，不爱不行。她先后爱她的爸爸、姑妈、法语老师、剧团经理人库金、木材场经理巴巴卡耶夫、兽医、兽医的儿子。每当她心里爱着一个人的时候，她全心全意地为他们服务，激动和高兴使她看上去年轻漂亮。可是当她的爱人离去以后，她就失去了主见，变得又老又丑。这个人物引起了读者不同的反响，有的赞美她的温柔和顺，有的却嘲笑她只会当附庸的可笑与可怜。我们的袭人基本上也是这么个宝贝儿。

不过，精确地说，袭人和俄罗斯的宝贝儿还是有点区别的。那宝贝儿爱上一个人，就对他全盘接受，毫无疑义，袭人却并非如此。她虽然心中只有宝玉，但这个宝玉却不完全是现实中的宝玉。她对自己的小主子作了认真的观察和分析，发现他"性格异常，其淘气憨顽出于众小儿之外，更有几件千奇百怪口不能言的毛病儿。近来仗着祖母溺爱，父母亦不能十分严紧拘管，更觉放纵弛荡，任情恣性，最不喜务正"。她决心要以天下为己任地让宝玉回到正道上来。当她"每每规谏"不见成效的时候，就"心中着实忧郁"。可见，她的"心中又只有宝玉"是一份沉重的责任感，是要把宝玉打造成老太太、老爷、太太都喜欢的宝玉的责任感。一个服侍人的丫环，能自觉担负起祖母、父母都不曾做好的引导、教育小主人的责任，这可不是"果然是难得的"？连王夫人也大觉惊奇，说："我的儿，你竟有这个心胸。"

"这个心胸"使得花袭人起点比较高，就像王夫人说的："近来我因听见众人背前面后都夸你，我只说你不过在宝玉身上留心，或是诸人跟前和气这些小意思，谁知你方才和我说的话，全是大道理，正合我的心事。"薛姨妈也发现，这个丫头"那行事儿的大方，见人说话儿的和气，里头带着刚硬要强，倒实在难得的"。

为了帮助宝玉改掉毛病，健康成长，袭人可真没少下工夫。她懂得以情动人的道理，对贾宝玉很是温顺体贴，有时也不惜"妆狐媚子哄宝玉"。比如帮宝玉系裤带时，"刚伸手至大腿处，只觉冰冷粘湿的一片"，她明明已经"渐省人事"，却故意问他："那是那里流出来的？"宝玉把梦中之事细说与她听，说到云雨私情，她"掩面伏身而笑"。所以在贾宝玉的眼里，她是"柔媚娇俏"的。林黛玉进贾府后不久，她就遇到了一大难题——进入青春期的宝玉第一次梦遗，并在此后要求同她发生性关系。怎么办？如果拒绝，贾宝玉很可能会找别的丫头，那她就将不是他最亲密的女孩，今后再要进忠言就更难了。所以她"扭捏了半口"，还是"和宝玉温存了一番"。因为这样做的理论依据还是存在的："袭人自知贾母曾将他给了宝玉，也无可推托的"。袭人本不是"狐狸精"（只有李嬷嬷骂过她一回），却连"试云雨情"这样的事都干了，其忠心赤胆，惟天可鉴。

这次做爱效果很好，"自此宝玉视袭人更自不同，袭人待宝玉也越发尽职了"，并坚定了和宝玉厮守一生的信念。回家探亲的时候，她向家人坚决地表示"至死也不回去"，让他们"权当我死了，再不必起赎我的念头了"，甚至还"哭了一阵"。对于袭人的死不回家，她母亲和哥哥开始的理解是"贾府中从不曾作践下人，只有恩多威少的，且凡老少房中所有亲侍的女孩子们，更比待家下众人不同，平常寒薄人家的女孩儿也不能那么尊重"，也就是工作环境好、生活条件好的意思。后来宝玉一去，"他两个又是那个光景儿，母子二人心中更明白了，越发一块石头落了地，而且是意外之想，彼此放心，再无别意了"。是啊，贾府中那么多女孩子，有几个能够像鸳鸯那样遇见"天大的喜事"？如今袭人竟和宝玉这样亲密，可不是"意外之想"！

袭人与宝玉的关系继续发展下去，有几种可能，一种可是像邢夫人向鸳鸯许诺的一样，"就开了脸，就封你作姨娘，又体面，又尊贵"。另一种是像平儿一样，开了脸，放在屋里，做"跟前人"，称为"姑娘"。袭人尽管有和宝玉"鬼鬼祟祟干的那些事"，但离这些都还差着点。晴雯生气的时候骂过她："不是我说，正经明公正道的，连个姑娘还没挣上去呢。""姑娘"尚且要"挣"，姨娘（也就是小老婆）就更不用说了。她和平儿一起对鸳鸯的嫂子说过："你听见那位太太、太爷们封了我们做小老婆？"至于正妻，像袭人这样的好孩子是想都不想的。贾宝玉信口开河说："你这里长远了，不怕没八人轿你坐。"袭人冷笑道："这我可不希罕的。有那个福气，没有那个道理，纵坐了也没趣儿。"所谓坐八人轿，就是做明媒正娶的夫人。薛宝钗出阁成大礼的时候，虽然一切从简，但也是八人轿抬了来的。当然，丫环婢女成为正妻的可能性也不是绝对没有，香菱最后是被扶了正的；《金瓶梅》中潘金莲的丫环春梅后来也成了守备夫人。不过她们都是填房，又叫续弦，也就是夫人死后的替补。可惜的是，袭人连前面的两项都没"挣"到，其他就更不用说了。她在竭尽努力后得到的结果是享受"姨娘级待遇"——和赵姨娘、周姨娘拿一样的生活补贴。此系后话，表过不提。

除了平时的循循善诱，袭人对贾宝玉有过几次规模比较大的劝进运动。一次是她回了趟娘家，正好有赎身之论，便想借此机会"先用骗词以探其情，以压其气，然后好下箴规"。其时，袭人的感情投资已相当见效，宝玉听说她要去，哭得"泪痕满面"。袭人便趁机提出："咱们两个的好，是不用说了。但你要安心留我，不在这上头。我另说出三件事来，你果然依了，那就是真心留我了，刀搁在脖子上我也不出去了。"这三个要求，第一是不再说什么死了化成灰之类的"狠话"，第二件是必须在人前人后"作出个爱念书的样儿来"，不能把读书上进的人，叫做"禄蠹"，不能说"只除了什么'明明德'外就没书了，都是前人自己混编纂出来的"这类话。第三是"再不许谤僧毁道的了"。然而宝玉"千奇百怪口不能言的毛病"太多，所以袭人又紧着加了几句："还有更要紧的一件事，再不许弄花儿，弄粉儿，偷着吃人嘴上擦的胭脂，和那个爱红的毛病儿了。"可以说，即使是贾政，也从来没有把贾宝玉的毛病总结得这么全面过，袭人一个丫头，竟有如许深心，也真难为她了。

另一次是袭人"见他无明无夜和姐妹们鬼混，若真劝他，料不能改，故用柔情以警之"，她采用的方法是给他看脸色，用冷言冷语嘲讽他，不理不睬冷落他。"不想宝玉竟不回转，自己反不得主意，直一夜没好生睡"。她在薛宝钗面前抱怨说："姐妹们和气，也有个分寸儿，也没个黑家白日闹的。凭人怎么劝，都是耳旁风。"就这一句话，便让宝钗觉得"倒别看错了这个丫头，听他说话，倒有些识见"，"留

袭人：朝着姨娘的方向，前进！

神窥察其言语志量，深可敬爱"。若是宝钗知道袭人有上面那一套长篇大论，还不知怎么佩服她呢。

可惜的是，贾宝玉是个"口头革命派"。袭人动之以情，晓之以理，他呢，情倒是感动了，赌咒发誓，样样都来，理却只停留在嘴巴上，过后照旧我行我素。劝进的失败，使袭人感到了自己力量的有限，她终于明白，光凭她与贾宝玉的这份感情，想把他拉回正道上来是不可能的。随着年龄的长大，贾宝玉的心中不只有她一个花大姐姐了，他的是非标准也越来越明确，凡是劝他读书上进的，不管是多亲密的姐姐妹妹，他都会给她没脸，和她"生分"，以至袭人哀叹"如今我们劝的倒不好了"。更重要的是，贾宝玉有了他真正的"知己"，包括林黛玉以及晴雯等一干人，"偏偏那些人又肯亲近他"，他们成了气候，不仅她花袭人被撂在了后头，"要这样起来，连平安都不能了"。袭人为这件事，"日夜悬心"，思忖再三，决定出一个狠招。她瞅准机会，向王夫人建议：让贾宝玉搬出大观园！

这一招真够狠的，大观园是什么地方？是贾宝玉的伊甸园啊，逐出伊甸园对宝玉来说意味着什么，是可想而知的。总算王夫人没有雷厉风行地做这件事，她反倒觉得既然宝玉身边有一个"想得这样周全"的女孩子，索性把他交给她就是了。为了让这份嘱托落到实处，王夫人决定让袭人享受姨娘级待遇。把她每月的月例，二十两银子里拿出二两银子一吊钱来，给袭人去。以后凡事有赵姨娘、周姨娘的，也有袭人的。

袭人终于朝着姨娘的目标前进了一步，但她在宝玉心中的地位却在下降。抄检大观园后，贾宝玉终于把满腔怨愤冲着她发泄出来："怎么人人的不是，太太都知道了，单不挑出你和麝月、秋纹来？"袭人掩饰说："正是呢。若论我们，也有玩笑不留心的去处，怎么太太竟忘了？想是还有别的事，等完了再发放我们也未可知。"宝玉笑道："你是头一个出了名的至善至贤的人，他两个又是你陶冶教育的，焉得有什么该罚之处？只是芳官尚小，过于伶俐些，未免倚强压倒了人，惹人厌。四儿是我误了他，还是那年我和你拌嘴的那日起，叫上来做细活的。众人见我待他好，未免夺了地位，也是有的，故有今日。只是晴雯，也是和你们一样从小儿在老太太屋里过来的，虽生的比人强些，也没什么妨碍着谁的去处。就只是他的性情爽利，口角锋芒，竟也没见他得罪了那一个。可是你说的，想是他过于生得好了，反被这个好带累了！"袭人细揣，此话只是宝玉有疑她之意，竟不好再劝。宝玉的疑心当然不是没来由的，他分析得也都在理。至于袭人到底有没有到王夫人处打小报告，借用作者曾经用过的话来说，叫"未见真切，此系疑案，不敢创纂"。

　　生活就是这么奇怪，有些东西你越是想要，它却离你越远。袭人是早就立志要与宝玉共度一生的，所以她才很努力地尽这一份责任，这份努力也的确给了她回报，让她成了宝玉的"准姨娘"，而且王夫人的意思是"如今且浑着，等再过二三年再说"。也就是说，袭人还可以继续朝着姨娘的目标前进，最后到达理想境界。但她与贾宝玉间的距离却越来越大。生活上，因为王夫人看重了她，越发自要尊重，凡背人之处或夜晚之间，总不与宝玉狎昵，较先小时反倒疏远了。虽无大事办理，然一应针线，并宝玉及诸小丫头出入银钱衣履什物等事，也甚烦琐，且有吐血之症，故近来夜间总不与宝玉同房。昔日"柔媚娇俏"的袭人再也不存在了。她"枉自温柔和顺，空云似桂如兰"，最后却还是与"公子无缘"！

鸳鸯：贾府第一大丫头

官场上向有"站队"一说，帮帮派派中，总得有个依傍才是，否则就像苏轼，在新旧两党之间没个容身之处，一贬再贬，竟一直贬到了遥远的海南岛。但关联太多，也不是个好办法。唐代文人李商隐，在著名的牛李党争中，既与牛党中人为师生，又与李党中人为翁婿，结果也是两头不讨好。看来，站队的确并非易事。即使站对了，站好了，关联既不太多，也不太少，也不见得就一帆风顺。此事只看鸳鸯，就不难明白了。

贾府虽说不是官场，但其门户帮派，倒也不逊色于官场。宁府和荣府是两派，从两府中人的嘴巴里，不时可以听到"那府里"如何如何这样的话，最大胆的一个奴才，居然说出了"各门各户"的话——当然，她是要受惩罚的，因为她触到了两府的软肋。荣府里头，又分两派。一派以史太君为首，下面有贾政夫妇和贾琏夫妇。贾政有官场上的事务，在府内管理家政的，是王夫人；贾琏和王熙凤则是王夫人的得力助手——这些人组成了荣府执政派。荣府在野的一派则以贾赦为首，包括他的夫人邢氏，也包括贾赦竭力想拉拢扶植的贾环等人。鸳鸯是老太太的大丫头，这个身份基本上已经确定了她在帮派中的地位，何况鸳鸯又属于贾府资格老、能量大、立场又特别鲜明的人。

225

鸳鸯：贾府第一大丫头

贾府同官场一样，资历是值钱的。只要不出乱子，你慢慢熬吧，多年的媳妇熬成了婆，自然就有了本钱。赖大家的人"熬了两三辈子"，还"熬"出了一个县官呢。贾府风俗，年高伏侍过父母的家人，比年轻的主子还有体面。议事的时候，尤氏凤姐等只管地下站着，那赖大的母亲等三四个老嬷嬷倒都有小杌子坐。鸳鸯自然没老到那个地步，资历却也不浅了。她和平儿、袭人、琥珀、素云、紫鹃、彩霞、玉钏、麝月、翠墨，跟了史姑娘去的翠缕，死了的可人和金钏，去了的茜雪，这十来个人，是"从小儿"就在府里的，"这如今因都大了，各自干各自的去了"。这些老资格的女孩看来都混得不错，平儿、袭人、紫鹃、彩霞还有翠缕，各自都成了所在之处的首席大丫头，而鸳鸯则成了贾府第一大丫头。

　　资历当然还不是一切，老资格的丫环中混惨了的也不是没有，比如倒霉的茜雪和不幸的金钏儿。资历之外，能力的大小也不可忽视。那些比较成功的女孩，如平儿、袭人、紫鹃和彩霞，"妙在各人有各人的好处"。鸳鸯的能耐就更不一般了。对上，她绝对能让领导满意。贾府中人都知道，"老太太离了鸳鸯，饭也吃不下去"。为什么呢？因为鸳鸯是老太太的手，贾母打牌，"规矩是鸳鸯代洗牌的"；鸳鸯是老太太的嘴，"贾母所行之令，必得鸳鸯提着"；鸳鸯是老太太的资料库，"老太太的那些穿带的，别人不记得，他都记得"；鸳鸯是老太太的经纪人，"该要的，他就要了来，该添什么，他就趁空儿告诉他们添了"；鸳鸯是老太太的财务总管，"要不是他经管着，不知叫人诳骗了多少去呢！"——当然，有时鸳鸯也做监守自盗的小动作，此乃后话。鸳鸯还是老太太的喜神，只要鸳鸯在，贾母玩什么都能赢钱。所以，"老太太屋里，要没鸳鸯姑娘，如何使得"？这也就是在贾府，要真在外面的官场上，做下级的做到这份上，能有个不提拔的？

对下，鸳鸯的口碑也不错。李纨说："他心也公道，虽然这样，倒常替人上好话儿，还倒不倚势欺人的。"鸳鸯岂止是"不倚势欺人"，在大观园无意中撞见司棋和潘又安幽会后，她不仅不声张，还主动跑去安慰病中的司棋，自己赌咒发誓，对司棋说："我若告诉一个人，立刻现死现报！你只管放心养病，别白遭塌了小命儿。"这种息事宁人的态度，是作者写在鸳鸯身上的最富人情味的一笔。

与荣府的关键人物王熙凤，鸳鸯更是关系融洽，配合默契。很多时候，鸳鸯和凤姐表现为一对最佳拍档。戏弄刘老老这出戏，创意是鸳鸯的，她先说："天天咱们说外头老爷们吃酒吃饭，都有个凑趣儿的，拿他取笑儿。咱们今儿也得了个女清客了。"凤姐立刻响应："咱们今儿就拿他取个笑儿。"策划是共同的，"二人便如此这般商议"。现场鸳鸯当了导演，嘱咐刘老老如此这般，凤姐则只作不知，把作为道具的"老年四楞象牙镶金的筷子"和一碗鸽子蛋放到刘老老面前，制造出了绝佳的喜剧效果。事后，王熙凤拉着鸳鸯一处吃饭，鸳鸯让婆子"挑两碗给二奶奶屋里平丫头送去"，王熙凤客气说："他早吃了饭了，不用给他。"鸳鸯道："他吃不了，喂你的猫。"看似闲笔，却都表现出她们之间的相互器重。

就凭这上下左右的良好关系，鸳鸯在荣府树立起了极高的威望。贾母对邢氏说："这几年，一应事情，他说什么，从你小婶和你媳妇起，至家下大大小小，没有不信的。"她甚至能越众而出，和老太太对话，"从太太起，那一个敢驳老太太的回？他现敢驳回，偏老太太只听他一个人的话"。贾琏等人对她也是非同一般的客气。贾琏进屋，平儿忙迎出来，鸳鸯却坐在炕上不动弹，倒是贾琏煞住脚，笑道："鸳鸯姐姐，今儿贵步幸临贱地！"鸳鸯还是只坐着对话。贾琏一会儿骂小丫头："怎么不沏好茶来？快拿干净盖碗，把昨日进上的新茶沏一碗来！"一会儿又说："不是我撒谎：若论除了姐姐，也还有人手里管得起千数两银子；只是他们为人都不如你明白有胆量，我和他们一说，反吓住了他们。所以我'宁撞金钟一下，不打铙钹三千'。"贾琏这番奉承，目的是向鸳鸯借当，但鸳鸯的地位也就可想而知了。

这么个风光无限的贾府第一大丫头，最后却用一条汗巾结束了自己年轻的生命。她的下场为何这么惨呢？有人说，她是怕贾赦逼她做小老婆，其实并不尽然。

贾母去世的时候，贾赦正"发往台站效力赎罪"，不在府里。所谓台站，是清朝建立在边远地区的驿站，千里迢迢的，并没有给鸳鸯造成威胁。根据她先前的想法："若是老太太归西去了，他横竖还有三年的孝呢，没个娘才死了，他先弄小老婆的。等过了三年，知道又是怎么个光景儿呢？那时再说。纵到了至急为难，我剪了头发做姑子去，不然，还有一死！"也就是说，在鸳鸯的计划中，结束生命是最后一着，即使是"至急为难"，她的首选也是"剪了头发做姑子去"。然而现在，并没有等到三年，也不到"至急为难"之时，她却选择了结束生命。鸳鸯怎么了？

说到底，那是因为鸳鸯在贾府的帮派间立场太坚定、态度太鲜明了。

荣府的在野派首领贾赦曾经向鸳鸯发出一个示好的信号：要收她为屋里人。这在当时意味着什么，看看众人的反应就不难明白。首先是邢氏，她认定那是"又体面，又尊贵"的事，认为"别说鸳鸯，就是那些执事的大丫头，谁不愿意这样呢？"就是王熙凤，附和的时候也说："别说是鸳鸯，凭他是谁，那一个不想巴高望上、不想出头的？放着半个主子不做，倒愿意做丫头，将来配个小子就完了呢。"鸳鸯的嫂子也把它叫作"天大的喜事"。就是鸳鸯自己，也讲过平儿和袭人："你们自以为都有了结果了，将来都是做姨娘的！据我看来，天底下的事，未必都那么遂心如意的。你们且收着些儿罢，别忒乐过了头儿！"可见"做姨娘"的确是当丫头"遂心如意"的好"结果"。这么说来，贾赦在开始的时候，可以说是并无恶意。

但鸳鸯却对此表示坚决反对。贾赦恼羞成怒，露出一副狰狞面目。鸳鸯不得已而闯到贾母跟前哭诉，赌咒发誓，以死相拼。这么一来，她与贾赦的梁子可就结下了。

从主观上说，鸳鸯拒绝被贾赦收为屋里人可能有多种理由，比如，贾赦的感觉就是"他必定嫌我老了"。作为荣府的长房，贾赦的年龄可也真不小了。不止一个人说过大老爷"如今上了年纪"，邢氏也说他"胡子苍白了"。由于年龄的关系而让鸳鸯厌憎，是可能的，也是正常的。其次，贾赦口碑不好。尽管"如今上了年纪"，他还是"左一个右一个的放在屋里"，连袭人都觉得"这个大老爷，真真太下作了。略平头正脸的，他就不能放手了"。要鸳鸯再去步那些人后尘，怎么可能？再次，鸳鸯本人"极有心胸气性"，这个在野的大老爷不大放得进她的眼里，她说了："别说大老爷要我做小老婆，就是太太这会子死了，他三媒六证的娶我去做大老婆，我也不能去！"说明她所嫌弃的，是贾赦这个人，而不是"姨娘"这个位置。而从客观上说，不管出于什么原因，拒绝贾赦，就等于宣布在荣府的两大派系中，她立场鲜明、义无反顾地站到了执政派一边。这就给她的悲剧命运埋下了伏线。

由于贾母的感情偏向，使荣府形成了一个奇怪的格局：长子单过，次子当家。贾母一死，一切就又回到了正常的轨道：老太太的事原是长房作主。贾赦不在家，论理该轮到贾政，可偏偏贾政又是拘泥的人，有件事便说："请大太太的主意。"于是，一直感到备受压抑的大太太邢氏，终于手中握上了实权。她生性扣克，"娄取财货"，又兼向来与凤姐不睦，此时财政大权在握，便"死拿住不放松"。王熙凤这才真正领略到了什么叫"巧媳妇难为无米之炊"，当年的"威重令行"，"爽利周到"，变成了捉襟见肘，左右为难，弄得"力诎失人心"，最终在老太太的事上"保不住脸了"。王熙凤是以贾母为首的荣府执政派的CEO，贾母这棵大树一倒，她一败，原先执政派的失势即成定局。面对这个景象，作为当年执政派中坚力量的鸳鸯不得不重新考虑自己的将来："如今大老爷虽不在家，大太太的这样行为，我也瞧不上。老爷是不管事的人，以后便'乱世为王'起来了，我们这些人不是要叫他们掇弄了么？谁收在屋子里，谁配小子，我是受不得这样折磨的，倒不如死了干净。"鸳鸯的这些想头，把贾母死后荣府派系间力量对比即将发生的变化说得清清楚楚：原本的在野派要"乱世为王"了，而"我们这些人""要叫他们掇弄了"。

这时候，"站队"的问题就极其重要了。官场上的"一损俱损，一荣俱荣"，在这儿也同样适用。鸳鸯原先站在执政派一边，而且她立场坚定，爱憎分明。邢氏和王熙凤闹别扭，鸳鸯把"那边大太太当着人给二奶奶没脸"的来龙去脉告诉贾母，贾母并不掩饰对邢氏的不满，说："这是大太太素日没好气，不敢发作，所以今儿拿着这个作法，明是当着众人给凤姐儿没脸罢了。"主奴两个这样说话，可见平日里鸳鸯的态度。现在形势陡然来了个大转弯，对别人犹可，对鸳鸯来说，可就痛苦了。按照常理，老太太固然总是要过世的，让鸳鸯没料到的是，在野派居然如此快地掌握了"政权"。所以，她并没有像先前所说的那样先等待三年，然后再见机行事，而是选择了立刻结束生命。

当初，鸳鸯她们准备捉弄刘老老，李纨表示反对，鸳鸯的回答是:"很不与大奶奶相干,有我呢。"这个贾府第一大丫头的自豪口气和无帮无派的大奶奶的孤弱形成了鲜明的对比。李纨一直保持中立,当初没见她风光过,后来也就不觉得特别难过。当形势逆转的时候,李纨还能公正地劝解说:"琏二奶奶并不是在老太太的事上不用心,只是银子钱都不在他手里,叫他巧媳妇还作的上没米的粥来吗?"但鸳鸯却已经方寸大乱了。因此可以说,鸳鸯的自杀也是为她当初的荣耀所付出的代价。

平儿：奶奶的一把总钥匙

说王熙凤是荣国府的总经理大概不会有错。贾母肯定是董事长一类的，只管重大决策，不管具体操作。王夫人名义上是管家的，实际上却把大权移交给了她的娘家侄女、荣府长孙媳妇王熙凤。这么一来，王熙凤的心腹、贾琏的通房大丫头平儿就自然成了荣府的总经理助理，也就是李纨说的："你就是你奶奶的一把总钥匙"。

平儿的自身条件不错，从外貌上说，不仅长得"花容月貌"，而且有一种超逸的气质，不知道的人，都会把她当做奶奶太太看，所以李纨说她是"好体面模样儿"。"模样儿"要"体面"，靠的是内在气质，不是由五官长相决定的。当年曹操在接见外宾的时候自惭形秽，找了个替身，自己扮作文书站在一旁。毫无疑问，这替身应该比曹操长得更帅，但结果人家说，魏王的确很不错，不过他边上那个文书才真是英雄。这就是气质的作用。平儿差点让刘老老误认为是凤姐，说明她没有一点微贱的神色。从品德上说，平儿"是个正经人，从不会挑三窝四的"。但坐在总经理助理这个位置上，光自身条件好还远远不够。要当好助理，第一要义是处理好与头儿的关系。

平儿的顶头上司是王熙凤。凤姐是什么人？"人家是醋罐子，他是醋缸，醋瓮"！要在她的屋里做"姑娘"，岂是一件容易的事？所以

233

平儿：奶奶的一把总钥匙

平儿的第一反应是拒绝——惹不起，躲得起，咱不做还不行吗？然而就是不行。王熙凤倒过来逼迫她。她这样做有两个目的："一则显他贤良，二则又拴爷的心"。像贾府这样的大家族，一个"爷"弄得连个跟前人也没有，这夫人的名声可就不太妙了。再说，"爷"横竖是要弄小老婆的，就像邢夫人所说："要买一个，又怕那些牙子家出来的不干不净，也不知道毛病儿，买了来三日两日，又弄鬼掉猴的"，倒不如就地取材，把比较信得过的平儿给他，也算是满足一下爷"吃着碗里瞧着锅里"的心。还有，在凤姐等夫人奶奶的眼里，让丫头收房做屋里人是一种抬举，是袭人等大丫头在拼命"挣上去"的高台阶，把它作为奖励发出去，也是收买丫头的一种手段。出于这些考虑，王熙凤以主子的身份强迫平儿荣升为"姑娘"。尽管到底还是做了"姑娘"，但这个过程让平儿有了底气，当王熙凤醋意大发时，平儿便可以奋起反击，哭闹一阵，说："又不是我自己寻来的！你逼着我，我不愿意，又说我反了；这会子又这么着。"理直气壮，王熙凤"一般也罢了，倒央及平姑娘"。

然而，过去是过去，现在是现在。平儿的这段光荣历史并不能保证她以后一路平坦。她这把钥匙要真正锁住王熙凤的醋意，首先还得要锁住她自己内心的那点冲动。平儿是"明公正道"的"姑娘"，也就是贾琏公开的、合法的性伴侣（或者说性奴隶），但她与贾琏亲热的机会却非常少。"大约一年里头，两个有一次在一处"，王熙凤"还要嘴里掂十来个过儿呢"。平儿是个"极聪明，极清俊的上等女孩儿"，自然也有七情六欲，有时和贾琏这么个青年公子在一起，也难免"娇俏动情"，但她总是自觉地离贾琏远远的，实在不行，她干脆"夺手跑出来"。王熙凤看到这一幕时感到很奇怪，问他们："要说话，怎么不在屋里说，又跑出来隔着窗户闹，这是什么意思？"贾琏在内接口道："你可问他么，倒像屋里有老虎吃他呢。"平儿道："屋里一个人没有，我在他跟前作什么？"凤姐笑道："没人才便宜呢。"——对王熙凤来说，这不过是一句调笑的话而已。在贾府中，这种调笑并不少见，王熙凤还对鸳鸯开玩笑说："你少和我作怪。我知道你琏二爷爱上了你，要和老太太讨了你做小老婆呢。"但是，一向温顺的平儿此时却生气了，问："这话是说我么？"凤姐便笑道："不说你说谁？"平儿更生气了，道："别叫我说出好话来了！"说着也不打帘子，赌气往那边去了。奴才竟不为主子打帘子，让"凤姐自己掀帘进来"，简直是"疯魔了"，贾琏笑倒在炕上说："我竟不知平儿这么利害，从此倒服了他了。"平儿突然"疯魔"，突然"利害"起来，实是因为她刚刚作出了一场牺牲。当贾琏搂着求欢的时候，"娇俏动情"的她却不得不拒绝，而这全是为了凤姐，正如她隔着窗户对贾琏说的："难道图你舒服，叫他知道了，又不待见我呀！"现在王熙凤竟然还来嘲讽她，怎不叫她愤怒？平儿"赌气"，正说明她内心还是希望和贾琏做爱的，只是她把这点欲念抑制住了。这便是她为了保持同王熙凤的良好关系而做出的牺牲。如果不是在日常生活中一直保持这种姿态，她决不可能和凤姐相安无事。也就是说，顶头上司所忌讳的事，助理即使想做，也必须忍痛割爱。

平儿和王熙凤从本质上来说，并不是一类人。在小厮兴儿嘴里，王熙凤"'嘴甜心苦，两面三刀'，'上头笑着，脚底下就使绊子'，'明是一盆火，暗是一把刀'：他都占全了"；平儿却"为人很好"。这也是常有的情形：上司和助理只是工作关系，而不一定是志同道合的伴侣。对领导的所作所为，助理很可能不完全赞同。怎么办？平儿始终坚持三条原则：第一，决不在人前说主子的坏话；第二，大局上坚决维护主子的利益；第三，尽自己所能在细部修改弥补。

平儿：奶奶的一把总钥匙

贾府中，时常半真半假痛骂王熙凤的，是她的两个妯娌尤氏和李纨。尤氏骂她是"没足够的小蹄子儿"，说"你这么个阿物儿，也忒行了大运了"。"我劝你收着些儿好，太满了就要流出来了。"李纨骂得更毒："真真泥腿光棍，专会打细算盘、分金辩两的。你这个东西，亏了还托生在诗书仕宦人家做小姐，又是这么出了嫁，还是这么着。要生在贫寒小门小户人家，做了小子丫头，还不知怎么下作呢？天下都叫你算计了去！"她们在平儿面前也都或明或暗有过这样的表示。贾母生日的时候，尤氏在这边帮忙，凤姐儿正在楼上看着人收送来的围屏，只有平儿在屋里，给凤姐叠衣服。尤氏便说："好丫头，你这么个好心人，难为在这里熬。"一个"熬"字，多少辛酸，一下子打动了平儿的心，她"把眼圈儿一红"。这真是十分危险的时候，因为平儿知道尤氏对王熙凤没什么好感，这就很容易松开闸门，将心中的委屈一泻而出。然而平儿却"忙拿话岔过去了"。这就是这个女孩的聪明之处，既做了人家的助手，受委屈是难免的，如果随便把这种委屈向外人倾诉，便是极大的失策。平儿只悄悄地在密友袭人面前透露过王熙凤挪用公款放债获利的风声，其他一切时间、一切地点、一切人前，她都是三缄其口的。管得住自己的嘴巴，是当好助理的重要前提。

在重大原则问题上，平儿立场坚定，爱憎分明，绝对"和奶奶一气"。贾琏在外包二奶的事，就是平儿向王熙凤报告的。有个丫头对平儿说，她在二门里头，听见外头两个小厮说："这个新二奶奶比咱们旧二奶奶还俊呢，脾气儿也好。"不知是旺儿是谁，吆喝了两个一顿，说："什么新奶奶旧奶奶的，还不快悄悄儿的呢！叫里头知道了，把你的舌头还割了呢。"平儿一听，马上向王熙凤汇报。王熙凤接报后，立即展开调查，提审旺儿。通过旺儿牵出兴儿，通过兴儿把贾琏偷娶尤二姐的事弄了个水落石出。

有人感到纳闷：贾琏那一次和多姑娘儿偷情，平儿不是也知道吗？她为什么不报告呢？为什么还千方百计地替他隐瞒？这回怎么打起小报告来了呢？殊不知，这也是平儿的高明之处。当助理的，往往是接收信息的第一道关口，如果不加过滤，将所有信息都放进来，无风三尺浪，弄得鸡飞狗跳，不要说别人，连主子都会嫌你烦。如果全盘接受，彻底消化，那就犯了越俎代庖的错误，用不了多久，一定会被炒鱿鱼的。好助理应该对信息进行筛选。像贾琏在特殊情况下偷鸡摸狗的事，本算不上什么大事，又已经过去了，尽可以不必张扬，大事化小，小事化了。所谓"该放手时须放手，得饶人处且饶人"。而包二奶的问题就比较严重了，这不是一般的逢场作戏，是个长期放在那里的事实，事关重大，平儿就不得不报告了。若是知情不报，到时候就得吃不了兜着走。头脑清楚，眼光雪亮，分得清轻重缓急，这也是当好助理的重要条件。

助理这位置，于名分上说，算不了什么，但因为离头儿近，实际权力（或者说能起的作用），倒也不小。贾府的下人们对平姑娘都是毕恭毕敬的，即使是"办大事的管家娘子们"，接待平儿也要先"用绢子掸台阶的土"，再拿出"极干净的"坐褥让她"将就坐一坐儿"。捧一碗精致新茶，还要说明"这不是我们常用的茶，原是伺候姑娘们的"。因此，如何利用这份权力，是检验助理的试金石。品行坏的，自然是狐假虎威做坏事，而平儿则常利用自己的影响力排忧解难。王熙凤生病，李纨和探春、宝钗代行经理之职，众媳妇们有个"藐视欺负"的意思，她就前去弹压。太太屋里少了东西，也是她去"判冤决狱"。一时"各屋里大小人等都作起反来了，一处不了又一处"，有时平儿管不过来，她的名字也管用。春燕她妈不懂规矩，晴雯让小丫头

237

去叫平儿。众媳妇央求说："嫂子快求姑娘们叫回那孩子来罢。平姑娘来了，可就不好了。"那婆子还不明白，众人笑道："你当是那个姑娘？是二奶奶屋里的平姑娘啊。他有情么，说你两句；他一翻脸，嫂子你吃不了兜着走。"就这样把老婆子给唬住了。平儿不愧为平儿，所到之处就能风平浪静。

助理和自己的头儿当然也会有意见相左的时候，平儿采用的是两种方法：一种是"背着奶奶常作些好事"。尤二姐在府内受苦，平儿看不过，自己拿钱出来弄菜给她吃，或是有时只说和她园中逛逛，在园中厨内另做了汤水给他吃。还指责丫头们说："就只配没人心的打着骂着使也罢了，一个病人，也不知可怜可怜。他虽好性儿，你们也该拿出个样儿来，别太过逾了，'墙倒众人推'。"但这样的事只能适可而止，秋桐到凤姐那里揭发了平儿的行为，她"自此也就远着了"。做过了头，和主子的关系崩溃了，就什么都完了。

第二种方法就是利用自己的影响力让头儿采纳自己的意见。头脑稍微清醒一点的领导都应该知道：一个从来没有提出过反对意见或建设性意见的助理决不是好助理。当助理的，也应该明白这一点，不是一味奉承就能了事的。王夫人的正房内少了几件东西，依王熙凤主意，是用酷刑："把太太屋里的丫头都拿来，虽不便擅加拷打，只叫他们垫着磁瓦子跪在太阳地下，茶饭也不用给她们吃。一日不说跪一日，就是铁打的，一日也管招了。"平儿趁她病着，劝她"施恩"，理由是："纵在这屋里操上一百分心，终久是回那边屋里去的，没的结些小人的仇恨，使人含恨抱怨。况且自己又三灾八难的，好容易怀了一个哥儿，到了六七个月还掉了，焉知不是素日操劳太过，气恼伤着的？如今趁早儿见一半不见一半的，也倒罢了。"一席话说得凤姐儿心悦诚服，消除了多少不安定因素。能否利用自己的影响力做好事、出好主意，这是判断助理优劣的关键。

平儿还有个特点，就是极会察言观色，然后根据情况摆正自己的位置：或恭敬，或亲热，恰到好处。有时，平儿表现得似乎对领导不很尊重。比如，吃螃蟹的时候，王熙凤让丫头传话说："使唤你来，你就贪住嘴不去了，叫你少喝钟儿罢。"平儿的回答是："多喝了，又把我怎么样？"王熙凤指出她说话没规矩，竟然和主子满嘴里"你"呀"我"的起来了，她回答说："偏说'你'！你不依，这不是嘴巴子？再打一顿。难道这脸上还没尝过的不成？"如果没有具体的语境，奴才敢和主子这样说话，不知该受多重的惩罚，但在特殊语境下，这种偶然的语言越轨却消除了主子和奴才间的距离，显得十分亲热。凤姐儿不仅不反感，还奖励她"咱们一处吃饭"。

平儿能够如此，前提恰恰是她对领导的充分尊重。吃螃蟹的时候，凤姐儿刚露面，她"早剔了一壳黄子送来"。不小心把蟹黄抹到了凤姐的脸上，她"忙赶过来替他擦了，亲自去端水"。不仅对王熙凤如此，对别的主子也是如此。她"见探春有怒色，便不敢以往日喜乐之时相待，只一边垂手默侍"。探春洗脸，她"见侍书不在这里，便忙上来与探春挽袖卸镯，又接过一条大手巾来，将探春面前衣襟掩了"。这时候，她知道探春要强调的，是自己的主子地位，于是她就用强化自己的奴才地位来帮助探春达到她的目的。

摆正纵向位置，搞好横向关系——这些助理应该做的，平儿全做到了。王熙凤能弄到这么把"钥匙"，实在是她的福分。

平儿：奶奶的一把总钥匙

紫鹃：怎舍得叫你叠被铺床

贾宝玉曾对紫鹃说："好丫头！'若共你多情小姐同鸳帐，怎舍得叫你叠被铺床?'"分明是把她比作《西厢记》中的红娘了。论起来，紫鹃虽然没有像红娘那样犯下可以"直打死你这个贱人"的严重罪错，其对于小姐婚姻问题的积极性主动性却也不差红娘什么了。如果贾府中存在一个"林黛玉婚姻促进委员会"的话，那么紫鹃就是主任兼干事兼秘书。她至少有三次直接干预黛玉的婚事。

第一次便是所谓"慧紫鹃情辞试莽玉"。为了试探宝玉究竟有几个好妹妹，她编造了一通谎话，说"姑娘常常吩咐我们，不叫和你说笑"，还说"早则明年春，迟则秋天，这里纵不送去，林家亦必有人来接的了"。紫鹃抛出的这块试金石极是有效，贾宝玉为此"一头热汗，满腔紫胀"，"更觉两个眼珠儿直直的起来，口角边津液流出，皆不知觉。""嘴唇人中上着力掐了两下，掐得指印如许来深，竟也不觉疼"——分明已经陷入半休克状态。这一极其强烈的生理反应，显现出"宝玉的心倒实"，这让紫鹃感到心满意足。后来为服侍宝玉日夜辛苦，她并没有半点怨意。宝玉痊愈之后，她还乘胜追击，不断打探，直到宝玉咬牙切齿发誓："我只愿这会子立刻我死了，把心迸出来，你们瞧见了。然后连皮带骨，一概都化成一股灰，再化成一股烟，一阵大风，吹的四面八方，都登时散了，这才好！"

这一头摆平了，紫鹃又做起那一头的工作来。她对黛玉说："我们这里就算好人家，别的都容易，最难得的是从小儿一处长大，脾气情性都彼此知道的了。"受到黛玉的斥责后，她干脆把事情挑明了：

> 替你愁了这几年了，又没个父母兄弟，谁是知疼着热的？趁早儿老太太还明白硬朗的时节，作定了大事要紧。俗语说："老健春寒秋后热。"倘或老太太一时有个好歹，那时虽也完事，只怕耽误了时光，还不得趁心如意呢。公子王孙虽多，那一个不是三房五妾，今儿朝东，明儿朝西。娶一个天仙来，也不过三夜五夜也就撂在脖子后头了。甚至于怜新弃旧、反目成仇的，多着呢。娘家有人有势的还好，要像姑娘这样的，有老太太一日好些，一日没了老太太，也只是凭人去欺负罢了。所以说，拿主意要紧。姑娘是个明白人，没听见俗语说的："万两黄金容易得，知心一个也难求！"

好一个紫鹃！把黛玉的处境分析得何等细致！把豪门贵族的婚姻剖析得何等明白！把宝黛爱情的关键指点得何等清楚！难怪作者要给她一个"慧"字。

但是，生活中有好多事情，虽然像"秃子头上的虱子——明摆着"，但就是不允许说。我们为此还专门有避讳一说。女孩儿的婚姻大事，便是一件说不得的事，尤其是当事人，绝对不能提半个字。所以黛玉听了，便说道："这丫头今日可疯了！怎么去了几日，忽然变了一个人？我明日必回老太太，退回你去，我不敢要你了。"紫鹃的回答极有意思："我说的是好话，不过叫你心里留神，并没叫你去为

紫鹃：怎舍得叫你叠被铺床

非作歹。何苦回老太太，叫我吃了亏，又有什么好处。"什么叫"心里留神"？什么又是"为非作歹"？紫鹃和黛玉想来都是心知肚明的，紫鹃没准还以此在自己和红娘之间划了一条界河。其实，红娘开始也不过是"心里留神"，想乘着白马解围的东风成就了这一对"倾国倾城貌"和"多情多病身"的好事。可是老夫人出尔反尔，弄得人家张君瑞害了相思病，而崔莺莺又欲辞还就，把个张生水里火里来回浸烤，"送了他性命，不是要处"，红娘这才鼓动莺莺到西厢去"为非作歹"的。"心里留神"和"为非作歹"不过是五十步和一百步的问题。贾母说得明明白白："孩子们从小儿在一处儿玩，好些是有的。如今大了，懂的人事，就该要分别些，才是做女孩儿的本分，我才心里疼他。若是他心里有别的想头，成了什么人了呢？"贾母还明确宣布："咱们这种人家，别的事（为非作歹的事）自然没有的，这心病（心里留神）也是断断有不得的"。女孩儿家，只要敢想自己的婚姻大事，那就是贾母说的"鬼不成鬼，贼不成贼"了。

小鬼头紫鹃第三次为黛玉的婚姻奔走，是"薛姨妈爱语慰痴颦"的时候。薛姨妈老于世故，早就从宝玉犯傻那回看出了事情的首尾。本来，大家庭中闹出了这样的事是很尴尬的。幸亏宝玉是"天王"，大家的兴奋点都在他是否能保全性命这一点上，还没注意到事情本身的荒唐。薛姨妈是局外人，比较冷静，把一切看明白了，她不失时机地说："宝玉本来心实，可巧林姑娘又是从小儿来的，他妹妹两个一处长得这么大，比别的妹妹两不同。这会子热剌剌的说一个去，别说他是个实心的傻孩子，便是冷心肠的大人，也要伤心。"轻描淡写，把一场刻骨铭心的爱恋解释成了人人都会有的普通感情——所有的人都就着这架梯子下了台。然而，这个老妇人并没有忘怀这件事。当黛玉流泪感叹没有亲人的时候，为了表示疼她，她当着黛玉的面对宝钗说:"我想你宝兄弟,老太太那样疼他,他又生得那样,若要外头说去,老太太断不中意。不如把你林妹妹定给他,岂不四角俱全?"对她来说,讲这番对症下药的话不过是为了讨黛玉欢心,但这对黛玉来说却是极不公平的。因为她虽自吹"我虽无人可给,难道一句话也没说?"而实际上却并没在老太太跟前提过一句,即使在王熙凤提议让"宝玉"和"金锁"相配的时候,也没见她提过这"四角俱全"的婚事。倒是紫鹃认真了,忙跑来笑道:"姨太太既有这主意,为什么不和老太太说去?"老奸巨猾的薛姨妈用一句话把这小妮子打发了:"这孩子急什么!想必催着姑娘出了阁,你也要早些寻一个小女婿子去了。"

从这三件事来看,紫鹃的工作不可谓不周全:她试探贾宝玉,验证了男方的感情;劝解林黛玉,说服女方拿定主意;再加上提醒薛姨妈,希望她来做这个大媒。作为丫环,紫鹃为黛玉的婚事可以说使出了浑身解数。但是,她的愿望最终却还是没能实现。最后决定宝玉婚姻大事时候,大家似乎都把林黛玉忘了。这并不是什么强迫性遗忘,而是一种自然遗忘。在贾府的词典里,本没有"恋爱"一词,你叫他们怎么能记住有一对人儿正在恋爱?薛姨妈不是已经很轻易地将其解构为普通的离别之情了吗?在贾府人等的眼睛里,不论是家庭背景,还是个人素质,薛宝钗都要比林黛玉强,为什么不择优而娶呢?至于紫鹃,一个"如同猫儿狗儿"的丫头,她再蹦跶又有什么用呢?

倒是薛姨妈问紫鹃的话有点意思:这孩子急什么呢?为什么要一而再、再而三地促成黛玉和宝玉的婚事?

动机一,就是紫鹃自己说的"一片真心为姑娘"。

紫鹃原是老太太处的一个二等丫头,名唤鹦哥,和鸳鸯、平儿、袭人、琥珀、素云、彩霞、玉钏、麝月、翠墨、翠缕、可人、金钏、

243

茜雪等在一处。因为黛玉进府，没有合适的丫头，贾母就从自己这里的丫头中转站里把她批发给了黛玉，改名紫鹃。在长期的共同生活中，这两个女孩建立了深厚的情谊。就如紫鹃所说："偏偏他又和我极好，比他苏州带来的还好十倍，一时一刻，我们两个离不开"。紫鹃服侍黛玉十分尽心，从一件小事可以看得出来：黛玉在薛姨妈家里玩，她怕她"身子单弱，经不得冷"，叫雪雁"巴巴儿的打家里送了"手炉来——这事后来成了黛玉借机奚落宝玉的话柄，那是作者绛候两歌的妙笔，又当别论。

紫鹃和黛玉也是"脾气情性都彼此知道的"。人人都说黛玉多心，她却敢直截了当地批评她。黛玉和宝玉吵架，她评判说："论前儿的事，竟是姑娘太浮躁了些。别人不知宝玉的脾气，难道咱们也不知道？为那玉也不是闹了一遭两遭了。"黛玉啐道："呸！你倒来替人派我的不是。我怎么浮躁了？"紫鹃笑道："好好儿的，为什么铰了那穗子？不是宝玉只有三分不是，姑娘倒有七分不是？我看他素日在姑娘身上就好，皆因姑娘小性儿，常要歪派他才这么样。"倘若宝玉听到这番话，如何不要把"好丫头"再叫上三四遍？若不是认准了林黛玉并非真的"小性儿"，紫鹃岂敢在和尚面前骂秃子？

宝玉来潇湘馆，黛玉吩咐不许开门，她却偏去开门，还反驳说："姑娘又不是了，这么热天毒日头地下，晒坏了他，如何使得呢。"黛玉让她别给宝玉沏茶，说："别理他。你先给我舀水去罢。"她偏说："他是客，自然先沏了茶来再舀水去。"如果紫鹃真是一头不听使唤的犟牛，黛玉恐怕早和她"生分"了。妙就妙在紫鹃读得懂黛玉的心理密码，知道那种情势下热恋少女的口不应心，她代替林黛玉把她所不能表达的体贴和敬重表达出来了。即使黛玉临终前不对紫鹃说"妹妹，你是我最知心的。虽是老太太派你伏侍我，这几年，我拿你就当作我的亲妹妹"的话，从这些生活情景也不难看出，这对主仆在很多时候已经情同姐妹了。她们又何尝不是比万两黄金还难得的知心？

贾宝玉和林黛玉在她的眼皮子底下闹恋爱，她当然是看得非常清楚的，但她同时却比任何人都更清楚地看到了这场恋爱不容乐观的结局。既然不想"为非作歹"，那么只有寻找合法途径这一条路。为黛玉的终身着想，她主动承担起了林黛玉婚姻促进委员会的全部工作，而且前期工作效果明显，业绩突出，至于最后的失败，那恐怕是怪不得紫鹃的

动机二，却正如薛姨妈所说，与她自己的终身大事有关。

过去小姐嫁人，有所谓陪房丫头，就像陪嫁的妆奁中有八床被子、一套木桶一样的。不过丫头毕竟不是木桶，对自己的将来不可能不关心，所以就自然会对小姐的婚事特别上心。《红楼梦》第82回，袭人想到自己终身，脸红心热，拿着针不知戳到哪里去了。便把活计放下，走到黛玉处去探探她的口气。虽然高鹗的笔墨有些牵强，但丫头们从主子的婚事而想到自己的终身，这应该是个事实。

《红楼梦》之外的戏曲小说中，对这个问题也多有表现。戏曲中，只要有小姐烧香的情节，第一、第二炷香总是小姐自己祝告，说些保佑阖家平安、父母安康之类的话，烧到第三炷香，小姐必要迟疑，必是丫环上来替小姐说出找一个称心满意的姐夫的话。《西厢记》里，红娘说得更清楚："愿俺姐姐早寻一个姐夫，拖带红娘咱！"张生首先是让她感到非常满意了，觉得"据相貌，凭才性，我从来心硬，一见了也留情"，她才努力地促成这桩好事。

紫鹃在宝玉面前坦白过她试探他的动机："我如今心里却愁，他倘或要去了，我必要跟了他去的。我是合家在这里，我若不去，辜负了我们素日的情长；若去，又弃了本家。所以我疑惑，故说出这谎话

紫鹃：怎舍得叫你叠被铺床

来问你。"这只是就她与黛玉的感情而言，是一个姑娘家可以说得出口的理由，而她对贾宝玉，显然也是满意的。贾宝玉怜香惜玉的功夫在她身上也没少下。"情辞试莽玉"的起因，就是宝玉看见她穿着弹墨绫薄绵袄，外面只穿着青缎夹背心，在回廊上手里做针线，宝玉便伸手向她身上抹了一抹，说道："穿这样单薄，还在风口里坐着，时气又不好，你再病了，越发难了。"这样的嘘寒问暖，想必紫鹃是感动的，由此想到要与这个男人共度一生，于是开始了她的试探。贾宝玉对此心领神会，他接着就告诉她"一句打趸儿的话：活着，咱们一处活着；不活着，咱们一处化灰、化烟"。紫鹃听了，心下暗暗筹画。临走，应贾宝玉的要求，她留下了她的一面小菱花镜。

可惜，紫鹃的一切努力皆是白费。林黛玉终于因为心爱的人娶了别的女孩而命归黄泉，看够了世态炎凉的紫鹃最终也选择了伴随惜春在青灯古佛旁度过一生。只有现代读者会为这个热情、善良、聪明、重感情的女孩子感到委屈，也想跟着贾宝玉说一声：好丫头，怎舍得叫你叠被铺床！

司棋：有一种罪错叫爱情

那年秋天，十月底的时候，荣府大太太邢夫人的陪房王善保家的外孙女家里闹出了一件命案：一对青年男女暴死家中。男的脖子上有刀伤，女的脑壳破了，血肉模糊。现场有棺材两具，金银珠宝一匣。这两个人是谁？为什么会突然死亡？是自杀，还是他杀？现场的棺材和珠宝又是怎么回事？一时间议论纷纷。消息传到当时当地的居委干部耳朵里，觉得两条人命不是小事，于是要向官府衙门告发。

其实事情倒也并不复杂。死者是一对恋人，女的叫司棋，是贾府二小姐迎春的丫头，男的是她姑表兄弟潘又安。司棋和潘又安青梅竹马，从小一处玩耍，还在做孩子的时候就"言笑晏晏，信誓旦旦"，说好将来非对方不嫁不娶。后来渐渐长大，两人都出落得品貌风流。尤其是司棋，长得"高大丰壮"，用今天的话来说，是很性感的女孩。潘又安也在贾府当小厮，每常司棋回家时，两人眉来眼去，旧情不断。司棋不知何处得了两串香珠，托人稍给了她表哥。潘又安用一幅大红双喜笺，写了一封情书进来，告诉她："上月你来家后，父母已觉察了。但姑娘未出阁，尚不能完你我心愿。若园内可以相见，你可托张妈给一信。若得在园内一见，倒比来家好说话。千万千力！再所赐香珠二串，今已查收。外特寄香袋一个，略表我心。千万收好。"

潘又安送她的这件礼物，又叫香囊，也叫荷包，通常用锦缎做成，上面绣着各色图案，里面可以填充香料，平时带在身上，既是饰品，也可以盛放一些小物件。盛放东西的，一般叫荷包，比如贾琏和尤二姐都有槟榔荷包。由于香袋小巧，又是随身物品，所以古人常用它作为传情达意的礼物。尤其是女孩子，亲手做个香袋，如果图案上再用点功夫，来个鸳鸯嬉水之类，的确是很不错的情人节礼物。林黛玉就亲手为贾宝玉做过荷包和香袋儿。

潘又安一个男孩子，自然不能绣香袋给司棋，他要给她的，是个特别的东西。它虽然也是五彩绣香囊，但"上面绣的并非花鸟等物，一面却是两个人赤条条的相抱，一面是几个字"。这不是一般的香袋，而是所谓"春意儿"，就是赤裸裸表现性爱的东西。古时候这种性物件还不少，有画的，绣的，雕的，刻的，塑的；有纸上的，布上的，杯上的，盘上的，枕上的……过去有一种习俗叫"压箱底"，就是在女儿出嫁时，父母把这类玩意儿放在嫁妆的箱子底下，实际上也就是对女孩儿进行性启蒙。潘又安在市场上看到这玩意儿，把它买下来，作为礼物送给了他的情人司棋。

这天，是贾母的八旬大庆，人来客往的，未免有些混乱。司棋买嘱园内老婆子们，留门看道，潘又安本是府里的小厮，此时趁乱便从外面进来，两人在大观园内找了个僻静背人的地方约会。"初次入港，虽未成双，却也海誓山盟，私传表记，已有无限风情"。正在情浓之时，不想贾母的丫头鸳鸯走进园来，因想着要解手，走下甬道，一转就转到了司棋和潘又安约会的"湘山石后大桂树底下"，撞见了这对野鸳鸯（大观园东北角有个厕所，婆子曾经带刘老老去过。但若是小便，包括贾宝玉在内，都是就地解决的）。

此后，司棋便开始担惊受怕。当晚就一夜不曾睡着，次日见了鸳鸯，脸上一红一白，百般过不去，心内怀着鬼胎，茶饭无心，起坐恍惚。后来听说潘又安逃走，又急又气又伤心，最后竟支持不住，一头躺倒，恹恹的成了病。直到鸳鸯亲自前去，赌咒发誓说不告诉别人，才慢慢好起来。

青年男女的一次约会，竟让司棋惊恐如此，这在今天看来简直不可思议，然而在当时，这的确关系重大。长篇弹词《绣香囊》中，在一官府中担任教师的徐志林发现自己的女儿与人私会，送给他亲手绣的香囊，竟愤怒到将女儿活活扼死。鸳鸯当时想到的也是："说出来奸盗相连，关系人命，还保不住带累旁人"。司棋哀求鸳鸯的时候也说："我们的性命都在姐姐身上，只求姐姐超生我们罢了！"事实上，这也的确是司棋乃至大观园中其他丫头悲剧命运的开始。

由于惊慌，司棋把潘又安给她的香袋掉落在大观园内。从后来抄出来的那封信上看，应该是潘又安送香袋在前，他们约会在后。不知司棋为什么又把香袋带了去约会，或者是潘又安另外又送了一只？总之，这玩意儿掉落在大观园山石背后，随后在贾府内进行了一次秘密游行：先是被贾母房内的小丫头子傻大姐捡到，傻大姐稀里糊涂地交到了邢夫人手中，邢夫人派出心腹王善保家的把香囊交给王夫人，王夫人拿着香囊去向王熙凤兴师问罪。秘密游行的结果是引出了一场抄检大观园的风波。

当由周瑞家的与吴兴家的、郑华家的、来旺家的、来喜家的以及王善保家的组成的抄家小分队在凤姐的带领下来到迎春那里时，周瑞家的从司棋的箱子里掣出一双男子的绵袜并一双缎鞋，又有一个小包袱。打开看时，里面是一个同心如意，并一个字帖儿。这一刻，她与潘又安的秘密就公诸天下了。

曾经在鸳鸯面前那样惊慌的司棋，此时反倒镇静下来。低头不

司棋：有一种罪错叫爱情

语，也并无畏惧惭愧之意。事已至此，大概她索性以逸待劳，坐观其变了。数天后，对她的处理结果终于揭晓，她受到了贾府对犯错丫环的最严厉的惩罚：撵出去配人。当初，袭人听到李嬷嬷说"配小子"的话，就"由不得又羞又委屈，禁不住哭起来了"。金钏儿就因为受不了这个惩罚而跳井自杀。按照周瑞家的说法，出去前她可能还挨了一顿打——相比起来，这倒是小事了。

如果司棋这个时候就一头撞死，那么她就是金钏儿第二，但她并没有——作者的天才笔墨绝不会这么写。他们的私情被鸳鸯发现后，司棋的心里充满了罪错感，只是"后悔不来"，天下买不到后悔药。作为对自己的救赎，她决意一辈子不嫁人，以此来弥补"一着走错了"的事实。她打算用自己后来的行动来向世人证明，她仍然是个好女孩。好多对陷入爱河的青年男女抱有同情的作家，都会用这样的方式来处理。比如，明代的短篇小说《闲云庵阮三偿冤债》，小姐陈玉兰与阮三偷情怀孕，情郎死后，她"十九岁上守寡，一生不嫁，教子成名"，最后竟然还赢得了一座贤节牌坊。

对司棋来说，可能有两种情况会打乱她的行动步骤，一种情况就是她母亲可能要给她配人。如果出现这种情况，她准备自杀。另一种情况，是埋在她内心深处的期待，那就是潘又安的出现。她对潘又安的爱情，因为找到了从一而终的理论依据而变得理直气壮，她很豪迈地对母亲说："一个女人嫁一个男人。我一时失脚，上了他的当，我就是他的人了，决不肯再跟着别人的。我只恨他为什么这么胆小，一身作事一身当，为什么逃了呢？就是他一辈子不来，我也一辈子不嫁人的。妈要给我配人，我原拼着一死。今儿他来了，妈问他怎么样。要是他不改心，我在妈跟前磕了头，只当是我死了，他到那里，我跟到那里，就是讨饭吃也是愿意的。"这番海枯石烂不变心的誓言，在司棋的母亲以及当时所有的人听来，都是厚颜无耻到极点的，并不因为她自以为是的理论而有所改变，所以她妈又哭又骂，说："你是我的女儿，我偏不给他，你敢怎么着？""你是我的女儿"，这句普通的话，听上去像是在陈述一个事实，但却把司棋为自己争取幸福的权利剥夺得精光！就是这句话，把司棋推上了绝路。她一头撞在墙上，把脑袋撞破，鲜血流出，竟碰死了。

司棋的确死于自杀，如果要让对她的自杀负有责任的人坐上被告席，她母亲只不过是第三被告，贾府那些道貌岸然的主子应该是第二被告，而第一被告则是司棋自己！从表面上看，她母亲的话直接导致了司棋的撞墙，但"配人"的决定是贾府做出的，她母亲可以说只是一个执行者而已。贾府的主子们对司棋的死当然要负主要责任，但他们并没有置司棋于死地。相反，倒是司棋自己，不断在动关于死的脑筋。

当初听到潘又安逃走，她的第一反应是："纵然闹出来，也该死在一处。"无独有偶，陈玉兰小姐对她母亲说的也是："事已如此，孩儿只有一死。"后来由于鸳鸯的厚道，事情没有"闹出来"，她才活了下来。她母亲要打潘又安，她说的是："妈要打他，不如勒死了我罢。"在与潘又安结合遭到母亲的反对时，她又毅然决然选择了死。司棋之所以情绪这么激烈，与其说是强烈的反抗，倒不如说是生命的告白。在整个事件中，她内心一直充满罪错感。正因为如此，她才会在鸳鸯并没有看清他俩的时候，"贼人胆虚"地暴露了自己与潘又安的私情。也正因为如此，她才会羞愤交加地生病，才会希望用"从一而终"的行动，来挽回自己的名誉，来弥补自己的过错。正是在这样一种精神的鼓励下，她才毫不犹豫地献上了自己的生命。如果司棋明白，爱是一种权利，是任何人都不应该剥夺的权利，知道她根本就没有过错，那么，她就不会采取这么激烈的行动了。

相比之下，潘又安就没那么沉重的精神负担。出事之初，他选择了逃跑。尽管我们并不知道他的真实动机，但司棋抱怨他"真真男人没情意，先就走了"，肯定是不对的，因为他在外面发了财后，立刻跑了回来。面对司棋母亲的埋怨、厮打，他什么都不说，他要考验司棋是真爱他，还是贪图银钱。潘又安的沉着，他的思考问题的方法，让我们有理由相信，他当初的出走也不是仓促的逃跑。与其在贾府偷偷摸摸地享受爱情，不如寻找一条可以堂而皇之结合的途径。他以为，有了经济实力，这事就可以顺利解决。但事情并没有他想的那么简单。恋人突然出现而引起的感情上的激动与内心深处的罪错感混合在一起，使司棋变得像一座活火山一样，稍一动弹，她就爆发了。当司棋用生命证明了对他的忠贞不渝的爱以后，他非常镇定地选择了和她共赴黄泉。他不需要证明什么，他所做的一切就是对得起自己所爱、也爱自己的女孩。

爱情是古今中外文学作品永恒的主题，是令少男少女怦然心动的字眼。然而，在那个时代，在贾府之中，爱情却是一种罪错。哪怕是满腹文章的千金小姐"做出这样事来，也算不得是佳人了"。主子如此，奴才也是如此。犯此大忌的人，都没有好下场，而且并不需要别的什么人直接痛下毒手，真正的根源深埋在她们的心中。司棋如此，林黛玉、尤三姐也莫不如此。而这种悲剧的深刻性，恰恰是超乎一般之上的。

莺儿：燕啼莺啭惊好梦

　　唐代诗人金昌绪写过一首题为《闺怨》的诗："打起黄莺儿，莫叫枝上啼。啼时惊妾梦，不得到辽西。"说的是一个孤寂的女子，希望安安稳稳做一个好梦，梦见自己远在辽西的丈夫，她生怕鸟儿啼鸣把自己吵醒，所以在睡前把树上的黄莺儿赶走。在《红楼梦》中，也有这么一只黄莺儿，她在大观园的花柳丛中婉转啼叫，惊醒了酣睡其中的贵族，把他们"富贵温柔之乡"的美梦搅得支离破碎。说起来，这只恼人的黄莺儿，却只是一个小小的、不起眼的丫环。

　　她本姓黄，是宝钗的丫头，名字叫做金莺，宝钗嫌拗口，只单叫莺儿，后来就叫开了。这就是黄莺儿。像宝钗这样给丫头改名的，在《红楼梦》中不在少数。比如红玉，因为重了宝玉的名字而改名为小红；还有香菱，因为夏金桂不喜欢而改名为秋菱。不仅主人可以随意更改别人的名字，就是袭人这样的大丫头，也可以改小丫头的名字。芸香就被袭人改成了蕙香。像这样把本来的名字留下一半还算是客气的，有时甚至压根儿全盘颠覆，不留一点痕迹。比如上面说的芸香，先被袭人改成了蕙香，后来又被贾宝玉改成了四儿。而袭人的名字则是贾宝玉"因素日读诗，曾记古人有句诗云：'花气袭人知昼暖'，因这丫头姓'花'，便随意起的。"她原来的名字叫蕊珠。反正奴才就是小猫小狗，叫什么还不是随主人的便？不过薛宝钗的艺术修养比较好，"黄莺儿"这个名字和原来的"黄金莺"相比，显然要有意思些："金"字放在那儿，多少有点俗气，去了"金"字，借姓起名，叫做黄莺儿，很容易让人把这个可爱的女孩与可人的小鸟连在一起，很有趣味。所以，当莺儿"娇腔宛转，语笑如痴"的时候，宝玉笑道："这个姓名倒对了，果然是个'黄莺儿'。"

莺儿的特点是手巧。贾府的女孩子和丫头们个个都会女红，但水平各有高下，专长也不尽相同。比如，晴雯勇补孔雀裘时表现出来的织补本领，就是"只此一家，别无分店"的，要不然也不需要晴雯"挣命"了。莺儿则在编制东西方面特别出色。莺儿曾经问蕊官："你会拿这柳条子编东西不会？"蕊官笑道："编什么东西？"莺儿道："什么编不得？玩的使的都可。"后来她采了许多嫩条命蕊官拿着，一行走一行编花篮。随路见花便采一二枝，编出一个玲珑过梁的篮子。枝上本来翠叶满布，将花放上，自然别致好看。藕官和蕊官二人看得都不舍得离开了，只到莺儿催促说："你们再不去，我就不编了。"她们才去完成差使。

莺儿的手巧在大观园内颇有名气。贾宝玉特地让袭人把她请到怡红院来，为她为自己打几个络子。所谓"络子"，就是用丝线编织成网兜，用来盛放东西。形状大小多种多样。听说要她打络子，莺儿先问："装什么的络子？"宝玉见问，便笑道："不管装什么的，你都每样打几个罢。"莺儿拍手笑道："这还了得，要这样，十年也打不完了。"莺儿的话可能有点夸张，但可见络子的形式是非常之多的。宝玉不懂此道，还缠着莺儿说："好姑娘，你闲着也没事，都替我打了罢。"袭人笑道："那里一时都打的完？如今先拣要紧的打几个罢。"莺儿道："什么要紧，不过是扇子，香坠儿，汗巾子。"这几项大概是络子最常见的用途。

莺儿不仅会打各种各样络子，对颜色的搭配也很有心得。当宝玉最后决定为汗巾子打络子的时候，莺儿问道："汗巾子是什么颜色?"宝玉道："大红的。"莺儿道："大红的须是黑络子才好看，或是石青的，才压得住颜色。"宝玉道："松花色配什么?"莺儿道："松花配桃红。"宝玉笑道："这才娇艳。再要雅淡之中带些娇艳。"莺儿道："葱绿柳黄可倒还雅致。"这里，莺儿至少说出了色彩搭配的三个原则：对比、映衬和谐调。所谓"压得住"，就是利用色彩的区别，形成鲜明对比，比如红与黑，红与蓝。莺儿说的"石青"，是一种亮丽的蓝色。石青是一种矿物，也叫蓝铜矿，有玻璃光泽。也可以让不同色系的颜色互相比照，造成"娇艳"的视觉效果。如果将色调比较接近的色彩放在一起，则可以体现"雅致"的风格。对于莺儿的美学思想，宝玉是全盘接受，说"也罢了。也打一条桃红，再打一条葱绿"。

决定颜色后，莺儿又问花样。宝玉道："也有几样花样?"莺儿一口气报了一大串："一炷香""朝天凳""象眼块""方胜""连环""梅花""柳叶"等等。宝玉根本不懂，所以问："前儿你替三姑娘打的那花样是什么?"莺儿答的是她刚才没有说到的一种花样——攒心梅花。宝玉道："就是那样好。"一面说，一面袭人刚拿了线来。莺儿便开始理线。

但莺儿毕竟是个丫头，相对宝玉而言，她对络子绝对是内行，可是与宝钗相比，她在生活趣味和审美格上就稍逊风骚了。首先，宝钗觉得为汗巾子打络子，本身就是有件无趣的事，"倒不如打个络子把玉络上呢"。这是有道理的。汗巾子是人人都有的东西，而宝玉的那块玉却是稀罕物件，打个络子络上，当然比络汗巾子有意思。对颜色宝钗更有一套说法："用鸦色断然使不得，大红又犯了色。黄的又

莺儿：燕啼莺啭惊好梦

不起眼，黑的太暗。依我说，竟把你的金线拿来配着黑珠儿线，一根一根的拈上，打成络子，那才好看。"贾宝玉的那块玉，大如雀卵，灿若明霞，莹润如酥，五色花纹缠护。原先用"五色丝绦"系着，玉本身"五彩晶莹"，络子的颜色非常难配，所以宝钗想了几种方案，一边想着，一边自己就否定了。考虑到单靠一种颜色的线，无论如何达不到最佳效果，薛宝钗最后决定两种线配合使用，既不"犯色"，又能解决"不起眼"和"太暗"的问题，比起原先使用的"五色丝绦"来，不知要高明多少。贾宝玉是大观园中的第一鉴赏家，他虽然提不出关于络子颜色的建议，但他绝对知道好坏。对于宝钗的建议，他"喜之不尽，一叠连声就叫袭人来取金线"。

莺儿手巧，神态也很可爱。在贾宝玉的眼中，她是"娇腔婉转，语笑如痴"。这个小女孩子在宝玉面前夸奖她的主子，说："你还不知我们姑娘，有几样世上的人没有的好处呢，模样儿还在其次。"粗一听，似乎这只是一个忠仆在赞美主子而已，但仔细辨别一下，却很有些别样滋味在里头了。莺儿说这话的前提，是宝玉道："明儿宝姐姐出嫁，少不得是你跟了去了。"像这样的话题，如果换了林黛玉，那绝对是要翻脸的。宝玉曾对紫鹃说："好丫头！'若共你多情小姐同鸳帐，怎舍得叫你叠被铺床？"黛玉登时急了，撂下脸来说道："你说什么？"宝玉笑道："我何尝说什么？"黛玉便哭道："如今新兴的，外头听了村话来，也说给我听，看了混账书，也拿我取笑儿。我成了替爷们解闷儿的了。"一面哭，一面下床来，往外就走。但莺儿抿嘴一笑。宝玉再加一句，道："我常常和你花大姐姐说，明儿也不知那一个有造化的消受你们主儿两个呢。"在这样的语境下，莺儿说了那些褒扬宝钗的话。

这话还有一个更大的前提，是在第5回，贾宝玉去宝钗那儿玩，宝钗要求看看他的玉，看毕，又从新翻过正面来细看，嘴里念道："莫失莫忘，仙寿恒昌。"念了两遍，乃回头向莺儿笑道："你不去倒茶，也在这里发呆作什么？"莺儿也嘻嘻地笑道："我听这两句话，倒像和姑娘项圈上的两句话是一对儿。"宝玉听了，忙笑道："原来姐姐那项圈上也有字？我也赏鉴赏鉴。"宝钗推辞不过，也给他看了，果然一面有四个字，两面八个字，共成两句吉谶："不离不弃，芳龄永继。"宝玉看了，也念了两遍，又念自己的两遍，因笑问："姐姐，这八个字倒和我的是一对儿。"莺儿笑道："是个癞头和尚送的，他说必须錾在金器上。"宝钗不等她说完，便嗔着："不去倒茶！"如果宝钗不嗔，则莺儿准备说出的话一定是："金锁是个和尚给的，等日后有玉的方可结为婚姻"。

　　这两个前提放在一起，就不难看出，莺儿在宝玉面前夸奖宝钗恐怕不完全是无意的。陪房丫头当然也有最后另外嫁人的，但被男主人收房的也不在少数。很多丫头之所以对小姐的爱情特别热心，除了对小姐的同情、对恋爱的好奇之外，还有一个动因，就是为自己的终身考虑。清代小说《拂云楼》中，有一个叫能红的丫环，她觉得前来追求小姐的书生很可爱，便毅然决然地采取了一连串包括阴谋诡计在内的行动，在促成小姐与那位书生的婚事的同时，也为自己找到了终身所靠。《西厢记》里的红娘，在积极撮合崔莺莺和张生的婚姻时，也说过"据相貌，凭才性，我从来心硬，一见了也留情"的话。从莺儿在宝玉面前的表现来看，她应该对宝玉是"有感觉"的。她和贾环赶围棋，贾环耍赖时，她还特地举了宝玉的例子："前儿和宝二爷玩，他输了那些也没着急，下剩的钱还是几个小丫头子们一抢，他一笑就罢了。"如果让她随着"姑娘"嫁给贾宝玉，她应该是很乐意的。

　　莺儿在书中作用最大的，是第59回。那时，探春和宝钗正在大

莺儿：燕啼莺畴惊好梦

观园内搞改革试点，园内的瓜果树木都实行了承包责任制。那些"越老了越把钱看的真了"的老妈妈们，都虎视眈眈地盯着自己所看管的那份东西。按理说，吃穿不愁的贵族生活，是最容易滋养艺术氛围的。可惜，随着政治危机和经济危机的同时到来，此时的贾府离艺术越来越远了。莺儿用柳条编花篮，首先想到的是送给林姑娘玩。为什么？因为林黛玉和贾宝玉都是贾府中最具艺术家气质的人，他们从来不曾关心过形而下的东西。果然，林黛玉见了花篮很是喜欢，笑道："怪道人人赞你手巧，这玩意儿却也别致。"她所关心的是"别致"，是一种艺术的趣味。但老妈妈们却不行了。春燕深知此理，她对莺儿说："你这会子又跑了来弄这个，这一带地方上的东西都是我姑妈管着。他一得了这地，每日起早睡晚自己辛苦了还不算，每日逼着我们来照看，生怕有人遭塌，我又怕误了我的差使。如今我们进来了，老姑嫂两个照看得谨谨慎慎，一根草也不许人乱动。你还掐这些好花儿，又折他的嫩树枝子，他们即刻就来，你看他们抱怨。"莺儿不以为然，说："别人折掐使不得，独我使得。自从分了地基之后，各房里每日皆有分例的不用算，单算花草玩意儿：谁管什么，每日谁就把各房里姑娘丫头戴的，必要各色送些折枝去，另有插瓶的。惟有我们姑娘说了：'一概不用送，等要什么再和你要。'究竟总没要过一次。我今便掐些，她们也不好意思说的。"她也算是懂一点人情世故的了，知道薛宝钗从没享受过她分内的那一份，她有权替她主子消费掉一点。但她不知道这里面牵丝攀藤的关系远比她想的要复杂得多。果然，那婆子见采了许多嫩柳，又见藕官等采了许多鲜花，心里便不受用，只因看着莺儿编弄，不好说什么，于是把火发到了一旁的春燕身上。莺儿对此毫无知觉，还开玩笑说："姑妈，你别信小燕儿的话。这都是他摘下来，烦我给他编，我撵他，他不去。"就是这句话，引发了一场"柳叶渚边嗔莺叱燕"的大战。

这一场战争，既表现出奴才与奴才之间的矛盾，更折射出主子与奴才之间的矛盾以及主子与主子之间的矛盾，是贾府"各屋里大小人等都作起反来了，一处不了又一处"的内部矛盾总爆发的信号。战斗双方，一方是水做的"无价宝珠"；另一方则是"嫁了汉子，染了男人的气味，就这样混账起来，比男人更可杀"的"鱼眼睛"。女孩们所代表的诗意的、美的生活，与老婆子们所代表的利欲熏心的世俗世界激烈地碰撞着，显示着两种价值观的冲突，生动而又深刻地暴露出"诗礼簪缨之族"在利益驱动面前的狼狈处境，形象地宣告了在贵族家庭中实行经济和管理改良的失败。

探春为什么要改革？表面上的原因是，探春在赖大家里学到了一些管理模式（注意：这是个正处于上升阶段的家庭，正在发生由奴才向主子的重要转变）；而深层次的原因，则在于贾府中存在的那些"宿弊"。没有一场改革不是针对弊端而来。探春这个希望像男人一样做一番事业的女孩，在大观园内小试牛刀，想挽救贾府"末世"的命运。但事实上，恰如秦可卿临终所说："'否极泰来'，荣辱自古周而复始，岂人力所能常保的？"

"风乍起，吹皱一池春水"。黄莺儿一声啼叫，贾府的一场春梦惊醒了！

翠缕：满嘴荒唐言　一把辛酸泪

　　翠缕原本也是贾府的丫头，与鸳鸯、平儿、袭人、琥珀、素云、紫鹃、彩霞、玉钏、麝月、翠墨、可人、金钏、茜雪等十来个人一起，用鸳鸯的话来说："从小儿什么话儿不说，什么事儿不做？这如今因都大了，各自干各自的去了"。鸳鸯、琥珀留着伏侍老太太，余下的，平儿给了贾琏，袭人、麝月、茜雪给了宝玉，紫鹃给了黛玉，彩霞、金钏给了王夫人，翠缕则是"跟了史姑娘去的"。她是史湘云比较亲近的丫头。到贾府来的那天，史湘云见过贾母，便往大观园来。见过了李纨，少坐片时，便往怡红院来找袭人。这时，她回头对众多丫环媳妇说："你们不必跟着，只管瞧你们的亲戚去。留下缕儿伏侍就是了。"她说的"缕儿"就是翠缕。

　　贾府的奴才多半是"家生子"，就是从父母辈起，就在贾府当差，生下孩子，自然也就是贾府的奴才。一家人虽然分在各处，但时常可以有些联络。比如柳家的女儿五儿在里头得了玫瑰露，她妈便倒了半盏，送到外边她哥哥家中，给她的侄儿；而她嫂子则将她哥哥在门上得的一包茯苓霜作为回赠。从史湘云让众人"自去寻姑觅嫂"而单留下翠缕来看，她大概不是所谓的"家生子"，而是从外面买来的，没有什么亲人在身边。

翠缕从小在贾府长大，除了史湘云等主子，基本上不接触外人，这就使她既懵懂糊涂，又天真烂漫。她没有什么知识，却爱认个死理，也爱刨根问底。于是，她和史湘云在一起，展开了一场饶有趣味的谈话。

　　话题是从花儿开始的。大观园里和史湘云家的池子里都有荷花，而且都是所谓的"楼子花"，也就是枝干重叠，节上生节的。看到荷花，翠缕想起"他们那边有棵石榴，接连四五枝，真是楼子上起楼子，这也难为他长"，史湘云随口说："花草也是和人一样，气脉充足，长的就好。"翠缕把脸一扭，说道："我不信这话！要说和人一样，我怎么没见过头上又长出一个头来的人呢？"这个女孩的思维就像一条直线，一点旁逸都没有的。她说花好，是说它"楼子上长楼子"；你说人好，自然也是说"头上又长出一个头来"了。话虽说得令人喷饭，但翠缕却也因此而显得可爱。她只崇拜真理——哪怕是你姑娘讲出来的话，不符合实际，她就是"不信"。随着这个"把脸一扭"的动作，翠缕憨态可掬的形象跃然纸上。平心而论，史湘云这会儿的表现可不怎么样。她回答不出翠缕的问题，不作自我批评，反而去责怪翠缕："我说你不用说话，你偏爱说。这叫人怎么答言呢？"——幸亏史湘云不是老师，若是老师，她绝对是不够格的。怎么能因为学生提出的问题自己回答不了就让人闭嘴不说话呢？

　　翠缕不仅相信真理，还喜欢思考。当史湘云讲了一大通有关阴阳的大道理后，她主动总结说："这么说起来，从古至今，开天辟地，都是些阴阳了？"这时，史湘云又莫名其妙地斥骂翠缕："糊涂东西，越说越放屁。"翠缕糊涂一点可能是有的，说她"放屁"，这可是湘云小姐不文明了。翠缕的概括其实并未大错，只不过"都是些阴阳"的说法不够规范罢了。

好在翠缕不在乎这些，她只是要把问题弄个明白。所以她说："我只问姑娘：这阴阳是怎么个样儿？"这一回，史湘云说得比较明白："这阴阳不过是个气罢了。器物赋了，才成形质。譬如天是阳，地就是阴；水是阴，火就是阳；日是阳，月就是阴。"这一番话，前半段是理论阐述，后半段是举例说明。说得明白，听的人也明白了。翠缕说："是了，是了！我今儿可明白了！怪道人都管着日头叫'太阳'呢，算命的管着月亮叫什么'太阴星'，就是这个理了。"如果是考试，翠缕这道题的答案恐怕是要得高分的。她不仅理解了史湘云的意思，还根据自己的生活来了个"理论联系实际"。史湘云高兴地为她"刚刚儿的明白了"念了一声"阿弥陀佛"。其实，这一声佛号倒是应该由翠缕来念的，难道史湘云不是"刚刚儿的"才说明白吗？若是所有的事情都能明明白白说出来，翠缕也不至于糊涂了。坏就坏在有些事情偏偏是不允许说明白的。

翠缕求知欲旺盛，并不满足于对阴阳的道理知其大概，她继续追根寻底，从"蚊子、虼蚤、蠓虫儿、花儿、草儿、瓦片儿、砖头儿"，一直问到走兽飞禽，说："这是公的，还是母的呢？"史湘云立刻啐她，说："什么'公'的'母'的！又胡说了。"这可真是奇怪了。要说史湘云自己的嘴里，其实也不大干净，不说她讲的"放屁"之类的粗话，就是她说的"走兽飞禽，雄为阳，雌为阴；牝为阴，牡为阳"，与后面翠缕接着问的话，好像也差不多。为什么"雄""雌""牝""牡"都可以说，"公""母"就说不得呢？这里面恐怕牵涉到语言的雅俗问题。鸟父为雄，鸟母为雌，这是古书上早就有的。李白诗歌中也有"雄飞雌从绕林间"的吟咏。牝牡的用法同样如此：兽父为牡，兽母为牝。《诗经·小雅·采薇》中就吟唱过："戎车既驾，四牡业业"，"驾彼四牡，四牡骙骙"。就是在《论语》中，孔夫子也说："予小子履，敢用玄牡。"而直说"公""母"恐怕就失之粗俗了。这个道理，史湘云就没有讲清楚，光斥责她"胡说"，人家怎么知道为什么是"胡说"呢？就像黑旋风李逵在酒楼上第一次见到宋江，问戴宗说："哥哥，这黑汉子是谁？"戴宗笑他"恁么粗卤，全不识些体面"，李逵便道："我问大哥：怎地是粗卤？"是啊，你又没教过礼貌用语，人家怎么知道实话实说也会成为"不识体面"呢？

正因为不知道什么是"胡说"，翠缕就越发"胡说"起来，问道："怎么东西都有阴阳，咱们人倒没阴阳呢？"史湘云沉了脸说道："下流东西，好生走罢！越问越说出好的来了！"我们不禁又要替翠缕鸣不平了，不知者不罪嘛。如果翠缕追问史湘云："我说了什么不好的了？""我怎么就成了下流东西了？"相信史湘云回答不上来。可惜，翠缕是不会这么问的。在贾府中，像翠缕这样的丫头，不要说是被主人莫名其妙地骂几句，就是打了，甚至死了，也是没话说的。金钏儿投井死了，连懵懂老妈妈也知道："跳井让他跳去，二爷怕什么？""有什么大不了的事？老早的完了，太太又赏了银子，怎么不了事呢？"不过，翠缕这次所犯的错误，的确比上次更为严重。如果说，翠缕上次所犯的错误只牵涉到语言的雅俗问题的话，那么，这次她所犯的错误却是原则性的。

用今天的眼光来看，翠缕提出的问题既不复杂，也不"下流"，只要用"男为阳，女为阴"六个字便可以解答清楚。但史湘云此时却突然打住，劈头盖脸骂了她一通。原因很简单，小丫头翠缕误打误撞地闯进了一块禁地。顺着"男为阳，女为阴"的思路，很自然就是所谓"阴阳交合"的问题——"交接者，夫妇行阴阳之道"。古人还据此写了《天地阴阳交欢大乐赋》。但在贾府这样的家庭里，这样的话题是绝对禁止的。别说交合，就是才子佳人故事，用贾母的话来说，

翠缕：满嘴荒唐言 一把辛酸泪

也只有她这个上了年纪的老祖宗"偶然闷了，说几句听听"，一有年轻人来，"就忙着止住了"。这是贾府引以为荣的"大家子的规矩"："没有这些杂话叫孩子们听见"，"连丫头们也不懂这些话"——而这也正是翠缕之所以"糊涂"的原因。

不过，贾府中这些做家长的还是过于乐观了。即使"没有这些杂话叫孩子们听见"，也不等于这些孩子就没了知觉。明代文人汤显祖在他的名剧《牡丹亭》中就写过这样一个女孩子：她生活的环境和贾府相比，可以说是有过之而无不及。大观园中好歹还有个贾宝玉，她却除了严厉的父亲、尚在孩童的弟弟和迂腐的老师，再也见不到一个异性。但她照样从文学作品中悟出了些道道，她说："关了的雎鸠尚然有洲渚之兴，可以人而不如鸟乎？"也就是说，鸟儿尚且知道求偶，人怎么能没有爱情呢？大观园中像她这样在性知识上"自学成才"的年轻人，为数很少。不说贾宝玉、林黛玉、司棋等人，即使是史湘云，也是个无师自通的呢。再者，即使来个不觉悟，也未必就好，你看翠缕，不就是因为"不懂这些话"，才由"糊涂东西"发展到"下流东西"了吗？

虽然挨了骂，翠缕并不以为意。她与贾府中的其他奴才下人一样，对这一类来自主人的并不太严厉的训斥几乎是没感觉的。她很自然地接着说："这有什么不告诉我的呢？我也知道了，不用难我。"这时候，妙的倒是史湘云的表现。按照常理，她应该想到翠缕很可能会说出人分男女，这乃是话语的禁区，是女孩儿口中的大忌，是万万不能说的。作为主人的史湘云照理应该防患于未然，坚决不让她说出来才对。可是，我们却看到史湘云"扑嗤"一声笑了，鼓励她说："你知道什么？"如果翠缕不是从小生活在这么个封闭的环境中，她肯定会真的"越说出好的来了"。史湘云显然并没有去努力避免这个结果。

作为主子姑娘，训斥翠缕对她来说是一件很自然的事情，但她毕竟是个少女，下意识里她对这样的话题还是有兴趣的。要是翠缕真的"越说出好的来了"，对她来说也是件很开心的事。当然，她也会再板起面孔来骂她几句"下流东西"。可以说，史湘云几乎是等待着这样的结果出现。

然而，结果却是出乎意料的。翠缕说："姑娘是阳，我就是阴。"湘云拿着绢子掩着嘴笑起来，而且笑得花枝乱颤。这一笑，露出了史湘云的底细：翠缕丫头不懂的"这些话"，她却是懂得的。仿佛是为了把翠缕的单纯进行到底，作者写翠缕继续追问："说的是了，就笑的这么样？"史湘云回答说："很是，很是！"翠缕得意了，她说："人家说主子为阳，奴才为阴，我连这个大道理也不懂得？"史湘云笑道："你很懂得。"

这最后几笔，实在写得妙不可言。我们先是忍俊不禁，之后却从心底泛出丝丝辛酸。翠缕其实不是个糊涂孩子（更不用说"下流"了），她的内心充满对知识的渴求，遇事爱说、爱问、爱思考，喜欢把问题想透彻、想明白，而且很希望自己是个懂道理的明白人。如果放到现在，遇上一个循循善诱的好老师，是个挺出色的学生也不一定呢！可是，这个小丫头连人之大欲都不知道，却把不平等的主奴关系当作了"大道理"，并为自己懂得这个"大道理"而自豪。曹雪芹说《红楼梦》是"满纸荒唐言，一把辛酸泪"，这翠缕可不也是"满嘴荒唐言，一把辛酸泪"吗？

彩霞：插错了地方的鲜花

俗话说：鸭吃砻糠鸡吃谷，各人自有各人福。可不是嘛，《红楼梦》里那么一个讨人嫌的家伙贾环，却摊着了一个很不错的丫环彩霞。

彩霞有时又作彩云，不知是作者笔误，还是另有什么意思，整个叙述过程中一直忽云忽霞，变幻莫测。从上下文的情节来看，云、霞应该是一个人。根据她有个妹妹叫小霞的情况，彩霞该是她的本名。这女孩长得不错。贾府管家林之孝说："这几年我虽没看见，听见说，越发出跳的好了。"她是王夫人身边的大丫环，地位很重要。探春说："太太是那么佛爷似的，事情上不留心，他都知道。凡一应事，都是他提着太太行，连老爷在家出外去的一应大小事，他都知道，太太忘了，他背后告诉太太。"这么个"百个里头挑不出一个来的"女孩，却是贾府中唯一和贾环合得来的人。

说彩霞不错，首先是她对贾环的忠心耿耿。本来，奴才忠于主人，倒不是什么新鲜事，贾府里大率如此。像花袭人，伏侍贾母时，心里只有贾母；后来跟了宝玉，心中又只有宝玉了。问题是，伺候像贾宝玉这样的"凤凰"，奴才们当然是求之不得。怡红院里的丫环小红，因为宝玉"眼面前儿的一件也做不着"，还很有些牢骚。秋纹、碧痕则因为她接近了宝玉而"心中俱不自在"。但贾环本是庶出，又兼"人物委琐，举止粗糙"，贾府从上到下几乎没有不嫌憎他的，丫环莺儿甚至当面说过"连我也瞧不起"的话。唯有彩霞，对他一片真心。

那天，王子腾夫人寿诞，薛姨妈同着凤姐儿并贾家三个姊妹、宝钗、宝玉一起都去了。至晚方回。王夫人正过薛姨妈院里坐着，见贾环下了学，就命他去抄《金刚经咒》唪诵。看来，出去参加寿诞、喝酒看戏的好事贾环没轮到。不仅如此，王夫人好像还很不希望他出现在薛姨妈那里，所以把他支开了。贾环来到王夫人炕上坐着，命人点了蜡烛，装腔作势地抄写。一时又叫彩云倒钟茶来，一时又叫玉钏剪蜡花，又说金钏挡了灯亮儿，众丫环们素日厌恶他，都不搭理，只有彩霞倒了茶给他，还悄悄地对他说："你安分些罢，何苦讨人厌！"

彩霞说得没错，"安分"是免得"讨人厌"的最好办法。探春也对赵姨娘讲过类似的话："你瞧周姨娘，怎么没人欺他，他也不寻人去？"说明彩霞头脑清楚，对贾环的处境一目了然。偏偏贾环对她的友情提醒毫不领情，反而说："我也知道，你别哄我。如今你和宝玉好了，不理我，我也看出来了。"彩霞咬着牙，向他头上戳了一指头，道："没良心的！'狗咬吕洞宾——不识好歹。'"这娇嗔的话语和动作很清楚地表现出彩霞和贾环非同寻常的关系。《红楼梦》中另有一处，其描写与此几乎完全相同：贾琏从平儿手里一把抢过多姑娘儿的头发掖在靴掖子内的时候，平儿咬牙道："没良心的，'过了河儿就拆桥'，明儿还想我替你撒谎呢！"这时候，贾琏的感觉是平儿"娇俏动情，便搂着求欢"。可惜，贾环这小子连贾琏还不如，对彩霞的一片深情常常报以恶言恶语。

彩霞不仅对贾环好，而且好到了比对宝玉还要好的地步。贾宝玉因为母亲叫他"静静的躺一会子"，就在王夫人身后倒下，王夫人又叫彩霞来替他拍着。宝玉便和彩霞说笑，彩霞却淡淡的不大搭理，两眼只向着贾环。她对宝玉的冷淡和先时对贾环的热心形成了鲜明的对照。宝玉拉着她的手，说道："好姐姐，你也理我理儿！"一面说，一面拉彩霞的手。彩霞夺手不肯，便说："再闹就嚷了！"那么，是不是彩霞特别讨厌贾宝玉呢？并不是。有一回贾政叫宝玉，宝玉吓得一步挪不了三寸，蹭到这边来。众丫环都廊檐下站着呢，看见他的狼狈样子，都抿着嘴儿笑他。金钏儿一把拉住宝玉，悄悄地说道："我这嘴上是才擦的香香甜甜的胭脂，你这会子可吃不吃了？"彩云一把推开金钏儿，笑道："人家心里发虚，你还怄他！——趁这会子喜欢，快进去罢。"可见她比金钏儿还更关心体贴宝玉呢。只是在贾环面前，她宁可得罪宝玉也不愿伤到贾环的心。

彩霞对贾环的好，是准备把终身托付给他的。他们的这层关系，在大观园内早已人所共知。金钏儿就曾对宝玉说："我告诉你个巧方儿：你往东小院里头拿环哥儿和彩云去。"王夫人屋里少了一罐子玫瑰露，晴雯就说："太太那边的露，再无别人，分明是彩云偷了给环哥儿去了"，平儿也说："谁不知这个原故？"就是被王夫人放出去以后，彩霞也还是惦念着贾环。她甚至在晚间悄悄儿地命她妹子小霞进二门来找赵姨娘，要问个端底。

而贾环对彩霞，除了送过一包蔷薇硝（其实是茉莉粉）外，我们没看到有什么好的地方。彩霞对贾环的感情，可以用得上"愚忠"两个字。不过却并不让人觉得讨厌。这是为什么呢？作家王蒙曾经说过："中国传统的儒家的忠君观念，转化为一种有君无我的道德精神，自我牺牲精神就有几分感人乃至崇高伟大之处。"不仅忠君，忠于主人也是如此。清代有一出戏，叫《一捧雪》，说的是莫怀古的友人汤勤，逢迎权贵严世蕃，献计谋夺莫怀古的玉杯"一捧雪"，使莫怀古家破人亡。其中有一个非常感动人的情节，就是莫怀古的仆人莫诚为主人替死。最后在刑场上，莫怀古的夫人哭着扑上来，莫诚把她一脚踢开——因为尊卑有别，不能让主母与奴才有身体的接触。虽然后人对莫诚的举动也有批评，但无论如何，恰如王蒙所说，那种舍己为人的精神总是能打动人的。彩霞应该说也是如此。她虽然没有为贾环作出牺牲，但她那一点无私的忠诚还是很叫人感叹的。

彩霞的第二个好处是"有肝胆"。先秦的思想家荀子曾这样来比喻环境对人的影响：蓬草生长在枲麻中，不用扶它就是直的；白沙放在污泥中，也就一样是黑的了。彩霞虽说不是个无行的人，但生活在赵姨娘等人的周围，难免有些不光彩的举动。比如，她在赵姨娘的再三央及下，偷了王夫人屋里的玫瑰露给贾环。事情被发现后，彩霞先是不承认，还挤兑玉钏儿，说是她偷了去了。贾宝玉息事宁人，愿意把过失都担在自己身上。为了惩戒彩霞和玉钏，免得她们得了意，以后越发偷的偷，不管的不管，平儿将两人叫来，说了一番既含糊又明白的话。彩霞听了，不觉红了脸，一时羞恶之心感发，便说道："姐姐放心。也不用冤屈好人，我说了罢"。她说出了事情的前因后果，坦然道："姐姐竟带了我回奶奶去，一概应了完事。"这个举动，让在场的人都深为诧异，没想到她"竟这样有肝胆"。她还不要宝玉替她应承，说："我干的事，为什么叫你应？死活我该去受。"要知道，她说的"死活我该去受"决不是一句空话，听听王熙凤后来对平儿描述的刑罚："只叫他们垫着瓷瓦子跪在太阳地下，茶饭也不用给他们吃，一日不说跪一日"，逼供尚且如此，惩罚也就可想而知了。彩霞敢自动应承，还真有点英雄气概。后来，平儿解释说，让宝玉应承下来，为的是不牵扯到赵姨娘，免得探春生气伤心，彩霞才答应了。

彩霞：插错了地方的鲜花

可惜，彩霞的好心却又一次被当作了驴肝肺。贾环听了如是说，便起了疑心，把彩霞凡私赠之物都拿出来了，照着彩霞脸上摔了来，说："你这'两面三刀'的东西，我不稀罕！你不和宝玉好，他怎么肯替你答应？你既有担当给了，原该不叫一个人知道；如今你既然告诉了他，我再要这个，也没趣儿！"彩云见如此，急得赌咒起誓，至于哭了。百般解说，贾环执意不信。气得彩霞哭得个泪干肠断。赵姨娘总算比贾环识货一点，安慰说："好孩子，他辜负了你的心，我横竖看的真。我收起来，过两日，他自然回转过来了。"说着，便要收东西。彩云赌气一顿卷包起来，趁人不见，来至园中，都撇在河内，顺水沉的沉，漂的漂了。在魏晋时期，有个叫殷洪乔的人，也有过把东西扔在水里的举动。他被派去做豫章太守，临走，人们有近百封书信让他捎带。到石头城，他把这些信全都扔在了水里，然后说："该沉的沉，该浮的浮，我殷洪乔不能做邮差。"只是对殷洪乔来说，把信件扔在水里，是张扬他的个性，表示不为俗事所缚。而对彩云来说，把东西扔在水里，则是一种决绝，很有点民歌里唱的"闻君有他心，拉杂摧烧之。摧烧之，当风扬其灰。从今以往，勿复相思。相思与君绝"的意思。不过，她不是"闻君有他心"，而是"君不识我心"；她也不能做到"从今以往，勿复相思"，而是"自己气得夜里在被内暗哭了一夜"。

彩霞还有个好处，就是并不惹是生非。芳官用茉莉粉代替蔷薇硝给贾环，贾环送给彩霞的时候让她发现了，她虽然揭穿了这个把戏，但一笑了之，还是收下了。赵姨娘要去闹的时候，她竭力劝说，死劝不住，只得躲到了别的房里。

我们实在无法理解，像彩霞这样一个漂亮、聪明、心性刚强的正经女孩，为什么非要把一腔情思缠绕在贾环身上。或许，正是贾环那人人嫌憎的处境引起了彩霞的怜悯之心，并由同情发展到了眷恋。说实话，像彩霞这样的女孩子，即使是给了贾环，也是一朵鲜花插在牛粪上。但好歹还是彩霞情愿的。而最后，她却连这一点也没做到。

彩霞原是希望伴贾环过一辈子的，不想王夫人把她放出去了，由她父母择人婚嫁。这时候，旺儿替他儿子来求亲了。旺儿是王熙凤的陪房，在奴才里头也算是有体面的了，所以王熙凤说"两家也就算门当户对了"。但彩霞的心里早装了贾环，何况听说旺儿的儿子酗酒赌博，而且容颜丑陋，不能如意。被彩霞的父母拒绝后，旺儿媳妇把状告到了贾琏夫妇跟前，说"他老子娘两个老东西，太心高了些"——"一语戳动了凤姐和贾琏"：像旺儿这样有体面的奴才家还不嫁，彩霞家"心高"在何处，已经非常明显了。但在贾府，尤其在王熙凤，似乎一贯如此：凡是有情有义的男女，一律以拆开为原则。金哥和守备之子如此，宝玉和黛玉也是如此。何况从后面的谈话中，不难看出，旺儿与凤姐的私利有那么多的牵连，所以彩霞的悲剧命运就这样决定了。

本来，来旺妇倚势霸成亲的事，关键只在凤姐。只从凤姐的角度写去也能写清楚。作者妙就妙在双管齐下，让贾琏也参与进来。旺儿媳妇来找凤姐的时候，贾琏还不知道是怎么回事，听说以后，也满心以为没什么大不了，随口就对管家林之孝说："不管谁去说一声，就说我说的话"。林之孝毕竟是奴才，他站在奴才的立场上为彩霞讲了一句公道话："依我说，二爷竟别管这件事。旺儿的那小子，虽然年轻，在外吃酒赌钱，无所不至。虽说都是奴才，到底是一辈子的事。彩霞这孩子，这几年我虽没看见，听见说，越发出跳的好了，何苦来白糟蹋一个人呢？"然而，奴才命运的可悲就在于会被人"白糟蹋"。贾琏听说旺儿之子"大不成人"，本来倒也想不给他老婆的，但事

271

情落到"从来不信阴司地狱报应的"凤姐手里，就不这么简单了。

王熙凤亲自出面，把彩霞的母亲叫了来。仅仅是这份召见的荣幸，就让彩霞的母亲感到极大的满足，觉得自己"何等体面"，满心纵不愿意，见凤姐自和他说，便心不由己地满口答应了。父母之命、媒妁之言——如果凤姐也算个媒人的话——就这样决定了彩霞的终身。贾琏又哪里会为了一个丫环去与他的厉害夫人较劲呢？用林之孝的话来说，彩霞这个女孩子就这样被"白糟蹋"了。

其实，彩霞就是跟了贾环，也未必不是"白糟蹋"。且不说他之前对彩霞的种种言行，就是在最后的关键时刻，他的表现仍是那样令人失望。他对彩霞的离去竟毫不在意。认为不过是个丫头，她去了，将来自然还有好的，意思便丢开了手。与袭人假说要走时贾宝玉痛不欲生的态度相比，真有天壤之别。所以，不管彩霞是嫁给旺儿之子，还是给了贾环，总而言之，这朵鲜花是插错地方了。

金钏儿：被青春之火燃尽的生命

　　《红楼梦》中，有好几条年轻生命的夭折令人扼腕，其中，就有王夫人房里的丫环金钏儿。这个女孩几乎还没来得及展现她青春的光辉，就已匆匆而去，结束了短暂的一生。

　　金钏儿自杀是因为受到了贾府中对丫环最严厉的惩罚——撵出去。贾府的丫环有所谓"家生子"，也就是奴才夫妇生出来的孩子，除非主人特别开恩，一般也就继续做奴才；也有从外面买来的。买来的里头，有死契，就是卖终身的；也有活契，就是卖一段时间，到时候可以赎身的。不管哪一种，都具有人身占有性质。或打或骂，都是题中应有之义。贾政这样方正的人，有事没事的，也会对奴才说"揭了你的皮"，更不用说王熙凤这样的泼辣货了。袭人在家里，就把"又不朝打暮骂"作为贾府善待奴才的例证。然而，在贾府，奴才们最害怕的事情却不是打骂，而是被赶出去。晴雯和宝玉斗嘴，闹得最厉害的时候，宝玉发了急，说要"回太太去"，打发晴雯出去。这个刚强的姑娘一听就哭了，说："我为什么出去？要嫌我，变着法儿打发我去，也不能够的。"甚至说："我一头碰死了，也不出这个门儿。"为什么这么不愿意离开贾府呢？主要有两个原因：一是生活条件的优越。袭人对家里人说，自己"吃穿和主子一样"，这可能有一点夸张，但"平常寒薄人家的女孩儿也不能那么尊重"却是真的。黛玉刚来时就发现，贾府几个三等仆妇的吃穿用度已是不凡，若做了大丫环，那就是"副小姐"了。其次，就是脸面问题。被赶出去的人往往都是犯了严重错误的，比如偷了虾须镯的坠儿，有了男女私情的司棋。正因为如此，一旦被赶出去，名誉也就完了。就好比我们现在被开除了公职，以后还有哪个单位敢聘用你呢？至于晴雯和贾宝玉的感情好，那是另外一回事。所以金钏儿听见王夫人要赶她出去，忙跪下哭道："我再不敢了！太太要打要骂，只管发落，别叫我出去，就是天恩了。我跟了太太十来年，这会子撵出去，我还见人不见人呢！"但她的苦求并没有打动王夫人的心，到底叫了金钏儿的母亲白老媳妇儿领出去了。金钏儿含羞忍辱地出去，最后终于投井自杀。

金钏儿究竟犯了什么严重的错误呢？我们来把镜头回放一下：

那是一个夏天，作者写"早饭已过"，这里的"早饭"相当于我们现在的午饭。各处主仆人等多半都因日长神倦，宝玉背着手，到一处，一处鸦雀无声。从贾母这里出来往西，走过了穿堂便是凤姐的院落。到他院门前，只见院门掩着，知道凤姐素日的规矩，每到天热，午间要歇一个时辰的，进去不便。遂进角门，来到王夫人上房。只见几个丫头手里拿着针线，却打盹儿。王夫人在里间凉床上睡着，金钏儿坐在旁边捶腿，乜斜着眼乱恍。这是一幅静悄悄、暖烘烘的夏日午休图。就在这时，贾宝玉这个"无事忙"闯了进来。

他轻轻地走到金钏儿跟前，把她耳朵上的坠子一摘。这个动作本身就够亲昵的，但金钏儿对此看来早已习以为常，她张眼看是宝玉，就抿嘴儿一笑，摆手叫他出去，仍合上眼。到这里为止，金钏儿没有什么可指责的行为。问题是宝玉见了她，就有些恋恋不舍的。我们没见作者描写，金钏儿长什么样，但我们知道金钏儿是心性非常活泼的女孩。有一次，贾政在王夫人房中商议事情，吩咐把贾宝玉叫来。当时众丫环都在廊檐下站着，有金钏儿、彩云、彩凤、绣鸾、绣凤等，看见宝玉一步挪不了三寸的狼狈样子，大家都抿着嘴儿笑他，偏是金钏儿一把拉住他，悄悄地说道："我这嘴上是才擦的香香甜甜的胭脂，你这会子可吃不吃了！"可见贾宝玉缠着她吃嘴上的胭脂是常有的事，她知道贾宝玉的这个毛病，也知道宝玉见父亲时的紧张心情，所以就抓住这个机会寻他的开心。从贾宝玉的性情来看，是会喜欢这种调皮的小女孩的。

贾宝玉悄悄地探头瞧瞧王夫人合着眼，他从自己身边的荷包里掏了一丸香雪润津丹出来，向金钏儿嘴里一送。这香雪润津丹是个什么阿物儿呢？有人说，毫无疑问，就是今日之润喉糖。也有人说是道士们炼丹的副产品。大概也就是中药药丸的一种。从它名字来看，应该是清凉冰爽祛暑生津的。贾宝玉把它随身带着，又随便就塞到金钏儿嘴里，说明它应该是夏季的保健品，而不是药物。对于贾宝玉这个更为亲昵的动作，金钏儿仍是见惯不惊，她也不睁眼，只管嚼。两次小小的狎昵之后，宝玉上来拉着金钏儿的手，悄悄地笑道："我和太太讨了你，咱们在一处吧？"金钏儿不答。宝玉又道："等太太醒了，我就说。"听到这信誓旦旦的话，金钏儿终于睁开了眼睛——天啊，如果你继续闭着眼睡觉多好呢，男人讨好女人时说的话，十有八九是靠不住的，即使情种如贾宝玉也不能例外。金钏儿却终于忍不住了，她摆出一副"老吃老做"的样子，将宝玉一推，笑道："你忙什么？'金簪儿掉在井里头，有你的只是有你的。'连这句俗语难道也不明白？我告诉你个巧方儿，你往东小院儿里头拿环哥儿和彩云去。"宝玉笑道："谁管他的事呢！咱们只说咱们的。"

祸患的种子就在这时种下了。金钏儿的话犯了几个大忌：第一，

金钏儿：被青春之火燃尽的生命

她的口气居高临下，确实是在"教"爷们，这绝对是岂有此理。第二，她说"有你的只是有你的"，分明是以身相许了，这还了得！第三，她说的那个"巧方儿"，的确是在指点贾宝玉往那条道上去，把原本还有点含糊的"有你的"的意思注解得一清二楚。所以王夫人翻身起来，照金钏儿脸上就打了个嘴巴，指着骂道："下作小娼妇儿！好好儿的爷们，都叫你们教坏了！"

王夫人的话至少有一半不符合事实。她应该不是刚刚醒来，而是根本没睡着；应该知道她的宝玉做了些什么，他早已不是她们所认为的"好好的爷们"了，哪里用得着金钏儿"教"？不过，尽管用不着教，金钏儿却还是诲人不倦，而且她教宝玉的"一个巧方儿"，确实不那么光明正大，也无怪王夫人生气。这个时候，唯一能够拯救她的，也许是宝玉的挺身而出。但这时候的贾宝玉却"早一溜烟跑了"。这个贾府的逆子其实对母亲还是很有些畏惧的。他和金钏儿调情之前，先"悄悄的探头瞧瞧王夫人"，王夫人"合着眼"，他才敢动作。虽然他说过"太太醒了，我就说"的话，但真的太太醒来时，他却临阵脱逃了。他的这个举动，即使是在古代社会，也不算是好男人该做的。西晋时的阮咸，和他姑母家的一个婢女有染，姑母离开时，说好要把这个婢女留给他的，后来不知什么缘故，中途又改变了主意，把那女孩带走了。阮咸听说后，不顾正在居丧，穿着孝服就冲出去了，借了一头驴去追赶。赶上后两人共载而归。因为那婢女怀着阮咸的孩子，所以他调侃说："人种不可失也。"和阮咸相比，贾宝玉到底不能有这样的勇气，他的怯场，导致场上只剩下两个对立的角色，连缓和的余地都没有了。

这里金钏儿半边脸火热，一声不敢言语。登时众丫头听见王夫人醒了，都忙进来。王夫人便叫："玉钏儿，把你妈叫来！带出你姐姐去。"当着众丫头的面发布赶出去的命令，对金钏儿来说，的确是奇耻大辱。何况王夫人向来有"宽仁慈厚"的名声，从来不曾打过丫头，金钏儿不仅被"打了一下子，骂了几句"，还到底叫了金钏儿的母亲白老媳妇儿领出去了。这么严厉的责罚，可见事情的严重。所以金钏儿听见，就跪下哭了。可惜她的哭求没有生效，到底还是被撵出去了。

金钏儿是在出去以后选择了投井而死的。我们不知道这个女孩在这个过程中经受了怎样的煎熬。想来，首先是周围的冷言冷语，其次是家人的埋怨冷遇，再次是已经不能适应的生活环境，或许还有对宝玉的怨恨和对世道人生的失望。

作品没有描写金钏儿离开时的情况，但可以想象与司棋被撵走时的情形应该相去不远。那些"染了男人的气味，就这样混账起来，比男人更可杀"的女人中，对她的离去必然有冷嘲热讽、额手称庆的。以贾府环境的复杂、金钏儿心性的单纯，有人不待见她几乎是必然的。作为王夫人屋里的大丫头，在府中有一定的地位，连王熙凤也说"不便擅加拷打"，所以平日里的积怨，金钏儿可能听不到，而一旦被撵出去，情景就完全不同了。就如周瑞家的对司棋所说："你如今不是副小姐了，要不听说，我就打得你了。"一直生活在阳光下的金钏儿，何曾见到过这样的阴霾？怎么能让她不萌生死意？

金钏儿是由她的母亲白老媳妇儿领出去的。家人这一关应该也不好过。《诗经》里头有个闹自由恋爱的女孩子，后来婚姻破裂被迫回到娘家，家里就给了她很大的压力，兄弟非但不同情她的遭遇，反而还嘲笑她。《孔雀东南飞》里，刘兰芝被休回家，"阿母大拊掌，不图子自归"，想不到女儿竟然被休回来了；她的坏脾气的哥哥更是立逼着她改嫁，大概希望用新结的婚姻来洗去妹妹被休弃的羞辱。金钏儿

金钏儿：被青春之火燃尽的生命

回家以后，其遭遇一定也是不愉快的。她"在家里哭天抹泪的，也都不理会他"，直到在东南角的水井里发现她的尸首。

奴才家的生活和"里头的"生活相比，差别是很大的。贾宝玉曾经有两次跑到过奴才家里。一次是过年的时候无聊，他偷偷跑到了袭人家中。袭人的母兄"已是忙着齐齐整整的摆上一桌子果品来"，但在袭人的眼睛里却"总无可吃之物"。另一次是晴雯被撵出去以后，也是他偷偷去看她。环境之糟糕，让宝玉"眼中泪直流下来，连自己的身子都不知为何物了"。金钏儿一个十几岁的女孩子，跟了太太倒有十来年，也就是说她从小就是在里头长大的，金碧辉煌见多了，锦衣玉食吃惯了，这一出去，触目所见，如何能习惯？况且她又不是出去探亲，如宝钗说的，"在上头拘束惯了，这一出去自然要到各处去玩玩逛逛儿"，她是被撵出去的，坏心情加上坏环境，怎么不让她万念俱灰？

金钏儿临死的时候究竟是怎么想的，我们不得而知，连"宝玉、宝玉，你好……"这样的哑谜也没有留下。对那位曾经吃过她嘴上的胭脂，也往她嘴里塞过香雪润津丹的公子哥儿，她可能既有爱恋，也有怨恨。他们曾在一起度过无邪的快乐时光，却因几句调笑的话而永远隔绝。宝二爷在关键时刻"撒手悬崖"，从此不见踪影，要让金钏儿心中不留一点怨愤，恐怕也是不可能的。还有王夫人，对自己的丫环使出这样的杀伐手段，也是金钏儿极其伤心的事。贾府习惯，奴才与主子关系密切，跟宝玉的李贵就说过，奴才跟主子是为"赚些个体面"，主子多半也回护自己的奴才。探春是做得最明的一个，抄检大观园的时候，她公然阻止说："我的东西倒许你们搜阅，要想搜我的丫头这可不能。我原比众人歹毒，凡丫头所有的东西，我都知道，都在我这里间收着：一针一线，他们也没得收藏。要搜，所以只来搜我。你们不依，只管去回太太，只说我违背了太太，该怎么处治，我去自领。"很多奴才受处分，都是主子间钩心斗角的结果。处理奴才的往往是隔了一层的人，还常夹杂着泄私愤图报复的成分。王夫人也说过："金钏儿虽然是个丫头。素日在我跟前，比我的女孩儿差不多儿！"现在却亲手处理这个女孩儿，而且这么心狠手辣，想必也是金钏儿受不了的原因之一。

这种种原因让一条年轻的生命如流星般消逝了。

金钏儿用生命换来了什么呢？第一，是王夫人的悔意。后来王夫人对外宣称的是：金钏儿把她的一件东西弄坏了（宝玉也是她的一件东西），她一时生气，打了她两下子，撵了下去。其实只打算气她几天，还叫她上来。谁知她这么气性大，就投井死了。这话固然是王夫人文过饰非，但也透露出把金钏儿撵出去的责罚确实太过严重，尤其是当金钏儿用生命来表示抗议时，王夫人感到了害怕和后悔。

第二是换了一些微薄的赏赐。金钏儿的母亲拿到了五十两银子，还有两件新衣裳做装裹，后来有人送人情给王熙凤，觊觎金钏儿的每月一两银子位置，王熙凤回王夫人的时候，王夫人说："也罢，这个分例只管关了来，不用补人，就把这一两银子给他妹妹玉钏儿罢。他姐姐伏侍了我一场，没个好结果，剩下他妹妹跟着我，吃个双分儿也不为过。"

但这些对金钏儿来说都不重要。唯一重要的是，宝玉在她死后的表现。宝玉听见金钏儿含羞自尽，心中早已五内摧伤，对她的死感到深深的内疚。他不仅虚心下气地哄她的妹妹玉钏儿，还在万万没有在此时出门之理的日子里，一早换了素服，跑出郊外，认真地祭奠这位死去的姐姐。贾宝玉的一点真心是这个女孩儿短暂生命中唯一的亮点，却也因为这一点火光而燃尽了她年轻的生命。

龄官：贾宝玉的情感启蒙师

元妃省亲，令宝玉将潇湘馆、蘅芜院、怡红院和浣葛山庄四大处，各赋五言律一首。宝玉在咏怡红院的时候卡了壳儿，想不出用什么典故来形容焦叶。宝钗在关键时刻助其一臂之力，告诉他可以用唐朝诗人翃咏芭蕉诗中的"冷烛无烟绿蜡干"的"绿蜡"。宝玉大喜过望，说从此只叫你师傅，再不叫姐姐了。称她为"一字师"，把她比作唐代诗人郑谷。那郑谷曾把他朋友齐已和尚的早梅诗"前村深雪里，昨夜数枝开"改成"前村深雪里，昨夜一枝开"，变动一个字，画出了早梅"已是悬崖百丈冰，犹有花枝俏"的神韵，所以人称"一字师"。说起来，也就是语文老师吧。而在情感道德上给贾宝玉上了一课的，则是龄官。

龄官是元春省亲的时候贾蔷下姑苏采买来的十二个学戏的女孩之一，和芳官一样，是唱旦角的。就演技而言，好像比芳官更胜一筹。元妃省亲的时候点了四出戏：《豪宴》《乞巧》《仙缘》和《离魂》。《豪宴》是清代李玉所作传奇《一捧雪》中的一出，《乞巧》是洪昇所作《长生殿》中的一出，《仙缘》和《离魂》分别选自明代汤显祖所作的《邯郸梦》和《牡丹亭》。除了《豪宴》，其他三出旦角的戏都很重，尤其是《乞巧》中的杨玉环和《离魂》中的杜丽娘确实给龄官提供了大显身手的机会。看来她是不负众望，演出刚结束，太监便托着一金盘糕点之属进来，问："谁是龄官?"元妃不仅特别赏赐龄官，称赞她"极好"，还让她加演两出。演完，元妃甚喜，命："莫难为了这女孩子，好生教习。"额外赏了两匹宫绸，两个荷包，并金银锞子之类。这十二个女孩子中，龄官可以说是风头最足。

不知道她和贾蔷的爱情是什么时候发生的，我们能看到的时候，这份情感已深深地埋入心中，缠绵得不能自己了。作者通过贾宝玉的眼睛，描绘出了一个优美的抒情画面：龄官画蔷。在一个"赤日当天，树阴匝地，满耳蝉声，静无人语"的下午，她一个人蹲在蔷薇架下用金簪画地，反反复复地画"蔷"，一口气画了几十个。伏中阴晴不定，片云可以致雨，忽然凉风过处，飒飒地落下一阵雨来。淋得她头上往下滴水，把衣裳登时湿了，她还不觉得。这一个个"蔷"字，仿佛是发自心灵的一声声呼唤，不知寄托了多少情思。

大观园是个性别比例严重失调的地方，男孩奇缺，再加上贾宝玉的特殊条件，在他"洒向人间都是爱"的时候，很多女孩子的目光也都聚焦在他身上。能注意到贾宝玉以外的男孩的，只有三个女孩。一个是宝玉屋里的丫头小红，一个是王夫人的大丫头彩霞，另一个就是龄官。小红与贾芸也算是彼此留情了，但她更热衷的还是"一里一里的""上来"，和贾宝玉套近乎。如果不是因为宝玉身边的人一个个"伶牙利爪"，死守严防，她很可能乘虚而入。那时"廊下二爷"的位置铁定是要被宝二爷占据的。但龄官不同。龄官首先在长相上比她占便宜。小红长得也不错，对我们这位关心外貌到十二分的宝二爷来说，吸引力足够了。但龄官更有优势。她的长相是"眉蹙春山，眼颦秋水，面薄腰纤，袅袅婷婷"。这模样，本就与"眉尖若蹙"林妹妹相似，更何况作者还加一句"大有黛玉之态"。说到女孩子的"态"，倒用得上北宋文人王安石的一句话，叫"意态由来画不成"。他是和传说中的王昭君故事唱反调的。人们传说，汉元帝按图临幸，宫女们纷纷贿赂画工。王昭君自恃貌美，偏不送好处给画工，结果画工毛延寿就在她的画像上留下破绽，以至她长期被冷落。后来昭君出塞，汉元帝这才发现原来她天姿国色，一怒之下将毛延寿等画工弃市。王安石到底是政治家，看问题比较深刻，他在《王昭君》诗中指出："意态由来画不成，当时枉杀毛延寿。"也就是说，意态这东西是描摹不出的，是由整体修养所决定的气质神韵。贾宝玉既以黛玉为知己，对"大有黛玉之态"的龄官必定也是喜欢的。所以，在宝玉还根本不知道她是谁的时候，已经"早又不忍弃他而去，只管痴看"。

其次，龄官有宝二爷自己找上门来的机会。一日，宝玉因各处游得腻烦，便想起《牡丹亭》曲子来，自己看了两遍，犹不惬怀，因闻得梨香院的十二个女孩儿中，有个小旦龄官，唱得最妙。因出了角门到梨香院来找她。换了小红，不知道她会如何兴高采烈地表现。但龄官的态度却极其冷漠。宝玉到了梨香院，葵官、药官都笑迎让坐。但她却独自躺在枕上，见宝玉进来，动也不动。这还了得！想那李嬷嬷进屋，袭人因为感冒蒙着头睡觉没起来打招呼，还被她骂了个狗血喷头，何况现在是主子！好在宝玉"一点刚性儿也没有"，他在龄官身旁坐下，近前赔笑，央她起来唱一套"袅晴丝"。不想龄官见他坐下，忙抬起身来躲避，正色说道："嗓子哑了，前儿娘娘传进我们去，我还没有唱呢。"可怜的宝玉，自出娘胎以来，只有被人像捧凤凰似的捧着，何尝被人这样弃厌过？要说有，也就是彩霞。那天在王夫人屋里，宝玉和她说笑，她淡淡的不大搭理，两眼只向着贾环。他要是个贾赦这样的角色，早就恼羞成怒了。然而宝兄弟就是这点值钱，他反倒自己讪讪的，红了脸，只得出来了。

这就是龄官和小红的区别，她是真的不在乎贾宝玉，而不是拔不到头筹找一个替补的。在这点上倒是和彩霞有几分相似。

　　随后，贾宝玉便亲眼看见了一出浪漫爱情剧。

　　贾蔷花一两八钱银子从外头买来了一只会衔旗串戏的玉顶儿。那雀儿笼子里面扎着小戏台，只要拿些谷子哄它，那雀儿就会在那戏台上衔着鬼脸儿和旗帜乱串。要说好玩，这也真够好玩的了，哄得众女孩子都笑了。但龄官却冷笑两声，赌气仍睡着去了。贾蔷还只管赔笑问她："好不好？"龄官的回答可以说出乎所有人的意料："你们家把好好儿的人弄了来，关在这牢坑里，学这个还不算，你这会子又弄个雀儿来，也干这个浪事。你分明弄了来打趣形容我们，还问'好不好'！"龄官的话不能说没有道理，王夫人也说过"这学戏的倒比不得使唤的，他们也是好人家的女儿"，这就印证了龄官说的"好好儿的人"，现在贾府把她们"采买"了来，高墙深院，规矩森严，说是"牢坑"也不为过。但说贾蔷弄雀儿来打趣形容她，倒是天大的冤枉。贾蔷此时对这位头牌花旦兴趣正浓，讨好尚嫌不够，何来"打趣形容"？好在这一个也不在乎，反倒连忙赌神起誓，又道："今儿我那里的糊涂油蒙了心，费一二两银子买他，原说解闷儿，就没想到这上头。罢了，放了生，倒也免你的灾。"说着，果然将那雀儿放了，一顿把那笼子拆了。龄官还不依不饶，说："那雀儿虽不如人，他也有个老雀儿在窝里，你拿了他来，弄这个劳什子，也忍得？今儿我咳嗽出两口血来，太太打发人来找你，叫你请大大来细问问，你且弄这个来取笑儿。偏是我这没人管没人理的，又偏爱害病！"贾蔷听说，连忙说道："昨儿晚上我问了大夫，他说：'不相干，吃两剂药，后儿再瞧。'谁知今儿又吐了？这会子就请他去。"说着便要请去。龄官又叫："站住，这会子大毒日头地下，你赌气去请了来，我也不瞧。"贾

龄官：贾宝玉的情感启蒙师

蔷听如此说，只得又站住。

不要说宝玉见了这般景况，不觉痴了，就是读者见了这一幕又如何不痴？大某山民姚燮在评点龄官画蔷的时候说："龄官画得出神，宝玉看得出神，活写两个情痴，跃然纸上。作者一支笔，真能绘影绘声，窃恐龙眠、虎头亦未易臻此妙境。"画蔷如此，这一幕又何尝不是如此？那龄官岂止是长相"大有黛玉之态"，谈情说爱起来，也分明是黛玉第二。她对感情的精雕细刻，对爱人体贴关心的方式，与黛玉简直毫无二致。你瞧她说的"这会子大毒日头地下，你赌气去请了来，我也不瞧"和林黛玉讲的"你只怨人行动嗔怪你，你再不知道你恼得人难受。就拿今日天气比，分明冷些，怎么你倒脱了青肷披风呢？"一热一冷，尽含无限情愫，真让人欲痴欲醉。这样的妙境，纵然是名画家李公麟（龙眠）、顾恺之（虎头）又怎能描绘得出？

这幕戏给贾宝玉极大的震撼。他这才领会过画"蔷"深意。自己站不住，便抽身走了。这位青年公子像哥伦布发现新大陆一样，第一次发现原来情感竟不是他一个人的专利。当初彩霞没让他明白这一点，现在龄官让他懂得了。他一心裁夺盘算，痴痴地回至怡红院中。一进来就对袭人谈起体会来，说道："我昨儿晚上的话，竟说错了，怪不得老爷说我是'管窥蠡测'。昨夜说你们的眼泪单葬我，这就错了。看来我竟不能全得。从此后，只好各人得各人的眼泪罢了。"这一堂情感教育课因其现身说法，效果特别好，贾宝玉"自此深悟人生情缘，各有分定"，只是每每暗伤："不知将来葬我洒泪者为谁？"这个泛爱的情种，第一次真正懂得了什么是爱情。

和大观园中所有的女孩子一样，龄官的爱情也是没结果的。她和她的伙伴们一样，在元妃省亲需要的时候被当作东西似的买了来，又在老太妃过世的时候被当作物品似的送了走。总算王夫人仁慈，接

284

受了李纨的建议，征求一下她们的意见。结果倒有一多半不愿意回家的。也有说父母虽有，他只以卖我们姊妹为事，这一去还被他卖了；也有说父母已亡，或被伯叔兄弟所卖的；也有说无人可投的；也有说恋恩不舍的，所愿去者止四五人。王夫人听了，只得留下。将去者四五人皆令其干娘领回家去，单等她亲父来领；将不愿去者分散在园中使唤。贾母留下文官自使，将正旦芳官指给了宝玉，小旦蕊官送了宝钗，小生藕官指给了黛玉，大花面葵官送了湘云，小花面豆官送了宝琴，老外艾官指给了探春，尤氏便讨了老旦茄官去。在这份留园名单中，我们没有见到龄官，想来她应该是将去的四五个人中的一个。她的下场究竟如何，我们不得而知。但是她选择离去，倒是我们可以理解的。

　　龄官不仅是大观园中仅有的两个除了贾宝玉之外另有所爱的女孩，也是红楼中仅有的两个抱怨自己身在"牢坑"的女孩之一。那一个智能儿，最终逃出"牢坑"来寻秦钟，结果被秦邦业逐出，不知所终。相对智能儿，龄官的日子可能要好过些，她衣食无忧（而且不用吃斋），有个病痛什么的，太太也会打发人找贾蔷，让他"请大夫来细问问"，然而龄官还是把大观园叫做"牢坑"，因为它缺少了一样最宝贵的东西——自由和亲情。她曾悲愤地问过贾蔷："那雀儿虽不如人，他也有个老雀儿在窝里，你拿了他来，弄这个劳什子，也忍得?"可以想见龄官（她当时一定还不是叫这个名字）离开窝里的"老雀儿"，被贾府拿了来"弄这个劳什子"是多么的痛苦和无奈。她还把唱戏说成是"劳什子"，是"浪事"，这又合了王夫人说的"装丑弄鬼"。龄官能把戏演得那么出色，恐怕她真正厌恶的不是唱戏，而是讨厌从事一种不被人瞧得起的行业，因为这里也缺少一样最珍贵的东西——尊严。当元妃要她不拘什么再演两出的时候，贾蔷要她演《游

龄官：贾宝玉的情感启蒙师

园》和《惊梦》，她却执意不从，定要做《相约》《相骂》。《游园》和《惊梦》都是《牡丹亭》中的华彩乐章，而《相约》《相骂》是《荆钗记》中小丫头和老夫人拌嘴的戏，龄官不愿扮风情万种的闺阁千金杜丽娘，却愿意做一个伶牙利嘴的小丫头，个中原因，恐怕并不真的在于"非本角之戏"的问题，而是她强烈的自主意识。结果，贾蔷扭不过她，只得依她做了。按照这样的性格，离开"牢坑"，抛弃"浪事"，恐怕会是龄官的必然选择。只是龄官离开之后又会如何呢? 我们没有再得到她的消息。看着贾蔷在贾府活动的身影，我们只有感叹，无情的世事又破碎了一个情种的爱情梦想。不过，作者安排给她的任务——对贾宝玉进行情感启蒙，她已经完成了。

藕官：假凤虚凰的悲哀

在《红楼梦》里，有好多男孩像极了女孩，为首的自然是"行事言谈吃喝，原有些女儿气的"贾宝玉，其他还有秦钟、蒋玉函等。也有个别像了男孩的女孩，如"英豪阔大宽宏量"的史湘云，但真正发生了严重性别倒错的，则是藕官。

藕官是因元春省亲需要被贾蔷从姑苏"采买"来的戏子，她的真实姓名以及父母、籍贯，都不得而知，大概就是王夫人所说的"他们也是好人家的儿女，因无能卖了做这事"。这里的"无能"，不是说她们没能力，而应该是"没奈何"的意思。王夫人打算遣散这些女孩子的时候，她们"也有说父母虽有，他只以卖我们姊妹为事，这一去还被他卖了；也有说父母已亡，或被伯叔兄弟所卖的；也有说无人可投的；也有说恋恩不舍的，所愿去者止四五人"。藕官不在"愿去者"之列，可见她属于前几种情况，并无可以投奔之处。

藕官从小离家，姑苏城对她来说虽然是"所从来"，却难说一定是她的故乡。我们无法知道她的父母在世与否，也不知道当时和贾府买办贾蔷洽谈这桩买卖的究竟是谁，但有一点我们可以肯定：她绝对不像今天的艺人一样有与某某公司签约和解约的自由，一旦进入戏班，成了戏子，她就不再作为一个独立的"人"而存在，而是一件可以任人买卖的商品了。

买下她的是声名煊赫的贾府。在元妃省亲的时候，她们总共演了六出戏。后面加演的两出《相约》和《相骂》，是元春指定要龄官演的旦角的戏，和她无关。前面四出《豪宴》《乞巧》《仙缘》《离魂》，恐怕都有她的表演，可惜作者没来得及描写。在为元春省亲增添了一笔富丽的色彩后，藕官们便在梨香院住下了。这梨香院乃当日荣公暮年养静之所，小小巧巧，约有十余间房舍，前厅后舍俱全。有一门通街，西南上又有一个角门，通着夹道子，出了夹道便是王夫人正房的东院了。这梨香院原是给薛家母女住的，宝钗搬进大观园后，大概薛姨妈和薛蟠另有住处（薛家初到时，写过他家在京城有"自家的房屋"），梨香院就给了这十二个学戏的女孩子。她们日日的功课，就是由教习们带着演习戏文。林黛玉"刚走到梨香院墙角外，只听墙内笛韵悠扬，歌声婉转"，她们在排演汤显祖的名剧《牡丹亭》。也许，这段生活对藕官来说倒是比较安定的，但不久，她的身份又再一次被迫发生了变化。

这次是因为"老太妃已薨，凡诰命等皆入朝随班，按爵守制，敕谕天下，凡有爵之家，一年内不得筵宴音乐"。"见各官宦家凡养优伶男女者，一概蠲免遣发，尤氏等便议定，待王夫人回家回明，也欲遣发十二个女孩子"。按理，梨香院曲终人散，她有了一次获得自由的机会——王夫人吩咐"给他们几两银子盘费，各自去罢"。但藕官和大多数演戏的女孩子一样，选择了留在贾府为奴。这些被"物化"了的女孩子，对自己的前程早就没了想头，与其回去被人再卖一次，不如就近呆下来再说。留在贾府，虽然由"戏子"变成了"丫环"，但也算命有所托，得其所宜。

从戏子到丫头，地位基本上没什么变化，就是芳官对赵姨娘说

288

的，"梅香拜把子，都是奴才罢咧"，但从操守来说，戏子却比奴才还不如。王夫人的名言是"唱戏的女孩子，自然更是狐狸精了！"确实，几年的戏子生涯，竟让她们连当个奴婢都不甚够格了。大观园的女孩子大多循规蹈矩且心灵手巧，如莺儿是编织的能手，晴雯会"界线"的绝活。但藕官与她的那些同伴们却"不能针黹，不惯使用"，只会"如倦鸟出笼，每日园中游戏"，"一味傻玩傻睡"。这在"一个个乌眼鸡似的"的贾府岂能被容忍？何况她们又有一个低贱的出身！于是，烧纸的藕官第一个与婆子发生了冲突。用婆子的话来说："你们别太兴头过余了。如今还比得你们在外头乱闹呢！这是尺寸地方儿。"的确，相对贾府来说，戏班子里的生活要自由宽松些，人际关系可能也稍简单些，更重要的是，"学了几年戏，何事不知"？戏曲剧目把很多礼教所不允许的内容装进了她们年幼的心灵。就如芳官的干娘所说："凭你什么好的，入了这一行，都学坏了！"我们确实看到，龄官学会了"心性高傲"，贾蔷那套献殷勤的把戏她根本不放在眼里；芳官学会了"一角锋芒"，把她干娘的短处揭露在光天化日之下；其他人也"大概不安分守己者多"，而藕官则在学着谈恋爱的时候发生了意外。

她是个女孩子，但入行学了扮演男性人物的小生。作者虽然没有为我们描写藕官的外貌和举止，但从另一个人物——蒋玉函身上，我们依稀可以想见藕官的样子。那蒋玉函是个男子，但因为"唱小旦"，平日里神情竟也"妩媚温柔"；藕官是唱小生的，举止大概会跌宕风流。久而久之，她对自己的性别认同出了问题——有些现代家庭出于好玩，把男孩充女孩养，或把女孩充男孩养，也会出现这样的问题。更重要的是，她们所饰演的故事，向她们展示了一个比现实远为美好的世界。从她们演出的剧目来看，小生不是和杨玉环共立爱情誓言的痴情君土唐玄宗（《乞巧》），就是与杜丽娘缠绵于花园的风流书生柳梦梅（《离魂》）。豆蔻年华的少女，在这些爱情故事的滋养下情窦初开。带着错误的性别认同，她落入了一个尴尬的境地：将别人的生生死死幻作了自己的酸酸楚楚。好在小旦药官对她的性别认同没有异议，"往常时她们扮作两口儿，每日唱戏的时候都装着那么亲热，一来二去，两个人就装糊涂了，倒象真的一样儿。后来两个竟是你疼我，我爱你"。一场畸恋就这么发生了。

渴望爱情是人的天然欲望，即使在礼教森严的封建社会，还是有很多文人认识到了这一点，并用文字表现出来了。在汤显祖的笔下，"颜色如花"的杜丽娘想到自己"年已及笄"不得"早成佳配"，竟在梦中与一个书生缠绵起来。在李渔笔下，两个被一池水塘隔开的少男少女，对着水中的影子竟也谈起恋爱来。曹雪芹更是精彩：在贾府这个不允许恋爱的世界里，爱情就像荒草一样滋生蔓延——有宝黛刻骨铭心的爱，有司棋偷偷摸摸的爱，有尤三姐一厢情愿的爱，也有藕官假凤虚凰的爱。有相思梦，有痴呆病，有走火入魔，也有性欲倒错。凡此种种，作者都纳入了"情"的轨道。钟情的人，不管其内容和形式是怎样的，都得到了贾宝玉（实际上也是作者）的认可。

藕官在药官儿死后，哭得死去活来（就如贾宝玉在秦钟死后的痛哭一样），而且一直把这份情记在心中，逢时过节定要烧纸祭奠。进了大观园，她仍保持着这个习惯。在清明那天，她竟然弄了些纸钱来烧，差点惹下了大祸。幸好被贾宝玉遇见，才遮掩过去。这两个人，一个是"心中感激，知他是自己一流人物"，一个是"又喜又悲，又称奇道绝"。宝玉还特意拉着芳官嘱咐道："既如此说，我方一句话嘱咐你，须得你告诉他，以后断不可烧纸，逢时节，只备一炉香，一心虔诚就能感应了。我那案上也只设着一个炉，我有心事，不论日期，时常焚香，随便新水新茶就供一盏，或有鲜花鲜果，甚至荤腥素菜都可。只在敬心，不在虚名。以后快叫他不可再烧纸了。"一份对感情的珍重，竟让两人惺惺相惜，俨然知已了。

很显然，藕官的问题不在生理上（就如同贾宝玉等有同性恋行为的人一样），而在于环境。身为戏子，她已经从"好人家女儿"中被罚出局，成了"自然是狐狸精"的角色。可是这个"狐狸精""勾引"男子的机会几乎没有。而另一方面，戏里的世界却如此精彩，只要她肯认同自己是个多情的书生，亲密的爱情就唾手可得。于是，明知道这份感情不会有结果，藕官却全身心地投入进去了。后来补了蕊官，她也是那样。芳官她们问她："为什么得了新的就把旧的忘了？"她解释说："不是忘了。比如人家男人死了女人，也有再娶的，只是不把死的丢过不提就是有情分了。"她为什么急着"再娶"？实在是因为她对这份感情太渴望了。从小被卖入戏班中的她，除了"假凤虚凰"，还能到哪儿去寻找这种爱怜呢？这是她生命中唯一的温暖色彩啊。

藕官在烧完纸钱后，陪芳官和赵姨娘打了一架，以后就不再出现，直到抄检大观园后，王夫人发令："上年凡有姑娘分的唱戏女孩子们，一概不许留在园里，都会其各人干娘带出，自行聘嫁。"她又第三次面临着被迫改变生活。她将被她的干娘夏婆子领出去，嫁给一个她干娘愿意她嫁的人。

这些所谓的"干娘"，是十二个女孩子分到各房去的时候主子给指派的老婆子。她们往往有自己的亲生孩子，主子让认领个干女儿，倒有点像现代社会的监护人。监护人不能白做，女孩子每月的月钱是要拿着的，顺带也管管她们的生活。这种突如其来的"母女"关系，本来就难有什么感情成分，更何况早已成为"鱼眼睛"的老婆子一向是水做的女儿的对头，更何况藕官她们比那些"副小姐"更会撒欢儿。小不遂心，就"咬群的骡子似的"斗起来。芳官和她的干娘就狠狠地闹了一场。我们虽没看到藕官和夏婆子正面冲突，但她们关系不好是肯定的，要不然夏婆子不会在赵姨娘跟前埋怨藕官烧纸，骂她们"这几个小粉头儿都不是正经货"，还鼓动赵姨娘"把威风也抖一抖，以后也好争别的。就是奶奶、姑娘们，也不好为那起小粉头子说你老人家的不是"。

现在，轮到干娘们来主宰她们的命运了，藕官她们岂能任其摆布？或许真的要感谢传统戏曲对她们的熏陶，这些学过戏的女孩子就是与众不同。当赵姨娘去向芳官寻衅的时候，藕官、蕊官、葵官和豆官，立刻组成了一支强有力的增援部队，不顾别的，一齐跑入怡红院中。豆官先就照着赵姨娘撞了一头，几乎不曾将赵姨娘撞了一跤。那三个也便拥上来，放声大哭，手撕头撞，把个赵姨娘裹住。蕊官、藕官两个一边一个，抱住左右手；葵官、豆官前后头顶住，只说："你打死我们四个才算。"这样的阵势，相信大观园中前所未有，不说大快人心，至少也让人忍俊不禁，证实了芳官干娘说的："戏子没一个好缠的"。听说要让老婆子们"自行聘嫁"，她们又集体行动起来。藕官和芳官、蕊官就疯了似的，茶饭都不吃，三个人寻死觅活，只要铰了头发做尼姑去，打骂着也不怕。老婆子们束手无策，不得不承认"我们没这福"，求王夫人"或是依他们去做尼姑去，或教导他们一顿，赏给别人做女孩儿去罢"。王夫人在水月庵的智通与地藏庵的圆信的怂恿下，让这三个女孩子出家去了。

我们注意到，藕官是和蕊官一起去地藏庵的。或许，在她想来，只有佛门圣地才是能够庇护这份幸福的唯一的安全之处。要不然，总有一天，她会像别的丫环一样，被配给了什么小厮，将自己同蕊官的爱留给凄天苦海。

然而，释迦牟尼所开的也不过是空头支票，佛门清静更是梦幻泡影，认真不得。藕官、蕊官和芳官"三个人寻死觅活，只要剪了头发做尼姑去"的宏愿，在尼姑婆子们"巴不得又拐两个女孩子去作活使唤"的算计下只会显得滑稽而可怜——在俗世里，哪有什么"净土"！

我们可以想见，当藕官和自己心爱的蕊官一起跟了圆心走进地藏庵时，是多么的满怀憧憬，希望佛祖会仁慈地施舍给她们一分绝望中的希望，能在尼庵中长相厮守，继续演绎自己的同性恋情。但她们却糊里糊涂地走进了另一个"牢坑"。且不说两个女尼怂恿王夫人让她们出家的本来目的就是想找两个廉价劳动力，芳官所去的水月庵会掀翻风月案，地藏庵又哪里会是什么干净的地方？姑苏城、梨香院、潇湘馆、地藏庵，这些写在藕官人生履历表上的地名，带给她的都只有无奈与悲酸。

但在《红楼梦》的人物画廊中，藕官也并非只是一个因充满忧郁而晦暗斑驳的木雕像，相反，她对戏里人生的沉迷，对爱的执著以及对自己女性躯体的"背叛"，都使她的人生显得奇崛瑰丽、炫人神魄。她在《红楼梦》的同性爱地图上标注了一个美丽眩惑而又苍凉无奈的纯爱等高线，足以愧煞那些沉迷在肉欲中的"皮肤滥淫之蠢物"。即使在地藏庵的声声木鱼里，相信她的人生也不会因此就和光同尘，平淡无奇。因为在"大旨谈情"的《红楼梦》中，她是一个为爱而哀歌的女儿，也是女娲氏所造的"补情天"之人！

小红：似玉还似非玉

　　贾府中，有个被薛宝钗称作"头等刁钻古怪"的丫头，叫林红玉。这一个名字，就重了数人的名姓。姓也就没办法了，谁让她爸爸是林之孝呢。名却是一定要改的，所以她后来就叫了小红。这样，贾府中实际上有三块半"玉"。三块"玉"分别是宝玉、黛玉和妙玉，那半块就是中途改了小红的"红玉"。曹雪芹为小说中人起名，往往寓有深意，这第三块半的"玉"，恐怕也不是偶然为之。

　　小红的外貌，从身材到长相都没得说：容长脸面，细挑身材，一头黑鸦鸦的好头发，两只眼儿水水灵灵的，长得十分俏丽甜静。嗓子也好，说起话来"娇音嫩语"。外貌漂亮是成为贾府中的"玉"的必要条件之一。贾宝玉、林黛玉、妙玉，哪个不是"看其外貌，最是极好"？

　　小红还和其他几块"玉"一样，有一个共同的特点：内心聪明。其突出的表现就是说话清楚明白。她第一回和贾芸说话，贾芸的感觉就是"听这丫头的话，简便俏丽"。小红大展其才、显露圭角的那回，是王熙凤使唤她去关照平儿："外头屋里桌子上汝窑盘子架儿底下放着一卷银子，那是一百二十两，给绣匠的工价，等张材家的来，当面秤给他瞧了，再给他拿去。"然后把里头床头儿上一个小荷包儿拿

小红：似玉还似非玉

来。小红出色地完成了任务，并说："平姐姐叫我来回奶奶：才旺儿进来讨奶奶的示下，好往那家子去，平姐姐就把那话按着奶奶的主意打发他去了。"或许是因为她的话也给了王熙凤"简便俏丽"的感觉吧，王熙凤饶有兴趣地要听听细节："他怎么按着我的主意打发去了呢？"于是，小红就讲了"什么'爷爷''奶奶'的一大堆"的话。这段话中，光是"奶奶"，就有"我们奶奶""这里奶奶""五奶奶""舅奶奶""姑奶奶"，简直就像绕口令似的，一旁的李纨（包括我们读者）都听不大懂，王熙凤也说："怨不得你不懂，这是四五门子的话呢。"可是小红竟把这段绕口令顺顺溜溜地说完了，获得了贾府名嘴王熙凤的表扬，说："好孩子，难为你说的齐全。"又对李纨说："这个丫头就好。刚才这两遭说话虽不多，口角儿就很剪断。"贾府中的其他几块"玉"也个个是能说会道的角色，尤其是林黛玉，"说出一句话来，比刀子还利害"，"一张嘴，叫人恨又不是，喜欢又不是"。

语言是思维的外在表现，小红能说，关键在于她的头脑清楚，心思缜密，反应机敏。小丫头佳蕙，为了些许赏钱，在她面前唧唧哝哝地说一些不平的话，她很哲学地发表了一通议论："俗语说的：'千里搭长棚——没有个不散的筵席。'谁守谁一辈子呢？不过三年五载，各人干各人去了；那时谁还管谁呢？"这种"站得高、看得远"的宏观思维其他几块"玉"也都有过。比如林黛玉就喜散不喜聚，她有个想头："人有聚就有散，聚时喜欢，到散时岂不冷清？既冷清则生感伤，所以不如倒是不聚的好。"贾宝玉更是大观园内的第一哲学家，动不动就要"背前面后混批评"的。妙玉精通佛典，对"太过恐不能持久"这样的道理更是极其明了。

大处如此，小处更是精明。小红和坠儿两个在滴翠亭上说悄悄话时，生怕"有人来悄悄的在外头听见"，她来了个逆向思维，不是把门窗关得紧紧的，避开别人，而是对坠儿说："不如把这槅子都推开了，就是人见咱们在这里，他们只当我们说玩话儿呢。走到跟前，咱们也看的见，就别说了。"这个以攻为守的主意，连薛宝钗也心中吃惊，感叹："怪道从古至今那些奸淫狗盗的人，心机都不错！"不论是和贾芸，还是和宝玉、凤姐对话，她都能知趣识相，随机应变。就是晴雯等一干伶牙俐嘴的人，和她叫阵也赢不了她，最后反被她说得"没言语了"，气得冷笑而已。

要做贾府中的"玉"，还有第三个条件，就是"痴"，也就是多情。作者明确说："宝玉自幼生成来的有一种下流痴病"，"那黛玉偏生也是个有些痴病的"。妙玉则"痴"到连走火入魔的事都发生了。从表面上看，这一条小红也不缺。作者专门用"遗帕惹相思"的情节，写了这个小女孩的情感波澜。

如此说来，小红除了出身低贱之外，几乎具备了贾府中"玉"的所有必要条件，那么为什么她最终只能是半块"玉"呢？我们来看看有关小红的两件最关键的事情。

一件是关于她和贾芸的关系。大观园是个性别分布极不均匀的地方，里面的男孩子屈指可数，外面的男孩又很难进来，所以大部分女孩子眼睛都盯着"凤凰"贾宝玉。但也有几个女孩是例外。一个是爱上了贾蔷的龄官，另一个是干脆闹起了同性恋的藕官。小红也算是例外，但她与龄官和藕官都不一样。当贾宝玉试图亲近龄官的时候，她的反应是那样冷淡，害得宝玉这个贾府的"香饽饽"失落了好半天。那藕官对贾宝玉也是不在意的。小红就不同了。她与贾芸的感情纠葛和她与宝玉的纠葛是交叉出现的。先见到贾芸的时候，她对这个"廊上二爷"似乎并不是毫无感觉，贾芸走的时候，眼睛瞧那丫头，看见她"还站在那里呢"。但一旦接近宝玉的机会出现，她立刻"上来了"。不承望宝玉身边的几个丫头防守十分严密。好不容易逮到一个机会，给宝玉倒了碗茶，说了几句话，让宝玉注意到自己屋里还有这么一个不认识的"俏丽甜净"的丫环，就被秋纹和碧痕毫不留情地啐骂了一顿。正没好气，听见老嬷嬷说起贾芸来，她才"不觉心中一动"。之后，她就把心思移到了贾芸身上。先是做了个说不得的相思梦，后来听见李嬷嬷说，宝玉让带贾芸进来，就"且不去取笔"，有意俄延，等小丫头子坠儿引着贾芸进来时，只装着和坠儿说话，"把眼去一溜贾芸"，以至"四目恰好相对"。再后来，就有了滴翠亭上的事情。我们虽然不知道她拿什么送给贾芸，但听起来一定是她随身的东西。这在当时看来就是非常可怕的私相传递了，所以她要坠儿"起个誓"。坠儿的誓言也十分严重："我要告诉别人，嘴上就长一个疔，日后不得好死！"仔细揣摩的话，可以感觉到，小红的钟情贾芸，很有点儿"填空当"的意思。她的本意是接近宝玉，以便"向上攀高"，被"秋纹等一场恶话，心内早灰了一半"——说"一半"，就是说她到底不肯放弃，而这另一半就寄托到了贾芸的身上。这和真正情种的其他三块"玉"相比，还是大有区别的。

第二件是关于她调动工作的事。小红原来就是派在怡红院中的，后来元春命姊妹及宝玉等进大观园居住，偏生这一所儿，又被宝玉点了，她就成了宝玉屋里的人。贾宝玉屋里的丫头很不少，大丫头是袭人，往下有晴雯、麝月、秋纹、碧痕等，还有做粗活使唤的。用小红的话来说："爷不认得的也多呢！"这些丫头们都有分工，各司其职。晴雯这样向王夫人介绍："宝玉的饮食起居，上一层有老奶奶老妈妈们，下一层有袭人、麝月、秋纹几个人。"她称自己是在外间屋里上夜的，"不过看屋子"，闲着还要做老太太屋里的针线。实际上她负责宝玉夜间一应茶水、起坐呼唤之事。像小红这样的丫头，管打扫屋子地面，舀洗脸水，浇花，喂雀儿，弄茶炉子等。这个工作说起来并不重，花儿"过一日浇一回"，茶炉子有几个丫头轮班，再就是"听使唤"，去这里那里取取东西什么的。不高兴的时候，她"自向房内躺着。众人只说他是身子不快，也不理论"。但小红却对这份工作很不满意，因为宝玉"眼面前儿的一件也做不着"。不能到宝玉跟前，就不能"一里一里的"上去。她这么个要人材有人材，要肚才有肚才的人，未免就有被埋没的感觉。所以她一直警惕着，看有什么机会可以改变一下自己的地位。这也就是宝钗说的"素昔眼空心大"。

现代人喜欢说："机会总是青睐有准备的人。"大观园中亦是如此。王熙凤站在山坡上招手儿的时候，不仅有小红，还有坠儿、香菱、臻儿、司棋、侍书等一干人，惟有她"连忙弃了众人，跑至凤姐前，堆着笑"问话。凤姐开始还对她有点不放心，问："不知你能干不能干？说的齐全不齐全？"小红并不知道凤姐要她做什么，却已信誓旦旦立下了军令状："奶奶有什么话，只管吩咐我说去；要说的不齐全，误了奶奶的事，任凭奶奶责罚就是了。"这倒颇有点像现代的应聘技巧——甭管什么事，只要老板问了，一概都说会，做了再说。做坏了，至多也就是不录用，同先头说不会也没什么两样。而答应下来，毕竟为自己争取了一个机会。当然，这样做是要冒一点风险的，尤其是在王熙凤手里讨生活。但"不入虎穴，焉得虎子"？小红用机灵和勇敢连闯两关，把王熙凤手里的"项目"搞到了手。

接任务可以靠勇气，完成任务可得靠实力了。晴雯曾经忿忿然地说小红："有本事从今儿出了这园子，长长远远的在高枝儿上才算好的呢！"而后来她果然为自己争取到了一个"长长远远的在高枝儿上"的机会——王熙凤主动提出要帮她调动工作，说明她还真是"有本事"的。霸王似的凤姐，这一次倒显得特别"民主"，要把小红弄去伏侍自己，还问："可不知本人愿意不愿意?"小红的回答极其聪明："愿意不愿意?——我们也不敢说。只是跟着奶奶，我们学些眉眼高低，出入上下，大小的事儿，也得见识见识"——这不是既分明表示了愿意，又不忖着宝玉那一屋，顺手还拍了一下凤姐的马屁?

这两件事揭示出小红精神世界的核心："想向上攀高"。贾宝玉也好，贾芸也好，都只是她向上攀高的拉手而已，而一旦凤姐向她伸手的时候，她就果断地"弃了众人"跑过去了。这个女孩"向上攀高"的心情是那样急切，与那些热衷于功名利禄的须眉浊物毫无二致。仅凭这一点，她就与宝黛等人彻底绝了缘。《红楼梦》中，要成为"无瑕白玉"，必须得与世俗划清界限。宝玉的"行为偏僻性乖张"，黛玉的"孤高自许，目无下尘"，妙玉的"天生成孤癖人皆罕"，都是不入世人眼的表现。小红强烈的功利心，注定她永远不可能成为作者所欣赏的理想人物。

在宝钗辈劝贾宝玉立身扬名的时候，贾宝玉曾经愤恨地说："好好的一个清净洁白的女子，也学的钓名沽誉，入了国贼禄鬼之流!"宝钗、袭人、湘云辈的言行，固然是"琼闺绣阁中亦染此风"的表现，殊不知这小红，却也是女孩儿中的"国贼禄鬼"。她这么聪明，又这么漂亮，心灵却不够"清净洁白"，对她来说，也是"真真有负天地钟灵毓秀之德了!"

贾宝玉的宝玉丢了以后，曾经有人送了一块假的宝玉过来。那玉"像倒像，只是颜色不大对"，"比先前昏暗了好多"。小红也是这么一块假玉——玉倒是了，但"头里的宝色都没了"，终究不是真玉，所以只能半途而废。宋代词人苏轼描写飞舞的杨花，说它"似花还似非花"；小红这半块"玉"，看来也只是"似玉还似非玉"了。

赵姨娘：做偏房的下场头

　　在怜香惜玉的曹雪芹笔下，写得像赵姨娘这样不堪的女性实在不多，除了那个有异食癖的杀人犯夏金桂之外，差不多也就是一个被王熙凤当枪使的秋桐而已。

　　关于赵姨娘的长相，小说中没有直接描写，按照贾府择人的要求，长得太差恐怕不太可能。你没见老祖宗看尤二姐时那架势？得带上眼镜，命鸳鸯琥珀："把那孩子拉过来，我瞧瞧肉皮儿。"细瞧了一遍，又命琥珀："拿出他的手来我瞧瞧。"看完，才下结论说"很齐全"。《金瓶梅》中写西门庆去孟玉楼家相亲，也有一看。孟玉楼起身递茶给西门庆的时候，媒婆薛嫂"就趁空儿轻轻用手掀起妇人裙子来，正露出一对刚三寸恰半扠、尖尖趫趫金莲脚来"，看得西门庆"满心欢喜"。一个看手，一个看脚，可谓"相映成趣"——顺便说一下，曹雪芹是不写脚的。他虽然多次写到鞋，却除了说傻大姐"两只大脚"外，再不提脚的事，和《金瓶梅》对三寸金莲的津津乐道截然不同。这恐怕和他们家长期和满人在一起有关系。看女人最有理论水平的，当数清代的李渔。他在《闲情偶寄》中专设"选姿"一节，从"肌肤""眉眼""手足""态度"四个方面来论述如何选美。再看贾母为贾宝玉择偶时口口声声说"根基富贵"可以不管，但"模样儿"要

302

好，可见对外表的重视。俗话说：娶妻娶德，娶妾娶色。贾府娶妻尚且重色，娶妾应该自不用说了。由此推断，赵姨娘的"模样儿"应该是过得去的。

赵姨娘虽然长得可以，气质上恐怕不大出色，这从她儿子贾环身上看得出来。小说写贾环"人物委琐，举止粗糙"。人的委琐与否，不一定在于眉眼，而在于李渔所说的"态度"。现代遗传学证明，儿子遗传母亲要多一点，更何况还有后天行为举止的影响。因此可以说，贾环的那种委琐的气质，和赵姨娘有一定关系。

小说也没交代赵姨娘的出身。不过肯把女儿给人做妾，家境肯定也就一般。她的兄弟赵国基也不过在贾府当差。但能在贾府这样的人家做个偏房，家世总还比较"清白"。从以上这两点来说，赵姨娘还真没什么特别。她既不是太漂亮，也不是不漂亮；既不富有，也不贫穷。她在贾府众多的人物中能"脱颖而出"，实在是所作所为的"功劳"。比如说和她身份相同的周姨娘，就成了一个"没面目"的人了。

做了偏房，本身就是一种半为主子、半为奴才的尴尬身份。大丫头经过一番努力便可做到"凡事有赵姨娘、周姨娘的"，就有她的。芳官和赵姨娘吵架，开口就说自己和她"'梅香拜把子，都是奴才'罢咧"。王夫人在谈论袭人的时候说："宝玉见袭人是他的丫头，纵有放纵的事，倒能听他的劝，如今做了跟前人，那袭人该劝的也不敢十分劝了。"可见做了跟前人，在主子跟前更受拘束，说话得比当丫头还得小心。从赵姨娘在贾政面前畏畏葸葸的样子，也不难看出这一点。她甚至连为儿子要个丫环都不怎么敢开口。

再看看贾府里头，又有谁把两位姨娘当回事了？为凤姐凑份子的时候，贾母屋里"老的少的，上的下的，乌压压挤了一屋子"，就是没有两位姨娘。要不是凤姐惦记着她们的份子钱，贾母、包括大家，

赵姨娘：做偏房的下场头

可不就"忘了他们"？有一回夏金桂隔着窗户说话，薛姨妈便"气得身战气咽"，道："这是谁家的规矩？婆婆在这里说话，媳妇隔着窗子拌嘴！"那凤姐可就在"大正月里"隔着窗子呵斥比她长一辈的赵姨娘。只为赵姨娘骂了贾环几句，凤姐便说："兄弟们小孩子家，一半点儿错了，你只教导他，说这样话做什么？凭他怎么着，还有老爷太太管他呢，就大口家啐他？他现是主子，不好，横竖有教导他的人，与你什么相干？"强调贾环"现是主子"，岂不是在提示赵姨娘的奴才身份？可真要是贾环闯了祸，王熙凤却又怪："赵姨娘平时也该教导教导他！"王夫人干脆把不在现场的赵姨娘叫过来骂："养出这样黑心种子来，也不教训教训！几番几次我都不理论，你们一发得了意了，一发上来了！"那赵姨娘只得忍气吞声，也上去帮着他们替宝玉收拾。难得有良善人想到她们，也不过是"可怜"二字而已。为凤姐凑份子过生日的时候，尤氏悄悄地把她各人二两银子还了，她们便"千恩万谢"。宝钗送礼物的时候也有贾环一份，赵姨娘便感动得不知怎么才好。

处在这样的地位，大概也就有两条路可走：要么是像周姨娘一样，"没人欺他，他也不寻人去"，做个默默无闻的"苦瓠子"。要么就拳打脚踢地干一场，为自己唱一曲"翻身道情"。赵姨娘是生了儿子的人，女儿又有太太疼着，这是她的底气。凭着这点本钱，她选择了第二条路。

赵姨娘一生所为，其实就只为"我肠子里爬出来的"两个孩子。她早已自觉不自觉把自己放到了这个大家庭的对立面，希望这两个孩子能紧紧团结在她的周围，而她则冲锋陷阵地为他们争取利益最大化。可是女儿探春"因史老夫人极爱孙女，都跟在祖母这边，一处读书"，养成了一种显然不属于她母亲和弟弟的高贵气质，让赵姨娘觉得有点生分，所以她"必要过两三个月寻出由头来，彻底来翻腾一阵"，让她、也让大家明白，这位贾府的三小姐是她的女儿。探春认为她是"怕人不知道"，其实她是怕女儿"没有长翎毛儿就忘了根本"。探春一坐上管理家政的位子，她理所当然地觉得："太太疼你，你该越发拉扯拉扯我们"。在赵国基的丧葬费上，她发现探春并没有"额外照看赵家"，于是就吵上门来，抱怨探春"只顾讨太太疼，就把我们忘了！"偏是探春就在这个问题上跟她较真，一次次地和赵家"划清界限"：说"什么偏的，庶的，我也不知道"，"只管认得老爷太太两个人"；她只认王子腾是她舅舅，而不认赵国基；宁可为异母的兄弟贾宝玉做精致的好鞋，而不去看顾同母的兄弟贾环——这些让赵姨娘觉得"只'拣高枝儿飞'去了"的行为，使她寒透了心，以致差不多把探春放到了敌对方。

对于气质和自己颇为接近、同样对贾府其他人怀有敌意的儿子贾环，赵姨娘可谓是竭尽全力。为了他，她可以"自不尊重，大吃小喝，也失了体统"地去找丫头们干架。结果被"蕊官、藕官两个一边一个，抱住左右手；葵官、豆官前后头顶住"，弄得狼狈不堪。更有甚者，她为了保住"这一份家私"，让它归于"我们"——也即她和贾环，竟不惜买凶杀人。如果说弄死王熙凤，还因为有仇恨在内的，弄死贾宝玉可完全是利益驱动、谋财害命了。她刚刚还说过"宝玉儿还是小孩子家，长的得人意儿，大人偏疼他些儿也还罢了"，紧接着却毫不犹豫在谋杀名单中放上了他。因为宝玉不除，这一份家私还是不能归为"我们"。

赵姨娘的这种恶劣行为，使续作者高鹗对她深恶痛绝，给了她一个几乎是最惨烈的下场："眼睛突出，嘴里鲜血直流，头发披散"，"声音只管阴哑起来，居然鬼嚎的一般"，"自己拿手撕开衣服，露出胸膛，好像有人剥他的样子"，最后"蓬头赤脚死在炕上"。不知曹公在世，是否会这样描写。但有一个细节，可说是深得前八十回描写之精髓，那就是周姨娘心里想到："做偏房的下场头，不过如此！况他还有儿子，我将来死的时候还不知怎样呢。"于是反倒悲切。这闲闲一笔，在仇恨、恐怖之上，涂抹了悲天悯人的色彩，正是曹雪芹思想的精华。

曹雪芹的笔下，有粗人、恶人、坏人，但没有妖魔化的人。他给赵姨娘的定位是"原有些颠倒，着三不着两"。用现在的话来说，叫情商低下、心胸狭窄。这样的性格，放到偏房这样一个特殊的位置上，难免要出点事。何况贾府还有一大帮连王熙凤也差点被她们治倒的"好奶奶们"。除了满肚子护犊的心思外，赵姨娘的几次发作都与别人的煽动有关。比如她和芳官吵架那一回，就有夏婆子挑唆的成分在内。夏婆子的话里有一句是至关重要的，那就是："你老人家把威风也抖一抖，以后也好争别的。"正是这句话，让赵姨娘觉得"越发有理"，于是雄赳赳、气昂昂地冲进去了。还有就是众人"有了事就都赖他"，"墙倒众人推"，使她陷入难堪的境地。

赵姨娘其实还是很想和有关方面搞好团结的。有一回，薛蟠从外头带了两大箱子东西回来，细心的宝钗将那些玩意一件一件的过了目，除了自己留用之外，一份一份配合妥当，使莺儿同着一个老婆子，跟着送往各处。其中也有贾环。赵姨娘得了这份礼物，心中甚是喜欢。想道："怨不得别人都说那宝丫头好，会做人，很大方。如今看起来果然不错。他哥哥能带了多少东西来？他挨门儿送到，并不遗漏一处，也不露出谁薄谁厚。连我们这样没时运的，他都想到了。要是那林丫头，他把我们娘儿们正眼也不瞧，那里还肯送我们东西？"一面想，一面把那些东西翻来覆去的摆弄，瞧看一回。忽然想到宝钗系王夫人的亲戚，为何不到王夫人跟前卖个好儿呢？自己便蝎蝎螫螫的，拿着东西，走至王夫人房中，站在旁边，赔笑说道："这是宝姑娘才刚给环哥儿的。难为宝姑娘这么年轻的人，想的这么周到，真是大户人家的姑娘，又展样，又大方，怎么叫人不敬奉呢。怪不的老太太和太太成日家都夸他疼他。我也不敢自专就收起来，特拿来给太太瞧瞧，太太也喜欢喜欢。"应该说，赵姨娘可算是一团好意，从这段话里面，也看不出有什么王夫人认为的"不伦不类"的地方，可是王夫人却让她"抹了一鼻子灰"，以至她"满心生气，又不敢露出来，只得讪讪的出来了"。到了自己房中，将东西丢在一边，嘴里咕咕哝哝，自言自语道："这个又算了个什么儿呢！"一面坐着各自生了一回闷气。说实话，赵姨娘还真有权生气，两国交兵还不斩来使呢，凭什么就冷落人家呢？还是高鹗让周姨娘说的那句话有道理，这就是"做偏房的下场头"。

赵姨娘是极不聪明的。宝玉和凤姐二人得病将死，这本是她买嘱马道婆的后果，最要紧的是避嫌，可她却因心中趁愿，自投罗网地上前发话："老太太也不必过于悲痛，哥儿已是不中用了，不如把哥儿的衣服穿好，让他早些回去，也省他受些苦。只管舍不得他，这口气不断，他在那里也受罪不安。"这些话没说完，被贾母照脸啐了一口唾沫，骂她是"烂了舌头的混账老婆！"她真应该庆幸生活在一个非科学的时代，要不，她这样的表现，怎么逃得出侦探的眼睛？这还是小处，赵姨娘最大的不聪明，是她忽视了妻妾关系中最关键的东西。从人的本性来说，妻妾是天然对头。这种战争在旧中国的大家庭里司空见惯。战斗的双方，一方有地位上的天然优势，所谓正室；另一方则处于天然弱势，所谓侧室、偏房。妾要争地位，最大的本钱其实还不是儿子，当然更不是女儿，而是主子的宠爱。秋桐闹腾，仗的是与贾琏"一对烈火干柴，如胶投漆，燕尔新婚，连日那里拆得开？"宝蟾闹腾，也是因为"那薛蟠得了宝蟾，如获珍宝，一概都置之不顾"。贾政和赵姨娘却没有这样的情分，倘要闹腾，岂不是必败无疑？贾府里面，人们总觉得林黛玉可怜，其实，林黛玉毕竟爱过、恨过，还有贾宝玉刻骨铭心地爱过她。真正可悲可叹的女人是赵姨娘。她这一辈子，包括丈夫、儿子和女儿，有谁爱过她？就连读者也憎她、嫌她。她就像一只生满疥疮的狗，肮脏、孤独、让人讨厌。这样过了一辈子的女人，难道不是最可怜的吗？

做偏房的下场头，不过如此！

秋桐：怎一个"蠢"字了得

也许是贾宝玉钟爱女儿的关系吧，《红楼梦》里很少有不讨人喜欢的女孩子。尽管作者清楚地知道，女儿也会"染了男人的气味，就这样混账起来"，并且也在作品中或直接或间接地表现出来了，但显然笔下超生，那一种怜香惜玉之情是任何人都不难体会的。惟有贾政的小老婆赵姨娘、薛蟠新娶的老婆夏金桂和贾琏后娶的小妾秋桐是个例外，在她们身上，几乎全然看不到"水做的骨肉"的清爽，而只有让人哭笑不得的尴尬。

秋桐本是贾赦屋里的丫环，因为贾琏办事得力，贾赦十分欢喜，就赏了他一百两银子，外加一个十七岁的丫环。一个活生生的人，就如同一百两银子一样，说给人就给了人了，秋桐的命运其实也够苦的。好在秋桐愚蠢，愚蠢到了身在"苦"中不知"苦"，还要给别人制造痛苦的地步。看她在贾府兴风作浪，作践尤二姐，我们竟连恨都恨不起来，心中只有"可怜"两个字——当然，如果秋桐听见，没准也会像鲁迅小说《药》中华老栓茶馆里的坐客听见夏瑜死到临头反说管牢的红眼睛阿义可怜一样，恍然大悟地说"——疯话，简直是发了疯了"。

秋桐的愚蠢恰在于此。她连自己的地位都没搞清楚。

她是被贾赦送给贾琏为妾的。所谓妾，又叫偏房，侧室，或别室、箧室、庶室、副室等，也叫小，小星，或如君、如夫人等，俗称小老婆，是多妻制下男子除了妻子以外的配偶。纳妾可以在婚前，也可以在婚后，大部分是在婚后。比如秋桐一进贾琏家，马上就要面对几个女子，她们都与她拥有同一个丈夫：第一就是大名鼎鼎的王熙凤，是贾琏的正室夫人；一个是开了脸的丫头平儿；还有一个是现居二房之位的尤二姐。秋桐自以为是贾赦所赐，无人僭她的，连凤姐平儿皆不放在眼里，更不用说尤二姐了。这就是她愚蠢的地方。的确，贾赦是贾琏的父亲，按照荣府里头的规矩，从长辈那里"批发"来的东西多少沾点长辈的光，倒是不能轻慢的。所以秋桐自己觉得来头有点大。但不要忘了王熙凤才是正儿八经的"奶奶"，从家庭地位来讲，妻和妾完全不在一个层面上。妻是主子，妾却是奴才。没听芳官和赵姨娘吵架时说："姨奶奶犯不着来骂我，我又不是姨奶奶家买的。'梅香拜把子，——都是奴才'罢咧"？妻妾之间为什么有这么大的区别呢？因为妻子是要主持家政、掌管门户的，讲究的是门当户对。在贵族之家为人妻的，娘家一般也门庭显赫。而妾主要是用来解决子嗣问题的（至少男人们在娶妾的时候多如是说），只要性情模样好就可以了。所谓"娶妻娶德，娶妾娶色"。比如王熙凤，她就出身于"东海缺少白玉床，龙王来请金陵王"的王家。何况王熙凤在贾府又处在执掌家政大权的地位。无名之辈的秋桐，哪能望其项背？清代长篇弹词《笔生花》中写到工部侍郎姜近仁的侧室柳氏，生的女儿嫁了王子，为娘的也不出来见人，说是"小姐虽然是妾生，堂前尚有正夫人。成婚未见双亲礼，本来也，贱妾何堪先妄尊"。这便是当时的妇德，也是基本的规矩。再说，王熙凤是"有名的一个泼辣货"，"人家是醋罐子，他是醋缸，醋瓮！凡丫头们跟前，二爷多看一眼，他有本事当着爷的面打个烂羊头似的！"平儿那么一个四平八稳的人，当尤氏悄悄说"好丫头！你这么个好心人，难为在这里熬"的时候，也把眼圈儿红了。秋桐落入火坑而不自知，岂不是愚蠢？

平儿是贾琏的"屋里人"（又叫"姑娘"），其地位比妾要更低一等。鸳鸯曾说袭人平儿："你们自以为都有了结果了，将来都是做姨娘的！据我看来，天底下的事，未必都那么遂心如意的。你们且收着些儿罢，别忒乐过了头儿！"可见平儿离姨娘（也就是妾）还差着一步。而袭人呢，离"姑娘"还差一步。晴雯和袭人斗嘴时，也曾嘲讽过袭人："正经明公正道的，连个姑娘还没挣上去呢，也不过和我似的"。鸳鸯女誓绝鸳鸯偶的时候，她嫂子怪她当着袭人和平儿的面"'小老婆'长，'小老婆'短"，说："人家脸上怎么过的去？"袭人平儿马上反击说："你听见那位太太、太爷们封了我们做小老婆？"果然平姑娘还够不上小老婆的资格。秋桐是正宗小老婆，气自然要比她盛一点。但平儿在贾府生活了那么些年，和直接领导王熙凤的关系相当不错，是王熙凤的"钥匙"；她又有良好的群众基础，俗话说：强龙压不过地头蛇，若不是平儿生性良善，秋桐岂是她的对手？

尤二姐的情况的确有点不妙，所谓"先奸后娶，没人抬举"。但王熙凤的话也没错："他现是二房奶奶，你爷心坎上的人。"贾琏喜欢尤二姐，也曾喜欢到"如胶似漆，一心一计，誓同生死，那里还有凤平二人在意"的地步。再说尤二姐毕竟还有个名分上的姐姐在宁府做夫人，如果不是尤二姐懦弱，"心痴意软"，秋桐也未必就能战而胜之。不明白这些情况，自以为老子天下第一，这不是愚蠢是什么？

说秋桐愚蠢，也因为她连自己的对手也没看清楚。

秋桐自以为，平儿的地位天生在她之下，王熙凤的正妻之位虽然动不得，不过也不必怵她，因为自己是贾赦所赐。余下和她处在同一

秋桐：怎一个"蠢"字了得

层面的，就是尤二姐了。于是，尤二姐就成为秋桐的首要攻击对象。愚蠢的秋桐完全把对手看错了。贾府中第一要将她置于死地的人恰恰是王熙凤。凤姐早就打好了主意："等秋桐杀了尤二姐，自己再杀秋桐"。正所谓"螳螂捕蝉，黄雀在后"。秋桐她要是懂得一点点"狡兔死，走狗烹；飞鸟尽，良弓藏"的道理，知道一点点"唇齿相依，唇亡齿寒"的事实，就不至于非要置尤二姐于死地而后快了。杀尤二姐对她来说就等于自杀，尤二姐死得越快，她的死期也就越近。

秋桐所面对的，是王熙凤这样一个厉害的杀手：尤二姐被她害得要死，她却"无一点坏形"，还让尤二姐"感激不尽"，让上至贾母、下至"合家之人"都"看他如何这等贤惠"。秋桐也看不出里头的玄机，居然以为："奶奶是软弱人，那等贤惠"，实在是有眼不识泰山。她明明耳闻王熙凤的名声，却不去好好想想："奶奶把素日的威风，怎么都没了？"反而说"奶奶宽洪大量"，还不知天高地厚地摆出一副雄赳赳硬出头的样子，好像她比王熙凤这个"辣子"还要"辣"似的。妻妾之战古来多，也要知己知彼，方能百战不殆。像秋桐这般既不知己，也不知彼，她之后败在王熙凤之手是必然的。

说她愚蠢，还因为她连对方的手段都识不透。

王熙凤曾在秋桐跟前下过几次药。其实也简单，无非是激将法。一是刚到的时候，凤姐在没人处常私劝秋桐说："你年轻不知事。他现是二房奶奶，你爷心坎上的人，我还让他三分，你去硬碰他，岂不自寻其死？"那秋桐听了这话，越发恼了，自告奋勇说："让我和这娼妇做一回，他才知道呢！"王熙凤不费吹灰之力就到手一个志愿兵。

还有就是尤二姐被她们苦苦折磨，气得生了病，凤姐火上浇油，叫人出去算命打卦，让算命的回来说："系属兔的阴人冲犯了"。大家算将起来，只有秋桐一人属兔儿，说她冲的。凤姐儿又劝她说："你暂且别处躲几日再来。"秋桐更是气得哭骂:"理那起饿不死的杂种，混嚼舌根！我和他'井水不犯河水'，怎么就冲了他？好个'爱八哥儿'！在外头什么人不见？偏来了就冲了！"王熙凤的目的是借道灭虢，借刀杀人，而秋桐这把"刀"在王熙凤手里真是应手而转，可见她的愚蠢。

愚蠢本不是罪恶，但如果愚蠢加上害人之心，那就只有可憎而丝毫没有让人同情之处了。在王熙凤毒害尤二姐的过程中，秋桐是可恶的帮凶，她几乎没有做过一件好事。她所做的坏事第一是打小报告，搬弄是非。凤姐装病，不和尤二姐吃饭，每日只命人端了菜饭到她房里去吃。那茶饭都是不堪之物。平儿看不过，自己拿钱出来弄菜给她吃，或是有时只说和她园中逛逛，在园中厨房内另做了汤水给她吃。别人都不敢回凤姐。只有秋桐碰见了，便去说舌，告诉凤姐说:"奶奶的名声，生是平儿弄坏了的。这样好菜好饭，浪着不吃，却往园里去偷吃。"凤姐听了，骂平儿说:"人家养猫会拿耗子，我的猫倒咬鸡！"平儿不敢多说，自此也就远着了——这是帮着王熙凤从物质上虐待尤二姐。

第二是血口喷人，挑拨离间。她自己把尤二姐气得在房里哭泣，连饭也不吃，又不敢告诉贾琏。第二天贾母看见她眼睛红红的肿了，问她，还不敢说。秋桐她却悄悄地告诉贾母王夫人等说:"他专会作死，好好的，成天丧声嚎气。背地里咒二奶奶和我早死了，好和二爷一心一计的过。"可怜的尤二姐，连真实情况都不敢说，那里还敢咒人？贾母听了，便说:"人太生娇俏了，可知心就嫉妒了。凤丫头倒好意待他，他倒这样争风吃醋，可知是个贱骨头！"因此，渐次便不大喜欢。贾府是何等势利的地方？"众人见贾母不喜，不免又往上践踏起来。乔的这尤二姐要死不能，要生不得"——这是帮着王熙凤在精神上折磨尤二姐。

第三是无中生有，信口雌黄。邢夫人过来请安，秋桐便告诉邢夫人说："二爷二奶奶要撵我回去，我没了安身之处，太太好歹开恩。"这些话不知从何说起，亏她想得出来！要不是正值多事之秋、用人之际，她说这样的瞎话，"从来不信阴司地狱报应的"王熙凤正不知要怎样收拾她。邢夫人听说，便数落了凤姐儿一阵，又骂贾琏："不知好歹的种子！凭他怎么样，是老爷给的，为个外来的撵他，连个老子都没了！"这几句话，说到了秋桐的心里。她与尤二姐战斗，最大优势就在于一个是"老爷给的"，一个是"外来的"。于是她化得意为力量，越发走到窗户根底下，大骂起来。

秋桐骂尤二姐的话中有一段，极其经典，堪称"绝骂"：

> 我还要问问他呢："到底是那里来的孩子？他不过哄我们那个棉花耳朵的爷罢了，纵有孩子，也不知张姓王姓的！奶奶稀罕那杂种羔子，我不喜欢！谁不会养？一年半载养一个，倒还是一点搀杂没有的呢！"

不知什么时候，好色贪淫的贾琏成了"棉花耳朵的爷"，半是疼爱半是嗔，有水平！是秋桐出场以来最有水平的一句话。接着，是一直必欲置尤二姐于死地而后快的王熙凤，成了"稀罕那杂种羔子"的了。如果明知王熙凤的险恶用心，故意挑她所希望人们说的讲，也算她秋桐有水平。不过，以秋桐的智商，瞎猫碰死老鼠的可能性更大。末后，她声称自己一年半载后也能生，而且能生出个纯种的来——对尤二姐怀孕的一腔醋意喷薄而出，令人绝倒！不过秋桐的承诺倒也靠不大住。贾赦"姬妾丫环最多"，且又是"真真太下作"的，"略平头

314

正脸的，他就不能放手了"，秋桐从贾赦那里出来，又能比尤二姐干净多少？

　　当年曹子建受兄长之逼，吟出一首《七步诗》来，道："本是同根生，相煎何太急？"秋桐如此作为，尤二姐真应该念这两句给她听听。她们虽然不是血缘上的姐妹，却有着相同的地位和命运。贾政的妾赵姨娘死的时候，周姨娘便有物伤其类之感，心里想到："做偏房的下场头，不过如此！"秋桐竟连这点反省能力都没有，反为虎作伥，其懵懂昏聩，真是怎一个"蠢"字了得！

贾府亲戚

薛姨妈：墙里开花墙外香

曹雪芹的不朽，就是提供给了人们一个说不完的话题。且不去说那些索隐派的种种，就是作品中真真实实的人物，也总是让读者众说纷纭，莫衷一是。比如说薛姨妈吧，这个配角中的配角，有人说她老奸巨猾，也有人说她是慈母情怀。究竟如何？我们先来看看作品中她的表现。

在薛家，薛姨妈其实也是王夫人，她和荣国府中的王夫人同为九省检点王子腾的妹妹。对薛家来说，荣府中的王夫人就是贾姨妈。和姐姐不同的是，薛姨妈早年丧夫，独自带着两个孩子，日子当然没有王夫人来得滋润。所以，"有好亲戚"既是薛姨妈的骄傲，也是薛姨妈容易给人抓住的话柄。

从经济上说，薛姨妈没有困难。她的夫家号称"珍珠如土金如铁"，丈夫虽去世，儿子赖祖父旧日的情分，户部挂个虚名支领钱粮，家中有百万之富。京城中也有几处房舍，只是为了将薛蟠"拘紧些儿"，免得他在外"纵性惹祸"，才在贾府借居。金钱上的事还是"不难于此"。如果儿子薛蟠比较争气，好好地撑起这份家业来，薛家的好日子也还可以继续下去。更何况薛家还有个好女儿，不仅"生得肌骨莹润、举止娴雅"，"读书识字，较之乃兄竟高十倍"。而且她还有个美好的盼头，"近因今上崇尚诗礼，征采才能，降不世之隆恩，除聘选姑娘外，在世宦名家之女，皆得亲名达部，以备选择，为宫主郡主入学陪侍，充为才人赞善之职"。一旦入选，那就俨然一个曹大家了。这曹大家其实姓班，名叫班昭，字惠班，又名姬，她的父亲班彪是当代的大文豪，哥哥班固是《汉书》的作者。班昭本人知识渊博，又有文采，常被召入皇宫，教授皇后及诸贵人诵读经史，宫中尊之为师。班昭14岁嫁给同郡曹世叔为妻，所以人们又把班昭叫做"曹大家"。薛家如果出这么个女儿，可不是光宗耀祖的事？可惜，这一双儿女都有点麻烦。那薛蟠是不谈了，不惟终日斗鸡走马、游山玩景，虽是皇商，一应经纪世事全然不知，还时不时弄出人命官司这样的大事来；就是宝钗，也有点问题。从她进京之后，备选的事就没了消息，也不知是她没被选中呢，还是这件事本来就搁浅了。这一耽搁不要紧，女孩子的保质期短，一眨眼就非得谈婚论嫁不可了。这也是薛姨妈不得不有的心事。薛姨妈就这么拖带着一双儿女上场了。

作为家长，薛姨妈可谓无能。首先，一个儿子就没有调教好，在外彩旗飘飘，在家和老婆斗了不几个回合却已经"旗蠹渐倒"。对付媳妇，薛姨妈也非常失败。她先是敌我不分，助纣为虐，帮着金桂打压薛蟠，等媳妇渐次爬到她头上"持戈试马"时，她才明白过来，却悔之晚矣。薛姨妈处理家务事情，几乎每一着都是臭棋。薛蟠挨了柳湘莲的打，人人都说"他须得吃个亏才好"，她却"意欲告诉王夫人，遣人寻拿湘莲"，被宝钗批评为"兴师动众，倚着亲戚之势欺负常人"。夏金桂在家中胡闹，她竟然不管三七二十一要卖香菱，仍是宝钗提醒她："咱们家只知买人，并不知卖人之说，妈妈可是气糊涂了。"薛蟠打死了人，她先是束手无策，发急说："还有什么商议？"后来又出了个用银钱收买原告的馊主意，以为"找着那家子，许他发送银子，再给他些养济银子。原告不追，事情就缓了。"远不如宝钗看得明白："这些事越给钱越闹的凶"，须得打点银两，走上层路线。

然而，作为亲戚，薛姨妈就非常优秀了。我们看到，她和荣府诸人关系处得极好。未入京时，王夫人就"每每带信捎书"要接他们来，而他们到来之日，正是王夫人"愁少了娘家的亲戚来往，略加寂寞"之时，可谓天缘凑巧。既到荣府后，住在梨香院，"每日或饭后或晚间，薛姨妈便过来，或与贾母闲谈，或与王夫人相叙"。贾府重要的节庆活动，薛家母女没有不参加的。王夫人得空，也会往薛姨妈那儿说话儿去。

薛姨妈于人情极为练达，刚在荣国府住下，我们就看见她拿出宫里头做的新鲜花样儿堆纱花十二枝，让周瑞家的送给他们姐妹们戴去。堆纱又称"堆绢"，就是用彩绢制成花鸟人物形状，可以缀附于屏障上，也可以缀附在衣服上。堆纱花就是用彩绢做的花，给女孩子戴头上的。这本不是什么值钱的东西，但因为是"宫里头作的"，有了一分稀奇，再加上又是"新鲜花样儿"，这就够得上送人的资格了。薛姨妈将十二枝宫花作如下分配：迎春、探春、惜春、黛玉每人两枝，王熙凤四枝。照她说来，"昨儿要送去，偏又忘了；你今儿来得巧，就带了去罢"。顺水推船，一切都是那么自然。然而，昨儿无声无息地送去，哪有今天当着王夫人的面送更好？何况王夫人还知道王熙凤比别的姊妹多得了两枝。她虽然是她们共同的内侄女，但更是荣府的管家啊。宫花虽小，人情却在了。这种小小的感情投资所能起到的作用，有时往往出乎我们的想象。有时连皇帝也送些这样的小人情。比如明神宗，有一次赐给首辅张居正的父母"大红蟒衣一袭，银钱二十两；又玉花坠七件，彩衣纱六匹"。这样的出手，对于皇帝和宰相的双亲来说，只能说是"礼轻情义重"了。

321

薛姨妈：墙里开花墙外香

薛姨妈对宝玉宠爱有加。见到宝玉不仅"一把拉住，抱入怀中"，还"命人沏滚滚的茶来"。"茶"前加了"滚滚的"三字，不由得让人想起一则笑话：说是宋代大文豪苏轼去寺庙随喜，主持见他衣着普通，便有些怠慢，只淡淡招呼："坐。"又回首示意，"茶。"苏轼见状，让小和尚取善簿来，主持一看来人要布施，忙换口气说："请坐。"又吩咐小和尚："上茶。"苏轼挥笔署名，主持一看原来是天下闻名的大学士，立即大献殷勤，说："请上坐。"并高喊，"上好茶！"临走，主持请苏轼留下墨宝，苏轼不假思索，一挥而就写成一副对联，上联是："坐，请坐，请上坐"；下联是："茶，上茶，上好茶"。薛姨妈虽说谈不上势利，那殷勤的意思却是很明显的。宝玉在喝"滚滚的茶"的时候夸了一句东府里珍大嫂子的好鹅掌，薛姨妈连忙把自己糟的取了来给他尝。宝玉笑道："这个就酒才好！"薛姨妈便命人灌了上等酒来。这样的好姨妈，宝玉如何会不亲近？而且薛姨妈把握得极有分寸，既不像李嬷嬷那么叫宝玉扫兴，也不全由着他，而是"千哄万哄，只容他吃了几杯，就忙收过了"。人情关系，讲究的是爱屋及乌，投鼠忌器，就是俗话说的，打狗还要看主人面。宝玉是贾府的"凤凰"，把宝玉奉承好了，在贾府便是皆大欢喜的事。

　　薛姨妈最擅长的是敲边鼓。不论何时何地，她在边上悠悠地说一句，效果往往特别好。荣国府元宵开夜宴的时候，史太君一时高兴，充当起文学评论家来，长篇大论地批判才子佳人作品，等她说完，薛姨妈附和一句："这正是大家子的规矩。连我们家也没有这些杂话叫孩子们听见。"她说的当然不是事实，薛宝钗对这些"杂话"知道得很，但话说得恰到好处，既是附和，也是自谦和恭维，让人怎么听怎么舒服。接着，贾母说吃猴子尿的笑话，拿王熙凤开涮。凤姐儿心虚，先笑道："好的呀！幸而我们都是夯嘴夯腮的，不然，也就吃了猴儿尿了！"尤氏等都笑向李纨道："咱们这里头谁是吃过猴儿尿的，别装没事人儿！"薛姨妈既是长辈又是客的身份不便把话说得太露骨，于是她笑道："笑话儿在对景就发笑。"这是对老太太的恭维，而这笑话"对"了什么"景"，则不言而喻。

"慧紫鹃情辞试宝玉"的那回，薛姨妈的这种本领发挥到了极致。宝玉因为林黛玉要离开，发了呆病，这等于把他对黛玉的感情暴露在光天化日之下，这是很丢人的一件事。当时，众人都忙着为宝玉的性命担忧，一时还没来得及咀嚼个中况味，但薛姨妈品出来了。非但品出味来，而且颇知个中利害，于是立马来了个"化干戈为玉帛"，说："宝玉本来心实，可巧林姑娘又是从小儿来的，他妹妹两个一处长得这么大，比别的妹妹两不同。这会子热剌剌的说一个去，别说他是个实心的傻孩子，便是冷心肠的大人，也要伤心。这并不是什么大病，老太太和姨太太只管万安，吃一两剂药就好了。"经她这一说，宝玉刻骨铭心的恋情变成了"冷心肠的大人"也会有的人之常情，那就既不可忧，也不可怕了。谁要是以为薛姨妈真是那么想的，那可大错特错了。出了宝玉这事后，她特地来到潇湘馆，谆谆教导林黛玉："自古道：'千里姻缘一线牵。'管姻缘的有一位月下老儿，预先注定，暗里只用一根红丝，把这两个人的脚绊住。凭你两家那怕隔着海呢，若有姻缘的，终久有机会作成了夫妇。这一件事，都是出人意料之外。凭父母本人都愿意了，或是年年在一处，已为是定了的亲事，若是月下老人不用红线拴的，再不能到一处。"这不是对黛玉的警告又是什么？她还七牵八扯地提到了老太太想让宝琴与宝玉为配的事情，说"前日老太太要把你妹妹说给宝玉，偏生又有了人家；不然，倒是门子好亲事。前日我说定了邢姑娘，老太太还取笑说：'我原要说他的人，谁知他的人没到手，倒被他说了我们一个去了！'"这就明白告诉黛玉，老太太给宝玉物色对象的时候，候选人名单中可没有你！为了试探林黛玉的态度，她故意主动提出，"我想宝琴虽有了人家，我虽无人可给，难道一句话也没说？我想你宝兄弟，老太太那样疼他，他又生得那样，若要外头说去，老太太断不中意。不如把你林妹妹定给他，岂不四角俱全？"出乎她意料的是，紫鹃丫头突然冲出来说："姨太太既有这主意，为什么不和老太太说去？"这可有点打乱了薛姨妈的阵脚。她本来的意思，一来是试探黛玉的反应，二来也是暗示黛玉，要按老太太的要求，我这儿可不是"无人可给"，而是有一个现成的薛宝钗在！紫鹃一捣乱，黛玉究竟是怎么个态度就看不到了。好在薛姨妈久经沙场，对付这种横冲直撞的小卒子易如反掌，她掉个枪花，对准紫鹃来了个一剑封喉："这孩子急什么！想必催着姑娘出了阁，你也要早些寻一个小女婿子去了。"紫鹃立马败下阵来，飞红了脸，嘀咕着"姨太太真个倚老卖老的"，转身离去了。可惜林黛玉太过痴情，对薛姨妈的友情提醒关注不够，对成就自己和宝玉的婚姻的期望值太高，导致后来深深的绝望。

薛姨妈在《红楼梦》中先后张罗了三件半婚配之事：第一件是为侄子薛蝌说了个媳妇，第二件是为薛蟠娶了夏金桂，第三件是让薛宝钗嫁了贾宝玉，还有半件就是在夏金桂死后，她提议把香菱扶正——这多半是高鹗看香菱那么善良又那么苦，于心不忍的缘故，按照薄命司里的判词"自从两地生孤木，致使香魂返故乡"，香菱最终逃脱不了"水涸泥干，莲枯藕败"的下场，做不做奶奶已属无谓。其他三件婚事，就同上面所说的一样，作为亲戚，她给薛蝌选择的配偶是合适的，邢岫烟生得端雅稳重，且家道贫寒，是个钗荆裙布的女儿，来到贾府后，为人处世，都在众人的眼中，与薛蝌"恰是一对天生地设的夫妻"。把这两人撮合到一起，是红楼中为数极少的完满婚姻。而一涉及自己亲生儿女，薛姨妈便彻底失败。夏金桂是薛蟠"咕咕唧唧"让她去求婚的，她只考虑见过这姑娘的"模样儿"，"又且门当户对"，却没有像贾母似的认真考察"性格儿"，结果娶了个搅家精。薛宝钗的婚事更是糟糕，在明知宝玉病重、并心里只有黛玉的情况下将女儿一嫁了之，难怪宝钗要在心里埋怨母亲"糊涂"。也许正应了苏轼说的话："不识庐山真面目，只缘身在此山中。"任何人，只要被感情冲昏了头脑，再聪明的人也变成糊涂人了。薛姨妈里头糊涂外头清楚，也算是墙里开花墙外香吧。

薛姨妈：墙里开花墙外香

贾芸：金盆虽破分量在

贾芸和他的暗恋对象小红一样，在《红楼梦》里属于那种既不算十分重要，又不能说不重要的人物。按照脂砚斋的说法，这两个人将来在贾府衰败的时候都要有所作为的，可惜我们从现在的续书中看不到。贾芸在街上撞见街坊上的泼皮、他的紧邻醉金刚倪二时，倪二称呼他为"贾二爷"，脂砚斋说："如此称呼，可见芸哥素日行止，是'金盆虽破分量在'也。"也就是说，身为大家族中的落魄子弟，贾芸还是有他的轻重的。

说贾芸是"金盆"，因为他毕竟是声势显赫的贾氏家族的成员，可以到"大屋里"去拜见这个那个，"就是他们爷儿们见不着，下个气儿和他们的管事的爷们嬉和嬉和，也弄个事儿管管"。而只要一管事，银子就不愁了。他舅舅卜世仁曾非常羡慕地说："你们三屋里的老四，坐着好体面车，又带着四五辆车，有四五十小和尚道士儿，往家庙里去了。他那不亏能干，就有这个事到他身上了？"其实贾芹弄到的活儿，也不过就是把元春省亲时预备下的和尚道士送到家庙里去安顿罢了。后来贾芸也从凤姐那儿讨到了在大观园内种花的活儿，银子一批就是二百两。之前，贾芸向倪二借了十五两三钱用于先期投资，还掉后还剩一百八十多两，他到"花儿匠方椿家里去买树"，用

趣说红楼人物

的是五十两，接下来的一百三十多两该怎么花销，作品里没写，贾二爷能赚上一大笔，则是毫无疑问的。就容貌而言，贾芸长相不俗："容长脸儿，长挑身材"，"甚实斯文清秀"。贾宝玉曾戏说："你倒比先越发出挑了，倒像我的儿子。"大概贾家的遗传因子还比较明显。小红见着他时，"下死眼把贾芸钉了两眼"，估计也是因为他还中看的缘故。就身份而言，他好歹是个"爷"，家里虽穷，饭还是要"叫小丫头拿来给他吃"的。

话又说回来，贾芸虽然是贾家的"二爷"，但这个家族十分庞杂，看看贾府祭祖时出现的人员，就知道，其中有好些人我们是连"面"都没见过的：贾敬、贾赦、贾政、贾珍、贾琏、贾环、贾琮、贾蓉、贾芹、贾芸、贾菖、贾菱、贾荇、贾芷。正如作者所说，"其族人那里皆能像宁荣二府的家势？"差不多的，也就借点光而已。比如，金荣的姑妈璜大奶奶，"夫妻守着些小小的产业，又时常到宁荣二府里去请安，又会奉承凤姐儿并尤氏，所以凤姐儿尤氏也时常资助资助他，方能如此度日"。贾芸家里的情况也差不多。他父亲早死，并没有留下一亩地、两间房子，连丧事都还亏了舅舅出主意料理。他舅舅虽然开着个香料铺，却是留外甥吃顿饭也不能够的，"贾二爷"倒过来要问泼皮倪二借钱，这不是"金盆"破了么？

然而，金盆虽破分量在。这"分量"，不止是身份地位，还包括品行。不知有多少读者记得，贾宝玉在没结婚前就有过一个"儿子"。论起辈分来，这人做贾宝玉的儿子倒也说得过，他是贾宝玉的远房侄儿，得管宝玉叫"叔"；但若是论起年龄来，就有些不对劲了。他比宝玉要大五六岁。宝玉是公子哥儿习性，信口胡言说"像我的儿子"，他立马顺着杆子往上爬，就认宝玉做了爹，还振振有词地说："俗话说的好，'摇车儿里的爷爷，拄拐棍儿的孙子'。虽然年纪大，'山高遮不住太阳'。只从我父亲死了，这几年也没人照管，宝叔要不嫌侄儿蠢，认做儿子，就是侄儿的造化了。"其时，他十八岁。听着他对十二三岁的宝玉说这些话，让人心里头发凉，觉得这个少年在势利面前，已经不知道什么叫羞耻了。他，就是"廊下住的五嫂子的儿子芸儿"。

且不要就此以为贾芸就是这么个只会溜须拍马的恶心人。他是"最伶俐乖巧的"，在利害面前眼睛雪亮，知道什么该做、怎么做，更知道什么不该做、不必做。他决不是那种死皮赖脸的下流货色。

我们知道，他在父亲死后家道艰难，惟有个舅舅现开着香料铺，日子料想过得下去，但他却并不"三日两头儿来缠舅舅，要三升米二升豆子"，只在关键时刻他才动用这层关系。为了在大观园用人的竞标活动中脱颖而出，他不得已找到了舅舅。这个外甥没有向舅舅索要什么，而是提出赊账，东西是铺子里现成的冰片、麝香，数量也有限，各四两，并说好"八月节按数送了银子来"。从甥舅两个的对话来看，贾芸之前在他舅舅那里尚无借贷不还的不良记录，否则他舅舅不会拿别人来举例，说："前日也是我们铺子里一个伙计，替他的亲戚赊了几两银子的货，至今总没还，因此我们大家赔上，立了合同，再不许替亲友赊欠，谁要犯了，就罚他二十两银子的东道。"见舅舅拒绝，贾芸软中带硬地说了一番话："我父亲没的时候儿，我又小，不知事体。后来听见母亲说，都还亏了舅舅替我们出主意料理的丧事。难道舅舅是不知道的，还是有一亩地、两间房子在我手里花了不成？'巧媳妇做不出没米的饭来'，叫我怎么样呢。还亏是我呢，要是别的死皮赖脸的，三日两头儿来缠舅舅，要三升米二升豆子，舅舅也就没法儿呢！"这话绵里藏针，非常厉害。既然是你舅舅"出主意料理的丧事"，父亲的那点子底细还不都在你舅舅那里？那时我还小，"不知事体"，如今我长大了，不来问你舅舅要这要那，就是很厚道的了。卜世仁想必听出了话中的话，嘴里头软和起来："我的儿，舅舅要有，还不是该当的。"贾芸见舅舅到了哭穷的份上，知道于事无望，便断然告辞。下面夫妻俩关于留饭的对话，作者写得妙不可言。卜世仁道："怎么这么忙，你吃了饭去罢。"一句话尚未说完，只见他娘子说道："你又糊涂了！说着没有米，这里买了半斤面来下给你吃，这会子还装胖呢。留下外甥挨饿不成？"卜世仁道："再买半斤来添上就是了。"他娘子便叫女儿："银姐，往对门王奶奶家去问：有钱借几十个，明儿就送了来的。"用这样的话来挤兑外甥一餐饭，不仅舅舅"不是人"，就是他舅妈，又何尝是人！好在贾芸不是需要这样来打发的人，他"早说了几个'不用费事'，去的无影无踪了"。

贾芸对舅舅的态度，便是他的"分量"。他甚至回家后"恐母亲生气，便不提卜世仁的事"。在醉金刚倪二跟前，他也是一派大将风度。面对既动口又想动手的泼皮倪二，他说："老二，住手！是我冲撞了你。"一声"是我冲撞了你"，不仅把倪二从醉乡中唤醒，还弄出意料之外的一件好事来。面对倪二的慷慨解囊，他并不见钱眼开，而是在心中掂量了一番："倪二素日虽然是泼皮，却也因人而施，颇有义侠之名。若今日不领他这情，怕他臊了，反为不美。不如用了他的，改日加倍还他就是了。"倪二走后，他又考虑一遍：想那倪二倒果然有些意思，只是怕他一时醉中慷慨，到明日加倍来要，便怎么好呢。忽又想道："不妨，等那件事成了，可也加倍还的起他。"遇事思前想后，处理得却又快捷了当，这也是贾芸的"分量"。

回过头来，再看贾芸对贾宝玉的态度，就知道这不是无耻的问题。所谓君子"有所为有所不为"，贾芸既然还有所"不为"，那么他的有所"为"，就可以理解为处在特殊地位上的奋斗——尽管这种奋斗绝对和高尚无缘。贾芸对王熙凤的态度也是如此。贾芸深知凤姐是喜奉承爱排场的，见凤姐出来，忙把手逼着，恭恭敬敬抢上来请安。这第一步不甚奏效，凤姐连正眼也不看，仍往前走，只问他母亲好："怎么不来这里逛逛？"贾芸道："只是身上不好，倒时常惦记着婶娘，要瞧瞧，总不能来。"凤姐笑道："可是你会撒谎！不是我提，他也就不想我了。"下面贾芸的话就有对症下药之妙了，他笑道："侄儿不怕雷劈，就敢在长辈儿跟前撒谎了？昨儿晚上还提起婶娘来，说：'婶娘身子单弱，事情又多，亏了婶娘好精神，竟料理的周周全全的。要是差一点儿的，早累的不知怎么样了。'"王熙凤是贾府中第一个爱逞强的角色。"素日最喜揽事，好卖弄能干"。合族中虽有许多妯娌，也有言语钝拙的，也有举止轻浮的，也有羞口羞脚不惯见人的，也有惧贵怯官的，越显得凤姐洒爽风流，典则俊雅，真是"万绿丛中一点红"了。贾芸点这个穴，便是点到了关键处。凤姐听了，满脸是笑，由不得止了步，问道："怎么好好儿的，你们娘儿两个在背地里嚼说起我来？"贾芸便开始了他长篇大论的撒谎："只因我有个好朋友，家里有几个钱，现开香铺，因他捐了个通判，前儿选着了云南不知那一府，连家眷一齐去。他这香铺也不开了，就把货物攒了一攒，该给人的给人，该贱发的贱发。像这贵重的，都送给亲友，所以我得了些冰片、麝香。我就和我母亲商量，贱卖了可惜，要送人也没有人家儿配使这些香料。因想到婶娘往年间还拿大包的银子买这些东西呢，别说今年贵妃宫中，就是这个端阳节所用，也一定比往常要加十几倍，所以拿来孝敬婶娘。"一面将一个锦匣递过去。至此我们才明白，当初贾芸问舅舅要冰麝，打的就是这个主意。

生活中的一大难事，就是小户人家给有钱人送礼。送多了，承受不起；送少了，又拿不出手；更何况放眼望去，人家似是什么都不缺。小说《醒世姻缘传》里写过这么一个故事：银匠童七得罪了内官老监陈公，被发在理刑衙门。童奶奶要打点送礼，搞关系。一方是"新管了东厂，好不声势"的内监，一方是倒了霉的手艺人，拿什么送？怎么送？她第一次送的东西是四个上好佛手柑和一斤鲜橄榄，总共还不到二两银子。那佛手柑又鲜又嫩，揭开盒盖，满屋里喷鼻清香，效果就有了。第二次送的一个艾虎和一个会说话的八哥，总共也就三四两银子，但八哥一开口，问"太太好""老公好"，效果也就出来了。聪明的贾芸知道这正是凤姐办节礼用香料的时候，所以特地备了这两样。况且这两样的来路好编排（瞧他说的谎话编得多么顺溜啊），让收礼的人心里安安的，面子上也下得来。果然凤姐笑了一笑，命丰儿："接过芸哥儿的来，送了家去，交给平儿。"因又说道："看你这么知好歹，怪不得你叔叔常提起你来，说你好，说话明白，心里有见识。"要不是凤姐心里头"恐他看轻了，只说得了这点儿香料，便许他管事了"，她还真打算"告诉给他事情管的话"。

贾芸用十五两三钱银子作为先期投资，在贾琏和凤姐那里双管齐下，终于谋到了大观园绿化工程的项目。而在这个过程中，他又和大观园里丫头小红有了一段暗恋。两人在传话递话时便彼此留心，后来宝玉生病，贾芸带着家下小厮坐更看守，尽夜在这里，那小红同众丫环也在这里守着宝玉。彼此相见日多，渐渐的混熟了。贾芸又拣到了小红的手帕，通过小丫头坠儿私相传递，后面还会有什么故事，我们不知道，但有一点可以肯定，作者让这两个人走到一起决不是偶然的。小红"素昔眼空心大，是个头等刁钻古怪的丫头"，她的聪明伶俐、见风转舵以及急于向上爬的心思，与贾芸毫无二致。这两个人放

贾芸：金盆虽破分量在

在一起，上演的一定是精彩的一幕，可惜我们永远无缘看到了。在后四十回中出现的贾芸，和王仁、贾环、邢大舅等混在一起，做出卖巧姐的事，变得特别的委琐，他那种"金盆虽破分量在"的"分量"已经看不到了。

秦钟：生如夏花绚烂的情种

在《红楼梦》的情天幻海中，秦钟就像倾颓的冰山一样，无声无息地散落在了一个充满忧郁的蓝色童话里。他生在梦里，死于恨中，白驹过隙的生命充满了一种悲哀盈怀的青涩苦味，却又如夏花一般绚烂。而这一切皆肇因于丘比特那支射偏了的金箭，肇因于那一场懵懵懂懂的"青苹果之恋"，肇因于那情与欲、罪与罚的挣扎。

秦钟是带着原罪在《红楼梦》的言情世界里露面的。他登场亮相的那一刻，袋里装着一本奇特的户口簿：户主名叫秦邦业，一作"秦业"，总之是"情海之孽"的意思；而他的两个孽种，女儿名秦可卿，谐音"情可倾"；儿子名秦钟，是"情种"，也是"情终"。似乎情海欲波中的沉浮挣扎注定是秦钟的宿命，而上帝那慈爱的面庞是不会给他微笑的。

背负这样的十字架，秦钟的生命是灰色的。虽然"身材俊俏，举止风流，似在宝玉之上"，可他却生在"寒门"，没有那"温柔富贵乡"的居住证，无法做一个宝玉似的"富贵闲人"，宿命里等待他的，不过是为人的艰辛与苦痛：进学、立业、养家。爱与欲的挣扎，长辈的期待以及自我的愧疚等，像魔咒一样折磨着他那短暂的生命。他这棵"被压伤的芦苇"，身上烙着原罪的印记，连美貌和贫寒统统成了罪孽。

秦钟是美的，他在《红楼梦》中的出场简直可以说是一种魅惑。早在第5回，作者就通过秦可卿之口作了铺垫，让我们知道她有个"和宝二叔同年"的兄弟，"两个人要站在一处，只怕那一个还高些呢"。不久，秦钟便正式上场了。他有着"眉清目秀，粉面朱唇"的姣好容颜，有俊俏的身材，风流的举止，还有"怯怯羞羞""腼腆含糊"的温柔气质。他身上的这种古典的、秀丽的美，比之于"傅粉何郎"有过之而无不及，以至于连凤姐也"喜的先推宝玉"，笑道"比下去了"！可是，这种美却是像所有的薄命红颜的美一样，它是一种"罪"的符号——因为美，宝玉才会和他相交；因为美，义塾里才会有暧昧的同性恋风波；也正因为这种眩惑之美，他才会和智能儿相爱，才会导致家破人亡！

较之于"美之罪"，秦钟的"贫之罪"更加明显。他出身寒门，进学科举、立业成名像个美丽的乌托邦一样诱惑着他和他父亲秦邦业。他看贾宝玉的时候，不仅看到了他的"形容出众，举止不凡"，更极其迅速地将他的"金冠绣服，艳婢娇童"摄入眼帘。为了进贾家义塾，他乖巧地撺掇宝玉："二叔果然度量俇儿或可磨墨洗砚，何不速速作成，彼此不致荒废，既可以常相聚谈，又可以慰父母之心，又可以得朋友之乐，岂不是美事？"而"宦囊羞涩"的秦业，考虑到"秦钟此去，可望学业进益，从此成名"，为了光宗耀祖，他"东拼西凑的恭恭敬敬封了二十四两贽见礼"。这一切的迎合，皆不过是因贫寒而来的辛酸！及至"茗烟闹书房"一场，秦钟之所以成为"祸首"，与他这种"贫之罪"也不无关系。

秦钟就像宝玉的对应物一样，他和贾宝玉一样美丽而多情，但一个生在"侯门公府之家"，而另一个却出身于"寒儒薄宦的家里"。对宝玉而言，美丽换来了无限宠爱，即使狠毒如赵姨娘也不得不承认"宝玉儿还是小孩子家，长的得人意儿，大人偏疼他些儿也还罢了"，而对于秦钟，炫目的美带来的却是无穷风波。贾宝玉多情，劳的是心；秦钟多情，劳的却是形。他那艰辛的爱恋与受到的惩罚，正好照应着贾宝玉的爱的幻灭。

当"有些女儿之态"的秦钟走进红楼世界的大门时，他的身上便环绕着同性恋的暧昧光晕。贾宝玉"自一见秦钟，心中便如有所失，痴了半日，自己心中又起了个呆想，乃自思道：'天下竟有这等的人物！如今看了，我竟成了泥猪癞狗了。可恨我为什么生在这侯门公府之家？要也生在寒儒薄宦的家里，早得和他交接，也不枉生了一世。'"而另一方面，秦钟心中默念："果然怨不得姐姐素日提起来就夸不绝口。我偏偏生于清寒之家，怎能和他交接亲厚一番，也是缘法。"这种夸张的一见钟情式的描写，不能不令人觉得丘比特的爱情金箭似乎射错了地方。

等到进入义塾这个小世界后，秦钟的女性化角色越发明显了。他"腼腆温柔，未语面先红，怯怯羞羞，有女儿之风"，而惯会怜香惜玉的宝玉则"赔身下气，情性体贴，话语绵缠"。二人的"亲厚"，致使"那起同窗人起了嫌疑之念，背地里你言我语，诟谇谣诼，布满书房内外"。似乎是为了让两人的情爱关系有一个同色调的背景，作者在义塾中放了香怜、玉爱这两个"多情"又"生得妩媚风流"的小学生，并明确了他们与薛蟠的同性恋关系。宝玉和秦钟到来后，这四个小帅哥竟"缱绻羡爱"起来，"每日一入学中，四处各坐，却八目勾留，或设言托意，或咏桑寓柳，遥以心照"。这种秋波暗送的行为又因为秦钟的主动而引发了一场风波。秦钟趁贾代儒不在，"和香怜挤眉弄眼，递暗号儿，二人假装出小恭，走至后院说话"，被追踪而来

秦钟：生如夏花绚烂的情种

的金荣喊破，导致书房中上演了一出全武行。

但作者在秦钟身上所辍染的种种同性恋色彩，却并不足以把他描画成"皮肤滥淫之蠢物"。相反，他与同样有性欲倒错行为的蒋玉函、藕官一样，是真正的"情种"。《红楼梦》中，宝玉要补的"情天"是由异性恋和同性恋共同构成的，而秦钟、宝玉的同性恋情正是一种"补天"行为。在同性恋的"半边天"里，肉欲化的同性恋行为使"情天"出现了漏洞，那种玩娈童、捧小旦的男风与旦癖在"雅洁"的同性爱情面前显得面目可憎。"偶动了龙阳之兴"的薛蟠，气急败坏的金荣，"将小厮内清俊的选来出火"的贾琏，还有让小幺儿陪酒的贾珍、傻大舅等人，都是反面教材。而秦钟、宝玉等人的同性恋恰如宝黛的异性恋一样超越了鄙俗的肉欲行为（至少在"欲"之外加上了"灵"），恰恰可以"补天"。甚至我们可以说，在某种意义上，秦钟在同性恋范畴中是林黛玉的对应物（镜像），他的早夭也正如黛玉的早逝一样，是为完成补天事业而作的牺牲，也是完成补天任务后的一种隐遁。

就像一张纸牌的正反面，秦钟这张牌，一面是美丽，一面却是贫寒。秦钟因为美而博得宝玉的喜欢，可以和宝玉"不必论叔侄，只论弟兄朋友"，也可以在"闹书房"这场风波中，得到宝玉的全力支持，迫使金荣不得不先是向他作揖，后是磕头，最终赚回体面，赢得胜利。甚至他在贾母跟前讨好，也是因为"形容标致，举止温柔"。但当外貌的美丽和家业的贫寒混杂在一起时，他的困境出现了：因为贫寒，金荣看不起他，觉得他"不过是贾蓉的小舅子，又不是贾家的子孙"，敢肆无忌惮地嘲骂他和香怜"贴的好烧饼"，说他无非是"仗着宝玉和他相好"——金荣没有说错，他的确是宝玉的一个依附、一个宠爱着的玩伴，是贾母审查下来，觉得"堪陪宝玉读书"的陪读，而不是一个独立的人。在义塾里，他的身上有种深深的哀感。

也许正因为如此，秦钟和智能儿的爱恋便像火一样炽烈了。他的生命终结在了他和智能儿之间那一场渺如萤火般的异性恋情中，为他的整个赎罪历程拉上了幕布。这一对恋爱宝贝，一个是不明世事的大男孩，一个是尚在佛门的小尼姑，并且爱情的发生地是在和水月寺一势的馒头庵，使他们的恋情平添了一分镜花水月的空幻和"纵有千年铁门槛，终须一个土馒头"的悲凉。

其实秦钟和智能二人的情愫早已暗生于前，馒头庵不过是恋火由暗而明直至熊熊燃烧的地方。他们都是贾府的"客人"，一个是宝玉的"情友"，一个是从小就随师父在贾府中寻生计的"惯客"。在馒头庵相逢时，宝玉一句"你别弄鬼儿，那一日在老太太屋里，一个人没有，你搂着他作什么呢"，透露出秦钟喜欢智能已是一个为人所知的"秘密"，只是这青涩的小儿女初恋，需要秦钟用"理他作什么"的玩话来掩饰罢了。但秦钟的这场"青苹果恋情"并非是清澈透明的水晶之恋，而是混入了"欲"的杂质。在他和智能儿的故事中，"欲"的成分甚至超过了"灵"的追求，使一场情爱最终变成了"欲爱"——而这正是秦钟要为之付出惨重代价的。

秦钟和智能儿相恋的背景相当刺眼：其时正值秦可卿停灵铁槛寺，作为娘家兄弟的秦钟代父参加葬礼，馒头庵不过是他和王熙凤、宝玉的暂住之地。在这种以死亡、哀痛为基调的背景下，一切行为都应当是节制的、守礼的，而秦钟竟然在这里初尝禁果，"得趣馒头庵"，这让人有点难以接受，也让人产生了一个印象：秦钟这个"情种"，恐怕不是一个"纯情的种子"，他和姐姐秦可卿一样，都是另一种"情"的代表，是"情天情海幻情深，情既相逢必主淫"的"情"。

然而，毕竟秦钟只是一个懵懂少年。他和智能儿之间"欲"的挣

秦钟：生如夏花绚烂的情种

扎，不过是青苹果上的飞虫，遮盖不了其背后燃烧着的爱恋。智能儿"看上了秦钟人物风流，那秦钟也爱他妍媚，二人虽未上手，却已情投意合了"。"得趣馒头庵"后，两人更是"百般的不忍分离，背地里设了多少幽期密约"。就在做爱之前，智能儿还问过秦钟："你要怎么样，除非我出了这牢坑，离了这些人才好呢。"说明她对这场恋爱是认真的，是有长远打算的。后来她也确实私逃入城来找过秦钟。然而，秦钟却没有力量将恋爱进行到底。他那"好妹妹，我已急死了。你今儿再不依，我就死在这里"的真情告白，是情欲的冲动，也是对这难得的时机的珍惜。他知道，这样的特殊环境，几乎不可能再现，他要抓住这个机会，体验人间的这种缺憾之美。这次以后，他"又与智能儿几次偷期缱绻"。为此，他燃尽了青春之火，付出了极其沉重的代价。他生命中最重要的两个人，爱人和父亲，都因为他而结局悲凉：智能儿因被秦邦业逐出，飘零无迹；秦邦业本人也因他的这种劣迹而被"气的老病发了，三五日，便呜呼哀哉了"。

秦钟的生命就如绚烂空中的焰火一般，虽然空灵美丽，但却无根无据。所以等到冰冷的现实向他逼近时，他那怯弱的灵魂便只能任鬼魅们鄙视了。他在心底为自己留下了太多的愧疚："记念着家中无人管理家务，又惦记着智能儿尚无下落"。即使到了生命的最后一刻，在他"临终的眼里"依然还是充满了爱的遗憾、欲的苦痛以及那放不下的琐琐碎碎，令人不忍卒读。"痴迷的枉送了性命"，在"罪"与"罚"的双重变奏里，秦钟终于勉强唱完了他的人生咏叹调。他的青苹果之恋，也终于在阎罗鬼卒们的调笑声里画上了句号，而他的墓碑上或许也刻下了这样的词句："爱过、恨过、追求过，也荒唐过……"

秦钟的身后事极其简单。作者淡淡地写道："贾母帮了几十两银子，外又另备奠仪，宝玉去吊祭。七日后便送殡掩埋了，别无记述。"

别无记述！想当初他姐姐秦可卿的丧事可是整整"记述"了三个章回！生死之间，荣枯咫尺，怎不教人齿冷！

所幸的是，秦钟情终了，情种却留下了。秦钟的心曲香魂穿越了黑白生死世界，留在了宝玉、柳湘莲这些"情友"的内心。在"贾元春才选凤藻宫"的大喜日子里，"宁、荣两处上下内外人等，莫不欢天喜地，独有宝玉置若罔闻"。秦钟的安危，占据了他的全部心灵空间。即使有"贾政不来问他的书"这等畅快的事，他仍"着实悬心，不能快乐"。秦钟死后，他"日日感悼，思念不已"。大观园的池子里头结了莲蓬，他还摘了叫焙茗出去到坟上供去。好些日子过去了，他和柳湘莲谈论的话题仍是"这几日可到秦钟的坟上去了"。柳湘莲外出放鹰去，离秦钟坟上还有二里，就背着众人走到那里去瞧了一瞧，惦记着"今年夏天雨水勤，恐怕他坟上站不住"。一贫如洗的柳湘莲，"家里是没的积聚的，纵有几个钱来，随手就光的"，但为了替秦钟修坟，"就便弄了几百钱，第三日一早出去雇了两个人收拾好了"。甚至眼前十月初一日，他已经打点下上坟的花销，"省的到了跟前扎煞手"。

秦钟终于变作了"情终"。在寂冷的墓地里，他孤守着一份缺憾与寂寞，谛听着啼血杜鹃的声声悲鸣，体味着一种"豆熟打坟知不知"的哀情况味，也回味着、忏悔着那前世的痴嗔贪恋。

秦钟：生如夏花绚烂的情种

贾瑞：关于癞蛤蟆的无罪推定

如果要庭审贾府那件既搞笑又无耻的风流孽案——癞蛤蟆想吃天鹅肉，当事人的名单中应该有这么几个人：贾瑞、王熙凤、贾蓉、贾蔷，还有那个从上面哗喇喇直泼下一净桶尿粪的人。贾府这样的诗礼簪缨之族，总不见得连个"七不"规范都不讲，可以随地倾倒大小便的。那个人敢往大台阶底下倒尿粪，一定是受人指使，故意作案，其后果成为诸多间接导致贾瑞死亡的原因之一。

毫无疑问，贾瑞是本案的主犯，但他同时也是损失最大的受害者。他究竟有没有罪，是不是罪该万死，我们得审察一下与本案有关的各种情况。

首先来看犯罪动机。

贾瑞勾搭王熙凤，目的是想与她发生性关系。且不说王熙凤已然是有夫之妇，仅就这两个人的地位、才貌等来说，差距也太大，以致平儿把他称为"癞蛤蟆想吃天鹅肉"。如果贾瑞得逞，从道德上来说是不伦（因为王熙凤算是他的"嫂子"），但不涉及犯罪（如果法律没有规定婚外情有罪的话）。事实上，如果不是从伦理道德的角度，而是从心理生理的角度来说，癞蛤蟆觊觎天鹅那美丽的肉体，倒可以说是正常的，至于它吃到吃不到，那是另外一回事。相反，如果天鹅做

340

341

贾瑞：关于癞蛤蟆的无罪推定

出某些样子来勾引癞蛤蟆，那就有点不正常了。那被吊上胃口来的癞蛤蟆不仅无罪，而且可怜。如果最后非但吃不到天鹅肉，反而还被剥了皮，那就更可悲了。而贾瑞可以说就是这么一只可怜而又可悲的癞蛤蟆。

主犯贾瑞，字天祥，也是贾家"玉"字辈的嫡孙，是贾府塾师贾代儒的孙子，父母早亡，由祖父教养长大。代儒素日教训最严，不许贾瑞多走一步，生怕他在外吃酒赌钱，有误学业。平时，他也帮着代儒管管学堂。不过，其表现却令人不敢恭维。他"最是个图便宜没行止的人，每在学中以公报私，勒索子弟们请他；后又助着薛蟠图些银钱酒肉，一任薛蟠横行霸道，他不但不去管约，反'助纣为虐'讨好儿"。看来，贾代儒的教育非常失败，他不仅没能让贾瑞成为一个正派的读书人，反而因为拘束甚严，造成他目光短浅，视野狭窄，人际交往的经验严重缺乏。闹书房那回，秦钟和香怜到他跟前来告金荣的状，他既不问问是非曲直，也不想想秦钟目下的身份地位，却跟着金荣"醋妒"香怜玉爱两个，嫌他们不在薛蟠跟前提携了，冒冒失失就拿着香怜作法，反说他是多事，着实抢白了几句。结果弄出了好一场风波，不仅金荣没趣，贾瑞自己也"只得委曲着来央告秦钟，又央告宝玉"。

且不说贾瑞行止有亏，即就头脑而言，他也未免太差劲了。薛蟠是生就喜新厌旧的心性，近日香怜玉爱亦已见弃，你叫他到何处提携帮衬？再说，秦钟与宝玉亲厚，同窗人"背地里你言我语，诟谇谣诼，布满书房内外"，难道他贾瑞竟充耳不闻？就是想拿香怜作法，也得考虑投鼠忌器。你看人家贾蔷，心里想帮秦钟，却好好忖度了一番："金荣贾瑞一等人，都是薛大叔的相知，我又与薛大叔相好，倘或我一出头，他们告诉了老薛，我们岂不伤和气呢。"直到想出一个

"又止息了口声，又不伤脸面"的办法才行动。而且，计策既行，自己马上整整衣服，全身而退。与贾蔷相比，贾瑞实在是有些低能。也正是因为如此，他在见到"出挑的美人儿似的"王熙凤时，竟不知利害，连这只雌虎的须也要捋起来。

从这些情况来看，贾瑞的确有些不堪，是只不讨人喜欢的癞蛤蟆。但慢慢往下看，却觉得这癞蛤蟆有点可怜了，因为他那点卑污的欲望一直在受到鼓励，而不管青蛙还是癞蛤蟆，要在一只搔首弄姿的天鹅面前无动于衷，总是非常困难的。

我们来看一下案发过程。

贾瑞是在宁府庆祝贾敬寿诞的席间，凑巧在园子里遇见王熙凤的。这位"没行止"的瑞大爷一上来就居心不良。他一面说些什么"有缘"的混话，一面拿眼睛不住地观看凤姐——这眼光虽然有点"色"，但基本上不属于鉴赏，而应该是试探。他不知道素日闻得利害的嫂子对自己发出的调情信号会作何反应。凤姐是个聪明人，见他这个光景，对癞蛤蟆想吃天鹅肉的意图"如何不猜八九分呢"。问题是猜到以后怎么办？如果王熙凤正颜厉色，想必贾瑞的那点子贼心也就给吓没了。可是王熙凤却含笑道："怪不得你哥哥常提你，说你好。今日见了，听你这几句话儿，就知道你是个聪明和气的人了。"简直是莫名其妙！明明是挑逗调戏之言，得到的却是"聪明和气"的评价。贾瑞小试牛刀，想不到效果却如此奇好，这怎不叫他意气风发，斗志昂扬？于是，他便得寸进尺，提出了"要到嫂子家去请安"的要求。

说实话，贾瑞绝对不是个聪明人，他是连话也不大会说的。他说："我要到嫂子家去请安，又怕嫂子年轻，不肯轻易见人。"从言语交际的角度来说，这样说话根本就是错误的。曾经有人举过这样的例子：如果一个卖豆浆的人希望更多地捎卖鸡蛋，他决不应该问顾客"您不要放鸡蛋吧？"即使问："您要不要放鸡蛋？"也还不是最聪明的，最聪明的问法是："您要放几个鸡蛋？"贾瑞采用的却是最蠢的说法。如果王熙凤想要拒绝，顺水推舟就行，是再容易不过的。可是她却又一次欲擒故纵，说："一家骨肉，说什么年轻不年轻的话"。使得贾瑞心中暗喜，"再不想今日得此奇遇"。连贾瑞都没想到，把它称为"奇遇"，可见王熙凤的行为多么反常。

如果到此为止，那情景虽然难堪，窗户纸却还没捅破。最后捅破这层窗户纸的，恰是王熙凤嘴里吐出的一个暧昧的词语："拿住了"。我们在闹书房那一回里从金荣的嘴里听到过这个词，这个顽童对着"鬼鬼祟祟的干什么故事"的秦钟和香怜高叫："我可也拿住了！"秦香二人就急得飞红了脸，问："你拿住什么了？"金荣笑道："我现拿住了是真的。"王熙凤对贾瑞说"你快去入席去罢。看他们拿住了，罚你的酒"，这就等于承认自己和贾瑞在这里搭讪，内容是见不得人的。难怪贾瑞听了，身上已木了半边。可以说，贾瑞从有犯罪动机（如果想王熙凤算是犯罪的话）到实施犯罪，生生是王熙凤给鼓励出来的。

花园会让贾瑞看到了吃天鹅肉的希望，大大刺激了他的积极性，所以他就只管往荣府中来了。这只癞蛤蟆虽说想吃天鹅肉，却并非不知道天鹅的高贵。他以前不是没见过王熙凤，也不是没产生过卑鄙的念头，只是有贼心而没贼胆。好比被孙悟空使了定身法，他这只丑陋的癞蛤蟆在美丽的天鹅前空咽口涎却迈不开步子。那么，是谁给他解除了咒语呢？我们还是听听贾瑞自己在王熙凤面前的坦白吧："只因素日闻得人说，嫂子是个利害人，在你跟前一点儿也错不得，所以唬住我了。我如今见嫂子是个有说有笑极疼人的，我怎么不来？——死

344

了也情愿。"看吧，要不是"嫂子"的欢迎姿态，贾瑞又怎么会得陇望蜀？仔细读一下两人一步步入港的对话，我们发现，贾瑞是如同走入雷区，小心翼翼，步步试探；王熙凤却是大开其门，诱敌深入。用心之险恶，令人有毛骨悚然之感。

我们不看别的，且看贾瑞听了王熙凤的话之后的反应。贾瑞自诩不是见一个爱一个的人，王熙凤说："像你这样的人能有几个呢，十个里也挑不出一个来！"贾瑞听了，"喜的抓耳挠腮"。怎么能不喜呢？这不是对他夸奖吗？如果说，这话还可以理解为讽刺的话，下面的话就更不对了。贾瑞要求天天过来替嫂子解解闷儿，王熙凤的回答是："你哄我呢！你那里肯往我这边来？"天哪，这哪里是素以利害闻名的当家少奶奶的口吻，这简直就是恋爱中少女的娇嗔，仿佛贾瑞的到来真是她翘首以望的事情。只有王熙凤提出约会的时候，贾瑞才说"你别哄我"。王熙凤一声"你哄我呢"，说得贾瑞赌咒发誓，"天打雷劈"的话也说出来了。贾瑞那番袒露心曲的话，尽管猥琐，但真是有些诚恳的意思在里头的。对于贾瑞的坦白，王熙凤也像是掏心窝似的抬出了"蓉儿兄弟两个"，说"我看他那样清秀，只当他们心里明白，谁知竟是两个糊涂虫，一点不知人心"。这番话，个中况味实在是难以言说，难怪贾瑞听得手之舞之，足之蹈之了。

到这儿为止，不管他们对话的内容如何暧昧，总还可以放得上台面，真正上不得台面的话，仍是王熙凤讲出来的。第一句是："放尊重些，别叫丫头们看见了"。这和说"拿住了"完全异曲同工，难怪贾瑞"如听纶音佛语"。第二句更可怕，是直白的约会。天鹅自动招展翅膀了，你叫癫蛤蟆如何拒绝？贾瑞当然是"喜之不尽"。

这一次约会，贾瑞被冻了一夜。回家被代儒发狠按倒打了三四十板，还不许他吃饭，叫他跪在院内读文章，定要补出十天功课来

贾瑞：关于癞蛤蟆的无罪推定

方罢。

　　春秋时候，虞国有位很有政治头脑的官员，叫宫子奇，他曾经对国君说过这样的话，叫："晋不可启，寇不可翫"，"一之为甚，岂可再乎?"意思是野心是不能启发的，一旦开启就收不起来了；有些事情做一次已经到了极点，决不能做第二次。这两句话放在贾瑞的身上都很合适。首先，是王熙凤的欲擒故纵、诱敌深入开启了贾瑞的野心，使他到死都无法收起。最后他明明知道"凤姐玩他"，却无论如何丢不下，"恨不得一时搂在怀里"。其次是贾瑞这个低能儿，受了一次捉弄，竟然还会自投罗网，再次上当。他并非没有受骗的担心，所以问凤姐："果真么?"凤姐的回答斩钉截铁："你不信就别来!"贾瑞道："必来，必来! 死也要来的!"——这是他第二次在王熙凤面前讲到"死"。在这个可怜的家伙的潜意识里，似乎早有要死在凤姐手里的感觉，然而他受到的诱惑实在太大，所以就是死的阴影也无法阻挡了。

　　第二次约会，贾瑞更惨了。先被贾蓉、贾蔷大大羞辱了一番，"臊的无地可入"；接着被兄弟俩敲诈了一百两银子，最后还被淋得满头满脸皆是尿屎。回家后三五下里夹攻，不觉就得了一病。这场病既是生理上的，也是精神上的。腊月天气，他在穿堂里冻了一夜，后来又给满头满脸浇了尿屎，"浑身冰冷打战"。这一来，难免受凉感冒，继而引发肺部感染。他"黑夜作烧"，"嗽痰带血"等症状，正符合肺炎的特点。同时他的症状中又显然带有癔病的特征。癔病又叫癔症，也称为歇斯底里，是一种较常见的神经症。可呈现各种不同的临床症状，如内脏器官和植物神经功能失调以及精神异常。贾瑞"梦魂颠倒，满口胡话，惊怖异常"等症状，都是非常典型的。这类症状无器质性损害的基础，它可因暗示而产生，也可因暗示而改变或消失。精

346

神因素和暗示的作用，是癔症发病的主要原因。贾瑞被王熙凤捉弄，对她既爱又恨，再加上又是受惊又是受气，精神上所受的刺激非常强烈。两项加在一起，不上一年，竟把一条小命儿弄丢了。

这两次约会，王熙凤都没有露面，但显然一切都在她的安排之下。贾瑞虽然是"没人伦的混账东西"，但他原本只是"想他账"而已，思想是无罪的。何况王熙凤又是"模样又极标致，言谈又爽利"的出色女人。他后来之所以会有一步步的行动，可以说完全是王熙凤宽以待恶、姑息养奸的结果，甚至可以说，是她利用了贾瑞想吃天鹅肉的心理，一步步引导他走上死路。

毒设相思局的故事行将结束的时候，有一个情节很值得注意：贾瑞本来可以不死。跛足道人给过他"专治邪思妄动之症"的风月宝鉴。贾瑞如果能想明白，美人不过是骷髅的化身，他就能放弃吃天鹅肉的想法，从而保住一条小命。问题就在于他正照了风月宝鉴，而里面的凤姐一而再、再而三地"点手儿叫他"，这才要了他的命。可见，贾瑞之死，对他来说固然是咎由自取，但王熙凤的责任却也是推卸不了的。既然没有人追究天鹅利用色相诱逼癞蛤蟆致死的责任，贾瑞这只癞蛤蟆，当然也应该作无罪推定。

薛蟠：呆霸王的顽劣人生

　　《红楼梦》是写在天鹅绒上的言情童话，是少男少女们内心深处神圣的"青苹果乐园"，而薛蟠就像非洲雨林深处的黑猩猩一般，忽然间硬闯入了这个中国版的 Eden（伊甸园），非要用丛林法则来代替爱情盟约，非要用噬咬来代替接吻，浑身充满了毛茸茸的野性与原欲……他是一个兽性（或曰原欲）的存在物，是浮世里一个顽劣的魅影。

　　对薛蟠的叙述是从一个隐喻开始的：薛家"本是书香继世之家"，而我们薛公子的学名却是一个"蟠"字。汉代许慎的《说文解字》把"蟠"解释为："鼠妇也，从虫，番声"。我国最早解释词义的专著《尔雅·释虫》也说："蟠，鼠负"（郭璞注曰："瓮器底虫"）。而实际上鼠妇、鼠负本是一物（其名称还有负蟠、鼠姑、鼠粘、潮虫、西瓜虫、团子虫、湿生虫、地鸡、地虱、地虱婆等），是一种在乡间为害甚巨、令人极为讨厌的害虫，且往往昼伏夜出，生活于腐草败叶之间、屋间墙角之际。然而就这样一个同老鼠相伴的害虫，竟被曹公用来给我们这位薛家公子命了名——谁家父母会这样为孩子起名？并且作者还极其讽刺地给"虽也上过学，不过略识几字"的"呆霸王"一个"文起"的字——以"文起八代之衰"的韩愈韩文公相类比，可谓刻薄（有的版本以"文龙"为其字，虫、龙相映，同样讽刺意味十足）。

薛蟠这个"臭虫"隐喻，和他的表字"文起"之间，衍生出来的是一系列不谐调的音符，演奏的是作者对这个"皮肤滥淫之蠢物"的不齿。如果说，宝玉是"情种"，薛蟠则是"欲种"。情与欲的映照，注定薛蟠失去了讨人欢心的可能性。但薛蟠在他的人生舞台上有时也会露出令人不那么讨厌的半张脸来，惹得人们在一笑之外感叹造化弄人，这样的粗蠢之物居然也来红楼一混，滑稽可笑之中亦不乏可悲可叹。

其实薛大傻子是一个充满"哀感"的人物：幼时失怙，缺少完整的成长经历；在母亲的溺爱与放纵中，变得"性情奢侈，言语傲慢"。他不懂吟诗作画，不懂风月多情，内心充满原始欲望，并且对这种欲望丝毫不加以克制。为了抢夺香菱，他打死了冯渊；为了"保护"蒋玉菡，他又打死了酒店当槽的。这两宗人命案子中的任何一件，都足以让他死有余辜。但"丰年好大雪，珍珠如土金如铁"的家庭背景，却让他逍遥法外。"人命官司他却视为儿戏，自谓花上几个钱没有不了的"。然而，恶人还须恶人磨，官府和法律惩治不了的霸王却在夫人夏金桂面前一败涂地。

在同夏金桂组织的家庭里，薛蟠无疑是一个失败者。结婚时的激情很快便消磨在了"驭夫之术"中：在情欲与权谋的较量中，没有城府的痴傻即意味着悲哀的结局。当他还是像平时一样顺从自己的情欲，和宝蟾拉拉扯扯的时候，他却如同被诱捕的猎物一样掉进了夏金桂的陷阱。金桂正要摆布香菱，无处寻隙。如今他既看上宝蟾，便有意舍出宝蟾与他，让他疏远香菱，乘此机会摆布了香菱。薛蟠这条虫子完全落入了夏金桂的掌握之中——落在了义明社会婚姻这个"圈套"之中。他不但乖乖地随金桂"摆布了香菱",最后竟不得不躲开强悍的妻子,远赴他乡经商"避祸"。带有原始意味的粗野任性在带有文明印记的奸诈狡猾面前不堪一击。两相对比,前者倒不显得那么可恶了。

薛蟠是呆而傻的,然而呆的背后,难免有几分不事雕琢的天真;傻的内在,亦会掺几分混沌未开的自然。他是欲望满身而且粗野任性的,绝对没有谦谦君子风度,但那种对欲望的"直率"表达其实又正好与红楼"情"字里含蓄着的人欲相映照,是另一种率真,比起那些道貌岸然却又心地龌龊的人来,薛大傻子有时就有点顽童般的可爱了。

在宝玉挨打风波中,他被理所当然地认定为始作俑者,蒙受这么个冤假错案,薛蟠自然一蹦三丈高,在"跳进黄河也洗不清"的压力下,他用语言伤害了妹妹薛宝钗,说:"好妹妹,你不用和我闹,我早知道你的心了。从先妈妈和我说,你这金锁要拣有玉的才可配,你留了心,见宝玉有那劳什子,你自然如今行动护着他。"这话在今天看来不算什么,但在当时却是对一个女孩子品格的极大侮辱,所以"话未说了,把个宝钗气怔了"。而"薛蟠见妹子哭了,便知自己冒撞,便赌气走到自己屋里安歇不提"。第二天,他便"对着宝钗左一个揖右一个揖"地赔礼道歉,说:"好妹妹,恕我这次罢!原是我昨儿吃了酒,回来的晚了,路上撞客着了,来家没醒,不知胡说了些什么,连自己也不知道,怨不得你生气。"又赌咒发誓说:"妈妈也不必生气,妹妹也不用烦恼,从今以后,我再不和他们一块儿喝酒了,好不好?""我要再和他们一处喝,妹妹听见了,只管啐我,再叫我畜生,不是人,如何?"良心发现的薛蟠竟然还极其抒情地自责说:"何苦来为我一个人,娘儿两个天天儿操心。妈妈为我生气还犹可,要只管叫妹妹为我操心，我更不是人了。如今父亲没了，我不能多孝顺妈妈，多疼妹妹，反叫娘母子生气、妹妹烦恼，连个畜生不如了！"说到动情之处，"眼睛里掌不住掉下泪来"。之后，他围着宝钗大献殷勤，一会儿要给她"炸"项圈，一会儿要给她"添补些衣裳"。看到这一幕，纵使这个霸王再不成材，这一点兄妹情意还是让人感动的。

薛蟠也还知道孝顺，不大敢顶撞母亲。凭他火气再大，"看见母亲动了气，早已低了头"。出差在外，"特特的给妈合妹妹带来"两个大棕箱的东西——当然，说是"特特的带来"，还是忘了个精光，和货物一起"放了一二十天"。宝钗嘲笑他说："要不是'特特的带来'，大约要放到年底下才送来呢"。在有了新鲜东西后，也"先孝敬了母亲，赶着就给你们老太太、姨母送了些去"。

在宝玉的女儿世界之外，《红楼梦》还为我们提供了另外一个"浊臭"男人的世界。这个世界也进行了分类，带有女性化倾向的秦钟、柳湘莲、蒋玉菡和北静王等构成了一个诗意的世界，在此之外，便是孽海众生。而薛蟠则在这个孽海众生中脱颖而出——因为他是无机心（或曰呆傻）的顽童，所以作者反而不甚苛责了。

薛蝌曾经这样评判薛蟠的朋友们："都是混账人！"因为这些人多为酒肉之徒，趋炎附势，没有丁点儿仗义。但薛蟠却"呆傻"以待，处之以诚。秦可卿死后，贾珍求棺木，薛蟠便将"铁网山上出的，作了棺材，万年不坏的"好板随意出手给了贾珍。贾珍问那件"帮底皆厚八寸，纹若槟榔，味若檀麝，以手扣之，声如玉石的"东西价值几何，薛蟠笑道："什么价不价，赏他们几两银子作工钱就是了。"对照红楼中其他人物为钱奔命的情形来说，薛蟠自是别有境界。

薛蟠同柳湘莲的关系也极有意思。他们的交往有一个不太好看（或者说特别好看）的开头。薛蟠粗野的情欲，又一次受到了惩罚，被整得"衣衫零碎，面目肿破，没头没脸，遍身内外滚的似个泥母猪一般"。不过这次来自于柳湘莲的正气，而不是夏金桂的邪气。薛蟠在这件事情上的第一反应也极是有趣，说："原来是两家情愿，你不依，只管好说，为什么哄出我来打我？"你真还不能说他问得没道理。之后，这两个人居然又在一个特殊的情况下陌路相逢。当薛蟠路遇强盗的时候，柳湘莲出手相救，把贼人赶散，夺回货物，保住了他的性命并且拒绝接受谢礼。于是他们结拜了生死兄弟。这种男性间"不打不相识"的交往是红楼男性世界中绝无仅有的男子汉式的感情。二人用义结金兰的江湖方式订交，并且"从此后，我们是亲弟兄一般"。在听到柳湘莲出家的消息时，薛蟠流泪痛哭，"带了小厮们在各处寻找"。这种至性至情在红楼之中也是少见的。

薛蟠另一个关系较好的男性朋友是贾宝玉。尽管他在蒙冤受屈而发急的时候恨不得"索性进去把宝玉打死了"，还在母亲和妹妹跟前揭发过他在外"招风惹草"的事，可心里头却是把宝玉当做同道的。在拿到难得的四样生日礼物后，除开孝敬长辈，他"左思右想"之后，他发现，除了他自己以外，只有一个人还"配吃"，这个人就是贾宝玉。在贾宝玉面前，他很有些自惭不如的意思。用他自己的话来说："那琪官儿我们见了十来次，他并没和我说一句亲热话，怎么前儿他见了，连姓名还不知道，就把汗巾子给他？"那柳湘莲，他许愿"做官发财都容易"也亲近不了，却"最和宝玉合得来"。薛蟠当然不懂他和贾宝玉的根本区别在哪里，但是他也确实与贾宝玉有某种相通，所以人们才给他们同样的评价："呆"和"傻"。

在《红楼梦》里，薛蟠这个"纯天然"的欲望符号和乡野农妇刘老老扮演着相似又不同的角色：作为大观园世界外的"白丁"，他们侵害了一个诗骚世界，却也在反面成全了一方人间"净土"——这是相同之处。不同之处则在于刘老老尚有世故圆滑的一面，而薛大傻子则更加的"不文"。当刘老老误睡宝哥哥的"香闺"时，她的行为留给读者的是一种用身体行为打破禁忌的快感，也有一种调笑乡巴佬的快感，所以人们可以笑着原谅她的这种滑稽丑角式的探访，因为她根本未对"圣地"构成一种实质威胁，只要袭人"将当地大鼎内贮了三四把百合香，仍用罩子罩上"，就可以掩饰过去了。而薛蟠却不同，他不是纯粹的一个滑稽丑角，他是有破坏力的。就像他用"庚黄"误读"唐寅"一样，他用粗鄙的"哼哼韵"来诋毁红楼里风花雪月的咏叹，用打死冯渊、打死当槽的来颠覆大观园内刻骨铭心的爱情，他也用受制于夏金桂来冲撞家庭伦理。他粗鄙但天真，他无赖但爽直，他既是"欲种"，和"情种"相对；他也是顽童，和赤子相通。同样是"皮肤滥淫之蠢物"，他与那些"世事洞明""人情练达"的家伙迥然不同，这也就是作者最后宽恕了他的缘故。

所以当我们听到薛蟠的誓言："若是再犯前病，必定犯杀犯剐"时，真的可以安然入睡了——浮生醉梦已醒，薛蟠超脱了，虽然他的超脱是一种重归俗世，认真生活的超脱，没有宝玉出家来得富有诗意，可也同样是忏悔。他是在俗世中用儿女至情来忏悔的，而不是在梵呗声中来完成超脱的。在他用点头的方式将香菱扶为正妻时，香菱回答"伏侍大爷一样的，何必如此"，此情此景足可媲美剃发皈依——呢喃儿女之情又何尝不是一种超度？

尤二姐：菟丝附女萝的悲剧

汉代有文人作诗，以女子的口吻说："与君为新婚，菟丝附女萝。"菟丝，又作"兔丝"，"菟丝子"，是一种寄生的草本植物，靠吸附在别的植物上生长。女萝，一说就是菟丝，也有说是松萝，也是柔软的植物。女人喜欢把结婚看作是第二次投胎，希望依附于丈夫，而结果往往是"菟丝附女萝"——靠不住的。《红楼梦》中的尤二姐就是这样一株"菟丝"。

尤二姐成为"菟丝"，与两个情况有关：一是她秉性柔弱，与三姐儿恰成对照；二是她身份特殊，也属于贾府中的尴尬人。刚刚出场，她们姐妹的名声似乎就不太光彩。她幼年丧父，母亲改嫁，靠着名义上的姐姐、宁国府贾珍的夫人尤氏入了豪门，表面上也算个主子，实则处境颇为尴尬。林黛玉在贾府尚且说"我又不是正经主子"，她们姐妹更算不上什么了。孤儿寡母要在"风刀霜剑严相逼"的大宅院里站稳脚跟，当然不是件容易的事，何况，她们又都是绝色！

尤二姐的容貌是让贾府老祖宗亲自鉴定过的。贾母第一眼望见尤二姐，就感觉是个"绝标致的小媳妇儿"。之后，她应王熙凤的要求，戴上眼镜，命鸳鸯琥珀："把那孩子拉过来，我瞧瞧肉皮儿。"贾母细瞧了一遍，又命琥珀："拿出他的手来我瞧瞧。"就这样，像瞅牲口似的全身检查完毕，贾母摘下眼镜来，笑说道："很齐全，我看比你还俊呢。"不仅老祖宗，贾琏也对贾蓉说过："人人都说你婶子好，据我看，那里及你二姨儿一零儿呢。"后来他在尤二姐当面也讲："人人都说我们那夜叉婆俊，如今我看来，给你拾鞋也不要。"虽说这是偷嘴纨绔子的阿谀话，但也并非没有事实根据，连见惯了大世面的宝玉也称赞说尤家姐妹"真真是一对尤物"。

出众的外貌加上尴尬的地位，尤氏姐妹很自然成了招蜂惹蝶的对象。贾珍、贾蓉、贾琏等一干花花公子闻风而至。这时候，尤二姐的表现有些糟糕。在其姐妹正式登场亮相的第63回，作者铺陈了尤二姐与贾蓉调情打闹的场面，一锤定音，将尤氏姐妹与贾珍父子素有"聚麀之诮"的传言落了实。

若要论辈分，尤二姐是贾蓉的姨娘，可这个外甥见姨娘的第一句话，就是不三不四的"我父亲正想你呢"。作者用这句话一箭双雕：从此话的内容看，是贾珍与尤二姐不干净；但这样的话，以这样的口气，出自成年外甥之口，则这两人的关系也不言而喻。尤二姐红了脸骂贾蓉："好蓉小子！我过两日不骂你几句，你就过不得了。"说着，拿起铜熨斗兜头就打。这个举动，反给了贾蓉进一步狎昵的借口，他抱着头滚到尤二姐怀里求饶，又和他二姨娘抢砂仁吃。那二姐儿嚼了一嘴渣子，吐了他一脸——这哪是姨娘对外甥做的动作？只有像李煜这样的风流皇帝，才写过"烂嚼红茸，笑向檀郎唾"的情侣游戏。而贾蓉则加倍肉麻，用舌头都舔着吃了，以致连众丫头都"看不过"。这一连串动作娴熟、配合默契的打情骂俏，活写出他们之间那种不伦的关系，在表现贾蓉无耻的同时，也表现出尤二姐的不自重。

第64回，有嗜痴之癖的贾琏，听说尤氏姐妹与贾珍父子素有"聚麀之诮"，兴头头也想来分一杯羹。他借在宁府协理丧事之便，乘

尤二姐：菟丝附女萝的悲剧

机对二尤百般撩拨，眉目传情。"那三姐儿却只是淡淡相对，只有二姐儿也十分有意"。贾琏最明目张胆的一次，是暗将自己带的一个汉玉九龙佩解了下来，拴在手绢上，趁丫环回头时，仍撂了过去。二姐儿亦不去拿，只装看不见，坐着吃茶。只听后面一阵帘子响，却是尤老娘三姐儿带着两个小丫环自后面走来。贾琏送目与二姐儿，令其拾取，这二姐亦只是不理。贾琏不知二姐儿何意思，甚实着急，只得迎上来与尤老娘三姐儿相见。一面又回头看二姐儿时，只见二姐儿笑着，没事人似的；再又看一看，绢子已不知哪里去了。可见，若论玩调情的把戏，贾琏恐怕还得甘拜下风。此后没过多久，由贾蓉牵线，贾珍做主，尤二姐就正式与重孝中的琏二爷拜堂，成了他的"别宅妇"。

按说尤二姐应当清楚，由贾珍父子俩撮合成的这桩姻缘，本有点不伦不类。她做了贾琏的秘密二房，想甩掉老相好贾珍父子并不那么容易，但她却决心"改行"，与贾琏一心一计地过起小日子来。"操持家务十分谨肃，每日闭门合户一点外事不闻"。更出奇的是，贾蓉除了送亲时去过一次小花枝巷内尤二姐的新房外，以后就没在小花枝巷内露过面。一次，贾珍趁贾琏不在去偷会尤二姐，尤母、尤二姐、三姐陪贾珍吃酒，几种不同的本子都写了尤二姐恐贾琏撞上不雅，便"知局"主动离开。想来贾蓉后来不去，也与这个有关。这时的尤二姐，俨然贤妻节妇，与"在家作女儿时便失了脚"的水性，似乎很有些矛盾。有人评论说，这是尤二姐对贾琏的专情以及自觉的性道德和知耻感的觉醒，其实事情恐怕没那么复杂，对尤二姐来说，找到一个可以倚靠终身的男人，是她生活的唯一目标，前面的轻佻之举只不过是为后面的终身之靠寻找对象罢了。一旦有了终身之靠，她还是愿意贞洁守之的。

张爱玲曾经说过："以美好的身体取悦于人，是世界上古老的职业，也是极普通的妇女职业，为了谋生而结婚的女人可以归在这一项下。"如果我们不把"谋生"仅仅理解为生存下来的话，那么，不要说在尤氏姐妹生活的那个年代，即使在今天，也仍有不少女性，希望以自身的美貌来换取荣华富贵。尤二姐曾指腹为婚，许给皇粮庄头张家。后来张家遭了官司败落了，她便"常怨恨当时错许张华，致使后来终身失所"。说穿了，在炊金馔玉的贾府，任何一个男性主子，都可能是尤二姐期待的对象，更不用说贾琏这么个"青年公子"了。她唯一自主的想法就是嫁个好男人，然后将自己依附这个"终身之主"上。她的主体意识从来都是在从属的前提下产生的。她美而且柔弱，就如同一棵菟丝，自己无法独立在世界上生存下去，只有寻找到一棵大树方可得寄身。可以说，她在嫁人前的那些轻佻举止，那些大开其门、充分利用自己的优势欢迎纨绔子弟调笑逗乐的行为，无非都是想在森林里扩大选择面而已，也因此，她找到贾琏后，便认为"我算是有倚有靠了"，才会表现出"生是你的人，死是你的鬼"的坚贞。

在尤二姐的内心深处早已有个动机，那就是"要进去同住方好"。她一心向往着变秘密的、非法的妾为公开的、合法的妾。盼望着揭去"二奶"（别宅妇）的遮羞布而变为"姨娘"，甚至最终进入正房的殿堂。贾蓉在说合亲事时曾经许诺说："目今凤姐身子有病，已是不能好的了，暂且买了房子，在外面住着，过个一年半载，只等凤姐一死，便接了二姨儿进去做正室"。这一思想动机是她此后为人行事的主导思想，直到死都没有改变。也因此，尤二姐明明知道贾琏家中有一个醋缸一样、"太难缠""极厉害"的凶老婆，还是欣然依允做其二房；虽然有兴儿"千万不要去见她"的警告在先，她还是听信凤姐花言巧语，被赚入大观园。也是基于这一点，她在临死前曾向平儿坦

尤二姐：菟丝附女萝的悲剧

白说："况且我也要一心进来，方成个体统"。正因为她心中有"成个体统"的梦，所以她才有"以礼待他，（凤姐）他敢怎么样"的自我安慰以及一系列错误判断。而三姐就看得清楚得多，她托梦劝说尤二姐："姐姐，你一生为人心痴意软，终吃了这亏。"

"心痴意软"这四字的确精辟地道出了尤二姐的思想灵魂，"心痴"乃指对封建制度、传统道德和大家族尔虞我诈的一知半解，才会天真地认为能够用半吊子的忠贞来换取贾琏的真爱，并以此获得当奶奶的机会；"意软"则是指性格同时也是意志的软弱，除了对男性的影随盲从和百依百顺，还有她内心的嫌贫爱富。

古人云：卧榻之侧，岂容他人鼾睡？寻常大房与小妾的关系已是难处，何况贾琏家还有个"上头笑着，脚底下就使绊子，明是一盆火，暗是一把刀"的王熙凤呢。当王熙凤终于发觉了尤二姐的存在时，着手实施了一系列毒辣之计。她纵容仆人善姐虐待尤二姐，对她恶语相加。在她的榜样下，"众丫头媳妇无不言三语四，指桑说槐，暗相讽刺"。而她自己则"无一点坏形"。她又"用借刀杀人之法，坐山观虎斗"，怂恿秋桐"天天大口乱骂"，"弄得这尤二姐要死不能，要生不得，以至恹恹得了一病，四肢懒动，茶饭不进，渐次黄瘦下去"。

尤二姐处处逆来顺受，不仅惧怕凤姐，也惧怕善姐、秋桐这样的奴才。善姐不服使唤，反恶言顶撞尤二姐，尤二姐也只是"垂了头""将就"忍耐；面对秋桐的丧心病狂的辱骂，尤二姐也只有暗愧、暗怒、暗气、暗泣。曹雪芹写尤二姐之愚软柔弱，专用了"不敢"二字作为"文眼"——"尤二姐便满眼抹泪，又不敢抱怨"，"又不敢告诉贾琏"；"次日贾母见他眼红红的肿了，问他，又不敢说"，直想着忍耐而已，直到她怀了身孕，自以为这次终于可以母以子贵，坐牢自己位子了。

她这个想法本没有错，第64回贾蓉就曾经说过"……叔叔两下住着，过个一年半载，即或闹出来，不过挨上老爷一顿骂。叔叔只说婶子总不生育，原是为子嗣起见，所以私自在外面作成此事。"贾琏嘱咐薛蟠时也说："且不可告诉家里。等生了儿子，自然是知道的。"连凤姐都不得不承认："果然生个一男半女，连我后来都有靠。"甚至假模假样地在天地前烧香礼拜，自己通诚祷告，说："我情愿有病，只求尤氏妹妹身体大愈，再得怀胎，生一男子，我愿吃长斋念佛。"

尤二姐将最后的希望寄托在这个孩子的身上，妄图通过完成为贾府传宗接代的任务来巩固自己的合法地位。她没想到的是，子嗣的意义如此重大，王熙凤怎么会让它成为事实？于是，一个秘密的谋杀计划开始实施，一个无辜的小生命还没来得及出世，就成了可怜的牺牲品。腹中男婴流产后，尤二姐"病已成势，日无所养"。秋桐更是变本加厉，"越发走到窗户根底下，大骂起来"。尤二姐"料定必不能好，况胎已打下，无甚悬心"，遂吞生金自逝。

古人认为黄金有毒，李时珍在《本草纲目》中也曾记载：金屑辛、平，有毒。但查阅近代出版的有关医学书籍，却未见纯金有毒的记载，甚至还时有富人闲来无事以金箔食疗的报道，看来微量吃下一些碎金子，问题不是最大。尤二姐的吞金自杀，并非黄金本身有毒性，而是因为猛然将一定形状、体积的硬物吞咽下去后，在消化道内形成梗阻，或由于机构性刺激，刺伤内脏，使之穿孔、出血。我们且细看一下尤二姐吞金的过程："（尤二姐）自思……常听见人说'金子可以坠死人'，岂不比上吊自刎又干净，想毕，挣扎起来，打开箱子，便找出一块金，也不知多重。哭了一回，外边将近五更天气，尤二姐咬牙狠命，便吞入口中，几次直脖，方咽了下去……"可见那块金子

尤二姐：菟丝附女萝的悲剧

体积不小。

尤二姐最终干干净净、整整齐齐地死在了榻上。她以为终身之主的贾琏，甚至连为她风风光光置办丧事的能力都没有，若不是平儿那两百两，想必她的身后将更加凄凉。

尤二姐所代表的，是那种既无家世背景，又无贵族社会所要求的妇德，仅凭自己的美貌，便企图跻身贵族的女性。她们本身的社会地位低微，却与豪门贵族略有瓜葛，想趁此攀缘而上而终遭荼毒。尤二姐曾梦见三姐儿向自己"正告"："休信那妒妇花言巧语，外作贤良，内藏奸滑，他发恨定要弄你一死方罢"，并力劝姐姐"将此剑斩了那妒妇"。所谓日有所思夜有所梦，尤二姐做这样的梦，说明她内心深处对凤姐杀人的"机关"并非一无所知，她也有过对自身处境的思考，也有过对前途命运的斟酌，甚至有过反抗之心，但菟丝终究无法能够自己生存，纵然有所察觉，终于难逃毁灭，于是尤二姐才选择了吞金自毙的这条路。

可以说，尤二姐的整个人生都是在选择一个可以依附、缠绕的对象，从贾珍父子到贾琏，最后寄希望于未出世的男婴。她始终对贵族公子心存幻想，以致嫌贫爱富，轻薄急就，放弃与张华一夫一妻的简朴生活而甘愿做贾琏的小妾，在错误估计形势的情况下，贸然看好贾府少爷这个"绩优股"，以致全盘投入，最终输得惨不忍睹。

尤三姐：红粉中的烈士

常言道：宝剑赠烈士，红粉赠佳人。在《红楼梦》中，却有一位绝色的红粉佳人，被赠予了一柄"上面有龙吞夔护，珠宝晶荧"，"冷飕飕，明亮亮，如两痕秋水一般"的宝剑。她最后也不负所赠，用青春的鲜血祭奠了这把鸳鸯剑，成为红粉中的烈士。她就是故事进行到一半才从幕后走到前台，并如烟花一般骤然升空、耀人眼目，又倏忽熄灭，化为灰烬的尤三姐。

要说尤氏姐妹初次登场，倒也不晚。第13回"秦可卿死封龙禁尉"中，"正说着，只见秦邦业、秦钟、尤氏的几个眷属尤氏姊妹也都来了。"那时，她们只是在交代人物亲属关系时出现的影子，作者轻轻一笔，留下一条伏线，直到第63回"死金丹独艳理亲丧"，这对尤物才被正式推上舞台。贾敬突然宾天，贾珍父子并贾琏等皆不在家，尤氏在铁槛寺主持丧事，不能回家，便将她继母接来，在宁府看家。这继母将两个未出嫁的女儿，也就是二姐和三姐儿带来，一并住着。这就拉开了尤三姐悲剧命运的序幕。

光从出身来看，尤氏姐妹以及尤老娘一开始就处在比较尴尬的地位，尤家早已贫穷，没有什么家底。贾敬死时，尤氏要尤老娘来看家，她却把她们姐妹俩带到宁国府来，说是这样"才放心"。尤老娘担的是什么心，从后面的描写中，我们不难想象得到。从另一个方面来说，让尤氏姐妹到宁府来，不排除尤老娘有想在此处为她们姐妹定终身的想法。她们有一个现成的榜样，那就是现为宁府珍大奶奶的尤氏。然而尤老娘只是尤氏的继母，二姐和三姐又都是尤老娘改嫁进尤家时带来的与前夫所生的女儿，这点子七牵八扯的关系，其实已疏远得很了。她们根本不姓尤，连二姐、三姐的排序也只是跟着尤氏排下来而已。说到底，她们只是尤氏挂名的妹妹，因而也只是贾珍挂名的小姨子而已。对于这样两个根本没有血缘关系的妹妹，尤氏当然不可能有发自心底的温情与照料。也因此，尤家妇孺在宁府的地位并不高，虽说是尤氏的亲戚，其实却介于主子与奴才之间，所以她们平时常"和丫头们做活计"。尤老娘对此很有自知之明，第 64 回，贾琏不怀好意地感谢尤老娘和两位姨娘来替贾珍看家，又说怕委屈了她们，尤老娘马上回答："不瞒二爷说：我们家里，自从先夫去世，家计也着实艰难了。全亏了这里姑爷帮助着。如今姑爷家里有了这样大事，我们不能别的出力，白看一看家，还有什么委屈了的呢？"

穷亲戚入了豪门，寄人篱下，经济上没有独立性，当然就计较不了什么委屈不委屈，大多数时候，只能任凭人摆布，这种特殊的环境，遇上尤三姐特殊的性格，便碰撞摩擦，爆出耀眼的火花来。

三姐既不是探春、湘云一类的小姐，也不是晴雯、芳官一类的丫头，更不是凤姐、尤氏一类的奶奶，她自幼丧父，随母亲多处漂泊，既缺少正规的教育，也不屑规则的束缚，身上有一种红楼中其他美貌女子所少有的市井、烟火气息。同时，寄人篱下的环境又使她对世态炎凉多有感受，对周围的一切也能体察入微。这种敏感也有黛玉般的细腻，但表现出来却比黛玉粗放得多。如果说，林黛玉以比常人更敏锐的触角感觉到人世间的"风刀霜剑"后，采取的方法是像刺猬似的卷起，在保护自己的同时用刺刺伤了周围的人；尤三姐则是在洞察一切后，一把撕掉遮羞纸，让自己和对方都暴露在光天化日之下，从而达到不受侵犯的目的。聪明的三姐知道，母亲为自己和姐姐安排的是什么样的生活道路。她不甘心走这条路，却又不得不走这条路——除非能有一种独特的方法为自己打开一片新天地。她最后选择的方法就是把那层蒙在那些肮脏关系上的"这层纸儿"撕烂扯破。"破着没脸，人家才不敢欺负"；"没羞耻"，才能"拣个素日可心如意的人"了其终身。这种以攻为守的出格行为，让她取得了初步的胜利，但也让她最终遭受了灭顶之灾。

尤三姐和她姐姐都是"古今绝色的女子，有许多万人不及的风流体态"，就连对女色颇有鉴赏的宝玉也赞不绝口，说三姐"难得这个标致人！果然是个古今绝色"。出身于市井寒门的女儿家，若姿色平常，又怀一颗平常心，未尝没有可能得一些平常的福分。可叹三姐身为绝色，匹夫无罪，怀璧其罪；女儿虽无辜，但毕竟是出格的特质，容易生祸，尤其是她不幸寄居在被贾珍、贾蓉之流搅得乌烟瘴气、腌臜肮脏的宁国府。虽然偌大一个贾府美女如云，但如此好容貌的女子，还是似一块羊肉，吸引了众苍蝇们的眼球。且看那贾蓉一听"两个姨娘来了，喜的笑容满面。贾珍忙说了几声'妥当'，加鞭便走。店也不投，连夜换马飞驰"。这一喜一笑一加鞭，真正意味深长——肥肉送到嘴边来了，急的"馋嘴猫儿们"自然得意忘形。不仅贾珍、贾蓉如此，"却说贾琏素日既闻尤氏姐妹之名，恨无缘得见，近因贾敬停灵在家，每日与二姐儿三姐儿相认已熟，不禁动了垂涎之意"。

一方是贪恋美色的流氓公子，一方是容貌如花的孤弱女子，巨大的吸引力加上悬殊的力量对比本已经让三姐她们陷入了困境，更何况

尤三姐：红粉中的烈士

她们对贾府还有经济上的依赖。这种情况下，最容易产生的后果就是人格的丧失，用逆来顺受的方法换取一席安身之地。尤二姐走的就基本上是这样一条路。尤三姐却不像她姐姐那么"糊涂"。她对此心知肚明、看得很透彻，她知道"向来人家看咱们娘们微息，不知都安的什么心"，奉劝姐姐说："他家现在放着个极利害的女人，如今瞒着，自然是好的，倘或一日他知道了，岂肯干休？势必有一场大闹，你二人不知谁生谁死，这如何便当作安身乐业的去处？"那么，尤氏姐妹的"安身立业的去处"究竟在何方呢？尤三姐做了艰辛的努力。

三姐性格最突出的特征就是"刚烈"二字。这种内外皆刚、无可转圜的性格，这种斩钉截铁的凛然，在贾府，乃至在整个《红楼梦》中都是罕见的。所以作者说"这尤三姐天生脾气，和人异样诡僻"。连二姐也明白自己这个妹妹"脾气不好"。她独立不羁、勇敢泼辣，又聪明过人，慧眼独具。兴儿向尤氏姐妹介绍贾宝玉说："成天家疯疯癫癫的，说话人也不懂，干的事人也不知。外头人人看着好清俊模样儿，心里自然是聪明的，谁知里头更糊涂。"二姐深信不疑，嘴里附和着说："可惜了儿的一个好胎子。"三姐虽然只在贾敬殡葬时见过几次宝玉，却能够一眼看透他的真性情，说："我冷眼看去，原来他在女孩儿跟前，不管什么都过的去，只不大合外人的式，所以他们不知道。"可见其见识不俗。

这样的性格、见识决定了三姐不肯屈从命运的安排，她有独立的意志，不甘心被当作玩物，她甚至觉得自己在人格上比贾珍之流要高得多，所以才说自己是"金玉一般的人"，而贾珍、贾琏不过是"现世活宝"，要被他们玷污了去，也算无能。

贾蓉热孝在身，进门就当着丫环们的面挑逗二姐，动手动脚，无耻之极。二姐红了脸，却仍与他打情骂俏，三姐却"转过脸去"（不看贾蓉，也不和他说话），对二姐说："等姐姐来家再告诉他。"她试图搬出尤氏的名分，想用长幼伦理关系来压制贾蓉的不轨举动，但可惜的是，宁国府如此混账，全然不顾这些伦理，尤氏本又是做不得主的人，所以贾蓉照旧和尤二姐调情，言语间不堪为听，三姐只得"沉了脸，早下炕进里间屋里，叫醒尤老娘"。但尤老娘也不是个明白人，尤三姐这才不得不面对贾蓉，忿然作色警告："蓉儿！你说是说，别只管嘴里这么不清不浑的。"

贾琏觊觎尤氏姐妹有两个原因：一是她们的好容貌，二是她们的坏名声——"与贾珍贾蓉素日有聚麀之诮"。这两点对那些习性下流的男子来说，往往是最有吸引力的。贾琏先前勾搭的多姑娘儿就"有几分人材"，并"宁荣二府之人，都得入手"。冲着这两点而来的贾琏，很快发现事实与传闻有出入："那三姐儿却只是淡淡相对"，好在尤二姐"十分有意"，他这才把注意力全部放到了二姐身上。

二姐有了"归宿"后，三姐的处境越发艰难。贾琏终于在一个晚上公开提出了"吃个杂会汤"的下流建议，说："三妹妹为什么不合大哥吃个双钟儿？我也敬一杯，给大哥合三妹妹道喜。"他就是想"叫三姨儿也合大哥成了好事，彼此两无碍"。这是强权男性为弱势女性做出的选择，若三姐应允，少不得又成为尤二姐的翻版。但三姐却不是二姐（若是，便是他曹雪芹没本事）。于是，尤三姐这座火山爆发了。她听了这话，就跳起来，站在炕上，指着贾琏冷笑道："你不用和我花马掉嘴的！咱们'清水杂面——你吃我看'，'提着影戏人子上场——好歹别戳破这层纸儿'。你别糊涂油蒙了心，打量我们不知道你府上的事呢？这会子花了几个臭钱，你们哥儿俩，拿着我们姐妹两个权当粉头来取乐儿，你们就打错了算盘了！"

尤三姐愤激之下，一语道出了尤氏姐妹在贾府中的真正地位，不过是人家花钱养的"粉头"。接着她穷追不舍，咄咄逼人，以攻为守，说道："喝酒怕什么？咱们就喝！"说着自己拿起壶来，斟了一杯，自己先喝了半盏，揪过贾琏就灌，说："我倒没有和你哥哥喝过，今儿倒要和你喝一喝，咱们也亲近亲近。"吓得贾琏酒都醒了。连贾珍也没想到三姐会"这等拉的下脸来"。两个风流场中耍惯的下流酒色之徒，哪里见识过这样的泼辣女子？女人忸怩，对他们来说是欲迎还拒；女人轻浮，对他们来说是正中下怀；惟有这种豁出去的奇招，才彻底镇住了他们，让他们"反不好轻薄"。

三姐一不做二不休，以其人之道还治其人之身，"索性卸了妆饰，脱了大衣服……"利用自己的绝色作为武器，抓住纨绔子弟好色、要面子的弱点，把他们玩弄于股掌之间。让他们"欲近不能，欲远不舍，迷离颠倒"，"竟全然无一点儿能为，别说调情斗口齿，竟连一句响亮话都没了"。"三姐自己高谈阔论……由着性儿拿着他弟兄二人取乐"。自此，尤三姐益发任性起来，"天天挑拣穿吃"。贾珍等"何曾随意了一日，反花了许多昧心钱"，只得无可奈何地承认"是块肥羊肉，只是烫的慌；玫瑰花儿可爱，刺太扎手。未必降得住"。这才淡了染指之心。

三姐的精彩表演着实让人击节称快，这不仅是一个豪爽女子真性情的爆发，也是对贾氏兄弟流氓行为的报复，是其对注定被踩躏的命运的顽强抵抗。然而，这毕竟不是长久之策。为终身计，三姐勇敢地迈出了第二步：自主择人。

尤三姐出身不高，无依无靠，偏又身陷于肮脏，在当时社会背景中，她要保护自己，要跳出这样的泥潭，唯一的方法只有依靠未来的夫家。她曾向尤二姐吐露心扉："我也不是糊涂人，也不用絮絮叨叨的。从前的事，我已尽知了，说也无益。既如今姐姐也得了好处安身，妈妈也有了安身之处，我也要自寻归结去，才是正理。"

可以说，尤二姐偷嫁贾琏也是出于相同的考虑。成事后，她认为终身有了归宿，可以安身乐业了，尤三姐却很清醒地警告了她。可见，三姐并不反对二姐通过嫁人而获得出路，她只是不满二姐选择的对象（或者说是选择二姐的对象）。也因此，她希望自己能够把握主动权。她的考虑是："终身大事，一生至一死，非同儿戏。""必得我拣个素日可心如意的人才跟着他"。又想到物以类聚，如果任凭贾珍、贾琏一干浪荡子为自己做选择，"虽是有钱有势的"，但肯定品德有亏，会让自己"心里过不去，白过了这一世了"。所以才坚持自主选择。这种要求放到现代来看或许不算什么，但对于一个封建社会的女性来说，其勇气和胆略实在令人敬佩。同样的想法，林黛玉何曾没有？如果没有，她也不会弄了"一身的病"了。但她何曾敢在人前说一个字？连在最贴心的紫鹃、最心爱的宝玉面前也一概是要隐瞒的。尤三姐正因为有了"破着没脸"的经历，才使她进一步有了"没羞耻"的决心。

按照当时的伦理道德，"钻穴隙相窥，逾墙相从"的自由恋爱是见不得人的，只有讲究"人物儿""门第儿""根基儿""家私儿"的"父母之命""媒妁之言"才是正当的联姻方式。白居易写过两句诗："为人莫作妇人身，百年苦乐由他人。"很能为此注脚。三姐进了宁国府，婚姻大事就落到了贾珍一干花花公子手上。贾蓉就对尤老娘说过："放心罢，我父亲每日为两位姨娘操心，要寻两个有根基的富贵人家，又年轻又俏皮两位姨夫，父亲好聘嫁这二位姨娘。这几年总没拣着，可巧前儿路上才相准了一个。"而事实上，他们又放不下心里头那点下流的欲望。贾琏有了尤二姐后，曾劝贾珍聘了三姐，贾珍"只是舍不得"，"意意思思的就撂过手了"。他们早把尤氏姐妹看作了自己的私产，哪里会为她们的幸福着想。

三姐以自己的名声为牺牲，让他们明白："就是块肥羊肉，无奈烫的慌；玫瑰花儿可爱，刺多扎手"，这样来为自己赢得了宝贵的选择权。贾琏摆下酒菜来征询尤三姐对自己婚姻的意见，也就是说她可以自主选择，这是她在争取个人尊严和婚姻自由的斗争中取得的初步胜利，三姐牢牢抓住这一机会，为自己选择了柳湘莲，并宣布"这人一年不来，他等一年；十年不来，等十年。若这人死了，再不来了，他情愿剃了头，当姑子去，吃长斋，念佛，再不嫁人"。

要说三姐非柳湘莲不嫁的原因，今人大都会以为是一见钟情，但实际上恐怕远没有如此浪漫，尤三姐更多还在于非情感方面的考虑。据二姐回忆，三姐也只是五年前老娘家做生日的时候见过柳湘莲一面，还是在戏台上，冷二郎装小生，涂着厚厚的油彩，唱着别人的风月戏文，这等匆忙模糊，本不该酿出后来为郎生为郎死的痴情，所以，与其认为三姐巨眼识英豪，不如说是她把自己幸福的赌注都押在了湘莲的身上。

其一，柳湘莲虽然家道中落，但就像二姐说的，"是好人家子弟"。光看他台上飒爽的做派，平素里又总听闻得其行止不俗，应该不是纨绔之流，值得一赌。

其二，柳湘莲与荣、宁二府没有直接关联，不用仰仗贾氏鼻息，嫁给他之后，可以保证彻底脱离这个肮脏之地。

第三，贾珍、贾蓉之流目前虽然被自己镇住，淡了染指之心，但狗改不了吃屎，天长日久难免生变，因此择嫁之事须得从快，但三姐生活圈狭小，交际圈几乎没有，除了一干纨绔，识得的知名知姓的男子想也稀少，在无太多人选的情况下，冷二郎便成了一个挡箭牌。

虽说是挡箭牌，但这个人物一旦从三姐心中跳出，就迅速被下意识地美化为理想人物（当然，柳湘莲也与三姐的想象相去不远），所以她对于这个选择表现出异常的坚持。她将头上一根玉簪拔下来，作两段说："一句不真，就和这簪子一样！"她的这些举动既是为了坚定自己的决心，也是为了让贾家兄弟们对她彻底死心，所以说绝做绝。尤二姐首先表态："我们这三丫头，说的出来就干的出来。他怎么说，只依他便了。"但最后也是这种出格的"绝"把她推向了灭亡。

贾琏新娶尤二姐，正在热头上，"不知要怎么奉承"，也就分外积极，直接找到柳湘莲，三言两语竟在路上就将亲事给定了下来，"三姐拿到柳湘莲的鸳鸯宝剑喜出望外，连忙收了，挂在自己绣床上，每日望着剑，自以终身有靠"。

然而，细细想来，由着花名在外的贾琏去说媒，本就在一开始便注定了三姐和湘莲的婚姻悲剧。冷二郎虽然在匆忙中应了婚事，但回头细想，便觉出不妥，他肯定听说过贾琏素行不良，与自己又没有深交，关切不至于此，当场起了疑心，便去询问宝玉。遗憾就在于，三姐能透过表象了解宝玉的真性情，宝玉却看不透三姐"出格"表象下的真性情。宝玉其时已长大成人，他不再是傻问"什么是爬灰"的小孩子了，他当然也耳闻尤氏姐妹和贾珍父子多少有些首尾的不干净，所以只含糊说是绝色就好，劝湘莲不要深究。柳湘莲何等聪明，当场就听出了话外之音，马上生出悔意，表示"这事不好！断乎做不得。"三姐衷心渴盼的亲事遂成泡影。

性格刚烈却无钱无势的三姐为了保护自己，在贾琏、贾珍面前谋求"主动"，用"出格"的方式求得了自主择婚的权利，这样做，似乎是取得"胜利"了，但结果却也丢掉了自己赖以存身的资本——女孩子的好名声。

冷二郎寻到贾琏，坚持要回聘礼，三姐好容易等来的脱离苦海的希望随之破灭。一旦失去了这次宝贵的选择机会，今后将再也没有这样的权利。她今后的路途无非是两条：不是像姐姐一样沦为贾家兄弟的"权当粉头取乐"的玩物，就是听从贾家兄弟的安排，嫁给其他纨绔子弟为妾。这样的生活换了别的女人也不是绝对不能忍受，尤二姐就接受了，但三姐不能！她性本刚烈，而且为了争取自己的幸福付出了那么多的努力，作出了那么大的牺牲，现在又让一切都回到原来的路上，她如何甘心！她心想："今若容他出去和贾琏说退亲，料那贾琏不但无法可处，就是争辩起来，自己也无趣味。"她终于看清了如此一个混沌、肮脏的俗世，她是讨不回清白的，这才定了"不如归去"之心，横剑自刎，香消玉殒。

尤三姐自杀，并非为冷二郎殉情，而是向自己的心灵致奠，即如三姐之魂所说："来自情天，去由情地。前生误被情惑，今既耻情而觉，与君两无干涉。"这个结局早在进入宁国府之时，早在向琏、珍宣战之时，早在坚持自主择夫之时就已经奠定了。曹雪芹写给晴雯的判词"心比天高，身为下贱"，用在她身上也很合适。她刚烈的性情与容不得她刚烈的环境形成了猛烈的冲突。不"破着没脸"，她根本不可能有争取婚姻自由的可能；而好容易争取来的理想婚姻，又最终因为她曾经有过"破着没脸"的经历而化为泡影。我们不要忘掉，柳湘莲起疑的原因之一，就是"难道女家反赶着男家不成"？尤三姐那些等你一万年的誓言，今天的人听着是感动，当日来说却是"没羞耻"。贾琏深知此理，所以做媒时"只不说三姐自择之语"。连柳湘莲这样洒脱的人都不能接受女家赶着男家，三姐还能到何处寻找知音？

吴世昌先生曾写诗赞三姐道："丽质天生恰姓尤，无穷忧患起风流，哪知料理风流债，却借霜锋断好逑。"三姐本身正如一把凌厉出鞘、光华万丈的利剑，其刃之利，要将遮盖一切虚伪、丑恶的"这层纸儿"捅破，然而这层纸的厚重，远远超出了她的想象。巨大的力量反弹下来，刃摧剑折。定数如此：刚强易折，进退两难，厄运难逃，自古秦淮明月最不经磨，如剑般的三姐捧着剑向冷二郎诀别，又捧剑入得二姐梦中，最后也只"长叹而去"四字而已。这一声叹息，发自三姐，也发自作者，也发自无数个为之洒一掬同情之泪的读者。

尤三姐：红粉中的烈士

邢岫烟：大观园中蒲公英

在花团锦簇的大观园里，有一棵不引人注目的小草，她是没有自己的色彩的，有时可以像栀子花在阳光下闪动点白光，有时就只能做夜来香在人们都觉察不到的时候散发着自己的味儿。没有任何光彩抢人眼球，任凭太阳调配着自己的明暗。这是一株蒲公英，被风吹到这里，然后就在这里安家落户，风没有问过她的想法，而她也不抱怨风，默默地承受着——这就是邢夫人的娘家侄女、后来给薛蝌做了妻子的邢岫烟。

岫者，岫玉也，温润晶莹；烟者，易散也，飘忽无定。这个有玉有烟的女孩子，性情如玉，端雅内含；命运如烟，聚散无形。这个生于忧患、长于贫贱的女孩子没有得到过太多的垂青和怜爱，但是还好，作者给她在"千红一哭，万艳同悲"的大观园里安排了一个世俗庸常的幸福结局，算是她似有若无的人生中的一种告慰吧。当过程无可选择时，这个结局就更显难得。

在一部洋洋洒洒百万言以女性为主角的巨著里，她的出场只有五次。第一次出场是第 49 回，这时的贾府正如日中天，一派祥和繁盛，可能正需要亲戚们来点缀自己的钟鸣鼎食呢！于是她赶上了到"琉璃世界"看"白雪红梅"，遇到了"脂粉香娃割腥啖膻"。但她的出场并不光鲜，甚至可以说有些尴尬。她是和荣府大奶奶李纨的婶婶并两个女儿李纹、李绮，薛宝钗的堂兄薛蝌、堂妹薛宝琴一起来到贾府的。按说她是荣府大太太的娘家侄女，比其他三位姑娘地位都要优越，然而老祖宗和一帮夫人太太们却热情好客得好像忘了宗法血缘了。眨眼的工夫，"王夫人已认了薛宝琴做干女儿。贾母喜欢非常，命往园中住，晚上跟着贾母一处安寝"。还特特让琥珀关照："叫宝姑娘别管紧了琴姑娘，他还小呢，让他爱怎么着就由他怎么着，他要什么东西只管要，别多心。"走亲戚的李氏母女，受到的款待也比她隆重些。娘仨本应在外头住的，由于"贾母执意不从，只得带着李纹、李绮在稻香村住下了"。被父母带来投奔的岫烟，虽然也有在"园里住几天，逛逛再去"的待遇，却因王熙凤的左盘右算，被安排到了素有"二木头"之称的迎春那里。

细心的读者当然不会不注意到，"薛家根基不错，且现今大富"，薛蝌和宝琴的姐姐薛姨妈虽说本身也是借居于此，但现有个属于荣国府实力派的胞姐，况且宝琴已许配都中梅翰林之子为妻，正欲进京聘嫁，这与进京来投靠邢夫人的岫烟母女毕竟不同。而善待李纹、李绮的原因则是"贾母、王夫人等因素喜李纨贤惠，且年轻守节，令人敬服"，爱屋及乌，对她的亲戚也就青眼相加。相对而言，尴尬人邢氏恐怕就不那么让贾母和王夫人"素喜"了，邢岫烟这只乌鸦栖居的屋顶不太对头，自然也就没什么优待。下雪天，众姊妹"都是一色大红猩猩毡与羽毛缎斗篷"，黛玉、宝钗和湘云的服饰也是一个比一个靓，惟独"邢岫烟仍是家常旧衣，并没避雨之衣"。老祖宗那领"金翠辉煌，不知何物"的斗篷凫靥裘，似乎岫烟更需要，但是却给了宝琴。

岫烟住在迎春那里，说起来合情合理，但迎春懦弱木讷，哪里照顾得到她？岫烟在大观园里总是最寒素的一个：衣服已是半新不旧的，未必能暖和。饰物是一件也没有。屋里被窝多半是薄的。至于房中桌上摆设的东西，就是老太太拿来的。"那些丫头妈妈，那一个是省事的？那一个是嘴里不尖的？"岫烟"虽在那屋里，却不敢很使唤他们"。过三天五天，倒得拿些钱出来，给他们打酒买点心吃才好。因此，一月二两分例银子还不够使。而她姑妈邢夫人还打发人来说，一个月用不了二两银子，叫省一两给爹妈送出去，岫烟只得悄悄地把棉衣服叫人当了几吊钱盘缠。身在锦衣玉食的大观园内，却要靠当衣服来维持做小姐的生活，真是天大的讽刺！而岫烟竟然能安之若素。

第二次出场是芦雪庭联诗。她依然是明艳花朵的陪衬，只有平平两联，没有任何神态动作的描写。第三次出场便是薛姨妈提议将她许配给自己的侄子薛蝌，这是薛姨妈出现以后唯一一件有建设性的事情，一念之仁成全了岫烟的幸福。此时，她的生命中便出现了久违了的阳光，徐徐地在她身畔铺洒开来。

接下来，作者似乎觉得应该给读者一个交代了：为什么岫烟的"心性行为，竟不像邢夫人及他的父母一样，却是个极温厚可疼的人"？为什么她"举止言谈，超然如野鹤闲云"？为什么要给她一个美满的结局——而不是同样由薛姨妈提议，将她许给呆霸王薛蟠？这时，妙玉那张不伦不类的拜帖起到了一箭双雕的作用。一方面，贺卡事件给了妙玉浓彩重墨的一笔；另一方面，也诠释了岫烟的不俗品格。

贾宝玉听说岫烟去找妙玉说话，就惊呼："他为人孤癖，不合时宜，万人不入他的目。原来他推重姐姐，竟知姐姐不是我们一流俗人。"在和贾宝玉的对话中，她说出了和妙玉的特殊交情："我和他做过十年的邻居，只一墙之隔。他在蟠香寺修炼，我家原来寒素，赁房居，就赁了他庙里的房子住了十年。无事到他庙里去作伴，我所认得的字，都是承他所授，我和他又是贫贱之交，又有半师之分"。原来如此！妙玉何许人也？岫烟从小与她为伴，浸润在"如兰"气质中，自然也就"近朱者赤"了。这次异地重逢，妙玉"旧情竟未改易，承他青目，更胜当日"。可见岫烟的疏朗高洁依然没变。否则，以妙玉的为人，管你生人，熟人，翻起脸来不认人的！

岫烟虽然颇受妙玉影响，但为人却和妙玉不同。表面上，她比妙玉温厚许多，从不像妙玉那样让人感到"可厌"，内里她却很有主见。她并不因为妙玉是自己的师友就一味回护，照样客观公允地批评她，置疑那张还是粉色的拜帖。没有出色的诗作只能说缺少灵性和才情，但并不代表没有修养和眼光，否则，她就无法在宝玉面前侃侃而谈。比起岫烟蒲公英式的身份来，贾宝玉就是大观园中的珍奇花卉，但她并未因此就妄自菲薄，对宝玉的态度始终平和从容。听到宝玉话语中满是对妙玉的尊重和理解，她"且只管用眼上下细细打量了半日"，感慨说："怪道俗语说的，'闻名不如见面'，又怪不的妙玉竟下这帖子给你，又怪不的上年竟给你那些梅花。既连他这样，少不得我告诉你原故。"比起妙玉有些忸怩的姿态，岫烟更显得坦荡可贵。一个寄人篱下的女孩，淡定如此着实让人钦佩。可能这次出场算是阳光下的素描了，虽清淡但也线条清晰，岫烟的形象丰满突现出来，不再是可有可无的所指符号。她仍然如烟般清淡，但芳馥氤氲，给读者留下了深刻的印象。之后，对岫烟就没有过多的叙述了，只是四美钓鱼时露了一回脸，请妙玉扶乩时出了一把力，然后就慢慢淡出了我们的视野。

岫烟出场五次，不能算多，然除了薛姨妈之外，居然还得到了四个人的特别关注。第一个是凤姐。刚进门，凤姐考虑到她是邢夫人那条线上的，首先想到是如何免得自己惹麻烦。"算着园中妹妹多，性情不一，且又不便另设一处，莫若送到迎春一处去，倘日后邢岫烟有些不遂意的事，纵然邢夫人知道了，与自己无干"，但到后来，"反怜他家贫命苦，比别的妹妹多疼他些"，到后来甚至"心上便很爱敬他"，把"一件大红洋绉的小袄儿，一件松花色绫子一抖珠的小皮袄，一条宝蓝盘锦厢花线裙，一件佛青银鼠褂子"包好让人送给她。这种转变，侧面表现出岫烟的确是个可疼之人。

第二个是宝钗。自那日见她起，想她家业贫寒。二则别人的父母皆是年高有德之人，独她的父母偏是酒糟透了的人，于女儿份上平常；邢夫人也不过是脸面之情，亦非真心疼爱，且岫烟为人雅重，迎春是个老实人，连她自己尚未照管齐全，如何能管到她身上，凡闺阁中家常一应需用之物，或有亏乏，无人照管，她又不与人张口。宝钗倒暗中每相体贴接济。她细心地发现天还冷得很，岫烟"倒全换了夹的了"，知道她当了棉衣服，便嘱咐："把那当票子叫丫头送来我那里，悄悄的取出来，晚上再悄悄的送给你去，早晚好穿。"

第三个是探春。她见人人都有玉佩之类的饰物，独岫烟没有，怕人笑话，就送给她一个碧玉佩。探春是爱憎分明的人，早就宣布过：她的东西"爱给那个哥哥兄弟，随我的心，谁敢管我不成！""姐妹弟兄跟前，谁和我好，我就和谁好，什么偏的庶的，我也不知道。"她对岫烟有这份心意，也可见岫烟的为人。

第四个妙玉就不用说了。

曹公在写的时候可能在思考什么样的性格可以得到幸福，或是这种幸福需要付出什么样的代价，或是这能不能算是幸福。妙玉是他所钟爱的女子，他不得不将心中的美和爱毁掉才能完成悲剧主旨。同时妙玉始终是矛盾的——正如作者自己内心的矛盾，作者让她的两个知己惜春和岫烟，将她内心的两种追求分别诠释出来，以完成他对女子命运的思考。

走过苦难，有人变得尖锐执著，有人变得通达随缘。和执意要"独卧青灯古佛旁"的惜春相反，岫烟以随缘应对一切。这在她仅有的三次写诗中，可以看得很清楚。

第一次写诗是芦雪亭联诗，她跟在李纹后面，吟的是"冻浦不生潮。易挂疏枝柳"，这两句在所有联句或戏谑或超脱或激昂的句子中显得格外清冷安静，或许是她对人生的俯瞰和解剖：水寒而为冰便不会再有波澜起伏，柳条儿疏落却可能更易挂物。第二次是她趁湘云吃茶的时候抢着联的："空山泣老鸮。阶墀随上下，"也还是随意之中透出些许清冷。第三次是写《赋得红梅花》：

> 桃未芳菲杏未红，冲寒先已笑东风。魂飞庚岭春难辨，霞隔罗浮梦未通。
> 绿萼添妆融宝炬，缟仙扶醉跨残虹。看来岂是寻常色，浓淡由他冰雪中。

在连用四个关于梅花的典故后归结一句"浓淡由他冰雪中"，把自己的处世态度说得明明白白。

或许生活本来就是如此，从起点到终点，走得好是个圆圈，很完满；走得不好，就是一段弧。没有那么多惊天动地，轰轰烈烈，至死不渝，世间一切事——得意淡然，失意夷然。当约定俗成的一切都不可抗拒时，做了无谓的抗争能改变什么？看戏台上，黛玉之激烈，终归黄土；宝钗之积极，不免空闺；于是，随缘好了。冬天既然要来，冷一点暖一点也无所谓了。于是，山岫之中飘出了一股淡烟……

对这个出身寒素、人淡如菊的女子，作者怀着深深的同情。她的生活态度可能不是作者所最喜爱和最欣赏的，但却是作者所能够接受的。他在林黛玉、贾宝玉等人身上寄予着激情和理想，但也知道这些都会在现实的石头上碰得粉碎。回头望着岫烟，感受她认命的同时所散发出来的免于蝇营狗苟的夷然，可能便是这株随风飘来的蒲公英所能给予人的美感吧。

薛宝琴：薄命司外“薄命人”

　　在大观园争奇斗艳的世界里，薛宝琴的出现仿佛一朵娇柔的鲜花，似乎所有形容美好的词语都可以放上去，但她却美得苍白，美得无力，与林黛玉、薛宝钗等让读者感到心灵震颤的人物形象相比，她就像漂亮的纸美人那样，虽然好看，却始终无法牵动我们那敏感的神经。

　　薛宝琴的每一次出场，都是一幅精雕细琢的工笔画。最先，她和邢岫烟以及李绮、李汶结伴而来。先是有几个丫头老婆子欢喜得都不晓得哪跟哪了，乐颠颠地说：“来了好些姑娘奶奶们，我们都不认得，姑娘奶奶们快认亲去。”宝玉一见就“有些魔意”，说：“你们成日家只说宝姐姐是绝色的人物，你们如今瞧见他这妹子，还有大嫂子的两个妹子，我竟形容不出来了。老天，老天，你有多少精华灵秀，生出这些人上之人来？”袭人动了醋意，“不肯去瞧”，晴雯等去瞧了一遍回来，评价是“倒像一把子四根水葱儿”。而这“四根水葱儿”中最水灵的，当推宝琴。晴雯坦言：“他们里头薛大姑娘的妹妹更好。”她征求探春的意见，探春也完全同意，说：“据我看来，连他姐姐并这些人总不及他。”这一下，连袭人也坐不住了，又是诧异，又是笑道：“这也奇了，还从那里再寻好的去呢？我倒要瞧瞧去。”而贾府的领军

379

人物老太太，更是"喜欢的无可不可的，已经逼着咱们太太认了干女孩儿了。"一个"逼"字，写尽了老祖宗的急切心情和坚决态度。贾母对其他的女孩子的态度恐怕无出其右，以至宝琴那向来浑厚的姐姐宝钗也不免有些醋意的，笑道："真是俗语说的，'各人有各人的缘法'。我也想不到他这会子来，既来了，又有老太太这么疼他。"邢李等三位基本上可算作宝琴的陪衬。

宝琴再出场，已经穿上了老太太给的"金翠辉煌，不知何物"的斗篷。史湘云说："可见老太太疼你了，这么着疼宝玉，也没给他穿。"这话其实只说对了一半。老祖宗给宝玉留着更精彩的。宝琴那件凫靥裘是"野鸭子头上的毛做的"，宝玉那件"金翠辉煌，碧彩闪灼"的斗篷才真正是"孔雀毛织的"。不过，宝琴没数一也数二了，老太太对她的偏爱可想而知。薛宝钗这当儿再也忍不住了，推着宝琴说："我就不信，我那些儿不如你?"论起来，薛宝钗不如宝琴的地方大概有两处：

第一是长相，我们前面已经说了，宝琴显然比宝钗更好看，而贾府老祖宗对这一点又是特别注意的。她对清虚观的张道士明确说过，给宝玉择偶"不管他根基富贵，只要模样儿配的上，就来告诉我。就是那家子穷，也不过帮他几两银子就完了。只是模样儿性格儿难得好的。"老祖宗对宝琴的"模样儿"万分欣赏，当宝琴身穿凫靥裘、身后一个丫环，抱着一瓶红梅，出现在粉妆银砌的雪坡上时，贾母喜得忙笑道："你们瞧，这雪坡儿上，配上他这个人物儿，又是这件衣裳，后头又是这梅花，像个什么?"众人连忙奉承，都笑道："就像老太太屋里挂的仇十洲画的《艳雪图》。"谁知贾母还不满意，摇头笑道："那画的那里有这件衣裳? 人也不能这样好。"仇十洲如果地下有知，听见这话，大概也会起九泉而观之的。

第二就是所谓"性格儿"。老祖宗对"性格儿"的推敲也是很到位的。她曾对薛姨妈讲："提起姊妹，不是我当着姨太太的面奉承，千真万真，从我们家四个女孩儿算起，都不如宝丫头。"可见她常在暗中观察比较。现有的这些女孩子当中，宝钗是最好的了，但宝钗恐怕还不是老太太最欣赏的那种类型。日常生活中，贾母显然对王熙凤宠爱有加，而王熙凤决不是宝钗那种见到长辈就"神鬼似的"人。她有一张连老祖宗"也取起笑儿来了"的"油嘴"，但她"又不是那真不知高低的孩子"。在贾母的心目中，最好就是这样既敏捷爽利，又"横竖大礼不错"的女孩儿。若以这个标准来说，宝钗就还差一口气了。宝琴初到，性格如何还难评说，但她年龄小，见识多，估计会有一种比黛玉豁达、比宝钗洒脱的气质，这就让老祖宗格外垂青了。

再看其才。芦雪庭联句，宝琴小试牛刀，出的句子又快又好："吟鞭指灞桥"何其气派，"林斧或闻樵"何其超逸。到最后，联诗成了抢句，她竟然和黛玉、湘云鼎足三立。赋梅花诗的时候，她更是锋芒毕露，比岫烟、李汶明显棋高一着。"闲庭曲槛无余雪，流水空山有落霞"，色彩简约，层次错落有致，十四个字中融合的是一幅余霞山水图，干净纯粹，玲珑剔透。众人看了，都笑着称赞了一回，都"指末一首更好"。黛玉、湘云两个斟了一小杯酒，都贺宝琴。

还有她的见识。最集中体现的就是她的十首怀古诗。这十首诗，既抒发了思古之幽情，又暗隐俗物十件，光从技巧上说已经够让人赞叹的了。而从内容上，更可以看出她游历之广，知识之博。想她父亲在时，"天下十停倒走了五六停"，即使在交通这么发达的今天，十几岁的少女也鲜有几人能作如此遨游吧？何况是在那个时代。逛了一会儿后花园，绣了两只鸳鸯都会被爹娘教训，何谈走天下？宝钗早就说过："至于你我，只该做些针线纺绩的事。"宝琴的游历没准已被她那

薛宝琴：薄命司外"薄命人"

位好姐姐腹诽了 N 遍了。

奇怪的是，才识品貌一应俱全的宝琴，并没有像红楼中的其他女子一样，"千红一窟（哭），万艳同杯（悲）"，与其他早夭的、远嫁的姐妹们相比，她是个幸运儿。嫁给翰林之子是个不错的结局。常言道：父亲翰林儿探花。家庭氛围书香如此，孩子应该不至于混账到哪去。想来宝琴的父亲该是个极通达极讲究生活品味的人，才调教出一双优质的儿女——薛蝌和宝琴，书中除了宝玉和探春，再没有第二对兄妹如此协调一致地出色。看来，同是皇商家庭也会有异质的基因发芽结果。薛家的两对兄妹一样进京，宝钗是为了"进宫备选"，走的是富贵路线。最高目标便是像元春似的来个"才选凤藻宫"，若不济，就只能陪公主郡主读读书了。而宝琴进京是要嫁给梅翰林之子的，走的是清贵路线。但小说却安排薛蝌兄妹最后倒仰仗了薛姨妈，不由得让人感觉辛酸。可能正是对诗情的行吟生活败给了现实的酒肉生活感到极度痛心，所以作者选取了薛蟠和薛蝌这对族兄弟的强烈反差，来抒发自己的愤懑。

说起来，宝琴和宝钗的关系显得有点奇怪。宝钗是对谁都亲亲热热，做掏心掏肺状的。史湘云也好，袭人也好，就差对她感激涕零了。可是我们却从未见到她和宝琴有过亲密接触，相反，倒是经常可以看到宝钗对她的压制和约束，而且那不是出于客气的提点而是本质上的冲突和不满。宝琴拿出她的十首怀古诗，众人看了，都称奇妙。宝钗却抢先批评道："前八首都是史鉴上有据的，后二首却无考。我们也不大懂得，不如另做两首为是。"那前八首咏的都是史迹或传说，比如三国鏖战的赤壁（《赤壁怀古》），东汉伏波将军马援讨伐戎羌的交趾（《交趾怀古》），汉代名将韩信的出生地淮阴（《淮阴怀古》），晋代书法家王献之和他的爱妾桃叶分手的渡口（《桃叶渡怀古》），安史之乱时发生兵变的马嵬（《马嵬怀古》），埋葬王昭君的青冢（《青冢怀古》）；还有大运河左右的隋堤（《金陵怀古》）和南朝孔稚《北山移文》中提到的驱逐假隐士的北山（《钟山怀古》）。后两首却是从戏曲中来的，一首是来自《西厢记》的《蒲东寺怀古》，一首是出自《牡丹亭》的《梅花观怀古》。很显然，薛宝钗对后二首并非"不大懂得"，而是非常清楚。早在史太君两宴大观园的时候，黛玉"只顾怕罚，也不理论"，失于检点，说了两句《牡丹亭》《西厢记》里的话，就被宝钗叫了去兴师问罪。为了把思想工作做到家，宝钗现身说法，承认自己"也是个淘气的"，小时候也偷看过诸如这些《西厢》《琵琶》以及《元人百种》。只是"后来大人知道了，打的打，骂的骂，烧的烧，丢开了"。如今她早已觉悟，迷途知返，认识到"咱们女孩儿家不认字的倒好。男人们读书不明理，尚且不如不读书的好，何况你我？"她还危言耸听地说："既认得了字，不过拣那正经书看也罢了，最怕见些杂书，移了性情，就不可救了。"她把薛宝琴的两首诗判了个不及格，也就是这个意思。

有意思的是，当初她批评黛玉，那黛玉倒也买账，"一席话，说的黛玉垂头吃茶，心下暗服，只有答应'是'的一字"。现在她又搞到了薛宝琴头上，林黛玉却不买账了，她拦在头里说："这宝姐姐也忒胶柱鼓瑟、矫揉造作了。两首虽于史鉴上无考，咱们虽不曾看这些外传，不知底里，难道咱们连两本戏也没见过不成？那三岁的孩子也知道，何况咱们？"这林姐儿的嘴就是比刀子还厉害，"胶柱鼓瑟、矫揉造作"八个字将宝钗装腔作势的外套一把扯落下来。更妙的是，她说"咱们虽不曾看这些外传"——看没看过，咱心知肚明，你要是装没看过，那咱也没看过！林黛玉的反对票立即得到了探春的支持。连一向罕言寡语的李纨此时也发表了一番宏论："况且他原走到这个地

383

方的。这两件事虽无考，古往今来，以讹传讹，好事者竟故意的弄出这古迹来以愚人。比如那年上京的时节，便是关夫子的坟，倒见了三四处。关夫子一身事业皆是有据的，如何又有许多的坟？自然是后来人敬爱他生前为人，只怕从这敬爱上穿凿出来也是有的。及至看《广舆记》上，不止关夫子的坟多有，古来有名望的人，那坟就不少。无考的古迹更多。如今这两首诗虽无考，凡说书唱戏，甚至于求的签上都有。老少男女俗语口头，人人皆知皆说的。况且又并不是看了《西厢记》《牡丹亭》的词曲，怕看了邪书了。这也无妨，只管留着。"宝钗在众人的围攻之下，只得罢了。

　　姐姐对妹妹如此，妹妹对姐姐也不怎么客气。有一次宝钗提议："下次我邀一社，四个诗题，四个词题。每人四首诗，四首词。头一个诗题《咏太极图》，限'一先'的韵，五言排律；要把'一先'的韵都用尽了，一个不许剩。"宝琴马上投反对票，说："这一说，可知是姐姐不是真心起社了，这分明是难人。要论起来，也强扭的出来，不过颠来倒去，弄些《易经》上的话生填，究竟有何趣味。"这简直就是两个文学流派的论战了，而孰对孰错，基本上是一目了然的。接着，宝琴话锋一转，搬出了她八岁的时节，跟着父亲到西海沿上买洋货，所看到的一个"真真国"的女孩子，大大铺陈了一番这外国女孩的外貌和服饰："那脸面就和那西洋画上的美人一样，也披着黄头发，打着联垂，满头带着都是玛瑙、珊瑚、猫儿眼、祖母绿，身上穿着金丝织的锁子甲，洋锦袄袖，带着倭刀也是镶金嵌宝的。实在画儿上也没他那么好看"，最后落实到她"通中国的诗书，会讲'五经'，能作诗填词"。这一来，所有的注意力都被吸引了，宝钗那个颇有些应试作文味道的建议就这样被无声无息地消解了。

　　林黛玉对接近宝玉的人一直是严防死守的，湘云捡了个金麒麟她都要考虑半天，这次的小宝琴要不是被定了亲，就很有可能被贾母"钦点"，但黛玉对宝琴却是出奇的好。她赶着宝琴叫"妹妹"，并不提名道姓，真似亲妹妹一般。这种关系无不来源于宝琴在深层次上和黛玉有一种共鸣。宝琴也认定林黛玉是个出类拔萃的，便更与黛玉亲敬异常。或许能说，宝琴是行动中的黛玉，走过千山万水，走过亲人离丧，走过自己的挣扎和彷徨，走向心灵世界的和谐统一，走过来完成黛玉海阔天空的心愿。黛玉激赏那十首诗，与其说是赞赏那几首诗，还不如说她艳羡那样的生活。毕竟大观园里的花花草草，荣国府里的虚情假意无法满足黛玉活生生的需要。在大观园里禁锢着的黛玉能写出《桃花行》，但是行走着的宝琴却可以写出［西江月］："汉苑零星有限，隋堤点缀无穷。三春事业付东风。明月梨花一梦。几处落红庭院，谁家香雪帘栊？江南江北一般同。偏是离人恨重。"汉苑零落，无限伤感；隋堤柳暗，隐含无限悲痛，以哀故国之笔来伤自身，阳春易逝，梨花易折。这种笔调很悲怆，但不同于黛玉的悲到哀怨，而是悲到清旷与豁达。

宝琴同宝玉的关系也是耐人寻味的。大凡女儿都会被宝玉怜惜，且不说钗、黛、湘云者流，晴雯、袭人、平儿之辈，就是四儿、芳官、司棋，宝玉能尽心也决不含糊，却偏生不见多情人对这个尽乎完美的美人有何特别。薛宝琴性格不让宝钗，才华不减黛玉，容貌不输仇十洲的美人图，为何宝玉除了开始时"有些魔意"，后来却像没有看见似的？难道真如张岱所言"人无疵不可与之交，以之无真气也"？不论远观近视，宝琴身上缺的就是那股生活气。在宝玉生日时，众人都有花签说命，唯独宝琴，虽然也参加了这个地下派对，但却无一点笔墨到她。或许在作者的心目中宝琴就是一个符号，一个不可解不需解得的存在，她的出场只为抽绎出黛玉的某种精神特质，是一个

薛宝琴：薄命司外"薄命人"

态度严肃认真的现实主义写作者试图建立某种更为深刻更为本质的对人生的俯瞰和解剖所作的安排，是一位有理想有激情的人生探索者的内心期待罢了。

作者似乎是竭尽全力塑造了宝琴的美，但这种被异样造出的美却如此地没有生命热力，就像在大观园里硬生生造出的稻香村一样，终失天成，全无意趣。在红楼精彩纷呈的人物长廊里成了一个无法走进读者内心的人，对于这么一个美人来说，何尝不是另一种形式的"薄命"？不管作者是有心还是无意，作品以此也向我们陈述了这么一个客观事实：完美的美是不现实的，最终震撼人心的依然是悲怆的美，被撕裂的美。对世俗的妥协和对和谐的妥协，都不是他如啼血杜鹃般所要唤回的钟灵毓秀的美。

夏金桂：有异食癖的谋杀犯

　　说起异食癖，比较典型的是贾宝玉，他时常要猴在女孩子身上，说："好姐姐，把你嘴上的胭脂赏我吃了罢!"有人认为这不过是与女孩子接吻的隐语，其实不然。贾宝玉有一次在黛玉那儿让湘云给他梳头，因镜台两边都是妆奁等物，顺手拿起来赏玩，不觉拈起了一盒子胭脂，竟欲往嘴边送，又怕湘云说。正犹豫间，湘云在身后伸过手来，"拍"的一下将胭脂从他手中打落，说道："不长进的毛病儿! 多早晚才改呢?"可见他真的吃胭脂，而不是借机与女孩子接吻。也就是说，贾宝玉确实是有异食癖的。最让人恶心的异食癖恐怕要数南朝的刘邕。他喜欢吃人们伤口上结的痂，认为它的味道和鳆鱼相似。有一次，他去探望朋友，这位朋友烫伤过，创口已基本长好，有些痂掉落在床上，他拣起来就吃。他的朋友大吃一惊，干脆把尚未剥落的痂一并剥下来给他吃——此即成语"嗜痂成癖"的来源。和他们相比，夏金桂的异食癖不算严重。贾宝玉和刘邕所吃的东西虽说有美恶之分，但无论如何都不在食物的范围之内。夏金桂吃的是油炸的焦骨头——怪虽怪矣，毕竟还接近人吃的东西。

　　异食癖又称异食症、食癖症，是指人喜欢吃一些不能吃的东西，如泥巴、沙石、毛线头等，而且对异食感到快乐，不吃就不舒服，即使受到阻拦，也要偷偷地吃（这点上贾宝玉又是极典型的）。其原因主要是心理因素，是一种心理失常的强迫行为。夏金桂的食物之异虽然不严重，但心理上的强迫症却很明显。这位"出落的花朵似的"小姐，出阁嫁人仿佛不是去过日子的，而是去挂印打仗的。一到薛家，就寻思着"须要拿出威风来才钤压得住人"。首当其冲的，自然是她的丈夫薛蟠。

薛蟠"气质刚硬，举止骄奢"，好色却又喜新厌旧，吃着碗里瞧着锅里的。当初为了香菱，连人命案子都弄出来了，好容易"明堂正道给他做了屋里人。过了没半月，也没事人一大堆了"。因此，夏金桂的"趁热炮制法"还真是有点道理。呆霸王这回算是遇到了对头，一月之中，二人气概都还相平；至两月之后，便觉薛蟠的气概渐次地低矮了下去。红楼之中还真没有哪个女人有她那样的战斗力，即使是王熙凤，在贾琏面上也还得有个尽让的。

初战告捷，夏金桂自然要一鼓作气，乘胜追击，先时不过挟制薛蟠，后来倚娇作媚，将及薛姨妈，后将至宝钗。然而，这个行来一步步得逞的作战方案，却在薛宝钗那儿开始了她的滑铁卢。

为了钤压宝钗，夏金桂采取了一个挑衅行动：为香菱更名。她得知香菱之名为宝钗所起，便攻击它"不通之极"，理由是"菱角花开，谁见香来"？任凭香菱解释说："不独菱花香，就连荷叶、莲蓬，都是有一般清香的。但他原不是花香可比，若静日静夜或清早半夜细领略了去，那一股清香比是花都好闻呢。就连菱角、鸡头、苇叶、芦根得了风露，那一股清香也是令人心神爽快的。"她执意把香菱改为秋菱。在她来看，这算是一件严重的事情。她就因为自己叫了"金桂"，再不许人口中带出"金""桂"二字来，凡有不留心误道一字者，定要苦打重罚才罢。她还把"桂花"改称"嫦娥花"，来抬高自己身份。

贾府中人对名字称呼等好像也确实比较在意。丫头红玉，因为重了宝二爷，如今只叫小红了。贾政听到袭人的名字就皱眉，说："丫头不拘叫个什么罢了，是谁起这样刁钻名字？"晴雯撵坠儿出去，她妈着了急，挑晴雯说话的刺，说的也是直呼其名。而麝月更把叫名字的道理讲了一大篇。宝钗生活其中，对这些当然都知道，薛姨妈在贾母面前也说："他那里是为这名儿不好？听见说，他因为是宝丫头起的，他才有心要改。"但宝钗对此却不作反应，金桂仿佛一杆长枪戳到了棉花堆上。

铃压宝钗受挫，乱了夏金桂的阵脚，她匆匆上马第二套计划。这个考虑不够周全的作战计划奠定了她最后的败局。这回，她使的是"舍孩套狼法"。看薛蟠对宝蟾有意，她想："我且舍出宝蟾与他，他一定就和香菱疏远了。我再乘他疏远之时，摆布了香菱，那时宝蟾原是我的人，也就好处了。"这计划的前半部分基本没出差错，薛蟠这头色狼果然被套住了，对香菱又打又骂，拳脚相加。金桂火上浇油，诬陷香菱用魇魔法咒她，终于把香菱赶出了家门（若不是宝钗，香菱就要又一次落入人贩子之手了）。当计划进展到后期的时候，出乎意外的事情发生了：宝蟾比不得香菱，和薛蟠正是烈火干柴，既和薛蟠情投意合，便把金桂放在脑后了。近见金桂又作践他，她便不肯低服半点。先是一冲一撞地拌嘴，后来金桂气急，甚至于骂，再至于打。她虽不敢还手，便也撒泼打滚，寻死觅活，昼则刀剪，夜则绳索，无所不闹。这回，夏金桂算是遇到了真正的敌手，正所谓恶人还须恶人磨。更让她没想到的是，她和宝蟾的鏖战，带来了一个更为严重的后果，那就是薛蟠的出走。这个男人面对一只雌虎已"旗纛渐倒"，又哪里抵御得了两只雌虎的咆哮？于是就一走了事，惹不起，躲得起。至此，夏金桂的计划全盘搁浅。皮之不存，毛将焉附——作战对象消失了，这仗还有什么打头？

正是在这样的情况下，她的异食癖严重发作。每日务要杀鸡鸭，将肉赏人吃，只单是油炸的焦骨头下酒。我们仿佛能够看到，这个失去搏斗对象的征服狂把坚硬的骨头当作了敌人，在用力的撕扯啃咬中发泄着心中的怨恨，享受着施虐的快感。

薛蝌的出现，给夏金桂寂寞无聊的生活带来了一线光亮。宝姐姐的这个叔伯兄弟，"形容举止另是个样子，倒像是宝姐姐的同胞兄弟似的"。可以设想，夏金桂的异食癖大概会暂时停止。她一心笼络薛蝌，倒无心混闹了，家中也稍觉安静。连当初的敌人宝蟾也和她重新建立了统一战线。这情形，倒像是潘金莲第二。好一块羊肉，倒落在狗嘴里，日子总是过不太平的。不管有没有西门庆，都要闹到出人命才善罢甘休。薛蝌也像武二郎一样，拒绝了这个无耻的嫂嫂。不过，武二郎是用拳头说话的，比较清楚明白；薛蝌腼腆含糊，就节外生枝了。

这时，可怜的香菱又一次成了金桂的眼中钉。她见薛蝌有什么东西都是托香菱收着，衣服缝洗也是香菱，两个人偶然说话，她来了，急忙散开，一发动了一个"醋"字。欲待发作薛蝌，却是舍不得，只得将一腔隐恨都搁在香菱身上。好不容易逮到一个与薛蝌单独相处的机会，更好不容易的是，她把薄薄的一层窗户纸都撕破了，准备"索性老着脸"将勾引进行到底，就在她拉住薛蝌"望死里拽"的时候，偏偏香菱突然出现，坏了她的好事。这一气非同小可，从此把香菱恨入骨髓。这时的夏金桂再嚼焦骨头也不够解气了，她决定谋杀香菱。

关于这桩谋杀案，作者没有采用"全知全能"的叙述法，而是让读者和薛姨妈等人一样，处于不知情状态，看见的只是谋杀的结果，而不是谋杀的过程。整个命案的真相直到后来由于宝蟾的坦白才得以大白。但宝蟾也不是金桂，她也是推理的："这死鬼奶奶要药香菱，必定趁我不在，将砒霜撒上了，也不知道我换碗。"这个推断虽然正确，"往前后想，真正一丝不错"，但却比较粗，我们完全可以推想得更详细：

夏金桂决定要谋杀香菱，首先得考虑用什么办法，动刀动枪的自然不便，那就选择下毒。毒药不难，可以推说闹耗子叫夏三去买了来。但药死人后如何脱得了干系，她也必定是要考虑的。毒死的人"鼻子眼睛里都流出血来"，怎么也是逃不过去的，必定要有人当替罪羊才是。而这个替罪羊不会是别人，一定是宝蟾！宝蟾和香菱同为薛蟠的屋里人，一个先来一个后到的，争风吃醋，心怀不满，这可不就是作案动机？她既然知道买毒药的事，也知道毒药"拿回来搁在首饰匣内"，这汤又是她做的，她完全可以拿了药下在汤里，试图结果香菱的性命——这可不是作案手段？夏金桂此时已和宝蟾和好，重新订立了攻守同盟，但在这件大事上却不对她露一点风声，我们完全有理由相信，她这次想用的是"一箭双雕法"，一举去掉两个眼中钉，可不快哉！

可惜的是，人算不如天算，天道好还，是再不错的。她的谋杀计划由于宝蟾的掺和而搞得一塌糊涂。宝蟾不甘心做汤给香菱吃，故意在一碗里头多抓了一把盐，记了暗记儿。金桂急着要下毒，不等宝蟾把汤端上来，就支使她出去，"叫外头叫小子们雇车，说今日回家去"。宝蟾回来一看，见盐多的这碗汤在金桂跟前。她恐怕金桂喝着咸，又要骂她，趁眼错不见，就把香菱这碗汤换过来了。这一来夏金桂下了砒霜的那碗汤就到了她自己面前。如果当初不是金桂使"舍孩套狼"之计，宝蟾如何会有"香菱那里配我做汤给他喝"的想头？如果宝蟾不是秉承"夏家的风气"，如何会做多放一把盐这样的促狭事？如果金桂不是雷霆风雨的要打要骂，宝蟾又何至于急着换碗？如果不是宝蟾有换碗一事，又如何将这恶毒的阴谋暴露出来？一心想要弹压一切的夏金桂，最后却死在身边的一个毛丫头手上。不仅死得狰狞恐怖，痛苦不堪，而且不明不白，无声无息，由她哥哥迎到刑部具结拦验，不了了之。而她所仇视的香菱，倒由于她"自己治死自己了"，被扶正做了大奶奶。

夏金桂是《红楼梦》中绝无仅有的一个作者完全用贬斥的笔调来描写的年轻女性。别的女孩再怎么样，总有可爱的一面。赵姨娘算是极不堪的一个，但她出场时已经是"鱼眼睛"了。夏金桂却在娘家时就是"盗跖的情性，自己尊若菩萨，他人秽如粪土。外具花柳之资，内秉风雷之性。在家里和丫环们使性赌气，轻骂重打的"，出了阁不过是变本加厉罢了。在"水做的骨肉"中出现这样一个反例，作者不得不郑重声明：这是因为她从小时父亲去世得早，又无同胞兄弟，寡母独守此女，娇养溺爱，不啻珍宝，凡女儿一举一动，他母亲皆百依百顺，因此酿成了这般性情。但声明归声明，作者对"女儿论"的反思却更加清晰：女儿应该是水做的，但却并不是所有的女儿都是水做的。这不，他正让贾宝玉因此而心中纳闷：这夏金桂举止形容也不怪厉，一般是鲜花嫩柳，与众姊妹不差上下，焉得这等情性，可为奇事。为了维护自己的理想世界，他甚至越俎代庖地向道士王一帖要起"贴女人的妒病的方子"来，可惜，世上竟无一张药方是治得了心性之病的。

刘老老：看谁笑到最后

刘老老何许人也？据作者介绍，她是个久经世代的老寡妇，膝下没有子息，只靠两亩薄地度日。后来，女婿来接，她就过去和女婿一家四口度日了。

她的出场，并不像她的身份一样令人感觉寒碜。作者是在"且说荣府中，合算起来，从上至下，也有三百余口人，一天也有一二十件事，竟如乱麻一般，没个头绪可作纲领"的情况下，才决定从"千里之外，芥豆之微"的一个乡下老妪出发，成就了洋洋洒洒的第6回"贾宝玉初试云雨情　刘老老一进荣国府"。"一进"二字同时又为后来的二进、三进埋下了伏笔，注定这个乡下老老将与贾府的命运相始终，并成为它的一个对照点。

刘老老的女婿王狗儿家计凋零，眼看天气寒冷，却因手头拮据，"家中冬事未办"。心烦意躁的狗儿就在家喝闷酒发脾气，妻子刘氏不敢顶撞，委委屈屈的。此时，不愿坐以待毙的刘老老想出了到贾家打抽丰的主意。考虑到狗儿是个男人，"这么个嘴脸，自然去不得"；女儿是个年轻的媳妇儿，"也难卖头卖脚的"，遂决定"舍着我这副老脸去碰碰，果然有好处，大家也有益"。这，就是刘老老去贾家的出发点。于是，在贾府这个钟鸣鼎食之家的太太、奶奶、姑娘以及她们的

393

趣说红楼人物

丫环等一群衣香鬓影的女性形象群中，出现了一个异数。

　　初进荣国府的刘老老就像是一架摄像机，从平民的视角，将荣国府的奢华清楚地呈现在读者的眼前。"上了正房台阶，小丫头打起猩红毡帘，才入堂屋，只闻一阵香扑了脸来，竟不知是何气味，身子就像在云端里一般。满屋里的东西都是耀眼争光，使人头晕目眩"。短短几句话，从嗅觉和视觉两个角度，写出了一个乡下老妪乍进华丽世家时感官所受到的强烈刺激。接着，她看到了"遍身绫罗，插金戴银，花容月貌"的平儿，便当是见到了正主儿凤姐。在周瑞家的告知下，才知道不过是个有体面的丫头。这一误会，正合了作者在其他地方多次提到的话：贾府里的丫头"平常寒薄人家的女孩儿也不能那么尊重"。在等待的过程中，刘老老"只听见咯当咯当的响声，很似打罗筛面的一般，不免东瞧西望的，忽见堂屋中柱子上挂着一个匣子，底下又坠着一个秤砣似的，却不住的乱晃"。正在寻思这是什么东西的时候，那东西像金钟铜磬般连着响了十来下，刘老老"倒吓得不住的展眼儿"。作者巧妙地用"打罗筛面""秤砣"等刘老老常见的东西，来表现她闻所未闻的西洋钟。元代文人睢景臣也曾用过这样的写法：说汉高祖刘邦衣锦荣归的时候，他的旧乡邻不懂皇帝的仪仗，把龙旗说成"一面旗蛇缠葫芦"，凤旗说成"一面旗鸡学舞"，飞虎旗说成是"一面旗狗生双翅"。

　　凤姐房中的摆设固然奢华，但在整个贾府中，也算不得特别稀罕。在贾府中人的眼睛里，显不出什么山水。现在，一个乡下老妪蓦地闯进来，她的眼中所见就充满新奇了。刘老老这一架平民视角的摄像机，摄录的都是画面感极强的特写，几个特写交接在一起，制造出特殊的效果，就像电影的蒙太奇一样，1＋1＞2了。

　　刘老老这次进府的收获是二十两银子，外加一串钱。对于凤姐来说，那二十两只是给她的几个丫头们做衣裳用的一点小钱，但刘老老听说给二十两，已经是"喜的眉开眼笑"了。从刘老老二进大观园时与别人的对话中，我们知道二十两银子够庄稼人一家五口过上一年了，也就是说，刘老老跑这一次，跑出了全家全年的生活费，哪能不笑？

刘老老这次打抽丰基本上完成了任务，但是还存在若干问题。周瑞家的嫌她说话粗鄙。"'瘦死的骆驼比马大'。凭他怎样，你老拔一根寒毛比我们的腰还壮哩"——这样的话，前半句难听，后半句粗俗，本欲拍马，结果倒像是揭短；还有就是说话不够和软。王狗儿的爷爷虽然同王夫人的父亲连了宗，但此"王"不比那"王"，自己的身份地位自己应该明白，贾芸比贾宝玉大五六岁还赶着宝玉叫父亲，王狗儿又怎么能真称起"侄儿"来呢？这又是刘老老本欲套近乎，结果倒成了不尊重了。

刘老老第二次进贾府的光景就大不相同了。其外在原因，是投了老太太的缘——这位身处贾府权力金字塔顶端的老妇人恰好想要找一位积古的老人说说话儿。而内在的原因则是刘老老充分吸取了上一回的经验教训，扬长避短。看来周瑞家的所作的批评还是挺起作用的。这一回，她大获全胜，满载而归。仅银子一项就有王夫人和凤姐给的一百零八两，此外还有堆了半炕的东西；在辞谢贾母时，又得了许多——两套新衣裳、两个锞子、几件半旧衣裳、成窑钟子和药等。刘老老喜出望外，念了几千声的佛。想想光是这些银子就够一家人过上五六年了，真是一件让人开心的事情。

这些钱物对于贾府来说，固然是沧海一粟，但要从贾府拿钱，也不是件容易的事情。贾芸想要接手大观园布置的小项目以捞些油水，尚且要打点东西送给婶娘凤姐呢。刘老老凭什么得到这么大的收获呢？

一是刘老老懂得送礼的学问。她从第一次进府时看到的凤姐等人的饮食中推测，"姑娘们天天山珍海味，也吃腻了"，肯定想吃野味和新鲜，于是就带了自己种的瓜果、野菜。果然，贾母听说她带了好些瓜菜来后，马上叫人收拾做饭菜去了，还说："我正想个地里现结的瓜儿菜儿吃，外头买的不像你们地里的好吃。"走的时候平儿也说："到年下，你只把你们晒的那个灰条菜和豇豆、扁豆、茄子干子、葫芦条儿，各样干菜带些来——我们这里上上下下都爱吃这个——就算了。别的一概不要，别罔费了心。"不在送得好，只在送得巧——这就是送礼的学问，把握好了，自己所费不多，对方却很高兴。

二是刘老老懂得谈话的技巧。刘老老二进贾府很是做了一些事情。见了贾母，她便说一些乡村中的闲话给贾母听。贾母等人很感兴趣，觉得刘老老的闲话比那些瞽目先生说的书还好听。刘老老"见头一件贾母高兴，第二件这些哥儿姐儿都爱听，便没话也编出些话来"。就是说，她不但在送礼时投其所好，谈话也充分考虑对方的兴趣。当晚，她的说话征服了在场的每个人：因果报应的故事暗合了贾母王夫人的心事；红粉精灵的故事则深深打动了宝玉这样的情哥哥。

当然，这次的重头戏，还是发生在与贾母一行人游赏大观园的那一天。就是在这一天，她娱乐了贾府中的老老少少，同时也为自己的丰收打下了坚实的基础。这里的关键是，她比任何时候都更加清楚自己的地位和自己所要达到的目的。在贾府，贾母是个说一不二的人，她的欢心和笑容是整个贾府中人最为关心的大事情。要是能够让贾母开心，就等于得到了整个贾家人的欢心。刘老老审时度势，马上调整好自己的心态和位置。刚进大观园，凤姐将一盘子的花横三竖四地插了刘老老一头，这分明是打趣她。她非但没有生气，还笑着说·"我

397

这头也不知修了什么福，今儿这样体面起来"，"我虽老了，年轻时也风流，爱个花儿粉儿的，今儿索性作个老风流！"让"贾母和众人笑的了不得"。后来摆饭的时候，鸳鸯和凤姐说："天天咱们说外头老爷们吃酒吃饭，都有个凑趣儿的，拿他取笑儿。咱们今儿也得了个女清客了。"凤姐也笑道："咱们今儿就拿他取个笑儿。"如此这般地商议了一通。接下来的场面便令人捧腹了：先是给了她一双很重的老年四楞象牙镶金的筷子，刘老老的反应是："这个叉巴子，比我们那里的铁锹还沉，那里拿的动他？"然后是令人绝倒的饭前开场白："老刘，老刘，食量大如牛。吃个老母猪，不抬头！"从而让贾府上至老太太下至丫环们绽放出最纯真、最灿烂的笑颜，惹得"众人已没心吃饭，都看着他取笑"。在这一天中，刘老老十分的庄稼人本色表现得倒有十二分：见识浅陋，语言粗俗，食量惊人，吃相蠢笨。而其作用则是与贾府中人的见多识广，言谈风趣，量小嘴刁，文静秀气形成强烈对比，产生令人喷饭的效果。

刘老老对自己的"女清客"身份是十分明晓的。后来凤姐说："你可别多心，才刚不过大家取乐儿。"鸳鸯说："老老别恼，我给你老人家赔个不是儿罢。"她很爽快地回答："姑娘们说那里的话？咱们哄着老太太开个心儿，有什么恼的！你先嘱咐我，我就明白了，不过大家取笑儿。我要恼，也就不说了。"知道自己是什么、在干什么，这就不是蠢笨而是精明了。

二进贾府的刘老老是善良的。自己家的庄稼地里第一次摘下的顶尖儿的枣儿、倭瓜，她都没舍得自己吃或拿出去卖，而是带到贾府给里面的人尝尝鲜。因为如果不是她们的帮助，一家人可能都过不了冬天。她又是智慧的。曹雪芹自己就说："那刘老老虽是个村野人，却生来的有些见识，何况年纪老了，世情上经历过的"。确实如此，她在极短的时间内，摸透了贵族的爱好，竭力夸张自己庄稼人的贫穷、无知，让贾府中人充分享受作为贵族的自豪感、优越感。这一次大观园之行，变成了刘老老的个人秀——她的智慧通达，再加上她原本爽朗憨直的个性，带给大观园的女性们一次前所未有的狂欢，从而成了大观园的明星和赢家。

第三次去贾府的时候，刘老老的身份有了很大的改变。她不再是去打抽丰的乡下老妪，也不是让人发笑的女清客。她是听说贾母去世的消息后匆匆赶过来"哭一场"的。当时的贾府正值多事之秋，继抄家、二贾被流放之后，贾母去世，整个家族处于一种"树倒猢狲散"的危境中。凤姐在操办贾母丧事时失尽人心，"墙倒众人推"。刘老老到时，凤姐正处于弥留之际，老是见鬼来索命。见刘老老来，她如同见到了救命稻草，让刘老老替她到乡村的庙宇里面去祷告。在刘老老临走的时候，她说了两句很是凄凉的话："老老，我的命交给你了。我的巧姐儿也是千灾百病的，也交给你了。"刘老老半真半假地说给巧姐做媒时，凤姐竟然没有拒绝，而是说："你说去，我愿意就给。"竟将自己的性命和女儿的终身大事托付给这个乡下老妪。刘老老也没有辜负她的遗愿，她在平儿、王夫人等都无计可施的情况下救出了差点被卖给藩王做使唤丫环的巧姐，并且还真给巧姐说了个婆家。虽然只是个乡下的财主，但是人家清白，孩子肯念书，能够上进，合家人对待巧姐如同侍奉神仙一样。在贾家众女性中，托刘老老的福，千灾百病的巧姐终于有了一个好结局。

平民阶级的刘老老是个健全的人。虽然已是七十五岁高龄，但是她的身体还是很硬朗，帮着女儿女婿带外甥、外甥女；农忙季节，还帮女儿女婿一起照看满地的庄稼，做一些自己力所能及的活儿。游大观园的时候，她在潇湘馆的小径上滑倒，贾母问她扭了腰没、要不要叫丫头们捶捶，她说："哪里说的我这么娇嫩了？那一天不跌两下子"。相比之下，贵族们的身体就不如她强健了。别说比她还小几岁的贾母，就是贾母正值青春的孙辈们也动不动就生病延医。刘老老在精神上也非常健康。虽然已经一大把年纪了，但她还是"一心一计，帮着女儿女婿过活"。她为整家人的生活而出谋献策、四处奔波。在贾府，别人当她是女清客，即使是丫环也可以肆意取笑她。但是她早就怀着"舍着我这副老脸去碰碰，果然有好处，大家也有益"的目的，调整好自己的心态，不会为别人的眼光、言语而耿耿于怀。刘老老还有一颗感恩的心。贾家处于最低谷的时候，一些有钱的家奴都担心祸及自身而避之不及，但这个时候的刘老老却为了贾府的悲伤而悲伤、为了贾府的欢喜而欢喜，与贾府共休戚，后来还救巧姐于水火之中。也许正是因为这些原因，在贾家这样的贵族家庭一步步没落的时候，刘老老所在的平民家庭却生机盎然。本来是一家人都要饿死、冻死，但是在刘老老的苦心经营之下，一步步地走上了温饱甚至是小康之路——"如今虽说是庄家人苦，家里也挣了好几亩地，又打了一口井，种些菜蔬瓜果，一年卖的钱也不少，尽够他们嚼吃的了。这两年姑奶奶还时常给些衣服布匹，在我们村里算是过得的了。"听刘老老一五一十地说着家里面的这些改变，读者不由自主地真替她感到高兴：她的付出终于有了回报，贫瘠的土地上结出了丰硕的果实。

回想当初，刘老老与贾府恍若天人的贵族们相比，是那么鄙陋粗笨可笑，作者特意用浓彩重墨写了《红楼梦》中最醋畅淋漓的一场笑。但到最后，"为官的，家业凋零；富贵的，金银散尽"，"好一似食尽鸟投林，落了片白茫茫大地真干净"的时候，还能笑得出来的，恐怕也就是刘老老了。

仆人仆妇

赖大：从奴隶到将军

从古至今，要做好一个下属都不是一件容易的事，俗话说"伴君如伴虎"，在老板眼皮子底下做事，其中的分寸是非常微妙而难以拿捏的。有一种人，属于赤胆忠心的"耿直派"，只要是他认为对的，什么话都敢说出来，完全不顾老板的反应。而另一种人，则是察言观色的高手，见风使舵、逢迎拍马的功夫一流，凡是有可能危害到自身利益的，不该说的话他绝不说，不该做的事他决不做，明明自己颇有能力，也要暗藏一手，以防后患。

这两种人，若是从人品的角度来看，只要一作比较，高下立判。然而，在现实社会中，往往后一种人更容易得到重用。盖因"耿直派"的忠言总是逆耳的，没有多少人爱听。要是运气好一点，遇到一位英明的上司，还有可能做个治世之能臣，如果运气不好的撞上个昏庸不明的主子，再耿直地进些个逆耳忠言，丢官撤职倒是小事，脑袋都很容易飞掉，只能留下个美名让后人去凭吊，即所谓的"文死谏，武死战"。但即使这样的名声，有时也美不起来，贾宝玉就痛斥过那些个须眉浊物，说"他们只知道文死谏，武死战，这二死是大丈夫死名死节。竟何如不死的好！必定有昏君他方谏，他只顾邀名，猛拼一死，将来弃君于何地！"连宝玉也作如是想，可见"耿直派"之不得人心。

考察一下《红楼梦》里的整个奴才系统，就很能发现这个事实。凡是不懂得察言观色的奴才，不管他有多么忠心耿耿，都不能得到主子的重用，而那些会看眼色办事的人，则个个都能飞黄腾达，这一点在荣府第一大奴才、大管家赖大身上，更是得到了淋漓尽致地体现。

在《红楼梦》里，奴才之间有着严格的等级分别，每一阶层的人，都只能在自己的权力范围内活动而不能越级。所以，负责看大门的小厮们，绝走不到中门里面来，而贾宝玉的汤，也只能由他的丫环们来吹，即使她们失手砸了碗，也轮不到那些老婆子们。等级越高的奴才，可以去的地方就越多，可以行使的权力也就越大，像赖大这种处在荣府奴才金字塔尖上的人，无论是权力还是地位，就只在重要主子之下，差不多点的主子恐怕还不一定赶得上呢。

在赖大的家里修着一个齐整宽阔的大花园，他的儿子女儿一生下来就脱离了奴籍，由奶妈、丫头们捧凤凰似的捧着长大，而他自己，也获得了上司和同事们的一致尊重，甚至还被贾蔷、贾蓉等贾府年轻子弟尊敬地称为"赖爷爷"。

可是，要是细究起来，赖大的出身其实是很卑贱的，他是贾府的"家生子儿"，也就是世世代代在贾府为奴的人。这种人最没有人身自由，不管主子到哪里都要跟着去，像袭人那种签了卖身契的奴才，反倒要比他们的地位高。那么，既然赖大出身这样寒微，到底他是凭借什么本事爬到荣府大总管这样显赫的地位上来的呢？除开资历比较老，所谓"熬了两三辈子"以外，我们可以从《红楼梦》里的一些细枝末节中看出其中端倪。

首先，赖大这个人撇开人品不谈，还颇有些理家管财的能力。敏慧过人的三姑娘贾探春就曾经考察过他们家的花园子，发现他们的花园里没有浪费的东西：四季盛开的鲜花，是女孩儿头上不用花钱的饰物；竹林里的春笋，是众人不花钱的食物；还有鱼啊虾啊，都在提供精神享受的同时也兼供着物质享受。不仅如此，花园还让人承包，一年的承包费是二百两银子。这一番考察让打小生活在绮罗丛中的探春如梦初醒，感叹道："从那日我才知道，一个破荷叶，一根枯草根子，都是值钱的。"从这里可以看出，赖大的理财方法才是探春"兴利除宿弊"的基础，他才是幕后的真正英雄，竟想出了类似现代的"承包责任制"一样的高明方法，不仅使自己家的园子每年有丰厚的盈余，同时也调动了手下的积极性，让他们尝到了甜头。当然，这也与他的奴才出身有关，毕竟他知盘中餐，粒粒皆辛苦。

除此之外，在"贾元春才选凤藻宫秦鲸卿夭逝黄泉路"一回中，赖大也显示了自己过人的理财本领。当时元妃欲回家省亲，荣府里赶着修建富丽堂皇的大观园做省亲别墅，这时贾蔷问贾珍讨到了一个差事，准备下姑苏请聘教习，采买女孩子并置办乐器行头，可是一时之间他却不知道该怎样处理资金问题，这时赖大替他出了一个绝妙的主意："竟不用从京里带银子去。江南甄家还收着我们五万银子。明日写一封书信会票我们带去，先支三万两，剩二万存着，等置办彩灯花烛并各色帘帐的使用。"这种做法是非常高明的，它不仅解决了要带大批银子下姑苏的车马劳顿和安全隐患，而且极其自然地要回了甄家"收着"的银子。若是放在现在，赖大对追讨三角债大概是会有些办法的。而且我们看到，赖大对本次购物（"女孩子"只能也暂时放在"物"里头了）所需的花费有着准确的预算，从中不难看出赖大精明的经济头脑。

其次，赖大还是一个从不胡乱说话的人。对主子来说，再劳苦功高的奴才，一旦乱说起话来，都不讨人喜欢。就像贾珍府里的焦大，

赖大：从奴隶到将军

辛苦了一辈子，"从小儿跟着太爷出过三四回兵，从死人堆里把太爷背出来，才得了命；自己挨着饿，却偷了东西给主子吃；两日没水，得了半碗水，给主子喝，他自己喝马溺"。他对贾府的主子有着这样大的功劳，到头来也没见贾府给过他什么恩遇。为什么呢？原因都出在他那张嘴上，只要一喝醉酒，他就开始骂人，先是骂府里的大管家"不公道，欺软怕硬，没良心的忘八羔子，瞎充管家"，然后便渐次骂到府里的主子们身上，最后则更是大胆地把"爬灰的爬灰，养小叔子的养小叔子"这种让人"唬得魂飞魄丧"的话都说了出来，直率如此，怎能讨府里的主子喜欢？

而赖大呢，简直就像他的相反数，在整个《红楼梦》里，他说的话不但正经规矩，而且少得屈指可数。王熙凤曾经评价荣府的二管家林之孝夫妻是"一个天聋，一个地哑"，而赖大更深谙此道。所谓"祸从口出"，只要"不关己事不开口"，祸事也就牵连不到自己身上来，何况做主子的往往都有些私密的龌龊事不欲为人知，只有当个守口如瓶的人，才能得到他们的重用，最后达到"闷声大发财"的效果。如果不明白这个道理，赖大如何能在大总管的显赫位子上待那么久呢？荣府的奴才偏是赖大和林之孝最发达，恐怕不是偶然的。

当然，只是不乱说话还是不够的，最重要的是要得到府里主子们的欢心，尤其是老太太的欢心。虽然赖大只负责贾府外头的活，和府里的太太小姐们不沾边儿，然而还有裙带关系这条路线呢！于是乎，我们看到，赖大的母亲赖嬷嬷虽然早已经退休在家，却还是三天两头地往府里跑，和主子们套个近乎，热络热络。她一会儿送个娇俏可人的晴雯给贾母当丫头，一会儿参加参加王熙凤的生日派对，忙得不亦乐乎。而赖大的妻子赖大家的也不闲着，一看到新来的姑娘薛宝琴深得贾母喜爱，就紧赶慢赶地送了她两盆水仙，两盆腊梅，把府里其他

406

的正经姑娘们倒撇在脑后头了。如此"凑趣"的行为，主子怎么会不喜欢？高兴之下，好处自然也就跟着来了。就如赖嬷嬷所说，"那正根正苗，忍饥挨饿的要多少？"而赖大的儿子赖尚荣"一个奴才秧子"，却靠着贾府的恩典选了官。

然而，有产出就应该有回报，赖大到底对贾府作了什么贡献呢？我们在《红楼梦》里却看不到。他的理财本领虽然高明，但却没有给贾府带来什么实际的经济利益。在元妃省亲以后，荣国府已经开始渐渐走下坡路，连平时不管事的林黛玉都说："咱们也太费了。我虽不管事，心里每常闲了，替他们一算，出的多，进的少，如今若不省俭，必致后手不接。"可见，贾府的问题已经很严重了，而在这个节骨眼上，身为大总管的赖大却没有想出什么好办法来开源节流。自己家的小花园已经采用了先进的"承包责任制"，但是大观园里却不见实行，别说实行了，他在贾琏等当家人跟前连提都没提过。这是为什么呢？原因很简单。要想使一批人得到利益，往往会损害另一批人的利益。如果由他提出这个省俭的建议，必然会得罪一些人，而这对他是没有好处的。反正自己家早已经赚得盆满钵满，贾府的好与坏对他来说有什么差别呢？"多一事不如少一事"，干脆就闭口不言了。

如果赖大光处于中立的立场也就罢了，事实上，他对贾府不但没有什么好处，反而是损害贾府利益的蛀虫之一。在《红楼梦》里，我们可以看到赖大家里是非常有钱的。在"闲取乐偶攒金庆寿不了情暂撮土为香"一回中，贾母号召大家凑份子给王熙凤过生日，其中就请了赖大的母亲。当时赖大娘就问道："少奶奶们十二两，我们自然也该矮一等了？"贾母听说，道："这使不得。你们虽该矮一等，我知道你们这几个都是财主，位虽低些，钱却比他们多。你们和他们一例才使得。"连贾母都这样说，可见赖大家里的富裕程度是尽人皆知的。

赖大：从奴隶到将军

而另一件事也很说明问题，那就是赖大的儿子赖尚荣选官一事。在秦可卿去世的时候，贾珍为了让她的葬礼看上去风光些，特地贿赂了大明宫掌宫内监戴权，来为贾蓉求得五品龙禁尉一职，这个红包一出手就是一千两，而且还是建立在与戴权熟识的基础上。赖大的儿子赖尚荣虽然选的是个七品官职的知县，但是少说几百两银子是少不了的。而当时几百两银子是什么概念呢？刘老老算过一笔账。她二进大观园的时候见贾府众人吃螃蟹，划算说："这些螃蟹，今年就值五分一斤，十斤五钱，五五二两五，三五一十五，再搭上酒菜，一共倒有二十多两银子。阿弥陀佛！这一顿的银子，够我们庄家人过一年了！"二十两银子够一个五口之家过一年，那么几百两银子就可以过几十年了，这是多么庞大的数字！

那么赖大的工资到底有多少呢？让我们来算个账。在探春管理大观园的时候，她曾经说过自己的月银是二两银子。而在"金兰契互剖金兰语　风雨夕闷制风雨词"中王熙凤则对李纨说："你一个月十两银子的月钱，比我们多两倍子"，可见她这个当家奶奶自己一个月的月银也不过就是三五两而已。赖大虽然是府里的大管家，可是总归是个奴才，他一个月的工资怎么也不会比王熙凤的月例银子高，那么顶多也就是几两银子罢了。假如只是本分的拿个工资，再扣去养家的费用，他怎么可能出得起为儿子捐官的这几百两银子？

赖大的巨额财产到底是从哪里来的呢？当然是从贾府这个出羊毛的羊身上来的。在"醉金刚轻财尚义侠　痴女儿遗帕惹相思"一回中，贾芸曾费尽心力问人借钱去贿赂凤姐，结果讨得了一项在大观园里种树的工作。他买树只花了五十两银子，可是支钱却支了二百两，这多余的一百五十两只需扣除行贿的成本，其余便进了他的荷包，成了他的纯利润了。而在之前我们看到，贾蔷曾支了五万两银子，却仅仅去做请聘教习，采买女孩子并置办乐器行头等事，其中的油水也自不待言。而赖大呢？不说平时的管家，就在荣府修建大观园的时候，贾政将整个项目全都交给了赖大等人，不仅如此，他还负责人员的调配和监工的工作。无论是哪一项工作，他都是身处于银子的海洋之中，估计连红包都要拿得手软呢！

不仅如此，赖大还应该另有些不义之财入账。在凤姐"弄权铁槛寺"一事中，凤姐受贿为张家退婚，其中她的仆人旺儿出力不少。于是，事后凤姐就给了他不少银子做辛苦钱和遮口费。可见，仆人们帮主子做这种事都是有好处可拿的。赖大为主子办事多年，想来这些昧心事做的也不会少，几十年下来这样的好处也就非常可观了。

正是因为有赖大这样的"吸血鬼"存在，原本鼎盛的贾府才会逐渐式微，走向末路。然而"一个巴掌拍不响"，赖大们的存在也是由贾府主子们的行径造成的，就是贾宝玉说的"必定有昏君他方谏"，没有主子们的"鼎力相助"，赖大们绝对成不了气候。相信只要有这样的主子存在一天，赖大们就会继续得志，继续发达下去，从奴隶变成将军。

李嬷嬷：欲与袭人试比高

　　贾府中的女性奴才大约分成几类：一类是未出嫁的女孩子，或买来，或家生，叫做丫头，大多由主子起名，或从琴棋书画上起意，什么抱琴、司棋、侍书、入画；或从风花雪月上起意，什么晴雯、莲花、茜雪、麝月。大一点嫁了人的，若是嫁了主子，便是姨娘或姑娘；若是配小子的，称为媳妇子，已经没了名姓，嫁了谁，就成为某某家的，比如周瑞家的，赖大家的。再年长的，就是嬷嬷。这些嬷嬷大多是小主子的奶妈，如贾琏的奶妈赵嬷嬷，林黛玉进贾府时带来的"自己的奶娘王嬷嬷"。这姓也都是夫家的。除了乳母，还有所谓"教引嬷嬷"，是专职的家教。贾府的女孩子各有四个教引嬷嬷，看来她们的事情还不少，从思想品德、行为举止到女红针黹都要教的。宝玉在宁府赏花睡中觉那回，不肯睡在专门"给宝二叔收拾下的屋子"里，秦可卿说"要不就往我屋里去罢"，一个嬷嬷马上说："那里有个叔叔往侄儿媳妇房里睡觉的礼呢？"看来这些礼节上的事情，嬷嬷都是要负责任的。

　　李嬷嬷是宝玉的奶妈，因此很有体面，在别的下人跟前颇有些领班的威严。比如，宝玉在薛姨妈处玩，她问宝玉："说给小么儿们散了罢？"宝玉点头。李嬷嬷出去，命小厮们："都散了罢。"作者用的是个"命"字，可以想见李嬷嬷其时的威风。李嬷嬷对自己的领班地位也很看重，有一次袭人感冒，躺在床上没看见她进来，被她一顿好骂，直骂得袭人"又羞又委屈，禁不住哭起来了"。

李嬷嬷很有威信，还因为她是"久经老妪""年老多知"，从丫头到小姐都相信她见多识广，说话准没错。袭人那样被她糟践，宝玉一有事，还是"先要差人去请李嬷嬷来"。去黛玉那儿报告的时候，袭人最强有力的证据是："连妈妈都说不中用了"。林黛玉也相信，李嬷嬷"说不中用了，可知必不中用"。李嬷嬷大概略知道些望闻问切，见了宝玉先"看了半天"，这望上去宝玉的气色自然是怕人的：呆呆的，一头热汗，满腔紫胀，两个眼珠儿直直的起来，口角边津液流出；然后是"问他几句话，也无回答"；于是把脉，脉象如何我们不得而知，但从李嬷嬷的最后一招掐人中来看，她其时已断定宝玉为昏迷状态。人中是中医的针灸穴位，又叫"水沟"，乃急救昏厥的要穴。李嬷嬷以手代针，掐得指印如许来深，竟也不觉疼。于是，李嬷嬷"呀"的一声，便搂头放声大哭起来，捶床捣枕地下了死刑判决书："这可不中用了！我白操了一世的心了！"

李嬷嬷的这些表现只能说明她对宝玉还是挺有感情的。她的痛苦非常真实。对她来说，一方面，宝玉是她将来的倚靠。贾琏的乳母赵嬷嬷就凭着这层关系让她的两个儿子赵天梁、赵天栋弄到了"里头却有藏掖的"美差，跟着贾蔷下姑苏请聘教习，采买女孩子，置办乐器行头去了。凭宝玉在贾府的地位，这棵大树将来更是了不得，若是还没乘凉，树儿就先要倒伏，浇灌这树的人哪有不伤心的？另一方面，倒也不能说李嬷嬷满心里装的都是这等功利的打算，人总是有感情的，何况是用自己的乳汁喂养长大的孩子。但若说到医道，李嬷嬷却很是不济。且不说宝玉没多久就又活蹦乱跳的事实，人家太医就敢

411

一见便断定"不妨"。她只知些皮毛，就乱下结论，未免有倚老卖老之嫌。

嬷嬷们肩负着监护小主子的责任，吃、穿、睡，样样都要管。袭人探亲回来，和宝玉的话多了点，说到三更天，宝玉的表上"针已指到子初二刻"，也就是夜里 12 点半，老太太便打发嬷嬷来问了。看来贾宝玉虽然不是住的集体宿舍，作息却也还是有人管着的。吃东西也有人管。在薛姨妈家，一听说宝玉要喝酒，李嬷嬷立刻上来阻止。但这次她非常不成功。开始是薛姨妈拦在头里，说："老货！只管放心喝你的去罢。我也不许他喝多了。就是老太太问，有我呢！"她只得且和众人吃酒去，但眼睛却还盯着贾宝玉。宝玉三杯下肚，她又上来阻止，甚至拿出了杀手锏："你可仔细今儿老爷在家，提防着问你的书！"宝玉听了此话，便心中大不悦，慢慢地放下酒，垂了头。她不曾提防，路上说话，草中有人，这一来早就惹毛了一个人——林黛玉。这个钟情得一塌糊涂的女孩子怎么忍心看自己的爱人垂头丧气呢？她一面说："别扫大家的兴。舅舅若叫，只说姨妈这里留住你。——这妈妈，他又该拿我们来醒脾了！"一面悄悄地推宝玉，叫他赌赌气，一面咕哝说："别理那老货，咱们只管乐咱们的。"偏李嬷嬷不识相，还点了"林姐儿"的名，林黛玉立刻抛出了一句"比刀子还利害"的话："你这妈妈太小心了。往常老太太又给他酒吃，如今在姨妈这里多吃了一口，想来也不妨事。必定姨妈这里是外人，不当在这里吃，也未可知。"贾府这样的人家，亲戚间的礼数是一向看得很重的，问题扯到了亲戚情分上，李嬷嬷还有什么话可说？林黛玉这"上纲上线"的一招的确厉害，但却是伤人也伤己的——她那说话尖刻的名儿还不就传出去了？只是她却顾不得了。

别看李嬷嬷这会子这么较真，若认真考核起来，她却并不是一个

412

好领班。她阻止宝玉喝酒，主要是因为那天眼错不见，让宝玉喝了酒，她为之挨了两天骂。她对此颇有怨言，说："有一天老太太高兴，又尽着他喝，什么日子又不许他喝。何苦我白赔在里头呢？"在她看来，只要不把自己赔进去，"当着老太太、太太，那怕你喝一坛呢"。这可不是什么值得称道的工作态度，比起林黛玉的奋不顾身来，差距就远得不能说了。

再者，既然宝玉喝不喝酒、喝多少酒事关重要，你就该一管到底才是，她却并不如此，而是半道上脱岗溜回家里去了。临行吩咐小丫头："你们在这里小心着，我家去换了衣裳就来。"这一换，直换到宝玉离开也没再来。后来宝玉到了贾母那里，贾母问："李奶子怎不见？"众人还不敢直说她家去了，可见这是严重违反劳动纪律的行为。而且，上梁不正下梁歪，她一走，剩下的两三个老婆子，都是不关痛痒的，见李妈走了，也都悄悄地自寻方便去了。这晚上要是出点什么事的话，她李嬷嬷岂不是罪责难逃？

李嬷嬷不仅劳动纪律松散，还爱托大，贪小便宜。宝玉在东府里吃早饭，看见一碟子豆腐皮儿的包子。他想着晴雯爱吃，和尤氏要了，只说晚上吃，叫人送了来。李嬷嬷看见，叫人送了家去给她孙子吃了，白糟蹋了宝玉对晴雯的一片心。宝玉早起沏了碗枫露茶，那茶是三四次后才出色，因此留着，却又让李嬷嬷喝了去了。最有意思的是过年的时候她进来请安，先还嘴里问着："宝玉如今一顿吃多少饭？什么时候睡觉？"突然就说，"这盖碗里是酪，怎么不送给我吃？"看来这嬷嬷不仅东张西望，还东翻西捡，要不，怎么连盖碗里的酥酪也逃不出她的眼睛？

这三样东西，至少有两样现在是一点不稀奇了。一样是豆腐皮的包子，想必是用豆腐皮包裹馅料做成的。应该就是类似杭菜中叫做响铃的东西，或是淮扬名点中的一款，是用百叶包裹鲜肉等馅料的，叫做千张包。另一样是酪。李嬷嬷后来两次说："别说我吃了一碗牛奶，就是再比这个值钱的，也是应该的。""我的血变了奶，吃的长这么大，如今我吃他碗牛奶，他就生气了？"可见酪就是牛奶，不过不是我们今天喝的牛奶，而是奶制品。《饮膳正要》详细地描写过制作方法：先下半勺牛奶在锅里炒，再慢慢注入其余的牛奶，一边搅拌，一边让它反复烧沸，然后倒在罐子里冷却，掠取面上的一层浮皮，这就是酥，再把原来的炼乳倒进去，用纸封存起来，这就是酪了，也叫酥酪。这玩意儿比豆腐皮的包子好像要高档些，所以是贾妃从宫里赐出来的。不过也不是绝对稀罕，这不，连李嬷嬷老妪都认识，袭人也吃过不是一两回了。只有那要三四次后才出色的枫露茶不知究竟是哪种茶，有说红茶的，也有说白茶的，也有说调制茶的。不管怎样，三样东西中至少两样在当时是不常吃的，更重要的是，它们都有"匪女之为美，美人之贻"的意思，都是宝玉为心中的女孩儿留的，李嬷嬷这样粗暴地对待，的确很不讨人喜欢。

为这些事，李嬷嬷与宝玉的关系有点尴尬。宝玉在老太太跟前说："他比老太太还受用呢，问他作什么！没有他只怕我还多活两日儿。"在茜雪面前，他更发作道："他是你那一门子的'奶奶'，你们这么孝敬他？不过是我小时候儿吃过他几日奶罢了，如今惯的比祖宗还大，撵出去大家干净！"李嬷嬷也对宝玉颇为不满，她气不过的是："把你奶了这么大，到如今吃不着奶了，把我扔在一边儿，逼着丫头们要我的强！"两人矛盾的焦点是：李嬷嬷的位置究竟该怎么摆。在宝玉看来，李嬷嬷太托大了，"惯的比祖宗还大"；在李嬷嬷看来，她又排得太靠后了，竟排到了丫头的后面！她愤愤然地说："难道待袭人比我还重？"她专找袭人开骂，也是冲着这点。

其实，这里有两个完全不同的序列。一个是传统序列："年高伏侍过父母的家人，比年轻的主子还有体面呢"，按照这个序列，李嬷嬷当然排在袭人等丫头的前面。问题是宝玉并没遵守这个序列，他有自己的排列法：女儿—女人—男人。女儿和男人是善与恶的两个极端，女人处在中间。女人虽然是女儿变的，但因为嫁了汉子，染了男人的气味，也就"混账起来"。所以在宝玉这儿，女人要想排到女儿的前面去，也就是嬷嬷要想排到丫头前面去，再具体一点，就是李嬷嬷要排到袭人前面去，是绝对不可能的，哪怕你是"血变了奶"喂养他的，也不行。

作者曾用宝玉房里的一幅情景绝妙地表现了两种序列的冲突：

> 宝玉自出了门，他房中这些丫环们都索性恣意的玩笑，也有赶围棋的，也有掷骰抹牌的，磕了一地的瓜子皮儿。偏奶母李嬷嬷拄拐进来请安，瞧瞧宝玉；见宝玉不在家，丫环们只顾玩闹，十分看不过。因叹道："自从我出去了不大进来，你们越发没了样儿了，别的嬷嬷越不敢说你们了。那宝玉是个'丈八的灯台，照见人家，照不见自己'的，只知嫌人家腌臜。这是他的房子，由着你们遭塌，越不成体统了。"这些丫头们明知宝玉不讲究这些，二则李嬷嬷已是告老解事出去的了，如今管不着他们。因此，只顾玩笑，并不理他。那李嬷嬷还只管问："宝玉如今一顿吃多少饭？什么时候睡觉？"丫头们总胡乱答应。

从表面上看，一方是烂漫的自由，一方是伴随着规矩和责任的关切。但紧接着，李嬷嬷发现了酥酪，问道·"这盖碗里是酪，怎么不送给我吃？"说毕，拿起就吃。一个丫头道："快别动！那是说了给袭人留着的……"于是散漫之中透出了一份平等的关切，而责任之外反露出了自大和委琐。

李嬷嬷吵骂袭人的时候，林黛玉说："那袭人待他也罢了，你妈妈再要认真排揎他，可见老背晦了。"李嬷嬷与宝玉的关系差不多也是这个情形。宝玉虽然在背后对她颇有微词，当面可是没敢得罪她一点儿，一口一个"好妈妈"地央求她，但李嬷嬷却想着要宝玉把自己放在袭人这个"阿物儿"前面，可真是"老背晦"了。

说到"老"，有一点让读者很纳闷：李嬷嬷究竟多少年纪？为什么总被叫成"老货""老背晦""老糊涂"？她骂人，王熙凤说是"老病发了"，开口"你是个老人家"，她自己也说"我也不要这老命了"。能用乳汁喂养宝玉的，再大也不会到三十岁吧？宝玉后来长到十几二十岁，李嬷嬷最多也就是四十多岁，怎么就"已是告老解事出去的了"？怎么走路还得拄拐？莫非那时的离退休年龄比现在早得多？莫非拄拐是那时的时尚？——我们倒是的确看见贾珍在为秦可卿办丧事的时候拄着拐，也看见病后的宝玉拄过拐。当然，不管李嬷嬷多少年纪，总之她已经不是珍珠，而是鱼眼珠子了，所以，欲与袭人试比高，只能以失败而告终。

周瑞家的：拿我当个人

　　与贾府中的许多妇女一样，她没有名字，她的称呼就是在丈夫的姓名后头拖上两个字：××家的。著名相声演员侯宝林曾经讽刺过这种现象，他说，把妻子叫做"屋里的"，你屋里的东西多啦，我知道是哪一件？的确，在男女不平等的社会状况下，作为下人的妻子，这些女人真的就等于家中的一个物件。不过，无论妇女如何被物化，她们毕竟是人，而不是东西。是人就有思想，就有个性。贾府中就活跃着一群这样的女人，她们虽然连名姓都没有，但作者还是既写出了她们独特的身份地位，也写出了她们各自鲜活的个性。

　　她的丈夫叫周瑞，是王夫人的陪房。《红楼梦》开卷的时候，他"往南边去了"，以后也没有再出场，倒是他的妻子周瑞家的很露脸地表演了几回。

　　开卷伊始，作者说，荣府中合算起来，从上至下，也有三百余口人，一天也有二三十件事，竟如乱麻一般，没个头绪可作纲领。然后，他理出一条头绪，就是刘老老进贾府。而将这个"千里之外，芥豆之微，小小一个人家"与堂堂荣府牵连起来的桥梁，便是这个周瑞家的。论理，人来客至，都不与她相干，她只管跟太太奶奶们出门的事。但刘老老找到她的时候，她却破例地行动起来了。她先告诉刘老

417

老："如今太太不理事，都是琏二奶奶当家"，所以，"今儿宁可不见太太，倒得见他一面，才不枉走这一遭儿"。然后，就唤小丫头悄悄地打听老太太屋里摆了饭没有。一听摆完了饭，连忙催刘老老快走。因为"这一下来就只吃饭是个空儿"，必须先去等着，"若迟了一步，回事的人多了，就难说了。再歇了中觉，越发没时候了"。这样的时机，若不是周瑞家的指点，刘老老怎么把握得准？明代文人宗臣曾向他父亲的朋友描述过这种谒见权贵的尴尬：时间晚了，门人说："相公倦，谢客矣，客请明日来"；明日早去吧，门人又说："何客之勤也？岂有相公此时出见客乎？"要见个真佛，没点里应外合还真难。

就如同我们拜见某些要人、名人、忙人一样，选准时机固然很重要，必要的手续也是缺不得的。周瑞家的把刘老老安插在倒厅等着，自己先去找平儿通气。平儿就是要人的秘书、名人的助理、忙人的经纪人，要想见阎王，非先过小鬼这一关不可（当然，平儿还不属于那种面目狰狞的小鬼）。周瑞家的"先将刘老老起初来历说明"，然后特别强调："今日大远的来请安，当日太太是常会的，所以我带了他过来。"这三句话里几乎两句是谎。首先，刘老老不是来请安的，而是来打抽丰的。周瑞家的明明"已猜着几分来意"，却偏挑好听的说。其次，刘老老统共在王夫人还是"二小姐"的时候见过她一面，却变成了"常会的"。周瑞家的用夸大其词的话来套近乎，把八竿子也打不到的关系拉到近面前来，也是如今想要换得一张通行证时常用的手法。

平儿点了头，刘老老才上了正房台阶，入了堂屋，到东边贾琏女儿的睡觉之所等着。王熙凤等人吃完饭，周瑞家的"笑嘻嘻走过来，点手儿叫她"，至堂屋中间，"又和他咕唧了一会子，方蹭到这边屋内"。当王熙凤让她去回王夫人的时候，她带回来的话是这样的："太

418

太：说：'今儿不得闲，二奶奶陪着也是一样，多谢费心想着。要是白来逛逛呢便罢；有什么说的，只管告诉二奶奶。'"最后那句话，真是王夫人说的，还是周瑞家的加的，实在很难说。因为这明明是给刘老老一个台阶。遗憾的是，刘老老并不明白。她竟然说："也没甚的说。不过来瞧瞧姑太太姑奶奶，也是亲戚们的情分。"周瑞家的急了，提醒说："没有什么说道便罢；要有话，只管回二奶奶，和太太是一样儿的。"一面说，一面还递眼色儿。刘老老这才"会意"，明白到了不得不说的时候了。试想，要不是周瑞家的这一路照应，就算进了贾府，刘老老也难保不无功而返。

王熙凤生怕王夫人有什么话不便当着刘老老的面说，打发刘老老去吃饭的同时，又叫过周瑞家的来问，周瑞家的转述的话仍然对刘老老十分有利，说什么"当时他们来了，却也从没空过的；如今来瞧我们，也是他的好意，别简慢了他"等。作为下人，她当然不敢凭空捏造王夫人的话，但话语里面稍微动点手脚则是完全可能的。

好容易打抽丰成功，得了二十两银子，刘老老喜出望外，说话不知轻重起来，"周瑞家的在帮旁听见他说的粗鄙，只管使眼色止他"。出了门还抱怨说："我的娘！你怎么见了他倒不会说话了呢？开口就是'你侄儿'；我说句不怕你恼的话：就是亲侄儿也要说的和软些儿。那蓉大爷才是他的侄儿呢，他怎么又跑出这么个侄儿来了呢！"可以想见当时周瑞家的是如何替刘老老捏着一把汗的。总而言之，她竭尽全力把刘老老的这件事打了起来。就如她后来见到自己的女儿时所说的："我自己多事，为他跑了半日"。

周瑞家的为什么要多这个事呢？小说中交待：第一，周瑞当年争买田地的事，多得狗儿他父亲之力，现在人家求上门来，情面难却；第二，她"也要显弄自己的体面"。可以说，对周瑞家的来说，第二个原因更为主要。这在她同刘老老说话时已经显露出来。她是这样介绍自己的丈夫的："我们男的只管春秋两季地租子，闲了时带着小爷们出门就完了"。"就完了"三个字表现出对自己所处地位的一种满足，一种得意。也正是为了证实自己的地位和实力，她决定要帮助刘老老。现代很多心理学家研究过这种特殊的助人心态：他们或许不存在什么太高尚的动机，但他们确实帮助了别人，也在帮助别人的过程中得到了满足。比如，当我们对弱者施以援手的时候，我们同时得到的是"我是强者"的满足；而周瑞家的帮助刘老老，获得的是自尊心的满足。

话本小说中常有这么一句话："上山擒虎易，开口告人难"。难在什么地方？难就难在被求的人脸难看，话难听。周瑞家的却不是如此。当刘老老说"全仗嫂子方便"的时候，她回答说："老老说那里话？俗语说的好：'与人方便，与己方便。'不过用我一句话，又费不着我什么事。"其实，为了刘老老，周瑞家的还是要费点事的，不仅费事，还要冒点儿风险。贾府是何等样的地方？稍不留神，就可能踩地雷。她对平儿说："等着奶奶下来，我细细的回明了，想来奶奶也不至嗔着我莽撞的。"可见被"嗔""莽撞"的风险还是存在的。整个过程中，周瑞家的一直在为刘老老说话，为她寻找机会，安排一切。事情办完后，刘老老要给点"回扣"——留下一块银子给周瑞家的孩子们买果子吃，但周瑞家的执意不肯。作者写她"那里放在眼里"，也即是说她帮助刘老老的动机并不在于钱。她自己的家里也雇起了小丫头，可见生活水平不低。在刘老老一进荣国府的整个过程中，周瑞家的只有出力，不求酬劳，她所为的就是要让刘老老知道自己在贾府的"体面"。

周瑞家的在贾府历练了那么些年，她对这个大家庭的各种规矩以及人际关系摸得清清楚楚，说话行事见机而作，十分得体。在带领刘老老见凤姐的过程中，我们已经看到了这一点。而"送宫花"的情节，更是将她的这一特点表现得清清楚楚。

周瑞家的去向王夫人汇报刘老老的事情的时候，正好王夫人在与薛姨妈"长篇大套的说些家务人情话"，她"不敢惊动"，就进到里间和薛宝钗说话。一个主子姑娘，一个家人媳妇，本没有多少可说的话，周瑞家的就有这个本领，没话找话，而且找得自然，不露痕迹。比如，她向薛宝钗打听冷香丸的药方，用的是这个理由："姑娘说了，我们也好记着，说给人知道；要遇见这样的病，也是行好的事。"这样就把原来没来由的问题，变得有道理了。作者写"周瑞家的还要说话时"，听见王夫人叫她了。要是王夫人不叫，她有这个本事把谈话进行到底。

见了王夫人后，薛姨妈乘便让她把十二枝"宫里头作的新鲜花样儿堆纱花""给他们姐妹们戴去"。周瑞家的顺路先到了王夫人这边房后三间抱厦内，把花送给了迎春、探春和惜春三姐妹。然后，便往凤姐处来。送完凤姐的花，"这才往贾母这边来"。就在贾母这边，她被林黛玉碰了个大钉子。

林黛玉只就宝玉手中看了看，便问道："还是单送我一个人的，还是别的姑娘们都有呢？"周瑞家的道："各位都有了，这两枝是给姑娘的。"黛玉冷笑道："我就知道么！别人不挑剩下的也不给我呀。"我们不知道敏感的林妹妹在这惊鸿一瞥中发现了什么，只知道她的这一发炮弹打得有点歪。从路途来说，周瑞家的从薛姨妈处出来，最近的是王夫人的住处。当初薛姨妈带着薛蟠和宝钗搬来时，就介绍过这梨香院在东南角上，西南上有一角门，通着夹道子，出了夹道，便是王夫人正房的东院了。其时迎春等三姐妹在王夫人这边房后三间抱厦内居住，所以周瑞家的先把花儿给了三姐妹。然后她穿过了夹道子，从李纨后窗下越过西花墙，出西角门，进凤姐院中。这也顺道。林黛玉进府时，从王夫人那儿出来，去老太太那儿吃饭，王夫人携了黛玉出后房门，由后廊往西，出了角门，是一条南北甬路，南边是倒座三间小小抱厦厅，北边立着一个粉油大影壁，后有一个半大门，小小一所房屋，王夫人指给黛玉看说："这是你凤姐姐的屋子。"然后携黛玉穿过一个东西穿堂，便是贾母的后院了。这就是说，从王夫人处到贾母处，中间要经过王熙凤的住处。黛玉住在贾母那里，所以就最后一个拿到宫花。然而对于黛玉的指责，周瑞家的听了，一声儿也不敢言语。这就是她的老到之处——即使主子姑娘说了不中听的话也决不顶撞，也是她维护一个奴才的"体面"必须要付出的。

但周瑞家的也不是在所有时候都那么好说话。抄检大观园的时候，王夫人怕人手不够，就让邢夫人的心腹王善保家的也一起参加。这当然也是因为邢夫人派了王善保家的来送绣春囊，给王夫人施加了压力，如今要王善保家的带点严查严打的信息回去。因为司棋是王善保的外孙女儿，所以王善保家的对司棋的箱子只随意掏了一回，就说："也没有什么东西。"说着就要关箱。这个时候，周瑞家的突然挺身而出道："这是什么话？有没有，总要一样看看，才公道。"说着，便伸手掣出一双男子的绵袜并一双缎鞋，又有一个小包袱。司棋和潘又安的爱情就这样暴露在光天化日之下。

在整个抄检过程中，周瑞家的一直采取息事宁人的态度，而王善保家的则惟恐天下不乱，为什么在这个时候却突然换了个个儿呢？王善保家的自然是回护自己的外孙女，而周瑞家的则是在维护其主子。在贾府，主子与奴才是人身依附关系，贾府的下人都有各为其主的习惯，主子一般也会回护自己的奴才。周瑞家的是王夫人的陪房，她的立场也就站在王夫人一边。邢、王二妯娌表面上过得去，而实际上，贾赦与贾政的矛盾对她们不可能不产生影响，再加上王熙凤与自己的婆婆邢夫人关系并不好，而王熙凤又是王夫人的内侄女，所以如果要划一下阵营的话，王熙凤和王夫人是在一边的，而邢夫人则是对立面。周瑞家的不能对邢夫人怎么样，对邢夫人的陪房王善保家的，她就毫不客气了。这一份忠心，也是维护"体面"所必要的。

长期在错综复杂的人际关系中打滚，周瑞家的养成了看人说话的本领。在刘老老面前，她以介绍和教导为主，亲热之中透出些许居高临下的得意；与薛宝钗说话，她以关切和凑趣为主，在故意为之的夸张中透出一份恭维；与智能儿说话，则以打趣为主，随便之中透出一份狎昵；而与自己的女儿说话时，她又显得特别托大。女婿冷子兴因卖古董，和人打官司，让她女儿来央求她寻人情，她说："这算什么大事，忙的这么着！"又说："小人儿家没经过什么事，就急得这么个样儿。"前前后后，说出话来不仅是判若两人，简直就是三人、四人！

刘老老来的时候，周瑞家的曾经对刘老老说："皆因你是太太的亲戚，又拿我当个人，投奔了我来，我竟破个例给你通个信去"。为什么"拿我当个人"会是周瑞家的替刘老老奔走效劳的动力？因为在主子面前，她的个体生命实在太不重要了，她必须依附于主子，必须无条件服从，必须鉴貌辨色，随机应变。只有在比自己更低等的人——比如刘老老——面前，她才有尊严可言，才能感觉到自己是个人！这种感觉是如此的美好，以至她为此而足足奔波了半日。

说起来，真正把周瑞家的"当个人"，其实倒还不是刘老老，而是《红楼梦》的作者，是曹雪芹把周瑞家的作为一个人的全部辛酸都表现了出来。

茗烟：有其主必有其仆

贾府中有好多奴才都是被指派给某一个主子的，大部分奴仆都比较忠实于自己的主子。而其中最有趣的，当数贾宝玉身边的小厮茗烟。其实茗烟早就不叫茗烟了，第24回的时候，他就告诉贾芸说："我不叫'茗烟'了，我们宝二爷嫌'烟'字不好，改了叫焙茗了。"《红楼梦》中还有一个叫"岫烟"的，倒不知道宝二爷为何嫌"烟"字不好。可能他是觉得"茗"和"烟"缺少内在联系，改成"焙茗"就好了，正符合小厮的身份。宝玉对给人起名字一向比较乐意，想出来的名字有时虽然怪了点，倒也是蛮别致的，比如䌽犎、袭人，包括这个焙茗。因为这个小厮的最大作为是"闹书房"，其时他还叫茗烟，所以我们姑且还是用茗烟来称呼他。

所谓小厮，也叫"厮"，或"小厮儿"，本来是男孩的意思。生个男孩，可以说生个"小厮"。比如杂剧《赵氏孤儿》中，赵朔就说："若是个小厮儿呵，我就腹中与他取个小名，唤作赵氏孤儿。"《红楼梦》中则指专门服侍男性主子的、年龄比较小的男性奴仆。也有的小厮专门打杂，没有具体的主人。那些跟定了主人的小厮，其身份地位和小姐们身边的丫环差不多。主人地位高，服侍他们的丫环也随之趾高气扬，被称为"副小姐"。小厮也是如此。茗烟服侍的是大观园中

425

茗烟：有其主必有其仆

的"凤凰"贾宝玉，所以他"无故就要欺压人的"。不过，作者笔下超生，没有具体描写这个男孩如何无故欺压人，倒是写了他与贾宝玉非常亲密的主仆关系。

茗烟是贾宝玉的一面镜子。宝玉身上的好些特点都会在茗烟身上表现出来。只是茗烟这面镜子的精确度不是太高，他对贾宝玉的映照不是纤毫毕现，而是闪闪烁烁，若隐若现，甚至会扭曲变形。但就总体而言，他算得上宝玉的影子，影随其形，即使有些走样，总还是有种出种。

贾宝玉的第一大特点是"色"，作者开卷伊始就让警幻仙子指出他是"天下古今第一淫人"。茗烟紧随其后，在贾宝玉初试云雨情后，他也为自己找了个"白白净净儿的有些动人心处"的女朋友。就在宁府的小书房里，他"按着个女孩子，也干那警幻所训之事"。贾宝玉撞进去，问那丫头十几岁了，茗烟含混道："不过十六七了。"宝玉批评他说："连他的岁数也不问问，就作这个事，可见他白认得你了！"在宝玉一迭声"可怜"叹息中，我们看到了这主仆间精神上的高下之分。

宝玉喜欢"杂学旁收"，茗烟也是这方面的高手。他居然有本事"走到书坊内，把那古今小说，并那飞燕、合德、则天、玉环的'外传'，与那传奇角本，买了许多，孝敬宝玉"。并不断文识字的他，不知凭的那一种感觉，能准确地筛选出贾宝玉看了"如得珍宝"的读物来。他还吩咐贾宝玉："不可拿进园去，叫人知道了，我就'吃不了兜着走'了。"可见他知道这是禁书。贾宝玉拿到书后，又筛选了一番，"单把那文理雅道些的，拣了几套进去，放在床顶上，无人时方看；那粗俗过露的，都藏于外面书房内"。宝玉认为"文理雅道些的"，就有我们今天作为文学名著的王实甫的《西厢记》，可见贾宝玉的"杂学旁收"还是有眼光的。而这种分类，茗烟恐怕是做不来的。这也是他们主仆间的雅俗之分吧。

贾宝玉有时"忤逆"，茗烟也为虎作伥。薛蟠生日那回，假说贾政叫宝玉，把贾宝玉哄出来喝酒，茗烟就是传话的人。他不仅把贾宝玉骗了出来，当宝玉着急地问"你可知道老爷叫我是为什么"时，他仍守口如瓶，说："爷快出来罢，横竖是见去的，到那里就知道了。"直到最后戳穿西洋镜，他才"笑着跪下了"。他为什么要下跪？不是因为奴才骗主子，而是因为他与薛蟠一起践踏了"父父子子"的伦理。就是贾宝玉对薛蟠说的："你哄我也罢了，怎么说是老爷呢？"老爷的玩笑是绝对开不得的，茗烟跟着薛蟠开这样的玩笑，而且看得出，他并不是万般无奈，而是非常起劲，难怪贾宝玉骂他"反叛杂种"。不过，贾宝玉虽说装得一本正经，其实也就是装装而已，他没有、也压根儿没打算真的"告诉姨娘去，评评这个理"。就是对茗烟这个"反叛杂种"，后面紧跟的一句话，却是让他起来，不用再跪着。可见贾宝玉其实也并不怎么在乎的。

李纨曾经对平儿说过："有个唐僧取经，就有个白马来驮着他；刘智远打天下，就有个瓜精来送盔甲；有个凤丫头，就有个你！"我们继续往下说：有个贾宝玉，就有个茗烟。

茗烟对贾宝玉这个小主人非常了解，他自己说"二爷的心事我没有不知道的"。比如，他知道贾宝玉素日憎恨水仙庵，也知道贾宝玉一早偷偷跑出去祭奠的，一定是"人间有一、天上无双，极聪明清雅的一位姐姐妹妹"。正因为他了解贾宝玉，知道这个主子"不是这里头的货"，所以他为了讨好贾宝玉而做的一些动作总是犯规的。宝玉影响他，他也影响宝玉。贾宝玉所犯的很多错误，都与这个男孩有关系。比如，在宁府参加宴会的时候，他就想趁"这会子没人知道，我悄悄的引二爷城外逛去，一会儿再回这里来"。结果倒是因为贾宝玉胆小，怕给"花子拐了去"，建议去了花袭人家。就这一去，也把袭人的哥哥花自芳"唬的惊疑不定"，袭人也称之为"胡闹"，又惊慌道："这还了得，倘若碰见人或是遇见老爷，街上人挤马碰，有个失闪，这也是玩得的吗？你们的胆子比斗还大呢！都是茗烟调唆的，等我回去告诉嬷嬷们，一定打个贼死。"茗烟为什么要引逗宝玉往外跑？因为宝玉觉得"怪烦的"。同样作为少年，茗烟固然不如贾宝玉的锦衣玉食，但他有较多的机会看见外面的世界。他觉得外面的世界比深宅大院要好玩，所以才冒着被打的危险，引着宝玉"胡走"。他的行为与《牡丹亭》中引逗杜丽娘到后花园中去耍子的小丫头春香完全一样。

在贾宝玉的生活中，茗烟是个不可或缺的角色，是他在二门影壁前探头缩脑，传递了"秦大爷不中用了"的消息，也是他在宝玉私祭金钏儿的过程中，起了十分重要的作用。王熙凤生日那天，宝玉一早赶出门去祭奠金钏儿。他先让茗烟撒了个谎，说是"往北府里去了"，然后吩咐茗烟，一早备两匹马在后门口等着，"不用别人跟着"。因为跑得匆忙，什么都没有准备，所以到了七八里路之外的冷清地方时，要一样没一样。首先是香没有。茗烟见他为难，因问道："要香做什么使？我见二爷时常带的小荷包儿有散香，何不找找？"一句提醒了宝玉，便回手衣襟上挂着个荷包摸了一摸，竟有两星沉速，解决了香的问题。古人所用的香，并非全如我们现在用的线香，也有粉末状或饼状的，宝玉小荷包里能带的，大概属于后者。于是又问炉炭，茗烟道："这可罢了，荒郊野外，那里有？"但这似乎难不倒机灵的茗烟，他想了半日，笑道："我得了个主意，不知二爷心下如何，我想来二爷不止用这个，只怕还要用别的，这也不是事。如今我们索性往前再走二里，就是水仙庵了。"宝玉听了，忙问："水仙庵就在这里？更好了，我们就去。"说着就加鞭前行。在那里解决了其他祭祀用品的问题。最后，连要一个可以放香炉的干净地方，也是茗烟的主意，说："那井台上如何？"宝玉点头赞同。从这一场私祭活动中可以见出宝玉对茗烟的倚重。

要做一个好的小厮，尤其是做贾宝玉的小厮，并不是一件容易的事。李贵就抱怨说："人家的奴才跟主子赚些个体面，我们这些奴才白陪着挨打受骂的。"茗烟既得服侍好贾宝玉，遂了他的心；又得适时拘束着他，免得弄出惹出祸来，自己也脱不了干系。茗烟的机灵就在于他既能讨贾宝玉的喜欢，又能注意分寸，恰到好处地尽一个仆人的职责。比如在水仙庵烧完香后他对贾宝玉说的一番话就很有趣：

> 我已经和姑子说了，二爷还没用饭，叫他收拾了些东西，二爷勉强吃些。我知道今儿里头大排筵宴，热闹非常，二爷为此才躲了来的。横竖在这里清净一天，也就尽乐了，要不吃东西，断使不得。宝玉道："戏酒不吃，这随便的吃些也不妨。"焙茗道："这才是。还有一说，咱们来了，必有人不放心。若没有人不放心，便晚些进城何妨？若有人不放心，二爷须得进城回家去才是。第一老太太、太太也放了心，第二礼也尽了，不过这么着。就是家去听戏喝酒，也并不是爷有意，原是陪着父母尽个孝道儿。要单为这个，不顾老太太、太太悬心，就是才受祭的阴魂儿也不安哪。二爷想我这话怎么样？"

这番话很有水平，可以用作口语交际的教材。茗烟怕的是宝玉在外一天，但他却不说二爷您可别在外一天，而是先把"在这里清净一

茗烟：有其主必有其仆

天"拿出来，作为劝贾宝玉用餐的理由。等宝玉答应吃东西，他又进一步提出要早些进城，并为此想出好几条理由，其中最有说服力的，当然是最后一条。把受祭的阴魂儿抬出来，说茗烟聪明不假吧？贾宝玉也一点就通，说："你的意思我猜着了。你想着只你一个跟了我出来，回来你怕担不是，所以拿这大题目来劝我。我才来了，不过为尽个礼，再去吃酒看戏，并没说一日不进城。这已经完了心愿，赶着进城，大家放心就是了。"茗烟这才放下心来。

茗烟在《红楼梦》里露脸露得最大的一回，是闹书房。事情的起因是他听贾蔷说："金荣如此欺负秦钟，连你们的爷宝玉都干连在内，不给他个知道，下次越发狂纵。"就如宝玉所说："茗烟见人欺负我，他岂有不为我的？"为了主子，茗烟把一个下层少年撒野的功夫全拿出来了。本来，是金荣满嘴粗话，秦钟、香怜"又气又急"，无力还击。茗烟一出现，情况顿时大为改观。金荣在茗烟更粗、更野、更俗，也更脏的进攻面前，气得脸都黄了。他知道嘴巴上占不了便宜，于是变动口为动手，而且避开茗烟（这里面未尝没有害怕的意思），转向宝玉。但动手他也未必能成赢家，在茗烟的带领下，宝玉的几个小厮，墨雨掇起一根门闩，扫红、锄药手中都是马鞭子，蜂拥而上，把个书房弄得鼎沸起来。

这是一场没有硝烟的战争。战斗的双方其实是"皮肤滥淫之蠢物"和"天分中生成一段痴情"的闺阁良友，只不过它和主子与主子、主子与奴才等各种矛盾纠缠在一起，再加上各人的心机和孩子心性，于热闹杂乱之中透出人情冷暖，委实是极其好看的一幕。而作为这幕闹剧的主角，茗烟一登场就风头出尽。他再不像秦钟、香怜那样抵赖辩解，而是干脆将脏话进行到底，从他嘴里吐出来的那一连串不堪入耳的脏词，"吓得满屋中子弟都芒芒的痴望"。战斗结束后，又是他"宜将剩勇追穷寇"。当宝玉问金荣是那一房的亲戚的时候，李贵并不随便作答，而是想一想道："也不用问了。若说起那一房亲戚，更伤了兄弟们的和气了。"一派息事宁人的样子。茗烟却在窗外道："他是东府里璜大奶奶的侄儿，什么硬挣仗腰子的，也来吓我们！璜大奶奶是他姑妈。你那姑妈只会打旋磨儿，给我们琏二奶奶跪着借当头，我眼里就看不起他那样主子奶奶么。"这样明目张胆地把东府和"我们琏二奶奶"对立起来，真是狗胆包天，李贵忙喝道："偏这小狗攘知道，有这些蛆嚼！"而茗烟还不肯善罢甘休，当宝玉叫他进来包书时，他又得意洋洋地道："爷也不用自己去见他，等我去找他，就说老太太有话问他呢。雇上一辆车子拉进去，当着老太太问他，岂不省事？"李贵忙喝道："你要死啊！仔细回去我好不好先捶了你，然后回老爷、太太，就说宝哥儿全是你调唆。我这里好容易劝哄的好了一半，你又来生了新法儿！你闹了学堂，不说变个法儿压息了才是，还往火里奔！"茗烟听了，方不敢做声。

不可否认，茗烟这个"小狗攘"的确有些得理不让人。他知道金荣背后的璜大奶奶和他的主子相比，地位极其悬殊，就公然表示"看不起他那样主子奶奶"。他仗着贾母宠爱宝玉，拉老太太大旗做虎皮。一老一少两个奴才不同的表现，让李贵的老于世故和茗烟的不谙世事形成了鲜明的对照。这个底层少年，就像他的主子一样，既是聪明的，也是愚蠢的。说聪明，是因为他活泼好动，鬼点子多，有时还蛮可爱的；而要说愚蠢，就是他并不能真正理解主子的内心，况且，他离"世事洞明""人情练达"也还远着哪。

431

傻大姐：傻也是一种福分

　　《红楼梦》的故事讲说到第73回的时候，一个姗姗来迟的小人物闪亮登场。她，就是贾母房内的小丫头傻大姐。贾府是人分三六九等的地方，不仅主子和奴才界限分明，就是奴才与奴才，也有很大差别。有的奴才是主子的心腹，替主子掌管着大小锁钥，主要职能就是陪伴主子，活嘛，基本上就不干了。这些奴才，背地里被称为"二层主子"。干活的奴才也有区分：有的做粗活，有的做细活。就是细活里边也还要分工，比如宝玉房里的小红，她该干的活有浇花、喂鸟雀、弄茶炉子等，而在宝玉跟前递茶倒水的，则又是另一拨丫头。这傻大姐是新挑上来给贾母这边专做粗活的。你不要说贾府这边等级森严，它也有个好处，那就是人尽其用，各司其职。傻大姐生得体肥面阔，浓眉大眼，倒像是我国某个特殊时间段里所谓的"工农兵形象"，而按照当时的审美标准来说，那就难看得很了。清代文人李渔曾经说过，除非是为娘子军选择将领，否则，浓眉大眼就是要不得的。巧得很，后来有一部叫《红色娘子军》电影，其主角还真就选了浓眉大眼的。可见"口之于味，有同嗜焉"，即使是封建文人，在审美上的某些感觉和我们还是可以沟通的。

　　傻大姐长得这个模样，贾府为什么收留她呢？有个道理，那就是她做粗活很爽利简捷。除了她的面貌以外，作者特地写她有"两只大脚"。在那个时代的女性审美标准中，脚的大小异常重要。三寸金莲是女孩子骄傲的资本，也是让男子怦然心动的所在。《金瓶梅》中，潘金莲的"金莲"是她的荣耀。西门庆家有个仆人，他的妻子名叫宋惠莲，她的脚比潘金莲还要小一点，于是她就非常得意。她把潘金莲的大红绣鞋套在自己的鞋外面穿，来显摆自己那双值得自豪的小脚。傻大姐两只大脚，当然也是她不美的表现，但贾府却懂得，小脚适合于鉴赏，却不适合于干活。真要做起事情来，小脚是不方便的。于是，傻大姐这个大脚的粗壮丫头就被挑选进来了。果然，她干起粗活来"爽利简捷"。看来，贾府在挑选人的时候，用的并不是一把尺子。这个人尽其用的道理，看似简单，却也不是任何地方都做得到的。如果贾府也像现在的某些单位一样，拿着一把尺子（比如说一定要硕士、博士）到处量人，即使量到了，恐怕也不是耽误工作，就是浪费人才。

傻大姐不仅长得粗蠢，而且心性愚顽，一无知识，出言可以发笑。这应该也是她的缺点了。可偏偏贾母喜欢。喜欢她什么呢？喜欢她的傻呀！这又是很多人都不明白的道理。我们总以为聪明才讨人喜欢，殊不知，有时候傻才更讨人喜欢。你想啊，人是靠什么才成为万物之灵长的呢？要说跑，随便找个动物都比你跑得快；要说飞，鸟儿拍拍翅膀就可以上天；要说游，哪种鱼在水里不比你自在？人的所长只在于人脑。有了头脑，我们可以造汽车和走兽赛跑，造飞机与飞禽比高，造潜艇与鱼儿共翔。而人和人的争斗，说到底，斗的也就是个大脑。所以，聪明人会给人以威胁感，让人感到不自在。尤其是在贾府，用妙玉的话来说："他们的聪明人多着哩"。而且"一个个都像乌眼鸡似的，恨不得你吃了我，我吃了你"。贾母对聪明人恐怕早就厌

傻大姐：傻也是一种福分

倦了，猛一见傻大姐这样的笨人反倒觉得耳目一新。面对一个一无知识的人，你既不用设防，又可以欣赏其憨态可掬，还可以时时觉出自己的聪明来，岂不是一件大大的赏心乐事？所以，时常发生的事是聪明反被聪明误，傻人却自有傻福。聪明的最高境界应该是大智若愚。你看，聪明绝顶的薛宝钗不是一味地装愚守拙吗？

倒过来说，贾母能留下傻大姐，让她成为贾府众多聪明人中的一道风景，又何尝不是一个聪明之举？反正她干的是粗活，本身也不需要太多的聪明。就像鳝鱼盆里必须放上几条泥鳅搅和搅和才不至于相互绞死一样，高明的领导者总是懂得"掺沙子"这一招的。当然，留用傻大姐，或者说，留用具有某种特点的人，有时也需要付点代价。贾母的做法是："若有错失，也不苛责他"。这就很对了。你明知她傻而留用她，那就意味着她干点傻事你不必大惊小怪。天底下，又要马儿好又要马儿不吃草的事总只是接近妄想而已。不过，傻大姐这匹黑马冲出来的时候，麻烦惹得有点大了。

傻大姐被允许无事时可以到大观园内玩耍，于是她就到山石背后去掏蟋蟀。结果蟋蟀没掏到，却捡到了一个五彩绣春囊。这个香囊上面绣的并非花鸟等物，一面却是两个人，赤条条地相抱；一面是几个字。她因为懵懂，不知道厉害，便把绣春囊拿在手里，笑嘻嘻地一路走一路看。恰好邢夫人在王夫人处坐了一回，到园内走走，看见傻大姐手里拿着个花红柳绿的东西，低头瞧着只管走，便问："这傻丫头，又得个什么爱巴物儿，这样喜欢？拿来我瞧瞧。"傻大姐回答说："太太真个说的巧，真是个爱巴物儿！太太瞧一瞧。"这一瞧，把邢夫人吓了一大跳。她威胁傻大姐说："快别告诉人！这不是好东西。连你也要打死呢。因你素日是个傻丫头，以后别再提了。"瞧瞧，这不是傻又救了她一命？若不是她傻，不死也得脱层皮。后来邢夫人把绣春囊封好，打发人送给王夫人。王夫人气了个死，去找王熙凤。在凤姐的怂恿下，引出了抄检大观园的轩然大波。这一场风波，不仅激化了贾府上上下下的矛盾，更生生断送了晴雯、司棋和潘又安三条年轻的生命。

傻大姐第二次出场已是第96回。王熙凤设"掉包儿"计，对贾宝玉说给他娶林姑娘为妻，其实却让薛宝钗做宝二奶奶。傻大姐全然不知这里面的奥妙，对袭人说："咱们明儿更热闹了，又是宝姑娘，又是宝二奶奶，这可怎么叫呢？"结果被珍珠打了个嘴巴，说她混说，不遵上头的话，要撵她出去。委屈万分的傻大姐跑到园子里山石背后，也就是当初黛玉葬花的地方，一个人呜呜咽咽在那里哭。可巧被黛玉听见。当黛玉问她的时候，她就把事情原原本本和盘托出。让林黛玉知道了真相，焚稿断痴情，在薛宝钗出闺成大礼的时候魂归离恨天。

你不得不佩服作者的手段，让傻大姐这样一条泥鳅出现在贾府中。正是这个"芥豆之微"的人物，每一次出场，都给你掀起一场轩然大波。若说是偶然，也是偶然。要不是傻大姐，就是有人拣到绣春囊，谁会把它交出来？鸳鸯不要说是绣春囊，连司棋和她的情郎都见到了，也没敢吭一声。掉包儿的事也是如此，"上下人等虽都知道，只因凤姐吩咐，都不敢走漏风声"。要说必然，也是必然。天底下的事，若要人不知，除非己莫为。百密犹有一疏，哪里就防得住？更何况，傻大姐的"傻"，却恰恰是"真"的表现。只不过我们被凡尘俗情所熏染，"反认他乡是故乡"罢了。

由于傻大姐弱智，无法洞明世事、练达人情，反倒保持了一颗赤子之心。试想，假如把红红绿绿的"绣春囊"交到一个4岁（而不是傻大姐的14岁）幼童手中，她会怎么想呢？她大概也就是琢磨："敢是两个妖精打架？不就是两个人打架呢？"蒲松龄在《聊斋志异》中也写过这么一个单纯的女孩。当男孩向她求爱的时候，她问：爱又怎么样呢？男孩回答说：爱就要"同寝处"。姥姥问："你们两个在嘀咕什么啊？"男孩拼命朝她使眼色，她却还是说出来了："大哥欲我同寝处。"后来男孩怪她，她却坦坦荡荡地说："寝处亦常事，何讳之有？"是啊，男女爱欲本是正常的事，何必讳莫如深？贾府里的情欲之事还少吗？一方面是对成年贵族男子偷鸡摸狗的默许，一方面却是对青年男女谈情说爱的严厉禁止，礼教的虚伪和丑恶不就在于此吗？

　　还有，当林黛玉试探着问："宝二爷娶宝姑娘，他为什么打你呢"的时候，傻大姐的回答极是有趣："我又不知道他们怎么商量的，不叫人吵嚷，怕宝姑娘听见害臊。"好一个"怕宝姑娘听见害臊"！傻大姐的一派天真烂漫全呈现在纸上。事实上，在"不叫人吵嚷"的背后是一个不大不小的阴谋，是对宝玉的欺骗，对黛玉的伤害。可是，傻大姐哪里有那么曲里拐弯的心肠？以她想来，"不叫吵嚷"，除了"怕宝姑娘听见害臊"还能有什么别的意思？所以她说："我知道上头为什么不叫言语呢？"是啊，你们的促狭肚肠，别人如何得知？况且不知者无罪，"他们又没告诉我，就打我！"傻大姐这里所说的话，哪一句是傻的？明明"句句是真理"嘛！"真"是永远掩藏不住的——这就是傻大姐形象的合理性。

　　不过，傻大姐你也别太冤了。从来的阴谋都是不可告人的。什么时候，你把"妖精打架"之类的事全搞懂了，你也就更没有开心的日子。傻也是一种福分。前面说了，贾母"若有错失，也不苛责他"；邢夫人也"因为素日是个傻丫头"而既往不咎。如若事事明白，"风流灵巧招人怨"，黛玉、晴雯、司棋都是榜样。倒还不如搞不清楚到底叫"宝姑娘"还是叫"宝二奶奶"，傻呵呵地过了一世吧！

兴儿：人心自有一杆秤

兴儿是贾府二门上该班的小厮。在这个岗位上的人共有八个，两班倒，一班四个。其中，"有几个知奶奶的心腹，有几个知爷的心腹"。比如，旺儿是王熙凤的心腹。王熙凤收买、挑唆张华告状，甚至让干掉张华之类的机密事，都是旺儿去做。隆儿、昭儿和兴儿则是贾琏的心腹。尤其兴儿，"是长跟二爷出门的"。贾琏最大的一件机密事——偷娶尤二姨，兴儿是主要参与者。他最露脸的一回，就是作者让他传老爷的命令，把贾琏叫了去，留下他在尤二姐那里"答应人"。尤二姐便要了两碟菜来，命拿大杯斟了酒，就命兴儿在炕沿下站着喝，一长一短，向他说话儿。问道："家里奶奶多大年纪？怎么个利害的样子？老太太多大年纪？姑娘几个？"各样家常等话。而兴儿则笑嘻嘻的，在炕沿下，一头喝，一头将荣府之事备细告诉他母女。

兴儿虽是个小厮，可他这回臧否人物却很有水平，不仅语言生动，描述形象，而且差不多把人物性格一抓一个准。他所提到的人，连话多的带话少的不下 10 个。说的最含混的是贾元春，只有一句话："我们大姑娘，不用说，是好的了。"元春早就进了宫，兴儿其实并不知道多少，只是想当然，现做了皇妃的，自然是好的　存在便是合理的，这小厮兴儿还真有点存在主义的哲学感觉。况且"天高皇帝远"，当然也就"不用说"了。对其余三姐妹，他的话也不多，但主要特征抓得很准，尤其是对贾探春："三姑娘的混名儿叫'玫瑰花儿'：又红又香，无人不爱，只是有刺扎手。"对玫瑰花的解释，说尽了探春的为人。她是"凤凰"，可惜出自"老鸹窝"；因为出自"老鸹窝"，便难免有些尴尬事，所以她必须得撑起一身的刺来保护自己。在兴儿"可惜不是太太养的"叹息中，我们看到了贾探春这个聪明美丽的庶出女儿的无奈。其他如"二姑娘混名儿叫'二木头'"，四姑娘"也是一位不管事的"，都言简意赅，一语中的。

兴儿描述得最生动的是薛林两位姑娘。如果光说"这两位姑娘都是美人一般的呢，又都知书识字的"，我们所知的薛宝钗和林黛玉也就是平面的佳人而已，调皮的兴儿用"或出门上车，或在园子里遇见，我们连气儿也不敢出"的细节，夸张地表现出薛林二人的美艳动人和弱不禁风。一句"怕这气儿大了，吹倒了林姑娘；气儿暖了，又吹化了薛姑娘"，活画出两位美人的娇嫩，同时，也将此时兴儿因为遇到了尤二姐这么个不同于王熙凤的、"盛德怜下"的"奶奶"而兴高采烈的情绪充分地宣泄了出来，言辞之中又不无怜香惜玉之意，所以那鲍二家的打他一下子，笑道："原有些真，到了你嘴里，越发没了捆儿了。你倒不像跟二爷的人，这些话倒像是宝玉的人"——而这，也是作者水到渠成地带出下一个讨论对象贾宝玉的妙笔。

兴儿粗粗描述的是李纨。说"我们家这位寡妇奶奶，第一个善德人，从不管事，只教姑娘们看书写字，针线道理，这是他的事情。前儿因为他病了，这大奶奶暂管了几天事，总是按着老例儿行，不像他那么多事逞才的"。

兴儿看得最透彻的，是平儿。平儿是个复杂人物，一方面，她"和奶奶一气"，是王熙凤的心腹。贾琏偷娶了尤二姐，家下人虽多，都也不管这些事。便有那游手好闲、专打听小事的人，也都去奉承贾琏，乘机讨些便宜，谁肯去露风？而最终让这个风声吹到凤姐耳朵里的人，不是别人，却是平儿！而另一方面，平儿又"背着奶奶常作些好事"。对于王熙凤和平儿的微妙关系，兴儿剖析得也很到位："就是俗语说的，'三人抬不过个理字去'了。这平姑娘原是他自幼儿的丫头。陪过来一共四个，死的死，嫁的嫁，只剩下这个心爱的，收在房里，一则显他贤良，二则又拴爷的心。那平姑娘又是个正经人，从不会挑三窝四的，倒一味忠心赤胆伏侍他，所以才容下了。"

兴儿最不能理解的人是贾宝玉。他坦言，贾宝玉"说话人也不懂，干的事人也不知"。不过，他并不认为问题在他这边，而是把它归结为贾宝玉的"疯疯癫癫"。贾宝玉身上有好几件事让他觉得奇怪。首先是他的不读书。兴儿发现，"他长了这么大，独他没有上过正经学。我们家从祖宗直到二爷，谁不是学里的师老爷严严的管着念书？偏他不爱念书，是老太太的宝贝。老爷先还管，如今也不敢管了"。读书—做官是男性主子的基本生活道路，贾宝玉独自偏离了出去，他究竟想怎么着呢？兴儿不明白。在兴儿那里，却是想要读书也想不到的。

其次是他的"行为偏僻"。贾宝玉的长相没的说，绝对是漂亮小帅哥，但在兴儿看来，他未免有"聪明面孔笨肚肠"之嫌。"外头人人看着好清俊模样儿，心里自然是聪明的，谁知里头更糊涂"。"糊涂"的具体表现就是"见了人，一句话也没有"。"每日又不习文，又不学武，又怕见人，只爱在丫头群儿里闹"。这里，贾宝玉怕见的"人"和见了"一句话也没有"的"人"，应该就是他素日就懒与接谈的"国贼禄鬼"们。他曾痛责"前人无故生事，立意造言，原为引导后世的须眉浊物"，兴儿虽然入不了"国贼禄鬼之流"，但作为"须眉

兴儿：人心自有一杆秤

浊物"，也受了这样的引导，则是肯定的。因此他也认为这位二爷行为不入正道。

在兴儿的眼睛里，贾宝玉"所有的好处"就是"虽没上过学，倒难为他认得几个字"——可不就是我们前面讲的，别看兴儿不读书（准确地讲是没有书读），他对读书识字之类的事还是很有点佩服的。如果说，前面因为贾宝玉没有做主子应该做的事而让兴儿有点不屑的话，此时，他又因为贾宝玉有奴才所没有的能力而流露出一点钦佩。

长期的奴仆生活，造就了兴儿骨子里的奴性。对于贾宝玉缺少森严的等级观念的行为，他称为"也没个刚气儿。有一遭见了我们喜欢时没上没下，大家乱玩一阵，不喜欢各自走了，他也不理人。我们坐着卧着，见了他也不理他，他也不责备。因此，没人怕他"。尽管兴儿完全不能理解贾宝玉的情怀，但他总算给了"只管随便，都过的去"的评价。

与之相比，他对王熙凤的评价就差得多了。

王熙凤是兴儿重点介绍的对象。这"小猾贼儿"知道，这也一定是尤二姐最想了解的人。对王熙凤，兴儿是全盘否定的。他给她的品德评语为八个字：心里歹毒，口里尖快。为了论证自己的观点，他把王熙凤与两个她最亲近的人作了比照。一个是贾琏。兴儿说："我们二爷也算是个好的，那里见的他？"这里所谓的"好的"恐怕得理解为"厉害的"的意思，贾琏虽然厉害，哪里比得上王熙凤？真可谓强中自有强中手了。第二个是平儿。虽然是"跟前"的人，却"为人很好"。兴儿在实践中摸索到了一条消灾解难的捷径："我们有了不是，奶奶是容不过的，只求求他去就完了"。也就是说，王熙凤要比贾琏狠，比平儿恶。

随后，兴儿用别人对王熙凤的态度来印证自己的话。他说："如今合家大小，除了老太太、太太两个，没有不恨他的，只不过面子情儿怕他。"他还特地举出邢夫人的例子来，说"如今连他正经婆婆都嫌他，说他：'雀儿拣着旺处飞'，'黑母鸡——一窝儿'，自家的事不管，倒替人家去瞎张罗。要不是老太太在头里，早叫过他去了。"贾府里头其实还有个更仇恨王熙凤的人，那就是赵姨娘。大概因为赵姨娘这个"老鸹"本身太不堪的缘故，兴儿没有提她。

对王熙凤惹人厌憎的原因，兴儿也作了分析。细数起来，罪状有6条之多。第一是目中无人。除了贾母和王夫人，她眼里就没有别人。"一时看得人都不及他，只一味哄着老太太、太太两个人喜欢"。第二是独断专行。在贾府，"他说一是一，说二是二，没人敢拦他"。第三是好自我表现。"恨不的把银子钱省下来，堆成山，好叫老太太、太太说他会过日子。殊不知苦了下人，他讨好儿。或有好事，他就不等别人去说，他先抓尖儿。或有不好的事，或他自己错了，他就一缩头，推到别人身上去，他还在旁边拨火儿。"第四是妒忌心重。"人家是醋罐子，他是醋缸，醋瓮。凡丫头们跟前，二爷多看一眼，他有本事当着爷打个烂羊头似的。虽然平姑娘在屋里，大约一年里头，两个有一次在一处，他还要嘴里掂十来个过儿呢"。第五是恶待下人。奴才们在她跟前提心吊胆，经常挨打受骂。第六是会弄手段。"嘴甜心苦，两面三刀"，"上头笑着，脚底下就使绊子"，"明是一盆火，暗是一把刀"：她都占全了。从前前后后的情况来看，尤其是从后来尤二姐的遭遇来看，这6条罪状，应该说哪一条也没有委屈了王熙凤，所以兴儿的结论是："一辈子不见他才好呢"。

可惜，兴儿这么一篇语言生动、观点鲜明的"王熙凤性格论"并没有真正让尤二姐相信，反而觉得"小人不遂心，诽谤主了，也是常理"。尤其是没把他那句"一辈子不见他才好"的警句放在心上，后

兴儿：人心自有一杆秤

来还是见了凤姐，并服服帖帖地跟她走，最后凄惨地死在她的手中。就是兴儿自己，也没能逃脱受惩罚的命运。

被王熙凤叫到屋里时，兴儿"早唬软了，不觉跪下，只是磕头"。事情还没说，先被凤姐喝令打嘴巴，而且要他自己打。他"左右开弓，打了自己十几个嘴巴"。问到"新奶奶"的事，他"越发着了慌，连忙把帽子抓下来，在砖地上咕咚咕咚碰的头山响"，口里说道："只求奶奶超生！奴才再不敢撒一个字儿的谎。"然后直蹶蹶地跪起来，把"贾二舍偷娶尤二姨"的来龙去脉，原原本本，来了个和盘托出。坦白交代之后，凤姐给他的奖励，是指着他说："你这个猴儿崽子，就该打死！这有什么瞒着我的？你想着瞒了我，就在你那糊涂爷跟前讨了好儿了，你新奶奶好疼你。我不看你刚才还有点怕惧儿不敢撒谎，我把你的腿不给你砸折了呢！"说着，喝声起去，兴儿磕了个头，才爬起来，退到外间门口还不敢就走。凤姐道："过来！我还有话呢。"兴儿赶忙垂手敬听。凤姐道："你忙什么？新奶奶等着赏你什么呢？"兴儿也不敢抬头。凤姐道："你从今日不许过去！我什么时候叫你，你什么时候到。迟一步儿，你试试！出去罢！"兴儿忙答应几个"是"，退出门来。

此时的兴儿与彼时的兴儿宛如生活在两个世界。凤姐屋里，是审讯室一般的森严气象，"两三个小丫头子都在那里，屏声息气，齐齐的伺候着"。尤二姐房中却是热炕暖酒，其乐也融融。两者形成了鲜明的对比。两个世界中的兴儿也判若两人。此时的他战战兢兢，如履薄冰。又是磕头求饶，又是自己打自己，洋相百出，毫无尊严。而彼时的他则神采焕发，妙语连珠。作者曾经说，贾宝玉一待他父亲离开，便如开了锁的猴儿一般，兴儿也是如此。离了王熙凤，他才活泛起来。尤二姐那里是一处独立的所在，除了尤老娘和尤三姐，余下都是贾琏的心腹。尤二姐又天然地处在与凤姐对立的地位上，所以，尽管对王熙凤充满畏惧，但在这样的特殊环境下，兴儿还是将他对凤姐的不满如翻江倒海般倾出……

作者巧妙地利用兴儿，向尤二姐、其实也是向读者描述了贾府中的 10 个人物。这个描述的层次是丰富的：它既是贾府中真实的众生相，也是一个奴才对主子的真心评价。他虽然不可能进入像贾宝玉这样的人物的心灵深处，他对贾宝玉的婚姻"将来准是林姑娘定了的"的预测也完全失误，但毕竟显示了一种道德判断：不管你王熙凤如何八面威风，在众人的眼里，是非自有一杆秤。兴儿就是这杆秤的秤纽，一提秤纽，用脂砚斋的话来说，凤姐之尖酸刻薄，平儿之任侠直鲠，李纨之号"菩萨"，探春之号"玫瑰"，林姑娘之"怕倒"，薛姑娘之"怕化"一时齐现，是何等妙文！只不知，假如王熙凤听到兴儿在尤二姐跟前的那番宏论，会作何感想？

包勇：一厢情愿的忠仆

　　贾府中有几个不太讨人喜欢的角色，包勇可以算一个。王熙凤把他叫做"甄家荐来的厌物"。他的出现就有些不合时宜。贾府已经在走下坡路的时候，他由甄家推荐了来。当时贾政就说："这里正因人多，甄家倒荐人来。"只是碍于情面，勉强留了下来。包勇的长相也有些瘆人：身长五尺有零，肩背宽肥，浓眉爆眼，磕额长髯，气色粗黑。妙玉身边的婆子称他为"黑炭头"。

　　这个"黑炭头"似乎还不大吉利。他在甄府的时候，甄家被抄，甄老爷"待罪边隅"；新投到荣府，荣府又坏了事。当时，贾府的情况实在不大妙：家计萧条，入不敷出。贾政又不能在外应酬。家人们见贾政忠厚，凤姐抱病不能理家，贾琏的亏空一日重似一日，难免典房卖地。府内家人，几个有钱的，怕贾琏缠扰，都装穷躲事，甚至告假不来，各自另寻门路。本来，这和他包勇并没有太多关系，反正贾府"瘦死的骆驼比马大"，就如贾政所说，"横竖家内添这一个人吃饭，虽说穷，也不在他一个人身上"。可他偏不。见那些人欺瞒主子，便时常不忿。这已经是"狗拿耗子——多管闲事"了。本来他新来乍到，一句话也插不上。这正是躲是躲非的最好机会，可是他却生气，每日吃了就睡。所以大家都嫌他"不肯随和"，在贾政和贾琏面前说他的坏话。想想也真是，你明明是甄府的人，跑到这儿较什么真来了？而且，较真你就较真吧，还偏偏弄出个比别人还不如的样子。听听众人在告状时是怎么说的——"终日贪杯生事，并不当差"。瞧，这不比那些表面上还在"当差"的家伙更不如了吗？很多人都是这样：明明是一种心肠，却因为别人不能理解，就弄出另一副样子来。比如三国时候的庞统，明明是个极有才华的人，却因为刘备的轻视而自暴自弃，在耒阳县将近一百多天，县中之事，并不理问，每日饮酒，自旦及夜，只在醉乡。魏晋时候的阮籍也是这样。人们都说要行孝，他却在母亲去世的时候照样饮酒吃肉；人们都说要守礼，他却偏跑到邻家酒店美丽的老板娘跟前喝酒，喝醉了就在她身边躺下睡觉。对于这种人，鲁迅看得很透，说："表面上毁坏礼教者，实则倒是承认礼教，太相信礼教。"他指出，老实人在不平之极，无计可施的情况下，就会产生激变，做出反常的举动来。包勇就是这样一个老实人。

包勇到贾府后主要做了三件大事：第一件是骂雨村，第二件是拦妙玉，第三件是打贼人。

包勇是在街上闲逛的时候听见人说贾雨村的劣迹的，说他"本沾过两府的好处，怕人说他回护一家儿，他倒狠狠的踢了一脚，所以两府里才到底抄了"。当时他就想："天下有这样的人！但不知是我们老爷的什么人？我若见了他，便打他一个死！闹出事来，我承当去！"这又显出包勇的老实来了。他认为"天下有这样的人"是很奇怪的事，殊不知，天下这样的人多着哪。要不然，我们的成语中怎么会有恩将仇报？怎么会有落井下石？怎么会有过河拆桥？怎么会有兔死狗烹？包勇还不知道这位"贾大人"是老爷的什么人，就决定一旦遇见，便打他个死。他老实，但并不傻，知道打死了人是要偿命的，所

445

以早就想好，闹出事来自己承当。这样忠心耿耿的义仆，在荣宁二府可以说是闻所未闻。

就在包勇这么想着的时候，贾雨村喝道而来。他就大声说道："没良心的男女！怎么忘了我们贾家的恩了？"包勇的义愤自不必说，值得注意的是，从他嘴里说出的"我们贾家"四个字。贾政曾经问过包勇，是向来在甄家的，还是住过几年的，包勇回答说是一向在甄家的。贾政又问他为什么要出来，他回答说："小的原不肯出来，只是家老爷再四叫小的出来……所以小的来的。"奇就奇在这里，这包勇一向在甄家，甄家出事他也不肯离开，最后还是听了甄老爷的话才来到了贾府，可事隔不久，他的嘴里却极其顺溜地道出了"我们贾家"四个字。这倒可以模仿《阿Q正传》中赵太爷训斥阿Q的话：你说贾家是你的么？贾家怎么会是你的？你姓贾么？——你哪里配说"我们贾家"！包勇的悲剧就在于此。在贾府，你不过是投奔而来的一条丧家之犬，留你下来，只为"不好意思"，你又何必事事认真呢？一本正经"投了主子，他便赤心护主"，岂料主子却并不稀罕。

此时的包勇，身上倒有几分中国士人的影子——总是一厢情愿地奉献着自己的忠心。那位在政治改革的漫漫长路上下求索的诗人，如果不是一定要让自己的政治理想在自己的国土上得以实现，又怎么会落到颜色憔悴、形容枯槁、孤独地行吟在汨罗江畔的下场？那个始终关怀着"天下寒士"的诗人，如果不是在自己"生常免租税，名不隶征伐"的情况下还为失去土地的农民、远戍边关的士兵着想，又怎么会有流不完的忧国忧民的眼泪？问题是，在很多情况下，这种一厢情愿的忠心，换来的却是兜头一瓢凉水！怒骂贾雨村的事情，后来经由包勇自己的传播，让贾政知道了。贾政此时正怕风波，听见家人回禀，便一时生气，叫进包勇来数骂了几句，派去看园，不许他在外行走。包勇为贾府做的第一件大事以受惩处而告终。

接下来，包勇当了门卫。这扇门有点冷清，并不通外面，只是从妙玉所住的拢翠庵到惜春所住的蓼风轩要经过这儿。在园中看守浇灌的包勇表面上是安分了，总是自做自吃，闷来睡一觉，醒时便在园子里耍刀弄棍，倒也无拘无束。但他本性并没有改变。他总在寻找机会为"我们贾家"做点贡献。于是，当妙玉带着个道婆来叩门时，他便出来干涉了。

包勇的干涉并不是毫无道理的。古时候有所谓"三姑六婆"的说法，"三姑"指的是尼姑、道姑、卦姑；"六婆"指的是牙婆、媒婆、师婆、虔婆、药婆、稳婆。这些人中，有的因为所从事的职业经常会出入深闺，与女眷打交道，有时就会承担起"交通员"的作用，把外面的信息带进去，把里面的情报带出来。《古今小说》中就有这么个故事，说有个商家子弟爱上了对门邻居的宦家小姐，因无缘相会，害了相思病，缠绵病榻，结果就是一个尼姑，进到小姐闺房，邀她到庵中烧香，其实却安排了一场约会。类似这样的事情在小说戏曲中有很多，可见那时候的人认为放三姑六婆入门，往往会有奸盗之事发生，甚至有人提出，对三姑六婆要"谨而远之，如避蛇蝎"。现在，蛇蝎上门，包勇岂能不管？

包勇的第一句话还算客气："女师父，那里去？"第二句话也还在理："主子都不在家，园门是我看的，请你们回去罢。要来呢，等主子们回来了再来。"第三句话就不那么客气了："我嫌你们这些人，我不叫你们来，你们有什么法儿？"好个包勇，他竟把自己的职权当了真！你以为园门是你看的，你就有了权力？错！且看婆子们是怎么考虑问题的：近日婆子们都知道上头太太们四姑娘都和她（妙玉）亲近，恐她日后说出门上不放她进来，那时如何耽得住。原来，放不放人的关键，在于来人与"上头"的关系如何，至于你看门人对来人的感觉，"嫌"也好，不嫌也好，实在是一点关系都没有的。看腰门的婆子权衡之后，赶上妙玉，再四央求，几乎急得跪下，才把妙玉请进来。包勇这番不识时务的举动，按照婆子的说法，如果回了太太，是要打一顿，再撵出去的。幸亏紧跟着就发生了盗贼入室的事，我们才没有见到他受责罚。

作为门卫的包勇到底是对还是错呢？说对也对。包勇拒绝妙玉入内，除了有上面所说的理论依据，还有甄府里三姑六婆从来是一概不许上门的实际依据。他并不知道妙玉是贾府下了帖子请进来的姑子。还有，主子不在，也的确是个原因。他既然做了这园子的守卫，自然就要负起责任。假如按照规章制度来说的话，可以说包勇并没有什么错。但从古到今，门卫就不是那么好做的。该放的没放，或不该放的放了，都是门卫的错。更要命的是，到底该放还是不该放，往往并不像规章制度上面写的那么简单明了。汉代有个看守霸陵亭的下级军官，在某天夜里遇见了几个晚归的人。按照当时的规定，夜间是不能行走的。于是他按规定不放他们过去。一个随从模样的人说："那是以前的将军。"那军官并不买账，说："就是现任将军也不能违反宵禁的命令，何况是以前的！"这几个人没有办法，只得在霸陵亭过了一宿，天亮再走。后来，匈奴大举入侵，将军被重新起用。他就要求让那个军官到他的部队中来。一到部队，将军就把他杀了。与这位军官相比，包勇算是幸运的。他面对的，只是些婆子、尼姑，所以最坏的结果也不过是打一顿加撵出去，性命是无忧的。看来，做门卫难；做恪尽职守的门卫，更难；做恪尽职守又不得罪人的门卫，难上加难。包勇为贾府做的第二件事，又以失败而告终。

448

终于，包勇有了一个奉献的机会。就在这天晚上四更之后，一伙贼人进了贾府。众人都不敢上前。正在没法，只听园里腰门一声大响，打进门来。只见一个梢长大汉，手执木棍，众人唬得藏躲不及。听得那人喊说道："不要跑了他们一个！你们都跟我来！"这些家人听了这话，越发唬得骨软筋酥，连跑也跑不动了。只见这人站在当地，只管乱喊。家人中一个眼尖些的看出来了——你道是谁？正是甄家荐来的包勇。

包勇的这一次出场，作者可是下了大功夫。先来一个前奏，阴森恐惧，为他的出场做好了铺垫。就在大家都吓得胆战心惊的时候，音乐大作，高潮陡起，他雄赳赳地打上场来。妙就妙在作者先不写出那就是包勇，而是从家人惊慌的眼中看去，只看见一个"大汉"，看见"这人"，众人根本分不清这是家人还是贼人，于是越发害怕，瘫软成泥。渐渐地，薄雾散去，露出包勇的庐山真面目。这个手执木棍站在当地高声呼喊的形象，在众人的衬托之下，鹤立鸡群，无比高大。随后，他"向地上一扑，耸身上房，追赶那贼"。他用力一棍打去，将为首的贼人、周瑞的干儿子何三打下房来，打死了。又一人和四五个轮着器械的贼人乱打，终于把贼人打跑了。

立下了这样的汗马功劳，包勇总算被上夜的男人称了一回"包大爷"，说"幸亏包大爷上了房把贼打跑了去了"。但主子们似乎并没太在意他的这番作为，只有贾琏说了一句："还亏你在这里；若没有你，只怕所有房屋里的东西都抢了去了呢"。当他在外头院子里大声叫嚷的时候，凤姐仍把他叫做"厌物"。那么，包勇到底什么地方讨人嫌呢？其实，包勇自己对这一点是最清楚的。他刚到贾府的时候，贾政对他说："你们老爷不该有这样事情，弄到这个田地。"包勇道："小的本不敢说：我们老爷只是太好了，一味的真心待人，反倒招出事

包勇：一厢情愿的忠仆

来。"贾政道："真心是最好的了。"包勇道："因为太真了，人人都不喜欢，讨人厌烦是有的。"大约是有其主必有其奴吧，包勇说他家老爷的那些话，放在包勇身上，竟是句句对景。他讨人嫌，归根到底，就是因为太真了。

包勇出现的次数并不多，但几乎每一次都要生气。第一次，是"见那些人欺瞒主子，便时常不忿。奈他是个新来乍到的人，一句话也插不上，他便生气"。第二次，他气的是贾雨村的忘恩负义。第三次是拦不住妙玉，他"气得瞪眼叹气而回"。第四次是上房追贼的时候，贼人见只有他一个人，明欺寡不敌众，反倒迎上来。他"一见生气"，说："这些毛贼！敢来和我斗斗！"他第五次生气，是在妙玉被劫之后。众人寻不见妙玉，来叩园门，想看看是否到了惜春那里。包勇本来就认为"是那姑子引进来的贼"，听说妙玉不见了，更加相信"你们师父引了贼来偷我们，已经偷到手了，他跟了贼去受用去了！"当众人说"阿弥陀佛！说这些话的，防着下割舌地狱"的时候，他又生气了，说："胡说！你们再闹，我就要打了！"

看看包勇生的这些气，都是堂堂正正的正气。尽管后面一次他没有弄清事实真相，但从理论上来讲并不错，从事实上看也对景。他每一次生气，都是他真性情的表露，以至我们想象着他气鼓鼓的样子觉得特别可爱——当然，这只是在我们欣赏文学作品的时候；如果在真实生活中，出现包勇这样一个"太真"的人物，我们会觉得他可爱呢，还是像贾府中的人那样认为他可厌呢？作者借包勇之口所说的"因为太真了，人人都不喜欢"的话，恐怕不仅仅是小说里的情况。

作者安排包勇在贾府一败涂地的时候上场，颇有些"行到水穷处，坐看云起时"的味道。在这样一片混乱的局势下，居然有这样一个忠心耿耿的奴仆。而更值得回味的是，这样一个忠仆，结果却成了"厌物"。是非颠倒若是，这个大家庭怎会不衰败?

包勇的出场还有一个作用，那就是带来了甄宝玉的消息。不过，相对上面所说的这些作用，传达甄宝玉的信息，只能算是小意思了。

包勇：一厢情愿的忠仆

焦大：贾府的屈原

焦大的走红，倒不在《红楼梦》里头，而是因为后来鲁迅先生的文章。

鲁迅先生在他的杂文里几次提到焦大。一次是在《"硬译"与"文学的阶级性"》里，鲁迅先生说："贾府上的焦大，也不爱林妹妹的"。另一次是在《言论自由的界限》中，先生说："看《红楼梦》，觉得贾府上是言论颇不自由的地方。焦大以奴才的身份，仗着酒醉，从主子骂起，直到别的一切奴才，说只有两个石狮子干净。结果怎样呢？结果是主子深恶，奴才痛嫉，给他塞了一嘴马粪。其实是，焦大的骂，并非要打倒贾府，倒是要贾府好，不过说主奴如此，贾府就要弄不下去罢了。然而得到的报酬是马粪。所以这焦大，实在是贾府的屈原，假使他能做文章，我想，恐怕也会有一篇《离骚》之类。"

鲁迅所提到的焦大，是宁国府中的一个老家人。老到什么程度呢？据尤氏说是跟"太爷"的。尤氏是贾珍的妻子，她称贾珍的父亲贾敬为"老爷"，"太爷"就是贾敬的父亲贾代化，也就是当年宁国公贾演的儿子。若以还活着的人来说，这贾代化与荣国府里贾代善的妻子贾母是一个辈分。焦大是贾代化的仆人，"老"到这个份上，这就不是一般的资格了。

"闲取乐偶攒金庆寿"那一回，贾母叫人来商量，要学那小家子凑份子给王熙凤过生日。当时就只有薛姨妈和贾母对坐，邢夫人、王夫人只坐在房门前两张椅子上，宝钗姐妹等五六个人坐在炕上，宝玉坐在贾母怀前，底下满满的站了一地。尤氏凤姐等都在地下站着，但赖大母亲等几个高年有体面的嬷嬷却有小杌子坐。这就是"贾府风俗：年高服侍过父母的家人，比年轻的主子还有体面呢"，何况焦大是伏侍过"太爷"的！

尊崇辈分高的奴才，其实际意义是尊敬长辈。宝玉房里的几个女孩，本是丫环，但因为是老太太或太太屋里调拨过来的，"到底是老太太、太太的人"，宝玉就必须得叫她们"姐姐"，而不能叫名字，否则，就是"眼里没有长辈"。因此，那些年长的家人媳妇教导起宝玉来是很有些架子的。而焦大比起她们来，就更是"老资格"啦。

焦大不仅资格老，而且有功劳。"他从小儿跟着太爷出过三四回兵，从死人堆里把太爷背出来了，才得了命"。这就是说，这个奴才于主子有救命之恩。在我们的文化中，"滴水之恩"尚且得"涌泉相报"；一饭之酬，也要报以千金，你说这救命之恩该有多大？

还有，就是焦大的忠心耿耿。他"自己挨着饿，却偷了东西给主子吃；两日没水，得了半碗水，给主子喝，他自己喝马溺"。尤氏说得对，焦大对贾家有"功劳情分"——救主子是"功劳"，一片真心地对主子的好却是"情分"。

我们不妨就此考察考察焦大的情感问题。

鲁迅说焦大不爱林妹妹，说的是男女之爱。焦大之所以不会对林妹妹产生爱恋，有很多原因。首先是主子与奴才的尊卑之分，没有哪个奴才妄想与主子小姐谈恋爱（准确地说，应该是"论婚嫁"，因为在那个时候，是既不怎么有恋爱可谈，也不允许谈的）。女性奴才虽然可以与男性主子有性关系，但也只属于服务性质，与感情没多大关系。贾宝玉有一次与袭人打趣说："你这里长远了，不怕没八人轿你坐。"暗示他将来可能娶她，这个好奴才立刻严肃起来，一本正经地说："这我可不稀罕的。有那个福气，没那个道理，纵坐了也没趣。"以焦大对主子的忠诚，自然会和袭人一样，规规矩矩按"道理"行事，断不会"癞蛤蟆想吃天鹅肉"的。

如果没有上面讲的障碍，也没有年龄上的问题，焦大会不会爱林妹妹呢？也不大会。焦大虽说粗鲁，对贾府却有一份充分燃烧的激情，他对贾府"如今生下这些畜生"感到非常失望。贾宝玉在他心目中可能不像贾珍、贾蓉辈那么"畜生"，但也不是像"太爷"那样挣家业的料，而林黛玉呢，自幼不曾劝宝玉立身扬名，是贾宝玉置家族利益于不顾的支持者。所以，焦大很可能不喜欢她。

还有一个很多人都想到的原因，就是焦大的粗豪和林妹妹的纤弱反差实在太大。其实，这倒是最缺乏说服力的。若从性格互补的角度来说，焦大爱上林妹妹的可能性并不是没有。你看，以贾瑞的愚蠢和王熙凤的聪明相比，不是也天上地下吗？可贾瑞不就是喜欢上了凤姐吗？当然，在《红楼梦》里，焦大是不爱林妹妹的，但他却深爱主子——男女之爱之外的另一种爱。

焦大的这种爱虽然不关风花雪月，但也爱得刻骨铭心。前面他喝马溺是爱的一种表现，后面他被塞马粪仍是爱的表现。只不过这一回，爱得有点扭曲，有点不被人理解罢了。

往日的"功劳情分"让焦大在贾府有了特殊的地位，"有祖宗时，都另眼相待，如今谁肯难为他"？然而这却未必是件好事。每个人都有自己的身份地位，这种地位将决定你说话行事的内容和方式。焦大的特殊情况，使他说话行事的方式方法发生了异变，他"老了，又不顾体面，一味的好酒，喝醉了无人不骂"；而从根本上来说，他的奴才地位又没有改变。就如同贾宝玉的奶妈李嬷嬷，平时"惯的比祖宗还大"，"比老太太还受用呢"，贾宝玉也惧她三分，但真要是光起火来，照样可以"撵出去大家干净"！焦大也是如此。矛盾就是在这种不协调中爆发出来的。

鲁迅说，焦大是贾府的屈原，如果他能做文章，会写出一篇《离骚》。现在焦大不会做文章，他的《离骚》就是"骂"。《红楼梦》把焦大的"骂"写得十分精彩。这篇"骂离骚"要是细读起来，还真是一篇三致意，曲终而奏雅。

事情的起因是外头派他送秦可卿的弟弟秦钟回家。他骂的是大总管赖二，说他"不公道，欺软怕硬！有好差使派了别人；这样黑更半夜送人，就派我，没良心的忘八羔子！瞎充管家！你也不想想焦大太爷跷起一只脚，比你的头还高些。二十年头里的焦大太爷眼里有谁？别说你们这一把子的杂种们！"别看赖二是总管，论起辈分却比焦大低一级，他父母才和焦大平辈，所以焦大骂他，也还不算太出格。从骂的内容来看，也不算离谱。活儿有轻有重，有难有易，有讨好的，也有不讨好的，里面有一些"猫腻"也在所难免。贾芸为了谋个好差使，不是也买了冰片麝香走王熙凤的"路子"吗？坏就坏在，主子来了——贾蓉送凤姐的车出来，他却正骂得兴头上，众人喝他不住。这可就丢了宁府的脸了。何况王熙凤刚才就在批评尤氏："到底是你们没主意，何不远远的打发他到庄子上去就完了？"因为这两个原因，也因为贾蓉与王熙凤的那层特殊关系，这蓉哥儿脸上挂不住了。他忍不住便骂了几句，叫人"捆起来！等明日酒醒了，再问他还寻死不寻死！"

这一下可惹祸了！贾蓉急切间竟忘了尤氏刚才说的那句"喝醉了

无人不骂"的话。既然"无人不骂",贾蓉这一喝岂不是自投罗网?果然,战火立刻烧到了他的头上。焦大反大叫起来,赶着贾蓉叫:"蓉哥儿,你别在焦大跟前使主子性儿!别说你这样儿的,就是你爹、你爷爷,也不敢和焦大挺腰子呢!不是焦大一个人,你们作官儿,享荣华,受富贵!你祖宗九死一生挣下这个家业,到如今不报我的恩,反和我充起主子来了。不和我说别的还可;再说别的,咱们白刀子进去,红刀子出来!"这是焦大的"骂离骚"的第二乐章,对象已经不是赖二,而是宁府的年轻主子贾蓉;内容也不是派活儿公道不公道,而是报恩不报恩的问题了。

由于第二乐章的主题变了,不是奴才相骂,而是奴才骂主子,这就是"撒野",众人也就不光是"喝他"了,而是上来了几个,揪翻捆倒,拖往马圈里去。这一举动,激起了焦大更大的愤怒,他开始了最精彩的第三乐章:

> 要往祠堂里哭太爷去,那里承望到如今生下这些畜生来!每日偷狗戏鸡,爬灰的爬灰,养小叔子的养小叔子,我什么不知道?咱们"胳膊折了往袖子里藏"!

这才叫骂得好!骂出了焦大心头的郁闷,骂出了贾府令人沮丧的现实,也骂出了作者灵魂深处的失望!

焦大这三大乐章循序渐进,逐步向主题靠拢,最后一枪命中,精彩至极。这一骂,"有天没日",毫无遮掩。王熙凤开始还埋怨尤氏"没主意",还数落贾蓉说:"还不早些打发了没王法的东西!留在家里,岂不是害?亲友知道,岂不笑话咱们这样的人家,连个规矩都没有?"而面对这样赤裸裸的攻击,她也只能装作没听见。小厮们的态度也从动口呵斥，到动手捆绑，最终被吓得魂飞魄丧，不得不用土和马粪满满的填了他一嘴，实行彻底封锁，也就是鲁迅讲的，剥夺了他的言论自由。

好一个焦大！不仅是贾府的屈原，还是《皇帝的新装》中的孩子。众小厮为什么吓得魂飞魄丧？因为他们都明白，那不是"醉汉嘴里的胡嘈"，而是皇帝根本没穿衣服的事实！贾宝玉不明白，所以他不害怕，还问王熙凤："姐姐，你听他说'爬灰的爬灰'，这是什么话？"王熙凤却只能用恐吓的话含糊过去了。

焦大再出场，已经到了"锦衣军查抄宁国府"的时候。他号天跺地地哭道："我天天劝这些不长进的爷们，倒拿我当作冤家！爷还不知道焦大跟着太爷受的苦吗？今儿弄到这个田地，珍大爷蓉哥儿都叫什么王爷拿了去了；里头女主儿们都被什么府里衙役抢的披头散发，圈在一处空房里；那些不成料的狗男女都像猪狗似的拦起来了；所有的都抄出来搁着，木器钉的破烂，瓷器打的粉碎。他们还要把我拴起来！我活了八九十岁，只有跟着太爷捆人的，那里有倒叫人捆起来的！我说我是西府里的，就跑出来。那些人不依，押到这里，不想这里也是这么着。我如今也不要命了，和那些人拼了罢！"说着撞头。

焦大这里稍稍有点失忆，他说自己"只有跟着太爷捆人的，那里有倒叫人捆起来的"，却忘了他曾被众人捆起来塞了一嘴马粪的事。当然，也可以说焦大并非失忆，他被拖到马厩里的那一回，是自己人动的手，是"不长进的爷们"搞错了，把他"当作冤家"，而不是像现在这样，真的让人捆起来。他经常要来篇"骂离骚"，就是痛恨那些年轻主子看不到问题的严重性。现在，他最担心的事终于发生了。之后，小说没有交代焦大的下落，而屈原在楚国的国都郢被秦兵攻破以后，的确是自沉于汨罗江了。

顺便要说的是，鲁迅先生关于焦大的话有些地方不太准确。他说焦大"仗着酒醉，从主子骂起，直到别的一切奴才"，其实倒是从奴才（赖二）骂起，一直骂到主子；还有，"只有两个石狮子干净"的话，倒不是焦大骂出来的。那是柳湘莲在宝玉面前说的。他因为"女家反赶着男家"，急急忙忙许嫁尤三姐，心中起了疑虑，向宝玉打听情况，宝玉的回答暧昧不清，他着急起来，跌脚道："这事不好！断乎做不得！你们东府里，除了那两个石头狮子干净罢了！"——不管出自谁人之口，东府肮脏若是，焦大如何能不作"骂离骚"呢？

趣说红楼人物

两府之外

甄士隐：红楼悲剧的司幕人

在《红楼梦》中，甄士隐和贾雨村是两个符号，所谓"真事隐"和"假语村（言）"，但同时也是有面目、有个性的人。那贾雨村如不时漂浮的魅影，始终隐约出现在故事的背景中；而甄士隐则出现在一头一尾，是整个悲剧中拉大幕的——开幕是他，闭幕也是他。作者为什么要请甄士隐司幕呢？这就得从士隐本身说起。

话说石头无才补天，被女娲遗弃在大荒山无稽崖，寂寞多年，终于遇见这茫茫渺渺僧道二人，尚未及一申英雄之叹，就糊里糊涂卷入红尘去了。且叹天缘凑巧，正待下世，却被个姑苏闲人撞见，先自把玩了一番，这人便是甄士隐。他禀性恬淡，不以功名为念，是一个出尘之人。但恬淡也需有些资本，他如此赋闲，生计自然是不愁的，当地推为望族，即使未及富贵，却定然是颇有余资，否则四处奔忙，昏昏乱乱，一早便饿毙于十里街头，又何来仁清巷里闲入梦，让他在"红尘中一二等富贵风流之地"观花种竹、酌酒吟诗呢？

然而就是因为贪图些清平逸乐，在作者看来，仍没有真正看破红尘，所以非得把这个无名乡宦从自己的幸福人生中硬拽出来，让他思接千载，遨游太虚，未入幻境而已在幻境。可惜，一切警示对没有切身体会的人来说皆属无用，故而甄士隐方举步时，忽听一声霹雳若山

趣说红楼人物

崩地陷，士隐大叫一声，定睛看时，只见烈日炎炎，芭蕉冉冉，梦中之事便忘了一半。看来，士隐隐世，不去做"国贼禄鬼"，也还只是一半省悟，而另一半却被他忘却了。

忘却了人生虚幻的甄士隐定定心心地过着他的小日子。一个"粉妆玉琢"的女儿，一个可以闲来聊天的朋友和一些不时造访的老爷，构成了甄爷的全部幸福生活。甄士隐的幸福在于无心，甄士隐的不幸则在于存心。幻中渺茫，必待士隐无心方可出离沉沦，悟则无需问，问即存心，则是未悟。所以二仙笑道："此乃玄机，不可预泄。到那时只不要忘了我二人，便可跳出火坑矣。"无心入梦，故而可遭遇仙师，一觑通灵；梦中存心，故而须待到日后家破子散、兴衰冷暖一一过心方才可无所存其心，当下见悟，立地成佛。真是大梦觉时入世幻，所以说《红楼》这一出梦笔实是无心之梦，有心之人，虽是升仙成佛，更是世道人心。只不过甄士隐先着了慧根，早著了仙籍，作者认定了要脱尘的主儿，日后稍予点拨，自然便心下荡然，成仙得道。

目下，士隐还在书房里与落魄举子交接，而且颇具慧眼地识得他"必非久困之人，每每有意帮助周济他"。后来果然赞助了"五十两白银并两套冬衣"，让他进京赶考，得以飞黄腾达。说起来，士隐才是"巨眼英豪、风尘中之知己"，可笑贾雨村把这笔账算到了娇杏头上，这才真叫"侥幸"。话说回来，士隐如此青眼相加，雨村究竟有什么入了他的眼呢？第一恐怕是外貌的"雄壮"。古人对相貌的重视远甚于今日，往往有豪杰之士因为"貌寝"（长得不好看）而受到冷遇的，像汉末的王粲，西晋的左思。倒过来，相貌堂堂的就占不少便宜。当年关羽还是个马弓手的时候，主动请缨要去战华雄，差点被袁术打出营帐，后来曹操为他辩护，说的就是"此人仪表不俗，华雄安知他是弓手？"其实古人也知道以貌取人问题多多，像上面所说的那两个不

463

好看的，后来都大有成就，王粲为著名的"建安七子"之首，左思的一篇妙文更是使得洛阳纸贵。就是汉代大功臣张良，也"貌如妇人女子"，没有阳刚之气的。但古人（其实也包括今人）就是改不了以貌取人的习惯，士隐大致也是如此。这便是他的俗的一面。第二，是他从直觉上感到这个读书人志存高远。果然不错，贾雨村虽然借住在葫芦庙内卖文作字为生，却自视是藏在匣中待价而沽的宝玉，是有机会便能高飞的金钗。所以士隐一听便夸奖说"雨村兄真抱负不凡也！"然而，这所谓的"抱负"，却在甄士隐的人生画图上别开一生面，恰如将那风月宝鉴反面照去，当下通明，无微不烛：做了隐士的甄士隐实在没有脱却了"真士"的干系，所谓"神仙一流人物"毕竟不是神仙，不过是存心作意，故为隐士行状，过些逍遥生活，原本并不是看破一切的主儿，甚至可以说还差着老大一截呢，否则，对雨村这样一个"禄蠹"早就避忌嫌恶了。后来雨村酒醉，来了一首借月抒怀的狂诗，士隐更是"听了大叫"，觉得这"所吟之句，飞腾之兆已见，不日可接履于云霄之上了。可贺可贺！"且不说士隐既"不以功名为念"，又为何对渴盼飞黄腾达之心如此击节赞赏，仅这"大叫"二字已然要叫人绝倒了。在和雨村交谈时，他曾自称"弟虽不才，'义利'二字却还识得"。仔细品味他所谓"义利二字却还识得"，这便是他那等乡宦人家的心底事，吟风诵月到底是消磨不去的。士隐与雨村的交接处处表现出的是一种钦佩、一种亲近，那孔门惺惺之惜于此可算恰切得很了。义利本在人心，这人心是天下人之心，既识得此心便是存得此心，甄士隐之心存义利，就是处处用心，无处不是牵挂，洒落不得，因而到此仍做不得天上人。这一点上，他倒的确不如贾雨村来得爽利。人家"收了银衣，不过略谢一语，并不介意，仍是吃酒谈笑"，转日晄当留下句"不及面辞"，天未亮就奔京城去了，难怪脂批要大赞雨村为"英雄"。

士隐接济雨村，看中的是他有"飞腾之兆"，那么对已经"飞腾"的，当然就更为殷勤了。瞧他同贾雨村"方谈得三五句话，忽家人飞报：严老爷来拜。士隐慌忙起身谢道：恕诓驾之罪，且请略坐，弟即来奉陪。雨村起身也让道：老先生请便。晚生乃常造之客，稍候何妨。说着士隐已出前厅去了。"一个"忽"字加一个"飞报"，哪里有如此的十万火急！一个"慌忙"加一个"已"字，哪里有如此的诚惶诚恐！这便是他的那一份正心诚意，并且这心意正得都有些令人后怕，想来严老爷大概与京中的诸位旧交一般，仕宦之家自然是的，恐怕官爵势力也不会小，看那架势都赶得上御驾亲临了。偏偏这位严老爷也托熟，一谈就是半天，且又留下来便饭，撇得人家雨村孤零零等在书房，若不是有个娇杏丫头来掐花，转移了我们这位贾兄的注意力，那滋味可不是好受的。有趣的是，这里士隐既不来邀请雨村与严老爷共进晚餐，也不让人捎个口信安顿一下雨村，那里雨村倒也不焦躁，打听得前面留饭，不可久待，遂从夹道中自便门出去了。看来，士大夫的心胸在雨村为修齐治平，在士隐也未尝不是家国天下。都是"货与帝王家"的玩意儿，买的卖的，交易成了，天下经济也就懒去问了，说到底却也还是一己私心。大家情同此感，在这一点上倒是无牵无挂，无妨无碍了。

就凡人甄士隐来说，功名富贵在忘与不忘之间，也可算是大达贤者；只是骨肉情深，难于割舍，向普天下男女老少也莫不遇于此。士隐既不能免俗，自然便看不透儿女无过是"有命无运、累及爹娘之物"，更被英莲"粉装玉琢"的外表所迷惑，把她抱在怀里当作宝贝。于是和尚见了便大哭起来，一则哭英莲有命无运，一则也是哭士隐命途受累。但肯"舍我"，便无所挂碍，心无所牵，哪里知道甄士隐会

"不耐烦,便抱着女儿转身"。于是乎和尚要大笑了,一则笑士隐执迷不悟,一则也是笑英莲命该如此,真正无可奈何也!

终于,元宵佳节——这个被和尚预言过的甄士隐生活的转折点到了。先是英莲被人拐走,随后夫妇相继忧思成疾,跟着又是一把大火,全部的有形资产统统化为乌有,就像邯郸道上的书生黄粱梦醒一样。但作者似乎还嫌不够,还要让士隐再去品尝一下炎凉的世态。那封肃一来是他的丈人,二来"家中却还殷实",但对女婿的到来却很不欢迎,更有甚者,当士隐将折变田产的银子拿出来托他随便置买些房地时,他竟然半用半赚,略与他些薄田破屋,害得士隐贫病交攻,竟渐渐的露出了那下世的光景来。人心之险恶,一至于此!这番变化,原是和尚已然说明了的,可怜士隐不悟,落得这步田地。要不是跛足道人亲往点化,少不得又添武陵一荒冢。然而,"不到园林,怎知春色如许?"士隐不经历这一番变化,又怎么能理解"世上万般,好便是了,了便是好。若不了,便不好;若要好,须是了"?于是,他根据自己的切身体会对《好了歌》作了一番真真切切的注解——也是对红楼故事的总体概括和对红楼中人悲剧命运的预示。

甄士隐颇有几分像中国戏曲中的"副末开场",也有点类似话本中的入话和头回。只不过"副末开场"一般只是由一个男演员在开幕伊始说一下剧情梗概,而士隐本身也是个故事,而且是后面红楼故事的浓缩。就本身是个故事而言,比较像话本中的头回,可是头回中的故事只用作与后文故事的陪衬,而这个故事中的雨村、英莲等人还要在后面的故事中成为一个较为重要的角色。更有意思的是,士隐做梦,见到了那块石头,而他自己的故事就镌刻在那石头之上。真耶?假耶?梦耶?幻耶?一切竟是无界限的!比利时有个作家写过一篇小说,说主人公参加完紧急的事务性会谈,回到自己的庄园,懒洋洋地

466

倚坐舒适的扶手椅里读一本几天前开始读的小说，椅子背朝着房门，他的左手来回抚摩着扶手上绿色天鹅绒装饰布，沉浸在小说的情节中。他看到男主人公走进一座庄园，走进屋子，他手握刀子，看到那从大窗户里射出的灯光，那饰着绿色天鹅绒的扶手椅高背和那高背上露出的人头，那人正在阅读一本小说。这篇作品被西方文学批评家称为"新小说"，因为它展示了现实的多样化，提出了多样化现实——所谓"真实的"现实和幻想的现实——之间的关系问题。要是拿它和甄士隐的故事比比，它就只能算"旧"小说啦。

　　"新"也好，"旧"也罢，总之，士隐是飘然而去了，然作者又来了句"竟不回家"，似乎仍未究竟，只不过这是作者未究竟，而非士隐未究竟；可是高鹗的续笔的确又让人觉得士隐也是未究竟的。他还要在急流津觉迷渡口等着贾雨村，与他"详说太虚情"，还要去了断一段"儿女私情"。如此一来，虽不无坐得太实之嫌，但也算是结构圆满——仍由拉开大幕的士隐负责把幕布徐徐拉上了。

467

贾雨村：一份落职干部的履历表

《红楼梦》中有两个特别的人物，一个是甄士隐，一个是贾雨村。这两个人既是贯穿始终的线索，又是小说创作的符号，同时也是活生生的人物。《红楼梦》是以他们俩的故事开的头，也是以他们俩的故事结的尾。一个是所谓"真事隐"，一个是所谓"假语村（言）"。相对来说，甄士隐的形象单薄了点，那贾雨村却是栩栩如生的。贾雨村是个官员，也就是干部，且让我们来为他填写一张干部履历表：

第一栏　姓名：贾化，表字时飞，别号雨村。

如果不说"假话（贾化）"，他的名字还真不错。化者，变也。庄子说："北冥有鱼，化而为鲲。鲲之大，不知其几千里也；化而为鸟，其名为鹏。鹏之背，不知其几千里也。怒而飞，其翼如垂天之云。"名化字时飞，明明是胸怀大志的意思。难怪他对月高吟："玉在椟中求善价，钗于奁内待时飞。"不过，既然"玉"还在"椟中"，"钗"还在"奁内"，那就未免有淹蹇的意思。所以贾雨村刚出场时只是个一贫寒书生而已，寄居在东南姑苏城中阊门外十里街仁清巷葫芦庙内，衣衫蓝缕，"敝巾旧服"，连进京赶考的盘缠都拿不出来。所谓"求善价""待时飞"，不过是心中抱负而已，离现实还差老鼻子呢。孔子的学生子贡曾经和老师讨论过这样一个问题：如果有一块美玉在这里，是把它放在柜子里藏起来呢，还是找个识货的人卖掉？孔子很坚决地说："卖掉！卖掉！"自孔子而下，"学成文武艺，货与帝王家"，是古代知识分子的共同心愿。只是有卖家不一定有买家，所以必须得等待，等个识货的人，等着卖个好价钱。一旦有了理想的买家，那就"不鸣则已，一鸣惊人"了。贾雨村的名字，很好地概括了他这种待价而沽的心态。

第二栏　籍贯：湖州。

如果不是"胡诌（湖州）"，贾雨村的出生地也不错。湖州濒临太湖，是典型的江南水乡，又是明清制笔业的中心，人杰地灵，出过不少文人墨客。以"慈母手中线，游子身上衣"等诗脍炙人口的唐代诗人孟郊，"大历十才子"之一的钱起，元代著名书画家赵孟頫，小说《初刻拍案惊奇》和《再刻拍案惊奇》（"二拍"）的编撰者、明代文人凌濛初等，都是湖州人。

第三栏　家庭出身：诗书仕宦之族。

这又是一个好出身。古代做官有几条途径，一条是"出兵放马"，凭军功获得官职，曹雪芹（还有《红楼梦》中的贾府）祖上就是从这条路上得的官。祖上得了官职，下辈的子孙便可以"袭"，所以世袭也是一条路。还有一条路，就是"从科甲出身"。这条路最光荣。贾政原来打算走的就是这条路，这也是贾家作为"诗礼簪缨之族"的证明。贾雨村"生于末世，父母祖宗根基已尽"，官是没得袭了，好在诗书传统还在，他自信到科举大军里去"充数挂名"的能力还是有的，所以一到大比之年，便蠢蠢欲动了。

第四栏　学历：进士。

这可是高等学历。明清两代，经过本省各级考试取入府、州、县学的，即为生员，也叫诸生、秀才。生员可以参加乡试，考上了，便是举人。举人才能参加京城三年一次的会试，考上的叫贡士。贡士在殿试后进入三甲的，就是所谓进士。也就是说，贾雨村在三年一次的全国性选拔考试中入选，这是谈何容易的事！

第五栏　家庭情况：父母已亡，人口衰丧，只剩得他一身一口。妻，不知何名；姜，娇杏。有一子，生平情况不详。

娇杏在贾雨村心里，几乎是红拂女一类，光用眼睛看看，便知道谁是英雄。其实娇杏对他，不过是稍加留意而已，原因是他"腰圆背厚，面阔口方，更兼剑眉星眼，直鼻方腮"的"雄壮"外貌和蓝缕的穿着有点不搭配。甄家并无这种不搭配的亲友，倒是有个人可以对得上号，那就是主人时常说的什么贾雨村，主人说他"必非久困之人，每每有意帮助周济他，只是没什么机会"。如此一想，不免又回头一两次。贾雨村便以为这女子心中有意于他，遂狂喜不禁，自谓此女子必是个巨眼英豪、风尘中之知己。这个小小的误会，与其说是错会了娇杏的意，倒不如说是贾雨村自我感觉良好以及急切想发达荣耀的心态的表现。当然，娇杏丫头长得不错，仪容不俗，眉目清秀，虽无十分姿色，却也有动人之处。不过，任你动人，贾雨村还是在拿到甄士隐赠与的银两后立马走人，不管什么黄道、黑道，也顾不上什么红颜知己了。像张生这种一见到崔莺莺就两腿发软，说"小生便不往京师去应试也罢"的男人，在古代中国绝对不是什么好男儿。

有了甄士隐的赞助，贾雨村慷慨赴京，"中了进士，选入外班"，走马上任当了县太爷。了不得的是，在另一时间、另一地点，看见路旁一个丫头，他居然认出这是他当初的风尘知己（贾雨村这种眼观六路、耳听八方的本事后面还有展示），顺藤摸瓜找到甄士隐的老丈人家，用两封银子和四匹锦缎开路，用一封密信传递消息，当晚就和娇杏做了夫妻。一年半后，雨村嫡配染疾下世，娇杏便做了正室夫人。

娇杏姑娘"偶因一回顾,便为人上人"的经历,侥幸(娇杏)的成分居多,却也是"真"(甄)和"假"(贾)关系的一次小小演示,假作真时真亦假,巨眼英豪还是美色动人,感念旧情还是自我肯定,就是贾雨村自己,也已经分辨不清了。

第六栏　工作经历:曾卖文作字为生,做过甄宝玉和林黛玉的家庭教师,中进士后担任过大如州知府,金陵应天府御史,吏部侍郎,兵部尚书。

卖文作字是读书人的末路,贾雨村虽说落到了这一步,但胸中抱负仍在。他在葫芦庙中曾吟诗一首:"未卜三生愿,频添一段愁。闷来时敛额,行去几回头。自顾风前影,谁堪月下俦?蟾光如有意,先上玉人楼。"虽然是因为娇杏丫头回头看他而引发的感慨,儿女情中的英雄气清晰可见。说来也是,他离开家乡的目的就是要进京求取功名,再整基业,只因为贫窘,没奈何才寄居于此,他怎么能甘心过卖文作字的生涯呢?

在金陵城内钦差金陵省体仁院总裁甄家和在巡盐御史林如海家做西席,比卖文作字当然要好多了。不过甄宝玉这个学生不太好教,"虽是启蒙,却比一个举业的还劳神",而且吃力不讨好,被甄家老祖母批评过几回,贾雨村就卷了铺盖了。教林黛玉就好多了,这女学生年纪幼小,身体又弱,工课不限多寡,其余不过两个伴读丫环,故雨村十分省力。而最大的好处是东翁的地位,林如海的内兄贾赦现袭一等将军之职,二内兄贾政现任工部员外郎。这样的现成门路竟让他"偶因一'家教'",便轻而易举地找到了。

第七栏　奖惩情况:降级一次,且连降三级,原因不明。革职两次,一次是在大如州任职时,因"贪酷,且恃才侮上""徇庇蠹役、交结乡绅"革职;一次是犯了婪索的案件,审明定罪,后遇大赦,递

贾雨村:一份落职干部的履历表

籍为民。

贾雨村在大如州干了些什么，我们不太清楚，在应天府任上的事，作者倒是向我们介绍了一二。主要是：判断葫芦案，勒索石呆子和对贾府落井下石。

葫芦案的案子并不复杂：豪门公子薛蟠与小乡宦之子冯渊争抢一个丫头，薛家豪奴将冯渊殴打致死，冯渊家人告到了应天府的案下。贾雨村开始也怒火中烧了一回，说："那有这等事！打死人竟白白的走了拿不来的？"说着就要发签拿人，被一门子用眼色制止住了。我们不得不佩服贾大人明察秋毫的本事，他居然注意到了一个小小门子的眼色，而且还那么当回事，立刻休庭，密室召见。他这一番作为果然意义重大，从门子那儿，他不但弄清了案子的来龙去脉，而且拿到了至关重要的"护官符"，要不然，"一时触犯了这样的人家，不但官爵，只怕连性命也难保呢"！贾雨村权衡轻重，采用门子的建议，"徇情枉法，胡乱判断了此案"，让冯家得了些烧埋银子，杀人犯薛蟠则逍遥法外，成了他送给贾薛两府的礼物，应了薛蟠当时心里的想头："花上几个钱没有不了的。"

石呆子事件中，贾雨村的嘴脸更加不堪。只为贾赦看上了石呆子家里收藏的二十把旧扇子，石呆子又死活不肯卖，他竟然讹他拖欠官银，拿他到了衙门里去，说："所欠官银，变卖家产赔补。"把这扇子抄了来，做了官价，送给了贾赦。不仅连累贾琏被"打的动不得"，那石呆子更是被弄得倾家荡产，死活不知。这样的事情恐怕并不是第一次发生，不然平儿不会说："认了不到十年，生了多少事出来。"也不会咬着牙骂他是"半路途中那里来的饿不死的野杂种！"

贾雨村起复旧职，靠的是贾府的提携，手中有权后，他轻饶了薛蟠的杀人罪，为讨好贾赦，把石呆子搞得倾家荡产，这也算是他"知

472

恩图报"了。不过，有时候贾大人的报答法挺让人跌眼镜的。比如，前面那个门子，为他提供了护官符，他最后"到底寻了他一个不是，远远的充发了才罢"。对贾家也是如此。贾赦被参，皇上的意思是让他这个当地方官的查实了再办，正因为沾过两府的好处，怕人说他回护一家儿，他倒狠狠地踢了一脚，所以两府里才到底抄了。我们可不要像头脑简单的包勇那样，切齿痛恨贾雨村的恩将仇报，他对门子的斩草除根也好，和贾府的划清界限也好，和他前面的徇情枉法一样，都是"世事洞明""人情练达"的表现，要不是这样，贾宝玉对这位"回回定要见我"的贾大人还不至于那么讨厌呢！

第八栏　主要著作：诗二首，联一对，正邪两赋论一篇。

贾雨村的二诗一联，甄士隐给的评价极高，指为"抱负不凡"，说是："妙极！弟每谓兄必非久居人下者，今所吟之句，飞腾之兆已见，不日可接履于云霄之上了。"借用一句疯跛道人的话，这叫"解得切！解得切！"那二诗一联，说到底就是一个落魄书生想要飞黄腾达的胸怀的表露，不算高明。要说有点意思的，倒是作者借他之口发表的"正邪两赋论"。

作为正邪两赋的例证，贾雨村开出了一个长长的名单。正气所赋的仁人有：尧、舜、禹、汤、文、武、周、召、孔、孟、董、韩、周、程、朱、张；邪气所赋的恶人有：蚩尤、共工、桀、纣、始皇、王莽、曹操、桓温、安禄山、秦桧；正邪两气所赋的有：许由、陶潜、阮籍、嵇康、刘伶、王谢二族、顾虎头、陈后主、唐明皇、宋徽宗、刘庭芝、温飞卿、米南宫、石曼卿、柳耆卿、秦少游，近日倪云林、唐伯虎、祝枝山，再如李龟年、黄幡绰、敬新磨、卓文君、红拂、薛涛、崔莺、朝云等。仁人和恶人且不去说他，贾雨村认为可以和贾宝玉视为同类的正邪两赋之人，大概可以分为这么几类：属于帝王的，有陈后主、唐明皇、宋徽宗。一看就明白，他们之所以榜上有名，不是因为政绩。唐玄宗虽然有过开元天宝之盛，但纵情声色才是他和其他两位并列的原因。一类是文人，如许由、陶潜、阮籍、嵇康、刘伶、王谢二族、刘庭芝、温飞卿、石曼卿、柳耆卿以及秦少游。他们的共同特点是个性鲜明，不落俗套。其中虽不乏可称为文学家的人，但也有像许由、刘伶之类显然不是靠作品传世而留名的"逸士高人"。再一类是属于文化娱乐界的，有书画家，如顾虎头、米南宫、倪云林、唐伯虎、祝枝山；有音乐家，如李龟年；也有搞笑专家黄幡绰、敬新磨。这份名单中自然少不了水做的女性，如卓文君、红拂、薛涛、崔莺、朝云之辈。用过去的眼光来看，这批人几乎个个都有"生活错误"：薛涛不说了，本来就是青楼女子，卓文君和红拂都是私奔女，莺莺虽说是大家闺秀，但却和张生有婚前性关系。朝云是苏轼的妾，地位也很低。而且她们也不一定有出色的才艺，她们入选的条件无非就是"情痴情种"。把这些人的特点放在一起，我们可以断定，正邪两赋是一种气质，与社会地位无关，与性别无关，与职业无关，但与个性有关、与价值观有关，与处世态度有关。从传统道德的角度来说，他们身上全有一股子"邪"气，但他们独特的精神世界或过人才情，却让他们成了青史留名的人物。

贾雨村尽管正颜厉色地发表了这一番宏论，但很遗憾，他自己却进不了这一行列。为了让他具备发表这一宏论的资格，作者特意把他定位为一个看似不俗的人物。甄士隐慷慨赠银，他并不感激涕零，"不过略谢一语，并不介意，仍是吃酒谈笑"。受了处分，他还能做到"面上却全无一点怨色，仍是嬉笑自若"，甚至还有"担风袖月，游览天下胜迹"的雅兴。但这些表面上的潇洒并不能掩盖他心底的那份贪酷。那晚和甄士隐喝酒也喝到三鼓，五鼓却迫不及待起身进京了。"游览天下胜迹"之前，他已"将历年所积宦囊，并家属人等，送至原籍安顿妥当了"，这宦囊之中，正不知有多少石呆子这样的家破人亡的故事。而在"游览天下胜迹"的同时，他寻了贾家这条门路，这也未必不是他当初出游的动机之一。

脂砚斋先生对曹雪芹给贾雨村的一副相貌很是赞赏，说："最可笑世之小说中，凡写奸人则用'鼠耳鹰腮'等语。"其实不止是容貌，贾雨村的行为举止都与我们在小说中熟见的不同。他既非两袖清风的清官，但也不是贪图蝇头小利的庸吏。他有才学，有抱负，有见识，但同时也有一颗急于攫取势位富贵的猥琐之心，就是这一点猥琐，决定他只能是"国贼禄鬼"，是"禄蠹"，是"半路途中那里来的饿不死的野杂种"，是"没良心的狗男女"。可惜，他"因嫌纱帽小，致使锁枷扛"，到底也没能弄出个什么结果，倒成了个落职干部，只能在"急流津觉迷渡口草庵中"昏睡终日。

甄宝玉：走出永无乡的彼得·潘

说到红楼中的多情公子贾宝玉，几乎无人不知，但对于甄宝玉，熟悉的人可能就不多了。其实他一直都影影绰绰地活动在贾宝玉的周围，既像是贾宝玉的一个影子，更像是贾宝玉的镜中映像。也许，从镜子里面望去，我们对贾宝玉反而看得更清楚。

甄宝玉的出场可谓早矣，在第2回冷子兴演说荣国府的时候，作者就借贾雨村之口郑重地告诉了我们：这也是一个"正邪两赋"之人。他出身于金陵城内钦差金陵省体仁院总裁甄家，门庭显赫，同时这又是个富贵而好礼的大家庭，甄宝玉自幼便被娇养在姐妹丛中。他的外貌和贾宝玉毫无二致。第56回，甄家派了四个管家娘子来问候贾府，贾母让宝玉出来见客。四人一见，就忙起身笑道："唬了我们一跳！要是我们不进府来，倘若别处遇见，还只当我们的宝玉后赶着也进了京呢。"可见两者的相像到了可以乱真的程度。对于贾宝玉的外貌，作者的描写是："面如傅粉，唇若施脂，转盼多情，语言若笑。天然一段风韵，全在眉梢；平生万种情思，悉堆眼角。"由此可见，甄宝玉也是个帅哥儿。

也许聪明的孩子小时候都要捣蛋些，他和贾宝玉一样，也是个"逃学威龙"，自幼不喜读书，淘气异常，曾经做过他老师的贾雨村对他的评价是："这个学生虽是启蒙，却比一个举业的还劳神。"也就是说，这个小学生比大学生还难教。从这无可奈何的口气来看，他的"乖僻邪谬"也是够厉害的。在家里，他也无法无天，大人想不到的话偏会说，想不到的事偏会行，经常惹得父母头疼不已。虽然狠狠打过几次却完全不见效果，而他的祖母又十分疼爱他，往往因为溺爱而辱师责子——所有种种，简直就是贾宝玉在贾府的翻版。

更其相像的，是这两个甄（真）贾（假）宝玉对待女儿的态度。甄宝玉对女儿的推崇，比贾宝玉有过之而无不及。贾宝玉有一句名言："女儿是水做的骨肉，男子是泥做的骨肉。我见了女儿便清爽，见了男子便觉浊臭逼人。"他的言论则更加奇特，常常对着跟他的小厮们说："这女儿两个字极尊贵极清净的，比那瑞兽珍禽、奇花异草更觉希罕尊贵呢，你们这种浊口臭舌万万不可唐突了这两个字，要紧，要紧！但凡要说的时节，必用净水香茶漱了口方可，设若失错，便要凿牙穿眼的。"就连看书，他也要几个女孩子们陪在身边，说是："必得两个女儿陪着我读书，我方能认得字，心上也明白，不然我心里自己糊涂。"

对着女孩子们，他从来都是温厚和平，言语行动间尽是体贴礼让，可是对于已婚的女人，他却连碰一下都不高兴。他家派到贾府请安的四个管家娘子，拉着宝玉的手问长问短，宝玉"笑问个好"，那些女人就十分感慨，对贾母说："若是我们那一位，只说我们糊涂。慢说拉手，他的东西我们略动一动也不依。所使唤的人都是女孩子们。"这番话引得贾府众人都失声笑了出来，因为他的行为举止和贾宝玉真是太相似了——贾宝玉哪里愿意与"鱼眼睛"们拉手？只因为是外客，"勉强忍耐着"罢了。于是不仅贾母高兴地逢人就告诉还有另外一个宝玉，就连贾宝玉自己也隐隐把甄宝玉当成了一个知己。

有趣的是，就在贾宝玉得知有甄宝玉这样一个同道中人的那天晚上，他做了一个梦。在梦里，贾宝玉走进了一个与大观园相仿佛的园子，见到了一群像自己侍女一般俊秀出尘的女孩儿，还看到了一个与己相似的少年。那个少年说道："我听见老太太说，长安都中也有个宝玉，和我一样的性情，我只不信。我才做了一个梦，竟梦中到了都中一个大花园子里头，遇见几个姐姐，都叫我臭小厮，不理我。好容易找到他房里，偏他睡觉，空有皮囊，真性不知往那里去了。"这个少年，就是贾宝玉念念不忘的甄宝玉。看来甄宝玉也做了同样的梦，也梦见了他的影子——贾宝玉。

这两个有如孪生兄弟一般的少年，在梦里互相寻找对方，上演了一出有趣的离魂记。这种彼此走进对方的梦境的写法，可以说源远流长。在《太平广记》中，我们就可以读到这样的故事：丈夫在夜归途中看到妻子与一群不明身份的男女聚会饮酒，气愤地朝他们扔了一个东西，聚会者惊散了。回家后妻子说她做了一个梦，梦中的情景竟与丈夫遇见的事完全一样！在上面这个故事中，梦境与现实的界限被打破了，有意义的内涵是：夫妻间彼此的牵挂。甄、贾宝玉的梦也是如此，寻找自我"皮囊"之外的"真性"，是这对宝玉的梦幻的意义。

然而，正是这样一个人物，在很多年后，他第一次正式出场时却完全变了一个样子。

这一次出场的不是甄宝玉的"真性"，而是他的"皮囊"——他亲自来到了贾府。当时甄府刚被抄过家，甄宝玉的父亲甄应嘉被皇帝宽恕，恩准返职回京，于是甄宝玉就和自己的母亲来到了贾府，与贾宝玉第一次见了面。

在和贾宝玉见面之前，甄宝玉先见到的是贾政，并给他留下了很好的印象。文中说："原来此时贾政见甄宝玉相貌果与宝玉一样，试探他的文才，竟应对如流，甚是心敬。"所谓的文才，在贾政来说，绝不是贾宝玉眼中的诗词歌赋一类。贾宝玉上学的时候，贾政就曾经说过："那怕再念三十本《诗经》，也是'掩耳盗铃'，哄人而已。你去请学里太爷的安，就说我说的：什么《诗经》古文，一概不用虚应故事，只是先把《四书》一齐讲明背熟是最要紧的。"为什么要背《四书》呢？盖因这是考举人走仕途的一条必要道路，《四书》就相当于现在的考试必读书目。甄宝玉的文才连贾政都甚是心敬，那么他一定很擅长这些应考文章，属于现在的高材生一类了。而这种文才，在贾宝玉看来，是从来不屑为之的。甄宝玉如此潜心于孔孟之道，已经和原来不愿意读书的顽童形象有了很大差别。

紧接着，二玉见了面。此时的贾宝玉还是那样一个不管俗事的贵公子，只追寻性灵之道，由于在小时候听过不少有关甄宝玉少年时的传闻，他以为甄宝玉必是和他同心，想着从此又得了个知己，正在欢喜无限。谁知却被甄宝玉一瓢冷水浇了下来，淋了个透心凉。只听他说："世兄高论，固是真切。但弟少时也曾深恶那些旧套陈言，只是一年长似一年，家君致仕在家，懒于酬应，委弟接待。后来见过那些大人先生，尽都是显亲扬名的人，便是著书立说，无非言忠言孝，自有一番立德立言的事业，方不枉生在圣明之时，也不致负了父亲师长养育教诲之恩。所以把少时那些迂想痴情，渐渐的淘汰了些。如今尚欲访师觅友，教导愚蒙。幸会世兄，定当有以教我。适才所言，并非虚意。"他口口声声都是些世俗经济，而这恰是贾宝玉最不耐烦听的。于是贾宝玉大失所望，回来和薛宝钗说："他说了半天，并没个明心见性之谈，不过说些什么'文章经济'，又说什么'为忠为孝'。这样人可不是个禄蠹么？只可惜他也生了这样一个相貌。我想来，有了他，我竟要连我这个相貌都不要了。"相貌者，皮囊也。"真性"不同，

479

皮囊竟然可以相同，可见皮囊确属无用之物，难怪贾宝玉打算"不要了"。

在这里我们看到，经历过抄家以后的甄宝玉真的变了，之前那个和贾宝玉一样单纯美好，温柔多情的"女儿论者"甄宝玉已经"泯然众人也"，变成了一个常见的"禄蠹"，整天只想着怎样能够立德立言，建功立业，做个忠臣孝子。而这种变化其实从很早以前就开始萌芽了。

第 93 回，甄府的家奴包勇曾经和贾政有过一番谈话。贾政问道："我听见说你们家的哥儿不是也叫宝玉么？"包勇道："是。"贾政道："他还肯向上巴结么？"包勇道："老爷若问我们哥儿，倒是一段奇事。哥儿的脾气也和我家老爷一个样子，也是一味的诚实，从小儿只爱和那些姐妹们在一处玩。老爷太太也狠打过几次，他只是不改。那一年太太进京的时候儿，哥儿大病了一场，已经死了半日，把老爷几乎急死，装裹都预备了。幸喜后来好了，嘴里说道：走到一座牌楼那里，见了一个姑娘，领着他到了一座庙里，见了好些柜子，里头见了好些册子。又到屋里，见了无数女子，说是都变了鬼怪似的，也有变做骷髅儿的。他吓急了，就哭喊起来。老爷知他醒过来了，连忙调治，渐渐的好了。老爷仍叫他在姐妹们一处玩去，他竟改了脾气了：好着时候的玩意儿一概都不要了，惟有念书为事。就有什么人来引诱他，他也全不动心。如今渐渐的能够帮着老爷料理些家务了。"

原来甄宝玉也去了太虚幻境！不过，他看到了贾宝玉所不曾看到的东西，那就是"变了鬼怪似的，也有变做骷髅儿的"女子。这也算是神仙度人的惯用手段了，让你看明白，所谓红粉，也不过骷髅而已。于是，甄宝玉从一直以来他最爱的姐姐妹妹中走了出来，和贾宝玉不同的是，他没有走向虚幻世界去追求永恒，而是走向了世俗世

480

界，而这也就成为了他长大的标志。在《红楼梦》里，女孩子们象征着一个纯洁美好的精神家园，也象征着人类最本真的童年时代，从前的甄宝玉是如此热爱那片乐土，而现在，他离开了，同时也带走了他最美好的童年时光。

把甄宝玉推向"禄蠹"的还有一个重要原因。有关这一点甄宝玉自己曾作过一番解释："弟少时不知分量，自谓尚可琢磨；岂知家遭消索，数年来更比瓦砾犹贱。虽不敢说历尽甘苦，然世道人情，略略的领悟了些须。"这番话就是一篇充满了血泪的回忆录。我们从中可以想象，在抄家以后的日子里，甄家的生活是非常难过的。不说别的，贾府"昨日听见你老爷说看见抄报上甄家犯了罪，现今抄没家私，调取进京治罪"，今儿见到甄家派了人来，老嬷嬷们的话就不客气起来，说："才来了几个女人，气色不成气色，慌慌张张的……"一个投靠了来的奴仆包勇，尽管忠心耿耿，却被众人嫌弃。从古至今，锦上添花者多，雪中送炭者少，更甚者还要落井下石。在四处碰壁的情况下，一个人的性格和处世态度有所改变实是在所难免。何况，甄宝玉作为甄家的男丁，身上背负着重大的责任。在家业日渐零落的时刻，或许只有走"禄蠹"这条道，才能慎终追远，重振门楣——除非他像贾宝玉一样，连所谓的"家业"也一同抛开。

甄宝玉究竟不是贾宝玉，当初那个可爱多情的顽童已经永远地消逝了。英国著名作家杰姆·巴里塑造过一个脍炙人口的童话主人公彼得·潘，他住在永无岛上，永远也长不大。而现在，我们看到，无论是自觉自愿还是被迫，甄宝玉都从童话世界中走了出来，不再是那个永远也不肯长大的彼得·潘了，呈现在我们面前的，是一个正常的乖孩子，是一个处事圆滑而又有担当的大人。他符合现实生活中的道德条例，能够在充满机谋和挑战的凡尘中占据自己的一席之地，然而与

481

此同时，他却也永远失去了作为孩童的纯真本质。

这种变化几乎是无可奈何的，身处红尘之中，有几人能像贾宝玉一样超凡脱俗呢？甄宝玉的经历，很多人都曾经历过。他就像鲁迅笔下的闰土，或者更不如说，像每一个世俗而真实的我们。和每一个走向成年的人一样，他在漫长的岁月中渐渐蒸发去天真纯美的孩子气，被严酷的现实磨平一个个尖锐的棱角，渐渐在红尘俗世中尘埃落定。

然而，我们并不想看到这一幕。在成长的过程中，辛酸往往大于美好。所以我们总是加倍地留恋纯真的童年时光，总是会忍不住去想，如果当初选择了另外一条人生路，今日的自己将会变成什么模样。于是，曹雪芹创造出了贾宝玉。在那个混浊污秽的世俗世界里，作者深情地创造出了一个清净的女儿国，还有生活在这一片净土上的水晶透明玻璃人。他可以一辈子离经叛道，不问世事，他可以永远温柔善良，多愁善感。因为他的存在就是一场美丽的梦，一场能够让所有读者沉醉其中的梦。

我们不知道出现在后四十回的甄宝玉，是高鹗完全理解了作者意图的结果呢，还是他从世俗立场出发对贾宝玉形象的善意补充，从客观上来说，这个形象的前后反差起到了很好的作用。影影绰绰的甄宝玉，一直笼罩在贾宝玉的身后，提醒着我们现实的不可抗拒。他就像贾宝玉的一面镜子，悲哀地折射出真实之光，告诉我们那份美好就如镜花水月一般虚幻脆弱，不能长久存在。一旦遭受外力冲击，贾宝玉迟早还是会变成甄宝玉，被丑陋的世俗经济夺去灵气与光芒。

如果把甄宝玉的故事拍成电影，那一定是最令人感慨唏嘘的，因为这本就是我们自己的故事。然而，在《红楼梦》外看着这幕电影的我们，却只能够眼睁睁地看着他经历成长的苦痛而无力回天，也许，这才是最残酷的事情。

北静王：言情教父与白马王子

在《红楼梦》的官场里，飘荡着浊臭的气味，官员们不是贪财受贿的惯犯，就是下流无耻的人才，再有的便是专擅党派倾轧的班头，之外就只剩下充斥着迂执酸腐、不通事务的贾政之流。可是就在这个烂污泥构成的破池塘里，曹公却培植了一个水灵灵的人物——北静王世荣。

在《红楼梦》的人物长廊中，北静王不像贾宝玉、林黛玉、薛宝钗和王熙凤等人，有那样浓墨重彩的描绘，除了路祭秦可卿时有一个正式的亮相之外，基本上都是隐隐约约的写意。他身在大观园的世界之外，可他却又在大观园内外的两个世界里拥有着影响力，因为只有他，在情爱与权力的地图上建立起了一个柏拉图式的"理想国"。

《红楼梦》里的"石头"（通灵宝玉）宿命里是用来补缀被世人污损的情天的——类似于耶稣拯救人类的行为，而北静王就像一个手捧羊皮书的先知一样，肩负着传播情教教义的使命，并且认定贾宝玉便是他所要寻找的"耶稣"。

为了完成自己的"传教事业"，北静王创造了一种"情教"氛围——举办贵族沙龙。他曾对贾政夸口道："小王虽不才，却多蒙海内名士，凡至都者，未有不垂青眼，是以寒邸高人颇聚；今令郎常去

483

谈会，则学问可以日进矣"。对于这个邀请，贾政躬身答应。对北静
王深有好感的贾宝玉也自然会欣然前往。我们虽然未见曹公的天才
笔墨将其描绘出来，但从后面贾宝玉撒谎时用"北静王的一个爱妾
没了，今日给他道恼去"作为借口来看，他在北静王府里该没少受
"情"的感染。

北静王，一个"青苹果乐园"的"先知"，拥有着言情天使所必需
的维纳斯式美丽外表："面如美玉，目似明星"。他给贾宝玉造成了"真
好秀丽人物"的印象。他的服饰豪华而不俗气："头上戴着净白簪缨银
翅王帽，穿着江牙海水五爪龙白蟒袍，系着碧玉红鞓带"。就像巫师祈
祷必须拥有狄奥尼索斯的癫狂服饰，牧师需要一袭黑色道袍，爱情天使
总是白色小翅膀再加上闪闪发光的金弓箭，我们的北静王拥有极其优雅
的玉人形象。这对贾宝玉来说具有极为强烈的亲和力。贾宝玉对同性的
选择判断显然排斥那种"雄壮"型的。这种极富男性气概的外表，很容
易让人联想到男子"浊臭逼人"的特点。事实上，贾雨村的作为似乎已
印证了这一点。而带点女性化特征的优美，也同样容易让人产生"清
爽"的感觉，所以贾宝玉愿意结交的异性朋友，如秦钟、蒋玉函、柳湘
莲，包括眼前这位北静王，清一色全是"秀丽"的。我们不难想象，当
这位连他迂执的父亲也必须"以国礼相见"的权贵以这样一种形象出现
在情窦初开的宝玉面前是怎样的一种震撼！就这样，北静王带着羊皮书
来到了他的"耶稣"贾宝玉身边，他的仪容、谈吐，他的沙龙高会都给
我们未来的"情教教主"贾宝玉带来了不可磨灭的印象。

北静王同贾宝玉的相逢时间、地点、场所都寓有深意。当时贾珍
正为儿媳秦可卿举行着一场宏大而暧昧的葬礼，而就在这个时候，玉
人一般的北静王出现了！他先是亲自为秦可卿上祭——祭主是情天孽
海中历劫而亡的"情人"，而作为祭奠者的北静王同样是一个连死了

一个小妾也要"哀毁过度"的"情人"。而当这两个"情人"在阴阳交界处相遇时，当北静王向秦可卿献祭时，其实完成了一个"情教教区"交接手续，秦可卿的太虚幻境"导游"地位让位给了握有言情奥义书的言情教父，性必须提升为爱了。

在为秦可卿送殡的路上，虽然四王皆设祭棚，但独北静王亲临祭棚，这显得有点突兀。北静王"前日也曾探丧上祭"，现在又"自己五更入朝，公事一毕，便换了素服，坐大轿鸣锣张伞而来，至棚前落轿"。尊为王爷，用这种处置方式，显得有些异常，亡者不过为宁府儿媳而已，一祭足矣。就如贾珍所说："犬妇之丧，累蒙郡驾下临，荫生辈何以克当。"作者这样安排，表层的意思当然是表现北静王与贾府特别友好的关系，所谓"世交至谊"，这种关系要一直延续到最后。而深一层里，显然还有另一个目的。作者写到：北静王见了贾赦、贾珍和贾政等一干人，第一提起的不是节哀保重这样的话题，反而直指"那位衔玉而诞的公子"。倒把真正的丧主撂在一边。从这个角度说，贾珍的"荫生辈何以克当"倒有些自作多情了。北静王之所以亲自前来，恐怕更重要的目的是要见见大观园里的"甜蜜教主"——宝哥哥。而接下来二人神交已久的相逢果然是一派深情：宝玉觉得北静王"好个仪表"，北静王也觉得宝玉"名不虚传，果然如'宝'似'玉'"，并且要看"衔的那宝贝"。

这次相逢其实伏线已久：宝玉"素闻北静王的贤德，且才貌俱全，风流跌宕，不为官俗国体所缚。每思相见，只是父亲拘束，不克如愿"；而北静王也是早就耳闻宝玉这位衔玉而诞的公子，并如上所述，抓住路祭的机会，安排和宝玉见上一面。见面后，他一是正式邀请贾宝玉"常到寒邸"，而且是以"长进学问"的名义对其父贾政说的，不怕日后贾宝玉再有"不克如愿"之事；二是立马以"圣上所赐蓉苓香念珠一串"为定交信物。贾宝玉对这次相会很是感念,将北静王送的蓉苓香念珠视为宝贝,日后将它"珍重取出来"转赠给自己深爱着的林妹妹。可惜林妹妹不领其情,还以为是一般的"臭男人",遂掷还不取,殊不知这个男人却是不臭反香的。

从此之后,我们的言情教父同"耶稣"之间便往来不断。北静王可以看作是宝玉的言情偶像(icon),他是宝玉的情教教会中的长老大牧师,是引导宝玉从秦可卿、秦钟的"淫情教派"(虽然痴情但放纵肉身)转会到"纯情教派"的情教教父(此前秦钟的遭遇可以看作是一种映照着的镜鉴)。宝玉这个"天下第一淫人"在遇到北静王之后,对"情"更有了一种仰视。在这个意义上说,北静王的现身其实是一个分水岭:一边是秦可卿的"天香楼",一边是宝玉的纯爱大观园。而北静王的两次祭奠,第一次是祭奠亡去了的秦可卿的情欲暧昧的世界,第二次则是迎接一个情欲分清、以爱导欲的大观园世界。北静王在这里像一个萨满巫师一样,驾驶着一叶扁舟将宝玉从欲海渡到了情岛——纯爱的大观园世界。他是情爱的教父。

在北静郡王生日那天,贾赦、贾政、贾珍、贾琏、宝玉去给北静王拜寿,宝玉因为"素日仰慕北静王的容貌威仪,巴不得常见才好",喜上眉梢。相见之后,北静王便单拉着宝玉吐露心声道:"我久不见你,很惦记你",并颇为关心地问讯:"你那块玉儿好?"甚至于在贾赦等人退出后,"单留宝玉在这里说话儿",以至于宝玉在北静王面前竟也谈论"读书作文诸事",并且在听到父亲贾政被保举后,也会有如此应酬:"此是王爷的恩典,吴大人的盛情"——似乎仕途经济因为有了北静王便会风雅起来。在这种情义的熏陶之下,北静王的"身教"自然会别有效用。

在这次生日相会中,北静王又一次提及宝玉的"通灵宝玉",还

486

说："我前次见你那块玉倒有趣儿，回来说了个式样，叫他们也作了一块来。今日你来得正好，就给你带回去顽罢。"在这种赠送"假宝玉"的行为中，我们似乎可以看到一个暗示：北静王将情爱真谛以一种象征性赠送假玉的仪式完成了一种交接。

北静王的名字第一次在《红楼梦》的文字中露脸是在贾敬庆寿的时候：出现在贾蓉所报的礼单当中，同南安郡王，东平郡王，西宁郡王的名字并列。他是曹公为了突出贾家荣华的一个符号。王爷们都来为贾神仙祝寿，这位宁府的大老爷是多么荣光且是多么的有"关系"！而这些关系中最为亲密的，无疑是北静王。于是，不久之后，在秦可卿的葬礼中，北静王便正式闪亮登场了。

北静王的先辈作为当时功业最高的一个王爷一直是贾家的政治同盟，"彼此祖父有相与之情，同难同荣"。他们之间互通声气、互为援奥，这在贾家抄家时表现得最为明显。当时北静王和贾家一线的政治联盟在元妃死后的权力斗争中一时处于下风，王熙凤所谓的"就告我们家谋反也没要紧"的强势已不复存在。相反，陈芝麻烂谷子的事都被搜求出来，成了权力斗争的炮弹。在权力斗争的风口浪尖上，贾府首当其冲被垫了刀头。作为贾家一系的政治势力，北静王等在政敌打击面前，一时无法找到还击点，所以只好坐视贾家的牺牲。为了使贾家（或曰自己的政治势力）的损失降到最低，在查抄贾府的过程中，北静王寻找种种理由，尽量回护贾府，尤其是荣府。他请旨撤换赵堂官，和西平王一起努力减少贾家的损失。即使如此，还"觉得脸上人有不忍之色"，并在此后一直设法"复兴"贾家，在适当的时机同西平郡王一起"进内复奏"，使贾府部分财产发还，使"贾琏着革去职衔，免罪释放"。对这一切，贾府当然心知肚明，迂腐不通世务的贾政也明白要为北静王的鼎力相助"到府里磕头"。最终贾府的"罪恶"

487

高高举起，轻轻放下。直到在宝玉中举之后，"北静王还奏说人品亦好，皇上传旨召见"，他成了贾府的保护神。

也许我们会想：能和贾敬、贾赦、贾政这样的混账俗物们过从甚密的王爷能是个什么人？只要不傲慢无知、无耻下流已经是超出了人们的预期，还要怎样？可曹公却不免让所有抱有这种想法的人大为"失望"：北静王竟是曹公政治世界中的白马王子！

北静王的政治世界是象牙塔里的政治，它干净、高雅，甚至富有艺术气息。他的政治象牙塔是那样的宏大包容，一方面，它让俗世的须眉浊物心生敬佩。如贾赦、贾政等这些官场上的浊物，那些把那些正正经经的"混账话"贩卖到家里教训宝玉的人物，在提到北静王时竟然也会令人惊讶地表示服膺。另一方面，也博得了像贾宝玉这样的"不肖"子孙的认可。

其实在《红楼梦》的政治世界中，悲剧是常常上演的戏码。如元春，她是政治的俘虏，她的生活是政治化的生活，她的婚姻也因为权力而成为一个忌讳：因为她的丈夫是皇帝，所以痛苦抑或快乐只能掩盖在繁华之下供读者们去猜测。而与这种压抑与遮蔽相对的便是北静王的政治与情爱的鱼与熊掌的兼得。在宝玉的谎言里，我们看到北静王为了一个小妾可以痛苦哀毁，而不必像元春那样永远让你感觉不到她的情爱生活的脉动。我们还可以清晰地看到北静王与蒋玉函的亲密接触：他把茜香国女国王所贡之物，夏天系着肌肤生香、不生汗渍的大红汗巾子送给了他。正是这些"风流跌宕，不为官俗国体所缚"的行为，给他原本浊臭的官场生涯抹上了亮色。

北静王其实是童话式的。他的白马王子风度是作者涂抹在昏暗官场上的一点微弱的亮色，是为世人（可能也包括作者自己）悲哀的精神世界所注射的一针安定剂。

柳湘莲：莫道郎君心如铁

　　《红楼梦》中，正面提到冷面郎君柳湘莲的，统共只有两回——第47回"呆霸王调情遭苦打　冷郎君惧祸走他乡"，以及第66回"情小妹耻情归地府　冷二郎一冷入空门"。可以说，在整个红楼世界纷繁复杂的人际关系中，他并不算一个很重要的角色，但每回出场，却总能让人凭空感到一股寒气，就如贾琏所说："你不知道那柳老二那样一个标致人，最是冷面冷心的，差不多的人，他都无情无义"。事实好像也是如此：从拳打"呆霸王"，到发表"石狮子论"，再到悔亲，直至最后"一冷入空门"，柳湘莲总是副于人于己都不留脸面的铁石模样，然而，细细品来，莫道郎君心如铁，无情却是有情人。

　　柳湘莲"原系世家子弟，读书不成，父母早丧，素性爽侠，不拘细事，酷好耍枪舞剑，赌博吃酒，以至眠花卧柳，吹笛弹筝，无所不为。因他年纪又轻，他生得又美"，所以有时还逢场作戏，串演小生以为消遣，且还是个杰出的票友，一出《宝剑记》赢得了无数赞赏。说他"冷"，是因为他上场两回，就伤了两个人：一个碰不得的霸王薛蟠，另一个是宁折不弯的奇女尤三姐。

　　他第一次亮相场面还颇热闹：贾府管家赖大之子赖尚荣放了州官，大摆筵席庆贺，不仅贾府的公子哥儿纷纷到场，"那赖大家内，

489

490

也请了几个现任的官长并几个大家子弟作陪"，其中就有柳湘莲。因为世家子弟的身份与戏子的地位不在一个层面上，所以即使大家都"慕他的名"，也要趁"酒盖住了脸"，才好意思求他串戏。作为嘉宾的柳湘莲受邀"串了两出戏"，应该也和他平时喜欢的一样，"串的是生旦风月戏文"。不想，台上一出生旦风月唱开来，还真勾起了呆霸王薛蟠的风月之兴，"不免错会了意，误认他作了风月子弟"，众目睽睽之下就调起情来。

这下可惹恼了冷二郎，柳湘莲本就有强烈的自尊心，眼睛里容不下半点沙子。薛蟠的无赖，让柳湘莲"火星乱迸，恨不得一拳打死"，但他还是"碍着赖尚荣的脸面，只得忍了又忍"。把"脸面"人情都考虑到的人，怎能称其为"冷"？这里的柳湘莲，能忍，而且有智谋。他从容不迫地稳住薛公子，逗引他出了赖大家，等到了城外苇塘边人迹罕至的所在，这才放心痛打，上演了一出"呆霸王调情遭苦打"的精彩喜剧，愣是将个为争丫环打死了人也不当回事的、"丰年好大雪"的薛家大公子打得跪地求饶，从"好兄弟""好哥哥"，一直叫到"好老爷"，实在大快人心，"酷"得可以。《红楼梦》里，帅哥儿不少，可像柳湘莲那么既帅又酷的，可就独一无二了。

不过仔细再想想，这也不能全怪人家薛蟠会错意，因为在当时，贵公子们狎玩优伶男旦已成时尚，早就有人指出，在那时，"许多男性观剧其实不是主要目的，由此勾引男旦才是'醉翁之意'"。清代陈森的同性恋小说《品花宝鉴》中的人物田春航也坦言："我是重色而轻艺，于戏文全不讲究，角色高低，也不懂得，惟取其有姿色者，视为至宝。"柳湘莲虽说是世家子弟，但早已家业凋零，"家里是没的积聚的"，为了生计，沦落到优伶地步也不是没有可能。古典小说中世家子弟沦落到打莲花落要饭、唱丧歌为生的都大有人在。只是柳湘莲未到这一步，他串戏纯属业余爱好，真把他当作"风月子弟"是要挨揍的。但痛打归痛打，薛大傻子"脸上身上虽见伤痕，并未伤筋动骨"。只因为柳湘莲开打时特地"走上来瞧瞧，知道他是个不惯捱打的，只使了三分力气"。在那人迹罕至的苇塘，就算是当场杀了呆霸王，囫囵丢人湖中喂鱼也并非不可。打坏薛蟠的面皮，却又并不取薛蟠性命，由此可见，柳湘莲在冷心冷面之余，更遵循了一种侠义处事的分寸与规矩。这样的处理可以说是"冷"（冷静），也可以说不"冷"（冷酷无情）。

之后，书里说他"惧祸走他乡"，一来是不与强权硬碰硬，二来也是生性不愿意受拘束。实际上，从宴席上匆匆退下来后，他已经告诉过宝玉，"要出门去走走，外头游逛三年五载再回来"。到第 66 回出场时，他与薛蟠的关系已全然改观。

薛蟠做生意做到了平安州地面，遇到一伙强盗，已将东西劫去。不想柳湘莲出现，把贼人赶散，夺回财物，救了薛蟠等人性命。薛蟠既知道柳湘莲的厉害，更感谢柳湘莲的救命之恩，调戏之话当然不敢再提，两人"结拜了生死兄弟"，一路进京，从此"是亲弟兄一般"。纵使是曾经冒犯过自己的人，路见不平，仍出手相助，柳湘莲非但不是"冷"，简直是古道热肠得可以。可以说，在柳湘莲与呆霸王薛蟠的关系中，不论是"打"，还是"救"，表现的全是柳湘莲个性中的率性与豪气，决不是一个"冷"字能够简单概括得了的。

他与尤三姐的关系也是如此。在平安州大道，柳湘莲路遇贾琏。对方非常热情，要做月下老人，把自己的内娣许配与他。柳湘莲"本有愿，定要一个绝色的女子"，此时并不知三姐儿底细，但感于"贵昆仲高谊"，竟"顾不得许多，任凭定夺"，慨然从命，并顺从贾琏的要求，解下家中传代之宝鸳鸯剑作为聘礼。这门亲事之所以定得仓促，简直如同今日之"闪婚"，不是因为柳湘莲的"冷"，而恰恰是他太热情了，太把兄弟情谊、朋友义气当回事了。

但柳湘莲毕竟不是莽夫，事后想想觉得不妥，考虑到那贾琏与自己素日又不甚相厚，关切不至于此。"路上忙忙的就那样再三要求定下，难道女家反赶着男家不成"？心里便有个疙瘩，于是在与宝玉知己闲谈时，打探起三姐的底细来。这一打探不要紧，才知道此女竟是宁国府贾珍的小姨。柳湘莲本人与贾府少年子弟都有交情，看得自然比外人透彻，于是脱口而出，当着宝玉的面冒出一段极不中听的柳氏名言：

> 这事不好！断乎做不得。你们东府里，除了那两个石头狮子干净罢了。

他也不做调查取证，就对三姐的贞节以及人品来了个盖棺论定，当下去寻贾琏，雷厉风行便要索回聘礼。这一反悔不打紧，对尤三姐来说，无异于一个沉重的打击，她本就是个性刚烈有主见的女子，脂评本说她"失身时，浓妆艳抹，凌辱群凶，择夫后念佛吃斋，敬养老母，能辩宝玉，能识湘莲"，这样一个"活是红拂文君一流"的人物一旦失恋，便只能选择玉石俱焚，于是三姐昂然走出来，把那雄剑和鞘递还给柳湘莲，右手横肘往项上一横，义无反顾地抹脖子，将自己的血与一脉深情，都喷溅在鸳鸯剑上。

尤三姐的死，冷二郎实在难辞其咎，他不杀伯仁，伯仁却因他而"玉山倾倒难再扶"，后世的唯情论者便由此作为批判的出发点，将诸如"冷酷""多疑""铁石心肠""宽于律己严于律人"（自己"眠花宿柳"却要女子干净）等诸多帽子往二郎的头上套，其实他也是冤枉。

第一,三姐生前,柳湘莲并没与她有过接触,尤三姐是在看了他的戏后单方面崇拜他,心仪他,进而非此君不嫁。试想当今的偶像明星,哪天不收到几封情书,彼此不知根知底,谁又会相信谁? 冷二郎当初允婚确实有些轻率,因此事后的疑虑也不能说不在情理之中。

　　第二,按照书中的描写,柳湘莲对三姐的怀疑也并非空穴来风。那尤三姐本是个"淫奔女","与贾珍、贾蓉素有聚麀之诮",脂评也说她"与姐夫同床",只是后来"改过守分"。尤其是当湘莲问到宝玉时,贾宝玉的话是大不中听的:"你原说只要一个绝色的。如今既得了个绝色的,便罢了,何必再疑?"言下之意,尤三姐的好处只在于美貌,当柳湘莲追问"你既不知他来历,如何又知是绝色"时,宝玉的话更难听了:"他是珍大嫂子的继母带来的两位妹子。我在那里和他们混了一个月,怎么不知? 真真一对尤物! ——他又姓尤。"柳湘莲这才知道,贾琏所说的新娶的二房的小姨子原来是宁国府中人。这促使他下了悔亲的决心。他最后恳请宝玉:"你好歹告诉我,他品行如何?"宝玉笑道:"你既深知,又来问我作甚? 连我也未必干净了。"这样暧昧的回答,叫柳湘莲怎能不起疑呢?

　　我们在这里且不讨论尤三姐到底是否出淤泥而不染,众人皆知其名声不好应该是肯定的。即使她"真个竟'非礼不动,非礼不言'起来",短时间内又如何使尽人皆知? 就连那么与女儿亲近的贾宝玉也不敢为她的品行名誉打包票,更不要说别人了。柳湘莲毕竟是世家子弟,又是那么自尊的人,希望他超凡脱俗到无视贞操的地步绝对是不近情理的,更何况贞操的背后还有个品行问题。因此,他从怀疑三姐的品行开始,进而坚决退婚也就合情合理。柳、尤的爱情悲剧完全不能归咎于湘莲的"冷"或者性格洁癖,而是有其深邃的社会内涵的。尤三姐是"破着没脸"才做出了自择情郎、"女家反赶着男家"的举动，而这个举动本身又毁了她的爱情。柳湘莲不过是当时社会女性爱情婚姻两难推理中的一个尴尬角色罢了。

第三，三姐死后，柳湘莲的表现实在可圈可点，侠义之风赫然可见。

他先是悔恨不及，说："我并不知是这等刚烈人，真真可敬。"等贾琏要拿他见官，他"反不动身"——显见是内心受到了莫大的震撼。其实当时，与其说湘莲因三姐自刎而突然对她产生了多么惊天地泣鬼神的爱情，不如说更像是一种被其刚烈之性所震撼的知己之感，他从这样一个女子陨落想到了自身孤独的处境，所以才会抚尸大哭一场，等买了棺木，眼见入殓，又俯棺大哭，方告辞而起。这两次大哭、两场热泪直将"冷"郎君内心的至情至性完全暴露了出来，犹如刹那燃烧起的柴炭，总是先有热火，才生冷灰，柳湘莲从此昏昏默默，最终斩断"万根烦恼丝"，随那道士冷然出家去了。

再看其他人的反应，当薛姨妈听到了这个消息，想到此人救子一场，"心甚叹息"，而宝钗"并不在意"，还劝母亲："俗话说的好，'天有不测风云，人有旦夕祸福'，这也是他们前生命定。前日妈妈为他救了哥哥，商量着替他料理，如今已经死的死了，走的走了，依我说也只好由他罢了。妈妈也不必为他们伤感了……"薛宝钗在这里才真的是"冷心冷面"。

再回想当初柳湘莲对秦钟是如何有情有义，出去放鹰，离秦钟的坟还有二里，就想着今年夏天雨水勤，恐怕他的坟站不住，背着众人到那里去看，回家来就弄了几百钱，第三日一早出去，雇了两个人，收拾好了。眼前十月初一日，他就已经打点下上坟的花销。这对"一贫如洗"的他来说，是何等不易。冷郎君的内心原本是热的。

冷二郎最后入道而终，他的出家是对尤三姐"拼将一死酬知己"

的赤诚回报，同时，也是其彻底出世的终极外现，无情之中蕴涵着至情之热，正如脂砚斋所说，"湘莲万根皆削是无情，乃是至情"。他的人生道路，是在一点一点走向与尘世的决裂——"原是世家子弟"，却家道中落，读书不成，只以串戏为娱，在这样的一升一降中，看得兴衰多了，看得荒唐也多了，于是冷言冷语，冷心冷面便成了他的标志。他深知世间的虚伪，渴望远离尘俗不问世事，他视三界如火宅，视人生若冤家，但仍游戏在红尘之中。尤三姐的死，给了他极大的刺激。他自以为冷眼看世界已经把世事看透，不料却错失去了宝贵的真情。这才使他对"此系何方，我系何人"感到了真正的迷惑，他那外冷内热的血肉之躯，此时才真正的"冷然如寒冰侵骨"，遂"掣出那股雄剑来，将万根烦恼丝，一挥而尽"，彻底结束了红尘游戏。与卷末他的千古知音贾宝玉"悬崖撒手""弃而为僧"的人生终极殊途同归。

王维曾说："一生几许伤心事，不向空门何处消。"的确如此，若不是有情，怎会伤心；若真的冷酷到底，也就不必看破红尘了。柳湘莲正因为内里如炭火般炽热，才燃尽了最后一点能量，向这个红尘世界作了心如死灰的道别。

甄士隐为跛足道人的《好了歌》所做的注解中有"保不定日后作强梁"的话，脂砚斋在下面批"指柳湘莲一干人"。似乎柳湘莲日后会从道士群中杀出，流落去做强盗。若从武艺的角度，柳湘莲倒是具备"作强梁"的资格的，但究竟如何，文本无存，也只能千古存疑了。

蒋玉函：戏里人生戏外情

人生如戏，台下是观众的流言蜚语，台上是自己一生的坎坷真情。蒋玉函一生戏里戏外，演绎着自己苍凉的人生。他是一个优伶，从开头一直到结尾。开头是唱小旦的，大约总是由于生活所迫不得已而为之，最后则是戏班的班主。那时他的生活已很是裕如了，却依然没有放弃舞台生涯。"戏"似乎是他的一种人生选择：人生是一个舞台，他在上面认真地演绎自己的生生死死，而不用管世外的纷争，哪怕被人优伶蓄之，优伶待之。这一点常令人想起电影《霸王别姬》中的程蝶衣来。

电影《霸王别姬》中同样唱小旦的小豆子（幼时的程蝶衣），在唱《思凡》一出时，其中的一句唱词"我本是女娇娥，又不是男儿郎"，总被他唱反，成为"我本是男儿郎，又不是女娇娥"，因为他忘不了自己是男儿身，入不了戏——既是舞台之戏，又是人生之戏。可是一旦"身为下贱"，入了戏班，一生便注定只能以戏子扬名立方，而所有的执著、所有的情感也就只能在戏如人生、人生如戏合二为一的舞台上来倾情演绎。程蝶衣的旷世"痴情"需用一生的坚守来实现，而蒋玉函的情感故事则映衬在世事坎坷的背景之下。

蒋玉函一直笼罩在暧昧的氛围之中。在他人眼里，他是"戏子"，是"混账人儿"，薛姨妈、袭人、王夫人、宝钗等在私下议论中都说过类似的话；而他同忠顺王、北静王、宝玉以及薛蟠等的蹊跷关系，展现的永远是传统伦理中的尴尬身份：戏子＝男宠。在忠顺王爷的心里，"若是别的戏子呢，一百个也罢了，只是这琪官随机应答，谨慎老诚，甚合我老人家的心境，断断少不得此人"。一个王爷，竟然会"断断少不得"一个戏子，以至于冒着政治风险派长史去贾府要人，实在荒唐得可以。贾府本是北静王一系，为一戏子而大动干戈，岂不意味着对北静王的冒犯？何况北静王还送过蒋玉函系小衣儿（内裤）的大红汗巾子（腰带）。当然这条汗巾子有些特别，"是茜香国女国王所贡之物，夏天系着肌肤生香，不生汗渍"。有了这样的身价，自然是可以送人的了。就像我们现在，若是"古驰"或是"阿玛尼"这样的大牌，皮带也是可以送人的。至于蒋玉函后来从身上解下来转赠贾宝玉，那意义就不一样了。两个同性之人在厕所内交换裤腰带这样的行为，怎么说都是暧昧的。而最令人称奇的是：忠顺王的长史竟然可以侦知红汗巾的下落在宝玉身上。这样的隐私，第三者如何得知？唯一可能的解释便是：忠顺王、北静王和贾宝玉都是蒋玉函私密生活圈里的人。这或许便是忠顺王派长史至贾府要人的真正原因吧？两位王爷之间的醋意与政治上的敌意互为因果，或许早已发酵很久了。

蒋玉函扮演这种角色并不是他个人的问题。仅就《红楼梦》而言，就有"闹书房""呆霸王调情遭苦打"等多处情节，直接涉及当时喜好男风的情况。中国古代（其实也包括外国古代）早就有"分桃之爱""断袖之宠"之类的男宠"佳话"，到了明清，更演化为一种恶劣的社会风气。如"难得糊涂"的郑板桥，对"椒风弄儿之戏"便是深有与焉，在《秋夜怀友》《板桥竹枝词》中所表现的缠绵的同性爱之情常令人大跌眼镜；而才子袁枚与吴下秀才郭淳的同性恋情更是广为流传，其所著《子不语》中同性恋的母题更是得到了不断阐发。作为一种社会性而非生理性的同性恋，它的主要对象便是戏子，而且多半是在戏中扮演女性（旦角）的演员。身为戏子，他们对自己的这种角色定位几乎是无可选择的。蒋玉函正是被这样一种同性爱的魔咒所缠绕，历全书而不散，终一生而未尽。

从某种意义上说，蒋玉函在红楼中是罪恶的渊薮。"宝玉被打"一节中，袭人向焙茗追问原因时，焙茗答道："那琪官（蒋玉函）的事，多半是薛大爷素昔吃醋，没法儿出气，不知在外头挑唆了谁来，在老爷跟前下的蛆。"焙茗的话透露出来的信息是：蒋玉函和宝玉、薛蟠有三角关系，他是宝玉被打的前缘，是祸水的源头。宝玉挨打时，贾政骂宝玉："该死的奴才！你在家不读书也罢了，怎么又做出这些无法无天的事来！那琪官现是忠顺王爷驾前承奉的人，你是何等草芥，无故引逗他出来，如今祸及于我。"蒋玉函这股"祸水"，被贾宝玉"引逗"出来，一直淹到了贾政的脚后跟上，叫贾政不能不大光其火。其实，贾政在官场历练多年，应当明白政治斗争的实质是权力分配，绝不是因为一个小小琪官。但他更明白女色（也包括男色）亡国的大道理，按照传统的思维方式，习惯地把"祸水"的源头指向了如同褒姒、妲己一样的人物——蒋玉函。

在薛蟠因蒋玉函而吃醋杀人后，薛蝌对薛姨妈抱怨道："大哥哥（薛蟠）这几年在外头相与的都是些什么人，连一个正经的也没有，来一起子，都是些狐群狗党。"而薛姨妈的第一反应便是："又是蒋玉函那些人哪?"所透露出来的意思其实同贾政、焙茗、袭人的观点完全一样：蒋玉函是"连一个正经的也没有"的"狐群狗党"里的一个魔鬼撒旦。蒋玉函的人生之戏就是在这样的背景下上演的。

蒋玉函：戏里人生戏外情

蒋玉函在全书中若隐若现，是贯穿很多重要情节的一条难断之线：他是宝玉挨打的导火线，是薛蟠打死店小二的原因，亦是收束全书的一个要角（迎娶宝玉的首席大丫环袭人）。蒋玉函名字倒过来念，是"函玉蒋（含玉降）"，也许，这里面隐含着曹公的一份心思吧：他是宝玉的另一个影子，是大观园之外，尘世里历练的另一个宝玉。他和贾宝玉是同样的情种，同样在"历劫"。所不同的是宝玉经历的是富贵温柔乡，而他走的是名利坎坷地；宝玉演的是富贵公子，而他扮的是戏子小旦。贾宝玉、蒋玉函本就是一而二、二而一的产物。

　　大观园里的情种宝玉和红尘凡世里的情种蒋玉函相逢在冯紫英家的酒宴上，二人同时离席，宝玉见蒋玉函"妩媚温柔，心中十分留恋，便紧紧的攥着他的手"，问他："有一个叫琪官儿的，他如今名驰天下，可惜我独无缘一见。"这是二人的初逢，若以常人眼光观之则未免过于亲昵：心儿相恋，手儿相牵，有游冶之心，又多怜惜之意，实可比肩于士妓之恋。而当宝玉得知眼前即是琪官儿时，便"跌足"而笑，取扇坠订交。而蒋玉函则将"若是别人，我断不肯相赠"的系小衣儿的一条大红汗巾子相赠，而宝玉随即"将自己一条松花汗巾解下来，递给琪官"。这就更有一种狎昵的成分。对蒋玉函来说，这个主动解带相赠的动作，含义十分明显，给人一种可用同性之爱解读的理由。难怪性喜男宠的薛蟠要大喊："我可拿住了！"

　　宝玉后来与蒋玉函关系的热络，可以从忠顺王府长史的言说中找到踪迹："我们府里有一个做小旦的琪官，一向好好在府里，如今竟三五日不见回去，各处去找，又摸不着他的道路，因此各处访察。这一城内，十停人倒有八停人都说，他近日和衔玉的那位令郎相与甚厚。"蒋玉函与宝玉的关系，竟然闹得"十停人倒有八停人"都知道，如一段才子佳人故事般满城风雨，足见二人的亲密程度。

然而宝玉和蒋玉函之间的感情，却是薛蟠所不能理解的。他们之间天然相近，天然相惜，天然的一段风情，天然的不加杂质。在众人皆醉的酒席上，也只有宝玉懂得蒋玉函的曲子里有一份执著，有一份真心，是俗世里的一种真情义。蒋玉函身为戏子男宠，长久以来都被当作玩物看待，那份迫于生计的无奈和苦楚，其实又有几人懂得？宝玉尊重他，认同他，欣赏他，甚至为此挨一顿板子，也以为就和为了姐妹们挨打一样心甘情愿，甚至于"我便为这些人死了，也是情愿的！"宝玉爱蒋玉函如同爱大观园的女孩儿一样，为他的美、他的纯真、他的执著而自然生出关爱之情，蒋玉函在宝玉眼中已经是"水做的骨肉"了。这就也无怪乎蒋玉函会进入宝玉的梦里，诉说忠顺王府拿他。"因为懂得，所以慈悲"，用在此处或许最是恰当的了。只是对于这种感情，薛蟠更容易想到龌龊的一面，而在家长的眼中则更是视若洪水猛兽了。

　　宝玉同蒋玉函的相惜之情虽然并非有"此恨绵绵无绝期"般天荒地老，但也有一种恒久的味道。在薛蟠因蒋玉函而杀人之后，蒋玉函在贾母、薛姨妈的眼里已是祸患的代名词了，而宝玉待之以情，思量的则是："他既回了京，怎么不来瞧我？"虽然宝玉曾"出卖"过蒋玉函，粉碎了他构筑在紫檀堡的幸福生活，但却是迫不得已而为之，并不是情感上的背叛。等到宝玉、贾赦在临安伯家赏戏时，他们终于又见了面。蒋玉函抢步上来打个千儿道："求二爷赏两出。"二人相逢一笑泯恩仇，情种与情种之间毕竟不同。只是蒋玉函不记恩仇、相逢一笑的行为里又渗进了多少苍凉况味？宝玉此时却未必真的能明白。在这一笑里有对宝玉的深情，却也有身为戏子的辛酸。他是不能如黛玉般撒娇流泪的，亦不能如风尘女子般卖笑而不论内心尊严的。蒋玉函所有的只是于尘世中讨生活，于屈辱中享受属于自己的那份真情，所有恋人们享用的情感待遇在他那里只有含辱负重，唯一可供他发泄的便只有演戏了，只有在戏里才有他的一生郁愤、热爱的发散点，也才能让人懂得他是个情种。

蒋玉函的《占花魁》让宝玉真的懂了蒋玉函的戏里人生，和他为人的多情认真处。舞台上"果然蒋玉函扮了秦小官，伏侍花魁醉后神情，把那一种怜香惜玉的意思，做得极情尽致。以后对饮对唱，缠绵缱绻"。舞台下"宝玉这时不看花魁，只把两支眼睛独射在秦小官身上。更加蒋玉函声音响亮，口齿清楚，按腔落板，宝玉的神魂都唱的飘荡了。直等这出戏煞场后，便知蒋玉函极是情种，非寻常脚色可比"，以至于"宝玉想出了神"。

蒋玉函的"秦小官"其实正如程蝶衣的虞姬一样，是他人生的一个情感发抒对象。对于蒋玉函来说，戏里才有人生情真处，几人懂已不再重要，所要者只是情感的发抒，戏里才是蒋玉函仅存的"桃源"，在没有伊甸园的尘世里，戏台才是人生发抒不平、弥补不得意处的唯一规避之地，此时才没有了他人的指指点点，在懂与不懂者的叫好声里，才有了一时片刻的安慰。

只有蒋玉函才懂得戏子身份的意味，娈童生涯的难堪，纵使人生烈火烹油、繁花似锦，背后里谁会真的给你几分欣赏？几人不会暗讥暗讽，人生的轨迹上有此污点，谁人会放过挖苦他人、告慰自己的机会？蒋玉函只能以戏为生，因为只有在这里才有他的片刻逃脱，"哪管世人诽谤"，除了富家公子外几人可为?！他只有在自己可以控制的范围里，认真地做自己的选择——情感的选择，因为只有这时他才能对得起自个儿的。

女儿悲，丈夫一去不回归。女儿愁，无钱去打桂花油。女儿喜，灯花并头结双蕊。女儿乐，夫唱妇随真和合。（曲子）可喜你天生百媚娇，恰便似活神仙离碧霄。度青春，年正小；配鸾凤，真也巧。呀！看天河正高，听谯楼鼓敲，剔银灯同入鸳帏悄。（酒底）花气袭人知昼暖。

　　这是蒋玉函在冯紫英家和宝玉初逢时，席间所作的酒令曲词。其中的悲、愁、喜、乐纯是平凡人家女儿的日常情景，不"高雅"如富家小姐，亦不下贱如倚门娼家，所有的只是对俗世生活的一种热爱，一种原生态的人生境界。蒋玉函懂得平民女子们的喜乐哀愁，明白红尘里生生死死的意思。它是蒋玉函对俗世女儿的一种理解，也是他的一种人生态度。这个曲词既不像宝玉的那般文雅，也不像冯紫英的那样浅俗，是地道的戏词，是他戏里戏外人生一致的表现：戏和真实的人生在蒋玉函这里是很难分清的，"假戏真做"，用戏里的痴情执着来演绎自己的人生。而他同袭人的结局也当如此平淡而观。

　　袭人的判词是"枉自温柔和顺，空云似桂如兰，堪羡优伶有福，谁知公子无缘"，明白地预示了袭人这个平凡人家女儿的结局：大观园里的繁华旧事不过是一场幻梦，等待她的依旧是"无钱去打桂花油"的俗世生活。宝玉不属于她，前缘早已天定，挣扎只是徒劳。我们可以想到袭人在大观园里的处世语法："却说袭人倒有些痴处：伏侍贾母时，心中只有贾母；如今跟了宝玉，心中又只有宝玉了"，甚至当贾宝玉要与她"同领警幻所训之事"的时候，"自知贾母曾将他给了宝玉"的袭人，"也无可推托的"半推半就了。这种种"劣行"背后亦是一种平凡人的辛酸。所有的仕途经济，所有的劝诫，皆是人生戏台上的不得不如此，实难过分谴责。这样的含辱负重以求人生状况的改善，与蒋玉函的戏子生涯其实是一样的。

蒋玉函：戏里人生戏外情

蒋玉函原本出身寒门，在戏子生涯里，靠自己的努力与含辱负重，成了"妩媚温柔""驰名天下"的旦角。即便如此，他仍是一个玩物，国家律法中规定，即使是戏子的后代也没资格参加科举，何况他又有男风契弟之嫌？蒋玉函本是平凡世界里的玉石一块，"出淤泥而不染，濯清涟而不妖"，执著追求有尊严的生活方式是他一生的挣扎。当宝玉竭力轻描淡写地说出"在东郊离城二十里有个什么紫檀堡，他在那里置了几亩田地，几间房舍"的时候，我们的耳中却仿佛听到了"银瓶乍破"的响亮：蒋玉函原来这样有志气，这样有胆量，这样有心思，俨然又是一个杜十娘！他在屈辱中生活，却从没有忘记对尊严的追求。他有计划，有行动，试图在紫檀堡营造出一个精神桃源。可惜，也同杜十娘一样，结果是悲剧的，只是他的故事不像杜十娘那么惨烈罢了。当忠顺王府的人出现在紫檀堡的时候，蒋玉函是何等心碎，作者没有写，我们也不忍想了。

蒋玉函历尽艰难，同宝玉再次相逢时，已成了"府里掌班"的。"他也攒了好几个钱，家里已经有两三个铺子，只是不肯放下本业，原旧领班"。在有了自己的财产、地位后，俗世里也才有了一种宽容，他也才能追求内心的独立与安静："亲还没有定。他倒拿定一个主意，说是人生婚配关系一生一世的事，不是混闹得的，不论尊卑贵贱，总要配的上他的才能。所以到如今还并没娶亲"。宝玉也才会暗忖度："不知日后谁家的女孩儿嫁他。要嫁着这么样的人材儿，也算是不辜负了。"

然而他命里注定的妻子袭人却是个"冤家"：袭人在未曾见到蒋玉函之前就称他为"混账人"，而蒋玉函初识袭人亦是在一种暧昧的氛围中展开的——妓女小云告诉他，袭人便是宝玉的"宝贝"。二人的"定情之物"：松花绿汗巾和大红汗巾，却是经由宝玉转交的。前者有宝玉同袭人的异性之爱，后者有蒋玉函同北静王、忠顺王、宝玉之间无尽的同性爱的纠葛。这样看来，他俩的结合实是一种"孽缘"了。

袭人直至结局之前，对蒋玉函都有一种误解。宝玉在临安伯家重见蒋玉函后，回到自己房中，想起蒋玉函给的汗巾向袭人索要，而袭人的反应便是："你没有听见薛大爷相与这些混账人，所以闹到人命关天。你还提那些作什么？有这样白操心，倒不如静静儿的念念书，把这些个没要紧的事撂开了也好。"袭人给蒋玉函的"人格标签"便是"混账人"，蒋玉函对她来说似乎是另外一个世界的。直到婚后，袭人还是"那夜原是哭着不肯俯就的"。直至第二天，蒋玉函看见一条猩红汗巾，知道袭人是宝玉的丫头后，"念着宝玉待他的旧情，倒觉满心惶愧，更加周旋，又故意将宝玉所换那条松花绿的汗巾拿出来"时，袭人才"始信姻缘前定"。而"袭人才将心事说出，蒋玉函也深为叹息敬服，不敢勉强，并越发温柔体贴，弄得个袭人真无死所了"。这样的叙述给我们的暗示是：宝玉虽是二人的"媒人"，却又横亘在他们之间，似乎永远难有天荒地老的感情。他们之间的情感也只是一种乱世里的一种相安的选择，袭人是由一个看客转化成的蒋玉函"人生戏"里的女主角。

袭人"下嫁"蒋玉函，蒋玉函待她的真心实意，在这里构成的是戏外人生的滑稽与苍凉：袭人视蒋玉函为"混账东西"，而蒋玉函也知道袭人是宝玉的"宝贝"，然而他们却最终结合了。他们都是一个平凡世界里的平凡人，没有富贵家族的背景，以往所有的挣扎也都只不过是因为生活所迫，是人生戏码里的一节，大家彼此懂得，也彼此谅解，因为平凡的世界里，也许容不得烈火烹油的贾府，却可以留下他们一对平凡的夫妻，一对彼此懂得人生如戏的夫妻。俗世里，贞

蒋玉函：戏里人生戏外情

操早已不再重要，所有的只是苍凉。对于他们来说，"也许爱不是热情，也不是怀念，不过是岁月，年深月久成了生活中的一部分"（张爱玲语）。他们只是在漂泊不定的尘世里找到了容纳平凡与平淡的一个港湾。

　　用袭人与蒋玉函的婚姻作结，将红尘里的是是非非、繁华旧梦落实在一对平凡的夫妻上，也许有作者的另一番用意。在红楼男子中只有平凡世界里的蒋玉函才是留在人间的真正情种。情种之于宝玉，不过是红尘繁华里的历练，为的是悟尽人生情孽，重回青埂峰下；而蒋玉函的一生"生于卑贱，活于抗争，归于平淡"，他所尝试的才是人间的真正坎坷离愁，真正伤心裂肺，而不是宝玉般沉醉于大观园中所显现的痴情旷怨——那份痴情旷怨毕竟少了许多真正的人间气，凡世情。

詹光：古代的"傍大款"

现代有一种人，无正当职业，专门奉承有钱人，沾点余沥为生，人称"傍大款"。古代也有"傍大款"的，称为清客相公，也叫帮闲、篾片。他们就像蛆虫一样寄生在有钱人身上，陪他们说话、逗乐、消闲。清代陈森的《品花宝鉴》中的孙仲雨把清客分成三类：上等的一类是些有一肚子学问的读书人，不能做个显宦，与国家办些大事，遂把平生之学问，奔走势利之门，换得糊口之资。他们虽说帮闲，倒也帮出了点成果。比如清代的李渔，就是这种有"帮闲之才"的人，他不仅写出了很多好看的戏曲小说，还写出了一本名为《闲情偶寄》的风雅生活大全，其中的"戏曲部"和"演习部"还很有理论价值呢。第二类清客比上不足比下有余，虽然不见得青史留名，十样要诀却是缺不得的：一团和气，二等才情，三斤酒量，四季衣服，五声音律，六品官衔，七言诗句，八面张罗，九流通透，十分应酬。也有人说这十样本事是：一笔好字，二等才情，三斤酒量，四季衣服，五子围棋，六出昆曲，七字歪诗，八张马吊，九品头衔，十分和气。第三类清客就等而下之了，只要"考过童生，略会斯文些，是半通，会足恭、巴结内东，奴才拜弟兄，拉门面靠祖宗，钻头觅缝打抽风"就可以了。其实，就帮闲而言，还有孙仲雨没有提到的第四类，就是连童生也不必考过，只要会看主人脸色、能凑趣、肯出丑就可以了。像《金瓶梅》中，西门庆"热结"的十兄弟，基本都是这一类的帮闲。

刘老老二进荣府的时候，鸳鸯笑着说："天天咱们说外头老爷们：吃酒吃饭，都有个凑趣儿的，拿他取笑儿。咱们今儿也得了个女清客了。"从鸳鸯的话中可以得知，清客的主要作用有两个：一是"凑趣儿"，二是"拿他取笑儿"。做第一件事情就不容易，不论在什么情形下，都要想办法让主子顺气称心。西门庆死了李瓶儿，满肚子没好气，骂金莲、踢小厮，连茶饭也不吃，应伯爵一到，三言两语，"说的西门庆心地透彻，茅塞顿开，也不哭了"，就吃饭了。这是清客的看家本领。第二件事情也有难度，要肯作践自己，考验你皮有多厚，忍耐工夫有多深。像刘老老说的，"拉硬屎"是不行的。鸳鸯的话还告诉我们，古代的清客大多是男性，其服务对象也是男性，"女清客"是个例外。这倒和现代不大相像了，现代"傍大款"的多为女子，基本上也就是以色事人的代名词了。

清客的存在可能与早年的"门客"有一定的关系。早在战国时期，一些在政治上有地位、经济上有实力的贵族，就有养门下客的习惯。其中，有些是智囊式的人物，比如冯谖、毛遂；有些则有其他各种各样的本领，包括鸡鸣狗盗。为了显示自己的力量和肚量，贵族们也会养一些并没有什么实际用处的人，比如说冯谖，开始的时候声称自己一无所好，也无能力，但照样能在孟尝君的食客中占一席之地，甚至还能食有鱼，出有车。在这些门客的身上，我们能看到一点日后清客相公的影子。只不过后世的清客基本不参与主人的政治事务，而只是陪伴帮闲而已了。

不管是哪一等的清客，鸳鸯说的那两件本事总得有一点，否则人家凭什么养着你？你又凭什么立住脚呢？从刘老老二进荣府的情况来看，她的确是个出色的女清客（尽管是临时客串的），《红楼梦》中还有一帮男清客，作者着墨虽不多，但也把他们的面目活泼泼地勾勒出来了。

这批清客主要聚合在贾政周围（有时也在别的地方，比如薛蟠家的宴会上露面），为首的叫詹光，还有单聘仁、程日兴等。这大概是《红楼梦》中以姓名谐音而最没有疑义的一群——詹光者，沾光也；单聘仁者，善骗人也；程日兴者，成日兴（整天兴头）也。

贾政不是西门庆，他身边的清客也不同于应伯爵这样的"花子"。他们应该都是读书人，所以自谦是"读腐了书的"，而且好像是有"二等才情"，提到"会画的先生们"，宝玉立刻说："詹子亮的工细楼台就极好，程日兴的美人是绝技。"我们也看到他与贾政下围棋——当然，他没赢过，"时常还要悔几着"，是真的棋不如人，还是有意而为之，我们就不得而知了。可以肯定的是，这批人并没有读腐了书，相反，他们在人前人后的表现非常出色，可说是人际交往上的高手。

詹光第一次出场是在第8回，宝玉想去看望宝钗，作者写他"恐怕遇见别事缠绕，又怕遇见他父亲，更为不妥，宁可绕个远儿"，"偏顶头遇见了门下清客相公詹光、单聘仁"。这段描写虽然没有直接贬抑的话，但"怕见鬼偏遇鬼"的意思还是不难看出来的。好在清客的特点就是从不顾自己的脸面，对人的态度如何只看此人所处的地位。贾宝玉是贾政的嫡子，是贾府老祖宗的掌上明珠，就凭这一点，哪怕你不待见我，我却是一定要表示亲热的。所以这詹光、单聘仁"一见了宝玉，便都赶上来，笑着，一个抱着腰，一个拉着手"。嘴里说的话也热辣辣的，有点肉麻："我的菩萨哥儿！我说做了好梦呢，好容易遇见你！"又唠叨了半天，才走开。临走，被老嬷嬷叫住，问"是往老爷那里去的不是"，两人点头道："是。"我们不知道，听见

509

"老爷"两个字，贾宝玉的脸上有什么风起云涌，但詹光等二人一定是看见了，因为他们接下来的话听起来既莫名其妙又意味深长："老爷在梦坡斋小书房里歇中觉呢，不妨事的。""不妨"什么事呢？贾宝玉心中明白，所以"说的宝玉也笑了"。如果说，贾宝玉开头的确不想见他们的话，那么到了此时，相信已经不很讨厌他们了。天下竟有这么知趣的人！这就是清客。

清客既然是从门客变化而来，是靠主人的赐予生活的，那首先就得任劳。在主子需要的时候，要帮着办事、出主意，这才显示出存在的价值。比如元春要来省亲，"审察两府地方，缮画省亲殿宇，一面参度办理人丁"，就有门下清客相公参与。贾政不惯于俗务，这些事情就只凭贾赦、贾珍等，还有管家们以及詹光、程日兴等几人安插摆布了。构建大观园的时候，贾政遇到了一个难题：因为大观园是省亲用的，所以"论礼该请贵妃赐题才是。然贵妃若不亲观其景，亦难悬拟。若直待贵妃游幸时再行请题，若大景致，若干亭榭，无字标题，任是花柳山水，也断不能生色"。到底题还是不题呢？清客们马上确立了个基本原则，叫"断不可少，亦断不可定"，并具体化为："如今且按其景致，或两字、三字、四字，虚合其意拟了来，暂且做出灯匾对联悬了，待贵妃游幸时，再请定名"。这样，既可为山水增色，又给贵妃留了个大大的面子，的确是个"两全"之策。事实上，后来的效果也的确非常好。贵妃有的全换了，如把"天仙宝境"换成了"省亲别墅"；有的换了局部，如把"蓼汀花溆"换成了"花溆"。若早早定了，贵妃不喜，岂不尴尬？有的则是根据已有匾联赐名的，如"有凤来仪"赐名"潇湘馆"，"蘅芷清芬"赐名"蘅芜院"，等等，要是园中空空如也，又叫贵妃何从赐名？

清客的主要职能是奉承主人，但也不能百事迎合，在无伤大雅的地方违拗一下，反而"别有一番滋味在心头"，是极讨巧的。詹光等人显然精于此道。当贾政要"将雨村请来"，令他题咏的时候，众清客就反驳说："老爷今日一拟定佳，何必又待雨村？"这个反对意见的实质是褒扬贾政，就好比如今下级给上级提意见的时候说"您太不关心自己的身体了"一样，贾政听着是受用的。最后，这件事果然再没有用着贾雨村。贾政批评大观园的正殿"太富丽了些"的时候，众人又表示了反对，说："要如此方是。虽然贵妃崇尚节俭，然今日之尊，礼仪如此，不为过也。"贾府迎接元妃省亲，原本就是竭尽奢华之能事，贾政所谓的"太富丽了些"，只是虚词而已，只是用以表示一下自己的清高心性罢了。众清客反驳说，这是不得不如此的事，这就给贾政搭了一架下台的梯子：大观园再富丽堂皇也不是他喜好奢华的结果，丝毫无损他"端方正直"的形象——这不是再好不过的事吗？

作为清客，任劳固然重要，任怨更不能少。揣摩主人之意，对清客来说恐怕还不是最难的，最难的是要巧为迎合。很多时候，主人未必会直截了当地表现自己的意思，甚至也不喜欢别人把他隐藏的心思揭示出来。三国时候的曹操就很喜欢玩"出一个谜语给你猜"的游戏，并且对老是揭出谜底的杨修充满厌恶。这种时候，清客既要知道主人在想什么，又要不表露出知道主人在想什么。一切都在心照不宣、波澜不惊中进行。大观园题咏时，众人心中"早知贾政要试宝玉的才情"，但他们却不说出，也不就推宝玉拟题，而是"将些俗套敷衍"，这样既迎合了贾政，又不露痕迹。唯一受到损害的，是清客自己的形象，仿佛他们都是些连宝玉这一小孩子都比不上的无用之辈。但是没关系，有用与无用是相对而言的。如果在此刻题匾出对上抢宝玉的风头，看似在题咏上有些才能，但就清客这一职位来讲，可就是缺乏才能了。鸳鸯说，清客就是让别人"拿他取笑儿"的，本来就是让人拿自己开涮的角色，先贬抑一下自己又何妨呢？

清客还要有洞悉能力。贾政与其子宝玉的关系是很微妙的。总体来说，贾政并不太喜欢宝玉，因为他没有长成贾政所希望的那种类型，他和宝玉在一起，用的几乎全是训斥。清客们若是也跟着批评宝玉，那就大错特错了。无论如何，宝玉是贾政嫡出的儿子，而且与贾环相比，不论是相貌还是品行、才能，都要好出许多。贾政时常处于一种矛盾的心理，既不满意宝玉，又不能不承认他"有些歪才"，也算是"怒其不争"吧。清客们深知此理，所以对宝玉称赞有加，说些什么"二世兄天分高，才情远"的奉承话，稍有些出色，便"哄然叫妙"。对于贾政的批评，他们也多方回护。比如贾政说宝玉"他未曾做，先要议论人家的好歹，可见是个轻薄的东西"时，众清客就说："议论的是，也无奈他何"。这样追捧宝玉，表面上与贾政的满嘴训斥背道而驰，实际上却挠到了贾政的痒处。哪个父亲不希望听到自己儿子的好话呢？如果也照着贾政的样子，对贾宝玉来个万般挑剔，这群清客没准不多久就要挪地方了。

清客固然是有志者不肯为的角色，但也是无才者所不能为的。鲁迅先生曾经讲过，帮闲也要有"帮闲之才"，这种才能可以体现在琴棋书画休闲娱乐等方面，但更重要的，是体现在人际交往的本领上。像《红楼梦》里的这群清客，不论男女，都不见表现过什么特殊才能，而就人际交往的本领来说，他们的确是相当出色的。

有意思的是，清客们也曾想把这一套迎合功夫稍传一点给宝玉，免得他挨训。在"纸窗木榻，富贵气象一洗皆尽"的稻香村，贾政问宝玉："此处何如？"众人都知道贾政"心中自是喜欢"，见问，都悄悄地推宝玉，叫他说好。可宝玉却"不听人言"，直说："不如'有凤来仪'多了"。被贾政骂为"无知的蠢物"。他还不肯罢休，强辩道：

"此处置一田庄，分明是人力造作成的：远无邻村，近不负郭，背山无脉，临水无源，高无隐寺之塔，下无通市之桥，峭然孤出，似非大观，那及前数处有自然之理、自然之趣呢？虽种竹引泉，亦不伤穿凿。古人云：'天然图画'四字，正恐非其地而强为其地，非其山而强为其山，即百般精巧，终不相宜……"这一番洋洋洒洒的话，正是对贾政身在富贵之中却偏要做出不喜富贵的扭捏之态的批判，气得贾政喝命："扠出去"。

看来，清客的确不是任何人都能做的。有志者不肯为，无才者不能为，若是像宝玉这样"牛心"的人，这清客也是做不成的。

金荣：哈哈镜中丑少年

　　旧时娱乐场所，有一种逗人发笑的镜子，名叫哈哈镜。其原理挺简单，就是利用镜子的凹凸，让人像变形，或矮胖，或瘦高，或头大而腿细，或腰粗而臂长，以此博人一笑。《红楼梦》里的小角色金荣，是个不大不小的孩子，也就露过一回面，但这孩子却像从哈哈镜中照出来似的，扭曲变形，而且一点也不好笑。

　　他是"东府里璜大奶奶的侄儿"。璜大奶奶姓金，是金荣父亲的妹妹，嫁给了贾家"玉"字辈的嫡派贾璜。"嫡"是"嫡"了，但其族人哪里皆像宁荣二府的家势？就像俗话说的，皇上还有三门穷亲呢。这贾璜夫妻，守着些小小的产业，再加上时常到宁荣二府去请安，拼命奉承凤姐儿并尤氏，从这两位当家奶奶那儿弄些资助，如此这般方能度日。璜大奶奶尚且如此，她哥哥家就更不济了。从第10回"金寡妇贪利且受辱"的标题来看，金荣应该是早年丧父，如今只和母亲一起生活。家道的艰难就不必说了。为了让儿子有书读，金荣的母亲求了她姑娘（也就是璜大奶奶），她姑娘又千方百计和他们西府里琏二奶奶跟前说了，才把儿子金荣送进了贾府的家塾。这层关系说起来不远也不近：金荣死去的父亲的妹妹嫁给了贾璜，这才算和贾家沾上了边。

这贾府的家塾倒有点义务教育的性质，不收学费，而且"茶饭都是现成的"。当然，对招生对象有所限制，必须是自己族里的。"合族中有不能延师的便可以入塾读书，亲戚子弟可以附读"。金荣的父亲姓金，母亲姓胡，本不是贾家子弟，但因为璜大奶奶的关系，就成了亲戚子弟，托人说个情，也就可以入塾读书了。如果看重面子，少不得给老师点赘见。那秦钟入学的时候，其父秦邦业虽说宦囊羞涩，但考虑到"那边都是一双富贵眼睛，少了拿不出来"，结果东拼西凑，恭恭敬敬封了二十四两赘见礼，先带了秦钟到代儒家拜见，然后再择日入塾。金寡妇有没有类似的动作，我们不知道，但肯定即使花点钱也是划算的。

读书给金荣带来不少好处。首先是接受了教育。金荣的母亲说过："咱们家里还有力量请得起先生么？"请先生教书是大事，在秦邦业眼里，这"是儿子终身大事所关"。大凡家境还过得去的，都要走这一条路。贾宝玉原是有业师的，"因上年业师回家去了，也现荒废着"。"待明年业师上来"，就要"在家读书"。就是秦钟家，虽然"不甚宽裕"，原来也有自己的老师，只因为"业师去岁辞馆，家父年纪老了，残疾在身，公务繁冗，因此尚未议及延师"。也就是说，家境稍好一点的，都有"一对一"家教，不是因为情况特殊，像贾宝玉这样的贵族子弟是不会去家塾的。然而，好先生并不好找。因为古代人读书，学成文武艺，都是要"货于帝王家"的，除非你的这些货色帝王家不要，无奈何才做了塾师。所以这做先生的，并没有太高的地位。元代文人睢景臣嘲笑汉高祖刘邦的出身的时候就说："你丈人教村学，读几卷书。"轻蔑的意思十分明显。中国戏曲小说中先生的形象往往是"床底下放风筝——大高而不妙"。《牡丹亭》里的老师陈最良，被丫环春香骂为"一些趣儿也不识"的"村老牛，痴老狗；《歧

金荣：哈哈镜中丑少年

路灯》里的先生侯冠玉"会看病立方，也会看阳宅，也会看坟地，也会择嫁娶吉日，也会写呈状，也会与人家说媒。还有说他是枪手，又是枪架子"——竟是集草头郎中、风水先生、阴阳先生、讼棍、媒婆和作弊者于一身。《醒世姻缘传》中的先生汪为露，更是赖墙争馆、出入衙门，甚至偷听人家夫妻隐私，行止下流无耻之极。就是贾府这家学的先生，也不怎么样。说是"举年高有德之人为塾师"，其实那贾代儒"年高"或许有之，"有德"已不太分明，教育却是肯定无方的。他亲自教养的贾瑞，不仅不成材，而且"图便宜没行止"，最后成为被王熙凤剥了皮的癞蛤蟆。薛蟠"白送些束修礼物"给他，读书却"三日打鱼，两日晒网"，"不曾有一点儿进益"，也没见他有什么动静。先生再不济，总得要银子，一门一户请不起先生的尚大有人在，所以当日贾府的始祖就立了这个义学，也算是教育普及吧。如果能从中读出几间"黄金屋"来，出几个能挣"千钟粟"的子孙来光耀门楣，可不是功德无量？

金荣上学的第二个好处是节省了开销。在贾家，"凡族中为官者，皆有帮助银两，以为学中膏火之费"。也就是说，这份慈善事业是大家一起做的，有固定薪水的人都得赞助，因此学里"茶饭都是现成的"。宝玉上学那天，起来时，袭人早已把书笔文物收拾停妥。等宝玉穿戴齐整，袭人催他去见贾母、贾政、王夫人。在贾政那里，清客们说："天也将饭时了，世兄竟快请罢。"宝玉到贾母那里偕了秦钟，又到黛玉那里辞了行，便"一径同秦钟上学去了"。看来，这顿饭是要在学堂里解决的。对贾宝玉来说，这也许是件艰苦的事。但对金荣这样的孩子，有了这份课间餐，家里当然就省了"好大的嚼用"。

第三个好处是认识了薛蟠薛大爷。薛大爷是个肯撒漫花钱的主。在赖大家的筵席上，他对柳湘莲许诺说："你有这个哥哥，你要做官

趣说红楼人物

发财都容易。"在冯子英家的宴会上，他又和妓女云儿半开玩笑地说："我的儿，有你薛大爷在，你怕什么？"这薛大爷一年也帮了金荣家七八十两银子。按刘老老的计算，二十两银子够庄户人家过一年，城里人家开销大一点，有七八十两，也够得花了。

对于这些好处，金荣的母亲都记得清清楚楚，但是，她却没有考虑这个家塾对金荣所产生的坏影响。倒还是贾政在这方面的警惕性比较高，他在训斥跟宝玉的李贵时说："你们成日家跟他上学，他到底念了什么书！倒念了些流言混话在肚子里，学了些精致的淘气。"从金荣的举止行为来看，这孩子肚子里的"流言混话"着实不少，而学到的东西，恐怕还不止是"精致的淘气"。

秦钟和香怜假作小恭，走至后院说话，一语未了，就听见金荣在背后咳嗽。显然他是一直关注着这两个人的行踪，悄悄跟出来的。思想开小差开到这个地步，还读得进什么书？金荣不仅出语粗俗，要求也很卑污，说是"先让我抽个头儿，咱们一声儿不言语；不然大家就翻起来！""抽头"的说法主要用于赌场，指设局邀人聚赌抽取头钱。用这种词语，再加上要挟的口气，显示出这个少年身上严重的流气。看来他对赌博、同性恋之类的事情都很不陌生，薛大爷（或学里别的什么人）在资助他银钱的同时还免费传授这些技艺，大概也是可能的。

差不多的情况，宝玉倒真的"拿住"过两次：一次是秦钟和智能儿缱绻，被宝玉"从身后冒冒失失的按住"；一次是茗烟和万儿寻欢，被宝玉"一脚踹进门去"。宝玉纯是顽童心理，按住秦钟的时候还"嗤"的一笑；对茗烟，他也只是教训说："珍大爷要知道了，你是死是活？"对那女孩子，他更是关怀有加，特地赶出去叫道："你别怕，我不告诉人。"完全没有乘人之危的意思。金荣却提出"抽头"作为不声张的条件，可见这个少年的品德行为很有些问题。

金荣显然还惯于撒谎，他所指证秦钟他们所做的事情，其实并没有发生——至少，当时还没来得及发生，但他却已经信誓旦旦地一口咬定了，而且满嘴脏话，不堪入耳。他所说的"贴烧饼"是同性恋的隐语，在第65回中也出现过一次。那天晚上，贾珍和贾琏都来到尤氏姐妹处，他们的小厮隆儿、寿儿和喜儿在一炕上睡。喜儿喝了几杯，已是楞子眼了，说："咱们今儿可要公公道道贴一炉子烧饼了。"隆儿、寿儿见他醉了，也不理他。而金荣是在完全清醒的情况下说了这样的粗话。当然，还有更粗更脏的，那就是贾宝玉的小厮茗烟跳进来一把揪住金荣所说的话。他这番"撒野"的话，"吓得满屋子中子弟都芒芒的痴望"。茗烟毕竟是下人，金荣好歹是个"子弟"，他嘴里说出来的，也已经够不像话的了，但与茗烟相比，如果是拍 X 级的电影的话，顶多也就二级片，人家茗烟那才叫三级片呢。这里，我们不得不佩服作者的传神之笔，同样是下流话，在不同身份的人嘴里出来，居然还有区别，而且是很大的区别。

金荣小小年纪，是谁把这些肮脏的话语教给了他呢？想来薛大爷也是有份的。薛蟠不仅在学里结交契弟，而且也出语粗俗，加上他肆无忌惮的贵公子身份，说起粗口来足可以和茗烟媲美。作为薛蟠"当日的好友"，金荣受这位大爷的言传身教几乎是可以肯定的。他母亲引以为荣的"认得什么薛大爷"，也许正是让这少年走上邪路的最大的坏事。

但金荣毕竟是孩子，他只知道"秦钟不过是贾蓉的小舅子，又不是贾家的子孙，附学读书，也不过和我一样"——光这一点，他就想错了。从表面上看，秦钟的确和他差不多，都是来附学读书的亲戚，就像他姑妈所说的："这秦钟小杂种是贾门的亲戚，难道荣儿不是贾门的亲戚？"但东府蓉哥儿的小舅子，与璜大奶奶的侄子完全不在一个层面上。不说蓉哥儿现是东府珍大爷嫡亲儿子，就是秦钟的姐姐秦可卿，这个长孙媳妇的地位又哪里是"只会打旋磨儿，给我们琏二奶奶跪着借当头"的璜大奶奶可比的呢？以为凡是亲戚都"和我一样"，这就是小孩子不懂事了。璜大奶奶稍比他有点见识，所以加了一句："也别太势利了！"

金荣总算还知道，秦钟是"仗着宝玉和他相好，就目中无人"。他不知道宝玉身后还有个贾母。贾母爱惜，常留下秦钟，一住三五天，和自己重孙一般看待。不上一两月工夫，秦钟在荣府里便惯熟了。这是一张人际关系的网络。织起了这张网络，才有稳固的地位。而金荣，连宝玉都弄不清他是谁，要问："这金荣是那一房的亲戚？"李贵也要"想一想"，方记得起来，可见他只在贾府人际关系网的边缘部分，是不能够与秦钟相提并论的。

金荣以为，"既是这样，就该干些正经事，也没的说；他素日又和宝玉鬼鬼祟祟的，只当人家都是瞎子，看不见。今日他又去勾搭人，偏偏撞在我眼里，就是闹出事来，我还怕什么不成？"这是金荣事后的愤愤不平之想，有点正义的意思。但他又太天真了。在贾府这个地方（包括在其他很多地方），人际关系是第一位的，纵使宝玉没干正经事，也轮不到他金荣来教训。何况贾府规矩，对"馋嘴猫儿似的"主子所做的"没要紧"的事情，是相当宽容的。明清两代，男风盛行。《红楼梦》里，上至北静王、忠顺亲王，下至贾赦、贾珍、贾琏，或明或暗、或多或少都有这样的行为，贾宝玉不过是受其影响而已，并不算特别出格。再说，金荣自己又哪里是什么正经人呢？

金荣的这些错误认识使得他最后不得不向秦钟磕头认错。当我们看到金荣因对方人多势众，又兼贾瑞勒令赔个不是，只得给秦钟磕头的时候，真不知这个顽劣少年的心，又给怎么样扭曲了一下。

不仅是他，就是他的姑妈璜大奶奶也上演了一幕滑稽戏。她不顾嫂子的劝说，气势汹汹地来到宁府，要向秦可卿兴师问罪。到了宁府，进了东角门，下了车，进去见了尤氏，就已经没有了大气儿。殷殷勤勤地叙过了温寒，说了些闲话儿，方问道："今日怎么没见蓉大奶奶？"或许金氏的目的是由"蓉大奶奶"起个头，逐渐说到蓉大奶奶的兄弟秦钟身上。不想这一问，问出了尤氏滔滔不绝的一番话，既有对秦可卿的夸奖，也有对学堂事件的转述。照理，尤氏提到"昨日学房里打架"，金氏正可以接上话茬，但金氏却"把方才在他嫂子家的那一团要向秦氏理论的盛气，早吓的丢在爪洼国去了"。何况贾珍尤氏又待得甚好，竟然"转怒为喜的，又说了一会子闲话，方家去了"。金氏这一百八十度的转弯真可以说是神来之笔，把她虚荣而卑琐的心理表现得入木三分。她之所以在金荣的母亲胡氏面前自告奋勇，一定要去找"我们珍大奶奶"，无非是要显示自己在贾家的地位，表示自己在贾家还是说得上话的人。后来一探尤氏的风向，被尤氏先发制人地说出"不知是那里附学的学生，倒欺负他，里头还有些不干不净的话"，她就一句话也不敢说了。和尤氏那里随时可能发放出来的资助相比，侄子金荣受点委屈又算得了什么呢？这时，闹书房就是一面多棱镜，把世态炎凉之情映照得清清楚楚。同时折射出来的，还有贾瑞的混账无能，贾蔷的世故狡猾，茗烟的狗仗人势，李贵的稳重老成，众学童的不同表现，等等。

相对而言，倒是金荣的母亲胡氏比较"实际"：只要金荣有书读，不在"他身上添出许多嚼用来"，那就"别管他们谁是谁非"。一切只因为，"如今要闹出了这个学房，再想找这么个地方儿"，就"比登天的还难"了。她用一席话，晓以利害，说得金荣"忍气吞声，不多一时，也自睡觉去了"。不过，少年金荣接受他母亲的这一番教育，想必以后就更不成个人样了。

马道婆：可怕的黑巫婆

　　天地阴阳，即使是释教玄门，也是要领教的。佛子有僧即有尼，用老印度的浑话，在家修行的，也还有优婆夷，还有优婆塞。前者是按照佛教戒律受持五戒的女性信徒，后者则是男性信徒。玄教中人也是有道士，便有道姑。这道姑呢，说好听点就叫女冠士，亦称"女冠"。这个名号在唐宋人的诗文里活了数百年，也算得是个风月雅号了。而道姑也因为某些缘故（比如金大侠笔下那位情痴道姑——赤练仙子李莫愁）而为现代人所熟稔。至于道婆，除了和年龄挂钩以外，总好像还有一层不太友好的意思在里面。被称作"道婆"的，大概总是搬弄是非的角色。比如古代小说里面，诱拐良家妇女的不是老尼，便是这道婆了。说来，倒是同秦楼楚馆里混迹的老鸨有些相似，像《水浒传》里出了名的王婆便是这类货色。《红楼梦》里面，道姑、尼姑不在少数，什么栊翠庵、铁槛寺总是少不了她们的身影，明白知道的"道婆"似乎也有几位，但是有名有姓的主儿大概也就是马道婆了——尽管我们也只知道她姓马。

　　马道婆这个人在读者的心目中，很可以和北欧森林里住着的那些老巫婆们比一比高下。从她的"道婆"称号和言谈举止来看，年纪自然不会小，心肠可是相当的狠毒。在西方的文学传统里，这样的角色

马道婆：可怕的黑巫婆

大多有些生理或者心理上的缺陷。卡通片的老巫婆们总是满脸疙瘩，面目狰狞，尤其是那个老长的鹰钩鼻，好像把所有的狠毒都藏在里面了。在我们的文学传统里，巫婆也多半不是瘸子，就是疯子，总要摊上一样才能够通神，才能够灵验。马道婆身子骨大概还康健，但长相估计得是丑陋的，至少读者主观上会把她勾勒成丑陋的模样，就凭她的恶毒，无论如何，也该是个长着鹰钩鼻的角色。

妙玉栊翠庵里也有一个道婆，不过她呼不得风，唤不得雨，只是在妙玉手下端茶递水，打打杂，供人使唤而已，连个姓名都没有。其地位恐怕是连个小丫环也不如的，也就是混口饱饭吃，算得上是顶不济的了。马道婆的光景则大为不同，她是"命根子"宝玉寄名的干娘，在两府里边随便出入，各房太太们待她也都客气得很，地位自然不会太低。如果要同谁比的话，大概也就是清虚观里的张道士了。张道士是国公爷的替身，这一点马道婆比不了，但与张道士分庭抗礼的意思还是有些许的。

张道士基本上是呆在清虚观混日子的，马道婆却不行。她得到王公贵族的府上去混，骗吃骗喝自然少不了，糊弄香油钱更是她的擅长。见到宝玉被烫，她立马编出了一套"撞客"的鬼话，说是："老祖宗，老菩萨，那里知道那佛经上说的利害！大凡王公卿相人家的子弟，只一生长下来，暗里就有多少促狭鬼跟着他，得空儿就拧他一下，或掐他一下，或吃饭时打下他的饭碗来，或走着推他一跤，所以往往的那些大家子孙多有长不大的。"说得贾母寒毛直竖，主动就凑上去问有什么解救的法儿。办法当然是有的，而且也不难，不过是要钱而已。马道婆的聪明就在于她知道分寸。她一面吹嘘"西方有位大光明普照菩萨，专管照耀阴暗邪祟，若有善男信女虚心供奉者，可以永保儿孙康宁，再无撞客邪祟之灾"，一面很有策略地报出了一连串数字:"南安郡王府里太妃,他许的愿心大,一天是四十八斤油;一斤灯草,那海灯也只比缸略小些;锦乡侯的诰命次一等,一天不过二十斤油;再有几家,或十斤、八斤、三斤、五斤的不等,也少不得要替他点。"在贾母点头思忖的当儿,马道婆又加上一句道:"还有一件,若是为父母尊长的,多舍些不妨;既是老祖宗为宝玉,若舍多了,怕哥儿担不起,反折了福气了。要舍,大则七斤,小则五斤,也就是了。"贾母大约正在既不想舍得太多,又怕舍得太少有失身份的为难之时,马道婆这个台阶一搭,她立刻循阶而下:"既这么样,就一日五斤,每月打总儿关了去。"眼看着不费吹灰之力,马道婆到手每月一百十五斤灯油,难怪她要叫"阿弥陀佛,慈悲大菩萨"了。

除此之外,"寄名"这一项,也给马道婆带来了不少好处。所谓"寄名",就是找个和尚、道士或者别的什么干爹、干娘,为小孩取个名字,以求保佑弱小的意思。现代社会随着医疗水平的提高,婴儿存活率的上升,民间已经不大流行这东西了。在农村,像"狗娃""水生""木根"这样的名字还大概有些"寄名"的味道。用老辈子的话说,名字起得越贱,就越是"好养活"。《红楼梦》里讲到的"寄名",就是让和尚、道士给取个法号,画个符,随身带着,好让满天的神佛保佑年幼的孩子"长命百岁",就好像咱们小时候戴的长命锁一样,也还是"好养活"的意思。宝玉项上随身佩戴的,除了娘胎里带来的"通灵宝玉",便是从干娘马道婆那里得来的"寄名符"。这活计倒不是马道婆的专利,马道婆能做宝玉寄名的干娘,张道士也不是吃白饭的,凤姐的女儿巧姐就是在他那里寄的名。小说第29回,贾府去清虚观打醮时,张道士便亲自给巧姐端来了"寄名符"。靠了这"寄名符",管你是封疆人臣,还是皇亲国戚,都得乖乖地掏钱,供养僧道,施舍香油。

说来，马道婆挣钱的本领也算是相当了得了，但即便有诸如此类的进账，马道婆并不善罢甘休，好歹也是自己劳动啊，奔走游说，辛辛苦苦，总是要挖空心思，算计着银钱入账，哪里像张道士，即使啥事不干，也还有俸禄可拿。不过，像张道士那种正正规规的宫观道士是很难与之相比的。对马道婆来说，没有固定收入，不能像张道士那样拿着皇家俸禄当他的"老神仙"，就得想方设法，坑蒙拐骗，伤天害理在所不辞。

到大户人家骗骗香油钱这种小伎俩，大家心知肚明，怎么说都算是比较正常的施舍，即使张道士也可以做的。而暗地里施展的巫蛊邪术才是马道婆致富的首要秘诀，才是她最当行的生存手段。

"蛊"的意思，大概和虫、和器物有关。春秋时代，秦国的医书解释《蛊卦》，说是"女惑男，风落山，谓之蛊"，基本上不出蛊惑、魅惑，乱人心智，伤人身体的意思。而蛊术则由来久远，并且也有许多种。按照古书上的陈述，操作性的巫蛊之术，首先是指的"皿中虫"，是与毒虫有关的。据说是将各种毒虫，包括毒蛇、蜥蜴、蟾蜍等放在一个盒子里，让它们互相吞噬，最后幸存下来的便是百毒集于一身，那毒性可想而知，被下蛊之人决无生还之理。据说这种养蛊的人家，每年必须要下蛊害人，否则便会自受其殃。而这显然不是马道婆的手法，否则我们的宝玉、凤姐早就一命呜呼，到太虚幻境相逢去了。

如果说，上面所讲的这种蛊术，用现代科学术语来说，是指下毒的话，还有一种蛊术，则到目前为止还没有相应的科学术语可以用来解释。这种蛊术完全是象征性的、没有直接身体伤害的。其方法就是用木头或纸制作人偶，用以代表试图伤害的对象，通过对人偶施以符咒、扎针、贯钉等方式，使对象生病、疯癫甚至死亡。这种蛊术，现在早已看不到，只是从人们怄气斗嘴时的咒骂中，大约可以看到巫蛊法术在人们行为中的遗迹。当时是否有效，也只能姑妄听之。《聊斋志异》中有一篇《骂鸭》，说有个农民偷吃了别人家的鸭子，浑身长出鸭毛来，又痒又痛，梦中有人告诉他说，你必须得让被偷鸭子的人骂了，这毛才能褪去。他没奈何只得去求人骂他。故事反写咒骂的效果，很是有趣。而且用这种方法伤害人并不是中国人的专利，欧洲森林里的巫婆们、非洲部落里的巫师们都懂得类似的"魔法"，习惯上一般把这种害人的邪术归于黑魔法一类。

马道婆施展黑魔法，对象是宝玉和凤姐，动机则纯粹是钱。她刚刚还在贾母面前要下香油钱，保证贾宝玉的健康，转身却为了五十两银子，对贾宝玉等人施以毒手，可谓利欲熏心。说起来，加害宝玉他们两个的事，还是马道婆先挑的头。她见赵姨娘对凤姐不满，便主动探她的口气，看看有机可乘，便进一步道："不是我说句造孽的话：你们没本事，也难怪。明里不敢罢咧，暗里也算计了，还等到如今！"在她的积极争取下，这个谋财害命的项目终于谈判成功：赵姨娘先将攒的几两体己，还有些衣裳首饰给她，作为预付的定金；再写一张五十两欠约，作为项目验收后的报酬。

马道婆的方法是拿剪子铰了两个纸人儿，问了他二人年庚，写在上面。又找了一张蓝纸，铰了五个青面鬼，叫他并在一处，拿针钉了，声称"回去我再作法，自有效验的"。后来果然有效验，先是宝玉"大叫一声，将身一跳，离地有三四尺，口内乱嚷，尽是胡话"，进而一发拿刀弄杖，寻死觅活的，闹得天翻地覆。凤姐则"手持一把明晃晃的刀砍进园来，见鸡杀鸡，见犬杀犬，见了人瞪着眼就要杀人"。闹到最后，凤姐宝玉躺在床上，连气息都微了。若不是一僧一道亲来救护，眼看就一命呜呼了。

五鬼是纸人，宝玉、凤姐的替身也是纸人。唯一与两人相关的，就是他们生辰八字。对古人来说，生辰是要紧的东西，关乎人的运命，一般人轻易不能得知。只有婚丧嫁娶、问卜询医这种人生的重大事件，才可能透露给旁的某个人知道。所以古代小说中会有女孩子偷了别人的八字来作庚帖，以逃避不情愿的婚姻的情节，到最后谜底揭晓，是谁的庚帖，就谁去出嫁。生辰八字保密这是一种禁忌，也是保佑生命的意思。而行盅的马道婆既然是宝玉的干娘，赵姨娘又是贾宝玉的父亲的妾，宝玉、凤姐的生辰自然比较容易知道。

马道婆的可怕，不仅在于敲赵姨娘的竹杠，谋害自己的干儿子，而在于她腰里随身带着的纸人。看她在腰里摸索，掏出几个铰好的纸人，一望而知这是个职业选手，一旦有机会便不容错过的。后来她的事发，也是因为随身的绢包给当铺里人拾了去，翻出许多的纸人。这玩意儿绝对是她的吃饭家伙，所以她丢了还返回去找，便给人拿住。身上搜出一个匣子，装着两个人偶、七根针。这还没有完，她的家里还藏着无数的纸人，还有泥塑的煞神、施了法的草人和登记的账簿。好嘛，全套家伙应有尽有，真是设施齐全、服务周到啊！靠干这个营生吃饭，马道婆真是个可恶的黑巫婆。

按照当时的法律，马道婆这外道邪门到底是问了死罪。因为她的落网，"问出许多官员家大户太太姑娘们的隐情事来"，倒是不知道这一干人等又作何处理。在贾府，马道婆牵连到的人是赵姨娘。作者采用的方法是"天作孽，犹可恕；自作孽，不可恕"。贾府众人因为没有实据，奈何不了她。谁想后来她内心里发出疯来，自认了罪过，死得凄惨可怜。

有人以为宝玉、凤姐的魔魇，实际是在影射康熙朝立储。是是非非，总有些相似，其实却难坐实。小说家的话，究竟是文学创作，虽然脂砚斋批语说其与作者时时经过，却也不过官宦人家闲来事，就当是俚言坊语也无妨。倒是宝玉经历了这一事件，很符合灵石历劫的预设。他受了外道邪门的蛊惑，也不过是这灵石的宿命，"只因为声色货利所迷，故此不灵了"。亏了癞头和尚、瘸腿道士的及时出现，"粉渍脂痕污宝光，房栊日夜困鸳鸯。沉酣一梦终须醒，冤债偿清好散场"。持颂一番，算是了却久相知的一段恩情，也顺理成章地预示了将来宝玉的归宿，尘缘尽处，渺渺茫茫，一衲一蓑一声偈。和尚、道士的话，穿来串去，也便是红楼一梦，魔幻魔幻，总归了太虚。这样看来，马道婆还真是一可怜的角色，就像《西游记》里面那无数的小妖精一样，作为主人公证道途中的试金石，总是要莫名丧生的，只是她贪、她恨、她毒、她俗，所以死得更叫人称快而已。

527

门子：小巫见大巫的故事

　　《红楼梦》中有个连姓名都没有的人物，所起的作用却非同小可，他就是在第 4 回出现的、告诉贾雨村护官符的门子。

　　这里的门子即衙门中的差役，也叫公人，或叫皂隶。干这个活的人社会地位不高，社会交际却相当广。从身份来讲，门子属于下人，往往是穷了才吃这碗饭。贾雨村"赏他坐了说话"，他都不敢。贾雨村又说："你也算贫贱之交了；此系私室，但坐不妨。"他也只敢斜签着坐下。但门子又毕竟是在衙门中办事，时常在老爷身边；再加上古代行政司法不分，衙役除了伺候老爷之外，也要执行逮捕、行刑、关押犯人等任务。这样也就可算上通得到官府老爷，下管得到黎民百姓，成了一种比较特殊的社会角色。俗话说，"宰相家人七品官"，情况与此有点类似。相对宰相来说，家人是奴才，属于下人；但对外人而言，他又毕竟在宰相身边，有说得上话的时候，有时候出语轻重，还真性命攸关。清代文人李渔曾经在一篇小说中写过一个名叫蒋成的旧家子弟，因家道中落，投身做了皂隶，淹蹇之时，"当了一年差，低钱不曾留得半个，屈棒倒打了上千"。后来时来运转，不上三年，"也做了数千金家事，娶了妻，生了子，买了住房"。可见门子当好了也还是不错的。

趣说红楼人物

贾雨村这里的门子，原来是葫芦庙里的一个小沙弥。葫芦庙是姑苏城阊门外十里街仁清巷内的一个古庙，因其地方狭窄，人皆呼作"葫芦庙"。在这样的小庙中做小沙弥的，大半是家道贫寒，无以存身的穷孩子。葫芦庙被火烧了以后，这小沙弥无处安身，遂蓄发当了门子。他当门子的本意也不过是因为"这件生意倒还省轻"。但八九年下来，他就不是当年的小沙弥了。他变得极其世故老练。贾雨村未发达时，曾在葫芦庙内借住，门子是认识他的。但今非昔比，穷书生"一向加官进禄"，变成了应天府的老爷。要不要把这层旧关系说出来，门子是经过考虑的。说出来，好歹是旧交，老爷如果青眼相向，自然有好日子过。不过，门子也不想贸贸然就捅破这层窗户纸。凭他这几年的阅历，他知道光有一张旧面孔是没用的。他得瞅个合适的机会。所以，我们并没看到门子一上来就急急忙忙地认他的"故人"。薛蟠的案子转到贾雨村手里，雨村不谙行情，冒冒失失就要发签。这时候，门子才挺身而出。他使眼色阻止贾雨村发签——不让他发签，就是不让他犯错误，就是帮助他在官场上免遭灭顶之灾。有了这样一份功劳做晋见礼，老爷今后的看顾才是靠得住的。

　　正是出于这样的动机，门子在贾雨村发签拿人的时候，使眼色阻止了他。

　　贾雨村为何在乎一个门子的眼色？这也是一个有趣的问题。门子地位特殊，交游广泛，时常可以听到一些官员所听不到的，看到一些官员所看不到的，就好比一个信息库，贮存了很多五方杂色的玩意儿，有用起来，倒是别处找也找不到的。比如上面所说的蒋成，就时常把地方的事，知无不言、言无不尽地向领导汇报，有了他的这些信息，"倒扶持刑厅做了一任好官"，他自己也得了若干好处。贾雨村刚刚"荣任到此"，更不敢轻视来自当地工作人员的信号。以八九年在

529

官场上的磨练，他鉴貌辨色的本领已经到了炉火纯青的地步。看见门子使眼色不叫他发签，他虽然不明就里，却果断地停了手，宣布退堂。正是由于他对来自门子的信号的高度重视，才使他避免了"不但官爵，只怕连性命也难保"的下场。

退堂至密室，贾雨村令从人退去，只留这门子一人伏侍。门子这才抖搂出自己与贾雨村"原来还是故人"的身份。他先让贾雨村看了一份文件。按门子的说法，这是"如今凡作地方官的都有的"一个私单，上面写的是本省最有权势极富贵的大乡绅名姓。这些人家"皆连络有亲，一损俱损，一荣俱荣"。为官一方的，都不敢得罪。从贾雨村刚才在堂上的举动，可以断定，他目前还没有这一张私单。于是他"从顺袋中取出一张抄的护官符来"——事先抄好，随身携带，门子的准备工作可谓充分矣！

衙门里的摸爬滚打，不仅让门子抄得到"护官符"，懂得它的作用，而且对于如何向老爷进言，表现得胸有成竹。贾雨村听完护官符的故事，问他："你大约也深知这凶犯躲的方向了？"这时候，门子可以承认，也可以否认。他选择了前者，坦然道："不瞒老爷说，不但这凶犯躲的方向，并这拐的人我也知道，死鬼买主也深知道"。细心的读者会注意到，作者在这里，写贾雨村的问是"笑问"，门子的答也是"笑道"。他们笑什么？并不是有什么事情好笑（说起来，事情的本身非但不好笑，而且是可悲、可恨和可恶的），而是捅破窗户纸以后的会心的笑。在贾雨村这边，笑的是"我可知道你们玩的那一套把戏了"；而在门子这边，笑容里面既有对"老爷明察"的恭维，更有对自己消息灵通、无所不知无所不晓的得意。往下，作者不仅让我们通过门子之口，知道了薛蟠惹下人命官司的来龙去脉，更让我们领教了门子在掌握信息方面的厉害。

除了这一笑，门子还有两次"冷笑"。一次是在告诉贾雨村"这人还是老爷的大恩人呢！他就是葫芦庙旁住的甄老爷的女儿"的时候；另一次是在贾雨村讲大道理的时候。第一次冷笑，是笑世态炎凉。门子知道贾雨村"补升此任，系贾府王府之力"，也断定他最后不可能明断此案，解救英莲，报答甄士隐当年出资助考之恩，所以对所谓的"恩情"报以冷笑。第二次冷笑，是笑贾雨村说得好听。冯渊的案子告了一年，迟迟结不了案，而实际上，"这件官司并无难断之处，从前的官府，都因碍着情面，所以如此"。从前如此，量你贾雨村也好不到哪儿去！所以对他的大话报以冷笑。这两次冷笑，笑出了门子的老于世故，也笑出了极其复杂的人性——毕竟，他还没有冷漠到完全麻木的地步。

　　在详细讲完冯渊、薛蟠和英莲的故事后，门子提出了处理这一案子的基本原则："顺水行舟，作个人情，将此案了结，日后也好去见贾王二公"。贾雨村当即表示："事关人命，蒙皇上隆恩起复委用，正竭力图报之时，岂可因私枉法，是实不忍为的。"贾雨村的拒绝，似乎在门子的意料之中。只见他不慌不忙地说出了一番话："老爷说的自是正理，但如今世上是行不去的！岂不闻古人说的'大丈夫相时而动'，又说'趋吉避凶者为君子'，依老爷这话，不但不能报效朝廷，亦且自身不保"。细想这些话，不由得让人感到，这门子真正是历练得成精作怪了。他首先承认"老爷说的自是正理"，这就不来和你辩驳那些空头讲章，但告诉你，理论和实际是有距离的。他完全看穿了，贾雨村所谓的"竭力图报"，"岂可因私枉法"，不过是说得好听罢了。而要说好听的还不容易？所以他跟着就来了两句：大丈夫该如何如何，又如何如何才是君子。最后，顺水推船，为你搭个下台的阶梯：你不是说要报效朝廷吗？如果连性命都没有了，拿什么去报效呢？巧得很，《三国演义》中，张辽劝关羽投降曹操，用的也是这一条理由：你不是与刘备誓同生死吗？你现在就死了，岂不辜负了当年的盟誓？看来这个方法极其行之有效，关羽听了就投降了曹操，贾雨村听了也投降了贾府。

他低了头，半天才问门子："依你怎么着？"这已经是他第三次发问了。第一次，刚看完护官符，他"便笑向门子道：'这样说来，却怎么了结此案？——你大约也深知这凶犯躲的方向了？'"从贾雨村的表情，从他不等回答就扯到另一个问题，门子明白，他这一问，问得心不在焉，所以根本不必回答。第二次问，是在感叹完英莲的命运后，贾雨村说："且不要议论他人，只目今这官司如何剖断才好？"此时已有五分火候，所以门子说出了基本原则。现在贾雨村第三次发问，说明基本原则已获通过。门子心领神会，回答说："小人已想了个很好的主意在此。"看得出，他不仅是怀揣一张"护官符"来邀功请赏，而是连详细计划都想好了。只不过他并不急着和盘托出，而是看准火候，渐入佳境。门子的心机可谓深矣！

他的计划分三步走：第一步是维护形象。他让贾雨村明日在堂上"只管虚张声势，动文书，发签拿人"。当日在堂上，贾雨村听了原告的诉说，曾经大光其火，怒道："那有这等事！打死人竟白白的走了拿不来的！"说着便发签差公人立刻将凶犯家属拿来拷问。完全是一副为民做主的青天大老爷的面孔。只因看见了门子的眼色，才停了手。所以明日坐堂，发签拿人的样子还要继续做下去，清官的形象不能毁坏。

第二步是暗下机谋。对于发签拿人的结果，门子早已料定：被告那边，"凶犯自然是拿不来的"；原告那边，是肯定不依的。解决的办法是"将薛家族人及奴仆等拿几个来拷问"，然后由他去暗中调停，让他们报个"暴病身亡"，合族及地方上共递一张保呈。再让贾雨村扶鸾请仙，说些因果报应的鬼话来糊弄原告和"军民人等"。拐子那头也由他去暗中嘱咐，让他说的与乩仙批语相符，让众人不疑。

第三步是银钱买断。门子看透，被告薛家有的是钱，原告冯家为的是钱，所以让贾雨村"断一千也可，五百也可，与冯家作烧埋之银"，"有了银子，也就无话了"。

门子对自己的计策十分满意，三条呈完，他不无得意地问："老爷细想，此计如何？"其实不用细想，也知道这是个好主意。既平息了原告的情绪，把拖了一年的案子了结了；又做了顺水人情，报答了贾王二府；同时又不损害自己为官的名声。所以贾雨村嘴上说的是："不妥，不妥。等我再斟酌斟酌，压服得口声才好。"但脸上已是露出笑容。因为他心知肚明，这的确是个徇情枉法的好办法。第二天，他依计行事，胡乱判断了此案，并"急忙修书二封与贾政并京营节度使王子腾"表功。

对门子来说，这个计策也很不错。三步计划中有两处须得要他去出力，或"暗中调停"，或"暗中嘱咐"。这些私底下的勾当都由他去干，一来或许可以借此中饱私囊，二来，也是更重要的，就是他客观上已经成了老爷的心腹。案子审定，对他来说，可以说是大功告成。他与"贫贱之交"的应天府老爷贾雨村接上了关系，并凭借自己对情况的熟悉，献上了判断葫芦案的万全之策作为厚礼。如果从此以后，贾雨村对他另眼相待，让他做了自己的心腹，那么，门子的初衷可以说是完全实现了。门子的计划可谓周全矣！

让谁都没有料到的是，情势在最后却来了个陡转。这个足智多谋的旧交的出现，非但没有让贾雨村感到欢欣，相反，他恐怕他对人说出当日贫贱时事来，因此心中大不乐意；后来到底寻了他一个不是，远远地充发了才罢。这可绝对是门子所始料未及的，不知道他会不会发出"早知今日何必当初"的感慨？

门子最后的失败，让我们想到了一句话，那就是"道高一尺，魔高一丈"。衙门里爬摸出来的小混混门子，与饱读诗书的贾雨村老爷相比，毕竟是小巫见大巫了。

小巫见大巫的还不仅是门子和贾雨村。我们再听听门子所讲述的故事：这场人命官司是从抢夺一个丫头开始的。被害人冯渊也是一个"家里颇过得"的人，对英莲可说是一往情深。虽说从拐子手中买来，只能做妾，但他却"设誓不近男色，也不再娶第二个了，所以郑重其事，必得三日后方进门"。不想拐子又把英莲偷卖给了薛蟠，惹出了一场麻烦。同样是公子，对付拐子的时候，"两家拿住，打了个半死"。但说到丫头份上，薛蟠便喝令下人动手，将冯公子打了个稀烂，抬回去三日竟死了。而薛蟠"既打了人，夺了丫头，他便没事人一般，只管带了家眷走他的路"。冯渊的家人告了一年多的状，竟无人作主。最后到了贾雨村手里，还是"葫芦僧判断葫芦案"，稀里糊涂地不了了之。冯渊这个"小乡宦之子"，让家人把拐子暴打一顿或许能行，遇到"丰年好大雪"的薛蟠，岂不又是小巫见了大巫？

一个无名无姓的门子，折射出官府衙门的多少黑暗，牵连出贾雨村、薛蟠和英莲前前后后的多少故事，而门子本人也面目清晰，个性鲜活，让人不得不感慨作者的如椽妙笔。

倪二：金刚原来是泼皮

贾芸从他舅舅家出来，边走路边想心事，一不小心，碰在了一个人身上。这人一把拉住他，开口就骂："你瞎了眼？碰起我来了！"之后，又口出狂言，说这三街六巷，凭他是谁，若得罪了我的街坊，"管叫他人离家散！"听这口气，只怕此人来头不小，怎么也该是个有钱有势、数得上名头来的角色。然而事实上，这个将霸气和着酒气一起喷出来的人，却不过是街面上的一个混混罢了。

他叫倪二，号称"醉金刚"，是贾芸的紧邻。平时"在赌博场吃饭，专爱喝酒打架"，是个典型的"泼皮"，也就是无赖汉，也有叫做"捣子""光棍"的。在盛行阶级分析的时代，此即所谓"流氓无产者"是也。《水浒传》里也有这样一个角色，名叫牛二，不仅名字和他差不多，行止也很相像。贾芸撞见倪二时，他趔趄着脚，已在醉乡。那牛二出场，也是"吃得半醉，一步一撷撞将来"。倪二因贾芸不小心碰了他，动手就要打；牛二更绝，与杨志口角起来，竟"钻入杨志怀里"——泼皮行状如在眼前。这些人物虽然出现在小说里，却不乏生活依据。不论是古代还是现代，像倪二、牛二之类的角色总是存在的。淮阴侯韩信未发达时，也曾遇见过这样一个泼皮，当面羞辱他说："韩信，别看你长得又高又大，还爱佩刀带剑的，其实是个懦

536

趣说红楼人物

夫。你若不怕死，就杀了我；你要不敢，就从我裤裆下钻过去。"这跟牛二缠着杨志说"你好男子，剁我一刀"如出一辙。

泼皮的社会地位当属下层，他们往往没有正当职业，专弄一些不三不四的把戏为生，或者钻法律的空子，打"擦边球"。比如《水浒传》中，大相国寺的"菜园子左近，有二三十个赌博不成才破落户泼皮，泛常在园内偷盗菜蔬，靠着养身"，也算是一条糊口之路。宋代话本小说《错认尸》中，泼皮王酒酒"专一在街市上帮闲打哄，赌骗人财"。这倪二则"专放重利债"，也就是放高利贷。他们的钱来得容易，去得也快。一时有钱，便是富豪似的手笔；一时穷了，又是乞丐般的行径。贾芸遇见倪二的时候，正好他从欠钱人家索债归来，褡包里有钱，所以一出手就是十五两三钱。没钱时，王酒酒为了50贯酒钱就肯替人家拽尸首。他们的共同爱好是酗酒耍钱，时常不在赌场便在醉乡。总之，好逸恶劳，是泼皮们成为"无产者"的根本原因。

在人际交往时，他们以蛮横无赖为主要特征，也就是"流氓无产者"们"流氓"的一面。像前面说到的牛二以及挑衅韩信的那个少年，都以要对方杀了自己为要挟，简直无赖到了极点。打人骂人则更是他们的家常便饭。有时甚至以此为吃饭家伙。《金瓶梅》里，西门庆见李瓶儿嫁了蒋竹山，心中不忿，便找两个泼皮上门去捣乱。那泼皮照例先是"吃的跟跟跄跄，楞楞睁睁"，然后走来寻衅闹事。先一拳把蒋竹山的鼻子打歪在半边，又一拳打得他"险不倒栽入洋沟里，将发散开，巾帻都污浊了"。为这一顿打，西门庆预付的"定金"是四五两碎银了；打完人的报酬，则是从蒋竹山处讹来的三十两银子。而拿了银子，两个泼皮又"自行耍钱去了"。

泼皮的身上，往往有三分力气，也有三分硬气，否则撒不得泼。倪二被贾雨村抓住，还嘴硬道："我喝酒是自己的钱；醉了，躺的是皇上的地。就是大人老太爷也管不得！"但这种硬气往往也只有三分，否则又不是泼皮了。倪二被打了几鞭子，就负痛求饶了，被雨村嘲笑说："原来是这么个金刚！"

泼皮们的绰号也很有意思。倪二叫个"醉金刚"；菜园子里的那起光棍，为首的一个叫过街老鼠张三，一个叫青草蛇李四；牛二叫个"没毛大虫"；打蒋竹山的，一个叫草里蛇鲁华，一个叫过街鼠张胜。总之不是惹人厌，就是叫人怕。

俗话说：蛮的怕横的，横的怕不要命的。也就是说，身份越低下，家中的坛坛罐罐越少，越肆无忌惮。泼皮们之所以常拿出命来与人胡搅，就是利用了别人自尊和珍惜生命的特点。这类泼皮撒泼的直接后果，往往是让众人退避三舍。譬如那牛二，"满城人见那厮来都躲了"，连杨志用宝刀表演"砍铜剁铁，刀口不卷"，"吹毛得过"这些精彩节目，因有牛二在场，众人也不敢近前，向远远地围住瞭望。那倪二主动要借银子给贾芸，他既不敢要，也不敢不要，"怕他臊了，反为不美"。韩信更是忍气吞声，当着众人的面，低头从泼皮的胯下钻过。

正是平民百姓对这些泼皮的忍让，让这些家伙的自我感觉百倍的好，简直不认识自己是谁了。瞧倪二说的话，"你瞎了眼？碰起我来了！"好像他真是个有头有脸的大人物。其实却也可怜。不说牛二惹得杨志发火，一刀结果了性命，就是倪二喝醉，冲了贾雨村贾大人的轿子，结果也不怎么妙。他给按倒，着实地打了几鞭子。被打得痛不过，只得求饶。贾大人还不肯饶，让众衙役拴了，拉着就走。想想金刚像猴一样被牵着走的情形，实在是滑稽得很。倪二哀求也不中用，最后还是被关起来，打了几板，多方托了人情才弄出来。

正因为泼皮其实不算什么人物，所以一有机会，泼皮们就特别要表现得自己颇像个人物。撒泼是一种形式，惹得人见人怕，自己感觉就"大"起来了。倪二借钱给贾芸，其实也是一种形式。他碰到贾芸的时候，问他到哪里去，贾芸说："告诉不得你；平白的又讨了个没趣儿。"倪二只当又是可以打架行凶的事，兴头起来，说："不妨。有什么不平的事，告诉我，我替你出气。"没想到这次贾芸的事却不是寻衅打架，不要说打，就是骂，也不好骂出来。于是，倪二只好掏出银子来赞助。不容易的是，他特意声明："我们好街坊，这银子是不要利钱的"——不要忘掉，他人家倪二吃的就是"放重利债"的饭！所以贾芸当即表示："回家就照例写了文约送过来。"倪二大笑道："这不过是十五两三钱银子，你若要写文约，我就不借了。"这"大笑"之中，"不过"二字，不知蕴含着倪二的多少得意！后来，贾芸走到一个钱铺里，将那银子称了称，分两不错。这时候的倪二，还真有点"义侠"的味道。

其实，有些时候，好汉和泼皮的行为区别的确不是很清楚。比如鲁智深去"消遣"镇关西的时候，先要"十斤精肉，切做臊子，不要见半点肥的在上头"；又要十斤，"都是肥的，不要见些精的在上面，也要切做臊子"；"再要十斤寸金软骨，也要细细地剁作臊子，不要见些肉在上面"；还有武松过十字坡时的"恶取笑"，其举止与泼皮实在相去不远。只是从动机来说，则一高尚一猥琐而已。

就像好汉有时要模仿泼皮的行径一样，泼皮有时也要模仿好汉的行为。倪二释放后对老婆声称："我在监里的时候儿，倒认得了好几个有义气的朋友"，说明他对"义气"这种本不在泼皮词典上的字眼还是很在乎的。贾芸称赞他的话也是："老二，你果然是个好汉！"想必他平时也是以"好汉"自居的。平心而论，这时的倪二倒并没有太卑下的动机，他只是追求 种"我醉金刚倪二"如何了得的良好的自我感觉。再说，贾芸虽穷，好歹是"荣府里的二爷"，倪二听他的语音，将醉眼睁开，一看见是贾芸，也要"忙松了手"，平日里也常与人吹嘘，自己和荣府的二爷相好。所以，临时慷慨一回，帮他一把，也在情理之中。

不过，这毕竟不是倪二常做的事，否则他也就不是泼皮了。连那贾芸偶然碰见了这件事，心下也十分稀罕，而且怕他是"醉中一时慷慨，到明日加倍来要"。他平日的所为多是"仗着有些力气，恃酒讹人"。他难得慷慨一回，从深一层次来说，倒也符合泼皮的自大心态，同时又让后文的"小鳅生大浪"有了张本。

倪二结怨贾芸，是从他得罪贾雨村开始的。古时候官员出行要清道，也就是将闲散人员赶开，有点类似于现代的临时性交通管制。一般的老百姓听到衙役喝道的声音都会自觉避让，偶然有什么人来不及避让，那就是"冲"了。那天贾雨村喝道而来，倪二酒醉，"不知回避，反冲突过来"。被贾雨村打了，还关进了监牢。众人都对他的女儿道："那贾大人是荣府的一家。荣府里的一个什么二爷和你父亲相好，你同你母亲去找他说个情，就放出来了。"于是，倪二的妻女去找贾芸，争取早日释放倪二的任务就落到了贾芸头上。而此时贾芸其实根本没办法和荣府中人说上话，甚至连荣府的门都进不去。碍于面子，他又不肯直说。一拖再拖的，就把倪二家的人给得罪了。

这时，倪二的泼皮本色就显现了出来。常言道："逢人患难要施仁，望报之时亦小人。"小人倪二牢牢记住的，就是"头里他没饭吃，要到府内钻谋事办，亏我倪二爷帮了他"。他从贾芸"这小杂种，没良心的东西"骂起，一直恨到"两府里"。在监狱里，他和更多的泼皮建立了联络，获取了不少有关贾家的信息，同时也拓宽了他的"路子"。他相信，要报复贾二这小子的忘恩负义，只要告诉这几个朋友，说他家怎么欺负人，怎么放重利，怎强娶活人妻。吵嚷出去，有风声到了都老爷的耳朵里头，这一闹起来，准能让贾府吃不了兜着走。

倪二这类游手好闲之徒往往人员交际复杂，消息灵通。他曾经在赌场上见到过与尤二姐定了亲的张华。张华告诉他，说他的女人被贾家占了，还和他商量，怎么对付贾府。当时醉金刚好像还没和贾家结仇，所以"倒是劝着他才压住了"。现在他决定只要一见到两年没见到的"小张"，要给他出个主意，"叫贾二小子死给我瞧瞧！好好儿的孝敬孝敬我倪二太爷才罢了"。

有趣的是，倪二越是生气，把自己的辈分就抬得越高，他与贾芸说话，自称是"醉金刚倪二"，后来说自己是"倪二爷"，最后则成了"倪二太爷"了。

时隔不久，贾府被抄，罪状中有一条就是"强占良民之妻为妾"，"又还拉出一个姓张的来"。其中醉金刚倪二这条小泥鳅的作用究竟有多大，就不得而知了。不过，可以肯定的是，倪二对自己所能起的作用是估计过高的，就像他过高地估计自己的身份地位一样。贾府荣败，关键并不在于像他这样的小鳅的翻腾，若不是上层、乃至最上层政治斗争的需要，他那样的小泥鳅就是结成了团也是没用的。想当初，王熙凤还曾经封二十两银子鼓励张华"往有司衙门里告去，就告琏二爷国孝家孝的里头，背旨瞒亲，仗财依势，强逼退亲，停妻再娶"。张华倒"深知利害"，"不敢造次"，王熙凤竟大言道："就告我们家谋反也没要紧！"就连西门庆派去讹蒋竹山钱的那两个泼皮，如果不是西门庆"拿帖子对夏大人说了"，与官府串通了，想要讹诈成功，也是不那么容易的。

当然，泼皮们是不会懂得这一点的，他们趔趄在社会的底层，沉醉在妄自尊大的快感里，永远做着可悲而又可怜的当"太爷"的梦。

倪二：金刚原来是泼皮

王一贴：假药与真话

迎春的老公孙绍祖骂她是"醋汁子老婆拧出来的"，确乎是冤枉了她，这话要是放在夏金桂的身上倒还算合适。这桂花夏家的独苗小姐新进了薛府便做起势来，闹得"美香菱屈受贪夫棒"，差点被卖出去，好歹被宝钗救了去，却也应了前番宝玉和她说的那句玩笑话："只怕再有个人来，薛大哥就不肯疼你了。"其实《红楼梦》里边许多个人物，带着份醋劲儿的也还不在少数。比如贾环，比如赵姨娘，又比如王熙凤。撇开自身的问题不说，贾环母子处处低人一等，有份妒意也在情理之中。王熙凤现有贾琏偷鸡摸狗和包二奶的事实在，再撒泼也不能说是无理取闹。金桂却不一样，在家是独苗，嫁到薛府，是正房奶奶，薛蟠虽不济，香菱却是正经人，本当没有这般吃醋撒泼的道理，可是她竟弄到薛府家无宁日的地步，实在可悲可叹。她这一闹不要紧，却让贾宝玉的"水泥论"出现了一个大大的反证，以至这位本来自信心十足的少年不禁暗地里琢磨，想这金家小姐"举止形容也不怪厉，一般是鲜花嫩柳，与众姐妹不差上下，焉得这等情性，可为奇事。因此，心中纳闷"。宝玉的纳闷郁积于心，无法消释。为什么？他问天下人，天下人问他，于是便有了"王道士胡诌妒妇方"。

王道士的出场，很有点巧合的意思在里边。贾府上突然要去城外

王一贴：假药与真话

烧香，说是还愿，却也蹊跷得很，想来大概正如王夫人所言，"七事八事的都不遂心"，实在是去解解愁，遣遣闷，重点倒并不在还愿，结果是宝玉"喜的一夜不曾合眼"。可是谁想这"宝玉天性怯懦，不敢近狰狞神鬼之像，是以忙忙的焚过纸马钱粮，便退至道院歇息"。因此，才有了王道士的登场，才有了他的那一番胡诌。不过，细细想来，这庙宇神灵有什么可怕的呢，而且还说它有狰狞之像（不是我们日常所见的慈眉善目或笑口常开），如此骇人也算是奇怪了。原来此处八十回的本子还多出了一句"这天齐庙本系前朝所修，极其宏壮。如今年深岁久，又极其荒凉。里面泥胎塑像皆极其凶恶"。大概后来出一百二十回本时程伟元觉得突兀，便删除了吧，而这话其实倒还是很值得斟酌斟酌的。所谓天齐之庙，自然是无量寿福可与天齐。想当年孙猴子在花果山打出"齐天大圣"的旗号都被定了忤逆，惹得天兵天将杀伐不已，这够资格"齐天"的还能有谁？自然要跟皇室扯上点关系才行，否则就只能躲到神龙岛去做"洪福永享、寿与天齐"的洪教主了。这么说来，这天齐庙就该会是皇家寺院啦，而老贾家既是世袭，又是皇亲，到天齐庙去上香还愿，贾府上下自然是欢喜的。倒是一句"年深岁久，又极其荒凉"颇显得些许悲怆，可见乏人问津久矣。之后紧接着又说庙里的泥胎塑像极其凶恶，如此的怖人确乎有着"物老为精""荒野多怪"的噱头，却也很让人疑心这天齐庙可能是宗属密教的，更何况又明白说了是前朝所修的，嫌疑就越发的大了。前朝自然是指的大明朝，元明鼎革，这朱家虽夺了蒙古人的天下，蒙古人的东西却并非全盘否定，密教神像即尝供奉于内廷。到了明清易代，满人自然是上承明制的，加之本与藏传宗教过从甚密，密教自是不废。约略还记得前几年的印度国宝展上曾经展出了许多的印度教及部派佛教塑像，其形态即是面目狰狞，颇令人畏惧，确如《红楼梦》所述"极其凶恶"。如此，宝玉的畏怯便也颇有其道理，不致贻人笑柄。

　　宝玉退至道院，且不说他四处去闲逛瞎胡闹，直等到了王道士出来才真正是心闲意散，得偿所愿了。你道这王道士是何许人也，能有如此能耐？只知道他"专在江湖上卖药，弄些海上方治病射利，庙外现挂着招牌，丸散膏药，色色俱备。亦长在宁、荣二府走动惯熟，都给他起了个混号，唤他做王一贴，言他膏药灵验，一贴病除"。所谓丸散膏药自然是他看家活命的法宝，关键并不在于"治病"，而在于"射利"。大概这子孙相继的小小道院也就指着他那"江湖伎术"才能够维持下去。所以他手下的一班徒弟都老老实实，任凭他呼来喝去，个个巴望着学点手艺将来江湖上也能混口饭吃，旁的或许再期望着老王道士能把这小庙传到自己的手上，小王一贴、小小王一贴，一贴一贴传下去，香火有继，人生也有了些许乐趣。而这王一贴的心思自然是鬼精鬼精的，常常在宁、荣二府走动，这两府上惯熟了，自然会声名远播，远近皆知，所以这招牌挂在庙外荒凉地境也不过是个意思，早已有面旌旗在人嘴上心中飘飞不止。你且瞧他早料到宝玉闲不住要到他这里来要要，把个静室"三五日头里就拿香熏了"，难为他对这两府如此惦记，这般地用心实在是他自家的本事，旁人是学不去的。他的所谓"膏药灵验，一贴病除"大要也便在于察言观色、摸根查底，小算盘一敲便把富贵人家的上上下下计划完全，何愁"膏药"不灵？所以只要他王一贴一到，满屋人笑翻不说，这宝玉的一块心病也就解除了。

　　再说宝玉这小哥，别看他闲要子，却倒真是怀揣着疑惑来的。这王一贴的膏药本不干他事，如今关心它灵与不灵，管治何病，却和夏家金桂有关，大概和他身边的一帮小妮子也扯得上点关系，如这药好，就是那林妹妹也不妨给她捎上一贴的。什么叫无事不登三宝殿？

王一贴：假药与真话

这便是了。贾家哥儿喜欢得一夜未眠，当然也有这个道理在。王一贴自是买卖上的行家里手，横竖都是自家的长处，一气儿说出来哥儿听着高兴，自己面上也生些光彩。他说："若问我的膏药，说来话长，其中底细，一言难尽：共药一百二十味，君臣相际，温凉兼用。内则调元补气，养荣卫，开胃口，宁神定魄，去寒去暑，化食化痰；外则和血脉，舒筋络，去死生新，去风散毒。其效如神，贴过便知。"这也不过就是场面上的话，好像现在的广告，多半信不得。但是他这话也自有其妙处，药共一百二十味或略举其成数，"对症下药"才是"其中底细"，所谓难尽之言，在王一贴来说便是私房之秘，就如同丹书仙卷一般，非歃血盟誓而不可得，故只能标举大概，不过装点一番，实在并不涉及本质。他哪里知道，囫囵如宝玉本也无心探他那些根本，只是虚晃一枪，逼他上套而已。"百病千灾，无不立效"的话就如同军令状一般，无非是宝玉心底里想要的一颗定心丸，只是这丸儿火候稍欠，信与不信之间，只好由宝玉自己去辗转了。

当王道士向贾宝玉请教病源的时候，宝玉一句"你猜。若猜得着，便贴得好了"，真是既准且狠，妙哉！妙哉啊！这实在可以算作宝玉最富于心机的一句话。满心疑惑的宝二爷现如今且权作玩耍状，认真不认真全在一个"猜"字上，一面把王一贴逼入死角，一面把自己逼上绝路，倒有点禅家的机趣，只是这接茬的人却不知如何去破，谓"这倒难猜"便是错，谓"只怕膏药有些不灵了"更是错，无怪王一贴的药原是假的，成不了仙，得不了道。所以如此，大概还是要宝玉自己去破幻，直要等到那当头一棒，才能白茫茫一片真干净。即如此，且拨转话头，看这俗人的宝玉和俗人的王一贴怎样去体味俗人的世界。其实，妒不妒原本并没有什么大碍的，问题在于无意间竟触到了这个愁思少年内心深处的哲学童话，女儿家到底是不是如他设计的

546

趣说红楼人物

纯是水做的骨肉？宝玉身边的女儿甚至于比泥做的爷们儿还要不济的也有。不免于杂念的王道士自然不是神仙，心机算尽也摸不清这小哥儿的脾性，无的放矢也就没有法子鸣金收兵，只好按着俗人的理路抛出"房中""滋助"来搪塞，期冀上天那万中无一的眷顾。

　　然而，脂批只管就着王一贴的"心有所动"说些什么"万端生于心，心邪则意在于邪"的话，虽不免摊上些影子，却很不能体会王一贴的难处，况且脂批一早便当宝玉是要成仙成佛的，便看不见这为俗人的宝玉，自然连带着对俗人的宝玉身边那些水做的俗人也越发的看不清，看不见了。程伟元的确是仔细的一个人，他的改删倒很合了脂砚斋的盲视，很合了脂批的"心邪"之论。八十回本有这样几句描写："茗烟手内点着一枝梦甜香，宝玉命他坐在身旁，却倚在他身上"。《红楼梦》作者的下笔用词是长久以来为人称道的，这里也当然如此。打谜且不去说它，这"梦甜香"尚且散发着不尽的暧昧，更不用说"却"倚在茗烟身上了，这当然是从王一贴的视角着笔，也无怪身为道士且又临着密宗天齐之庙而居的王一贴是要会心而笑了。可惜伟元兄竟自删去了。这实在是作者的为俗而做俗，连蒙带骗外加勾引、挑逗，实在高明，却也很能见出作者那个时代对于没落道士的嘲谑。

　　再就"房中"二字来说，宝玉因为是主角，在警幻仙子的太虚幻境里可以做得出来，在自家的怡红院里也可以做得出来，偏偏王一贴却硬是连说也说不得，这真是够得上"和尚摸得，我摸不得"了。只见王一贴"话尤未完，茗烟先喝道：'该死，打嘴！'宝玉犹未解，忙问：'他说什么？'茗烟道：'信他胡说。'"脂批对这"未解"二字很是赞赏，以为妙处正在未解，"若解则不成文矣"。成文不成文自当见仁见智，这"未解"自然是妙的。细细想来王一贴所谓"房中之事"，宝玉实在早已受教于太虚幻境，并且曾"强拉袭人同领警幻所训之事"，如何未解呢？所以说一个是人邪心不邪，一个是心邪人倒不一定邪，这"未解"二字之妙不过是要在王一贴与宝玉之间画上了一道神圣与世俗的分界线。要知道警幻仙子是神仙，宝玉也是宿世的仙人，"房中"之于他们自然是密传的仙术，而在王一贴来说则不过是昧惑痴人的手段，不仅不能成仙得道反而劳生丧命，实乃速人死亡的邪术。这也就是王一贴说不得的原因，但是这个原因脂批里却是未曾说明的。这也难怪，当时的人们大多对于房中之术缺乏深刻的理解，只知道是那被俗人滥用了的邪门，不知道也曾是仙人升天的法宝。古来修仙之道以炼服金丹大药为上，即如"房中"，也不过是丹药人体化的一种。王一贴所谓"滋助"却只不过是助欲之药，按道家的说法"真阳已尽而徒益之以虚阳，去死不远矣"，这从明代帝王以及好些大臣的丧命就可略知一二。

王一贴的悲哀在于旁门左道无一不通，却终究没见过密传真经，纵然知道房中之要在于窒欲也难免走火入魔，只好炼些秋石、红铅之类的淫药骗人钱财附带着赚人性命。所以到后来，王一贴终于要说出他惊人的宣言："实告你们说，连膏药也是假的。我有真药，我还吃了作神仙呢。有真的，跑到这里来混？"这该是怎样的一种愤恨啊！可以想象当年初为道童的王一贴是怀着怎样的一份期冀，怎样的一份热忱，可是终于未果，以致沮丧，以致堕落。做道士做到了这步田地，也就只能卖些膏药混混日子，但求生意兴隆而已，所以尽可以拿自己调侃开涮，不过是"说笑了你们就值钱"，我自逍遥你自乐，管他神仙谁修得。命运确乎是向王一贴开了一个大大的玩笑，他却也只好报之以玩笑，只不过这个玩笑是如此的残忍，如此的无奈。而这原是明清时代没落了的底层道士共同的心声，共同的悲哀，却也是他们赖以生存下去的法宝。

张道士：老神仙本是"贾"神仙

　　《红楼梦》写到的道士大概不下两百吧，大多列席于宁荣二府的斋醮法事，为布景似的角色，无名无号，叫人认不得。有名号而单列了出来的不过数人而已，比如跛足披发的渺渺真人，过录《石头记》的空空道人，羽化登仙的道士甄士隐，清虚观"老神仙"张道士，"王一贴"王道士，蛊惑人心的马道婆等等，也许还可以算上烧丹炼汞的宁府贾敬，还有就是那个被凤姐"照脸打了个嘴巴"的剪蜡花的小道士。如果要说一说《红楼梦》和这些个道士的因缘，恐怕得从开篇讲起了。小说第1回"甄士隐梦幻识通灵　贾雨村风尘怀闺秀"起首便将那大荒山无稽岩青埂峰上一块顽石孤零零留在女娲身后。直到遇上了茫茫大士、渺渺真人，自怨自艾的顽石才变成通灵宝玉随着这一僧一道飘下尘寰"造劫历世"去了。这一僧一道走进甄士隐的梦，引出了"太虚幻境"，也揭开了《红楼梦》故事的序幕。他们生得"骨格不凡，丰神迥异"，如同凡间那个神仙一般的甄士隐一样，"飘然去来"，在全书中虽仅有为数不多的几次露面，却是影响和贯穿全书情节的关键人物。就是所谓的"空幻梦"，在一遍又一遍的"好了"歌声中也全仰赖这癞头和尚、跛足道人的功德。

　　其实这一僧一道不妨视为一人，空空道人后来"因空见色，由色生情，传情入色，自色悟空，遂改名情僧，改《石头记》为《情僧录》"，道士变成了和尚，正是"一僧一道""亦僧亦道"了。而"渺渺茫茫""茫茫渺渺"不过是要将此一梦记在那"水月""泡影"之上，借了空空道人的提携，将这石头的经历流传于世。而终章的石头宝玉，光头光足做了和尚，也便是"情僧"，便是道人。其实这"情僧"空空道人大致就只是在小说首尾出现过两回，算是跑跑龙套而稍有几段台词的角色，换了谁都可以做，基本是为作者曹雪芹代言的傀儡。渺渺真人却有些特殊了，三番五次，五次三番，时不时地"飘"出来说几句玄言空语，度人救人，给沉沦世俗欢乐的高门贵胄带去一丝忧郁、一声叹惋。他是真神仙，所以度得人。他所度的人，如甄士隐、柳湘莲、宝玉自然也都是要仙去的，也当然是真神仙了。

《红楼梦》里面还另有一类道士，终日里盘算营生，红尘困顿抛不开，金丹仙药炼不得，不是真神仙，度不得人。像小说第80回"美香菱屈受贪夫棒　王道士胡诌妒妇方"里面的"王一贴"那样的香火道士，生计无着，全靠一张嘴和丹药膏贴过活。用他自己的话说，就是"说笑了你们就值钱。实告你们说，连膏药也是假的。我有真药，我还吃了作神仙呢。有真的，跑到这里来混？"他就是混，赖着香火度日，凭着"海上方射利"，谈不上"神仙"，也无所谓"神仙"，恐怕也快没有这种观念和想法了，能过日子，有钱赚就是福分，可以看作是明清时代底层道士及其生存状态的写真。马道婆跟"王一贴"算得上是同类，只不过掌握些巫蛊之术，常常拿出来惑人，比"王一贴"财路广些，但也因此犯了死罪。这总不过是她的报应，害人不说，连男主角"通灵宝玉"也受了她蛊术的侵害，她这"外道邪门"自然是要被疯和尚、瘸道士二位真神仙（即茫茫大士、渺渺真人）破除的啦。

至于清虚观那位"老神仙"张道士，也不是真神仙，是"贾"神仙而冒神仙之名。说来他还很有些出身，"是当日荣国公的替身，曾经先皇御口亲呼为'大幻仙人'，如今现掌道录司印，又是当今封为'终了真人'，现今王公藩镇都称为神仙"。说他是"贾"神仙，因为他的确不是渺渺真人那样逍遥尘外的真神仙；他是假神仙而冒神仙之名，因为他是荣国公的替身，便是"贾"道士，是假的，所以叫"大幻"，但又是"仙人"，所以是冒神仙之名。由于这些个原因，虽然张道士在贾珍等人面前表现得很有些谦卑，贾珍心里知道是不好轻慢于他的。不过他也算长寿了，八十多岁还很硬朗，大概是懂些养生之道吧。想来也不过就是心态好些，成天乐乐呵呵，自然身体康健了，也不知他是真的"清虚"，还是光面子上好看，时时刻刻总是"笑"对众人，连说话也要捎着个"笑"。这样说来，这"贾"神仙做得还真有点到位，"老神仙"三个字果真不是白叫的。只是这"笑"让人觉得不太自在，要说他的"呵呵大笑""先哈哈笑""呵呵又一大笑"没有什么旁的意思在里面也是难的。

贾府众人去清虚观打醮那回，张道士准备好"伺候"贾母的节目不少，除了寒暄以外，还有做媒、请玉、送金玉玩器等。可他却偏不进去，"赔笑"请了贾珍的"示下"，才"呵呵的笑着，跟了贾珍进来"。这便是他知趣的地方。进来"先呵呵笑"着恭维"无量寿佛"——这分明是佛教的话头，而贾母则回答说："老神仙，你好？"这对话有趣得很，莫非这两人也是"一僧一道"？但"老神仙"毕竟不是真神仙，所以紧接着就转入俗事，笑着"记挂"起"哥儿"来了。当然，如果一味笑到底，也算他张道士没本事，他在中间还插了一杠子"两眼酸酸的"，刚柔并济，这才叫出色。想当初林黛玉进贾府时王熙凤也是这么表演的：前笑后笑，中间来个"用帕拭泪"，悲

张道士：老神仙本是"贾"神仙

喜交集，恰到好处。

至于他所在的道录司则是管理天下道士箓籍和发放度牒的中央一级的宗教管理机构，差不多相当于现在的国务院宗教事务局的性质。明代道录司的一把手是正六品的官阶，到了清代次一级的左、右"正一"已经是正六品的官阶了，一把手的官阶就还要高些，大概在五品左右。张道士掌着道录司的印，少说也是从五品，地位自然不是王一贴、马道婆二人所能比拟的。当然，他还赶不上龙虎山正一真人嗣汉天师张。明清时代的龙虎山嗣汉天师的地位有点像山东曲阜的衍圣公，虽然没有儒宗圣人那样的威风，天师府也约略与孔宅、孔府一般光景，算是儒、道的两杆旗帜了。清代康、雍、乾三朝的道教政策虽然以贬抑为主，张天师却还是颇得了些许礼遇，为正三品，掌天下道教事。也许是因为张天师的鼎鼎大名和"道门正宗"地位，古典小说里但凡提到道士，十之七八都跟着天师姓张。张道士大概也是因为这个原因，所以姓张的吧。

张道士是道士，也是官，而且品位不低，又是受皇恩的主儿，自然不必在用度上太过于劳神，所以还能在清虚观里做些斋醮之类本分的事情。他也因为这些本分的事情，且又是荣国公的替身，常常在宁荣二府里走动，贾家自然是混得很熟了的。就在贾府到清虚观避暑看戏之前，我们知道他做过"遮天大王的圣诞"，请过贾宝玉；换过贾琏女儿巧姐儿的寄名符；打发人到贾府问王熙凤要过"鹅黄缎子"。当他"不敢擅入，请爷的示下"时，贾珍的回答是："咱们自己，你又说起这话来；再多说，我把你这胡子还揪了你的呢！还不跟我进来呢！"亲热到了狎昵的程度，其熟稔也就可见一斑。

张道士见了宝玉"忙抱住问了好"，之后给巧姐托了"寄名符"来时，又"欲抱过大姐儿来"。他和贾母两个说话，一口一个"哥儿"，一口一个"国公爷"，说着说着，不免涕泗横流。要不是和故荣国公、贾母的关系密切，怎做得这般亲热？瞧他这老泪纵横、唏嘘叹惋的模样，还真没把自己当外人。这些都还不打紧，最要紧的是，他"一向"记挂着宝玉，在同贾母客套完之后，便"呵呵大笑"说："前日在一个人家看见一位小姐，今年十五岁了，生的倒也好个模样儿。我想着哥儿也该寻亲事了。若论这个小姐模样儿，聪明智慧，根基家当，倒也配的过。但不知老太太怎么样，小道也不敢造次。等请了老太太的示下，才敢向人去说。"谁曾想"神仙"竟管起俗事来！说是"不敢造次"，却有些与贾母商议的味道，也似乎有着些许以长辈国公自居的意思在里面。倒是果然没有辜负了宝玉好好地问他声"张爷爷好"啊！

　　神仙过问俗事，难免有些尴尬。张道士在宝玉心目中的地位由此大跌，并口口声声说："从今以后，再不见张道士了。"宝玉因为张道士这一席话也好生受了些苦。为了这个"好姻缘"，宝玉、黛玉两个闹将起来，演出了两人吵架史上最激烈的一幕。和尚、道士的疯言疯语，信得信不得，总在两个人心里面打转，时不时地翻出来，哭哭啼啼，算是偿还那宿世的眼泪债。这还不算，偏偏张道士还要稀罕宝玉胎里带来的那块"通灵宝玉"。在茶盘上垫了"大红蟒缎经袱子"，"兢兢业业"捧出去给"远来的道友和徒子徒孙们见识见识"。不知道是见识那块稀罕的玉呢，还是见识他张道士在贾府的面子，抑或是为了换出那三五十件"珠穿宝嵌，玉琢金镂"的"传道的法器"。总之，拿出去，拿回来，一出一进便生生地引出了一个金麒麟。这金麒麟收在宝玉手里，谁想却自个儿丢失了。这下却好，到了第31回"撕扇子作千金一笑　因麒麟伏白首双星"，湘云"阴阳""雌雄""牝牡"地扯了一通，正撞见这无故走失的宝贝。张道士送给宝玉的金麒麟碰见了湘云随身的金麒麟，算是阴阳有数，牝牡归一，这也自然成了黛玉的一块心病。而据说原本的《红楼梦》的结局，宝玉和湘云便是成就了姻缘的，否则怎么叫"白首双星"呢？还有人据此推断，那位为《石头记》写了那么多重要批语的"脂砚斋"，不是别人，就是这个后来成了贾宝玉（也即曹雪芹）的妻子的史湘云。不过，我们现在看到的是，黛玉听见宝玉对史湘云那些学些仕途经济的"混账话"嗤之以鼻，"又惊又喜"，才算是放下了心，却又不免堕泪。这恰巧又被宝玉撞见，两人怔怔地发痴。这样说来，撇开宝玉"嗔着张道士与他说了亲"不提，张道士的说亲、请玉实在也不过是天意人情，倒还很能印契了那石头"历世造劫"的命运，实在是不枉皇帝封他为"终了真人"了。

既然说到"终了真人"，似乎还有些话头要说。先皇称张道士为"大幻仙人"，我们已经说过他是"贾"的了。这个"大幻"不仅仅指张道士本人，他是荣国公的替身，先皇这话自然可以放在当日荣国公的身上，或者把贾家荣、宁两府都算上也是可以的。贾府的富贵不用多说，前朝的盛况就凭先皇一句话便知道不过"大幻"二字，可见作者的用心。富贵如贾家是一日不如一日，不说别的，张道士在本朝执掌道录司，似乎是富贵的，可是和作者的时代联系起来看，自然晓得道录司是一日不如一日的尴尬货色。贾府这些享福人跑去清虚观看戏，《白蛇记》《满床笏》两本戏自然是好的，可是接着的第三本戏《南柯梦》却坏了事，原来"前朝富贵"不过是"南柯一梦"，这梦到了本朝也该"终了"，也该醒了，难怪"贾母听了，便不言语"。这"终了真人"便是"完了真人"，前朝"大幻"到了本朝便"终了"，也无非暗指着贾府的命运。过着"神仙"般生活的贾府，到最后终于被抄了家，"仙人"流落为"真人"，这才发现自己真的不过是人而已。

554

趣说红楼人物

智能儿：牢坑里的挣扎

水月庵中的小姑子智能儿，其实也就是个小女孩。不知道什么原因，她削发成了尼姑。一般说来，家道贫寒不能存身的原因居多。读书仕宦之家的孩子，即使自幼多病，不得不舍身出家，也还可以买替身。比如《红楼梦》中清虚观里的老神仙张道士，就是贾府荣国公的替身。妙玉先前也"买了好些替身"。而被买的替身，自然是穷人家的孩子了。元春省亲的时候，贾府就曾去"采访聘买得十二个小尼姑、小道姑"。进入寺庙之后，他们要"学会念佛诵经"，在那里慢慢地长大。

尼姑庵与寺庙、道观一样，花销都要在有钱人身上出产，有的本身就是大户人家的香火。《红楼梦》中的铁槛寺，就是"宁荣二公当日修造的，现今还有香火地亩"。荣府的开销中专门有一项，是各庙的月例香火银子，有专人管着，到时候姑子会上门收受。秦可卿死的时候，宁府里"请一百零八众僧人在大厅上拜大悲忏，超度前亡后死鬼魂；另设一坛于天香楼，是九十九位全真道士，打十九日解冤洗业醮。然后停灵于会芳园中，灵前另外五十众高僧，五十位高道，对坛按七作好事"。这都是寺庙和道观的财源。那水月庵靠的也是这样的收益，智能儿第一次出场，就是同了师父静虚来收"十五的月例香供

智能儿：牢坑里的挣扎

银子"。之后，静虚把她留在贾府同惜春一处玩耍，自己往于老爷府里去了，想必也是为了这一类的事情。还有一些不定期的收入，比如胡老爷府里产了公子，就送十两银子到水月庵，叫请几位师父念三日血盆经。有时和尚、尼姑、道士也"上门服务"，像马道婆、静虚等都在荣府走动。智能儿是静虚的徒弟，自幼跟着师父，和荣府的人都混了个脸熟，无人不识。

在中国的俗文化中，寺庙道观从来就不是一块圣地。相反，不断有关于僧侣道士不守清规的传说和记载出现。在被蔑视的"三姑六婆"中，就有尼姑和道姑，她们被当作与媒婆、虔婆一样的角色。鲁迅小说中的阿Q在被人欺负并且无人可以被他欺负的情况下，找到的出气筒就是静修庵里的小尼姑，而且用的是调戏的方式。因为他相信"凡是尼姑，一定与和尚私通"，而"和尚动得"，他自然也就"动得"了。

这些宗教人士的不受尊重，主要和两个原因有关：一是中国的佛道二教并不像西方的基督教那样有峻刻的权威。在中国是儒学高居于庙堂之上，在不允许动摇纲常伦理的基础上，对民间的神祇持姑妄听之的态度。中国的读书人往往一方面重视佛道二教对人生哲理的思索，对佛道的出尘生活表示艳羡；一方面又肆无忌惮地嘲笑和尚、尼姑和道士。这种思想反映在小说戏曲中，就是和尚们一个个都成了"色中饿鬼"，而尼姑们若不是"马泊六"，就干脆自己以色事人。这也从一个侧面反映出民间对僧侣禁欲生活的不理解和不信任。二是在中国，有关男女之爱的房中术的确是通过道家的提倡而流行起来的。道家的始祖老子历来被推为中国养生学的祖师，而房内养生则是养生的根本问题。最早的房中术专著《素女经》也与黄老有关。之后，道家与房中术的关系也十分密切。佛教中也有"男女双修""欢喜天"

等与男女爱欲有关的内容。在"万恶淫为首"的礼教信条之下，和尚道士就显得很不高尚了。

也有一些文学作品是从另一个角度来表现宗教人士的情感活动的。比如著名的传统昆剧《思凡下山》，就正面表现小尼姑色空不愿过青灯黄卷的孤寂生活，因思凡而下山，和尚本无与她有同样的想法，两人相遇后结合。对于那些并非因为宗教信仰而进入了寺庙道观的孩子来说，那些清规戒律对他们的确是不公道的。随着年龄的长大，这个问题一定会以某种形式表现出来。《红楼梦》中的妙玉、水月庵里的小尼姑、小道姑，都遇到过这样的问题。智能儿也不例外。她渐渐长大，"模样儿越发出息的水灵了"，这个漂亮的女孩心中便有了爱情的幻想。她明知道"除非我出了这牢坑，离了这些人，才好呢"，可就是扑不灭心中的爱情之火。

她看上的是秦可卿的弟弟秦钟。在贾府的那群公子哥儿中，秦钟算是"生于清寒之家"，只因陪宝玉读书，贾母爱惜，常留下他，一住三五天，"在荣府里便惯熟了"。智能儿挑了他，倒也不算势利，她看上的是他的"人物风流"。

从智能儿的言谈中不难看出，这个女孩情窦已开，像贾府中的很多女孩子一样，在男女问题上无师自通。在馒头庵里，宝玉叫秦钟让她去倒茶，智能儿走去倒了茶来。秦钟笑说："给我。"宝玉又叫："给我！"智能儿抿着嘴笑道："一碗茶也争，难道我手上有蜜！"小女孩由于得到少年的追慕而滋生的得意之情溢于言表。这正是她的"妍媚"之处。秦钟看上的就是这一点。

这份不该发生的爱情在两人中间酝酿了一段时间。贾宝玉曾看见，那一日在老太太屋里，一个人没有，秦钟拥抱过她。在秦可卿出殡的那一天，他们终于等到了一个机会。

557

秦可卿的灵柩停在铁槛寺。那铁槛寺内本是阴阳两宅都预备妥帖的，好为送灵人口寄居。但实际上却只有家道艰难的才住在寺里。那有钱有势尚排场的，只说这里不方便，一定另外或村庄，或尼庵，寻个下处，为事毕宴退之所。为秦可卿的丧事，族中之人，也有在铁槛寺的，也有别寻下处的。凤姐也嫌不方便，便派人和馒头庵的静虚说了，腾出几间房来预备。这馒头庵也就是前面说的水月庵，离铁槛寺不远。这样，秦钟就和贾宝玉一起，跟着凤姐来到了智能儿所在的馒头庵。就在这天晚上，同时发生了两件事，有三个年轻人因为这天晚上的事情而丧失了性命。

　　一件事是老尼静虚央求凤姐到长安节度使云光那儿去通路子，强迫长安守备退婚，让已经受聘的金哥改适长安府太爷的小舅子李少爷。王熙凤在索贿三千两银子之后，作成了这件事。不料，贪图财势的父母，却生了个多情多义的女儿，那金哥听说退了前夫，另许李门，便用一条汗巾子悄悄地寻了自尽。而那守备之子也是个情种，闻知金哥自缢，遂投河而死。

　　另一件事便是秦钟与智能儿成了缱绻。

　　这一对小情人虽然彼此情投意合，但对这一份感情，智能儿显然比秦钟更为认真。秦钟趁黑夜无人，来寻智能儿。刚到后头房里，只见智能儿独在那里洗茶碗。秦钟便搂着亲嘴。智能儿急的跺脚说："这是做什么！"就要叫唤。秦钟道："好妹妹，我要急死了！你今儿再不依我，我就死在这里。"我们看到，智能儿关心的是秦钟，她"就要叫唤"，却始终没有叫唤，因为她很清楚叫唤的后果是什么；而秦钟关心的却是自己的满足。智能儿已经把问题的关键提出来了："你要怎么样，除非我出了这牢坑，离了这些人，才好呢。"秦钟的回答却是避实就虚的："这也容易，只是'远水解不得近渴。'"说着一

558

趣说红楼人物

口吹了灯，满屋里漆黑，将智能儿抱到炕上。那智能儿百般的扎挣不起来，又不好嚷，不知怎么样就把中衣儿解下来了。

这以后，他们又几次偷尝禁果。"近渴"解决了以后，不知道秦钟有没有认真考虑过"远水"的事。但智能儿是认真的。她竟然私逃入城来找秦钟。不意被秦钟的父亲秦邦业知觉，将智能儿逐出。以后，我们就再没见到过这个小女孩。

这个如同昙花一现般的女孩，其实是很有些独特之处的。

贾府里里外外有那么多女孩，大多对自己的地位十分满意。如果犯了错误，她们总是表示"要打要骂，只管发落"，只求不要被撵出去。连晴雯这么刚强的人也说："我一头碰死了，也不出这门儿"，更不要说袭人等了。惟有两个女孩在这方面表现得与众不同，一个是龄官，她说过"你们家把好好的人弄了来，关在这个牢坑里"的话，另一个就是智能儿了。她看上秦钟，没准也寄托了帮助她跳出牢坑的希望。可惜，秦钟没有为她做什么，也来不及为她做什么就"夭逝黄泉路"了。

贾府里里外外的女孩中，有自我行动意识的不多。即使是前面提到的龄官，除了对贾蔷撒娇外，也没看到她有什么争取跳出牢坑的举动。主动积极为自己争取幸福的，大概除了"不用他老娘操一点儿心，鸦雀不闻，就给他们弄了个好女婿来了"的司棋和"女家反赶着男家"的尤三姐，就是这个智能儿了。她和秦钟在馒头庵"百般的不忍分离，背地里设了多少幽期密约"，但真正要结合，却不像秦钟说的"这也容易"。看来，秦钟并没有为她做什么，以全她只能自己私逃出来。那水月庵在郊外，离城二十来里。智能儿从那儿逃出来，跑到城里秦钟家，正不知受了多少辛苦。她既是思凡的尼姑，也是夜奔的文君，只是她却没有色空和卓文君那样的好运。

智能儿：牢坑里的挣扎

对智能儿而言，这两件事是连在一起的——因为不满现状，所以要逃离。但是，《红楼梦》的世界，有时就如鲁迅笔下的铁屋子，人在里面慢慢地耗尽生命，或许倒不是最痛苦的。最不幸的，恰恰是那些意识到铁屋子的可怕，要想冲出去的。所以，司棋一头碰死了，尤三姐自刎死了，智能儿则没了踪影……

与《红楼梦》中的其他僧道相比，智能儿不像后来水月庵中的尼姑沁香、道姑鹤仙那么苟且随便，也不像妙玉那么一心想"断除妄想，趋向真如"，她就是一个渴望爱情与幸福的纯真女孩，她有过爱情，并且希望这爱情能真正结出果实。可惜的是，她既落入了"牢坑"，挣扎又无效，等待她的恐怕就只有悲剧的命运了。

顺便要说的是，关于水月庵和馒头庵，《红楼梦》前80回和后40回的描写有点矛盾。在第15回"王凤姐弄权铁槛寺　秦琼卿得趣馒头庵"里，各个本子，有的说"这馒头庵和水月寺一势"，有的说"这馒头庵就是水月庵（或作'寺'）"，总之，水月庵和馒头庵是一个寺庙的两个名字。小说还特地说明：因为他庙里的馒头做得好，就起了这个诨号。也就是说，馒头庵是水月庵的俗称。但到了第93回，"水月庵掀翻风月案"时，平儿随口说"是馒头庵里的事情"，就把王熙凤吓得"一句话没说出来，急火上攻，眼前发晕，咳嗽了一阵，便歪倒了，两只眼却只是发怔"。只到平儿更正说是"水月庵"，才定了定神，追问到底是水月庵还是馒头庵，平儿说："是我头里错听了是馒头庵，后来听见不是馒头庵，是水月庵。我刚才也就说溜了嘴，说成馒头庵了。"这样说来，馒头庵和水月庵又分明是两个寺庙了。当然，不管水月庵还是馒头庵，智能儿的命运是一样的。我们看到她青春美丽的身影像流星一样划过天空，然后便无声无息地消失了。

图书在版编目(CIP)数据

趣说红楼人物/王意如著. —上海:上海人民出
版社,2022
(趣说中国古典名著人物丛书)
ISBN 978 - 7 - 208 - 17129 - 9

Ⅰ.①趣… Ⅱ.①王… Ⅲ.①《红楼梦》人物-人物
研究 Ⅳ.①I207.411

中国版本图书馆 CIP 数据核字(2021)第 095012 号

责任编辑 郭立群
装帧设计 范昊如 夏 雪 等

趣说中国古典名著人物丛书

趣说红楼人物

王意如 著

出   版 上海人民出版社
        (201101 上海市闵行区号景路 159 弄 C 座)
发   行 上海人民出版社发行中心
印   刷 苏州工业园区美柯乐制版印务有限责任公司
开   本 635×965 1/16
印   张 35.75
插   页 2
字   数 424,000
版   次 2022 年 10 月第 1 版
印   次 2022 年 10 月第 1 次印刷
ISBN 978 - 7 - 208 - 17129 - 9/I・1965
定   价 126.00 元